KB263391

솔벗한국학총서 6

한국적 장르론과 장르보편성

김창현

지식산업사

한국적 장르론과 장르보편성

초판 1쇄 인쇄 2005. 10. 25
초판 1쇄 발행 2005. 10. 31

지은이　　김창현
펴낸이　　김경희
펴낸곳　　㈜지식산업사
　　　　　서울시 종로구 통의동 35-18
　　　　　전화 (02)734-1978(대)　팩스 (02)720-7900
　　　　　한글문패　　지식산업사
　　　　　영문문패　　www.jisik.co.kr
　　　　　전자우편　　jsp@jisik.co.kr
　　　　　　　　　　　jisikco@chollian.net
　　　　　등록번호　　1-363
　　　　　등록날짜　　1969. 5. 8.

책값　　22,000원

ISBN 89-423-4041-5　　94810

이 책을 읽고 지은이에게 문의하고자 하는 이는
지식산업사 전자우편으로 연락 바랍니다.

퇴임을 앞두고 계신 스승, 최박광 선생님께

이 책을 바칩니다.

책을 내면서

학자가 되겠다며 치기어린 열정을 앞세워 처음 문학이론을 공부하던 시절, 농담 삼아 친구들에게 했던 말이 있다.

"장르론의 골짜기는 깊고 황폐하니, 그 안을 헤매는 자들에게는 출구가 없을 것이다."

가사는 서정일까, 교술일까? 판소리는 서사일까, 극일까? 서사민요는 서사일까, 서정일까? 몽유록은? 가전은?…… 무엇하나 속 시원하게 풀리는 것이 없었다. 하지만 장르론을 조롱하면서도 나는 장르론에 빠져들었다. 겉으로 하는 말과는 달리 속으로는 이렇게 생각했던 것이다.

'장르론의 골짜기는 깊고 그 속을 알 수 없으니, 그 안을 헤매는 자들에게는 그들을 밖으로 인도할 등대가 필요하다.'

나는 그 등대의 불빛만 보고 가면 길을 찾을 수 있다고 믿었다. 그것은 문학예술을 가능하게 하는 바탕인 인간과 그들의 현실 그리고 욕망이 아니겠는가. 그러니까 이 책은 십여 년 전 그때 이미 쓰여지기 시작한 것이다. 예술은 인간이 지닌 표현욕의 산물이다. 이 작은 불빛을 향해 나아가며 생각이 다 여물기 전에 박사학위논문을 썼다. 당시 학위논문 심사위원장은 김학성 선생님이었다. 장르론에 관한 한 나는 그 분의 비판적 계승자, 솔직히 말하면 진정한 수제자라고 여겼다. 그래서 다른 분도 아닌 김학성 선생님의 준열한 비판에 큰 충격을 받았다. 하지만 그 덕분에 과욕이 빚은 내 논문의 심각한 문제들을 어느 정도 바로잡을 수가 있었다. 앞선 연구에 대한 정확한 비판을 통해 먼저 내가 서 있는 위치를 분명히 해야 한다는 것을 알았고, 장르론과 미학 그리고 사회학을 두서없이 결합하려 한 과욕을 버리고 한걸음씩 나아가야 한다는 것을 깨달았다. 선생님께 진심에서 우러나는 감사를 드린다. 비록 선생님의 축하와 격려 속에 논문이 통과되기는 했지만, 나는 부족하다고 생각했다.

그때부터 이미 6년이 넘는 긴 시간이 흘렀다. 앞선 연구에 대한 더욱 심도 있는 검토, 서정 장르인 시조와 자유시에 대한 고찰, 장르의 역사적·사회적 의미에 대한 접근, 비전의 제시, 그리고 이것들을 통합하는 하나의 이론으로서 체계 등, 여러 부분에서 일정한 진전을 이루었고, 이제 한 권의 책이 되었다. 하지만 여전히 부족하고, 나는 아직도 출발선에 서 있는 기분이다. 공부를 할 수 있는 시간이 더 필요하다.

이 책은 모두 3장으로 이루어져 있다. 제1장은 기존의 장르론에 대한 비판적 검토를 거쳐 큰 보편적 장르인 원장르의 개념에 이르는 논리적 과정을 보여준다. 프라이와 헤르나디 같은 서구학자의 이론도 다루지만, 특히 한국에서 장르론이 전개되는 과정을 비판적 거리를 두고 고찰했다. 완결된 장르체계를 제시한 조동일·성무경 선생의 이론은 그 비중에 따라 더 자세히 살폈다.

제2장은 서사와 극 그리고 서정의 장르성이 구체적인 역사적 장르와 작품에서 어떻게 구현되는지를 살폈다. 세계의 모든 역사적 장르와 작품을 다룰 수 없으므로, 우리 문학사에서 원장르의 속성을 가장 완전하게 드러낼 수 있는 장르들을 골랐다. 하지만 그 보편성을 증명하기 위해 시공간을 뛰어넘는 비교를 감행했다. 고소설을 중심에 두고 설화나 근대소설을 이와 비교하고, 탈춤을 중심에 두고 그리스 비극이나 현대 연극의 상황을 비교하며, 시조와 근대 이후의 자유시를 비교하기도 했다. 그러는 과정에서 방각본 영웅소설의 통속성이나 탈춤의 시공간이 지닌 특성을 재인식하게 된 것은 어떤 의미에서 장르론 자체보다 더 뜻있는 일이었을지도 모른다. 바로 이 점, 장르론은 문학예술의 미학적 특성에 대한 심도 있는 고찰로 이어져야 한다는 것이 이 책의 관점이다.

제3장은 장르의 존재방식에 대한 이해가 어떻게 예술적 창조의 문제와 맞닿아 있는지를 보여준다. 판소리의 서사장르설과 극장르설을 비판적으로 고찰하면서 장르들은 단단한 성을 쌓고 고립되어 있는 존재들이 아님을 증명했다. 나아가 판소리를 중심으로 해서 영화와 라디오드라마 등 중간장르의 생성과 존재양상 그리고 미학적 특성 등을 살폈다. 또 장르가 인간의 표현욕구를 따라 끊임없이 움직이며 다양한 방식으로 서로 결합하는 데 주목하고, 그 역사적·사회적 의미를 캐고자 했다. 현대사회에서 장르결합은 더욱 활발해지고 있다. 표현욕구를 실현해주는 새로운 도구의 개발과 자본의 집적 그리고 전문작가들의 의도적인 장르실험 때문이다.

장르론이 문학과 예술에서 인간과 현실 그리고 아름다움에 대한 애정을 제거해버리는 지적 유희로 전락해서는 안 된다. 장르론의 험한 골짜기를 헤매는 것은 바로 이와 같은 보물들을 찾아내기 위해서이다. 그러므로 장르론의 설득력은 단지 문학들을 분류하고 규정하는 연역적 추론의 단단함에 있는 것이 아니라, 구체적인 역사적 장르들의 실제상, 그 작품들의 생생한 예술적 생명력을 해명하는 과정에 있다.

이 책이 힘써 시도한 것은 장르를 매개로 사회학과 미학을 관련시키는 일이었다. 이는 제시형식에서 출발했기에 가능했다. 제시형식을 통해 장르는 사회적인 산물이 된다.

이 책을 내기까지 도움을 주신 많은 분들을 잊을 수 없다. 이 책의 실질적인 출발점이 된 박사논문의 심사위원들께 가장 먼저 감사를 드린다. 특히 김흥규 선생님은 구체적이고 애정어린 조언으로 큰 도움을 주셨다. 김시업 선생님과 강동엽 선생님은 논문의 체제와 구체적인 표현에 이르기까지 많은 조언을 해주셨다. 이후 여러 학회에서 질의와 토론을 통해 도움을 주신 여러 선생님들께도 감사의 말씀을 드린다. 또 자칫 포기할 수도 있었던 상황에서 힘을 보태주신 솔벗재단 이사장님과 관계자 여러분들께도 감사를 드린다. 총서 선정 과정에서 과분한 평가로 격려해주신 최웅 선생님께도 진심에서 우러난 감사의 말씀을 드린다. 아울러 초고를 같이 읽어준 강원대학교 대학원의 김홍영·박성진·양민희·우명자·이은희·이한나 씨에게도 고마운 마음을 전한다.

지도교수이신 최박광 선생님께서 퇴임을 앞두고 계신다. 우직하기만 한 제자를 끼고 돌면서 답답하고 섭섭한 일도 많으셨을 것이다. 허락하신다면 이 책을 선생님께 바치고자 한다.

2005년 가을 아침

김 창 현

■ 차례 ■
한국적 장르론과 장르보편성

제1장 한국적 장르론과 원장르

1. 장르현상의 보편성과 특수성

(1) 장르론과 문학 연구의 시각과 방법

‘문학이란 무엇인가?’라는 물음은 다시 말해서 ‘문학이란 인간에게 무엇인가?’라는 물음과 한가지이다. 그리고 이러한 질문에 대한 가장 직접적이고 설득력 있는 대답은 바로 문학작품 그 자체이다. 하지만 이는 충분하고 논리적인 대답이 되지 못했던 것 같다. 인간의 어떤 욕망이 문학을 만들어냈으며, 문학작품이 생산되는 원리는 무엇인가? 이 두 가지는 서로 밀접하게 관련되어 있다. 이에 대한 끊임없는 고찰이 ‘시학(詩學)’이라는 학문을 만들어냈으며, 그 학문은 심각한 철학적 탐구로 이어졌다. 그런데 철학적 탐구의 시작은 언제나 ‘현실’이었음에도, 탐구가 진행될수록 현실은 점차 잊혀지곤 했다. ‘문학이란 현실을 살아가는 인간에게 무엇인가?’라고 묻지 않고 ‘문학이란 무엇인가?’라고만 물음으로써 시학 역시 철학적 탐구가 걸었던 관념

14

화의 전철(轉轍)을 밟게 되었다. '문학'과 '현실'과 '인간'의 밀접한 관계는 파괴되었으며, 문학을 '문학을 위해서만' 탐구하는 경향이 쉽게 사라지지 않았다. 인간이 '시학'의 가슴에 불신의 칼날을 들이대기 시작한 것은 당연한 결과였다.

'장르' 문제는 시학의 중요한 화두였다. 그리고 오늘날 '장르'의 실체성과 효용성에 대한 믿음은 점차 줄어들고 있다. 토도로프는 장르의 개념이 일으키는 문제들을 다음과 같이 제시하고 있다.[1]

① 한 장르를 이루고 있는 모든 작품들을 다 연구하지 않고서도(혹은 적어도 다 읽지 않고서도) 그 장르의 논의가 가능한가?
② 장르는 수적으로 유한한가 혹은 무한한가?
③ 예술작품은 본질적으로 유일한 것으로, 그것은 다른 작품과 구별되는 독창성 때문에 가치가 있는 것이다. 이렇게 볼 때, 과연 장르를 말하는 것이 어떤 가치를 지닐 수 있는가?

위의 질문들은 하나같이 장르 연구의 불가능성과 무가치성을 주장하는 듯이 보인다. 한 장르에 속한 모든 작품을 대상으로 장르를 논한다는 것은 물리적으로 거의 불가능하다. 역사적으로 단종(斷種)되지 않은 장르의 연구는 계속해서 새로운 작품이 산출될 것이므로 원천적으로 불가능하며, 수명을 다한 장르라고 해도 남은 작품이 전체라고 확신할 수 있는 경우는 거의 드물다. 전체 작품에서 수십, 수백분의 일 이하의 텍스트만으로 장르를 논하는 경우가 허다하다. 두번째 질문은 세번째 질문과 관련된 것이다. 세번째 질문이 제기하는 의문

---

1) Tzvetan Todorov, *The Fantastic : A Structural Approach to a Literary Genre*, trans. Richard Howard, Cornell University Press, 1975, 4~5쪽.

을 수용하는 순간, 모든 작품은 모두 각각 하나의 장르일 수 있다. 이 질문들은 그대로 '장르 무용론'으로 연결되는 것들이다. 하지만 반론도 만만치 않다. 어느 작가가 자신은 더 이상 장르의 규범들에 구애받지 않는다고 선언한다 하더라도, 그 행위가 이미 장르의 규범을 의식하는 행위라는 것이다. 그리고 더 '보편적인' 기준을 발견해서(혹은 만들어내서) 작가들이 빠져나갈 수 없는 장르 규범을 개발하려는 시도도 계속되고 있다.

하지만 정말 '장르'란 실재하는 것일까 하는 의문은 풀리지 않고 있다. 특히 이론적 장르에 대한 학자들의 태도는 이러한 의문에 불을 붙이는 경향마저 있다. 김병국은 '가사'가 장르 개념이기나 했던가 의심하면서, "이런 기초적인 질문이 실증될 수 없는 것이라면, 우리는 세계의 모든 문학을 포괄할 수 있는 어떤 보편적인 일반 가설이 존재할 것이라는 생각을 전제로 하고 우리 문학의(가령 가사의) 문학성을 비추어보는 방법을 택하지 않을 수 없을 것"이라고 말한다.[2] 이것은 이론적 장르가 실재하지 않는 가설이며, 그것도 어쩔 수 없이 선택된 것이라는 고백처럼 들린다. 이것이 이른바 '이론적 장르'에 대한 학자들의 일반적 태도이다. 이론적 장르는 "순전히 사변적으로, 연역적으로 규정된다"는 것이다.[3] 이런 생각에서 장르를 보면 토도로프의 의문들이 지니는 의구심은 이론적 장르의 측면에서 모두 의미가 있다. 김병국의 견해처럼 '어떤 특정 문학 형태가 장르일 수 있는가'라는 의

---

2) 김병국, 〈가사의 장르적 성격과 문학성〉, 《한국 고전문학의 비평적 이해》, 1995, 149쪽.

3) 김준오, 〈현대 장르 비평 연구〉, 《한국현대장르비평론》, 문학과지성사, 1990. 김준오는 이 글 11쪽에서 토도로프(앞의 책, 13~15쪽)의 '이론적 장르'와 '역사적 장르'라는 용어를 소개하며 이와 같이 언급했다.

문이 실증될 수 없기 때문에 보편적 가설이 필요하다는 주장은 성립되지 않는다. 오히려 그렇기 때문에 장르론은 불가능하다는 명제가 더 타당할 것이다. 이제 이론적 장르란 실재하지 않으므로 누구나 마음대로 만들어낼 수 있는 것처럼 여겨지게 된다. 마치 이론적 장르와 역사적 장르(이것은 분류상 유와 종의 관계인데도)가 더 이상 서로 아무런 역사적·실재적 관계를 갖지 않는 것처럼 말이다.[4]

그러면서 장르의 개념은 갈수록 모호해진다. 여러 가지 이론이 각자 같은 비중으로 권리를 주장하면서 그것들은 어느새 소리 없이 뒤섞여버린다. 그리고 이제 장르의 속성과 장르 자체는 분리되어버린다. 이것이 이른바 내적 형식을 기술하는 '형용사' 개념과 외적 형식에 근거해 구분할 때 사용하는 '명사' 개념이다. '극'과 '극적인 것'은 서로 무관한 개념처럼 쓰인다. '극적인 것'은 이제 플롯의 긴장감을 의미하는 용어처럼 되어버렸고, 그것이 사실이라면 이제 '극적인 것'은 극 이상으로 근대소설에서 두드러지는 특성이기도 하다. 이것은 셰익스피어의 극들이 소설을 포함하는 서구 근대 허구문학의 전범처럼 되어 있는 상황에서는 당연한 귀결이다. 어떤 한 작품에 한 장르의 명칭을 부여할 때, 이것은 그 작품에서 가장 우세한 장르적 성격을 가리키는 것이 된다.[5] 그러면서도 한편에서는 '극적인 감동을 지닌 시', '시보다 더 서정적인 소설'과 같은 멋있는 상투어들이 자연스럽게

---

4) 이제부터 시조·판소리·탈춤 등과 같이 역사적으로 실재한 구체적 장르는 '역사적 장르' 혹은 그냥 '장르'라고만 하겠다. 조동일은 장르류와 함께 '장르종'이라는 용어를 사용하기도 하지만, 이는 유·종이라는 개념이 지나치게 분류적이다. 한편, 그는 장르 대신 '갈래'라는 용어를 사용하자고 하는데, 이 역시 지나치게 분류라는 측면에 기울어 있다. '갈래'를 단순히 '장르'의 번역어로 사용한다면 문제가 없겠지만, 언어가 사고를 결정하는 중요한 요소임을 간과할 수 없다.

5) 김준오, 앞의 글, 13~14쪽.

퍼져나갔다.

그러나 만일 장르가 실재하는 구체적 근거를 가진 것이라면? 그렇다면 우리는 그 실재하는 근거를 토대로 장르를 연구할 수가 있다. 사실 장르란 실재하는 것이라는 신념이 이 글의 출발점이다. 지금까지 역사적 장르와 이론적 장르는 별개의 범주처럼 사용되었다. 그러나 사실은 그렇지가 않다. 이론적 장르는 역사적 장르의 분류를 위해 순수하게 추상해내야 할 존재가 아니라 역사적 장르 속에 내재되어 있는 최소한의 자기실현양식(自己實現樣式)으로 실재하는 것이다.

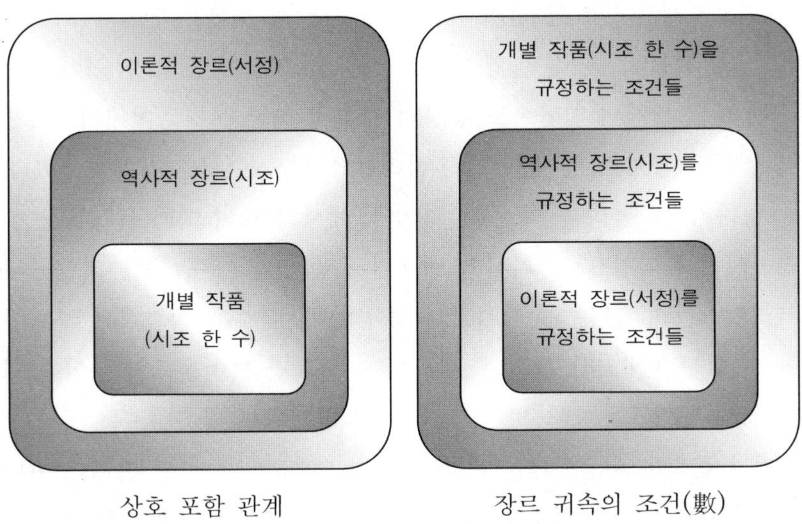

〈그림 1〉 장르의 포함 관계와 귀속 조건

〈그림 1〉에서 왼쪽은 장르 사이의 포함 관계를 나타낸 것이다. 오른쪽은 어떤 작품이 어떤 장르에 귀속되기 위해 가져야 하는 내외적 특징들의 수량(數量)을 표시한 것이다. 어느 한 작품이 역사적 장르

인 시조가 되기 위해 갖추어야 하는 귀속 조건은 이론적 장르가 되기 위한 조건들보다 많다. 따라서 서정에 귀속될 수 있는 모든 역사적 장르들이 공유하고 있는 최소의 조건이 곧 '서정'이라는 이론적 장르의 특성이 될 것이다. 이런 상식적인 접근 방식을 통해 우리는 이론적 장르 '서정'의 실재하는 공통 특질을 찾아낼 수 있을 것이다. 물론 여기에는 수많은 작품과 수많은 장르들에 대한 검토가 요구된다. 그것은 개인에게 주어진 유한한 시간과 능력에 비추어 어려운 일임에 틀림없다. 그래서 역사적으로 축적된 인류의 경험을 활용해야 하고, 귀납적 결론에 이르기까지 방향을 제시해줄 연역적 방법을 동시에 활용하는 자세가 필요한 것이다. 하지만 연역적 추론은 언제나 귀납적 검증을 기다리는 가설일 뿐이라는 사실을 명심할 필요가 있다.

이 같은 노력의 일환으로 장르의 보편적 이론을 만들어내기보다는 '장르'들의 궁극적 형식을 '발견'하려는 노력도 한편에서 계속되었다. 그 하나가 '진술 방식' 혹은 '발화 양식'에서 장르의 여러 특징들을 설명하려는 움직임으로, '자아와 세계의 관련 양상'이나 '주관·객관', '과거·현재·미래' 같은 개념[6]들보다 간명한데, 이것은 객관적으로 확인할 수 있는 '(언어적) 실재성' 때문이다. 하지만 단어들로 이루어진 언어의 체계로만 문학예술을 파악하려는 한계에서 벗어나지는 못했다. 그러나 문학은 처음부터(그리고 지금도) 순수하게 독립된 존재가 아니다. 인간의 삶이 그렇듯 문학은 비언어적인(흔히 비문학적이라고 이야기되는) 여러 요소들과 뒤엉켜 한 덩어리가 되어 있으며, 여러 매체들

---

6) 장르론의 전개 과정에서 이와 같은 개념들이 사용되고, 또 그것들이 연구자들마다 다르게 적용되어온 경과는 제라르 쥬네트의 〈원텍스트서설〉(김현 편, 《장르의 이론》, 문학과지성사, 1987, 53~94쪽)에 잘 정리되어 있다. '자아와 세계의 관련 양상'은 조동일이 사용한 개념이다.

의 발달로 그러한 경향은 점점 강화되어가는 느낌마저 있다. 문학은 텍스트 내부에서 완결되며 장르 역시 텍스트의 형식만으로 논의되어야 한다는 믿음은 자칫 문학이 자기의 존재 기반(인간 삶의 조건인 현실)과 결별하는 순간에만 과학이 될 수 있다는 터무니없는 신념으로 귀착될 수 있다. 이러한 믿음의 더 큰 위험은 장르를 그 생산·수용의 주체인 인간(담당층)이나 그 구체적 표현인 작품들의 의미(주제·미학 등)와 분리해 연구함으로써 장르론을 순전히 지적 유희로 만들어버릴 수 있다는 점이다. 선학들이 누누이 강조해왔듯이 원장르 또는 이론적 장르는 역사적 장르의 구체적이고 역사적인 운동과 그 방향을 설명하는 데 실제로 도움이 되어야 하며, 이를 통해 개별 작품의 해석과 생산에 기여해야 한다. 장르론은 단지 형식의 문제나 질서화를 위한 난해한 지적 유희가 아니라, 문학작품의 형식과 내용 그리고 인간의 문제를 총체적으로 다루는 진정한 시학으로 거듭나야 한다. 그래야만 시학에 대한 일반 문학 향유자들의 불신을 부추겨온, 혐의가 짙은 장르론이 그 믿음을 회복하는 데도 선봉이 될 수 있을 것이다.

문학 장르론이 언어 텍스트의 한계를 벗어나 장르의 실존을 가능하게 한 기반인 인간 생활의 현실을 만난다는 것은 결국 언어 텍스트에 한정해 이해해온 '문학'에 대한 기존 개념을 포기하거나 근본적으로 확장한다는 뜻이 된다. 모든 예술이 인간의 표현 욕구(신 혹은 자신이나 타인, 그 누구를 향한 욕구이든)와 관련된다고 할 때, 그러한 욕구의 근원을 의미적(意味的)으로 분명하게 하는 데는 언어라는 수단을 앞설 만한 것이 없다. 현대사회에서 음악이든 미술이든 모든 예술이 언어적 비평을 통해 해석되는 현실이 그것을 증명한다. 이제 모든 예술에 간섭해온 문학이 먼저 자신을 개방해 모든 표현 예술의 총체성을 회복하는 데 선도적인 역할을 해야 할 것이다. '행위'나 '영상' 같은 것들을 제2의 언어로(그러니까 예술적 표현의 한 수단으로) 수용해 연극이나 영화를 그 대사만으로 파악하는 선입견에서 벗어나, 이미 문학의 한 영역으로 자리를 굳힌 이 장르들의 미학적 총체성을 재인식하고, 음악·미술·무용 등 다른 예술의 해석에도 흔히 사용되는 장르적 표현들의 의미를 포괄하는 새로운 장르론을 구축해야 한다.[7]

이 글은 문학 연구의 방법, 특히 기존의 장르 연구 방법으로는 이 같은 과제를 수행하기 어렵다는 회의에서 출발한다. 기존 장르 연구의 가장 큰 흐름은 먼저 이론적 장르의 틀을 마련하고 여기에 따라 실재하는 역사적 장르들을 분류하는 것이었다. 이러한 연구 방법은 일관된 하나의 질서 내지는 기준을 밝힘으로써 모든 개별적 현상을 이에 따라 설명할 수 있다는 일원론적인 관념적 사고를 기반으로 하고 있다. 이러한 흐름의 선두에 조동일이 서 있다. 더 나아가 그는 "장르론은 분류학에 그칠 수 없다. 만약 분류가 목적이라면 각 장르의 차이 및 상호 관계만 말하면 된다. 분류의 기준에 일관성이 없으면 곤란하지만 일관성 있는 기준에 의해 분류를 함으로써 분류학의 목적은 달성된다. 그러나 장르론은 분류에 그칠 수 없고 문학이 무엇인가 하는 물음에 대한 대답의 하나이며, 각 장르의 구조를 투시하고 이를 기초로 작품론이 전개될 수 있는 토대를 마련해야 한다"고 주장한다.[8] 조동일의 주장은 설득력 있게 들린다. 그러나 이것은 장르의 분류에 적용된 '일관성 있는 기준'을 작품의 해석으로까지 넓힌 것이이

---

7) '모씨의 안무에는 서사적 아름다움이 있다' 혹은 '서정성이 풍부한 목소리이다' 등과 같이 장르적 개념들은 예술을 비평하고 해석하는 과정에서 얼마든지 사용될 수 있으며, 또 의미를 지닌다.

8) 조동일, 〈자아와 세계의 소설적 대결에 관한 시론〉, 《한국소설의 이론》, 지식산업사, 1977, 83쪽.

서, 김준오가 '문학이 무엇인가 하는 물음에 대한 대답은 하나이며'라고 오독(誤讀)한 것에 수긍이 갈 정도이다.[9] 이와 같은 신념 아래, 이미 설정된 보편적인 기준에 따라 장르들을 차례로 '규정'해버리는 작업이 수행되었다. 그런데 이러한 시도는 필연적으로 관념적 성향을 띠게 마련이다. '보편적' 기준을 준비하기 위해서는 충분히 여유 있는 개념과 틀거리가 필요하고, 그것을 만족시키기 위해서 이론은 적당히 애매하고 모호할 필요가 있기 때문이다. 이 모호성은 또 새로운 논쟁을 부르는 것이 필연이다. 이렇게 해서 이론적 장르를 체계화하고 역사적 장르들을 여기에 귀속시키는 문제에 대한 논쟁이 문학 연구의 지난한 역사가 되어왔다.

물론 그 과정에서 우리는 적지 않은 성과를 얻었다. 하지만 잃은 것도 적지 않았음을 반성해볼 시기가 되었다. 무엇보다 문학과 문학이 창출되고 향유되는 기반이 분리되는 결과가 초래되었다. 장르는 '순전히 사변적이고 연역적인' 근거로 마련된 이론적 기준(예컨대 '자아와 세계의 관련 양상' 같은)에 따라 분류되고 토대가 되는 물질적 기반을 간과하게 되어, 담당층의 세계관이나 문학관은 깊이 있게 추구되면서도 그것을 배태한 생산력과 생산양식은 가볍게 다루어졌다.[10] 이러한 연구 방법은 또 연구자들의 장르 인식과 일반인들의 장르 판

---

9) 김준오는 두 차례의 인용을 모두 "…… 대답은 하나……"로 하고, 그 '하나'는 "문학 일반 이론이며, 이것은 바로 장르 이론"이라고 부연하고 있다(김준오, 앞의 글, 59~60쪽). 이 같은 오독은 그러나 오해는 아닌 것 같다. 조동일의 장르론은 문학 전체를 분류하고 해석하는 거시이론이다.

10) 담당층의 세계관이나 문학관을 중시하는 이런 태도는 우리나라 장르 연구의 한 특징이라고 해도 좋을 것이다. 그 물질적 토대를 간과해 관념화되었다는 아쉬움이 있음에도, 이것은 우리나라 문학연구의 한 성과이며 계승되어야 할 선학들의 유산이다.

단 사이에 큰 차이를 형성해가고 있다. 소설은 '작품 외적 자아의 개입이 있는 자아와 세계의 상호 우위에 입각한 대결'이라는 주장을 교육받은 사람이라도 이를 기준으로 장르를 판단하지는 않는다. 그래서 그들은 신동엽의 〈금강〉이 시인지 소설인지 고민할 이유가 없다. 그렇다고 해서 일반 문화 향유자들이 무턱대고 작가나 비평가의 판단을 수용하는 것만도 아니다. 그들은 장르가 파괴되거나 혼합될 때 그것을 느낀다. 그것을 가능하게 해주는 것이 '제시형식'이다. 시는 이런 형식으로 소설은 저런 형식으로 제시되어야 한다는 일반적 기대지평이 형성되어 있어서 그것을 근거로 장르를 판단하는 것이다. 그런데 이 기대지평은 논리에 따라 추상된 것이 아니라, 실재한 역사적 경험을 바탕으로 하고 있다. 그러므로 제시형식에서 장르의 일반적 이론을 유추하는 일은 문학 향유자들의 경험을 중시하는 귀납적 사고를 기반으로 해야 한다. 이는 일반 이론을 먼저 확정하고 그 유용성을 검증하는 기존의 연역적 사고를 반성하고 보완하는 의미가 있다.

사실 제시형식은 단순히 외형적 특징만을 의미하지 않는다. 제시형식 속에는 그 장르가 존재했던 당대 사회의 모든 것이 반영되어 있다. 소설은(적어도 근대적 의미의 소설은) 인쇄술의 발달뿐만 아니라 그것을 가능하게 한 생산력과 유통구조의 발전이라는 사회 전체의 변화를 담지하고 있다. 그리고 그것은 기존의 설화 문학과는 다른 소설의 진술 방식을 가능하게 한다. 한편 제시형식 속에 암시된(실제로는 제시형식을 낳은) 생산력의 변화는 생산 관계와 사회구조 전체를 변화시켜 새로운 가치관을 창출한다.[11] 이것은 작품에서 주제적·미학적 지

---

11) (근대적 의미의) '소설'이라는 장르는 금속활자의 발명·보급과 대량생산이라는 생산력의 변화를 기초로 성립된다. 생산력의 변화가 생산 관계의 변화를 가능하게 하고, 여기서 대량생산을 보장하는 대량소비가 가능하게 되며, 이런 것

향으로 나타난다. 결국 제시형식은, 생산력과 생산 관계라는 당대의 사회·경제적 토대에서 생성되어 문학의 형식과 내용을 창출하고 제한하는 구체적이고 객관적인 조건이다. 또 제시형식은 문화적·예술적 전통을 포괄해 자신을 드러낸다. 속요나 악장 등이 궁중 연희나 종묘 제향과 관련되는 독특한 상황에서 연행되었다는 것을 파악하는 것은 이 장르들을 이해하는 데 중요한 관건이 된다. 이런 점에서 제시형식은 한 장르를 전체로서 이해하려는 이 글의 의도에 도움을 주는 개념이다. 문학 장르를 제시형식에서부터 파악한다는 것은 언어예술인 문학의 테두리를 넘어선다는 뜻이 된다. 제시형식은 순수하게 문학만의 문제는 아니기 때문이다. 사실 장르 역시 순수하게 문학만의 문제일 수는 없다. 이 점을 인정하고 다시 문학의 문제로 돌아오는 변증법적 과정을 거쳐야 비로소 고립된 연구의 한계를 극복하고 보다 더 진실에 가까운 문학예술을 바라보게 될 것이다.

앞에서 제기한 문제의식이 바로 이 글의 목적이 되는데, 정리하자면 장르를 사변적으로가 아니라 물적 토대에서 규명하고, 이를 통해 장르의 형식에 대한 이해를 이념적·미학적 성향이라는 내용에 대한 이해로까지 넓혀가야 한다는 것이다.

(2) 보편실재론과 역사적 실재론

장르론은 문학작품의 본질에 접근하는 하나의 주요한 방법론으로, 국문학에서도 도남(陶南) 이래 지속적인 연구 성과들이 축적되어왔

들이 모두 한 장르의 생성과 발달에 필요한 조건이 된다. 더 나아가 이것들은 새로운 생산 관계를 개발·유지할 새로운 가치관을 창출해내며, 이 가치관은 다시 생산물인 장르에 영향을 미치게 된다.

다.[12] 특히, 자아와 세계의 관련 양상에 입각한 조동일의 4분법 체계는 그 자신에게나 국문학 장르 연구 전체의 흐름에서나 한 전기를 마련했다고 할 수 있다.[13] 이 체계가 완성됨으로써 판소리·가사·가전체에 대한 이전의 장르 규정들을 비로소 그의 독자적인 방식에 따라 일관되게 설명할 수 있는 토대가 마련되었고,[14] 이후 많은 연구자들이 이 체계를 원용해 장르론을 전개하거나 이에 대한 비판을 통해 장르론적 관심을 표명하고 이론을 심화했다. 그 가운데서도 장르론의 철학적 기반에 대한 반성적 고찰을 통해 연구의 시각 자체를 재고하도록 촉구한 김흥규, 국내외 장르론의 성과에 대한 전반적 성찰을 통해 장르론의 전망을 모색한 김학성, 그리고 여기에 화답해 새로운 장르 체계를 제시한 성무경의 논의가 주목된다.[15]

김흥규는 어떤 장르 이론이든 "구체적 작품들의 일정한 집합인 장르를 규정하는 공통 자질이 실재하는가 않는가, 실재한다면 어떻게 실재하는가" 하는 물음에 대해 해답을 준비해야 하며, 그 답에 따라 다

---

12) 조윤제는 〈가사문학론〉(《조선시가의 연구》, 을유문화사, 1948)에서 시가·가사·문필의 삼분체계를 세웠다가 이를 〈국문학의 유형과 체계〉(《국문학개설》, 동국문화사, 1955)에서 시가·가사·소설·희곡의 사분법으로 수정했고, 이병기는 《국문학개론》(일지사, 1961)에서 시가·가사로 이분했으며, 장덕순은 《국문학통론》(신구문화사, 1960)에서 서정·서사·희곡의 서구적 삼분법을 제시하는 등, 이분법·삼분법·사분법의 소박한 모델들이 초기부터 등장했다.

13) 조동일, 앞의 글 참조.

14) 이 체계는 〈판소리의 장르 규정〉(《판소리의 이해》, 창작과비평사, 1978), 〈가사의 장르 규정〉(《어문학》 21, 한국어문학회, 1969), 〈가전체의 장르 규정〉(《장암지헌영선생화갑기념논총》, 호서문화사, 1971) 등, 그가 행한 일련의 '장르 규정 연구'를 수정한 것이 아니라 완성시킨 것이다.

15) 김흥규, 〈장르론의 전망과 경기체가〉, 《백영 정병욱 선생 환갑기념논총》, 신구문화사, 1982 ; 김학성, 〈장르론의 반성과 전망〉, 《국문학의 탐구》, 성균관대 출판부, 1987 ; 성무경, 〈가사의 존재양식 연구〉, 성균관대 박사논문, 1997.

음과 같은 세 가지의 이론적 가능태로 나뉜다고 설명한다.

① 장르 명목론
② 보편실재론
③ 역사적 실재론

그리고 여기에서 조동일의 장르론은 ②의 관점에 서 있다고 지적했다. 그런데 이 세 가지는 서로를 부정함으로써 서로 보완을 강요하는 관계를 맺고 있다. ①의 관점은 장르의 실재성을 완전히 부인하기 때문에 실제의 장르론을 생성하지는 않는다. 하지만 장르란 실재하지 않는 명목에 불과하다는 이와 같은 관점이 있다는 사실만으로도 장르의 실재성을 인정하는 ②와 ③의 연구자는 장르의 실재성을 증명해야 하는 부담을 지니게 된다. 또 역사적 장르만이 실재하고 상위의 보편적 장르는 역사적 장르들을 이해하기 위한 가설 내지 개념틀에 불과하다는 ③의 관점은 보편적 장르의 실재성까지 인정하는 ②의 관점에 대해 보편적 장르의 실재성을 증명하도록 요구한다. 그런데 ②와 ③의 관계는 ①과 ②·③의 관계보다 복잡하다. ①의 회의는 역사적 장르나 보편적 장르 가운데 하나만이라도 그 실재성이 인정된다면 해소되는 것이고, 이에 대해서는 시조나 경기체가 등 독특하고 구체적인 형식과 특성을 지닌 역사적 장르에 대한 많은 연구들이 축적되어 있다. ①이 단지 소극적인 회의와 부정으로만 ②와 ③을 비판하는 데 견주어 ②와 ③은 서로 다른 장르론적 관점을 지니고 있으며, 필요하다면 상대의 논리로 자신을 보완하기도 한다. ③의 경우 보편적 장르의 실재성은 부정하지만, 그 체계화가 지닌 유용성을 완전히 부정하지는 않는다. 하지만 실재성에 대한 부정은 그 유용성에 대해서도 일정한 불신을 낳게 한다.

　　장르의 큰 갈래는 그 초시대적·범문화적 실재성을 믿는 논자들이 주
장하듯이 모든 문화·문학권과 시대에 통용될 수 있는 보편적 범주가 아
니다. 그 구분 방법은 1차적으로는 특정한 세계관과 문화적·문학적 관
습을 반영하고, 2차적으로는 장르론자의 관심과 연구 동기가 투사된 전
략적 가설의 성격을 지닌다.…… 그것은 넓게는 그 근거가 된 특정문화
와 문학의 영역에서, 좁게는 그것을 이루어내는 데 작용한 연구자의 관
심과 목표에 관련된 차원에서 일정한 효율성을 발휘하며, 이로부터 멀
어질수록 설명 능력이 박약해질 수밖에 없다.[16]

　　이러한 불신은 ②의 관점이 초시대적이고 범문화적인 보편적 장르
의 범주에 다양한 역사적 장르들을 끌어들여 체계화하려는 욕망을
포기하기 어려울 것이라는 진단과 맞닿아 있다.

　　큰 갈래의 실재성을 가정하면서 보편실재론자들은 큰 갈래들이 서로
준별(峻別)되는 개별성을 띤다고 주장하는데, 이와 같은 논리는 결국
일정한 정태적(靜態的) 구도(構圖)를 설정하고 역사적 장르들을 각기
의 큰 갈래 속에서만 단선적으로 계열화하게 된다. 살아 움직이는 문학
현상들의 동적·입체적 관련과 전성(轉成) 및 상호간의 넘나듦은 이에
따라 충분히 설명되지 못한다.[17]

　　그리고 이 같은 비판을 통해 견지하게 된 ③ '역사적 실재론'의 시

---

16) 김홍규, 같은 글, 145쪽.
17) 같은 글, 145~146쪽.

각에서 경기체가를 검토한 결과, '조동일 교수의 개념을 빌어 말할 때'(역사적 실재론의 관점에서 큰 장르는 보편적인 것이 아니라 빌려 쓸 수 있는 전략적 가설이거나 방법틀일 뿐이다) 경기체가는 교술에 귀속될 수도, 서정에 귀속될 수도 없는 '중간적' 장르이다. 이처럼 ③의 관점으로 전환할 것을 주장한 김흥규는 경기체가를 교술만으로 설명하려는 조동일의 보편실재론에 맞서게 된다. 결국 ③이 지니는 주장은 보편적 장르 범주를 역사적 장르의 복잡하고 다양한 속성과 변화 및 상호 관계를 이해하는 수단으로 사용하자는 것으로 요약된다. 그리고 이러한 주장은 장르론이 실재하는 역사적 장르의 토대를 벗어나서 사유되어서는 안 된다는 인식을 바탕으로 하며, 이 때문에 궁극적으로 '밑으로부터의 장르론'을 지향하게 된다.

한편 김학성은 ②를 기반으로 하면서 ③의 시각이 제기한 문제의식을 부분적으로 수용하는 자세를 견지한다.

새삼스러운 얘기지만 우선 장르론은 '질서'의 원리라야 하며, 동시에 문학의 본질과 속성을 밝히는 작업으로 연결되어야 한다. 아울러 문학의 유형들 사이에 단단한 경계선을 구축하여 개별 작품들을 일정한 범주로 분할하는 데 그 궁극의 목표를 두어서는 안 되며, 범주 자체 내의 질서와 분할 원리가 전체 체계에서, 그리고 개별 작품에서 두루 일관성을 가지는 것이어야 한다.[18]

이와 같은 시각에서 김학성은 김흥규의 역사적 실재론에 다음과 같은 비판을 가하게 된다.

---

18) 김학성, 앞의 글, 248쪽.

　뿐만 아니라 김홍규 교수가 주창한 '밑으로부터의 장르론'적 투시법으로 국문학의 장르체계를 얼마만큼이나 효율적으로 질서화할 수 있을는지 상당히 의심스럽다. 왜냐하면 서구 장르론자들이 이미 거듭 확인한 바 있듯이 순수 장르란 하나의 이상적인 장르적 유형일 뿐 기실 그렇게 흔하게 실현되는 것이 아니므로 거의 모든 작품이 혼합장르나 주변장르 혹은 중간장르에 귀속될 가능성이 크기 때문이다. 이렇게 된다면 장르론의 궁극 목표인 질서화 혹은 체계화는 또 다른 난관에 부딪힐 것이 명약관화(明若觀火)하지 않겠는가?[19]

　이러한 비판은 역사적 실재론이 보편적 장르의 실재성을 전면적으로 부인하고 순전히 도구화할 때, 장르론은 더 이상 문학 전반의 원리와 본질을 탐구하는 중요한 과제를 수행할 수 없게 될 것이라는 우려에서 제기된 것이다. 이처럼 보편실재론의 관점에서 장르론은 그 가능성을 더욱 넓혀서 한 작품, 혹은 한 역사적 장르를 넘어서 문학의 본질에 접근하려는 욕망의 표현이어야 한다. 하지만 문제는 장르론의 더 궁극적인 목표가 '질서화 혹은 체계화'에 있다는 '보편실재론'과 '역사적 장르의 살아 움직이는 현상과 본질을 파악'하는 데 있다는 '역사적 실재론'의 시각 차이에 있다. 역사적 실재론이 '장르론의 궁극 목표는 질서화에 있다'는 보편실재론적 당위에 도전하는 이유는 '보편적인 큰 장르를 규정하는 공통 자질이 실재하는가 혹은 실재하지 않는가?'에 대한 설득력 있는 대답이 나오지 않았다는 데 있다. 역사적 실재론이 '질서화'를 통한 문학 전반에 대한 탐구가 가설에 그칠 공산이 크다고 보는 것은 이 때문이다. 결국 보편실재론이 역사적 실재론에 정당하게 대응하기 위해서는 보편적인 큰 장르의 실재성을

---

19) 같은 글, 250쪽.

납득시키는 길밖에 없다고 생각된다.

이제 이 글이 지향하는 장르론의 성격이 어느 정도 드러났을 것이다. 필자의 의도는 보편실재론의 가능성을 포기하지 않으면서도 역사적 실재론이 제기하는 문제의식들을 진지하게 수용하는 데서 판소리·탈춤·고소설·시조 등의 장르적 특성을 살펴보자는 것이다. 그것은 먼저 역사적 장르를 중시하는 태도를 견지하는 것이다. 다음으로 보편적인 원(原)장르(archigenre)[20]의 존재 가능성을 고찰하되 그 실재성을 드러내도록 하고, 이를 역사적 장르의 준별·분속을 위한 기준으로 사용하기보다는 그 역동적 실체 혹은 본질을 드러내는 도구로 활용하기로 한다. 따라서 원장르의 실재성이 인정된다고 해도 역사적 장르들을 그 가운데 하나에 기계적으로 귀속시키는 방식을 지양하고, 그 안에 존재하는 다양한 특성들이 과연 다만 종속적인 변수에 불과한가 아니면 또 하나의 중요한 본질인가를 고찰해 중간장르 혹은 주변장르의 가능성을 배제하지 않기로 한다. 결국 이 글은 역사적 장르의 다양하고 복합적인 실상을 존중한다는 점에서 역사적 실재론을 기반으로 하고, 역사적 장르들의 본질을 구성하고 그 변화의 요인으

---

20) '원장르(archigenre)'는 역사적 장르에 대해 보편적인 상위의 장르 개념으로 사용되어왔다. 주네트(Genette)는 〈원텍스트 서설〉을 통해 낭만주의적 장르 이론들에서 서정·서사·극이 'Dichtarten(시적 종류들)'과 대립되는 것은 일종의 원장르이기 때문이라고 밝히면서, 이때 "원이라고 하는 것은, 그것들이 각기, 위계적으로, 일정한 수의 경험적 장르들(그 범위와 수명과 재생산의 능력이 어떠하든 간에 구체적 역사와 문화의 산물인)을 포괄하는 것이기 때문"이며, "장르라고 하는 것은 그 정의 기준이 항상 어떤 주제적인 요소, 즉 순수히 형식적이거나 언어학적인 묘사를 벗어나는 요소를 지니고 있기 때문"이라고 말한다(김현 편, 《장르의 이론》, 문학과지성사, 1987, 106쪽 참조). 굳이 이 용어를 사용하는 이유는 '장르류'나 '이론적 장르'와 같이 흔히 사용되는 용어들이, 전자는 의도하지 않았다 하더라도 분류에 집착하는 느낌을, 후자는 순전히 이론적으로 설정된 개념이라는 느낌을 주기 때문이다.

로 작용하는 보편적인 원장르의 실재성을 부정하지 않는다는 점에서 보편실재론의 가능성을 아우른다고 하겠다.[21]

이 같은 목적을 달성하기 위해 먼저 관념적·이론적 장르체계가 빚어온 모순을 자세히 살피고 이를 극복할 대안을 마련한 다음, 특히 보편적인 원장르를 규정하는 '공통 자질'을 찾아내고 이 공통 자질들과 원장르의 관계를 드러내도록 하겠다. 본원적이고 선명한 공통 자질들에 대한 이해를 기반으로 한다면, 역사적·사회적 조건들로 말미암아 서로 결합하고 중첩되면서 새로운 역사적 장르들을 만들어내는 근원으로서 원장르들에 대한 더 유연하고 깊은 이해가 가능해질 것이다.

2. 분류론적 장르체계의 전개와 4분법의 한계

(1) 문제 제기

필자는 이제 서정·서사·극 외에 교술·전술 혹은 주제적 양식 등으로 불리는 제4장르의 설정에 따르는 여러 가지 문제점을 살펴봄으로써, 과연 제4장르가 서정·서사·극 등과 대등한 장르적 위상을 가질 수 있는지 그 타당성을 고찰하려고 한다. 여기에는 물론 이른바 제4장르라는 것이 설정되는 과정에서 당연히 제기되었어야 할 여러 가지 문제들이 아직까지 한번도 본격적으로 논의된 적이 없다는 문제

---

21) 그러나 원장르가 역사적 장르들의 본질을 구성하는 근본 자질들을 가진다면, 역사적 장르들의 본질을 규명하는 것은 곧 그 장르의 위치를 찾아주는 일이 될 수 있다.

의식이 깔려 있다. 모든 학문적 진지함이 요구되는 작업은 당연히 그에 따르는 과감하고 전면적인 의사소통의 과정이 요청된다. 다소 때늦은 감이 있지만, 지금부터라도 제4장르의 설정에 대한 전면적인 토론이 시작되어야 할 것이다.

이 문제와 관련해 제기되어야 할 첫번째 질문은 '과연 제4장르의 설정이 필요한가, 그렇다면 왜 필요한가?' 하는 것이다. 물론 필요하지 않았다면, 굳이 설정하는 수고를 기울이지 않았을 것이다. 하지만 '왜 필요한가'에 대한 대답이 타당해야 그 설정의 당위성이 확보될 수 있다. 그리고 이 물음에 대한 대답은 결국 제4장르를 포함하는 장르 체계 전체에 영향을 미칠 것이다. 그러므로 다음 문제는 '이미 설정된 제4장르의 개념과 범주가 과연 타당한가?, 같이 설정된 다른 장르들과 동일한 기준 및 무게를 지니는가?, 겹치거나 충돌을 일으키는 부분은 없는가?' 하는 것이 된다.

장르들은 서로 교섭하고 결합해 자주 복합적 성격을 지닌 새로운 양식을 낳을 수 있다. 이 때문에 복잡한 장르 현상을 분석하는 상위의 장르 개념들은 선명하게 변별되면서도 서로 열려 있는 상태라야 할 것이다. 만일 상위의 장르 개념들이 올바로 설정되어 있다면, 개별 역사적 장르와 그것들의 교섭 및 결합의 양상들을 잘 설명해낼 수 있을 것이다. 결국 마지막 문제는 '개별 역사적 장르들의 성격과 여러 장르 현상에 대한 설명은 적절한가?' 하는 것이 될 것이다.

물론 이와 같은 문제들은 각각 개별적으로 고찰될 수 없고 서로 밀접한 관련을 지니며, 결국 장르에 대한 인식 전반에도 영향을 미치게 될 것이다. 이 글은 이런 질문들에 답하면서, 확인되는 문제점들을 극복할 대안도 모색하게 될 것이다.

한국의 문학 연구자들 사이에서 장르론에 대한 관심은 어느 나라와 비교해도 적지 않을 만큼 매우 크다. 이런 이유로 장르론에 대한 관심을 표명한 연구들의 수 또한 적지 않으며, 그 기반이 되는 이론적 관점들도 무척 다양하다. 이런 상황에서 장르론에 대한 모든 연구를 고찰의 대상으로 하는 것은 비현실적이다. 그렇다면 어떤 연구를 주요한 대상으로 할 것인지 살펴보아야 한다. 필자가 여기서 내건 주제의 특성상 그 기준은 '제4장르가 포함된 장르체계를 제시한 이론'이 될 수밖에 없다. 그리고 이런 기준에 부합하는 논의로 조동일의 '교술'이 포함된 '갈래체계'와 성무경의 '전술'이 포함된 '존재양식론'이 있다. 조동일의 '갈래체계'는 한국에서 가장 널리 알려지고 지지를 받은 장르론이며, 장르와 관련된 거의 모든 논쟁의 중심에 서 있는 이론이다. 성무경의 '존재양식론'은 조동일의 이론에 대해 비판을 전개한 여러 이론들 가운데 나름대로 새로운 체계를 제시한 것으로, 그 중심에 제4장르인 '전술'이 포함되어 있어서 피해갈 수 없다. 이 두 이론을 중심으로 논의를 전개하면, 현재 제4장르에 대해 제기되어 있는 대부분의 문제가 수면 위로 떠오르게 될 것이다.

하지만 우리의 일차적인 관심이 무엇보다 한국의 상황에 맞는 '한국적' 장르론이라 하더라도 외국, 특히 서구의 장르 논의를 무시할 수는 없다. 우리의 장르 연구사 자체가 서구의 영향을 배제하고는 설명될 수 없으며, 장르론은 그 출발부터 모든(혹은 대부분의) 문학예술을 포괄하는 어떤 보편성을 염두에 두고 이루어졌기 때문이다. 그러나 외국의 장르이론 가운데 무엇을 대상으로 할 것인가 하는 문제는 더욱 난감하다. 그 수와 논의의 다양성이 상상을 초월하기 때문이다. 하지만 이미 결정된 한국의 두 이론을 염두에 두면서 기존 이론에 대한 포괄성과 세계적으로 인정되는 보편성을 감안한다면, 프라이와 헤르나디의 논의를 그 대상으로 하는 것이 무난하고 타당할 것이다. 조동일의 장르체계는 프라이의 이론 가운데 일부와 유의미한 유사성이 발견되고 있으며, 성무경은 헤르나디로부터 출발하고 있다. 또 두 사람의 이론을 집대성한 《비평의 해부》와 《장르론》은 모두 기존의 여러 논의를 광범위하게 고찰한 뒤에 이를 포괄하는 대안을 제시하고 있다. 게다가 무엇보다도 이들 두 사람의 이론은 오늘날 장르론자들이 참고해야 할 두 가지 보편적이고 유용한 지침을 제시하고 있다.

  이렇게 상호 관련된 몇 가지 문제의식들과 논의의 중심이 될 대상들을 살펴보는 가운데 드러났듯이, 필자는 여기서 결국 장르론 전반에 걸쳐 있는 광범위하면서도 민감한 문제들을 거의 모두 건드리면서, 한국적 장르론의 전개 과정과 문제점뿐만 아니라 장르론에 내재된 보편적이고 일반적인 문제들을 심도 있게 검토하고 그 해결책을 모색하게 될 것이다.

(2) 프라이의 '제시방식'과 헤르나디의 '유연성'

  프라이와 헤르나디 그리고 조동일과 성무경의 논의는 서로 흥미로운 상관 관계를 보이고 있다. 헤르나디가 프라이에 대한 비판을 자기 입론의 전(前) 과정으로 삼은 것처럼, 성무경도 조동일에 대한 비판으로부터 입론을 시작한다. 헤르나디가 프라이의 용어와 개념상의 혼란을 지적하는 것으로부터 비판을 시작하듯, 성무경도 조동일이 사용한 '자아'와 '세계'의 개념이 빚는 혼선을 문제 삼으면서 비판을 시도한다.[22] 그러나 조동일이 의도하지 않고서 프라이와 비슷한 개념들을

---

22) 헤르나디, 김준오 옮김, 《장르론》, 문장, 1983, 159쪽 참조 ; 성무경, 앞의 글, 3~5쪽 참조.

사용하고 있는 데 반해, 성무경은 의식적으로 헤르나디의 장르론을 하나의 전범으로 삼고 이를 비판함으로써 자신의 이론을 구축하고 있다.[23]

프라이가 행한 일련의 연구가 집대성된 《비평의 해부》는 "아리스토텔레스가 남기고 간 그 이론에서 한 발자국도 더 나아가지 못"한 서구 장르 비평을 '과학'의 수준으로 올려놓고자 한 야심찬 저작이다.[24] 이 저작은 서구 문학의 전개 과정과 유형들에 대한 본질적이고 방대한 고찰들로 가득 차 있다. 그러나 방대한 지적 고찰이 지닐 수 있는 가장 흔한 약점인 일관성의 부족 때문에 이 저작은 하나의 이론적 통일체로서는 다소 문제점을 안고 있다. 그 가운데 하나가 헤르나디가 지적했던 용어와 개념상의 혼란인데, 이 저작의 가장 기본적인 용어 가운데 하나인 '장르'와 '수사(비평)' 사이의 관련에 대해서도 전혀 상반된 견해가 발견된다. 가령, 두번째 글에서 "수사적 비평에서 가장 두드러진 점은 장르에 관한 그 어떤 고찰도 없다는 것이다"라고 선언한 다음, 네번째 글의 표제를 〈수사비평 : 장르의 이론〉이라고 해버리는 식이다.[25] 표제만이 아니다. 이 글의 본문에서도 그는 "어떻든 간에 장르는 시인과 그가 대상으로 하는 공중 사이에 확립된 여러 조건에 의해서 결정된다는 의미에서, 장르비평의 기초는 수사적인 것이다"라고 공언한다.[26] 이 "(시인과 공중 사이에 확립된 여러 조건에서 결정되는) 수사적인 것"이 그의 장르 이론의 근간을 이룬다는 점에서 이 용어상의 혼란은 더욱 심각해 보인다.

---

23) 이에 대해서는 뒤에서 상론하도록 하겠다.

24) 프라이, 임철규 옮김, 《비평의 해부》, 한길사, 1982, 26쪽.

25) 헤르나디, 앞의 책, 159쪽.

26) 프라이, 앞의 책, 345쪽.

극, 서사시 그리고 서정시라는 말의 기원을 생각하면, 장르의 중심적인 원리는 매우 간단한 것이 아닐까. 문학에서 장르의 구별은 기본적인 제시(presentation)의 방식에 의거하고 있는 것처럼 여겨진다. 그 방식이란 말이 관객 앞에서 연행되는 경우, 듣는 사람 앞에서 얘기되는 경우, 노래로서 읊조려지거나 영창(詠唱)되는 경우, 또는 독자를 위해서 글로 쓰여지는 경우이다.[27]

이와 같은 생각에서 문학작품들을 구술되는 에포스, 인쇄되어 읽히는 픽션, 가창되는 서정시, 연행되는 극의 네 가지로 구분한 것이 그의 '장르의 이론'이다. 그리고 에포스에서는 가상적 인물들이 청중으로부터 숨겨지고, 픽션에서는 가상적 인물뿐만 아니라 작가까지도 청중으로부터 숨겨지며, 서정시에서는 청중이 시인으로부터 숨겨지고, 극은 등장인물이 관객들과 대면함으로써 작가가 청중으로부터 숨겨진다고 지적했다.[28] 이러한 구분에 대해 헤르나디는 그 가치를 인정하면서도 에포스와 픽션을 구분하는 데는 이의를 제기했다. 작가가 직접 말을 건네는 에포스 형식의 서사체에서도 가상적 인물이 부각될 수 있고, 반대로 산문소설에서 서술자가 독자에게 말을 건네는 것을 삼가는 경향은 최근의 일이라는 것이다.[29] 이러한 지적은 타당하다. 하지만 헤르나디의 여러 비판을 감안하더라도 프라이의 입론은 매우 의미 있는 것이었다. 이것은 헤르나디가 자신의 다원적 장르체계 안에 이 이론을 수정해 활용하고 있는 데서도 알 수 있다. 다소 길지만 프라이의 장르론과 헤르나디의 입론 과정을 알려주는 예문이 있으므

---

27) 같은 책, 같은 쪽.
28) 같은 책, 같은 쪽.
29) 헤르나디, 앞의 책, 170~172쪽.

로 인용하기로 한다.

　《비평의 해부》는 규칙적 운율로 된 운문을 에포스에 연결시키고, 논리적으로 직선적인 산문을 픽션에 연결시키고, 의식의 흐름의 언어화를 서정시에 연결시키고, ‘작품 내적 허구’의 인물과 상황에 어울리도록 문체를 적합하게 맞춘 것을 극에 연결시킨다. 그러나 (만약 내가 네번째 에세이와 《건전한 비평가》〔1963〕에서 해당되는 구절들이 갖고 있는 대단히 복잡한 취지를 올바로 이해하고 있다면) 프라이는 ‘반복의 리듬’, ‘지속의 리듬’, ‘연상의 리듬’, ‘적격(데코럼)의 리듬’을 어법의 유형들로 간주하는데, 이 어법의 유형은 각각의 장르들에 매우 적합하지만 오로지 이 각각의 장르들로만 구성된 것은 결코 아니다. 이것은 충분히 이해할 만하다. 왜냐하면 예를 들어 반복의 리듬과 직접적 말건넴으로 정의한 에포스를 더 가깝게 연결시키기를 그가 고집한다면 그가 제시한 4분법은 작가와 주인공 그리고 대부분의 작품 속에 존재하는 각각의 ‘사회들’ 사이에 일어나는 복잡한 상호 작용을 정당하게 평가할 수 없기 때문이다. 실제로 《비평의 해부》에서 서정시와 에포스는 이 양자 사이에 하나의 중요한 차이점을 지니면서도 현저하게 주제적인 장르로 나타나 있다. 서정시인은 ‘한 개인으로서 창작하고 자기 인격의 독립성과 자기 비전의 독자성을 강조하는’ 경향이 있는 데 대하여, 에포스 형식(웅변적 산문을 포함해서)으로 쓰는 작가는 스스로 그가 속한 사회의 대변인이 되는 데 열중한다. 즉 ‘그의 사회에 잠재하거나 필요로 하는 시적 지식과 표현력은 그를 통해서 명확하게 된다.’ 다음으로 픽션과 극은 작가와 독자 사이의 ‘작품 외적 허구’라는 주제적 관계를 무시한다는 점에서 일치한다.[30]

---

30) 같은 책, 172~173쪽

여기서 볼 수 있는 것처럼, 헤르나디는 프라이의 장르론에서 다음과 같은 몇 가지 사실을 읽어낸다.

① 반복·지속·연상·적격의 리듬이라는 네 가지 '어법의 유형'들은 각각의 장르들에 적합하지만, 이것들이 곧 장르들은 아니다. 프라이의 개념들은 서로 완전히 일치하거나 닫혀 있지 않고 열려 있음으로써 작품 속에 존재하는 각각의 '사회들' 사이에 일어나는 복잡한 상호작용을 정당하게 평가할 수 있다. 다시 말해서, 프라이의 개념들이 서로 유연한 관계를 맺고 있기 때문에 작품과 작품들 사이의 관계를 이해하는 데 유용한 도구가 될 수 있다.

② 서정시와 에포스는 차이가 있으면서도 둘 다 현저하게 '주제적인 장르'이다.

③ 픽션과 극 역시 차이가 있지만 둘 다 주인공과 작중 세계로 된 '작품 내적 허구'에 초점을 맞추고 있다는 점에서 일치한다.

①은 헤르나디가 '바람직한' 장르론의 요건으로 대단히 중시하는 것으로, 그 역시 여러 차원의 개념을 '유연하게' 엮어놓음으로써 열린 장르체계를 지향한다. 이것은 기존의 여러 견해들을 하나의 일관된 체계 안에 수렴하려는 한국의 장르론적 경향과는 상당히 상반되는 것으로 논리적 혼선을 빚을 우려가 있지만, 장르의 실상을 더욱 섬세하게 고려하려는 노력이라고 할 수 있다. ②와 ③은 헤르나디가 프라이의 체계 위에서 자신의 이론을 어떻게 펴나갈 것인지를 보여준다. 필자가 보기에 이것은 프라이 장르론의 실상이기도 하지만, 그보다 더 헤르나디의 장르 인식에 가깝다. 헤르나디는 장르를 추상하는 체계의 한 축으로 비전과 액션을 두고, 여기서 각각 액션화된 비전과 비전화된 액션을 다시 설정해 '비전'·'액션화된 비전'·'비전화된 액

션'·'액션'의 네 가지 범주를 제시했다. 그런데 이를 보편적(이론적) 장르와 관련시키면, 주제적 장르에 해당하는 제4장르는 비전에, 서정은 액션화된 비전에, 서사는 비전화된 액션에, 극은 액션에 수렴된다.[31] 이를 보면 헤르나디는 서사는 비전화되어 있지만 액션을 바탕으로 하며, 서정은 액션화되어 있지만 비전을 바탕으로 한다는 생각에 접근하고 있음을 알 수 있다. 그가 그린 균형 잡힌 도표가 있음에도 우리는 서정적 양식-주제적 양식, 서사적 양식-극적 양식이라는 두 짝을 염두에 둘 수 있는데, 이것은 프라이의 장르론에 대한 위 ②와 ③의 해석과 일치하는 것이다.[32]

또 헤르나디는 '서정-주제/서사-극'이라는 다소 도식적인 대칭구도 외에 프라이의 '제시방식'과 거의 같은 네 가지의 '투시법'을 자신의 장르체계에 끌어 쓰고 있다.[33]

① 작자가 독자에게 직접 말하는 방식(authorial) - 주제적 양식 - 비전
② 작자는 숨고 등장인물 상호간에 말하는 방식(inter-personal) - 극적 양식 - 액션
③ 독자가 숨은 가운데 작자가 비공개적으로 은밀하게 말하는 방식 (private) - 서정적 양식 - 액션화된 비전
④ 작자가 독자에게 직접 말하기도 하고 혹은 등장인물을 통해 간접적

---

31) Paul Hernadi, *Beyond Genre : New Directions in Literary Classification*, Cornell Univ. Press, 1977, 156~170쪽 참조. 이 책의 경우 중요한 내용이나 작은 번역의 오류가 커다란 오해로 이어질 수 있는 부분에서는 영어판을 인용했다. 다음에 다루게 될 성무경의 번역과 차이가 있기 때문이다.

32) 이 같은 도식화는 조동일이나 성무경의 경우에도 나타나는데, 이에 대해서는 다시 언급할 것이다.

33) Paul Hernadi, 앞의 책, 156~170쪽.

으로 말하기도 하는 이중적인 방식(dual) – 서사적 양식 – 비전화된 액션

　주지하다시피 이 가운데 ②는 극을 구분하는 서구의 전통적인 개념이다. 하지만 나머지는 계속 논란이 있어온 것이다. 그 가운데서도 ③과 관련해서는 과연 플라톤이나 아리스토텔레스가 서정적 양식을 다른 양식들과 구분해 인식했는가 하는 더 근본적인 문제가 제기되었고, 주네트(Genette)는 이에 대한 엄밀한 고찰을 통해 플라톤이 구별한 세 가지 양태에서 오랫동안 서정적인 것으로 오인되어온 '디티람부스'는 순수 서술적인 것이었다고 지적했다.[34] 다시 말해서, 위의 ①과 비슷한 것이었다고 판단하는 것이다. ④의 경우는 적어도 아리스토텔레스 이후에 서사를 이해하는 개념이다. 하지만 주네트는 플라톤이 알았던(혹은 인식했던) 순수 서술적인 '디티람부스'가 아리스토텔레스에게 와서는 잊혀지게(혹은 인정되지 않게) 되어, 순수 서술적 양태와 서사시 같은 혼합적 양태 사이의 구별이 사라지게 된다고 지적한다. 여기서 우리는 흥미로운 사실을 발견할 수 있다. 헤르나디 역시 프라이가 에포스와 픽션을 구분하는 데 반대하고 있다는 점이다. 대신 그는 ①을 서사체로부터 분리해 주제적 양식에 접근시키고 있다.[35] 하지만 '비전'이라는 다소 추상적인 환기방식의 도움 없이 ①이 ④와 쉽게 구분될 수는 없다. ④는 ①과 ②의 결합으로 생성된 '이중적'인 방식이지만, '등장인물 상호간에 말하는 것' 역시 ④에서는 작

---

34) 주네트, 앞의 글 참조.

35) 이것은 '① 작자가 독자에게 직접 말하는 방식'이 '비전'이라는 환기방식과 관련된다는 전제에서만 그렇다는 것이다. 그에게 위의 네 가지 투시법은 환기방식에 따라 설정된 네 가지 양식과 언제나 일치하지는 않을 수도 있다.

자가 말하기 위한 간접적인 방식이기 때문이다. 다시 말해서, 등장인물을 내세워 간접적으로 말하는 방식은 어쨌든 작자가 말하기 위해서 ②의 방식을 빌어온 것이라고 생각할 수 있다. 헤르나디가 에포스와 픽션의 구별에 이의를 제기했던 것도 결국 이 때문이다. 이 투시법이 환기방식에 앞서는 구분법이 될 수 없었던 이유가 여기에 있다. 하지만 이 투시법들은 환기방식보다 구체적이기 때문에 작품 안에서 직접 확인할 수 있다는 장점이 있으며, 이것은 앞에서 살펴본 대로 프라이의 제시형식 개념에서 추출된 것들과 별로 다르지 않다.

결국 헤르나디의 투시법이나 프라이의 제시형식 네 가지는, 서로 구분하기 어려운 둘을 하나로 인정할 때 다음과 같은 세 가지로 분류된다.

① 노래되거나 읊조려지는 경우 : 청중이 숨은 가운데 작자가 비공개적으로 은밀하게 말하는 방식

② 독자에게 읽혀지거나 청중 앞에서 이야기되는 경우 : 작자가 독자에게 (직접 혹은 간접적으로) 말하는 방식

③ 관객 앞에서 연행되는 경우 : 작자는 숨고 등장인물들이 (관객들과 직접 대면하여) 상호간에 말하는 방식

이와 같은 체계에서 앞이 비언어적 상황까지 총체적으로 고려한 개념이라면, 뒤의 방식은 주로 말하고 듣는 언어적 상황에 초점이 맞추어진 개념이라고 할 수 있다. 이 때문에 뒤의 개념은 '제시'의 방식을 언어적 국면으로 축소해 그 상황의 맥락을 제거한 '진술'의 방식으로 변형시킴으로써, 양태론을 넘어 장르의 미학적이고 주제적인 측면들을 가늠하려는 노력을 어렵게 할 우려가 있다. 프라이가 강조한 극

의 '인물과 관객이 직접 대면하는' 상황의 중요성이 뒤의 개념만을 지정한 헤르나디의 투시법에서는 약화되는 상황이 발생하는 것이다. 이처럼 프라이의 입론 가운데 장르를 작가와 청중 그리고 등장인물 사이의 관계로 파악하는 방식은 장르를 주로 텍스트의 진술 방식으로 파악하는 헤르나디의 시각과 크게 일치하는 점이 있지만, 독자 혹은 청중의 존재를 무시하거나 배제하지 않는다는 중요한 차이점도 가지고 있다. 하지만 헤르나디가 지적한 것처럼 프라이의 입론에도 문제점은 있다. 프라이의 독서물(독자를 위해서 글로 쓰여지는 것)이 사실상 이야기(듣는 사람 앞에서 이야기되는 것)를 글(문자)로 하는 방식이기 때문이다. 그래서 프라이의 '제시의 기본형식' 네 가지는 위와 같이 세 가지로 수정될 필요가 있다.

프라이가 사실상 본격적인 4분법의 가장 초기 논자라면, 헤르나디는 이후 4분법의 전개 방향과 도달점을 보여준다. 그것은 체계화와 영역확장이다. 헤르나디가 비판했듯이, 프라이의 입론들은 서로 겹치고 밀어내서 이론적으로는 다소 혼란스럽게 보이는 부분들이 있다. 《비평의 해부》는 심지어 프라이가 이 같은 혼란을 방치하고 즐기기까지 한 흔적처럼 보인다. 그런 방만해 보이는 자유 속에서 문학예술 전반을 휘젓고 다니는 통찰력이야말로 이 책의 진정한 묘미이기도 하다. 이를 비판적으로 검토한 헤르나디는 다양한 변수들(그에 와서 비로소 변수가 된)을 고려하면서도 이론적 일관성을 지닌 장르체계를 구상하게 된다. 다층성과 유연성을 계승하면서도 '체계적인' 이론의 도출을 시도하게 된 것이다. 그러나 사실 이것은 쉽지 않고 거의 불가능하기까지 한 일이다. '체계화'를 위해서는 다층성이나 유연성을(특히 다층성을) 일부 희생시킬 수밖에 없는 것이다. 왜냐하면 본질이 다른 여러 층위의 기준을 똑같이 인정할 경우에 혼란은 불가피하기 때문이다. 그래서 그는 작자와 수용자 그리고 등장인물 사이의 관계에서 기인하는 '투시법'을 기반으로 장르론을 전개하고, '집중적·운동적·보편적'인 영역(scope)이나 '희극·비극·희비극'적인 정조(mood)는 다소 부차적인 변수로 처리해버린다.[36] 물론 이렇게 되면 장르론은 '투시법'이라는 프라이의 '제시형식'에서 추출될 수 있는 한 속성에 종속될 수밖에 없으며, 이것은 장르체계를 경직시켜 현대 작가들이 만들어내는 다양한 실험작들을 수용할 수 없게 할 것이다. 이것을 막고 더욱 다양한 문학현상을 수용할 수 있는 체계로 나아가기 위해 헤르나디가 고안한 것이 바로 '액션'과 '비전'이라는 개념이다. 이로써 그는 나름대로 설득력 있는 장르체계의 도식을 제시하게 된다.[37] 하지만 이 개념들은 유용한 반면 다소 추상적이라는 점을 지적하지 않을 수 없다. 게다가 '액션화된 비전'과 '비전화된 액션'으로까지 분화되면 이 네 개념의 모호성은 더욱 증가한다. 결국 헤르나디의 장르론은 근현대 작가들의 다양한 실험들을 수용할 수 있는 틀의 개발이라는 '영역 확장의 욕망'과 일관된 분류를 가능하게 하는 '체계화의 유혹'이 나름대로 타협을 본 결과물인 셈이다.

사실 프라이의 4분법도 상당히 도식적으로 보이지만, 그 이유는 헤르나디의 그것과는 다르다고 생각된다. 헤르다니의 4분법이 기존의 3분법으로 해명할 수 없는 새로운 문학적 상황을 설명해보려는 욕망에 기반을 두고 있다면, 프라이의 4분법은 다분히 그의 신화학적 편향, 특히 신화학적 경향으로서 도식화 지향성과 관련이 있어 보인다. 신화학자로서 그의 사유는 많은 경우 봄·여름·가을·겨울, (아침)·낮·

---

36) 프라이, 앞의 책, 203~217쪽 참조.
37) 헤르나디, 앞의 책, 198쪽의 도식 참조.

(저녁)·밤과 같은 짝수 순환론에 기대고 있다.[38] 물론 이것이 전부가 아니다. 안정적인 순환 도식에 친숙한 감각을 바탕으로 '구전·구술'의 독자적 가치를 중시하는 경향이 포함되어 '에포스'가 '픽션'이나 '서정'과 어깨를 나란히 할 수 있었던 것이다.

이들의 장르체계가 이처럼 일정한 도식성을 벗어나지 못하고 있었음에도, 크게 주목받아 마땅한 것은 이들의 이론이 제시한 보편타당한 방향성 때문이다. 그 하나는 이미 충분히 살펴본 것처럼 기본적으로 '유연성'에 대한 고려를 매우 중시했다는 것이다. 수많은 작가들이 의도적·의식적으로 기존의 장르 인식을 파괴하려는 시도를 끊임없이 전개하는 오늘의 상황이 세 개로 된 틀에 하나의 영역을 추가한다고 해서 해결되지는 않을 것이다. 이것은 영역들 사이의 벽이 허물어지고 있다는 사실을 인정하는 것, 아니 사실은 그 벽이 실재했던 것이 아니라 단지 가정되어 있었을 뿐이라는 것을 인정하는 데서 해결의 실마리를 찾아야 할 것이다. 두번째는 장르가 결국 실재하는 수사적 기초, 즉 제시의 방식에 기반한 개념이라는 것이다. 그것을 제시형식이라고 부르든 투시법이라고 부르든 간에 말이다. 세번째는 장르가 결코 작품의 내용이나 미학과 별개의 문제일 수 없다는 것을 인식했다는 점이다. 두 사람이 모두 제시형식에 기반한 '수사적 상황'을 기초로 하면서도 본론에서는 '리듬'이나 '환기방식' 같은 것들을 앞세우고 이를 토대로 대상의 내용이나 미학적 문제로 나아가는 것은 이 때문이다. 프라이가 제시형식들로부터 '리듬'들이 형성되어 나오는 명확한 인과관계를 보여준 데 반해, 헤르나디의 투시법과 '환기방식'은

---

38)《비평의 해부》전체가 그런 경향을 가지고 있으며, 이를 확인하는 것은 역서의 각주에 정리되어 있는 많은 도식들을 일별하는 것으로도 충분하다.

상대적으로 관련성이 적어 보이기는 하지만 말이다. 이제 앞에서 언급한 몇 가지 보편타당한 지침들을 바탕으로 한국 장르론의 전개 과정을 살펴볼 차례이다.

(3) 영역확장과 분류체계의 완성 욕망―'교술'의 탄생

한국문학에서 장르론이 전개되는 과정을 여기서 새삼스럽게 늘어놓을 필요는 없을 것이다. 그러나 한 가지 사실을 인정해야 우리는 제4장르에 대한 선학들의 고민과 집착을 이해할 수 있다. 그것은 바로 서구 문학에 대한 우리 선대 학자들의 열등감과 우리 문학에 대한 민족적 애정이다. 조윤제는 처음 우리 문학의 분류체계를 시가·가사·문필이라는 3대 범주로 구분하고자 했다.[39] 이때까지 그는 우리 문학에 대한 열정으로만 가득 차 있었던 것 같다. 사실 이와 같은 체계는 거의 순수하게 우리 전대(前代) 문학의 실상을 반영하고 있다. 그러나 곧 그는 이와 같은 소박한 분류체계가 자신이 살고 있는 시대는 물론, 장차 전개될 우리 문학의 실상을 포착하는 데 절대적인 한계를 지니고 있다는 것을 알아차리게 된다. 그래서 시가·가사·소설·희곡의 4분법이 세워졌다.[40] 하지만 이와 같은 체계는 근대 서구의 장르체계와 우리 문학의 실상을 불완전하게 조합한 것이다. 그래서 '희곡'의 범주를 채울 만한 작품을 찾는 데 곤란을 느낄 수밖에 없었으며, '문필'은 '소설'로 축소될 수밖에 없었다. 이와 같은 상황에서 장덕순의 3분법 체계는 비록 서구 이론의 도입이라는 의미를 크게 넘어서기는

---

39) 조윤제, 〈가사문학론〉, 《조선시가의 연구》, 을유문화사, 1948.
40) 조윤제, 〈국문학의 유형과 체계〉, 《국문학개설》, 동국문화사, 1955.

어려웠지만, 장르의 보편성에 대한 인식을 바탕으로 더 강력한 설득력을 지닐 수 있었다.[41] 하지만 그가 잃어버린(?) 가사의 독특한 위치와 자리를 빼앗긴 문필류들이 커다란 문제를 일으켰다. 당시까지 우리 선학들은 서구에 필적할 만한 희곡을 거의 발견하지 못했는데, 이런 상황에서 문필류와 가사까지 정당한 문학으로 인정받지 못하면 우리 문학은 거의 서정으로 국한되는 것처럼 느껴지기 때문이다. 이와 같은 상황은 민족문학에 대한 애정을 버릴 수 없었던 학자들을 자극했고, 이와 같은 분위기가 우리 문학 연구의 발전을 촉진했다.

이후의 국문학 연구사를 장르 혹은 범주의 측면으로 국한시켜 단순하게 표현한다면, '확장의 역사'라고 해도 과언이 아니다. 민족어에 대한 애정으로 말미암아 한때 소외될 뻔했던 한문학이 다시 국문학의 중심 영역으로 복귀했고, 구비문학의 광활한 영역이 적극적으로 개척되었다. 특히 후자는 우리 문학의 약점처럼 여겨졌던 극예술(희곡)의 공백을 훌륭히 메우면서, 문학이 결코 상층의 전유물이 아님을 입증하는 커다란 성과를 이룩했다. 또 이와 함께 고양된 기층에 대한 관심이 한문학 연구에도 영향을 끼쳤음은 주지의 사실이다. 여기서 주목하고 싶은 부분은 적어도 국문학 연구에서 제4장르에 대한 관심은 이와 같은 감정적 기반 아래 형성되었고, 이것이 미치는 영향력은 지금도 별로 줄지 않았다는 것이다. 다시 말해서, '교술'의 설정과 이에 대한 광범위한 지지는 '민족(결과적으로는 동아시아)문학의 영역확장'이라는 민족애가 지시한 과업의 완성으로 이해된다는 것이다.

여기 추가되어 있는 교술은 경기체가·가사·수필 따위를 두루 포함하

---

41) 장덕순, 《국문학통론》, 신구문화사, 1960.

는 것이다. 4분법은 문학작품이라면 무엇이든지 다 포괄하는 점에서 3분법보다 나은 것이라고 할 수 있다. 문학의 범위를 광의의 것으로 잡아서 역사에 관한 글이나 사상에 관한 글도 문학이라고 한다면, 이런 것들도 모두 교술이다.[42]

그러나 한문학의 장르에는 이외에도 소위 '의론(議論)의 문(文)'에 해당하는 것으로서 논(論)·설(說)·원(原)·의(議)·변(辯)·해(解) 등 여러 종류가 존재한다. 이들은 엄연히 문학의 한 장르이기에 장르체계 속에 적극적으로 포섭될 필요가 있다. 그러나 3분법에는 이들 장르를 넣어줄 자리가 없다. 4분법의 필요성은 그래서 제기된다. 이러한 이유에서 필자는 4분법을 지지하는 관점을 취한다.[43]

겉보기에 조동일의 4분법 체계는 기존의 3분법에 교술장르를 하나 더 추가한 보완의 수준 이상의 의미를 지니지 않는 것으로 볼 수도 있다. 그러나 그의 장르론이 지니는 의미는 결코 이처럼 단순한 것이 아니었다. 우선 교술 장르류의 설정을 통해 분류체계를 광의의 문학에까지 확대시킴으로써, 국문학의 모든 영역(예컨대 국문문학만이 아니라 한문학과 구비문학까지, 그리고 고전문학만이 아니라 현대 문학까지)을 포용할 수 있는 길이 열리게 되었다. 이는 국문학의 현상만이 아니라 동양의 문학, 나아가 세계문학의 현상까지 포용할 수 있는 이론의 일반성을 확보하고 있다는 점에서 그 의의는 더 확대될 수 있다.[44]

---

42) 조동일, 〈문학의 갈래〉, 《한국문학의 갈래 이론》, 문학과지성사, 1992, 289~290쪽.

43) 박희병, 《조선후기 전의 소설적 성향 연구》, 성균관대 대동문화연구원, 1993, 38쪽.

44) 성기옥, 〈국문학 이해의 방향과 과제〉, 《한국문학개론》, 새문사, 1992, 28~29쪽.

물론 민족애의 숭고함이 부정될 이유는 결코 없다. 민족애로 전인미답(前人未踏)의 영역을 개척하는 일은 칭송받아 마땅하다. 하지만 감정적 편향은 이론의 전개 과정을 왜곡할 위험이 있음을 잊어서는 안 될 것이다. 특히 장르론은 그 특성상 기본적으로 '이론의 일반성'을 확보해야 진정한 가치가 있다. 이 같은 상황을 지적해두는 까닭이 여기에 있다. 그런데 우리는 앞의 인용문들에서 우리 문학 혹은 동아시아 문학에 대한 애정보다 더 근본적인 한 가지 태도를 읽을 수 있다. 그것은 분류론적 태도이다. 심지어 장르체계를 '분류체계'로 바꾸어 서술하는 것이 아무렇지 않을 정도로 이러한 태도가 국문학 연구자들에게 널리 퍼져 있다.[45] 하지만 국외로 눈을 돌려보면, 장르론은 지금 연명을 위해 선명한 분류체계라는 지위를 급속하게 포기해가고 있다.

그러나 어느 교사들도(아마도 이들의 가르침을 받는 우수한 학생들까지도) 시·소설·극 같은 비둘기가 드나드는 조그마한 새집이 엘리어트의 《황무지》, 조이스의 《율리시즈》, 그리고 포크너의 《수녀를 위한 미사곡》과 같은 커다란 새들이 깃을 치기에 적합하다고는 생각하지 않을 것이다.[46]

헤르나디는 그래서 4분법이 관심을 끌고 있다고 했지만, 사실 4분법이라 해도 선명한 분류체계로서의 지위를 고집하는 한, 위의 작품

---

45) 당장 앞의 세 인용문에서 우리는 이런 태도를 확인할 수 있다. 즉, '3분법'·'4분법' 하는 용어가 일반화된 것은 물론, 무엇을 '넣어주'거나 '포괄하는' 데 집착하는 것이다. 더 나아가 세번째 인용문처럼 장르체계를 '분류체계'로 바꾸어 사용하는 경우도 전혀 어색하지 않다.

46) 헤르나디, 앞의 책, 180쪽.

들을 넣어줄 공간을 만들 수는 없을 것이다. 이 '새'들은 여러 방을 차지하고도 남음이 있기 때문이다. 그래서 그는 상호 교류 가능한 다차원의 장르체계를 마련하게 된다. 이처럼 4분법도 근본적으로는 그 공간을 별로 확장하지 못했다. 사실 3분법의 전체 공간이 4분법의 전체 공간에 견주어 그리 좁다고는 할 수 없다. 3분법이든 4분법이든 그 전체 공간은 마찬가지로 충분히 넓다. 문제는 그 안에 너무 두터운 벽들이 (가정되어) 있다는 것이다. 필자는 장르의 우주에 두터운 벽들이 존재한다고는 생각하지 않는다. 다만 세 개의 행성이 있을 뿐이라고 믿는다. 우리가 아끼는 '새'들은 그들이 어느 위치에 깃들고 있는가에 따라 세 개의 행성으로부터 받는 인력이 저마다 다른 것이다. 그러므로 우리는 그 행성들이 행사하는 인력의 근원과 성질을 연구함으로써 새들의 골격과 생리를 유추할 수 있을 것이다.

영역의 확장이 분류의 욕망과 만났을 때, 우리는 또 한 가지 난감한 문제에 부딪치게 된다. 그것은 문학에 대한 애정으로 '문학'을 확장시킨 결과 '문학'의 특성이 거세된다는 점이다. 분명히 우리가 말하는 문학은 '좁은 의미의 문학', 다시 말해 예술로서 문학이다. 장르론에서 문학이라는 개념은 '예술'과 '언어'의 결합으로 만들어진 특정한 의미(언어예술)를 지닌다. 그런데 교술 지지론자들은 '한문학의 장르에 논(論)·설(說)·원(原)·의(議)·변(辯)·해(解) 등이 존재'하고 이들도 엄연히 문학작품이기에 (아무런 단서 없이) 모두 문학 장르에 포용해주어야 한다고 주장한다. 이보다 한발 더 나아가 조동일은 '광의의 문학'이라는 이름으로 '역사에 관한 글이나 사상에 관한 글'들을 문학 장르에 포용해준다. 이렇게 되면 다음 문제는 이것들과 사회학적·물리학적 저작의 차이는 어디에 있는지, 이것들은 신문기사·법전·보고서와 어떻게 다른지 분명히 해주어야 한다는 점이다. 그렇지 않으면

문학 연구자들은 이제 모든 분야의 저술들을 모두 문학적으로 해명해주어야 할 것이다. 이 지점에서 우리는 솔직해져야 한다. 우리 문학 연구자들이 실제로 다룬 모든 '교술적' 장르들은 그것들이 '예술성'을 지니고 있다고 인정되기 때문에 연구되었다. 다시 말해서, 국문학 장르론은 한번도 '예술로서 문학'을 벗어나본 적이 없으며, (협의의 문학 바깥 쪽에 있는) '광의의 문학'은 문학 장르론의 관심 영역 밖에 있다. 따라서 '교술'이 '서정'·'서사'·'극'과 동등한 위치에 서려면 정당한 '문학성'을 증명해야 하는 것이다. 이와 같이 실제 작품을 연구할 때는 항상 '예술로서 문학'에 한정되면서, 거시체계를 수립할 때는 '언어 진술로서 문학'을 모두 포괄하려는 태도가 드러나는데, 이는 '완전한 분류체계'와 '우리 문학의 영역확장'이라는 두 욕망의 산물이라고 볼 수밖에 없다.

> 교술을 제외하고 서정·서사·희곡으로 문학장르를 크게 구분하자는 견해가 널리 통용되고 있으나, 그렇게 보아서는 문장 전체가 포괄되지 않고 장르체계가 불완전하게 된다.[47]

이 '문장'은 '문장 전체가 포괄되지 않음 = 장르체계가 불완전하게 됨'이라는 아직 증명되지 않은 전제를 확정해버린다. 무엇이 이것을 가능하게 했는지 이제 잘 알게 되었다.

사실 조동일의 이론은, '완전한 분류체계로서 장르론'이라는 지향을 포기했다면 매우 획기적이었을 것이다. 그는 기존 장르론의 틀을 넘어서서 적어도 국문학에서는 거의 완전히 새로운 문학 이해의 방

---

47) 조동일, 〈자아와 세계의 소설적 대결에 관한 시론〉, 앞의 책, 207쪽.

법을 제시했다. 먼저 자아와 세계의 관련 양상을 비교적 설득력 있게 제시했고, 다음으로는 작품과 작품 밖의 현실이 맺고 있는 관련에 주목했다. 이와 같은 접근법은 기존의 장르론과 달리 직접 작품의 의미를 해석해낼 수 있는 길을 열었다. 이 때문에 그의 장르론이 연구자들의 지지를 받고, 널리 원용되었던 것이다. 그리고 실제로 그의 이론을 원용한 연구들 가운데 상당수가 의미 있는 결과를 얻었다고 생각된다. 이것은 그가 이기철학(理氣哲學)에서 출발했기 때문에 가능했다. 모든 철학이 그렇겠지만, 이기철학도 역시 삶의 존재 방식을 해명하려는 것이고, 문학은 바로 여러 가지 삶의 모습을 형상화한 것이기 때문이다. 그러므로 그의 장르체계는 분류보다는 작품에 나타난 자아와 세계의 다양한 모습을 해명하는 데 더 적합했다. 그는 '작품 내적 자아·세계'와 '작품 외적 자아·세계'라는, 프라이가 '보다 더 서사적인' 작품과 '보다 더 주제적인' 작품을 분류하는 데 사용했던 것과 비슷한 개념을 장르 분류의 기본 개념으로 삼고 있지만, 이를 단순히 분류의 지침으로 사용한 데 그친 것이 아니라 적극적으로 작품의 의미를 해명하는 데까지 나아갔다. 신화·전설·민담을 모두 '자아와 세계의 대결'로 보면서도 그 차이를 해명하는 방식을 그 예로 들 수 있겠다. 결국은 역사적 장르 분류의 방식으로 귀결되었지만, 그 과정에서 작품의 심층적 의미를 읽어낼 수 있는 가능성을 보여주었다고 생각된다.[48] 김준오는 이 체계가 프라이로부터 원용되었을 가능성을 제기하기도 했다.[49] 그러나 '자아와 세계'라든지 '작품 내적·외적' 같은

---

48) 같은 글, 156~166쪽 참조.

49) 김준오의 〈원형적 방법과 다원적 체계시학〉(《문학사와 장르》, 문학과지성사, 2000) 173쪽 및 《한국현대장르비평론》(문학과지성사, 1990) 66~67쪽 참조.

개념은 워낙 보편적인 것이어서 함부로 말하기 어렵다. 중요한 것은 이런 보편적 개념을 활용해서 만들어낸 이론의 완결성과 유용성인데, 조동일의 체계가 그 이론적 완결성에서 훨씬 더 나아갔고, 세계를 읽어내는 방법틀로서도 훨씬 포괄적이라는 점은 인정되어야 할 것이다.

그러나 그가 분류체계로서 장르론을 포기하지 않은 결과 이 훌륭한 이론의 의미는 현저하게 축소된 것처럼 보인다. 먼저 그는 작품 내적 자아·세계와 작품 외적 자아·세계의 관련을 교술에서 '작품 외적 세계의 개입' 그리고 서사에서 '작품 외적 자아의 개입' 두 가지만으로 한정시켜버린다. 그 결과 서정과 희곡은 '작품 내적 자아 및 세계만으로 이루어진' 고립된 텍스트가 되어버린다.[50] 서사에서도 작품 외적 자아는 작품 외적 세계와 교류하는 실체(실제 작가)이기보다는 '서술자' 수준으로 인식되곤 한다.[51] 물론 이것은 그가 이 이론을 작품 해석을 위한 '자아의 세계에 대한 대응 방식들'이 아니라 분류체계로 구축했기 때문이다. 그러나 이러한 노력은 일반적인 장르 인식과 상당한 충돌을 일으키고 있다. 오늘날 서정 장르의 가장 대표적인 형식은 시이다. 그런데 시에서도 우리는 '자아와 세계의 대결'을 발견하고 있으며, 그렇다고 '서정성'이 부족하지도 않은 작품들을 만나게 된다. 이런 것들로 신동엽의 〈금강〉, 신경림의 〈새재〉 같은 작품을 즉시 떠올릴 수 있다. 〈금강〉과 같은 경우는 역사적 사실을 기록한 듯한 '교술적' 부분들도 많지만, 하늬에 대한 이야기처럼 허구적으로 설정된 부분에서 강한 서정성을 느끼게 된다. 이런 경우 작품 외적 자아라고

---

50) 그러나 우리는 시 속에서 시인의 직접적인 목소리를 듣기도 하고, 탈춤을 보면서는 직접 연행되고 있는 작품 내적 세계 속으로 개입하기도 한다.

51) 조동일, 〈문학의 갈래〉, 앞의 책, 288~291쪽.

할 수 있는 작가(실제 화자)가 (직접 혹은 간접으로) 작품 내적 세계(그에게 이것은 지나가버린 역사적 사실이다)에 접근하는 방식과 태도를 분석하면, 이 작품의 의미가 더 심도 있게 해석될 것이다. 그의 이론이 이런 점에 열려 있지 않은 것이 아쉽다고 하겠다.

또 그의 장르(갈래) 체계는 서정-교술-서사-극을 변별하는 기준과 거리가 불안정한 약점을 가지고 있다.

서정 : 작품 외적 세계의 개입이 없는, 세계의 자아화
교술 : 작품 외적 세계의 개입이 있는, 자아의 세계화

서정과 교술은 (작품 내적) 자아와 세계 어느 한쪽으로 귀착된다는 공통점이 있다고 설명되지만, 그 공통점은 두 장르를 서로 완전히 반대 위치에 고정시키는 대척점의 역할을 한다. 반면 서사와 극의 공통점(자아와 세계의 대결)은 두 장르의 본질적 동질성을 확인시켜준다. 여기서 '작품 외적 세계의 개입 없음(혹은 있음)'이 '작품 외적 자아의 개입 없음(혹은 있음)'까지 동시에 충족시키는 것인지 궁금해진다.

① 서정과 희곡에서는 작품 외적 자아나 작품 외적 세계의 개입이 드러나지 않지만, 교술에서는 작품 외적 세계인 실제로 있었던 사물이 개입하고, 서사에서는 작품 외적 자아인 서술자가 개입한다.[52]
② 자아와 세계 가운데 어느 한쪽으로 귀착되는 현상은 자아가 세계를 일방적으로 대상화하면서 생기는 것이니, 일방적인 대상화에서는 작품 외적 자아나 작품 내적 자아가 사실상 동일한 작용을 한다. 그

---

52) 같은 글, 290쪽.

렇기 때문에 세계의 자아화에 작품 외적 자아가 개입한다는 사실은 새삼스러울 것이 없다.[53]

오독인지 모르겠지만, ①은 서정과 희곡에 작품 외적 자아·세계가 모두 개입하지 않는다(적어도 그 개입이 드러나지 않는다)는 뜻이고, ②는 새삼스러울 것은 없지만(문맥에서는 '중요하지는 않다'는 뜻 같다) 당연히 개입한다는 뜻으로 들린다. 두 문장이 모두 일정한 애매성을 포함하면서, '작품 외적 세계의 개입이 없는'이라는 명료한 정의를 알쏭달쏭한 것으로 만들어버린다. 서정이 '세계의 자아화'라면 세계를 자아화하는 주체는 시인(작품 외적 자아)일 수밖에 없다. 작품 내적 자아(작중 화자)는 시인의 마음을 표현하는 대리인으로 시인이 창조한 것이거나 시인 자신일 수밖에 없는 것이다. 자아(서정 화자)를 이해할 때, 시인(작품 외적 자아)과 작중 화자(작품 내적 자아)를 구분하는 것이 어렵고 의미도 없다는 것이 서정 장르의 한 속성이다. 아마도 그래서 ②와 같은 설명이 필요했을 것이다. 하지만 ②는(①과 논리적 충돌은 차치하더라도) 분류를 위해 서정에서 매우 중요한 요소인 작품 외적 자아의 개입을 중요하지 않다고 말하는 잘못을 저지르고 있다.

그의 이론을 완전한 장르론으로 보기에 특히 문제가 많은 부분은 '교술'이다.

그러나 자아의 세계화에 작품 외적 세계가 개입한다는 사실은 중요한 의의가 있다. 의식의 대상에 불과한 세계가 자아를 지배하기 위해서는 작품 외적 세계가 개입해서 **자아에 구애되지 않는 세계의 독자성**을 분명히 해야 하기

---

53) 조동일, 〈자아와 세계의 소설적 대결에 관한 시론〉, 앞의 책, 205쪽.

때문이다.[54]

　문학은 세계를 자아(화자)가 자신의 눈을 통해 해석하여 '표현'한 것이다. 이런 점에서 문학에서는 '자아에 구애되지 않는 세계의 독자성'이라는 것이 가능하지 않다고 할 수 있다. 이런 생각들이 그의 장르론에 대한 강한 반발을 일으키고 있다.[55] '자아와 세계가 어느 한쪽으로 귀착된다 해도 다른 쪽이 사라질 수는 없으니' '세계로 귀착(?)'된다 해도 '자아의 세계화'가 될 수는 없다.[56] 자아와 세계의 관계는 본질적으로 '대립물의 통일'이라고 할 수 있다. 그런데 문학작품에서 이 변증법적 관계가 '세계로의 귀착'으로 나타난다면, 그 세계로의 귀착을 주재하는 존재는 역시 자아일 수밖에 없으니, 이것이 어떻게 '세계의 자아화'와 구분될 수 있을지 의문이 드는 것이다. 그래서 경기체가나 가사에 나열된 세계상들은 결국 자아에 따라 선택되고 감상되어 새로운 의미를 획득하기에 '세계의 자아화'와 구분될 수 없다는 주장도 가능한 것이다. 이 때문에 그가 이미 수행한 장르 규정들에 대해서도 끊임없이 반론들이 제기되고 있다.
　한편 서정·교술과 서사·극을 변별하는 기준은 전혀 차원을 달리한다.

---

54) 같은 글, 205~206쪽.

55) 성무경(앞의 글), 김학성(《국문학의 탐구》, 성균관대 출판부, 1987), 김병국(《한국고전문학의 비평적 이해》, 서울대출판부, 1995) 등 여러 학자들이 특히 '교술'의 개념에 대해 비판했다.

56) 조동일은 〈자아와 세계의 소설적 대결에 관한 시론〉 204~205쪽에서 "자아와 세계가 한쪽으로 귀착된다 해도 다른 쪽이 사라질 수는 없으니, 자아로 귀착되면 세계의 자아화가 되고, 세계로 귀착되면 자아의 세계화가 된다"고 설명했다. 그러나 '자아의 세계화'는 '자아'가 사라지지 않는 한 실현될 수 없고, 자아가 사라지면 원천적으로 불가능하다.

서사 : 작품 외적 자아의 개입이 있는, 자아와 세계의 대결
희곡 : 작품 외적 자아의 개입이 없는, 자아와 세계의 대결

서정·교술이 '작품 외적 세계의 개입' 유무 외에도 자아와 세계 어느쪽으로 귀착되느냐 하는 작품 내적 질서 혹은 내용으로도 구분되는 반면, 서사와 극은 오직 작품 외적 자아(서술자)의 개입 유무에 따라서만 구분된다. 이 같은 점은 아무래도 불균형하다는 느낌을 지우기 어렵다. 또 그리스 비극이나 셰익스피어 작품 같은 고전적인 극에서 서술자의 목소리를 발견할 수 없다는 점을 인정한다고 하더라도, 현대극에서 간혹 드러나는 서술자의 개입을 설명해주어야 할 것이다. 더욱이 ①에 따르면 극에는 작품 외적 세계의 개입도 불가능한데, 탈춤에 개입하는 관중의 존재는 어떻게 설명할 것인지도 의문이다.[57]

결국 서정과 교술은 작품 외적 세계(및 자아)의 개입 유무와 자아와 세계 가운데 어느쪽으로 귀착되는가에 따라서, 서정과 서사는 작품 외적 자아의 개입 유무와 자아로 귀착되는가 혹은 자아와 대결하는가에 따라서, 서정과 극은 자아로 귀착되는가 혹은 자아와 대결하는가에 따라서, 교술과 서사는 세계로 귀착되는가 혹은 세계와 대결하는가에 따라서, 교술과 극은 작품 외적 자아(혹은 세계)의 개입 유무와 세계로 귀착되는가 혹은 세계와 대결하는가에 따라서, 서사와 극은 작품 외적 자아의 개입 유무에 따라서 구분된다는 것인데, 이와 같은 방식은 기존의 장르 이론을 두 가지 자아와 두 가지 세계의 불규칙한 조합에 따라 재구성한 것처럼 느껴진다. 장르론이 의미를 지니려면 보편성을 획득하는 것이 불가피하다는 사실을 그는 너무나

---

57) 탈춤에서 관객은 작품 외적 존재이면서 동시에 작품 내적 존재이기도 하다.

잘 알고 있다. 기존 장르론들을 자신의 4분법에 포함시켜 그 보편성을 확보해보려는 시도들에서 이와 같은 느낌은 힘을 얻게 된다.[58] 특히 문학작품은 현실 속의 소재(세계)를 작가(다시 말해서 그의 자아)가 자신의 시각으로 포착해 미적으로 표현(혹은 재구성)한 것이라는 사실을 애써 무시함으로써 '서정'과 변별되기 어려운 교술이라는 개념을 만들고, 작품의 안과 밖에서 동시에 일어나면서 서로 관련하는 자아와 세계의 복잡다단한 양상을 단순화시켰다. 이 이론이 가져다준 의미가 바로 문학작품의 이와 같은 양상에 관심을 갖도록 한 데 있다면, 가장 큰 문제점은 어느 작품이든 그 의미에 접근할 때 자유롭게 활용할 수 있어야 할 '자아와 세계의 관련'이라는 개념을 장르론적 분류체계와 결부시키지 않고서는 사용하기 어렵게 만든 데 있을 것이다.

앞에서 살펴본 것처럼, 조동일에 이르기까지 한국 장르론의 학문적 발전 이면에는 민족적 애정에 입각한 영역확장과 분류체계 완성을 위한 도식화의 유혹이 자리하고 있었음을 반성할 필요가 있을 것이다.

(4) 거대이론의 지배력과 분류론적 강박관념―반성과 고착

조동일의 장르체계가 설득력을 얻으면서 많은 연구자들이 분류에 몰두했다. 특히 몽유록이나 판소리·가사·경기체가·민요 같은 다면적인 장르 성향을 지닌 대상에 접근할 경우, 누구라도 자신의 장르론적 견해를 밝혀야 한다는 중압감에서 벗어나기 어려웠다.[59] 예컨대 판소

---

58) 조동일의 〈문학의 갈래〉(앞의 책)는 거의 전적으로 이러한 시도이다.

59) 지금부터 언급할 여러 논문들 외에도 수많은 글들이 장르 규정을 직접적인 테마로 삼거나 시작 혹은 결론으로 다루었다. 이 같은 사실은 80년대를 전후한 석·박사학위논문 목록을 일별하는 것만으로도 확인할 수 있다.

리의 경우, 조동일이 '서사'로 규정한 뒤에도 성현경·전신재는 사실상 '극' 장르로 규정하여 연구했고, 한편에서는 '서정' 장르로 볼 가능성까지 열어두자고 나왔다.[60] 이것은 어쩌면 당연하다고 할 수도 있다. 조동일의 장르체계 역시 장르들의 혈통을 밝히는 작업에서 형성되고 완성되어 나왔기 때문이다.[61] 이 같은 흐름 속에서 가장 먼저 전면적이고 근본적인 반성을 촉구한 인물은 김흥규였다.

앞에서도 살펴본 것처럼, 그는 ① 보편적 장르를 가능하게 하는 초시대적·범문화적 공통 자질이라는 것이 과연 실재할 수 있는가 회의하고, ② 보편적 장르가 서로 준별되는 개별성을 띤다고 하는 '보편실재론'적 사유는 '결국 일정한 정태적 구도를 설정하고 역사적 장르들을 각기의 큰 갈래 속에서만 단선적으로 계열화하게' 하여, '살아 움직이는 문학 현상들'을 사장시킬 위험이 있다는 근본적인 비판을 전개한다.[62] 특히 '혼합장르'나 '이동 중인 장르' 혹은 '중간장르'들을 보편실재론의 관점에서는 온당하게 설명하기 어렵다는 것이다. 여기에서 김흥규가 제기하고 있는 두 가지 문제는 모두 필자가 지금까지 논

---

60) 조동일, 〈판소리의 장르 규정〉, 《한국문학의 갈래 이론》, 문학과지성사, 1992 (계명대 국어국문학회, 《어문논집》 1[1966]에서 재수록) ; 성현경, 〈판소리의 갈래 연구〉, 《동아연구》 20, 서강대 동아연구소, 1990 ; 전신재, 〈판소리의 연극성에 관한 연구〉, 성균관대 박사논문, 1988 ; 엄기주, 〈판소리의 서술원리와 장르 성향〉, 《수선논집》 14, 성균관대 대학원, 1990.

61) 조동일의 장르체계는 〈판소리의 장르 규정〉(1966), 〈가사의 장르 규정〉(1969), 〈서사민요 장르론〉(1970), 〈가전체의 장르 규정〉(1971) 등 일련의 장르 규정 작업을 거쳐 〈자아와 세계의 소설적 대결에 관한 시론〉(1974)에서 완성되었다. 이후에도 〈경기체가의 장르적 성격〉(1976), 〈고려가요 갈래 시비〉(1982) 등에서 장르의 성격 규정과 관련한 논의를 계속했다. 이 논문들은 《한국문학의 갈래 이론》(문학과지성사, 1992)에서 한 권으로 묶여 출간되었다.

62) 김흥규, 〈장르론의 전망과 경기체가〉, 《백영 정병욱 선생 환갑기념논총》, 신구문화사, 1982, 145~146쪽.

의해온 핵심을 가리키고 있다. ①이 제기하는 보편적 장르를 가능하게 하는 공통 자질이란 아직까지 '제시형식' 외에는 그 실재성을 인정받은 것이 없다. ②는 장르체계의 '유연성' 문제이다.

이 문제는 어느 정도 견해 차이가 있음에도 비슷한 시기, 가사를 대상으로 한 김학성의 논문에서도 동일하게 제기된다. 그는 '문학작품이 삶의 총체를 언어적 공간 내부의 운동을 통해 문학적 진술로써 드러내는 복합성을 지니고 있'으며, '장르 이론의 폭은 이에 그치지 않고' '심리학·사회학·언어학·철학·역사학 같은 인접 학문의 성과를 적절히 이용함으로써 문학론의 시야를 폭넓게, 그리고 선명하게 드러내는 데까지 나아갈 수 있다'는 사유를 기반으로 가사에 접근한다.[63] 그 결과 가사는 '서정·서사·교술 가운데 어느 특정 장르로서 개성을 규범적으로 지니고 창출된 장르'가 아니라 '관습상의 장르'라는 인식에 이른다.[64]

그러나 가사는 명백하게도 그러한 규범적 장르는 아니었다. 우선 가사라는 장르는 오로지 어떤 사실이나 사건을 알려주고자 함에만 있지 않았다. 그러한 장르적 속성으로 시종 일관했다면 그것은 훌륭한 서사 장르였을 것이다. 그렇다고 오로지 어떤 대상이나 상태에 감명을 받아 그것을 내면화 혹은 자아화하여 발화하고자 함에만 그치지 않았다. 만약 그러한 속성만으로 일관했다면 가사는 훌륭한 서정 장르였을 것이다. 뿐만 아니라 모든 가사가 이론적 혹은 실제적인 지식을 설명하기 위하여, 혹은 매우 인상적이고도 설득력 있는 이상적 형식으로 도덕이

---

63) 김학성, 〈가사의 장르 성격 재론〉, 《국문학의 탐구》, 성균관대 출판부, 1987, 115쪽(《백영 정병욱선생 환갑기념 논총》[신구문화사, 1982]에 실린 것을 재수록).

64) 같은 글, 116쪽.

나 종교 또는 철학적 명제나 교의를 가르치고자 함에만 그치지 않았다. 가사가 그러한 장르적 정신으로만 일관했다면, 그것은 정녕 교술 장르였을 것이다. 다시 말하면 가사는 위의 세 가지 속성 가운데 어느 하나에만 국한하지는 않았다. 그 세 가지 속성 가운데 전부 혹은 일부를 동시에 융합하여 드러내는 것이 일반적인 사례로 보인다.[65]

이 논의는 가사라는 장르의 '복합성'을 인정하는 데서 더 나아가 그 원인을 이 장르의 '관습적' 성격에서 찾았다는 데 의미가 있다. 다시 말해서, 장르복합 내지 장르혼효의 한 원인을 밝혀내고 있는 것이다. 이 같은 태도의 밑바탕에는 규범적 장르론을 극복하기 위해 보다 더 '유연한' 장르론이 필요하다는 인식이 깔려 있다고 생각된다. 또 하나 흥미 있는 것은, 이 논문에서 김학성은 '교술'을 '문학적 정신'의 하나로는 인정하면서도 장르나 형식으로는 인정하지 않고 있다는 점이다.[66] 이것은 그가 위와 같이 서사를 '어떤 사실이나 사건을 알려주고자 함(report)'으로, 서정을 '어떤 대상이나 상태에 감명을 받아 그것을 내면화 혹은 자아화하여 발화하고자 함(utterance)'으로 파악하는 것과 관련이 있을 것이다. 서정·서사에 대한 이런 이해를 제공한 도른(Dohrn)은 '서정·서사·극'의 세 장르만을 언급하고 있기 때문이다.[67]

그의 논의는 여기서 멈추지 않고 장르의 '역사적(동태적)' 성격 파악이라는 또 다른 과제를 향해 나아간다. 그 과정에서 김학성은 다음과 같은 인식에 도달한다.

---

65) 같은 글, 116~117쪽.
66) 같은 글, 135~136쪽.
67) Paul Hernadi, 앞의 책, 39쪽 참조.

문학작품의 존재 양식은 두 가지 측면에서 생각할 수 있다. 하나는 실제적 텍스트로 존재하는 것이고, 다른 하나는 그 텍스트의 반영에 관여하는 제반 행위를 포함하는 존재 방식이다. 작품을 전자의 존재 양식으로만 이해할 때 온당한 진실에 도달하기 어렵다. 실제 텍스트에 관여하는 창작자와 수용자의 만남에 의한 실현화로 받아들일 때, 비로소 문학사 위에 살아 있는 텍스트로서 이해가 가능한 것이다. 문학적 진술을 후자의 관점으로 이해하는 태도는 그것을 역사적 장르로 파악하기 위한 중요한 전제가 된다고 하겠다.[68]

문학작품의 존재양식을 이해하는 데는 제시-수용의 문제를 동시에 고려하는 시각이 필요하다는 것이다. 김학성은 이와 같은 입론을 전제로 조동일의 '가사 교술장르설'에 이의를 제기했다. 역사적 장르를 '그 반영에 관여하는 제반 행위를 포함하여' '살아 있는 텍스트'로 파악하려는 노력이 보편적인 장르류의 판단 문제와도 무관할 수 없음을 보여준 것이다. 이러한 시각은 프라이가 '장르는 시인과 그가 대상으로 하는 공중 사이에 확립된 여러 조건에 따라 결정된다'고 지적한 것과 같은 맥락이라고 하겠다.[69] 어쨌든 제시형식에서 문학을 바라보는 것은 곧 제시-수용의 문제에 관심을 표명하는 것이며, 그것은 작품이 창작자와 수용자의 만남에 따른 실현화라는 시각을 전제한다.

장르 이론이 지녀야 할 기본적인 덕목으로 유연성과 제시형식에 대한 관심은 한국 장르 연구사에서 꾸준히 지속된 논의였으며, 특히 김학성과 김흥규는 가장 전면적이고도 논리적인 반성의 기초를 세웠다고 할 수 있을 것이다. 다만 김흥규가 보편실재론의 한계에 대해

---

68) 김학성, 앞의 글, 126쪽.
69) 프라이, 앞의 책, 345쪽.

냉정한 시선을 유지한 반면, 김학성은 거대이론의 가능성에 대해 여전히 기대를 품고 있었다는 것이 달랐다. 그러한 차이는 그들의 이어지는 작업에서 서서히 드러나기 시작한다.

앞의 글에서 김학성은 전기 가사를 중심으로 논의를 전개한 뒤, 가사는 내면화한다는 '서정' 형식에 서정적·서사적·교술적 정신을 담고 있으므로 장르적으로는 '순수 서정, 서사적 서정, 교술적 서정'으로 나눌 수 있다고 잠정적인 결론을 내린다. 그러나 여기서 중요한 것은 가사가 '서정' 장르라는 것이 아니라 '관습적'이며 '복합적' 장르라는 것이다. 그러기에 후기 가사의 실현화 과정을 고찰한 다음 글에서 그는 망설임 없이 가사가 '주제적 양식'에 장르적 기반을 둔다고 관점을 변경하기에 이른다.[70] 그는 여전히 가사의 복잡다단한 성격에 관심을 두고, 그것들이 어느 한 측면의 성격을 극단화하는 과정을 근대화 지향이라는 관점에서 해명해 보인다. 그러나 그가 주제적 양식을 인정했다는 것은 헤르나디의 영향으로, 4분법을 수용한 결과이다. 이것은 그가 거대이론에 대한 희망을 버리지 않았기에 선택할 수 있었던 대안이다.[71] 사실 그는 가사의 복합성을 인정하면서도 장르적으로는 모두 '서정'이라고 본다던가, 아니면 모두 '주제적 양식'이라는 식으로, 전체를 하나로 묶어서 하나의 보편적 장르에 넣어주려는 시도를 포기하지 않았다. 이러한 거대이론에 대한 의지와 헤르나디의 만남은 결과적으로 장르론의 궁극 목표를 '질서화' 혹은 '체계화'로 이해하게 하여, 유연성에 대한 문제의식을 헤르나디 수준에서 동결시키고 만

---

70) 김학성, 〈가사의 실현화 과정과 근대적 지향〉, 《국문학의 탐구》, 성균관대 출판부, 1987(《근대문학의 형성과정》[문학과 지성사, 1983]에서 재수록).

71) 김학성의 세 논문(앞의 두 글과 같은 책의 〈장르론의 반성과 전망〉)을 시기를 고려하면서 관련시켜보면 이 같은 사실을 쉽게 알 수 있다.

다.[72] 그러나 김학성은 여전히 문학작품을 '실제적 텍스트의 반영에 관여하는 여러 행위를 포함하는 것으로', '다시 말하면 실제 텍스트에 관여하는 창작자와 수용자의 만남에 따른 실현화로 이해'하려는 의지는 포기하지 않고 있다.[73] 문학 장르의 일반적 현상이 추상적·보편적·공시적 가능태라고 해도, 이것들은 그 역사적 현상인 구체적·개성적·역사적 실현태로서 구체화되기 때문에 이에 대한 예리한 통찰이 필연적으로 요구된다는 것이다.[74] 이 같은 관점에서 그는 〈사미인곡〉을 서정적 양식으로 보는 김병국을 비판하고, 이 작품의 장르적 기반은 '주제적 양식'이며, 그 효과를 더욱 절실하게 하기 위해 '의사 서정적 진술양식'을 취하고 있을 뿐이라고 설명한다.[75] 김학성은 여전히 제시—수용의 '실현화' 문제를 장르 파악의 결정적 요소로 인정하고 있으며, 여기에는 장르의 역사적 현상과 일반적 현상을 분리해 사유할 수 없다는 인식이 강하게 작용하고 있음을 알 수 있다.

김학성이 '제시—수용'의 문제에 주목하면서 더 합리적인 장르의 '질서화' 혹은 '체계화' 가능성을 모색하는 동안에도 김흥규는 처음 자신이 제시한 '역사적 실재론'의 관점을 견지하고 있었다. 상당한 시간이 흐른 뒤 그는 '판소리와 부조'를 가지고 다시 장르 사이의 벽 허물기에 나섰다.

이 문제(판소리의 장르적 성격 문제)의 논쟁적 의의가 아직 살아 있

---

72) 김학성, 〈장르론의 반성과 전망〉, 《국문학의 탐구》, 성균관대 출판부, 1987, 250쪽.
73) 김학성, 〈가사의 실현화 과정과 근대적 지향〉, 같은 책, 145~146쪽.
74) 같은 글, 146쪽.
75) 같은 글, 145~146쪽.

다는 말은 무엇보다도 이러한 이견들의 평행선이 좁혀지지 않고 있는
데 근거한다. 그러나 오늘의 시점에서 이 문제를 재론하고자 할 때, 그
것이 단순한 분류 논쟁 혹은 경작지 논쟁이 되지 않고 판소리의 예술적
원리 해명과 예술장르론 자체의 전진에 기여하도록 노력하지 않으면
새로운 소득을 기대할 수 없다. 이와 같은 전제 위에서 필자는 판소리
의 장르적 성격 문제를 이제까지의 귀속주의적 논법과는 다른 시각에
서 재론하고자 한다.[76]

위 인용문은 분류론적 장르론에 대한 냉소를 담고 있다. 연극 전공
자는 극에, 소설 전공자는 서사에, 음악 전공자는 이도 저도 아니고
음악에 끌어들이는 식의 논의는 '경작지 논쟁'에 지나지 않는다는 것이
다. 이는 장르론을 분류론으로 착각하는 '귀속주의'에서 비롯된다. 그
는 이 같은 문제의식을 '부조'에 걸어 다음과 같은 질문으로 이어간다.

　① 예술 양식의 작은 갈래들은 그 상위의 큰 갈래들 중 어느 하나의
범주에 반드시 배타적으로 귀속되는 것이라 보아야 하는가? 만약 그렇
다고 한다면 부조는 조각과 회화 중 어디에 넣어야 하는가? 일반적 통
념처럼 그것을 조각의 한 하위 장르라고 볼 경우, 그 밖의 입체 조각과
부조 사이의 차이는 무엇인가? 부조는 그 입체성의 한계로 인해 여타
의 조각 양식들보다 미숙하고 저열한 장르라고 말할 수 있는가?[77]

이 연쇄적인 질문에는 부조를 조각의 하위 장르로만 인식하는 일
반적 통념에 대한 회의까지 포함되어 있다. 재료나 제작법 따위를 기

---

76) 김흥규, 〈판소리의 장르적 성격과 부조〉, 《동양학》 20, 단국대 동양학연구소,
　　1990, 161쪽.
77) 같은 글, 163쪽.

준으로 볼 때 부조는 조각의 일종으로 보인다. 그러나 부조가 여타의 조각 양식들보다 입체성이 떨어진다고 해서 저열한 장르라고 말할 수 있는가? 그럴 수 없다. 그렇다면 회화와 조각 사이에서 부조가 자기의 영역을 구축할 수 없었을 것이다. 부조는 부조 특유의 미학이 있으며, 그것은 부조가 조각도 아니고 회화도 아니기 때문에 혹은 조각이기도 하고 회화이기도 하기 때문에 지니고 있는 것이다.

①의 물음들에 대한 검토에서 불가피하게 확인하게 되는 요점은 '작은 갈래들과 그 상위의 큰 갈래들 사이에 반드시 정연한 범주적 귀속관계가 성립하지 않는다'라는 것이다. 문학에서든 미술에서든 어떤 작은 갈래가 두 가지 큰 갈래의 속성을 지니는 경우가 있으며, 부조는 바로 그러한 예의 하나라고 생각된다.

이 글에서 김흥규는 판소리를 '서사의 회화적 평면성·단일시점을 바탕으로 삼고, 연극의 조각적 입체성·다면시점을 부분적 원리로 포용한 양식'으로 정의한다. 기본적으로는 '서사'라는 기존의 대세를 인정한 것이다. 그러나 그가 강조하는 핵심은 '부조'적 속성에 대한 고민에 있다. 과연 판소리를 '서사' 혹은 '극'에 귀속시킬 수 있을까, 그런 귀속이 무슨 의미가 있을까 하는 회의이다. 이러한 것들은 그가 〈장르론의 전망과 경기체가〉에서 제기한 문제의식에 여전히 머물고 있음을 보여준다.

김흥규뿐만 아니라 사려 깊은 대부분의 연구자들이 이 같은 '귀속주의적 논법'의 위험성을 경계한다. 하지만 그 극복은 그리 쉬운 일이 아니다. 장르론에 관심을 기울여본 연구자라면 누구나 그 거대이론의 유혹이 지니는 위험성을 안다. 그리고 그것이 '분류론적 강박관념'으로 나타나기 쉽다는 것도 경계한다. 어떤 까다로운 역사적 장르를 어느 하나에 넣어주지 못하면 무언가 책임을 다하지 못했거나 무능해진 것 같은 생각이 들며, 누가 '그 장르는 복합적인 성격을 가지고 있다'고 하면, '그럼 본질은 무엇인가? 본질이 두 개란 말인가?' 하고 되묻게 된다. 이런 상태에서 장르론적 작업을 하게 되면 무언가 석연치 않음에도 한 작품 혹은 한 역사적 장르를 어떤 하나의 큰 방에 넣어주지 않을 수 없게 된다. 이 과정에는 필연적으로 선택되지 않은 특성들을 부분화하고 비본질적인 것으로 축소하며 은폐하는 작업이 뒤따르게 될 것이다. 이 세상에는 아직도 장르론자의 책상 위에 오르지 않은 많은 작품들이 있으며, 앞으로 더 많은 작품들이 생기게 될 터인데, 그것들이 경계선 위에 집을 짓거나(만일 경계선이 있다면), 여러 장르들의 특성을 동시에 띠고 태어나지 말라는 법이 어디 있겠는가? 사실이 그렇다고 해도 이 강박관념은 쉽게 우리를 놓아주지 않는다. 사유의 패러다임이 바뀌고 있더라도, 분명하고 명백한 진리를 지향하는 순혈주의의 시대는 가고 불확정적이고 상대적인 현실을 인정하는 잡종들의 시대가 도래하고 있더라도, 선명성과 이에 부수되는 결과적 단순성의 유혹은 매력적이기만 하다.

게다가 지속되어온 관습과 장르론에 흔히 사용되는 용어들까지 장르는 '분류의 이론'이라고 못박는다. 필자가 '장르류·장르종'은 물론이고 '큰갈래'나 '작은갈래'라는 용어를 되도록 사용하지 않으려는 이유가 여기에 있다. '갈래'는 더 큰 하나에서 더 작은 두 개 이상의 것이 갈라져 나온 것을 뜻한다. 그러니 '작은갈래'는 '큰갈래'에서 갈라져 나온 두 개 이상의 것을 뜻한다. 이런 용어를 쓰면서 분류론에 이끌리지 않을 수는 없다. 성현경도 판소리의 '갈래'를 연구하기 전에 다음과 같이 다짐한다.

갈래짓기(장르 분류)나 갈래연구는 왜 하는가? 작품 혹은 작품군의 본질을 파악하고 그것의 질서 내지는 원리를 규명하기 위해서 한다. 따라서 갈래짓기 또는 갈래연구는 갈래분할 그 자체가 목적이 되어서는 안 된다. 그것은 궁극적으로 작품(군)의 특질·성격·원리 등의 해명에 기여하는 한도 안에서 그 의의를 인정받을 수 있다.[78]

그러나 같은 글의 마지막에서 그는 다음과 같은 고백을 하기에 이른다.

판소리 갈래를 논함에 독단적·고착적·규범적·역사적 갈래론을 피하고, 시험적·유동적·기술적·철학적 갈래론을 펴려고 노력하였으나, 결과적으로는 다시 고착적·규범적 갈래론으로 되돌아간(빠져든) 감이 없지 않다.[79]

이 같은 '감'을 고백할 수 있다는 것은 그가 사려 깊고 솔직한 학자임을 보여준다. 사실 그는 이런 유혹에서 벗어나기 위해 판소리사설과 판소리극을 분리하고, 판소리를 음악·문학·극으로 나누어 살피는 등 여러 가지 다양한 시도를 했다. 그러나 결론은 결국 판소리가 '서사극' 또는 '음악서사극'이라는 것이다. 문제는 이 같은 규정으로 이끌린 이면에 그가 판소리를 벌써부터 '극'으로 이해했다는 사실이 자리 잡고 있다는 점이다.[80] 이런 선입견 때문에 김흥규의 '판소리 부조설'

---

78) 성현경, 〈판소리의 갈래 연구〉, 《동아연구》 20, 서강대 동아연구소, 1990, 1쪽.
79) 같은 글, 35쪽.
80) 이 같은 선입견은 판소리를 '서사'로 규정하는 시각에서 반대 검증을 하면 분명히 드러난다. '서사 장르설'과 관련된 사실이나 개념은 오해하는 경우가 있지만, '극 장르설'에 대한 오해는 거의 없는 편이다. 일례로, 판소리의 '서사무가

이 "부조가 미술의 부문별로는 물론 조각의 일종인 바, 결과적으로는 판소리가 극 양식에 귀속되거나, 아니면 적어도 극 양식 쪽에 가까운 것임을 실토한 셈이 된다"는 오해 섞인 추론까지 나오게 된 것이다.[81] 이런 상황은 성현경에 국한된 것이 아니다. 많은 연구자들이 타당한 인식을 가지고 여기에서 벗어나지 않으리라 다짐하면서 연구에 나서고는, 자기도 모르게 '귀속주의'의 함정에 빠지고 마는 것이다. 그리고 이 같은 큰 흐름은 여기에 저항하는 사람에게도 영향을 미친다. 김흥규의 예를 볼 때, 〈경기체가와 장르론의 전망〉에서는 과감하게 판소리를 '중간장르'라고 주장하고서도, 상당 기간의 침묵 뒤 〈판소리와 부조〉에서는 판소리가 부조적 장르임에도 그 바탕은 '서사'에 있다고 소극적 인정을 하게 된 것 역시 이런 문맥에서 보면 외로운 투쟁의 한계처럼 느껴진다. 그가 강조하고 싶은 것은 '부조'였기 때문이다. 김학성이 가사를 '서정'으로 보면서도 기본적으로 3분법과 네 개의 정신이 빚어내는 복잡다단한 양상에 주목하다가, 얼마 뒤 4분법의 틀 안에서 가사가 '주제적 양식'임을 인정하게 된 것도 헤르나디를 통해 세계 장르론의 한 흐름을 수용한 결과일 것이다. 조동일의 갈래체계가 얼마 되지 않는 기간에 한국문학 연구자들 사이의 최대 화두로 자리 잡은 사건과 함께, 이것들은 모두 거대이론의 지배력을 보여주는 예라고 할 것이다.

　장르론의 체계나 그 적용이 유연해야 한다는 것은 누구나 인정하

기원설'을 공박하면서 판소리의 연행 주체가 세습무인 여성이 아니었다는 점을 든다는 것이다. 서사무가 기원설의 진위 여부와 관계없이 이 가설에서 판소리의 초기 연행 주체는 무녀일 이유가 없으며, 무녀라고 강변되지도 않고 있다 (같은 글, 16쪽).

81) 같은 글, 35쪽.

는 원칙이었지만, 장르의 실재성에 대한 관심은 이에 견주어 다소 부족했다. 김흥규가 이 문제를 적극적으로 제기했지만 대안보다는 회의에 머물렀고, 김학성이 '제시-수용'의 장에서 일어나는 '실현화'를 중시했지만 전면적으로 다루지는 않았다. 또 한편에서 많은 사람들이 보편적 장르는 실재성을 갖출 수 없으며, 그것이 당연하다고 인정하는 분위기가 있었던 것도 사실이다. 이것은 큰갈래 혹은 장르류의 다른 이름이 보편적 장르 또는 흔히 이론적 장르라고 불렸던 데서도 알 수 있다. 성기옥은 아예 장르류와 장르종에 대한 논의를 분리해 수행하자고 한다. 장르류는 그 초역사적 성격 때문에 관념적이고 이론 지향적이며, 장르종은 그 역사적 구체성 때문에 경험적이고 역사적일 수밖에 없다는 것이다.[82] 그러나 이 같은 주장은 문학의 보편성과 개별성을 간단히 분리하기보다는 관련성 속에서 사유해온 기존 장르론의 성과를 포기하는 편의적 해결책으로, 쉽게 받아들일 수는 없는 것이다.

이런 형편에서 제시형식이 장르론에서 가지는 중요성을 본격적으로 제기한 논자는 김준오이다. 김준오는 "제시형식이 없이는 장르류의 개념뿐만 아니라 역사적 장르의 변화를 올바로 기술할 수가 없다"고 함으로써 그동안 간과된 제시형식의 중요성에 주목하고,[83] 제시형식은 "문학이 독자에게 어떻게 제시되느냐 하는 문학의 향수 방법이며, 효용론적 관점에 속한다"고 했다.[84] 하지만 제시형식은 효용론적 관심의 대상으로만 한정할 수 없는, 장르의 보다 더 근원적인 부분이

---

82) 성기옥, 〈국문학 이해의 방향과 과제〉, 《한국문학개론》, 1992, 31~41쪽.
83) 김준오, 《한국현대장르비평론》, 문학과지성사, 1990, 89쪽.
84) 같은 책, 17쪽.

다. 김준오도 프라이를 인용해 "개인적 서사 장르인 소설은 인쇄되어 개개인의 독자에게 읽힌다. 제시형식의 면에서도 소설은 부르주아지의 개인주의 이데올로기를 반영하고 있다. 가장 주관적인 장르인 서정시는 가창되거나 낭송된다. 그러나 주관적 장르답게 청중이 필요 없다. 그래서 서정시는 엿들어지는 장르가 된다. 민족이나 국가의 운명을 다루는 집단적 서사 장르인 서사시는 청중에게 구연되는 것이 그 제시형식이다. 청중에게 구연된다는 이런 제시형식 자체는 공적 전달 목적을 반영하고 있다"고 말함으로써,[85] 제시형식이 지닌 의미가 단순하지 않음을 암시하고 있다.

(5) 존재하지 않는 벽과 분류론적 장르론의 허구성

이런 반성과 고민, 시행착오의 역사를 배경으로 해서 성무경의 '네 개의 추상—존재양식론'이 나오게 된다. 조동일 이후에도 간혹 새로운 장르체계가 모색되곤 했지만, 우리 문학사의 특수성과 순우리말로 된 장르 명칭을 앞세운 점이 돋보이는 김수업의 갈래 이론을 포함하더라도 그 이론적 정치성이나 보편성은 다소 부족했다고 하겠다.[86] 또 어느 정도 이론적 체계를 갖추었다 해도 외래이론의 소개 내지 번안

---

85) 같은 책, 192쪽. 이 제시형식에 대한 프라이의 이론은 《비평의 해부》(임철규 옮김, 한길사, 1982) 345~350쪽에서 볼 수 있다.

86) 여기서 말이 의식을 결정한다고 보고, 순우리말로 문학장르들을 설명하고자 하는 노력을 계속해온 김수업의 작업은 주목받아 마땅하다. 또 이론보다 우리 민족의 '삶'의 실제 현상에 주목한 결과 우리 민족문학의 갈래를 '놀이'·'이야기'·'노래'로 파악하게 된 것은 용어상 이 글의 결론과 닮아 있다(《배달말꽃》, 지식산업사, 2002 참조). 하지만 아직까지 이론적 보편성과 완결성을 지닌 장르론을 구축했다고 보기는 어렵다. 물론 그의 작업은 출발부터 보편성보다는 '배달민족'의 특수성을 껴안으려는 데 주안점을 두고 있었다.

수준이거나, 기존이론에 대한 의존도가 높아 독자적 이론이라고 하기
는 어려웠다.[87] 이런 점에서 '전술'을 앞세운 성무경의 이론은 일단 그
독창성과 논리성을 인정받을 만하다고 하겠다. 하지만 이 의욕적인
체계의 문제는 기존 연구사의 교훈을 거의 형식적으로만 고려했거나
무시해버렸다는 데 있다. 이로 말미암아 이 체계는 관념적이고 단선
적인 것이 되었으며, 그 적용은 모호한 문제들을 부단히 합리화하여
어떤 장르든지 어느 하나의 '추상'에 귀속시키는 쪽으로 이루어졌다.
이런 태도는 김흥규의 귀속주의적 논법에 대한 문제의식을 너무 간
단히 배제하는 것으로 표면화한다.

　　또 문학의 비순수성을 지나치게 의식한 나머지 구분이 곤란한 장르
　　종들을 '중간·혼합적 갈래'로 또 한 묶음 지으려는 태도도 바람직하다
　　고 볼 수 없다.[88]

　　하지만 '중간·혼합적 갈래'는 결코 '한 묶음'이 될 수 없다는 것이
김흥규가 취하고 있는 역사적 실재론의 관점이다.[89] 김흥규가 '중간·

---

87) 김학성은 〈가사의 장르 성격 재론〉(앞의 책, 신구문화사, 1982)에서 3분법과
　　'교술적 정신'을 인정하는 절충안을 제시했다가, 〈장르론의 반성과 전망〉(《도
　　남학보》 6, 도남학회, 1983)에서 헤르나디의 다원적인 4분법을 하나의 대안으
　　로 소개했다. 김흥규는 여러 논문에서 분류학적 장르론에 반대하면서 《한국문
　　학의 이해》(민음사, 1986)에서는 중간적인 또는 복합적인 장르들을 인정하는
　　체계를 제시했지만, 이론적으로 완성된 것은 아니었다. 김준오는 《한국현대장
　　르비평론》(문학과지성사, 1990)과 《문학사와 장르》(문학과지성사, 2000) 등에
　　서 제시형식에 주목해야 한다고 주장하며 새로운 장르이론을 모색했으나 독자
　　적인 체계를 수립하지는 못했다. 이 밖에도 여러 연구자들이 더 설득력 있는
　　장르체계 모색을 염두에 두고 외국 이론을 소개해왔다.
88) 성무경, 앞의 글, 24쪽.
89) 김흥규, 《한국문학의 이해》, 민음사, 1986, 31~35쪽.

혼합적 갈래들'을 다섯번째로 구분한 것은 역사적 장르 이해의 편의를 위한 것이지, 이를 '서정'·'서사'·'희곡'·'교술'과 같은 차원에 배치한 것은 아니다. 역사적 장르들이 위치하고 운동하는 개념틀로 제시한 도표(34쪽)에는 '중간·혼합적 갈래'가 빠져 있는 데서도 이를 잘 알 수 있다. 중간·혼합적 갈래가 다양한 위치에서 나타날 가능성을 배제할 수는 없는 것이다.

성무경도 '일원적 추상'의 문제(장르 판단의 거시적 체계)와 '다원적 양식'의 문제(부분적·종속적 변수인 미시적 조건)를 동시에 추구한다는 원론을 제시한다. 그래서 가사는 '전술'로 존재하지만, 그 세부적 진술 방식들은 때로 다른 양식들과 비슷한 모습으로 나타날 수도 있고, 때로는 다른 양식의 가면을 쓰고 나타날 수도 있다는 것이다. 그러나 이것은 김학성이나 헤르나디에 견주어서도 더 유연한 자세라고 할 수 없다. 그 역시 스스로 설정한 거시 체계의 각 범주들을 가지고, 이에 따라 역사적 장르들을 준별하려는 욕망에서 벗어나지 못하고 있다. 가사는 어디까지나 '전술'이며, 다른 양식으로 오인될' 만한 부분들은 모두 부분적이고 종속적인 변수 또는 가면에 불과하게 된다. 따라서 그는 보편실재론의 관점에 확고하게 서 있다. 판소리는 극적 진술 방식을 보일 뿐 틀림없이 서사이고, 몽유록이 서사라는 것도 분명하게 된다.

그는 '보편적 장르를 가능하게 하는 초시대적·범문화적 공통 자질이란 것이 과연 실재할 수 있는가?' 하는 보편실재론에 대한 근본적 회의에 대해서도 외면하고 있다. 이런 태도는 상위의 장르 네 개를 '추상'으로 명명하는 데서 이미 드러난다. 이 같은 태도는 보편적 장르는 이론적으로 추상될 수밖에 없다는 사유를 반영하며, 이런 사유와 장르체계(추상)를 언어적 진술인 '텍스트' 내부의 문제로 제한해 재

규정할 수 있다는 자신감과 깊은 관련을 맺고 있다. 이런 맥락에서 그
는 제시형식과 김학성의 '실현화' 문제를 묶어 다음과 같이 비판한다.

　　제시형식인 연행 방식을 텍스트에서 분리하지 않고 문학 양식론으로
　까지 개입시킬 경우, '탈춤'이나 '꼭두각시놀음'보다는 '무당굿놀이'가
　훨씬 더 서사적인 극 양식에 가까운 형태로 보일 것이며, 판소리 역시
　서사적인 극 양식이라 하여 희곡(극) 양식에 포함된다는 주장이 펼쳐
　질 수도 있다.[90]

이는 '실현화'에 대한 고찰을 '장르류'까지 이어가는 김학성에 대한
비판이며, 이와 같은 주장을 한 여러 학자들에 대한 도전이기도 하
다.[91] 물론 제시형식의 장르적 중요성에 주목한 김준오에 대한 비판이
기도 하다. 그러나 무엇보다 장르가 제시형식에 기반하고 있다고 본
프라이에 대한 직접적 도전이다. 그러나 그는 프라이의 고찰에 대해
서는 언급하지 않고 있다. 이렇게 간단히, 그는 제시형식의 활용 범위
를 개별적 종(種) 장르(역사적 장르)의 실현화 문제로 제한해버린다.
그런데 이와 같은 주장은 여러 가지 확인되지 않은 추론들로 이루어
져 있다. 제시형식으로 장르 판단을 한다고 해서 '무당굿놀이'가 '탈
춤'보다 더 서사적인 '극' 양식에 가깝게 보일 것 같지는 않다.[92] 이것

---

90) 성무경, 앞의 글, 90쪽.

91) 우리는 이미 판소리를 '극'으로 보는 연구자들에 대해 논의한 바 있다. 조동일
　　에 대해서는 오해를 한 듯하지만, 역시 도전이라고 아니할 수 없다.

92) 앞의 인용문은 '극 양식'과 '판소리 역시'의 의미에 주의해볼 때 무당굿놀이와
　　판소리가 모두 지나치게 '극'적인 것으로 오인되고 있다는 비판처럼 읽힌다. 그
　　러나 그가 같은 글(86쪽)에서 인용하고 있는 조동일의 글은 무당굿놀이가 연
　　극이기는 하나 탈춤이나 꼭두각시놀음보다 더 '서사적'이라고 지적하고 있다.
　　이런 조동일의 견해에는 필자가 아는 한 별로 이견이 있을 수 없다. 여기서 무

은 따로 타당한 근거가 제시되어야 할 것이다. 또 판소리가 '서사적인 극'이라는 주장은 실제로 여러 논자들이 제기한 바 있으며, '극적인 서사'라는 주장과 함께 만만치 않은 지지를 받고 있다.

이보다 더 중요한 문제는 장르론의 대상을 '제시형식인 연행방식을 분리'한 '텍스트'만으로 제한해보려는 시각이다.[93] 하지만 제시형식은 역사적 장르를 판단하는 실질적인 근거가 되며, 역사적 장르들은 각각 상위의 보편적 장르들과 관련을 맺고 있다. 따라서 역사적 장르의 변화는 자주 보편적 장르의 변화로 이어진다. 〈심청가〉를 광대가 연행할 때 그것은 판소리라는 역사적 장르로 실현되는 것이다. 그런데 그 사설이 판각되어 독서물로 유통되면 '방각본 소설'이 된다. 또 배역을 나누고 무대에 올리면 '창극'이 된다. 이 과정을 도시하면 다음과 같다.

심청가(판소리) → 심청전(소설) → 창극 심청(극)

이 과정의 마지막인 창극으로 〈심청가〉를 접한 사람은 원래의 텍스트가 아니라 마지막에 작용한 제시형식에 따라 장르를 판단하게 된다. 창극, 즉 극 장르로 인식하는 것이다. 소설로 접한 사람은 당연

당굿놀이는 제시형식에서 볼 때나 텍스트(사설)로 볼 때나 탈춤·꼭두각시놀음보다는 더 서사적이다.

93) 그가 '장르'나 '갈래'라는 용어보다 '양식', 특히 '문학 양식'이라는 용어를 선호하는 것도 이런 시각의 산물인지 모르겠다. 그가 '문학 양식론'이라고 할 때 '문학'은 언어적 차원을 강조하고 있다. 이렇게 보면 그가 추구하는 '문학 양식론'은 '장르론'보다 더 언어학적인 것인지도 모른다. 하지만 그의 논의의 출발과 과정(특히 기존 논의에 대한 비판들)이 철저하게 장르론적인 것임은 의심할 여지가 없다.

히 서사 장르라고 판단할 것이다. 제시형식의 변형이 보편적 장르의 판단 작용에 결정적인 영향력을 행사한 것이다. 이에 대해 '텍스트에 아무런 변화를 일으키지 못했다면 이런 소박한 장르 판단이 어떤 문학적 의미를 지닐 수 있는가'라는 반론이 제기될 수도 있다. 하지만 그렇지가 않다. 현장에서 연행되는 〈심청가〉와 독서물로 전환된 소설 《심청전》은 설사 그 스토리가 동일하다고 해도 완전히 다른 미적 효과를 지니며, 이것은 전혀 다른 해석으로 이어질 수 있다. '맹인잔치'에 몰려든 수많은 맹인들이 일시에 뜨르르르 눈 뜨는 대목을 듣다 보면, 이것은 하나의 개벽이요 웅장한 대단원이다. 청중들은 박장대소하면서도 심봉사 혼자 눈을 뜨는 것보다 인심 좋게 모든 맹인들의 눈을 다 열어주는 이 개벽에서 커다란 카타르시스를 맛보게 된다. 그러나 단지 읽기만 한 사람은 이 결말의 황당한 비논리성에 당황하게 된다. 많은 소설 이본들이 심봉사가 눈을 뜨고 부녀가 상봉하는 것만으로 이 대목을 축소하고 있다.[94] 제시형식의 변화는 결국 내용의 변화마저 수반하게 된다. 주어진 형식에 적합하도록 내용을 바꾸어가게 되는 것이다. 우리가 《춘향전》이나 《심청전》의 이본들 속에서 더 서사적인 것과 더 판소리 창본에 가까운 것들을 발견하게 되는 이유가 여기에 있다. 이처럼 제시형식은 단순히 외적 형식에 그치지 않고 작품들의 장르적 성격을 결정짓는 주요한 원인으로 직접 작용한다.[95]

---

94) 독서물인 소설에서 독자를 이끄는 것은 서사적 논리성이기 때문에 쉽게 간파되는 논리적 모순은 의문을 일으킨다. 하지만 연행물인 판소리는 광대와 청중의 교감에 크게 좌우된다. 뛰어난 표현력을 지닌 광대와 그것을 받아들일 공감대를 지닌 청중이 만날 때 논리적 모순마저도 가볍게 수용될 수 있다.

95) 앞에서도 설명했지만, 프라이도 제시형식이 주제적·미학적 지향과 관련된다는 사실을 언급한 바 있다. 이에 대해서는 《비평의 해부》(임철규 옮김, 한길사, 1982) 345~350쪽 참조.

성무경은 조동일의 체계가 지닌 문제점으로 "지나치게 단정적이어서 4대 기본 장르와 하위 장르 사이의 괴리가 크다", "(특히 교술 개념이) 사변성을 면치 못한다", "(기본 장르들이 서로) 만족스러운 변별력을 갖지 못한다" 등의 비판을 가하고 있지만,[96] 이 비판들은 조동일의 논리적 모호성과 모순을 부각시키는 데만 초점을 맞출 뿐 그 원인에 대한 분석이 부족해 어떤 교훈을 끌어내지 못하고 있다. 이 때문에 귀담아 들을 만한 비판을 가했음에도, 전체적으로는 조동일이 안고 있던 문제들을 해결하지 못한 채 새로운 문제들을 일으켰다.

조동일의 장르론이 지니는 가치는 그 이론을 통해 개개 문학작품의 본질적인 의미를 들여다볼 수 있다는 것이다. 다시 말해서, 그의 이론은 '이 장르의 근원적 형식은 어디에서 발생하는가?' 혹은 '이 작품의 아름다움은 어디에서 비롯되는가?' 하는 물음보다도, '이 작품의 의미는 무엇인가?' 하는 물음에 답하는 데 유용했다는 것이다. 의미 있는 장르론은 양태를 넘어서서 주제와 미학에 대해 말할 수 있어야 하지만, 조동일의 경우는 다소 지나치게 주제 편향적이었다고 하겠다.[97] 이에 견주어 성무경은 '이 장르의 진술 양식은 어떠한가?' 하는 문제에 지나치게 집착해 양태론적 편향을 보였다고 할 수 있다.[98]

---

96) 성무경, 앞의 글, 3~15쪽.

97) 그가 이와 같은 문제를 해결하려 한 것이 오히려 그의 이론을 폐쇄시키고 단순화시켰다는 사실을 앞에서 살펴보았다. 이와 같은 태도는 또 필연적으로 주제-미학의 관련성마저 최소한으로 축소시킨 것으로 보인다. 일례로, 모든 소설에 '자아와 세계의 상호 우위에 입각한 대결'이 나타난다고 봄으로써, 이를 통해 각 편의 독특한 미학적 특질에 접근하는 길을 좁혀놓은 것이다.

98) 물론 '양식화된 가면-퍼소나의 문제'나 '서술자 목소리-신빙성의 문제' 등에서 양태론적 사유를 벗어나 복합적인 논의를 펼치는 부분들도 있지만, 그것들은 '추상화된 양태'로서 '네 개의 추상'이 지니는 변별력에 상처를 줄 수 있는 비판들을 앞질러 해명하는 과정에서 전개된다.

그리고 이와 같은 태도는 그가 헤르나디를 읽을 때부터 시작된 것으로 보인다.

그의 장르론적 탐색은 헤르나디에서 출발한다. 그런데 그는 헤르나디의 장르 개념에서 가장 중요한 것을 소홀히 취급하는 태도를 보인다. 헤르나디 장르론의 중심은 인간이 세계를 환기하는 네 가지 방식에 있는데, 성무경은 '진술양식'을 앞세우고 환기방식과 관련된 용어들은 너무 단순하게 이해해버린다.[99] 사실 '진술양식'도 헤르나디의 개념은 아니다. 헤르나디는 이 네 가지(authorial/inter-personal/private/dual)를 투시법(Compass of Perspectives)이라고 부른다.[100] 그가 이것을 먼저 내세우고 '진술양식'이라고 부르고 싶어하는 이유는 환기방식을 다루는 태도에서 곧 드러난다. 그가 비전을 '보여주기', 액션을 '행동하기'라고 부르면서 헤르나디를 비판하는 태도와 실제 헤르나디의 언급을 비교해보자.

'행동하기'는 '행동화된 언어(무언극)'를 한계점으로 문학의 경계를 구분짓는다. 문학의 존립요건을 언어로 보고, '행동화된 언어'를 '일상의 행동'으로부터 분리해내고 있는 점은 매우 설득적이다. 그러나 다른 한 축, '보여주기'는 다소 문제가 있어 보인다. '보여주기'는 상상적 진리의 단정적 담화로 직접 제시하는 '격언'을 비예술적인 언어(일상의 언어)로부터 분리하는 기준이다.[101]

---

99) 앞에서 그는 비전(vision)과 액션(action)을 '보여주기'와 '행동하기'로 번역하는 것이 오류이며, 비전과 액션은 그 자체로 환기방식이 아니라 환기방식들을 결정짓는 두 축에 설정된 개념어임을 밝힌 바 있다. 헤르나디의 '환기방식'은 '비전을 제시'하거나 '비전을 설정'하는 것을 말한다.

100) Paul Hernadi, 앞의 책, 160쪽.

101) 성무경, 앞의 글, 30쪽.

이 이론은 상상문학이 언어적 제시와 예술적 재현이 다소간 균형을 이루면서 상호 작용하고 있는 데 의존한다는 관찰에 그 근거를 두고 있다.…… 확실히 비예술적 담화와 비언어적 무언극은 상상문학의 영역 밖에 있다. 그렇지만 여기에도 아주 소량이기는 하지만 액션과 비전이 들어 있다. 왜냐하면 모든 언어적 제시에는 말하거나 글을 쓴다는 인물 쌍방적 행위가 내포되어 있으며, 모든 재현에는 작가의 비전을 드러내는 시점과 선택이 수반되기 때문이다.[102]

헤르나디에게 비전이나 액션은 문학과 비문학 또는 예술과 비예술의 경계를 구분짓는 기준이 아니라, 오히려 그 경계를 넘어서서 이쪽과 저쪽을 이어주는 개념이다. 장르론이 일반적으로 문학예술의 영역에서 거론되기는 하지만, 이를 비추는 환기방식의 두 축은 문학을 넘어서 모든 일상의 영역에까지 미친다는 것이다. 그렇다면 헤르나디에게 문학예술(상상문학)과 그 밖을 구분하는 경계는 어디인가? 그것은 두번째 예문의 앞부분에 명백히 나와 있다. 바로 비전과 액션, 제시와 재현의 균형과 상호 작용이다. 액션과 비전이 따로따로 각각 한쪽 극단의 경계를 가르는 것이 아니라는 것이다. 따라서 순수하게 비전만을 제시하거나(비예술적 담화), 순전한 행위의 재현(비언어적 무언극)이 존재한다면 그것은 상상문학이 아니다. 하지만 그는 과연 그런 것이 있을까 다시 회의한다. 다시 말해서, 헤르나디는 자신이 그은 경계를 가능한 한 희미하게 하려고 하는 것이다. 성무경이 헤르나디의 장르 체계를 근본적으로 잘못 이해하고 있지만, 정말 큰 문제는 이 같은 오해 그 자체가 아니라 그 이유이다. 성무경으로부터는 장르론을 비문학적 일상에서 분리해 언어 텍스트 내부의 문제로 한정하려는 집

---

102) Paul Hernadi, 앞의 책, 168쪽(번역-필자).

요한 의도가 읽힌다. 그리고 이 같은 의도는 '선명성'을 재고하려는 의지에서 나온다. 그런데 선명성과 유연성은 양립하기 어렵다. 이런 점에서 헤르나디식 논리의 모순은 태생적이다. 그는 경계선을 그어놓고서는 다시 그것을 지우려고 애쓴다. 과연 여기에 경계선이 존재할 수 있는가 하는 회의 때문이다. 성무경으로부터는 이런 '회의'가 거의 발견되지 않는다. 그리고 이 회의의 부족이 그의 장르론을 단선적으로 만들었다고 생각된다.

일단 장르론을 '언어 텍스트'의 문제로 확정지은 다음, 그는 헤르나디의 마름모꼴체계를 직선체계로 전환한다. 헤르나디의 체계가 지니는 가장 중요한 특징은 네 영역이 각각 서로 근접해가는 스펙트럼을 이루고 있다는 것이다(헤르나디의 장르체계도 참조). 주제적 양식의 왼쪽에 제시된 '독자에 대한 직접적 호소'는 서정에, 오른쪽에 제시된 '우화'는 서사에, 아래에 제시된 '설명적 대화·풍류극'은 극에 근접하고 있다. 이것은 다른 세 영역도 마찬가지이다. 예컨대 극의 '독백'은 서정에, '코러스'는 서사에, 극 속의 '주제적 진술'은 주제적 양식에 근접한다.[103] 반면 성무경의 체계는 서정에서 희곡으로 갈수록 서로 멀어진다. 그도 스펙트럼 같은 경계 짓기를 원하지만, 그것은 서로 멀어져 가는 직선의 한계 안에서만 가능하다. 서정과 전술은 닮았지만, 서정과 서사는 멀다. 전술과 서사는 닮았지만, 전술과 희곡은 멀다. 서정과 희곡은 더 멀다. 다만, 그가 노래하기의 문학 바깥쪽에 '음악'을, 행동하기의 바깥쪽에 '무용'을 둔 점은 이채롭다.[104] 어쩌면 이 직선의 양 끝을 서로 붙여보려고 했는지도 모른다. 그러나 그것으로 문제가

---

103) 같은 책, 166쪽.
104) 성무경, 앞의 글, 190쪽.

해결되지는 않을 것이다. 중요한 것은 이 도식이 보여주는 사유 그 자체이다. 그는 '노래하기'와 '행동하기' 사이에 존재하는 네 영역 사이에 경계선을 설정하는 데 중점을 두고 있다. 서정과 전술은 '억제냐 확장이냐'로, 전술과 서사는 '평면적이냐 입체적이냐'로, 서사와 희곡은 '서술언어냐 행동언어냐'로 구분하는 식이다. 장르체계는 유연하고 기술적이어야 한다고 하면서도 그는 헤르나디와는 달리 스스로가 그은 경계선을 더욱 선명하게 덧칠한다. 모든 문학작품을 어느 하나에 넣어줄 수 있는 '분류학'적 체계의 개발에 대한 유혹을 뿌리치지 못하여 존재하지 않는 벽을 만들어낸 것이다. 그러나 이 같은 노력이 있었음에도 그가 설정한 개념들 역시 쉽게 납득할 만한 선명한 기준을 만들어내지는 못했다. 모순을 감수하며 유연한 개념을 추구한 헤르나디와는 달리 그는 선명한 개념 구축을 목표로 했기 때문에 스스로 설정한 개념들이 빚어내는 모순은 더욱 치명적으로 보인다.

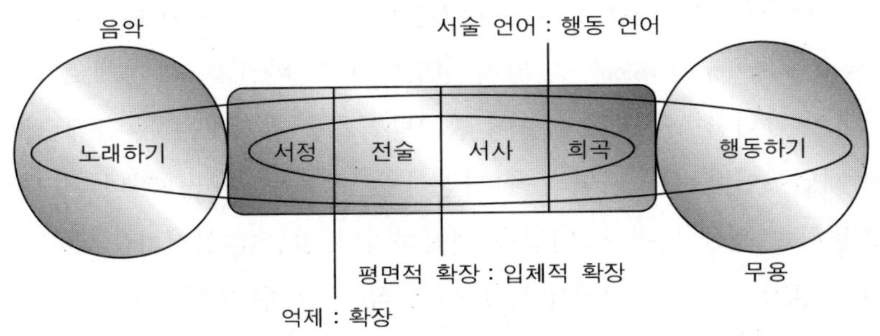

〈그림 2〉 성무경의 장르체계

그가 헤르나디의 '비전' 대신 '노래하기'를 설정하는 이유는, '비전'이 비예술적인 일상의 언어로부터 문학의 경계를 구분짓는 기준으로

'상상적'이라는 표지 이외에는 아무것도 갖추지 못하고 있어 선명성이 없다는 데 있었다. 하지만 정작 '노래하기'가 어떤 이유로 '행동하기'의 다른 쪽 극단에 위치할 수 있는가 하는 자기 논리가 생략된 점은 납득하기 어렵다. 헤르나디는 장르론에 대한 전반적이고 상세한 고찰을 통해 '주석적·주제적 제시'와 '인물쌍방적·극적 재현'의 두 극단을 설정하고, 이 양 극단에 '비전'과 '액션'이라는 환기방식의 두 축을 설정한다.[105] 그렇다면 이를 극복할 만한 새 논리가 제시되어야 할 것이다. 비전과 같이 '노래하기'가 '환기방식의 한 축'으로 이해될 수 있는가도 의문스럽다. 엄밀히 말해 '보여주기'도 환기방식의 한 축을 담당하기는 어려우며, 헤르나디의 '비전'은 '보여주기'로 번역하기에는 무리가 따른다. 헤르나디에 따르면, 비전을 통해 환기된 세계는 단정적 진술이나 금언과 같이 주제의 직접적 제시로 나타난다. 여기서 비전은 '보여주기'가 아니라 '주제'와 관련된 개념, '사유 혹은 머릿속에 그려진 이상이나 전망'에 가까운 개념임을 알 수 있다. 그래서 "주제적 작품은 제시하고, 시인은 비전을 액션화(설정)한다(thematic works present, poems enact vision)"는 말이 성립된다.[106] '비전'은 그 자체로 환기방식이 아니며, '액션'과 더불어 환기방식들을 결정짓는 두 축에 설정된 개념어이다. 헤르나디의 '환기방식'은 '비전을 제시'하거나 '비전을 설정'하는 것을 말한다. 비전을 제시하거나 비전을 설정하는 것은 세계를 환기하는(혹은 환기시키는) 한 방식이 될 수 있다. 그러나 '노래하기'는 무엇을 통해 어떻게 세계를 환기할 것인지에 대해, 특히 '무엇을 통해서'에 대해 별로 알려주는 것이 없다.[107]

---

105) Paul Hernadi, 앞의 책, 156쪽.
106) 같은 책, 165~166쪽.

또 '노래하기'를 환기방식으로 이해한다 하더라도 이 개념이 '노래'와 어떤 구체적인 관련성을 지니는지, 아니면 순전히 관념적인 개념인지 밝혀져야 한다. 사실 이 문제는 바로 '역사적 실재론'이 제기한 '보편적인 큰 장르의 실재성'에 대한 의문과 관련된다. '노래'는 분명히 실재한다. 따라서 '노래하기'가 실재하는 '노래'와 구체적인 관련성을 지닌다면 성무경의 장르체계는 일단 역사적 실재론이 제기하는 의문에 답할 토대를 갖추었다고 할 수 있다(물론 그렇다고 해도 서정·전술·서사·희곡 각각의 '추상'이 지니는 실재성은 다시 논의되어야 한다). 하지만 실상은 그렇지가 못한 것 같다. 그는 자신이 새로이 설정한 '전술' 양식에 대해 "노래하기라는 환기방식이 서술의 입체화를 방해하여 서술의 평면적 확장을 이루기 때문에 서술 언어의 통사적 의미를 구조적으로 연계하는 특성이 나타난다"고 설명한다. 그런데 '서정'은 '노래하기라는 환기방식에 이끌린 서술의 억제를 양식화의 원리로 삼기 때문에 서술 언어의 통사적 의미를 구조적으로 차단'하는 특성을 지닌다. 서술의 억제를 이끌어내는 노래하기가 서술의 입체화를 방해하면 서술의 평면적 확장이 이루어진다는 논리이다. 다시 말해서, '서술의 억제'가 '서술의 입체화'를 압도하여 '평면화'시킬 뿐만 아니라 '확장'시킨다는 논리가 성립되는 셈이다. 그 결과 '전술'에서는 '노래'의 흔적이 깨끗이 소멸되어 가사뿐만 아니라 수필을 귀속시킬 수 있게 된다. 여기서 '노래하기'는 추상화된 환기방식으로만 설정된 개념임을 알 수 있다. 실재의 '노래'는 '서술을 억제'하는 양상을 보이지

---

107) 이와 같은 문제점은 '액션'을 단순히 '행동하기'로 이해할 때도 나타난다. 이렇게 된 것은 그가 장르론에 미치는 모방론의 영향력을 거부하면서 '환기방식'이라는 개념을 도입했기 때문이라고 생각된다. '인간이 세계를 환기하는 방식'이라는 환기방식의 개념 자체가 이미 모방론적 사유를 내포하고 있다.

만, 입체적 발화인 '대화'를 수용할 수 있는 데다가 '서술의 확장'과는 정반대의 양상을 보이기 때문이다. 또 '전술'이 '노래하기'의 영향을 받으면서도 그 본질적인 언어적 특성인 '서술의 단절'을 철저히 배제하여 '서술의 평면적 확장'을 이루는 데 반해, '서사'는 '행동하기라는 환기방식이 서술의 평면화를 방해하여 서술의 입체적 확장을 이루기 때문에 서술 언어의 통사적 의미를 구조적으로 응집하는' 특성이 나타나며, 이때 '행동하기'의 언어적 특성인 '행동언어(대화)는 단지 방해의 차원을 넘어서 진술 방식에 본질적 조건으로 개입'하기까지 한다.[108] 이와 같은 불균형 때문에 '행동하기'보다 '노래하기'가 더 추상화된 개념이라는 생각을 떨칠 수 없으며, 또 노래하기와 행동하기가 어떻게 해서 '문학적 진술 양식' 전반을 포괄하는 두 축이 될 수 있는지 더욱 궁금해지는 것이다.[109]

(6) 분류학을 넘어서

지금까지의 고찰을 통해 우리는 장르론의 실상에 대해 알려줄 지침들을 어느 정도는 마련했다고 할 수 있다. 논의의 성과들을 종합할 때, 실재성을 인정할 수 있는 공통 자질로는 '제시형식'이 떠올랐으며, 주의해야 할 점으로는 거대이론의 유혹으로부터 벗어나 기술적이고 유연한 태도를 취해야 한다는 것이 분명해졌다. 이 때문에 필자는 보편적인 원장르는 장르의 실상에 부합하기만 한다면 누구나 만들어낼 수 있다는 시각에 우려를 표명한다. 이렇게 '만들어진' 장르체계로는

---

108) 성무경, 앞의 글, 35쪽.
109) 같은 글, 29~34쪽 참조.

부단히 변화하는 복잡한 현실을 결코 설명할 수 없다고 믿는다. 제시 형식에 주목한 이유는 이것이 어떤 가설에 따라 설정된 것이 아니라 실재하는 것이었기 때문이다. 프라이도 제시의 방식들을 자신이 설정했다고 주장하지는 않았다. 그는 실재하는 제시의 방식들 가운데 가장 기본적인 것들은 무엇일까 생각했고, 그것들의 속성을 해명하는 자세를 견지했다.

한편 제4장르의 허구성도 드러났다. 가장 설득력 있게 '4장르론'을 제시한 논자들인 프라이와 헤르나디 그리고 조동일의 이론을 고찰하는 과정에서 '4분법'이 문학예술의 영역을 확장하면서 동시에 체계화하려는 욕망의 산물이며, 한국의 경우에는 민족문학에 대한 애정이 그 밑에서 작용했음을 알게 되었다. 이 같은 욕망들은 그 자체로는 비난받을 수 없는 당연한 학문적·역사적 요구이기도 했지만, 문제는 이 같은 욕망들이 은폐되는 가운데 위 세 연구자의 장르론이 지닌 체계상의 불균형과 모순마저 은폐되었다는 것이다.

프라이는 '말'과 '글'이라는 수단의 차이에 지나치게 집착한 나머지 궁극적으로는 모두 정보를 '전달'하는 방식인 '듣는 사람 앞에서 이야기되는 경우'와 '독자를 위해 글로 쓰여지는 경우'를 본질적으로 다른 방식으로 나누었고, 헤르나디는 '작자가 독자에게 직접 말하는 방식'과 '직접 말하거나 혹은 등장인물을 내세워 간접적으로 말하기도 하는 방식'을 본질적으로 다른 방식으로 분류함으로써 후자가 전자를 포함하는 관계에 있다는 사실을 간과했다. 이 때문에 이들의 4분법은 사실상 3분법에서 '서사'의 영역을 둘로 나눈 것에 불과했으며, 결국 장르체계의 모호성을 증대시키는 결과를 가져왔다. 조동일 역시 서정과 교술을 모든 면에서 '정반대'에 위치시키면서, 서사와 희곡은 다만 '작품 외적 자아(서술자)'의 개입 유무에 따라서만 구별함으로써 체계의 불균형을 일으키고, '작품 내적 혹은 작품 외적' '자아와 세계'라는 개념을 지나치게 문학현실에 끼워 맞춰 분류론적으로 설정함으로써 모호성을 드러내고 있다.

한국의 장르 연구사에서 이 같은 문제들이 더 증폭된 데는 조윤제로부터 조동일 세대를 넘어 젊은 학자들에게까지 이어지고 있는 '민족애' 외에도 거대이론의 유혹에 빠지기 쉬운 한국적 문학연구풍토가 자리 잡고 있다. 그러나 모두가 거대이론의 함정에 빠져버렸던 것은 아니다. 대부분의 학자들은 거대이론이 던져주는 전체적 전망 때문에 그 주위를 맴돌면서도 그 위험성을 거의 정확히 인식하고 있었다. 또 본질적인 반성을 촉구하는 강력한 목소리가 나오기도 했다. 그런데도 그 위험 속으로 걸어 들어가면서 점점 장르론 자체에 대한 회의를 품게 된 것이 한국 장르 연구자들의 현실이다.

앞에서 살펴본 것처럼, 많은 선학들의 연구와 비판을 통해 4분법으로도 역사적 장르나 작품들의 실상을 동태적으로 살피는 것이 불가능에 가깝다는 것이 드러났다. 그리고 이것은 5분법이나 6분법이 되어도 마찬가지일 것이다. 장르론에 대한 회의의 근원이 바로 여기에 있다. 장르론은 '분법(分法)'으로 접근할 수 있는 분류학의 영역을 이미(어쩌면 처음부터) 넘어서 있는 것이다.

3. 제시형식과 원장르—세 가지 욕망, 세 개의 형식

(1) 제시형식의 개념과 장르적 속성

장르를 판단할 때, 가장 먼저 고려하게 되는 것은 그것이 어떤 형

식으로 우리에게 제시되는가 하는 문제이다. 조동일은 〈문학의 갈래〉
에서, 서정·서사·희곡을 각각 1대 2로 대응시켜 구별한다면, 서정은
사건이 없다는 것에서, 서사는 서술자의 개입이 있다는 것에서, 희곡
은 무대 상연용이라는 점에서 각각 다른 두 장르와 구별된다고 지적
했다. 물론 그가 비평한 것처럼 사건이 무엇이고, 서술자가 무엇이며,
무대 상연이 무엇인가 하는 것이 명확하게 규정되기 어려울 수도 있
고, 무엇보다 이런 식의 구별은 서로 체계적인 관계를 가지지 못하는
것처럼 보이기도 한다.[110] 그러나 이런 식의 장르 판단이 가장 손쉽고
널리 활용되는 것임은 분명하다. 다시 말해서, 사람들은 사건이 있고
공연되는 것을 연극이라고 말하고, 누군가가 어떤 사건을 들려주는
것을 이야기(설화)라고 하며, 구체적인 사건보다 정서를 자극하는 이
미지가 풍부한 작품을 서정적이라고 평가한다. 하지만 사실이 그렇더
라도 이런 방식은 문제가 있다. 특히, 서사와 희곡은 이야기하는 사람
(서술자)과 무대 상연(공연)이라는 뚜렷한 특징을 갖추지만, 서정은
'사건이 없다'는 부정으로 말미암아서만 구별된다는 불균형을 지니게
된다. 조동일이 이런 방식을 비판하고 넘어서게 된 이유가 바로 여기
에 있다.

　하지만 장르 판단은 '공연되는가, 서술되는가' 하는 식으로 작품이
생산자로부터 수용자에게 전달되는 형식에서 출발하는데, 이 '공연되
는가, 서술되는가' 하는 극과 서사의 판단 근거가 바로 '제시형식'이
다. 이것은 수용자뿐만 아니라 생산자(작가)에게도 마찬가지이다. 작
가가 작품을 생산할 때는 동종(同種)의 기존 작품들이 지닌 제시형식

---

110) 조동일, 〈문학의 갈래〉, 《한국문학의 갈래 이론》, 문학과지성사, 1992, 288~
　　289쪽.

의 일반태가 전제되어 있으며, 어떤 작가도 여기서 완전히 자유로울 수는 없다. 다시 말해서, 희곡을 쓰는 작가나 그 연출가는 극의 기본적인 제시형식을 무시할 수 없으며, 그것을 무시할 경우 그 작품은 관객들에게 극으로 인정받지 못할 뿐만 아니라 공연 자체가 불가능할 수도 있다. 제시형식은 엄연히 실재하기 때문에 관습적 규범을 넘어서 물리적 제한이 가해지는 것이다.

그런데 제시형식이 과연 장르 판단의 원천이며, 나아가 장르의 본질을 결정하는 인자(因子)일 수 있는가 하는 의문들이 제기될 수 있다. 그것은 우선 제시형식을 단순히 텍스트의 실현태로 보는 시각에서 제기될 수 있다. 예컨대 동일한 '시' 작품이 시집(출판물)을 통해 제시되거나 혹은 가창되거나 간에 그것은 '시' 혹은 '서정'이라는 주장이 나올 수 있다. 엄밀히 말해 출판을 기본으로 하는 현대의 시 작품에 작곡가가 곡을 붙이고 이를 노래로 부르게 되면, 그것은 구체적인 역사적 장르의 측면에서 '(시집의 형태를 기본으로 하는) 시'에서 '(노래를 기본으로 하는) 가요'로 일정한 변화가 일어난 것이다. 이때 민감한 수용자들은 그 '가요'가 지닌 '시'적인 과거를 인지하게 되어 장르 인식이 중첩되는 결과를 낳을 수 있다. 이 경우 '서정'이라는 보편적 장르의 성격에는 근본적인 변화가 일어나지 않는다. 그런데 제시형식을 장르론에 개입시킬 수 없다는 주장의 핵심은 역사적 장르가 아니라 보편적 장르에서 더 강력하게 제기되고 있다.

이에 대해서는 앞에서 《심청전》과 〈심청가〉 그리고 창극 〈심청〉을 예로 들어 설명한 바 있다. 이것은 다른 어떤 작품을 예로 들더라도 마찬가지이다. 《춘향전》과 창극 〈춘향〉의 경우, 그 줄거리는 물론 세부적인 언어표현마저도 거의 바꾸지 않은 채 소설(서사)에서 창극 (극)으로 변환할 수 있다. 그러나 이 두 작품은 완전히 다른 장르이며,

그 외형은 물론 감동을 창출하고 수용하는 방식에서도 완전히 달라지게 된다. 당연히 그 감동의 양상과 질도 달라진다. 여기에서 의미 있는 변화는 언어적 측면이 아니라 제시형식에서 일어난 것이다.[111]

이러한 고찰은 제시형식이 장르론의 직접적인 대상이 될 수 없다는 또 다른 주장에 대해서도 반박의 근거를 마련한다. 이러한 주장은 장르는 무엇보다 문학의 문제이고, 문학은 어디까지나 언어 구조물이라는 근거에서 출발한다. 다시 말해서, 제시형식은 언어 텍스트의 범주를 벗어나는 컨텍스트라는 것이다. 성무경은 장르 문제는 텍스트의 문제라고 판단하고, 이런 시각에서 '언어적 국면의 진술 방식'에 관심을 집중한다.[112] 하지만 여기서 그는 텍스트는 컨텍스트와 뗄 수 없는 밀접한 관련을 지니고 있다는 사실에 주목한다. 앞에서 언급했듯이, 제시형식은 그 진술 방식에도 직접적인 영향력을 행사한다. 극에서 표출되는 언어가 모두 등장인물의 목소리(대사)일 수밖에 없는 이유는 그것이 현장에서 공연되기 때문이다. 또 다음과 같은 주네트의 언급도 장르 문제가 단지 언어적 국면으로 축소될 이유가 없다는 점을 보여준다.

장르와 양태 간의 차이는 바로 이 점, 즉 장르들이란 본질적으로 문

---

111) 여기서 한 가지를 더 확인하고 넘어갈 필요가 있다. 소설 《춘향전》을 읽는 사람이 그 모체인 판소리 〈춘향가〉를 본 경험이 있다면, 그 경험이 준 인상의 깊이만큼 판소리 공연을 연상하며 소설을 읽게 될 것이다. 소설을 읽는 그의 뇌리 한편으로 판소리의 음률과 감동이 동시에 흘러갈 수 있다. 그렇다고 해도 그는 자신이 읽는 것이 소설이라는 생각을 바꾸지는 않겠지만, 기험지식(旣驗知識)으로 말미암아 두 가지 이상의 장르 인식이 교류할 가능성은 적지 않다고 하겠다. 예를 들면, 소설가는 판소리를 통해 널리 알려진 내용이나 문체 등을 수용함으로써 판소리의 독특한 효과를 연상시키려고 시도할 수 있다.

112) 성무경, 앞의 글, 32~36쪽.

학적인* 범주인 반면 양태들은 언어학이나 또는 좀더 정확히 말하자면 오늘날의 활용론(pragmatique)에 속하는 범주라는 점에 있다.[113]

문맥에서 충분히 변별됨에도 그가 '문학적인 범주'에 일부러 주(인용문의 '*' 표시 부분)를 단 것은 '문학적'이라는 말이 '언어만으로 이루어진'이라는 말과 동일시될 위험을 경계한 것이다.

좀더 정확히는 '순전히 미학적인'이라고 써야 할 것이다. 왜냐하면, 알다시피, 장르라는 것은 모든 예술에 공통이니까. 그러니까 여기서 '순전히 문학적'이란, 문학의 언어적 차원(문학이 다른 모든 유형의 담화와 공유하는)에 대립되는 것으로서의 미학적 차원(문학이 다른 모든 예술과 공유하는)을 의미하는 것이다.[114]

물론 장르론과 양태론은 서로 긴밀한 관련을 맺으며 발전해왔고, 따라서 이 둘을 명확하게 분리해버리는 것은 장르론의 발전에 도움이 되지 않을 것이다.[115] 다음에 살펴보겠지만, 양태론은 장르론에 적어도 언어적 '실재성'을 부여하는 데 크게 기여해왔기 때문이다. 하지만 장르의 문제는 좁은 의미의 문학을 벗어나 예술 일반에 걸쳐 있는

---

113) 주네트, 앞의 글, 106쪽.

114) 같은 글, 같은 쪽.

115) 이 점에 대해서 주네트는 양태와 주제들이 서로를 포함하지도 함축하지도 않는다고 말하면서도, '양태와 주제들은 교차하면서 장르들을 공동으로 포함하고 결정한다'는 생각에 이르게 된다. 그의 결론은 매우 신중하여 회의적인 경향마저 있지만, 그가 정확히 지적했듯이 낭만주의 이후 '서정적인 것', '서사적인 것', '극적인 것'은 더 이상 언표행위의 양태로서만이 아니라 장르로서 간주되어왔으며, 따라서 이 정의들은 주제적인(미학적인) 요소들을 포함하게 되는 것이다.

과제라는 것을 이해할 필요가 있다. 사실 주네트는 양태론도 언어학의 범주에만 묶어둘 수는 없다고 생각해서 '좀더 정확히는 활용론(*pragmatique*)의 범주에 속한다'고 지적한 것이다.[116]

이제 제시형식의 개념을 보다 더 체계화하고, 장르와 갖는 관련성을 명확히 할 필요가 있다. 제시형식의 개념을 이해하기 위해서는 먼저 '제시'의 개념을 알아보아야 할 터인데, '제시'란 말할 것도 없이 작가(생산자)가 작품을 수용자(독자·관중)에게 보여주는 것을 말한다. 주지하다시피, 이때 '보여준다'는 의미는 시각적 의미에 한정되지 않는다. 따라서 '제시'는 작품이 생산자로부터 수용자에게 전달되는 여러 상황·조건들을 포괄하는 개념이다.[117] 제시형식은 이 '제시'의 형식이며, 제시수단과 그 수단들의 결합방식에 따라 구성된다. 그러므로 '제시형식'은 일정한 제시수단들이 특정한 결합방식을 통해 형성한 제시의 형식을 말한다. 이때 '제시수단'은 제시형식을 구성하고 가능하게 하는 물리적인 요소들을 말하는데, 문학의 경우 언어적인 측면에서 어떤 종류의 언어를 사용하는가, 즉 어느 나라의 언어인가, 어느 계층의 언어인가 하는 것과, 구술되는가, 문자로 제시되는가 하는 문제들이 포함되며, 비언어적인 측면에서는 음향과 음악·영상·행위(연기)·무대·도구 등이 포함된다. 결합방식은 제시수단들이 선택되어 결합하는 방식을 말하며, 여기서는 여러 수단들의 상호 관련성, 즉 그들 사이의 보완·마찰 등의 긴장관계가 문제가 될 것이다. 이들 제시수단과 그 결합방식 사이에서 작품들의 구체적 성격을 드

---

116) 이것은 그가 단순한 언어적 진술 방식의 경계를 넘어설 수 있는 괴테(Goethe)의 '세 가지 자연 형식들' 가운데 서사와 극에 대한 정의(klar erzählende와 persönlich kandelnde)를 양태적 개념으로 설명하는 데서도 알 수 있다.

117) 뒤에 그 내용을 살펴보겠지만, 프라이에 따르면 '장르는 시인과 그가 대상으로 하는 공중 사이에 확립된 여러 조건에 따라 결정된다'.

러내주는 여러 가지 표현양식들이 파생된다.[118] 따라서 어떤 작품의 장르적 성격을 분명하게 하기 위해서는 제시형식이 표현양식을 어떻게 규정하고 제한하는가 혹은 표현양식이 제시형식에 어떻게 조응하는가를 살피는 것이 중요한 문제가 된다.

제시형식은 간단히 말해서 '누구에게 어떻게 제시되는가?' 하는 것이다. 그래서 제시와 수용의 문제는 동전의 앞뒷면처럼 서로 분리될 수 없는 동일한 현상의 두 측면이라고 할 수 있다. 제시형식은 작가에게는 창작의 형식이, 수용자에게는 곧 수용의 형식이 된다. 김학성도 문학작품의 존재양식을 이해하는 데 제시−수용의 문제를 동시에 고려하는 시각이 필요하다고 지적한 바 있다.[119]

이제 제시형식을 생산과 수용의 두 측면으로 나누어 살펴보기로 한다. 우선 제시형식이 작품의 창작과 수용에 어떻게 작용하는가를 살펴보자.

① 창작의 측면 : 작가가 작품을 산출하는 과정에 제시형식이 관여하는 양상은 크게 두 부분으로 나뉜다. 제시형식은 먼저 작품을 구상하는 단계에 작용한다. 작가가 작품을 쓰려고 할 때는 이미 일반화된 제시의 형식을 고려하지 않을 수 없다. 이러한 고려는 우선 제시의 가능성이라는 물리적인 제약으로 말미암아 강요된다. 노래되는 장르들은 노래될 수 있도록 충분한 고려가 있어야 하고, 공연되는 장르들은 공연이 가능하도록 창작되어야 한다. 하지만 그것이 전부가 아니다. 더 나아가 이러한 고려들은 단지 제시의 가능성에 그치는 것이

118) 특정 장르의 여러 작품들에서 공통적으로 발견되는 유형화된 표현의 방식들을 '표현양식'이라고 했다.
119) 김학성, 〈가사의 장르 성격 재론〉, 앞의 책, 126쪽.

아니라 더욱 효과적인 제시를 위해 이루어진다. 그래서 작가는 제시형식에 조응해온 기존의 전범들을 의식하게 된다. 특정 장르에 대한 기대지평이 작가에게 영향을 행사하게 되고, 그것이 인접한 역사적 장르들의 독자성을 보존하게 하는 데 크게 기여하게 된다. 다음으로 제시형식은 직접적인 텍스트의 산출 과정에 지속적인 영향력을 행사한다. 공연된다는 형식은 더 효과적인 공연을 위해 저해되는 요소들을 제거하도록 창작자들을 강제한다. 일단 완성된 희곡이라고 해도 리허설 단계에서 공연이 어렵다거나 관중들에게 필요한 반응을 얻어낼 수 없다고 판단되면 수시로 교정이 가해진다. 이렇게 해서 제시형식은 구체적인 표현양식들의 생산에 직접적으로 관여하게 된다.

② **수용의 측면** : 수용의 과정에 제시형식이 관여하는 양상도 크게 두 부분으로 나뉜다. 먼저 작품을 선택하는 과정에 작용한다. 수용자들은 제각기 자기들이 지닌 장르에 대한 기대지평을 바탕으로 작품을 선택하는데, 예컨대 사적으로 향유하기 위해 시집이나 소설책을 산다. 그리고 무대의 열기를 직접 느끼기 위해 연극을 보러 간다. 사람들의 이러한 기대를 충족시켜주기 위해서라도 창작자들은 제시형식에 대한 일반화된 기대지평을 무시할 수 없게 된다. 선택의 과정에서 작품의 구체적 내용을 알 수는 없다. 따라서 이 과정에서 작용하는 기대지평은 일차적으로 제시형식을 근거로 형성된다. 다음으로 제시형식은 수용 현장에서 지속적인 영향력을 행사한다. 공연되는 경우, 구체적인 역사적 장르 혹은 작품에 따라 차이는 있지만 관중들은 배우들의 체온을 직접 느끼며, 따라서 등장인물들에게 커다란 존재감을 느끼게 된다. 그리고 그들은 다른 관중들과 함께 웃고 놀라고 박수를 보내면서 무대와 교류한다. 이 때문에 같은 스토리를 지닌 활자화된 소설에서 얻는 것과는 전혀 다른 종류의 감동을 느끼게 된다.

이제 이러한 제시형식을 결정하는 요인들을 살펴볼 차례이다. 이는 제시형식의 예술적 의미와 사회적 의미를 통합적으로 바라보는 데 중요한 문제이다.

㉮ 생산의 조건과 양식 : 제시형식의 생산은 일차적으로 동원 가능한 제시수단들에 따라 결정된다. 이 제시수단은 크게는 한 사회 전체가 지니는 생산력의 기반 가운데 하나인 생산수단의 한 부분으로 존재한다. 활자의 등장으로 근대적이고 대중적인 소설이 가능해졌고, 필름의 등장으로 영화가 만들어질 수 있었던 것이다. 그렇지만 자본을 대고 상품화하려는 사람들과 실제로 이를 생산하는 사람들이 없었다면 아무것도 가능하지 않았을 것이다. 다음으로 양식화된 기존의 제시형식들이 관여한다. 그러나 여기에는 선택의 과정이 있고 거기에는 담당층이 주체적으로 참여하게 된다. 하지만 담당층의 주체적 선택이란 개인의 주관적 판단과는 다르다. 이들의 판단기준은 그 사회의 일반적 이데올로기에 영향을 받는다. 하지만 일반적 이데올로기 외에 그들의 이해관계 속에 형성된 저항 이데올로기가 동시에 작용할 수도 있다. 그리고 그들의 전통 속에 형성되어 있는 미적 취향도 영향력을 미치는 한 요인으로 작용한다.[120] 물론 이 과정에는 개인적 특수성이라는 변수가 끊임없이 작용할 것이다. 따라서 제시형식의 생산 과정은 한 사회 전체의 생산력과 생산 관계, 일반적 이데올로기, 그리고 담당층의 이데올로기와 미학적 전통, 개인(특히 제시형식의 최종적 창조자로서 개인)적 특수성 등이 상호 보완·대립하는 변증법적 과정이라고 할 수 있다. 하지만 여기에는 수용의 조건들이 일정한 영

---

120) 필자는 〈추풍감별곡에 나타난 여성상과 이중적 모순〉(《성균어문연구》 32, 1997)에서 미학적 전통은 한 사회의 지배적 이데올로기와는 상당한 차이를 지닐 수 있음을 밝힌 바 있다.

향력을 행사할 수 있다.

㉯ 유통·수용의 조건과 양식 : 어느 한 개인이 독특한 제시형식을 창출할 수 없는 것은 아니지만, 제시형식의 창출이 한 장르의 탄생으로 이어지기 위해서는 적어도 어느 한 계층 혹은 집단의 호응을 받아야 한다. 이렇게 어느 장르의 제시형식을 공유하고 그것을 이용해 작품을 창작하고 향유하는 집단을 담당층이라고 한다. 담당층은 생산자와 소비자(수용층)로 이루어지는데, 이들은 때로 일치할 수도 있지만 그렇지 않을 수도 있다. 생산과 소비가 일정한 수준으로 분리될 경우 이들 사이에도 변증법적인 긴장관계가 형성될 수 있다. 특히 소비 과정에서 일정한 사회적·경제적 보상이 생산자에게 주어질 경우 소비자의 요구와 비판은 생산 과정에 피드백되는 양상을 보인다. 따라서 수용의 조건과 양식도 제시형식을 결정하는 한 요인이 된다. 유통은 크게는 수용의 한 과정이지만, 생산과 소비가 일정한 수준 이상으로 분리되고 소비의 과정에서 잉여가치가 발생하면 유통 담당자가 독자적 세력으로 등장할 수 있다. 이 경우 유통 담당자는 생산자와 소비자 사이에서 그들의 긴장과 요구를 조절하는 역할을 담당한다. 하지만 유통 담당층도 자기들의 이해관계에 따라 독자적 의도를 가지고 제시형식의 생산이나 변형 과정에 영향력을 행사할 수 있다.

지금까지의 논의를 통해 우리는 제시형식이 작품들의 장르적 성격을 결정하는 기반으로 존재하고 있으며, 이는 역사적이고 사회적인 조건들과 긴밀하게 연관되어 있음을 알 수 있었다. 이제 이러한 제시형식에 대한 일반적 이해를 토대로 보편적인 원장르의 가능성을 탐색해보기로 한다.

(2) 제시의 기본 형식과 세 개의 원장르

　이미 살펴보았듯이, 장르와 제시형식의 깊은 관련에 주목한 가장 초기의 연구자는 프라이다. 그런데 프라이가 이야기·독서물·노래·연행이라는 네 가지 기본적인 제시의 방식이 시대를 초월하는 제시의 기본형식으로 이야기될 수 있다고 하는 근거는 '노래'에 '청중이 숨은 가운데 작가가 은밀하게 말하는' 것과 같은 어떤 본원적 특성이 내재되어 있다는 데 있다. 그렇지 않으면 앞의 개념은 시대적 변화에 따라 때로 받아들여지기 어려울 수도 있다. 다시 말해서, 청중에게 이야기를 '노래'해주는 형식들이 개발되면, '노래'와 '은밀하게 말하는 방식' 사이의 직접적인 관련이 의심받을 수도 있는 것이다. 프라이는 서정 장르가 더 이상 반드시 노래되지 않는 '활자 시대에도 (노래라는 제시형식이) 의미를 갖기 위해서는 제시의 기본형식에 대해서 말하지 않으면 안 된다'고 지적한다. 시집으로 출판된 현대시는 노래되는 경우가 드물고 때로는 산문의 형태를 띠기도 하지만, 여전히 노래의 본질적인 어떤 특성을 지니고 있다고 생각된다(이 글의 관점에서 그것은 내면화의 경향이다). 그래서 위 세 가지 개념들을 제시방식의 궁극적인 목적을 담지하는 세 가지 원제시형식들로 환원할 필요가 있다. 이때 '원제시형식'은 역사적 장르의 구체적이고 복합적인 제시형식들을 가능하게 하는 기본적이고 근원적인 제시형식을 말하며, 복합적인 구체성을 지닌 역사적 장르의 제시형식들과 차원을 달리하여 원장르의 제시형식이 된다. 이제 지금까지의 논의를 바탕으로 하면서, 특히 제시형식의 중심은 전달하는 자와 전달받는 자 사이의 관계에 있다는 점에 주목해 원제시형식의 개념을 규명하기로 한다.

제시의 기본형식 (기본적 공통 자질)	원제시형식	원장르명
개별적 내면화[◎]	노래	서정
일방적 전달[→]	이야기	서사
다차원적 현장소통[✳]	놀이	극

〈표 1〉 제시형식의 도해[121]

① '노래'의 가장 중요한 특징은 청중이나 독자의 필요성이 사라진다는 데 있다. 작자는 자기가 말하고자 하는 것을 내면화시키면서 표현하기 때문에 청중은 숨어버리고 은밀하게 말하는 방식이 성립된다. 결국 노래는 '내면화의 형식[◎]'이며, 개인 스스로의 내면을 향한 제시이다. ② '이야기'의 경우는 작자와 수용자의 관계가 특징적이다. 작자의 목적은 말하고자 하는 것을 전달하는 데 있으며, 수용자의 목적은 그것을 아는 데 있다. 그래서 작자가 수용자에게 말하고 수용자는 듣기만 하는 방식이 성립된다. 결국 이야기는 발화자와 수화자가 분리된 일방적인 제시이며, '일방적 전달의 형식[→]'이다. ③의 경우, '연행'이라는 용어는 가사나 시조 등 노래에 기반을 둔 장르들도 연행될 수 있다는 점에서 다소 혼란의 여지가 있으므로, 대신 '놀이'라는 용어를 쓰기로 한다. 이 경우는 어느 하나가 일방적으로 말하지 않고 서로 소통을 시도하고 있다는 사실이 특징적이다. 현장성이 배제될 경우 그것은 등장인물 상호간의 의사소통에 한정되고, 그것은 결국 작가로 말미암아 조직된 것이기 때문에 ②와 구별하는 일이 무의미

---

121) ◎, →, ✳, 이 세 부호는 제시의 기본형식 세 가지의 변별적 속성을 나타내는 상징으로 제시되었다. 이것이 인간이 시도할 수 있는 기본적인 세 가지 표현 방식에 대응한다는 사실은 우연이 아닐 것이다.

하게 된다. 그러나 프라이처럼 관객과 인물이 직접 대면하는 현장성을 인정할 경우, 그것은 등장인물 상호간에 그리고 등장인물과 관객 간에 소통이 가능하게 되어 다차원적 소통의 성격을 지니게 된다.[122] '놀이'라는 용어는 이러한 소통성을 강조하는 데도 적합하다. 결국 놀이(연행)는 '지금 여기서' 이루어지기 때문에 소통이 가능한 상호 제시방식에 뿌리를 두며, '다차원적 소통의 형식[❖]'을 지닌다.

제시형식은 어떤 작품이 장르로서의 성격을 구축하도록 하는 결정 요인이지만, 그 자체가 장르는 아니다. 장르는 제시형식의 제한과 가능성 속에서 형성된(형성될 수 있는) 구체적 작품들의 집합이며, 궁극적으로 그 공통 특성들의 총합에 따라 성격이 규정된다. 그러므로 원장르는 원제시형식의 제한과 가능성 속에서 형성된 여러 역사적 장르의 작품들을 포괄하는 개념이며, 궁극적으로는 그 공통 특성들의 총합에 따라 성격이 규정될 것이다. 그러나 이 규정의 과정은 구체적 작품과 (원)제시형식의 특성을 상호 대조하고 검증하는 반복적인 작업에 따라 지속적으로 수정되고 보완될 수 있다. 작품과 제시형식의 특성을 대조해 검증하는 작업은 잠시 미루어두기로 하고, 여기서는 우선 앞의 논의를 바탕으로 원제시형식과 원장르의 관계를 지정하기로 한다. 서정은 노래에서 추출된 내면화를 본질로 하고, 서사는 이야기에서 추출된 일방적 전달을 그 특성으로 하며, 극은 놀이가 항상

---

122) 물론 작품의 내용은 작자가 조직한 것이기 때문에 작자도 작품을 통해 수용자와 의사소통을 시도하고 있다고 할 수 있다. 그러나 극의 경우에는 작자가 숨어 있기 때문에, 서사의 경우에는 작자와 수용자의 관계가 일방적이기 때문에, 서정의 경우에는 개별적 내면화라는 향수의 특성 때문에 의사소통은 단절 속에서 간접적으로 이루어진다. 문학작품의 소통 모델에 대한 수용미학적 연구는 이 물리적 단절 속에서도 여전히 열려 있는 소통 가능성에 대한 심리학적·사회학적 접근들이다.

지금 여기에서 이루어지기 때문에 가능한 다차원적 소통 양상을 그 특징으로 할 것이다. 결국 세 원장르를 규정하는 공통 자질은 그 기반이 되는 원제시형식의 본질적 자질인 제시자로부터 수용자로 일방적 전달, 다차원적 현장소통, 개별적 내면화 이 세 가지인데, 이것들은 모두 인간의 표현 욕구와 방식에 그 뿌리를 두고 있는 것이다. 이 표현 욕구와 방식은 물론 모든 예술의 근원이기도 하다.

하지만 이 같은 공통 자질을 갖추었다고 해서 노래·이야기·놀이 같은 원제시형식이 되고 나아가 원장르로서 자격을 획득하는 것은 아니다. 여기에 반드시 '형상화'라는 표현을 미적으로 구성하는 작가의 노력이 들어가야 비로소 '예술작품'이 되고 장르론의 영역으로 들어오게 되는 것이다.

서정은 세 원장르들 가운데 매우 독특한 지위를 차지하고 있다. 서사는 직접적 소통이 제거된 전달의 형식[→]을 지니며, 극은 전달과 수용이 상호 교차되는 소통의 형식[✕]을 지닌다. 하지만 서정은 발신자와 수신자의 구별이 모호한 상태에서 메시지가 제2의 발신자이기도 한 수용자 개개인의 심상에 내면화되는 형식[◎]을 지니는데, 이것은 모든 미적 수용의 전제이기도 하다. 다시 말해서, 서사나 극의 형식으로 제시된 작품이라고 해도 종국에는 수용자들이 내면화하는 과정을 거쳐 미적 효과를 완성하게 된다는 것이다. 이 때문에 서정은 장르론에서 언제나 특별한 고려 혹은 무시의 대상이 되어왔다. 앞에서 언급했듯이, 플라톤과 아리스토텔레스는 서사와 극에 대해 언급하면서 서정은 논의하지 않았고, 괴테는 서사와 극을 양태적 차원에서 정의하면서 서정은 '열광적 격정'이라는 주제적·미학적 차원에서 정의하는 불균형을 감행했다. 삼분법의 확립 이후에도 서정을 서사나 극과 같은 차원에서 논의할 수 없다는 인식이 계속 이분법에 집착하는 논자들을 자극했다. 함부르그(Hamburger)는 언표행위의 주체가 나인 서정적인 것(실존적 장르)과 표백되지 않은 허구(모방적 장르)의 이분법을 설정했고,[123] 사르트르(Sartre)는 현실에 대해 초연한 서정시와 참여적인 산문의 이분법적 사유를 보여준다.[124] 국문학에서도 초창기에 시가와 산문의 이분법이 여러 차례 검토되었으며,[125] 김춘수는 '존재 차원에 대한 감각과 관련된 시' 대(對) '의미 차원에 대한 감각과 관련된 산문'의 이분법적 사유를 보여준 바 있다.[126] 여기에서 실존·초연성·존재(무의미)는 모두 서정의 한 속성들을 보여준다.

　반면, 모방·참여·의미의 개념들은 서사와 극에 공통적으로 적용되는 개념들이다. 그리고 물론 이 개념들은 모두 서사와 극이 구체적 현실을 반영한다는 모방론적 접근과 관련되어 있다. 이 구체적 현실은 작품 속에서 사건으로 나타난다. 서사와 극이 모두 구체적 사건을 다룬다는 공통점을 이해하는 것은 앞으로의 논의를 위해 매우 중요하다. 이 두 장르를 변별하게 해주는 것은 모방의 대상이 아니라 제시형식이다. 그러나 동일한 대상을 내용으로 하기 때문에 이 두 장르는 제시형식의 물리적 제약이 지닌 틈새를 비집고 상호 접근하는 양상을 보이게 된다. 근대소설에서는 장면묘사와 대화의 비중이 증대하고

---

123) Paul Hernadi, 앞의 책, 46~53쪽.

124) 사르트르, 김붕구 옮김, 《문학이란 무엇인가》, 문예출판사, 1972, 15~42쪽.

125) 이병기, 《국문학 개론》, 신구문화사, 1965(강의 유고본) ; 김기동, 《국문학 개론》, 진명문화사, 1955 ; 김준영, 《국문학 개론》, 형설출판사, 1966.

126) 김춘수는 〈나의 주제, 나의 세계〉(국제신보, 1979. 11. 14)에서 이 같은 견해를 밝혔고, 이 같은 관점은 《의미와 무의미》(문학과지성사, 1976) 등 여러 곳에서 드러나고 있다. 김준오(《한국현대장르비평론》, 문학과지성사, 1990)가 이와 같은 김춘수의 이분법적 사유를 장르론적으로 검토했다.

서술자가 숨는 경향이 나타났으며, 서구 고전극은 다양한 방식으로 무대를 논리화해 이야기를 전달하는 데 주력하는 양상을 보였고, 지금은 극이 해설자의 목소리를 채용해 작가의 의도를 직접 전달하는 시도까지 이루어지고 있다.[127] 하지만 소설이 아무리 현재적 재현에 노력한다 하더라도 독자와 직접 만날 수는 없으며, 극이 아무리 이야기의 전달에 주력한다 하더라도 직접 대면하고 있는 관객과 배우의 교감을 전면적으로 봉쇄할 수는 없다. 이러한 직접적 소통의 가능성 유무가 아직까지 서사와 극의 변별을 가능하게 해주는 자질이다. 하지만 두 가지 이상의 제시형식이 결합한다거나 두 가지 원제시형식이 지닌 가능성을 동시에 충족시킬 수 있는 제시수단의 개발이 불가능하다고는 할 수 없을 것이다. 따라서 장르 사이의 교류나 결합이 반드시 하나를 주(主)로 하고 나머지를 종(從)으로 하는 방식으로만 이루어질 것이라는 기대는 무모하며, 중간적 장르나 주변적 장르의 실현 가능성을 언제나 열어두어야 할 것이다.

지금까지의 논의를 토대로 세 가지 원장르의 성격을 간단히 살펴보면 다음과 같다.

① 서정 : 개인 자신을 위한 제시형식을 지닌다. 본질적으로는 전달을 목표로 하지 않는다는 것이 그 제시형식이 되는 것이다. 주요한 제시수단은 내면화된 기호[128]이며, 언어는 독백화해 나타난다. 따라서

---

127) 지금부터 '근대소설'은 서구의 '노블(novel)'에 해당하는 근대 이후의 소설 일반을, '서구 고전극'은 《시학》과 그리스 비극 및 셰익스피어의 극 작품들을 전범으로 하는 극 일반을 지칭한다. 여기에는 물론 일반적으로 같은 장르사적 의미를 지니는 우리나라의 작품들이 중심적으로 고려된다. '서구 고전극'은 그냥 '서구극'으로 쓰기도 한다.

128) 이 글이 장르를 언어의 테두리 안에서만 사유하지 않는다는 점은 이미 언급한 바 있다. '기호'라는 개념은 다분히 시각적 의미로 한정될 위험을 안고 있으나,

시인이 설사 시를 낭송한다 해도 듣는 사람들과 시인은 각자 개별적으로 그 시를 내면화하게 된다. 이 때문에 구체적인 사건이나 논리적인 전달체계가 요구되지 않거나 상대적으로 적게 요구된다. 따라서 음악은 본질적으로 서정적인 성향을 지닌다. 선율은 내면화된 기호로서 청자들의 개별적인 해석과 향유를 촉발하는 성격이 있다. 시가 음악과 지닌 밀접한 관계는 우연이 아니다. 미술도 마찬가지이다. 생산과 수용이 분리된 상태에서 앞뒤 상황에 대한 설명이 배제되는 한 편의 회화나 조각은 내면화된 기호이다. 시화(詩畵)의 자연스러운 결합 역시 우연이 아니다.

서정을 개인 자신을 위한 장르라고 할 때, '개인'이라는 말은 보편성이 제거된 순전히 사적(私的)인 존재를 의미하는 것이 아니다. 서정 장르는 인간의 내면이 지닌 보편성의 넓이만큼 보편성을 지니면서, 각 개인의 차이만큼 개별성을 지니고 향유된다. 이때 보편성은 서정 장르가 유통될 수 있는 최소한의 기반이 된다. 이것이 서정에서 말하는 '개인 자신을 위한 향유'의 뜻이다. 그런데 이 보편성과 개별성이 함께 '내면화'한 것이라는 데 '서정성'의 의미가 있다. 결국 서정성은 내면화의 깊이와 가능성에 주어진 이름이며, 이것은 서정의 제시형식에 뿌리를 두고 있다. 이 서정성의 개념을 형용사화한 것이 '서정적'이라는 표현이다. 시가 우리 시대 서정 장르의 대표이기 때문에 '시적'이라는 표현도 '서정적'이라는 표현과 아주 광범위한 영역에 걸쳐 비슷한 의미를 공유하고 있다.

여기서는 일정한 의미를 나타내는 모든 표현 수단을 총칭하는 개념으로 사용했다. 다시 말해서, 음표뿐만 아니라 어떤 감정과 느낌을 나타내기 위해 발성한 소리나 기악곡의 한 부분, 어떤 의사를 표시하기 위해 꼬집는 행위 등도 포함할 수 있는 광범위한 개념으로 이해해야 한다.

그런데 서정성은, 소설이나 희곡의 작가 혹은 배우들이 서정 장르의 보편적이면서 개별적인 특징을 활용하려고 할 때, 서정 장르를 떠나서도 얼마든지 구현될 수 있다. 그리고 그것은 언제나 독자나 관중에게 정확한 의미를 전달하려는 의도보다 그들이 그 내용을 내면화해줄 것을 더 원할 때 강하게 드러나는 것이며, 이 의도를 성공적으로 실현하기 위해 동원되는 수단들도 서정 장르에서 가져오게 된다. 은유와 여러 가지 상징적 요소들을 통한 의미의 함축, 서술의 생략을 통한 단절과 여기서 생기는 휴지(이것은 호흡이 멈추는 곳이면서 사유의 여백이기도 하다)의 활용 등이 그것으로, 이것들은 모두 의미를 명확하게 하기보다는 애매하게 하여 개별적 수용을 촉진하는 경향이 있다.

② 서사 : 일단 중개자(화자)에게 알려진(따라서 과거에 일어났거나 일어났다고 가정된) 사건이 중개자를 통해 수용자(청자 혹은 독자)에게 일방적으로 전달된다. 따라서 주요한 제시수단은 전달을 목적으로 행사된 기호이며, 이것은 언어가 지니는 본질적인 속성과 일치한다. '전달을 목적으로' 하기 때문에 서사는 본질적으로 수용자를 위한 장르이며, 이런 점에서 상업성과 대중성 같은 시장의 요구에 쉽게 접근할 수 있는 장르라고 하겠다. 다시 말해서, 서사는 수용자에게 목적한 내용 전체를 전달하기 위해 적절하게 그들의 흥미를 자극할 필요를 지닌다. 그러나 '수용자를 위한 장르'라는 의미는 어디까지나 '전달'에만 한정된다. 이야기되는 사건은 화자에게만 알려져 있기 때문에, 서사 화자는 이야기를 독점하고 있다. 그래서 그는 이야기를 제대로 몰라 얌전한 수용자에게 그것을 베풀어준다는, 일방적이고 지배적인 위치에 선다.

서사는 어떤 일을 모르고 있는 사람에게 전달하려는 경향이 있으므로 이해할 수 있도록 하는 데 초점을 맞춘다. 또 (객관적으로) 의미

없는 독백이나 의미 없는 행동은 할 수 있지만, 의미 없는 전달이란 생각하기 어렵다. 전달은 전달할 가치가 있는 것을 전제로 한다. 전달할 가치가 있는 사건이란 의미 없이 고립된 파편적 행위들이 아니라 다른 사건들과 서로 연관을 가지는 '객관적으로 의미 있는' 사건들을 말한다. 서로 관련된 사건들을 잘 전달하기 위해서는 시간과 공간의 논리적 조직이 중요하게 된다. 그래서 화자가 조직한 시간성과 공간성이라는 개념이 '서사성'의 중요한 부분이 되는 것이다. 특히 시간은 상호 관련된 사건들 사이의 논리(인과관계 등)를 이해하는 데 아주 중요하다. 서사성과 '서사적'이라는 표현의 관계나 다른 장르에서 구현될 가능성에 대해서는 재론을 필요로 하지 않을 것이다.

③ 극 : 어떤 사건이 행위자를 통해 '우리의 눈앞에서' (다시) 일어난다. 주요한 제시수단은 현재화된 기호이며, 그 중심은 행위이다. 이때 사건이 재현되는 현장은 사건이 일어난 장소이면서 동시에 관중이 지켜보는 현재의 공간이기도 하다. 그리고 대사는 재현되는 행위의 일부이지 전체가 아니라는 상식적인 사실을 기억할 필요가 있다. 극의 제시형식은 '지금 여기'라는 시공간적 현재성을 바탕으로 하며,[129] 이때 '지금 여기'라는 시공간의 결정 기준은 배우(연행자)뿐만

---

129) 각각의 장르들에 어떤 시제를 할당해보려는 시도들이 계속 있어왔다. 이 경우 서사는 과거에, 서정은 보통 현재에 할당되었다. 그리고 극은 훔볼트(Humboldt)나 댈러스(E. S. Dallas)처럼 현재에 할당하거나 피셔(F. T. Vischer)나 슈타이거(E. Staiger)처럼 미래에 할당하는 경우가 있다. 이것은 극의 어느 국면을 강조하느냐 하는 관점에 따라 달라진 것이다. 하지만 가장 설득력 있는 견해는 재현이라는 형식에서는 현재이고, 재현되는 대상에서는 과거라는 것이다. 서정은 형식이나 그 대상(이미지·감정)이 모두 현재이지만, 개인의 심상에서 진행되는 내면화의 특성상 그 시간성은 이미 '내면화'라는 말 속에 포함되어 있다. 다시 말해서, 현재라는 시간성보다 내면화라는 특성이 더 중요하다는 말이다. 반면, 극은 대개 과거의 사건을 재현하지만, 모든 사건이 현재 일어나고 있으므로

아니라 관객(수용자)까지 포함하는 현장에 있는 모든 사람, 즉 '우리'의 시선이다. 어떤 사건이 지금 여기서 일어나기 때문에 지금 여기에 있는 사람은 모두 그 사건의 파장 안에 있으며, 따라서 극의 현재화된 기호(행위와 그 배경이 되는 시공간)는 참여한 사람들의 육체적 교감을 통해 우리의 '공유된 의미'로 (재)생산된다.

이처럼 극은 어떤 사건이 살아 있는 사람들의 소통 속에서 진행되기 때문에 강렬한 육체적 충격이 수반되며, 소통 과정에서 일어나는 돌발변수들이 존재한다. 더구나 서술이 배제되는 형식으로 말미암아 인물과 인물의 충돌이나 화해 등 사건의 갑작스러운 전환이 있을 때도 효과적이고 충분한 해설이 불가능하게 된다. 이 때문에 극은 사건들이 저마다 고립되어 있어 앞일을 예측하기 어려운 불가측성(不可測性)을 지닌다. 서구 고전극은 이 점을 극복하려고 대단한 노력을 기울였지만, 여전히 관중들은 장면이 바뀐 다음 한동안 눈앞의 사건이 일어나게 된 이유를 모른 채 인물들의 행위를 통해 그것을 유추해야 하는 경우가 많다.[130] 사람들은 논리적으로 당연히 있어야 할 결과에 대해 '극적'이라는 말을 사용하지 않는다. '극적'이라는 말은 예기치 못한 상황이 발생했을 때 흔히 사용되며, 그것이 논리적이기보다 '운명적인 것'일 때 더욱 적절하게 사용된다('이 두 사람은 극적으로 만나게

그 시간성은 현재 이후인 미래를 향하게 된다고 생각할 수 있다. 하지만 이러한 문제들은 모두 극이 그 사건을 현재 여기서 진행시키고 있다는 사실에서 비롯되는 것이다.

130) 소설, 특히 근대소설에서도 이 같은 상황이 발생할 수 있지만, 그것은 순전히 작가의 의도에 따른 것이지, 소설의 장르적 본질에 따른 것은 아니다. 다시 말해서, 소설은 이와 같은 경우 얼마든지 충분한 설명을 가할 수 있으며, 실제로 근대 이전의 서사 장르들은 이를 의무라고 느끼듯 거의 항상 충분한 설명을 가하고 있다.

되었다'와 같은 표현이 그것이다). 이 '운명'에 대한 개념은 극이 다른 어떤 형식보다도 제의와 밀접한 관련을 가진다는 사실과, 주요한 제시 수단인 인간의 육체 위에 드리운 숙명성을 생각할 때 쉽게 이해된다.

여기서 한 가지 주의할 것은 제의와 극의 차이점이다. 극은 제의의 연장선상에 있다. 그러나 극에서 재현되는 사건은 과거의 사건이거나 미래의 사건이거나 현재적 의미를 지닌다. 이것은 서사에서 이야기되는 사건이 미래의 것이라 해도 과거적 의미를 지니는 것과 같다.[131] 하지만 제의에서는 시간적 한계를 초월해 과거나 미래의 의미를 지닐 수도 있다. 영매(靈媒)가 신(神)을 받아 과거의 사건을 재현하거나 신관이 미래를 예언하거나 미래의 행운을 위해 앞으로 일어날 사건을 모의하는 것이 가능한 것이다. 이것은 제의의 관객이 신이기 때문에 가능한 것이다. 하지만 인간이 볼 때, 그것은 여전히 현재적 재현의 파장 안에 있다. 제의가 극이 되는 경계, 그것은 관객이 신에서 인간으로 바뀌는 지점이다(이것은 다시 말해 제의적 의식도 그 신성성을 부정하는 인간의 시각으로 볼 때는 '극적'이라는 것이다).

지금까지 '장르를 규정하는 공통 자질'이 '제시형식'으로 실재하며, 그 가운데서도 가장 근원적인 제시형식(원제시형식)인 '노래·이야기·놀이'가 '서정·서사·극'의 세 원장르들로 존재한다는 것을 밝혔다. 이것들은 구체적으로는 다양한 역사적 장르를 구성하는 기본 자질들로 작용하는데, 이때 반드시 하나의 자질만이 역사적 장르의 근본 자질이 되는 것은 아니다. 이것들은 다양한 방식으로 서로 결합하기도 하며, 그 결합의 양상은 작자나 주변 상황에 따라 변모하기도 한다. 이

---

131) 이것은 문학적·사회적 의미를 말하는 것이 아니라 제시-수용의 과정에서 인식되는 시간적 의미를 말한 것이다. 훌륭한 서사문학은 과거로 인식되면서도 문학적·사회적으로 심각한 현재적 의미를 던져주곤 한다.

제 지금까지 논의를 토대로 특히 많은 문제들이 드러나 있는 서사와 극의 특성과 그 결합 양상을 살펴보아야 한다. 제시형식은 작가가 작품을 생산하는 물리적 제약과 규범의 원인이기도 하고 그것이 수용되는 여러 조건들의 원인이기도 하다. 그리고 제시형식은 그 자체로 장르라기보다는 장르를 구성하는 기본 자질이므로, 이 자질들이 구체적인 역사적 장르, 특히 작품들 안에서 어떻게 작용하는가를 살피는 것이 중요한 과제가 된다. 그러므로 이제 탈춤과 고소설 그리고 판소리를 다루되, 먼저 그것들의 구체적 제시형식을 확인하고 이것이 어떤 구조적 특징들을 구성하며 그 장르성을 구축해가는가 하는 점과, 그러한 장르성을 보장하고 완성하는 수용 공간의 성격은 어떠한가 하는 두 가지 측면에서 접근하도록 하겠다.

제2장 서사와 극, 서정의 장르 성격 구현 양상

1. 고찰의 시각과 방법

제1장에서도 언급했듯이, 서사와 극의 경우 그 장르적 본질이 과연 선명하게 변별되는 것인가에 대한 의문이 간간이 제기되어왔다. 서사와 극을 하나로 묶는 이분법이 그 대표적인 양상들이지만, 서사와 극을 구태여 하나로 묶지 않으려는 논자들도 서사와 극은 서정과 서사나 서정과 극보다는 훨씬 공통점이 많다는 것을 은연중에 드러내곤했다.[1] 그리고 그 공통점은 대체로 서정과 달리 서사와 극이 구체적 사건을 지닌다는 것으로 모아진다. 더 나아가 현실을 모방한 구체적 사건을 청자 혹은 관객에게 전달하려는 성향이 내재되어 있다고 생각하면, 이제 서사와 극을 변별해주는 자질은 '서술자의 개입이 있는가, 없는가' 하는, 간편하지만 미학적 함의를 거의 지니지 못한 양태

---

1) 이에 대해서는 이 책 제1장의 '2. 분류론적 장르체계의 전개와 4분법의 한계'를 참조하기 바란다. 조동일의 경우는 바로 뒤에서 다시 언급할 것이다.

적 차원으로 한정된다. 이러한 시각들은 서사와 극의 표면적인 변별점을 정확히 포착한다는 장점이 있지만, 그럼에도 두 장르에 속한 작품들을 비슷한(실은 거의 동일한) 관점에서 해석하게 함으로써 그 변별력을 무의미하게 만들 소지를 안고 있다. 그 대표적인 것이, 서사와 극 모두 '자아와 세계의 대결'이며 그 차이는 '작품 외적 자아의 개입' 유무(有無)에 있다는 조동일의 견해이다.[2] '작품 외적 자아의 개입' 유무라는, 텍스트로 한정된 진술 방식의 차이가 '자아와 세계의 대결'이라는 주제적·미학적 차원의 내용에 아무런 영향력을 행사하지 못하고 있는 것이다.[3] 하지만 '왜 서술자의 개입이 있을 수밖에 없는가, 혹은 없을 수밖에 없는가' 하고 한번 더 질문하면, 그것이 곧 제시형식의 문제라는 점이 드러난다. 서사는 '전달(이야기)'의 형식에 뿌리를 두고 있기 때문에 전달하는 사람의 개입이 불가피하며, 반면에 전달받는 사람은 이를 잘 모르기 때문에 간섭을 최소화하면서 서술자(화자) 중심으로 이야기가 서술된다. 극은 '현재적 재현(놀이)'의 형식에 바탕을 두고 있어서, 사건이 지금 진행되기 때문에 그것을 미리 아는 서술자의 존재는 불가능하게 된다. 반면에 관객들은 등장인물들과 같이 재현되는 사건의 현장에 있기 때문에 서로 소통 가능성을 가지게 된다.

---

2) 조동일, 〈자아와 세계의 소설적 대결에 관한 시론〉, 《한국소설의 이론》, 지식산업사, 1977.

3) 이 때문에 우리는 그가 서사 문학에서 행한 장르론적 분류들을 극 문학에 적용해서 거의 동일한 결론을 얻을 수 있다. 다시 말해서, 우리는 비교적 선명한 줄거리를 지닌 희곡들에서 신화·전설·민담·소설에 속하는 극 작품들을 거의 같은 기준을 적용해 분리해낼 수 있게 된다. 하지만 탈춤과 같이 이야기 자체가 이해하기 어려울 정도로 파편화된 작품 앞에서는 단지 '자아와 세계의 대결'임을 확인함으로써 서사와 극의 공통점을 확인할 수 있을 뿐이다.

이에 견주어 서정의 경우는 구체적 사건 없이도 얼마든지 존재할 수 있다. 아니 오히려 서정 장르는 지나친 구체성을 회피하는 경향마저 있다. 서정은 작가와 수용자가 서로 간섭하지 않고 개별적으로 내면화하는 장르이다. 따라서 작가가 자신의 신변잡사를 실명 등을 사용해 지나치게 구체적으로 언급하면, 수용자들의 내면화를 방해할 수 있다. 남의 일처럼 느껴져 동화될 수 없기 때문이다. 이 '내면화'라는 특징은 심미적 수용을 전제로 하는데, 이 때문에 서정작가는 서사작가나 극작가에 견주어 노골적으로 미적 형상화에 집착하는 경향을 보이기도 한다. 소설이나 연극도 감동을 주기 위해서는 형상화에 힘을 기울여야 하지만, 서정시의 경우에는 이 미적 형상화가 장르 존립의 거의 절대적 조건이 되는 것이다.

이제 이와 같은 입론을 바탕으로 먼저 상대적인 유사성을 지닌 것처럼 여겨져온 서사와 극을 차례대로 살펴보고, 다음으로 서정의 장르성 구현 양상을 고찰하기로 한다. 논의 방식에서는 먼저 앞 장의 입론을 바탕으로 제시수단의 결합으로 이루어지는 외적 제시형식에 대해 고찰하고, 이를 통해 실현되는 작품 내적 양상을 살펴본 다음, 제시자인 작가와 수용자인 청관중·독자의 관계를 고려하며 장르성 구현 양상에 심도 있게 접근하는 수순을 밟기로 한다.

주지하다시피 장르론에는 여러 가지 묵은 쟁점이 있는 데다가, 이 책이 채택하고 있는 장르론적 관점은 문화현상의 물질적 토대를 통해 역사적·사회적 접근마저 아우르고 있기 때문에, 논의의 과정에서 그 폭이 무한정 확장되고 난삽해질 우려가 있다. 그래서 논의의 중심을 설정하기 위해 서사는 고소설(특히 방각본[坊刻本] 영웅소설)에서, 극은 탈춤에서, 서정은 시조에서 출발하기로 한다. 물론 고소설은 설화·근대소설과, 탈춤은 서구 고전극 및 우리 시대 연극과, 시조는 현대서정시와 끊임없이 비교되며 원장르의 보편성을 검증받을 것이다. 또 한편으로는 역사적 장르로서 특수성을 확인하게 될 것이다. 특히 시조의 경우는 매우 정형화된 장르이기 때문에 다양한 형식을 구비한 현대 서정시에 대한 논의 비중을 좀더 늘릴 필요가 있다. 왜 이들 장르를 논의의 중심에 놓았는가 하는 것은 내용이 전개됨에 따라 자연스럽게 드러나겠지만, 이 장의 논의를 정리하면서 분명히 하도록 하겠다.

2. 서사성의 구현 양상―고소설을 중심으로

(1) 서술 중심의 제시형식과 일원적 구조

① 제시수단의 결합방식과 장면전환방식

문학은 음악이나 미술보다 더 의미 중심적이고 논리적이다. 이것은 언어라는 제시수단이 소리나 시각적 자극보다 더 논리적인 것이기 때문이고, 그것은 언어라는 것이 원래 의사전달(상호간의 의미전달)을 위해 발전된 것이기 때문이다. 문학을 언어예술이라고 한다면, 이 언어예술이라는 개념에 가장 근접해 있는 것은 서사 장르이다. 문학의 관점에서 극을 연구하는 사람이라고 해도 극이라는 예술의 가장 특징적 부분이 행위에 있다는 것을 부정하기는 어렵다. 극은 언어예술이기 이전에 행위예술이다. 서정 장르 역시 '노래'의 형식과 관련된다는 추측이 사실이든 아니든 언어의 가장 본질적인 기능이 의사전달에 있다고 할 수 있기에, 전달을 목표로 하지 않는 개별적인 발화인 서정보다 언어를 전달의 수단으로 하는 서사가 더욱 언어 자체의 성격에 의존하게 된다. 이 때문에 서사 장르는 기본적으로 논리성을 지닌다. 소설은 과거의 사건을 서술중개자가 언어를 사용해 제삼자에게 전해준다는 서사 장르의 형식을 따르고 있다. 그러나 구술하는 것이 아니라 문자를 통해 전달한다는 것이 외형상 확인되는 큰 특징이다. 독자의 처지에서는 듣는 것이 아니라 '읽게' 되는 것인데, 이것은 거의 무한대의 시간적 여유와 반복 가능성을 뜻한다. 이 때문에 소설은 필요한 주변 상황을 그때그때 환기시키는 비능률적 논리성에서 벗어나, 보다 더 적절한 순간에 요약적으로 제시할 수 있다. 독자가 미심쩍은 내용을 앞으로 돌아가 확인하면서 읽어갈 수 있기 때문이다. 소설은 어떤 구술서사 장르보다도 더 길고 복잡한 내용을 효과적으로 서술할 수 있다. 서사 장르의 특징을 논리성에서 찾을 수 있다면, 소설은 서사 장르의 정점에 서 있다고 말할 수 있을 것이다. 언어가 음성이 아니라 문자와 결합했다는 것이 소설이 지닌 제시형식의 가장 특징적 부분이 될 것이다.

고소설은 구술서사 장르의 전통을 계승하면서도 문자를 제시의 수단으로 사용한다는 점에서 화자의 권한을 최대로 보장하는 장르적 속성을 지닌다. 화자와 청자의 직접적 대면이 차단됨으로써 고소설의 서술자(화자)[4]는 청자의 간섭에서 완전히 자유로워진다는 것이다. 이것은 화자 중심의 논리성을 이야기 진행의 기본 원리로 한다는 서사 장르의 특징을 더욱 강화시킨다.

---

4) 이제부터 고소설의 화자를 구술서사 장르의 화자와 구분할 필요가 있을 경우 '서술자'로 지칭한다.

옛적의 어떤 산중에 어떤 내우가 살고 있었는디 이 사람언 숫을 구워 팔어서 간신히 살고 있었다. 하루는…….

— 〈이상한 도판(塗板)과 노승과 해인사〉[5]

옛날 당진 신평에서 성씨라는 사람이 살았는데 그런데 이 사람이 순 머슴만 살았지.

— 〈신흥사 유래담〉[6]

화셜 디명 슝졍말에 조션국 츙쳥도 충듀 단월 짜희 혼 스람이 이스니 셩은 님이오 일홈은 경업이라 어려서붓텨 학업을 힘쓰더니…….

— 《임장군전》[7]

화셜 디명 셩화년간의 남군 또희 일위 명시 이스되 셩은 심이오 명은 현이니 본디 명문지족으로 공의게 이르니는 공명의 유의치 아니ㅎ여 일디 명위 되엇고 부인 정시는 셩문지녀로 품질이 유한ㅎ고 용뫼 작약ㅎ지라.

— 경판26장본 《심청전》[8]

각셜이라 디명국 영종 황제 직위 초의 황실리 미약ㅎ고…….

— 《유충렬전》[9]

---

5) 임석재, 《한국구전설화—전라북도 편 1》, 평민사, 1988, 45쪽.
6) 《한국구비문학대계》, 4-1, 177쪽.
7) 《님쟝군전》, 서두(1-앞), 《영인고소설판각본전집》 2, 431쪽. 이하 《영인고소설판각본전집》(羅孫書室刊)은 그냥 '전집'이라고 줄여 쓴다.
8) 경판26장본 《심청전》, 서두(1-앞), 전집 4, 493쪽.
9) 《유충렬전》, 서두(1-앞), 전집 2, 335쪽.

위 예문은 모두 이야기를 처음 시작하는 서두 부분이다. 설화의 가장 전형적인 서두는 '옛날 옛적에……'로 시작하는 것인데, 이것은 이제부터 하는 이야기가 너른 세상, 긴 역사 속의 한 부분이라는 사실을 환기시킨다. 이러한 역사성의 환기는 '세상에는 이런 일도 있을 수 있다'는 이야기에 최소한의 신빙성을 부여하는 화자의 논리이다. 이러한 서두로 말미암아 이야기를 알고 있는 화자의 입지는 강화되고, 이야기를 모르고 있는 청자는 함부로 의문을 제기할 수 없게 된다. 이것은 고소설에서도 마찬가지로 나타난다. 다만 고소설의 경우는 이야기의 배경이 되는 시간을 더 구체적으로 제시해 신빙성을 더욱 강화하는 경향이 굳어진다. 고소설의 전형적인 서두는 '화설'로 시작하는 것인데, 살펴보면 거의 예외 없이 시공간적 배경부터 서술해간다.[10] 이것은 '화설'과 같은 서두사가 생략되거나 세번째 예처럼 '각설이라'로 시작하는 경우에도 마찬가지이다. 서술자는 자기의 이야기를 더 큰 역사의 한 부분으로 인식하고 있음을 분명히 드러내는 것이다. '화설'은 서두에만 사용되는 것이므로 명확히 알 수 없지만, 이것이 '각설이라'로 바뀐 세번째 예에서 앞에 생략된 이야기가 있다는 인식을 찾아볼 수 있다. 하나의 이야기를 거대 역사 속에서 사고한다는 것은 서술자의 논리가 이야기의 시작부터 작용하고 있음을 드러내는 것이다. '옛적에'와 '화설' 등의 서두사는 '역사적으로 많은 일들이 있지만, 나는 이것을 이야기한다'는 편집자적 권리를 표명하고 있으며, 이러한 선택의 논리는 하필 이 이야기를 하는 화자의 의도와 관련된다. 하고 싶은 이야기, 해야 하는 이야기, 안해도 되는 이야기를 선택할 권리가 화

---

10) 구수경은 이와 같은 '상투적' 서두를 '화자목소리의 몰개성화'와 관련시킨다 (《한국소설과 시점》, 아세아문화사, 1996). 하지만 필자는 이 상투적 서두에 배어 있는 서사적 사유방식에 더 큰 의미를 두고 있다.

자에게 집중되는 양상을 고소설의 장면전환방식에서 확인할 수 있다.

> 이적의 셔관장이 보흐되 셔번왕이 등충이 디발흐여 죽숩고 장자 달
> 노 직위흐여짜흐거놀 위왕과 원슈 듯고 왈 응당 죽글 쯧흐이라 흐시다
> 가셜(각설) 위왕 원슈와 모든 충신을 더불너 담화흐시더이 위왕이 왈 좌
> 중의 흐올 말슴이 잇사오나 힝여 망영일가 염에흐는지라.
>
> – 《조웅전》[11]

이 대목에서 '각설' 이전과 이후에는 위왕과 원수가 나누었을 더 많
은 말들이 생략되어 있는 것이다. 필요한 이야기를 다하고 장면을 바
꾸는 것이 필자의 의도에 따른 것임을 알려주는 표지가 바로 '각설'이
다. 이보다 더 확연하게 이야기의 논리적 구조를 보여주는 것은 바로
전후 문맥의 시간적 관련을 알려주는 말들이다.

> …… 이러구러 십여세 되미 밤이면 병셔를 읽고 나지면 무예와 말달
> 니기를 일삼더니…… 삼년만에 빅마강만호를 흐여…….
>
> – 《임장군전》[12]

긴 시간에 걸친 서술을 '이러구러…… 되매'나 '삼년만에'와 같은
시간을 내세우면서 간략하게 요약하고 있다. 여기에는 작가가 편집해
폐기한 수많은 이야기들이 있겠지만, 독자는 이를 상상력을 통해 보
충해서 이해한다. 이 상상력의 근거는 물론 작가와 독자가 공유하고
있는 상식이다. 작가가 언어로 이야기한다는 것이 이런 것을 가능하

---

11) 《조웅전》(混綴丁巳本), 권삼(5-뒤~6-앞), 전집 3, 183쪽.
12) 《님장군전》, (1-뒤), 전집 2, 431쪽.

게 한다. 극이라면 이런 부분은 공백으로 처리되기 십상이다. 하지만 고소설에서는 이보다 더 세련된 방식도 구사할 수 있다.

> 일일은 즁군이 친히 돌를 지고…… 차후로 이럿툿 진심ᄒᆞ미 불일성시ᄒᆞ여 일년만에 필역ᄒᆞ되 ᄒᆞᆫ곳도 허슈ᄒᆞ미 업ᄂᆞᆫ지라.
>
> — 《임장군전》[13]

> …… 급피 청수의 가 신을 버서 물가의 놋코 청강녹수 집푼 물의 ᄲᅮ여드니 가련ᄒᆞ다 강승상의 부인 빅옥 갓탄 고흔 몸이 어복즁의 장사ᄒᆞ니 엇지 안이 가련ᄒᆞ랴 이ᄢᅵ(이때) 낭자 모친을 지달이더니 종시 오지 안이ᄒᆞ거늘 급피 나셔 살펴보니 사면의 인적이 업난지라.
>
> — 《유충렬전》[14]

> …… 각도 열읍이 힝관을 보고 방곡의 지위하야 됴웅 모ᄌᆞ 잡긔을 힘쓰더라 이젹의(이적의) 됴웅 모ᄌᆞ 비예 ᄂᆞ려 션동 가르치던 ᄃᆡ로 ᄒᆞᆫ ᄆᆡ을 넘어 가니 마을이 즐비ᄒᆞ고 숑쥭이 울밀ᄒᆞ아 뎡결ᄒᆞᆫ 일촌이러라.
>
> — 《조웅전》[15]

이처럼 시간부사가 다양하게 나타난다. '차후로'는 앞에 서술된 사건과 뒤에 서술될 사건의 선후관계를 분명하게 나타내며, 이것은 인과관계까지도 분명하게 해준다. '이때'나 '이적'이나 '차시'는 가장 많이 사용되는데, 장면을 바꾸면서 시간을 앞에 서술한 사건의 중심으로 옮겨놓는 역할을 한다. 즉, '이때'의 '이'는 앞에 서술된 사건의 끝

---

13) 《님쟝군전》, (2-뒤), 전집 2, 431쪽.
14) 《유충렬전》, 권상(28-뒤), 전집 2, 348쪽.
15) 《조웅전》, 권상(9-뒤~10-앞), 전집 3, 151쪽.

116

이 아니라 그 사건(들)을 통틀어 지칭하는 것이다. 이렇게 함으로써 장소를 바꾸면서 시간을 필요한 순간까지 역전시키는 것이 가능하게 된다. 결국 같은 시간대가 공간을 바꾸어 두 번 서술되는 것인데, 이 것은 이야기의 구조를 튼튼하게 연결해주는 걸음쇠의 구실을 한다. 고소설의 이러한 장면전환방식이 가능해지는 데는 독자와 서술자 사이의 묵계가 작용한다. '이때'나 '이적'이 나오면 앞에 서술된 사건을 현재진행형으로 머릿속에 남겨둔 채로 다음 내용을 읽어가기로 하는 것이다. 이런 식의 시간부사는 서사 장르에서 특징적으로 나타나는 것이고, 그것은 서사의 논리성에 의존한다. 문자의 도움을 받는 소설 에서 시간부사의 종류와 출현 빈도가 급증하는 것 역시 같은 맥락에 서 이해될 것이다.

② 화자 중심의 사건 전개와 서사적 구조

고소설의 서사 논리를 장악한 화자는 이 장악력을 기반으로 사건 전개 과정의 중심에 서게 된다. 구수경은 시점을 중심으로 한국소설 을 살피는 과정에서 이러한 양상에 접근하고 있다. 조선 후기의 문어 체 국문소설은 '설명적(說明的) 특성'을 지니고 있는데, 그것을 화자 (話者) 목소리의 몰개성화(沒個性化), 대화의 탈장면성(脫場面性), 서 술문장의 비분절성, 꿈의 사전제시적(事前提示的) 기능 등에서 찾아 볼 수 있다는 것이다.[16] 여기서 화자 목소리의 몰개성화나 서술문장의 비분절성 같은 특징들은 수용의 문제와 같이 논의될 성질의 것이고,[17]

---

16) 구수경, 앞의 책, 41∼53쪽.
17) 화자 목소리의 몰개성화는 통속성의 문제와 관련되고, 서술문장의 비분절성 은 판소리의 영향 및 전기수 등에 따른 구술적 수용의 문제와 관련된다.

나머지 특징들은 화자 중심의 사건 전개에서 비롯되는 특성들이라고
할 수 있다. 이제 이 특성들을 더 자세히 살펴보기로 하자. '대화의
탈장면성'은 인물의 대화들이 화자의 서술 속으로 묻혀버리는 데서
나타나는 현상으로, 설화의 이야기 방식을 계승하고 있는 것이다.

　

　웅이 일어나 행장을 수습하여 길을 재촉하니 부인 왈, 어디로 가자
하는다. 반드시 관인에게 잡힐 것이니 어찌 남의 손에 죽으리오. 차라리
산중에서 주려 죽기만 같지 못하다 하니 웅이 여쭈오되, 다 사람의 목
숨이 하늘에 있사오니 하늘이 죽이오면 죽사올 것이요, 살리오면 살 것
이오니, 어찌 사람을 두려 이 산중에서 주려 짐승의 밥이 되리이까. 조
금도 염려치 말으시고 촌려로 나가사이다.

- 《조웅전》[18]

　

　정이 들어가지고 인자 결과적으로는 인자 탑을 돌고, 둘이 인자 그런
얘기 저런 얘기 탑을 도는 서로 인자 내력을 이야기하는디 "나는 호랑이
요." 여자가 그 하는 말이, "나는 실지 호랑인디 내가 인간으로 화하기
위해서 이 탑을 도요, 그러니까 서방님께서는 나를 버리지 마시고 나를
호랑이로 생각 말고 인간으로 태어나게 해서 꼭 나 시긴 대로 한번 해
주시오." 아 그래서 인자 정이 들어놓고 보니까, 이것이 참 버릴 수도
없고 그래서 인자 그 인자 여자집으로 갔다 그것이여.

- 〈탑돌이와 호랑이 처녀〉[19]

---

18) 김기동·전규태 편, 《조웅전》, 《조웅전·장한절효기》, 서문당, 1984, 32~33쪽.
　　앞으로 작품을 인용할 때는 해독의 작은 오류라도 문제가 될 만한 경우를 제외
　　하고는 현대 철자법으로 고쳐 인용하기로 한다. 《조웅전》의 경우에는 앞의 책
　　을 원문과 대조한 뒤 인용하기로 한다.
19) 《한국구비문학대계》 6-6, 577쪽.

‘길을 재촉하니 부인 왈’이나 ‘주려 죽기만 같지 못하다 하니 웅이 여쭈오되’처럼 화자가 대화를 정리하는 방식은 ‘인자 탑을 돌고, 둘이 인자 그런 얘기 저런 얘기 탑을 도는 서로 인자 내력을 이야기하는디’와 큰 차이가 없다. 근대 이전의 서사 장르는 이처럼 인물 사이의 대화를 화자의 진술 속으로 끌어들이는 양상을 특징으로 한다. 하지만 위 예문에서도 약간의 차이를 감지할 수 있는데, 설화에서는 화자가 ‘나는 호랑이요. 여자가 그 하는 말이, 나는 실지 호랑인디’처럼 이미 시작된 인물의 대화 중간을 자르고 개입할 정도로 적극성을 보인다는 것이다. 이에 견주어 고소설의 서술자는 더 세련되게 문맥을 정리하고 있다. 그 결과 ‘왈’과 같은 거의 공식화된 표지만으로 인물의 발화를 좀더 두드러지게 제시하는 효과를 보이고 있다. 이러한 양상은 근대소설에서 이와 같은 표지마저도 제거함으로써 인물 사이의 대화를 거의 독립적으로 제시하는 양상으로 발전하게 된다.[20]

고소설의 화자가 인물들 사이의 대화마저도 자기의 영향권 아래 통합시키려는 강한 의도를 지닌다는 보다 더 확연한 증거는 대화에 삽입되는 ‘이러저러한’, ‘여차여차’, ‘모년 모월 모일’과 같은 표현들이다.[21] 이것들은 그 대화들이 등장인물들 사이의 의사소통을 그대로 보여주는 것이 아니라, 서술자와 독자 사이의 의사소통을 중심으로 제

---

20) 하지만 서술자의 편집 의도가 완전히 사라진 것은 아니다. 대화 부분에서 행을 규칙적으로 바꾸거나, “……”와 같은 비언어적인 기호를 사용하는 방식으로 근대소설의 서술자도 인물 발화의 표지를 사용하고 있다. 하지만 편집 의도가 완전히 사라지지 않았다 해도 근대소설에서 작가가 인물 개개인의 개성에 보다 더 주목하게 되었다는 사실은 중요한 변화이다.

21) 이런 표현에 주목한 논자로 구수경(앞의 책, 46~47쪽 참조)이 있다. 그가 이런 현상을 서사성과 관련시키지는 않았지만, 몇몇 전형적인 예들을 참고할 만하다.

시된 것임을 보여준다. 서술자가 모든 것을 장악하여 같은 정보가 두 번 반복되지 않도록 조정하고 있는 것이다. 이런 방식은 위 설화에 보이는 '그런 얘기 저런 얘기'와 본질적으로 동일한 것으로, 전대 구술서사 장르의 진술 방식을 계승한 것이다.

'꿈의 사전 제시적 기능' 역시 삽화적인 수준이기는 하지만 구술서사 장르에서 지속되어온 전통을 발전적으로 계승한 것이다.

> "스님요 제 꿈에는 제 오른쪽 어깨에 달이 뜨고, 왼쪽 어깨에는 해가 뜨고, 별 세 낱이 떨어져 제 입으로 들어가고, 구슬 세 개가 떨어져서 제 치마 밑으로 들어가 뵙다." 당곰애기의 꿈 얘기를 듣고 나서 스님은 "아가씨. 그 꿈은 아들 삼형제 점지할 꿈이요."
>
> — 〈당곰애기〉[22]

당곰애기의 세계는 비록 천상계이기는 하지만 당곰애기가 겪는 고난의 과정에서는 현실계의 힘과 윤리가 여전히 작용하고 있다. 이런 상황에서 하룻밤의 인연이 삼형제의 잉태로 이어진다는 신화적 설정을 관철시키기 위해 꿈이 등장한다. 따라서 '사전 제시'의 기능은 단지 '제시'에 그치는 것이 아니라 미리 알려줌으로써 충격을 완화하고 설득력을 강화하는, 다시 말해서 일어날 일을 기정사실로 만들어버리는 역할을 한다. 이와 같은 꿈의 역할은 고소설에서 더 적극적이고 세련된 수법으로 사용되고 있다.《이해룡전》을 예로 들면, 장씨는 꿈을 통해 아들을 보장받으며, 오홍 부부와 해룡은 꿈속에서 부모자식으로 맺어질 정당성을 확보하게 된다.[23]《조웅전》에서는 조웅 모자가

---

22) 김태곤, 《한국무가집》 1, 원광대 민속학연구소, 1971, 254쪽.
23) 김창현, 〈이해룡전에 나타난 인물의 형상〉, 《고전문학연구》 12, 한국고전문학

부친의 꿈속 경고에 따라 위기에서 벗어나며, 《유충렬전》에서 충렬도 꿈속에서 경고를 받고 화를 면한다.[24] 이런 예는 셀 수 없이 많지만, 중요한 것은 고소설이 이야기의 논리성을 확보하기 위해 다양한 방식들을 활용한다는 점이다. 그것이 꿈이든 도인이든 이야기의 논리적 정당성을 확보하기 위한 많은 요소들이 작가의 의도에 따라 필요한 곳에 배치된다. 이것들이 비록 지금은 비현실적이고 우연적인 요소들로 보인다 해도, 다른 장르들과 비교한다면 그렇게 단순히 처리해버릴 문제가 아니라는 것을 곧 알 수 있다. 봉산탈춤에서 팔먹중들이나 취발이가 왜 노승과 그토록 대립하는지, 양주별산대에서 상좌·옴중·먹중이 왜 다투는지, 관객들은 이를 이해할 만한 논리적인 단서를 거의 얻을 수 없다. 반면 고소설에서는 일견 비합리적으로 보이는 요소들이 돌발적인 사태를 이미 그렇게 되도록 정해져 있는 일들로 만들면서 당대에 설득력을 가진 서사 논리를 구축해간다. 다음에 인용한 부분은 《조웅전》에서 왕부인이 조웅을 두고 달아난 뒤에 일어난 일을 보여준다.

  밤이 깊은 후 잠결에 들으니 여러 사람이 숫두워리는 소리 나 촌중이 요란하거늘 괴이히 여겨 내달아보니 도적이 매를 들고 달려들거늘 부인이 대겁하여 담을 넘어 도망하다가 생각하니 웅을 버리고 왔는지라. 간장이 떨어지는 듯하여 벌써 촌중에 화광이 충천하고 도적 또한 고함하여 길을 덮어오는지라. 어두운 밤에 길을 가리지 못하여 하늘을 우러러 통곡하여, 웅아, 웅아, 부르더니, 어디서 무슨 소리 나거늘 내달아보

회, 1997.
24) 《조웅전》, 22~23쪽 ; 김기동·전규태 편, 《유충렬전》, 《안락국전·유충렬전·음양삼태성》, 서문당, 1984, 51~52쪽.

니 무슨 집이 있거늘, 반겨 들어가니 이는 비각이라.

- 《조웅전》[25]

도적의 침입도 느닷없는 사건이지만, 왕부인이 독자 조웅을 버리고 달아난 사실이야말로 독자들에게는 돌발적인 사태이다. 하지만 도적이 습격한 현장에 왕부인이 있었다면 이야기는 더 해결하기 어려운 국면으로 갔을지도 모른다. 무도한 도적이 부인을 얌전히 놓아둘 리 만무하기 때문이다. 그래서 일단 부인을 피신시킨다. 그 과정은 위와 같이 철저한 합리화로 이루어진다. 부인은 화급한 가운데 잠깐 웅의 존재를 잊지만, 곧 아들을 생각하고 '간장이 떨어지는 듯'한 놀라움을 느낀다. 그녀는 당연히 조웅과 생사를 같이하러 돌아가야 했지만, 웅이를 부르는 소리에 '무슨 소리'가 나서 내달아 간다. 그렇다 하더라도 그 무슨 소리가 조웅이 아니라는 것을 확인한 순간 돌아가는 것이 아들과 가문에 대한 의무에 비추어 옳았을 것이다. 하지만 상황은 그녀가 돌아가면 화를 당할 것이 분명하게 되어 있다. 그녀의 이 행위는 최종적으로 '무슨 소리'를 내어 그녀를 불러들인 것이 남편 조정인의 불망비(不忘碑)라는 사실이 드러나면서 완전히 합리화한다. 그 '소리'는 죽은 남편이 그녀와 아들을 보호하기 위해 낸 소리였던 것이다. 이것은 오늘날의 시각에서 볼 때 불합리할 수 있다. 그러나 작가와 독자 사이에 공인된 보편적 이념과 이런 우연을 필연으로 받아들이게 하는 미학적 전통이 있다면 이야기는 달라진다. 대부분의 고소설에서 우리는 당대의 보편적 이념과 구술서사 장르에서 계승된 유형구조의 결합으로 논리화한 서사구조들을 발견하게 된다.[26]

---

25) 《조웅전》, 35쪽.

출생→고난→조력자의 구원과 결연(→2차 고난→2차적 조력자
의 구원과 능력의 획득)→행복한 결말[27]

고난의 횟수와 극복 방식에 얼마간의 차이를 인정한다면, 이 구조
는 영웅군담류를 넘어서서 훨씬 더 많은 작품에 적용될 수 있다. 예컨
대, 《이해룡전》은 군담이 제거되어 있을 뿐이고, 《장화홍련전》은 고
난의 소용돌이 속에서 주인공들이 죽는 바람에 살아 있는 조력자의
역할이 매우 강화된 변형이라고 할 수도 있다. 사실 이러한 구조는
너무 단순화해버린 탓에 이것뿐이라면 '태어나고 고난을 겪고 극복하
고 (그 과정에서 도움도 받고) 잘 살았다'라는 인간 삶의 매우 당연한
절차처럼 보이기도 한다. 하지만 여기에 고소설의 서사 원리가 작용
하고 있으며, 몇몇 예외가 있기는 하지만 그 원리가 19세기 말까지
작용해왔다면 주목해보지 않을 수 없다.

위의 구조는 조동일로 말미암아 잘 알려진 '영웅의 일생' 유형구조
로, 그는 이 구조의 원천을 건국신화에서 찾고 있다.[28] 서대석은 군담
소설의 구조를 14단락으로 구분했는데, 그것은 위의 유형구조를 발전
시킨 형태로 나타나고 있다. 특히 그는 군담소설에서는 초월계와 현

---

26) 고소설이 반드시 당대의 보편적 이념에 따라 이야기를 구축하지는 않는다. 때
   로는 당대에 보편화된 이념에 반발하면서 이야기를 만들어나가기도 하며, 때
   로는 이런 작품들이 커다란 문학적 의미를 지니기도 한다. 이런 경우는 개별
   작품의 해석과 평가에서 중요하게 다루어질 문제이다.

27) 이 서사 단락들은 조동일(《한국소설의 이론》, 지식산업사, 1977), 서대석(《군
   담소설의 구조와 배경》, 이대출판부, 1985), 유준경(〈방각본 영웅소설의 문화
   적 기반과 그 미학적 특성〉, 서울대 석사논문, 1997) 등의 논의를 토대로 한 것
   이다.

28) 조동일의 〈영웅의 일생 : 그 문학사적 전개〉(《동아문화》 10, 서울대 동아문화
   연구소, 1971) 이후 많은 서사문학작품들이 이 유형구조에 따라 분석되었다.

실계의 관계가 당대의 사상적 배경 속에 논리화되어 나타남을 보여주었다.[29] 이러한 성과들을 종합해보면 더 의미 있는 한 가지 사실을 알 수 있다. 고소설이 신화로부터 이어져온 구술서사 장르의 전통을 확대·재생산하고 있으며, 그 재생산의 메커니즘은 다소 복잡해 보이면서도 실상은 매우 단순한 논리에 입각하고 있다는 사실이다. 그것은 대칭과 순환의 다중구조이다. 앞의 두 작품에서 확인했듯이, 고소설들은 몰락과 회복 혹은 하강과 상승의 대칭구조를 이루고 있다. 그것은 적의 존재가 뚜렷한 경우 박해와 복수로, 그렇지 않은 경우 상실과 보상으로 나타난다. 여기에 다시 초월계와 현실계의 대칭이 겹친다. 이것들은 한편으로 동일한 대칭을 반복하는 순환구조를 상정하고 있다.[30] 《유충렬전》이 그 대표적인 예인데, 그의 싸움은 초월계인 천상에서 싸움의 연장으로 이루어진다.

  그렇다면 이러한 구조의 이면에 숨겨진 원리는 무엇일까? 그것은 바로 선과 악을 확연히 구분하고 이들의 투쟁과 갈등을 피할 수 없는 것으로 여기며 망설임 없이 선의 손을 들어준다는 이른바 '선악의 이

---

29) 서대석, 앞의 책 참조.

30) '순환구조'는 단순한 '회귀구조'를 의미하지 않는다. 순환적 사유는 생성사멸을 반복하는 자연에 대한 철학적 동경에서 발생하며, 따라서 순환구조는 자연성의 모방으로 반복성과 영속성을 지니는 구조이다. 단순히 주인공의 영웅적 성취 및 이에 따른 질서의 회복을 순환구조로 연결시킬 때, 그것은 회귀구조와 변별되기 어렵다. 하지만 초월계(비현실계)-현실계-초월계 혹은 행복-불행-행복의 구조는 밤-낮-밤의 순환이나 계절의 순환을 연상시키는 자연성과 영속성을 염두에 두고 연구된 바 있다(최운식의 《심청전 연구》, 집문당, 1982 등). 순환구조는 죽음을 삶의 끝으로 보지 않는 의식, 즉 삶-죽음-삶의 순환적 사유에 닿아 있으며, 행복이나 불행을 단순한 성취로만 파악하지 않는 고진감래(苦盡甘來)의 운명에 대한 깨달음을 바탕으로 한다. 주인공의 질서 회복 의지가 서사 진행을 추동하는 외적인 힘이라면, 순환구조는 그 아래에 내재한 사유의 구조라고 할 수 있다.

분법'과 '행복한 결말'에 있다.[31] 선과 악을 나누고 선이 이길 수밖에 없다고 하는 것은 가장 설득력이 강한 단순논법이다. 이처럼 널리 공인된 명제를 앞세우면 그 과정의 사소한 약점들을 용인 받을 수 있었다. 하지만 이에 앞서 무엇이 선이고 무엇이 악인가 하는 문제에 올바른 답을 했는지 먼저 검증 받아야 한다. 이 문제를 두고 어떤 선택을 했느냐 하는 것이 독자들에 대한 작품의 설득력을 좌우할 수 있기 때문이다. 그래서 선과 악의 특징들을 유형화하게 되었다. 이것은 소설의 독자층과 소설이 기존 구술서사 장르의 전통을 얼마나 계승했는지 가늠할 수 있는 중요한 요소들이다. 대체로 선인은 우선 강한 명분을 지닌다. 재산과 권력의 정당한 상속권을 지니고 있거나 선친이 충신이며 왕의(王意) 혹은 천의(天意)가 그의 편에 있다. 악인은 그 반대로 부당한 권리를 주장하거나 간신이어서 그들 소수를 제외한 다수 국민의 비난을 받고 있다. 명분은 그들을 응원하는 말없는 다수의 드러나지 않는 지지 위에 형성된다. 이것은 특히 이념적 성향을 드러내는 작품들에서 두드러지지만, 그런 성향이 상대적으로 약한 작품들에서도 널리 나타나는 고소설의 보편적 특징이다. 이것을 고소설의 특징이라고 할 수 있는 것은, 설화에서는 이런 경향이 현저히 약화되어 나타나기 때문이다. 민담에서도 선인은 물론 명분을 지니지만, 그보다 중요한 것은 이들이 작고 약하고 때로는 어리석을 정도로 순박하다는 것이다. 이것은 경험적이고 감정적인 경향을 강하게 띤다. 대

---

31) 고소설의 이와 같은 특징에 대해서는 이미 여러 학자들이 논의한 바 있다. 특히 서대석은 〈고전소설의 '행복한 결말'과 한국인의 의식〉(《관악어문연구》 3, 1978)에서 행복한 결말이 한국소설의 특징이며 한국인의 원한에 대한 의식과 관련되어 있다고 지적했다. 그가 지적한 대로 이것이 우리 고소설에 특히 두드러진 특징이기는 하지만, 서구의 로망스에도 동일한 경향이 있다는 것이 무시되어서는 안 된다. '선악의 이분법'도 이와 마찬가지가 될 것이다.

개 억울한 쪽은 약자이며, 그래서 약자의 횡포란 좀처럼 존재하지 않는다는 것이다. 흥보·놀보[善惡兄弟] 유형의 설화들을 죽 살펴보면 흥보형의 인물이 형으로 나타나는 경우와 동생으로 나타나는 경우가 존재하는데, 이것은 명분과 약함 가운데 어느쪽을 선택하는 것이 더 강한 설득력을 지니는가 고민한 결과이다. 형은 정당한 상속권을 가지므로 형이 동생에게 내몰릴 때 더욱 억울할 수 있다. 반면 동생은 어리고 약한 자이다. 고소설에는 명분을 중시하는 경향이 있다. 이것이 더 논리적인 소설의 특징과 잘 어울리기 때문이다. 그래서 누가 더 정당한 명분을 지니고 있는가 하는 문제가 끊임없이 제기된다.

　선악의 이분법과 행복한 결말, 이러한 매우 밀접한 관계에 있는 두 가지 구조적 특징은 한편 사소한 갈등을 내포하고 있다. 선악의 이분법은 더 말할 나위 없이 단순하고 단단한 논리적 구조를 지닌다. 그런데 행복한 결말은 이야기를 어떻게 결구하는가 하는 측면에서는 고소설의 보편적 특징을 보이지만, 무엇이 행복한 결말인가 하는 측면에서는 논쟁적 경향을 지닌다. 선의 일방적인 승리를 곧 행복한 결말로 보는 경우는 명분을 강조하는 경향과 관련을 지닌다. 판소리나 설화의 영향을 적게 받은 작품일수록 악은 단호하고 철저하게 징치된다.[32] 하지만 경험적으로 접근할 때 그것은 완전히 행복한 결말일 수 없다. 특히 선인과 악인의 관계가 쉽게 끊을 수 없는 밀접한 관련을 지닌 가족과 같은 경우에는 더욱 그렇다. 악인이 잘못을 뉘우치고 선의 대열에 동참할 때 비로소 선인도 완전히 행복할 수가 있다.《조웅전》과 같은 영웅소설에서 악인은 철저하게 징치되지만,《흥보전》과

---

32) 간단하게 영웅군담류 소설과 판소리 작품들을 비교해보면 이 사실은 확연하게 드러난다.

같은 설화와 판소리의 영향을 강하게 받은 작품에서는 악인도 회개하고 선인들과 더불어 화합하게 된다. 이두병을 살려두고는 조웅의 충군절의(忠君節義)가 완성될 수 없다. 그러나 흥보는 놀보의 회개 없이는 진정으로 행복한 삶을 얻을 수 없는 것이다. 경험의 구술적(口述的) 형상화인 설화가 경험적인 측면을 강조하고, 현실의 기술적(記述的) 형상화인 고소설이 명분론적인 측면을 더 강조하는 것은 자연스러운 현상이다. 이것은 설화의 화자와 고소설의 화자가 지닌 논리의 토대가 다른 데 따른 것이다.[33]

이처럼 조선 후기 고소설은 설화의 구조들을 받아들이면서도 문자라는 제시수단에 힘을 입었고, 이에 따라 경험적 논리의 소박함을 넘어 사유에 따른 논리적 일관성을 크게 강화했다. 그럼으로써 그 길이와 규모에서 설화문학과는 비교할 수 없는 경지를 개척했다. 《조웅전》과 《유충렬전》은 어떻게 그런 성취가 가능했는지를 보여주는 대표적인 예들이다.

● 《조웅전》

1. 남란 가운데 문제를 구한 조정인이 이두병의 참소에 자결하다.
2. 조웅이 황제를 알현하고 태자를 만나다.
3. 황제가 죽자 두병이 자칭 황제하고, 태자를 정배하다.
4. 조웅이 두병을 욕하는 글을 경화문에 쓰고, 부친의 몽중 경고에 따라 모자 도망하다.
5. 모자 고난을 겪으며, 조정인의 선정을 기린 비문을 보다.
6. 월경대사에 구원되다.

---

33) 이와 같은 사실은 고소설의 작자층을 살펴보는 과정에서 자연스럽게 드러날 것이다.

— — — — — — — — —

7. 월경과 천관도사 등에게 배우고, 조웅검과 용마를 얻다.

8. 장소저와 하룻밤의 인연을 맺고, 선생의 도움으로 병든 장소저를 구하다.

9. 조웅이 위왕을 도와 번왕을 치다(고총에서 만난 장수의 혼령이 도움).

10. 강호자사가 장소저를 핍박하자 소저 도망하여 왕부인(조웅의 어머니)과 만나다.

11. 조웅 강호자사를 죽이고, 번왕을 농락하여 금련을 구하다.

12. 태자를 위기에서 구하고, 다시 번국을 헤쳐 위국에 돌아오다.

13. 위왕의 장녀는 태자와, 차녀는 조웅과 결혼하다.

14. 조웅 학산에서 왕태수와 만나 군사를 이끌고 대국을 도모하다.

15. 이황·장덕·최식 등과 신력을 지닌 삼대 형제들을 물리치며 승승장구하다.

16. 승상 황덕 등이 황제 이두병을 잡아 스스로 투항하다.

17. 조웅 태자를 모셔 즉위케 하고, 이두병 등을 처결하다.

18. 조웅 번왕이 되어 덕치를 펴고, 황제(태자)도 성군이 되다.

● 《유충렬전》

1. 천자 황실의 미약함을 저어하여 도읍을 옮기고자 하니, 이인(異人) 임경천이 영웅 탄생을 예언하며 만류하고, 이에 따르니 국사가 안정되다.

2. 세대 명가의 후예 유심이 자식 없음을 한탄하다가 남악에 제를 드리다.

3. 청룡을 맡은 천상선관의 적강으로 유충렬이 이적(異蹟) 가운데 태어나다.

4. 천상의 원수 익성이 정한담으로 적강하여 천자를 꾀어 남적을 치려 함에 유심이 만류타가 정배를 당하다.

5. 한담과 일귀가 도사의 말에 따라 충렬을 제거하려 하자 노인이 몽중에 경고하여 화를 피하다.

6. 다시 잡혀 충렬은 물에 넣어지고 부인은 도적에게 잡혀가지만, 모두 화를 피하다.

7. 충렬이 강승상을 만나 사위가 되지만, 강승상이 유심의 일을 상소하여 다시 위기에 몰리다

8. 강승상 부인은 물에 투신하고, 강낭자(충렬의 부인)는 창가에 몸을 피하다.

9. 다시 몸을 피한 충렬이 백용사의 노승을 만나다.

— — — — — — — — — —

10. 외적이 침략하자 한담이 적에 투항하여 천자를 치다.

11. 충렬 신검과 용마 등 전쟁기계를 얻다.

12. 천자 항복하려 할 때 충렬이 나타나 구하고, 이후 승승장구하다.

13. 한담의 도사 등이 유심을 이용하는 등 여러 계책을 꾸미지만, 충렬을 꺾지 못하다.

14. 한담 충렬을 금산성으로 꾀어내고, 천자를 잡아 항복시키려 하다.

15. 충렬 천기를 보고 급히 와 천자를 구하고 한담을 사로잡다.

16. 호국에 잡혀간 왕후 태자 등을 구하다.

17. 아버지 유심, 어머니 장부인, 처 강낭자, 장인 강승상 등을 모두 찾다.

18. 논공행상(論功行賞).

위 두 작품은 너무나 잘 알려진 방각본 소설로서 이른바 영웅군담류의 소설이다. 이 작품들이 고소설 전체를 완전하게 대변할 수는 없겠지만, 여러 가지 면에서 고소설의 장르적 특성을 살피는 데 적합한

작품들이다. 우선 필사의 한계를 벗어나 판각되어 가장 대중적인 인기를 끌었던 작품들이고, 무엇보다 고소설 일반에서 발견되는 가장 보편적인 서사구조를 지니고 있기 때문이다. 이 작품들은 우선 '영웅의 일생'을 그 논리구조까지 수용하고 있다.

필자는 《이해룡전》을 《심청전》·《동명왕편》과 대비·고찰하면서 '임무'를 중심으로 이 유형구조의 내적 연관성을 논증한 바 있다. 그 결과 《이해룡전》은 당대의 보수적 이념인 유가(儒家) 이데올로기의 실현에 초점을 맞추어 이 유형구조를 더욱 논리적으로 구성했으며, 《심청전》은 이 유형구조의 내적 연관성이 더 이상 큰 의미를 지닐 수 없을 정도로 변형되었음을 밝혔다. 즉, 동명왕 주몽의 임무는 나라를 세워 만인지상(萬人之上)의 지위에 오르는 데 있으며, 따라서 그는 천제의 손자이며 하백의 외손이라는 초인간적 혈통을 지니고 태어나서 남다른 야망과 신(할아버지와 외할아버지)의 도움으로 임무를 완수한다. 그의 야망은 곧 그의 임무이며, 이것은 그의 혈통에서 근거를 획득하기 때문에 그의 적대자와 조력자는 모두 그보다 아래에 있다. 하지만 이해룡은 가문의 한 점으로서만 이러한 영웅성을 획득한다. 그는 가문의 제향을 잇고 부모의 장례를 예에 맞게 치러야 하는 임무를 지니고 있으며, 이를 완수하기 위해서는 이념적 수호자인 하늘의 도움이 필요하다. 그의 임무는 의무일 뿐이어서 그의 조력자들은 어떤 의미에서든지 그보다 강하고 지위도 높은 경우가 많다. 그가 영웅성을 획득하는 것은 이념적 우월성 때문이다. 그를 돕는 왕과 신하들은 적어도 이념적 측면에서는 그에게 배우게 된다. 이런 점에서 《이해룡전》은 '영웅의 일생'이라는 구술서사 장르의 전통을 유가 이데올로기를 통해 재생산한 작품이다. 이와 같은 이데올로기적 성격과 판각본이라는 제시형식으로 말미암아 이 작품은 매우 설명적이고 교훈적인 특성을 지닌다. 요약하면, '영웅의 일생'이 지닌 논리성은 임무를 중심으로 이를 보증하는 혈통(신분), 이의 수행과 밀접한 관련을 지닌 고난과 극복 방식 사이에 존재하는 내적 연관성에 따라 성립된다는 것이다.[34]

《조웅전》과 《유충렬전》은 이 '영웅의 일생'을 근간으로, 사건이 진행되는 과정마다 과거의 사건과 현재의 사건을 유기적으로 결합시키는 탁월한 재주를 보여준다. 《조웅전》은 영웅 조웅을 주인공으로 내세운 영웅군담소설이지만, 비정상적인 신이한 출생담 같은 것은 생략되어 있다. 대신 주인공의 아버지와 황실과의 관계를 치밀하게 설정하여 이야기 전체의 논리를 준비한다. 조웅의 아버지는 문제를 구한 충신이고, 조웅은 이제 태자를 구해 황실을 회복하는 임무를 수행할 것이다. 이것은 곧 자신의 아버지에 대한 임무이기도 하며, 이 점에서 이해룡의 임무와 궤를 같이 한다. 2대(二代)의 사건이 무척이나 닮아 있는데, 이것은 우연이 아닌 것이다. 충렬의 아버지 유심도 만민이 우러러보는 충신이지만, 《조웅전》에 보이는 2대의 유사성은 현저히 약화되어 있다. 대신 이인 임경천이 대장성의 화신인 충렬이 태어날 것임을 예언하는 대목이 있다. 따라서 충렬의 임무는 임무이면서 동시에 천상에서부터 정해진 운명이기도 하며, 이 점에서 해모수의 아들 주몽과 충렬 사이에는 조웅에게는 거의 사라져버린 공통점이 남아 있다. 두 작품의 차이점은 여기서 나타나기 시작한다. 《조웅전》은 부자(父子)로부터 가문으로 이어지는 봉건적 가문의식 위에 황실을 가운데 두고 충신을 이야기하는 사대부적 세계관을 보여준다. 이 점은 조웅의 아버지 조정인의 '충렬묘'와 《유충렬전》의 '충렬'이라는 이름

---

34) 이에 대해서는 필자의 〈이해룡전에 나타난 인물의 형상〉(앞의 책) 참조.

이 보여주듯, 두 작품 모두 마찬가지이다. 하지만 두 작품을 비교해볼 때 《유충렬전》은 충렬이라는 개인의 비중이 훨씬 강화되어 있다. 조웅의 정당성과 힘은 황실과 연결된 관계, 즉 충군(忠君)이라는 명분에 주로 의지하고 있으며, 이를 강화하기 위해 칠세 조웅과 태자의 만남을 그리고 있다.[35] 한편 충렬의 정당성은 일차적으로 천상의 그의 신분에서 이미 형성되어 있다.[36] 물론 그가 한담에 대해 끝내 명분의 우위를 지킬 수 있는 것은 조웅과 마찬가지 이유에서이지만, 천자가 여러 차례 위기에 빠지면서도 죽지 않는 것은 충렬의 운수 때문이다. 이것은 중대한 차이이다. 《조웅전》에서 하늘의 도움은 《이해룡전》과 같이 사필귀정(事必歸正)이라는 유가적 신념의 추상적 표현이지만, 《유충렬전》에서는 천상계가 지상계와 같은 사회적 구조를 지닌 구체적인 존재로 드러나며, 지상계는 천상계의 사건이 재현되는 곳이다. 다시 말해서, '조정인(부)－조웅(자)'의 역사적 반복이, '대장성(천상)－유충렬(지상)'의 이원적 반복 위주로 재편된 것이다. 조웅이 죽은 아버지의 가호 속에 고난을 극복해간다면, 충렬은 천상의 옥황과 대장성(이것은 바로 자신의 전신[前身]이다)의 도움으로 힘을 얻는다.

조웅은 매우 총명하고 활달하지만, 그것만으로는 충분하지 않다. 그는 고난에 빠지고 구원된 다음 체계적인 학습 과정을 거쳐 비로소 영웅의 면모를 갖추게 된다. 그 과정에서 월경대사를 거쳐 천관도사에게 배우는 단계를 밟는다. 월경은 혜안과 신묘한 능력을 지닌 구원자로 그의 어린 시절의 스승이자 가족의 보호자이다. 다시 말해서, 죽

---

35) 《조웅전》, 13~14쪽.

36) 이 같은 사실은 임경천의 예언과 태몽·출생 등 작품 전체에 걸쳐 노골적으로 드러난다.

은 아버지의 역할을 대신하는 존재이다. 그는 승려라는 신분을 지니는데, 이 신분은 남녀가 유별함에도 그의 가족(어머니와 부인)을 돌보는 데 부담이 없는 유리한 점이 있다. 반면에 그의 임무인 복수와 전쟁에 필요한 힘을 주기에는 한계가 있을 수밖에 없다. 월명대사가 아버지를 대신한다면 천관도사는 말 그대로 '선생'이 되기에 족하다. 그는 조웅에게 힘(무력)을 준다. 그리고 이 과정에서 조웅은 신검(神劍)과 용총(龍驄)을 얻는다. 이렇게 여러 과정을 거치면서 힘을 얻은 조웅이지만, 황제인 이두병과 대적하기에는 아직 이르다. 그는 자신의 힘을 시험하고 널리 인정을 받아 큰 군대를 이끌 사회적 토대를 마련한다. 그 과정은 먼저 제후국인 위왕을 도와 번왕을 치고 태자를 구하고 왕태수와 만나 군대를 얻는 순서로 나타난다. 그런 다음 비로소 대국(大國)을 도모하게 되는데, 이 과정 역시 단계적으로 진행된다. 먼저 첫번째 단계는 이두병의 수하장수와 대결하는 것이다. 그 뒤 점차 더 강한 장수와 대적한다. 그 다음으로는 신력(神力)을 지닌 '일대' 형제들과 대결한다. 이윽고 파국이 다가오자 작가는 하나의 반전을 준비하는 재주를 보인다. 이두병이 친정(親征)에 나서려고 하자 그의 조신들이 반심(叛心)을 품고, 결국 그는 신하들의 손에 의해 붙잡혀 조웅에게 끌려가게 된다. 매우 세심하게 한 계단씩 쌓아가는 이와 같은 구조는 이 작품뿐만 아니라 고소설에 흔히 나타나는 기본적인 전략으로, 안정적으로 길이와 규모를 확장하는 방법이다. 이 같은 전략은 설화문학에서는 청자의 기억력 한계로 말미암아 크게 제한된다. 《조웅전》에서 이런 전략이 성공을 거둘 수 있었던 것은 기록물이라는 소설의 장르적 특성 때문이다. 특히 방각본 소설은 필사본보다 판독이 쉽고 다시 찾아보기도 쉽기 때문에 더욱 유리하다. 조웅 모자의 고난과 그 극복 과정들마다 부친 조정인의 과거 행적들이 관련되곤 한다. 독자는 앞에 짤막하게 언급된 조정인이라는 사람의 그림자가 이 작품의 한 축이 되고 있음을 느끼게 된다.[37] 월경대사는 앞일을 점치는 혜안을 통해 작품 중간 중간에 사건들의 관계를 해설해줄 뿐만 아니라 우연을 필연으로 만드는 중요한 역할을 담당하고 있다. 특히 이 작가의 솜씨가 돋보이는 대목은 태자와 조웅의 관계이다. 태자와 조웅을 7세에 서로 만나게 함으로써 장차의 깊은 관계를 미리 예측하도록 한다. 여기에 조정인과 전대 황제인 문제의 관계가 겹치면서 2대에 걸친 운명적 관련이 드러나게 된다. 이런 든든한 구조적 기반 위에 이야기가 전개되기 때문에 독자는 중간중간 스쳐가는 작고 큰 사건들을 하나의 이야기로 모아 이해할 수 있다.

《조웅전》과 《유충렬전》의 가장 큰 차이점은, 《조웅전》이 주로 주인공의 대망 성취 과정을 하나씩 하나씩 서술해나간 반면, 《유충렬전》은 주인공의 활약을 부각하기 위해 새로운 위기들을 계속해서 생산해낸다는 점이다. 《조웅전》의 후반부는 철저한 단계적 구조를 따르고 있다. 어머니를 안정시키고, 선생을 만나 검과 말을 얻는 등 힘을 쌓으며, 아내를 얻고, 동조자 위왕을 만나 제후국인 번을 제압하며, 태자를 구해 명분을 튼튼히 한 다음, 동조세력을 크게 규합해 이두병과 맞선다. 적장들도 점차 더 강한 자들이 등장하며, 결국 이두병은 자기 신하들에게 배신을 당해 사로잡히게 되는 것이다. 여기에는 이념적인 사유가 강하게 작용하고 있다.[38] 《유충렬전》도 능력을 확장

---

37) 조정인은 때로는 꿈을 통해, 때로는 송덕비(頌德碑)로, 또 때로는 다른 사람의 입을 통해 끊임없이 되살아난다.

38) 《조웅전》의 진행 과정에서 이두병이 왜 빨리 망하지 않는지 백성들이 원망하는 소리라든가 조웅의 군대에 백성들이 돌아오는(이 '돌아온다'는 사유에 주목하라) 장면들은 그대로 유학의 덕치주의(德治主義)를 표방한 것으로, 표현마저도 《맹자(孟子)》나 《논어(論語)》의 것을 따르고 있다. 특히 이두병이 신료

하고 검과 말을 얻는 등 기본적으로는 이와 같은 단계적 구조를 따르고 있지만, 가족의 안치나 동조세력의 규합 같은 더 세밀한 과정에는 관심이 없다. 모든 관심을 주인공에게 끌어 모으면서 새로운 위기를 계속해 창출하는 데 나머지 조건들을 이용한다. 이에 따라 아버지와 천자의 존재는 충렬에게 짐이 되는 존재로 전락한다. 결국 주인공을 중심으로 한 이야기가 일단락 되자 《유충렬전》에는 여기저기 흩어진 가족들의 문제가 고스란히 남게 된다. 충렬의 숙적 한담이 죽고 충렬의 승리가 확정되고도 한참 동안 가족들을 찾아 구하는 이야기가 계속된다. 유충렬이라는 한 인물에게 초점을 맞추어 긴장과 이완을 반복해 위기미와 성취미를 형성함으로써 쾌감을 극대화하고, 고소설의 한 장르적 특징인 논리성을 완성하려는 노력이 종결부에서 집중적으로 이루어지는 것이다.[39] 충렬에게 잃었던 것을 다 찾아주지 않고서는 진정으로 편안한 결말을 독자에게 선사할 수 없다는 상업예술의 의무감도 작용했을 것이다.

구술서사문학, 특히 신화나 민담에서 흔히 드러나는 행복한 결말도 이 시기 고소설에 이르면 순환구조와 맞물려 더욱 정교한 논리성을 갖추게 된다. 순환구조의 첫번째 측면은 '행복-불행-행복'의 순환구조이다. 《조웅전》의 서두 "송문제 즉위 이십삼년이라 이때 시절이 태평하야……" 하는 구절은 사실 작품에서 있으나마나한 내용으로 보인다. 하지만 이 대목은 '회복해야 할 과거'를 명시하는 중요한 의미

들의 모반으로 자멸하는 대목은 이 작품의 결말을 생동감 있게 전환하는 주목할 만한 부분인데, 폭군은 가장 가까운 사람들마저 반역함으로써 필망(必亡)한다는 유학적 사유를 직접적으로 형상화한 것이다.

39) 위기미와 성취미는 서로 상반되는 미적 범주들을 잇달아 실현해 미적 효과를 고조시키는 미적 유형으로, 이에 대해서는 필자의 〈미적범주에 대하여〉(《한국 고전의 문예적 연구》, 월인, 2001)를 참조할 것.

를 지니고 있다. 황제는 황제의 위치에 신하는 신하의 위치에 있으면서 선치(善治)가 이루어지는 과거에 대한 회복의 의지는 다수 고소설 작품의 이념과 주제를 이루고 있다. 분명히 해둘 것은 이 단순해 보이는 순환구조가 설화의 소박한 권선징악이나 고진감래의 감정적 형상화와는 질적으로 다른 이념적 당위로 조직되어 있다는 사실이다. 그런데 이것으로 끝나지 않는다. 《유충렬전》과 같은 작품은 이 위에 천상-현세-천상이라는 또 하나의 구조가 겹쳐 있다. 주인공은 천상계와 관련을 맺고 있으며, 현세를 거쳐 다시 천상계에 복귀하도록 운명 지워져 있다. 더 나아가 불교의 윤회 관념이 여기에 덧씌워져 여러 겹의 순환구조가 복잡하게 얽혀 있는 작품들도 있다. 이 천상 개념은 사실 많은 고소설의 이념적 기반인 유학과는 일정한 거리를 가지는 것처럼 보인다(그래서 천상과 선관은 유학보다는 도교의 관련 속에서 논의되곤 한다). 하지만 선한 주인공이 악과 싸워 이길 수밖에 없다는 신념 위에 선한 자는 하늘이 돕는다는 사필귀정의 논리가 떠돌고 있다면 이야기는 달라진다. 유가들의 이념적 최후 보루가 천의이고, 이 천의가 도교적인 혹은 불교적인 사유와 결합하여 형상화된 것이 천상계라고 할 수 있다. 이런 점에서 이 천상계와 지상계(현세)의 순환은 정당한 과거로 회귀한다는 첫번째 순환체계를 강화하는 역할을 맡는 셈이다.

이처럼 고소설은 구술서사 장르의 전통적 유형구조를 받아들이면서도 논리적 측면을 크게 확장하고 내용에서는 당대의 요구를 수용하고 있다. 사실 오늘날의 시각으로 고소설을 본다면 그것은 수많은 우연과 받아들이기 힘든 기이한 일들로 점철되어 있다. 그 우연과 신기하기 이를 데 없는 사연들은 한편으로 이 시기 소설들의 상업성 및 그에 따른 통속적 경향과 관련되어 있다. 그럼에도 우리는 이 시기

소설들 가운데 가장 통속적 경향을 보이는 방각본 영웅소설에서조차 전대의 설화문학에 견주어 한층 진전된 논리적 특질을 찾아볼 수 있었다. 그것은 그 우연들을 결코 파편적인 우연적 사건들로 흩어두지 않고 든든한 내적 구조를 통해 필연적인 사실들로 만들려 한 작가적 노력 때문에 가능했으며, 그러한 노력이 성공할 수 있었던 것은 무엇보다 우선적으로 소설의 제시형식이 지닌 기록성 덕분이었다.

(2) 수용 공간의 사적 성격과 통속성

① 창작-수용에 관련된 여러 계층의 성격과 역할

먼저 고소설의 텍스트에 구현된 서사성의 구조적인 측면을 검토해 보았지만, 이것으로 고소설이 지닌 서사성의 본질이 완전하게 드러난 것은 아니다. 앞에서 살펴본 구조적 특징들을 보장하고 완성하는 수용의 양상을 규명하는 것이 남아 있기 때문이다. 특히 고소설은 생산자인 작가와 수용자인 독자의 직접적인 교류가 물리적으로 차단되어 있으므로 이 점에 유의해야 하고, 작가와 독자 사이에 작용하는 간접적인 교류의 가능성에 대해서도 외면하지 않는 자세가 필요하다. 작가와 독자, 생산과 수용의 과정이 분리되어 있는 만큼, 작가와 독자의 성격과 역할에 대한 검토가 선행되어야 이를 토대로 더 본질적인 논의가 이루어질 수 있다. 또 소설이라는 장르는 작가나 독자로부터 분리된 하나의 상품으로 유통된다는 특징이 있으므로, 이 유통을 담당한 사람들에 대해서도 기본적인 이해를 해둘 필요가 있다. 다행히 고소설의 담당층에 대해서는 앞선 학자들의 지속된 연구가 축적되어 있으므로, 여기에 힘입어 우리 작업에 필요한 지식들을 정리해보기로 한다.

고소설의 대부분은 그 작가의 실명(實名)을 알 수 없다. 하지만 작가층에 대해서는 고소설의 제시형식과 내적 구조에서 충분한 근거들을 찾아 추정해볼 수 있다. 우선 국문을 안다는 것과 이것을 가지고 소설을 쓸 수 있다는 것은 전혀 다른 일이라는 점을 인정할 수 있다. 국문을 겨우 읽고 쓸 수 있는 수준으로는 도저히 소설을 쓸 수 없다. 고소설의 작가는 문자문화에 익숙한 사람이었을 것이다. 양반들이 국문을 무시했다고는 하지만, 국문을 모르지는 않았을 것이다. 조선 후기로 오면서 국문은 한문을 배우기 위해서도 필요했을 것이다. 그리고 한문으로 표기할 수 없는 우리말 문학들을 향유하고 기록하는 데도 필요했을 것이다. 더구나 대부분의 국문소설에는 한문문화에 익숙한 사람이라야 자유로이 사용할 수 있는 고사성어(古事成語)나 심지어 한시(漢詩)까지 등장하고 있다. 이것은 양반이나 최소한 그와 비슷한 수준의 교양을 지녀야만 고소설의 작자가 될 수 있다는 것을 말한다. 더 나아가 고소설의 순환구조들과 선악의 이분법 등이 일정한 이념적 토대 위에 설정되었다는 것과 당시 문자문화에 대한 교양을 습득하는 과정에서 필연적으로 당대의 지배 이테올로기를 동시에 받아들이게 된다는 사실을 연결지어 생각할 때, 고소설의 작자층이 지닌 이념적 성향을 짐작할 수 있다.

이와 같은 추론은 고소설 작가에 대한 기존 연구 성과와도 일치한다. 일부 이론(異論)이 제기되기도 했지만, 《홍길동전》의 원작자로 알려진 허균이나 《구운몽》·《사씨남정기》의 작자인 김만중 등 국문소설의 작가들은 처음부터 양반층에서 거론되었다. 비록 여러 가지 조건의 제약 탓에 국문 방각 소설의 작가 개개인에 대한 연구가 미미한 편이기는 하지만, 그 관련성을 인정할 수 있는 몇몇 작품들의 작가에 대한 연구가 이루어지고 있다. 《기제기이(企齋記異)》·《천군전(天

君傳)》·《최척전(崔陟傳)》·《육미당기(六美堂記)》·《옥수기(玉樹記)》·《종군전(種玉傳)》·《일락정기(一樂亭記)》 등의 작가로 알려진 인물들은 거의 모두 양반 계층이다. 또 이상택은 《보월빙(寶月聘)》 연작을 검토하고, 그 작자층을 상층 벌열로 추정하기도 했다.[40] 물론 소설이라는 장르는 어떤 획일적인 기준을 허락하지 않는 광범위한 영역을 구축하고 있다. 작가 개개인의 사적(私的) 성격과 장르의 개방성이 그 이유라고 할 수 있는데, 이것은 작가 문제에서도 마찬가지이다. 문자를 자유로이 다룰 수 있고 상상력을 갖춘 사람이라면 누구라도 소설을 쓸 수 있다. 그러므로 작가가 알려지지 않은 작품들 가운데 평민층 인물이 없을 것이라고 장담할 수는 없다. 그러나 문자를 자유로이 다룰 수 있고 또 상상력을 발휘하여 이를 글로 쓸 만큼의 시간적 여유를 누릴 만한 여건이 당대 평민들에게 어느 정도나 허락되었을까 하는 점을 생각하지 않을 수 없다. 또 소설의 작가는 문자를 자유로이 활용할 수 있는 능력 외에 당대에는 귀했던 종이와 먹 등과 가까이 있어야 했다.

결국 소설의 제시수단인 문자의 보급률이라는 당대의 여건이 고소설의 작가층을 제한했다고 볼 수 있다. 한편 고소설의 생산 과정이 지닌 특수성도 이런 제한을 강화시킨다. 당대 소설 작가는 새 소설을 쓰기 전에 재료가 되는 여러 가지 이야기를 많이 알고 있어야 했다. 다음으로 그 이야기들을 활용해 나름대로 논리적인 구성을 해야 한다. 그러기 위해서는 서적을 가까이 해야 하고, 연속적인 사고방식에 익숙해야 하며, 시간이 있어야 했다. 고소설 작가의 대부분이 양반층

---

40) 소재영, 〈고소설의 작가문제〉, 《이수봉 회갑기념논총》, 1988 ; 한국고소설연구회 편, 《고소설의 저작과 전수》, 아세아 문화사, 1994.

에서 나온 것은 이런 점에서 너무나 당연한 현상이었다고 할 수 있다.

하지만 양반이라고 해서 누구나 소설을 쓰지는 않았다고 생각된다. 소설에 대한 인식이 점차 나아졌다고는 해도, 역시 당대 지배 이데올로기의 관점에서 접근할 때 그리 환영할 만한 것은 되지 못했다.[41] 어떤 식으로든 지배 이데올로기에 저항적인 항간의 이야기와 요구들이 흡수될 수밖에 없었고,[42] 방각본의 경우에는 글을 돈으로 판다는 수모를 감수해야 했다. 이덕무(李德懋)의 〈영처잡고(瓔處雜稿)〉을 보면 촌의 학구들이 모여 담화를 하다가 술과 고기가 생각나 즉석으로 몇 편의 소설을 지어 책방에 팔아 돈을 마련해야 하는 처지를 개탄한 대목이 있는데, 이는 소설의 한 주요한 작가층이 몰락한 양반이라는 사실

---

41) 실록에는 소설의 폐해를 지적하는 내용들이 여러 차례 나오는데, 그 논리는 언제나 치도(治道)와 풍속에 도움이 되지 않는다는 것이었다. 성종(成宗) 때 이극돈(李克墩)이 《유양잡조(酉陽雜俎)》·《당송시화(唐宋詩話)》·《파한집(破閑集)》·《보한집(補閑集)》·《태평통재(太平通載)》 등을 간행·진상하자 김심(金諶) 등이 탄핵하고 나섰는데, 여기에 다음과 같은 언급이 있다. "臣等竊惟帝王之學 當替心經史 以講究修齊治平之要 治亂得失之跡耳 外此皆無益於治道 而有妨於聖學"(成宗 24년 12월 戊子條, 朝鮮王朝實錄 12, 457쪽). 결국 모든 글이 치도에 보탬이 되어야 한다는 것이다. 성종은 이 탄핵을 불윤하고 다음날 승정원에 그 시비를 물었으나, 잡서의 간행은 인정할 수 있어도 진상한 것은 잘못이라는 답변이 나온다. 이때 진상된 것들은 소설이라기보다 대개 유학자들이 저술한 잡서들이라고 할 수 있지만, 승정원에서조차 왕의 뜻에 저항하는 모습을 볼 수 있다. 이같은 잡서무용론(雜書無用論) 내지는 유해론(有害論)은 조선조 내내 소설 배격의 지속적인 논리로 유지되었다.
42) 어숙권(魚叔權)은 《패관잡기(稗官雜記)》에 이런 기록을 남기고 있다. "蔡壽 中宗初 著薛公瓚還魂傳 極怪異…… 言官見之 曰 '蔡某著荒誕不經之書 以惑人聽 請眞之死"(魚叔權, 稗官雜記 1, 《野史叢書의 總體的 硏究》 부록, 한국문화연구소, 18쪽). 《설공찬전》이 황탄불경하다고 죽이라 했으니, 이와 같은 검열 정신 속에서 양반들이 소설을 저작하기는 어려웠을 것이다. 이식(李植)과 같은 경우는 역사적 사실의 왜곡에 대해 비판하면서 마땅히 국가가 이를 엄금해야 한다고 주장하기도 했다(李植, 澤堂別集, 散錄 卷15, 雜著).

과 이들이 소설을 지어 돈을 마련해야 하는 현실을 하나의 수치로 받아들였다는 것을 동시에 알려준다.[43] 이런 수모를 감수할 수밖에 없는 처지의 양반이거나, 이데올로기적으로 다소 느슨한 사람들이 소설의 작가가 되었을 것이다. 그래서 몰락한 양반이거나, 반대로 충분한 여유 속에 흥미를 추구하려는 경향이 강해진 벌열층의 인물들이 생계를 위해 혹은 재미 삼아 소설을 창작했다. 여유 있는 양반들의 파적거리 글쓰기는 옛날부터 있어왔던 것으로, 패관잡기류(稗說雜記類)의 대다수가 권력의 핵심부에 있다가 이런저런 이유로 시간적 여유를 갖게 된 사대부 양반들이 쓴 것이다. 하지만 유복한 처지의 양반들이 자신이 쓴 소설을 자진해 시장에 내놓는 경우가 얼마나 되었는지에 대해서는 좀더 많은 연구가 필요할 것이다. 다만 당대에는 저작권에 대한 인식이 사실상 존재하지 않았다고 생각되므로, 우연한 기회에 집안을 빠져나가 유통되던 필사본을 가공업자(板刻所)가 입수해 판각할 수는 있었을 것이다.

이런 이유로 방각본의 주요 작가층은 대체로 형편이 어려운 양반층이었을 것으로 보인다. 이들은 어려운 경제적 형편에도 문자문화에 대한 충분한 교양과 원하지 않은 충분한 시간적 여유를 가지고 있었다. 달리 할 줄 아는 일이 없었고, 생계와 학업을 위해 무엇인가 해야 한다는 절실한 현실적 동기를 가지고 있었다. 게다가 이들은 자기들의 현실을 그대로 받아들이기에는 억울하다는 심리적 동기까지도 가지고 있었다. 이러한 감정이 픽션을 창작하게 하는 하나의 중요한 동기라는 것은 설명이 필요 없을 것이다. 이들은 무언가 현실을 벗어나

---

43) 이덕무(李德懋), 〈영처잡고(嬰處雜稿)〉, 영인본 《청장관전서(青莊館全書)》 상(上), 95~96쪽.

꿈을 실현할 수 있는 무대가 필요했고, 소설 창작은 이들에게 하나의 탈출구가 되었을 것이다. 이 탈출 욕구 때문에 소설은 유학이라는 단일한 이데올로기의 통제를 다소나마 벗어나 주변적 이념인 불교와 도교 사상을 흡수하게 된 것이다.

이처럼 고소설, 특히 방각본 국문소설의 작가층은 소외된 양반들을 중심으로 시간적 여유가 많고 소설이 주는 재미에 관심이 있는 부유한 처지의 사람들이 포함된다. 이들의 공통적인 성격은 현실에 대해 만족하든 그렇지 못하든, 일단 당대의 지배 이데올로기인 유학 이념의 영향력 안에 있다는 것이다.

고소설의 독자층으로 중요하게 거론되는 것은 민중층과 양반 부녀자층이다. 일반적으로 19세기에 들어와 서민층의 소설 수용력이 크게 증가한 것으로 지적되고 있다. 유탁일은 완판 방각본 소설의 성립과 관련해 호남 지방 소작인의 대다수가 지대(地代)를 정액제인 정조(定租)로 내면서 경제적으로 안정되었다는 점과 농한기의 시간적 여유 등이 서민층의 소설 수용을 크게 증가시켰다고 보았다.[44] 오오타니 모리시게(大谷森繁)도, 방각본은 종래의 사본(寫本) 독자와는 지적 수준과 독서 목적이 다른 새로운 독자층을 위해 마련된 공급 수단으로 그 독자층은 서민 계층이었다고 주장했다.[45] 이런 주장들은 모두 일면 타당성이 있다. 19세기를 지나 20세기로 오면서 책값은 점차 떨어졌을 것이고, 서민층 가운데서도 더 나은 경제적 여건을 지니게 된 사람들이 생겨났던 것이다. 그러나 유탁일은 경제적 여유가 생긴 서민층이

---

44) 유탁일, 《완판 방각 소설의 문헌학적 연구》, 학문사, 1981, 29~33쪽.
45) 오오타니 모리시게(大谷森繁), 《조선후기 소설 독자 연구》, 고려대 민족문화
    연구소, 1985, 105~111쪽.

나타나는 데는 부농층의 토지 축적과 상업적 농업 형태의 발달 그리고 이에 따른 농촌사회의 분화가 선행되었음을 지적하고 있다. 이는 결국 영세 자영농의 겸소작(兼小作) 또는 소작농 몰락과 함께 많은 농민을 농지에서 축출해 임금 노동자로 전락시키는 결과를 가져왔다. 이렇게 본다면 소설에 접근할 여력이 증가한 사람들은 소수에 불과했으며, 이들은 더 많은 사람들의 몰락으로 그런 여유를 누리게 된 것이다. 정액 지대로 안정을 누리게 된 농민의 증가로 일부 서민층의 소설 구매력이 증가했겠지만, 이들의 구매력이 부농이나 양반 부녀자층을 능가하지는 못했을 것이다. 따라서 방각본이 이들 서민층의 새로운 수요만을 위해 등장한 것이라고 보기보다는 기존 양반 부녀자층 수요의 꾸준한 증가 위에 새로운 수요가 더해짐으로써 그 기반을 마련했다고 보는 것이 나을 것이다.

사실 민중들의 경우 문맹자와 생계에 급급한 저소득층을 제외하면 마음놓고 소설을 향유할 만한 사람들이 얼마나 되었는지 의문이 아닐 수 없다. 19세기를 지나 20세기로 오면서 국문 해독자의 수가 점차 증가했을 것으로 생각되고, 여기에는 소설의 보급이 일조했을 것으로도 짐작되지만, 해방 이후의 상황을 염두에 둔다고 해도 여전히 문맹 상태에 있는 사람이 훨씬 더 많았을 것이다. 장터에서 책을 읽다가 중요한 대목에서 멈추고 돈을 받는 방식으로 민중들에게 소설을 보급했던 전기수(傳奇叟)들이 있었지만, 이들에게 소설 속의 이야기를 듣는 민중들은 전기수가 가진 책 한 권만 있으면 된다. 또 글을 좀 읽을 줄 아는 사람들이라도 서민들의 경우 누가 책 한 권을 구하면 여러 사람이 돌려보았을 것이다. 결국 민중층은 실제 수용자의 수에 견주어 책을 필요로 하는 수요는 상대적으로 적었다고 할 수 있을 것이다. 반면 양반 부녀자나 부호들의 경우에는 실제 수용자의 수와 수요의 크기가 거의 일치했을 것이다. 따라서 고소설은 실제 수용자의 수에 관계없이 양반 부녀자나 경제적으로 유족한 계층의 수요에 훨씬 민감했을 것임을 알 수 있다. 상층 여인들과 부호들의 공통적인 경향은 보수적 가치에 긍정적이며 급격한 사회적 변화보다는 안정을 바란다는 것이다. 그러나 이렇게 일면적으로만 말할 수 없는 부분이 하나 있다. 이들은 보수적 가치 유지에 긍정적이지만, 양반 사대부와는 달리 단일한 이데올로기로 무장되어 있지는 않다는 점이다. 유교에서 내세우는 대부분의 가치를 긍정하면서 동시에 사찰을 찾아 불공을 드리기도 하고, 무당을 불러 푸닥거리를 하기도 하며, 속세를 벗어난 신비한 인물들의 행적에 관심을 기울이기도 한다. 부녀자들은 적어도 남녀 사이의 문제에서는 언제나 피해자였던 만큼 상대적인 진보성을 지닐 수 있으며,[46] 점차 증가한 평민 부호층은 민중들과 부분적인 공감대를 지니기도 했을 것이다. 특히 이들은 설화적 상상력과 유형구조에 대한 친밀도에서는 민중들과 큰 차이를 보이지 않았을 것이다.

고소설은 초고나 필사본을 더 읽기 쉽고, 대량으로 생산할 수 있는 방각본으로 가공하는 사람들과 이를 판매하거나 대여해 이윤을 추구하는 사람들을 등장시켰다. 방각본의 초기 발생 단계에서 태인본(泰仁本)의 간행자로 거론되는 손기조(孫基祖)·전이채(田以采)·박치유(朴致維) 가운데 전이채가 아전으로 알려지고 있어서, 아전 등 중인층과 상인층이 방각업에 종사했음을 알 수 있다.[47] 한편으로 관각(官刻)·

---

46) 고소설 속에서 보수적 예법과 자유연애가 아무런 마찰 없이 동시에 추구되는 것은 이런 실수요층의 성향과 무관하지 않을 것이다.

47) 유탁일, 앞의 책, 23~24쪽.

사각(私刻)·사각(寺刻) 등 비영리적인 목적으로도 여러 형태의 방각 작업이 이루어졌지만, 소설의 경우 방각업의 목적은 이윤 추구 외에 더 중요한 어떤 동기도 생각할 수 없다. 따라서 소설의 방각 작업은 어떤 형태로든 상인들과 관련되어 있었을 것이다.[48] 상품 가공업은 이윤을 목적으로 한다는 점에서 유통업과 맥락을 같이한다.

판매업자들도 여러 가지 형태로 등장했는데, 세책이라든가 전기수 등이 그것이다. 책을 직접 판매하기도 했겠지만, 대여해주는 방식의 성행은 당시 소설책이 여전히 고가품(高價品)이었음을 말해준다.[49] 이는 소비력이 약한 시장을 공략하기 위한 한 방편이었던 셈이다. 그리고 전기수와 같이 소설을 읽어주는 판매 방식으로 당대의 높은 문맹률에 대응할 수 있었다. 당시 방각본 소설을 출간하는 것은 하나의 모험이었다. 많은 비용을 들여 판각한 소설이 팔리지 않는다면 큰 손실을 입을 것은 분명하다. 따라서 필사본이 유통되고 이에 대한 수요가 증가하면서 적으나마 세책이나 전기수들이 등장한 것이 소설 방각본의 출현을 가능하게 했을 것이다. 사실 방각본 소설의 목록을 살펴보면 같은 소설이 여러 차례 다시 판각되는 것을 볼 수 있고, 판소리로 널리 인기를 얻은 작품들이 많이 판각된 사실을 확인할 수 있다. 이것은 새로운 작품보다는 검증을 거쳐 그 수요가 확인된 작품을 선호하는 방각본의 속성을 보여주는 것이라고 하겠다. 방각본 소설은 어떤 장르보다 더 소비자의 선호도에 좌우되는 속성을 가졌던 것이다.

하지만 방각업자들은 소비자의 요구를 능동적으로 수용하는 사람

---

48) 대부분의 연구자들이 방각본의 생산·유통에 상인층의 참여가 있었을 것으로 추정하고 있다.

49) 세책의 발전 양상에 대해서는 오오타니 모리시게의 앞의 책 참조.

들은 아니었다고 생각된다. 그들은 독자들의 요구를 파악해 새로운 수요를 창출할 만큼 적극적이지는 않았다. 그러기에는 당시의 시장이 너무 좁았던 것이다. 전기수들의 활약이 있었음에도 문맹자들에게 소설을 판매하는 데는 많은 한계가 있었고, 평범한 서민들이 선뜻 소설책을 구입할 만큼 가격이 싸지도 않았다. 그래서 이들은 수요에 따라 책을 만드는 방식을 택했던 것이다. 결국 독자들의 요구는 총체적으로 파악되지 않았고, 오직 수요라는 형태로만 파악되었던 것이다. 이것은 판매업자들도 마찬가지였다. 더 많은 수요가 있는 작품을 구비하고, 대여하거나 읽어주었을 것이다. 고소설의 경우 독자들이 지불한 대가가 직접 작가에게 전달되지 않았기 때문에, 작가들도 이들 가공업자와 판매업자들을 통해 독자들의 요구를 간접적으로 수용했다. 이렇게 되어 작가와 독자 사이의 의사소통은 수요라는 조건 속에서 왜곡될 소지를 안게 되었던 것이다. 이것은 곧 통속화로 가는 지름길이었다. 통속화란 저급한 대중성과 함께 창작 과정의 사적 성향을 강화시키는 방향으로 나타나게 마련이다.

② 보이지 않는 작가와 사적 수용자로서 독자

고소설 작가들은 대부분 자기들의 이름을 밝히지 않고 있다. 이것은 아직 작가층의 전문성이 확립되지 않았으며, 한 편의 소설이 한 작가에게 귀속된다는 의식이 미약했기 때문이다. 이 때문에 소설은 여전히 옛날부터 전해 내려오는 하나의 이야기, 즉 설화나 민담과 동일한 것으로 인식되었다. 초기에 소설이 옛날이야기의 기록 정도로 여겨진 것은 사실 어느 나라나 마찬가지였다고 할 수 있다. 서구 로망스의 대부분이 옛날이야기나 외국의 이야기로 인식되었다. 마찬가지로 우리 고소설도 중국을 배경으로 한 것들이 많다. 그러므로 어느 한 작가가 자기의 저작권을 주장한다 해도 쉽게 받아들여질 수 있는 상황이 아니었다. 작가는 어떤 이야기의 최종적인 중개자에 불과했고, 이것은 고소설이 여전히 구술서사문학의 본원적 특질인 중개성에 대한 선명한 인식을 유지하고 있었다는 의미이다. 이런 경우에는 순수한 창작이라는 것이 밝혀지면 그 이야기에 대한 흥미가 현저히 감소하게 된다. 옛날부터 있었던 이야기라는 이러한 인식이 고소설에 신빙성을 부여하게 되어 작가의 운신의 폭을 넓혀준다. 그러므로 작가의 의미에 대한 불철저한 인식이 역설적으로 고소설에 대한 작가의 영향력을 강화해준다. 작가는 원래 이야기가 그렇다는 핑계로 자신의 생각을 이야기 속에 자연스럽게 개입시킬 수 있는 것이다.

고소설에서 특히 작가에 대한 이해가 중요해지는 이유는 고소설의 화자, 다시 말해서 서술중개자가 실질적으로 작가와 일치하기 때문이다. 앞에서 살펴본 화자의 편집자적 성격은 바로 작가의 태도와 일치한다. 고소설의 화자는 역사의 어느 시간, 세계의 어느 공간에서 일어난 일을 중개·서술한다. 이 화자는 앞으로 전개될 사건과 심지어 인물의 심리까지 훤히 꿰뚫어본다.

각설이라 이때에 유생이 강승상의 집을 떠나서 서천을 바라보고 정처없이 가며 신세를 생각하니 속절없고 하릴없다. 이제는 무가내하(無可奈何)로다. 산중에 들어가 삭발위승하여 훗길이나 닦으리라 하고 청산을 바라고 종일토록 가더니 한 곳에 다다르니 앞에 큰산이 있으되 천봉만학이 충천한 중에 오색구름이 구리봉에 떠 있고 각색 화초 만발한지라.

– 《유충렬전》[50]

이러한 화자의 전지성(全知性)은 실제 작가의 한계를 뛰어넘는 것이긴 하지만 고소설의 화자는 아직 극화된 인물로 작품 속에 뛰어들지는 않고 있다. 이 때문에 화자의 전지성은 작가의 의도와 논리를 작품 속에 그대로 실현하는 데 기여한다.

충렬이 선인을 이별하고 정처없이 다니다가 촌촌이 걸식하며 곳곳이 차숙할 제, 조동모서하니 추풍낙엽이요, 거래무종적하니 청천에 부운이라. 얼굴이 치폐하고 행색이 가련하다. 흉중에 대장성은 때 속에 묻혀 있고 배상에 삼태성은 헌 옷속에 묻혔으니 활달한 기남자가 도리어 걸인이라. 부열이도 무정을 만나 있고, 밭만 갈던 이윤이도 은왕 성탕 만나 있고 위수에 여상이도 주문왕 만났건만, 유수같이 가는 광음 훌훌 흘러가니, 충렬의 고운 연광 십사세에 당한지라. 천지로 집을 삼고 사해에 밥을 부쳐 도로에 개걸타가 한 곳에 다다르니 이 땅은 초국이라. 영릉을 지나다가 장사를 바라보고 한 물가에 다다르니 창망한 빈 물가에 슬픈 원숭이 소리로다. 백사장 세우중에 백구는 비거비래뿐이로다…….
– 《유충렬전》[51]

충렬이 자살을 시도하기 전에 초국에 이르리 아버지 유심이 쓴 글을 보게 되는 장면이다. 여기서 충렬의 행색은 걸인을 방불케 하고 스스로도 자신의 미래를 포기하고 있지만, 그 안에 대장부의 기상과 운명이 깃들어 있음을 화자는 알고 있다. 대장성과 삼태성으로 상징되는 천상계의 운명적 질서를 암시하며 충렬의 미래를 약속해주는 목소리는 누구의 것인가? 그것은 작가의 신념에 찬 목소리이며, 현재

---

50) 《유충렬전》, 77쪽.
51) 《유충렬전》, 66쪽.

충렬의 처지가 옛 성인들의 출세 이전의 처지와 같다는 해설의 주인도 역시 작가의 소리이다.

이처럼 고소설의 작가는 전지성을 지니고 이야기를 이끌어갈 절대적인 권리를 가지고 있는데, 이것은 모르고 있는 청자를 대상으로 이야기하는 알고 있는 화자의 우월성이라는 점에서 구술서사 장르의 화자가 지닌 성격과 같다. 특히, 고소설에 와서는 작가의 목소리가 아니라 문자화된 작품을 통해서만 독자와 만난다는 점에서 화자 일방의 전달이라는 서사적 제시방식은 물리적으로 완전히 보장되는 것이다. 마찬가지로 독자 역시 완전한 사적 수용자로 남게 된다. 이에 견주어 구술서사 장르의 청자는 여전히 화자의 말을 끊고 개입할 가능성을 지닌다.

> 그러이 그 처녀가 칼을 빼앗아 가 자 복장에 꼽는단 말이지. [청중 : 처자를?] 응, 복장에 꼽으이께 범이라. 바로 그 부이. [청중 : 그 여자가 범이래?] 예, 범이래. 그러이 그 가족이 모두 범이라. 범인데 워낙 수천 년 묵어노이 사람도 될 수 있고, 범도 될 수 있고…….
>
> — 〈호륜사의 유래〉[52]

이렇게 청자가 개입하게 되면 서사의 기본 지향이 흔들리게 된다. 화자가 자기의 권한이 침해되었다고 느끼거나, 자기 이야기의 논리가 의심받는다고 생각하게 되는 것이다. 그래서 위에서 보듯이 화자는 자기가 앞에 했던 말을 반복해서 원래 이야기의 질서로 재빨리 복귀하거나 논리의 신빙성을 보강하기 위해 의심받은 부분을 부연하게

---

52) 《한국구비문학대계》 7-2, 770쪽.

되는 것이다. 이와 같은 화자의 방어논리를 청자가 끝내 인정하지 않을 때, 수용 공간의 서사적 질서는 파괴되고 화자는 더 이상 이야기를 계속할 흥미를 잃게 될 것이다. 하지만 소설은 이런 위험이 물리적으로 배제되어 있다. 독자는 작가에게 질문이나 반론을 제기할 수 없을 뿐 아니라 그렇게 할 필요도 없다. 결국 소설의 독자는 자기가 이해하지 못한 부분을 개인적 상상력으로 메우는 창조적 배반을 시도하게 된다. 소설 읽기의 과정은 독자 개개인의 사적인 수용을 통해 완성된다.[53] 이러한 현상은 부분적으로 구술적 성향을 지닌 수용 방식에서도 본질적으로 마찬가지였다고 생각된다. 고소설을 읽어주거나 암송해주는 것을 직업으로 삼은 전기수들이 있어서 글을 모르는 사람들도 고소설을 향유할 수 있었지만, 이들은 이미 존재하는 닫힌 텍스트를 전달해주는 것이기 때문에 청자들이 이들과 의사소통을 할 수는 없는 것이다. 소설을 읽다가 가장 긴요한 대목에서 멈춰 청자들이 돈을 던지게 했다는 전기수들의 이른바 '요전법(邀錢法)'은 청자에 대한 전기수의 우월적 지위를 보여준다.[54] 여기서 전기수는 고소설 화자를 대행하고 있으며, 모르고 있는 청자에 대한 알고 있는 화자의 우월성을 이용하고 있는 것이다. 만일 청자가 전기수와 의사소통을 하려 해도 전기수는 이에 호응할 수 없다. 물론 전기수가 현재감과 육체적 박진감을 고조시키면서 책을 읽을 때 청자는 전기수의 이야기를 현실로 착각할 수 있다. 하지만 제시방식의 극적인 효과가 크더라도 청자나 전기수는 일방적 전달이라는 서사적 질서에서 벗어날 수 없다. 영웅

---

53) 상상력을 동반한 수용자의 독서 행위는 때로 작가와 행하는 심리적 대화로 해석할 수 있다. 그러나 소설 텍스트는 이미 완성되어 있고 수용자의 상상력은 실제 작가에게 전달될 수 없다. 그러므로 이 대화 역시 사적(私的)인 것이다.

54) 조수삼(趙秀三), 《추재집(秋齋集)》, 권7, 기이(紀異).

이 극도로 실의하는 대목에서 읽는 사람을 찔러 죽인 어느 청자의 이야기는 이런 상황을 보여주는 하나의 예라고 할 것이다.[55] 이 청자의 분노는 탈춤에서 관객들이 양반들에게 보내는 야유나 조소와는 다르다. 이 문헌의 기록만으로 '영웅최실의처(英雄最失意處)'가 어떤 대목인지 자세히 알 수 없으나, 청자가 읽는 사람을 작중의 인물로 착각해 죽인 것 같지는 않다. 이 행위는 자신과 영웅을 동일시하는 사적인 수용의 상황에서 영웅의 실의를 유창하게 구연해가는 낭송자의 태도에 분개한 나머지 저지른 것으로 보인다. 다시 말해서, 극적 효과와 서사적 효과의 상승작용 속에서 감정이 고조된 청자가 일방적 전달이라는 서사적 수용 상황의 답답함을 소화해내지 못한 것이다.

이렇게 차단된 소통의 가능성을 간접적으로나마 개척할 여지는 유통 공간의 활발한 매개 노력에 있다. 근대 이후 출판업자나 도서 판매업자들은 작가와 독자의 만남을 주선하고, 독자들의 희망을 분석해 이를 작가에게 전달하는 역할을 하기도 한다. 고소설 역시 유통업자들이 있었지만, 작가의 실명마저 밝혀지지 않는 상황 그리고 새로운 수요의 창출보다 이미 확인된 수요에 좌우되던 초보적인 유통 공간의 한계로 말미암아 이들의 적극적 노력을 기대하기는 어려웠다. 이렇게 최대한으로 보장된 일방적 전달 방식에서 모습을 감춰버린 작가는 개인으로 고립된 상황에서 작품을 창작할 수밖에 없다. 다시 말해서, 작가의 창작행위는 기본적으로 사적으로 이루어진다는 것이다.

소설 창작 과정의 이러한 사적인 성격은 전달받는 수용자(독자)를 전제로 하기에 이중성을 지닌다. 작가는 소설을 쓰는 과정에서 한편으로는 수용자인 독자 대중에 대한 책임감을 갖게 되고, 다른 한편으

---

55) 이덕무(李德懋), 〈은애전(銀愛傳)〉, 《아정유고(雅亭遺稿)》 3.

로는 누구의 직접적인 간섭도 받지 않기 때문에 자유로이 새로운 실험을 할 수도 있다. 소설이 시대 상황의 변화에 조응하면서 다양한 형식과 내용을 수용해 실험적인 장르로 발전하게 된 원인이 여기에 있다. 그러나 이것은 소설의 시장이 다양한 실험들을 수용할 만큼 충분히 성장하고 다원화되어야 한다는 것이 전제된다. 뿐만 아니라 소설 작가 역시 스스로 책임감과 실험적인 정신을 소유하고 있어야 한다. 즉, 창작 과정의 사적인 성격이 보장해주는 자유를 의미 있게 만드는 작가의 대사회의식(對社會意識)이 있어야 한다는 것이다. 결국 창작 과정은 사적으로 이루어지지만, 작가는 폐쇄적이고 고립적인 사유에서 벗어나 공적인 임무를 자각해야 한다는 것이다. 완전히 사적이고 완전히 자유로운 창작활동이란 존재하지 않는다. 소설은 사적으로 창작되어 상품화함으로써 사회적인 공유자산이 되기 때문이다. 작가에게 이와 같은 사실을 명확히 인식하도록 해주는 것은 작품과 작가가 동시에 공개되는 장치이다. '이문열의 《선택》'으로 유통됨으로써 창작행위가 완전히 사적인 행위로 고립되지 않는 것이다. 그런데 고소설에는 이런 장치가 존재하지 않았다. 작가가 사회현실에 적극적으로 참여하거나 한 작품이 사회적으로 공개된 논쟁의 대상이 되지 않았기 때문에, 작가들은 익명성 속에서 자기들의 이기적인 꿈을 자유로이 표현할 수 있었다. 그렇다고 완전히 사적인 과정이 보장되는 것도 아니다. 작가는 대가를 지불할 가공업자 혹은 유통업자가 원하는 작품의 성격을 알고 있으며, 결코 이것으로부터 자유로울 수 없었다. 그래서 진부한 형식과 자극적인 세부의 결합에 작가들의 이기적인 바람이 투영된다. 수요에만 순응하는 작가의 이기적인 희망이란 결코 작가마다 다른 개성을 의미하는 것이 아니다. 이미 주어져 있는 진부한 형식에 일정한 계급적 처지에서 벗어날 의지도 책임도 느끼지 않는 개인적인 꿈이란, 현실적인 문제점은 사장시킨 채 현실 도피적인 몽상의 세계에서 대활약하는 통속적 오락을 생산하게 했다. 몽상 속에서나마 가능해진 신분상승의 욕구를 최대한 충족시키기 위해 신분제적인 세계의 질서는 더욱 공고해지고, 상층사회에서 인정받으려는 욕구는 보편적 가치를 지배적 이데올로기로 재편하게 한다. 신분상승이 가능한 것은 오직 주인공과 작가의 감정이 투영된 몇몇 인물들뿐이며, 공고한 신분질서 속에 대다수 민중의 희망은 빛바랜 종속적 변수로만 형상화된다.[56) 설사 하층 민중의 현실 세계로부터 이야기가 시작되었다 해도 이야기의 무대는 빠른 속도로 상층세계로 옮겨간다. 통속성은 본질적으로 보수주의의 문화적 표현이다. 봉건제 사회를 무대로 한 통속적 고소설들이 자유연애와 같은 부분적인 진보성을 보임에도 봉건체제의 공고화에 기여하는 것처럼, 현대사회의 통속적 TV 드라마들 역시 성적(性的)인 문제 등에 대한 부분적인 진보성을 보임에도 물질(돈)이 지배하는 사회현실에 영합하는 것이다. 명예와 신분에 대한 맹목적인 추구는, 그것들이 모두 부에 얽매이게 되자 부와 (부를 축적할 수 있는) 능력에 대한 신화로 변모하게 된 것이다. 통속물의 보수성을 가장 극명하게 보여주는 것은 이른바 무협소설이다. 이것들은 끈질긴 생명력을 발휘하면서 아직까지도 봉건적 상하관계에 대한 동경을 버리지 않고 있다.

소설의 사적 성격은 수용 과정에서 더 극명하게 나타난다. 소설의

---

56) 이것은 비단 우리나라의 상황만은 아니다. 비판적이며 창조적인 개인으로서 작가가 등장하기 전까지 전근대적인 상업적 유통 과정에 수렴된 소설(독서물로서 서사)은 대체로 이런 경향을 보인다. 하지만 이러한 논의가 개개의 모든 작품의 해석에 일괄적으로 적용되어서는 안 된다. 이런 한계를 뛰어넘는 작가의 노력과 유통·수렴 과정의 틈새 등 변수는 장르 운동의 일반적 양상 이상으로 개별 작품의 해석에 중요한 의미를 지닌다.

작가는 일반적으로 자기가 이야기하는 내용을 독자가 이해할 수 있도록 조직해야 한다는 최소한의 책임감을 지닌다. 하지만 소설의 독자는 작가나 다른 독자와 감동을 공유할 필요가 없이 자신의 욕구에 따라 수용해도 된다. 판소리나 탈춤은 많은 사람들이 참여한 연행 공간에서 수용되지만, 소설은 개인적인 차원에서 수용되기 때문이다. 이러한 수용의 사적인 성격은 수요에만 부응하는 희박한 작가의식과 결합할 때, 변증법적인 이중의 지향을 고소설에 허락한다. 그 첫번째는 일반적으로 거부감 없이 수용될 수 있는 가치관을 요구하는 것이다. 이것은 소설에서 진부함을 유지시키는 수용적 차원의 힘이다. 진부함의 미덕은 무엇보다 편안하다는 데 있다. 두번째로는 자극을 통한 흥미의 극대화이다.[57] 독자층의 자극에 대한 요구를 당대의 일반적 수준 안에서 수용하고, 그 실현 과정을 제시하되 역시 당대의 일반적 가치관에 비추어 합리화해준다. 이러한 합리화가 없으면 편안한 것에 대한 욕구를 배신하게 된다. 따라서 실제적으로는 상당히 파격적인 사건들을 다루면서도 그 사건들이 지닌 파격적인 의미는 최소화한다. 결국 편안한 진부함을 기조로 하여 최대한의 자극을 추구하려는 것이 통속소설의 속성이며, 이런 점에서 방각본 영웅소설류는 통속소설의 초기적 전형이라고 할 수 있다.

앞에서 서사단락을 제시했던 《조웅전》과 《유충렬전》을 예로 살펴보자. 고소설에서는 지켜야 할 것이 너무 많다. 주인공은 가문 속의

---

57) 박성봉은 도식성(혹은 거기에서 오는 진부함)과 자극적인 특질 사이의 미묘한 균형이 획득될 경우, 여기에 얽혀 있는 역동성이야말로 통속성 체험을 구성하는 대상적 측면의 뼈대가 된다고 설명하고 있다(《대중예술의 미학》, 동연, 1995, 230~269쪽 참조). 이런 시각을 받아들이면서, 여기서는 특히 서사 장르의 한 특질인 논리성이 고소설의 수용 공간에 적응하기 위해 어떻게 통속화되었는가를 살펴보고자 한다.

154

한 인물이기에 가족을 모두 죽이고는 결코 행복해질 수 없다. 주인공의 적에 대한 명분의 우위는 하늘에서 정해진 천자 혹은 황실의 수호자라는 데 있기 때문에 천자(그의 부재 시에는 태자)의 죽음은 있을 수 없는 일이 된다. 여성의 정조에 대한 당대 이데올로기의 태도는 가혹하리만큼 철저하기 때문에 주인공의 아내나 연인은 결코 순결을 잃어서는 안 된다. 주인공 쪽의 인물을 죽여서도 안 되고 여성의 정조를 훼손해서도 안 되니, 결국 회복할 수 없는 어떤 것도 손을 댈 수 없다는 것이다. 더군다나 이와 같은 게임의 규칙을 독자들이 이미 알고 있다면, 이래서야 어떻게 충분한 자극을 주고 비장미를 창출할 수 있겠는지 걱정할 필요가 없다. 많은 비평가들이 이런 점 때문에 고소설 대부분을 재미없고 실패한 작품이라고 지적해왔지만, 사실은 바로 이 때문에 고소설이 재미있는 것이다. 이처럼 뻔한 내용들이 시장에서 경쟁력을 가지고 있다는 사실은 오늘날에도 거듭 증명되고 있다. TV 연속극이나 만화·무협지 등에서 동일한 규칙들이 계속해서 발견되고 있는 것이다. 전체적인 내용을 결정하는 규칙이 고정적인 이상, 그 안에서 최대의 자극을 끌어내는 것이 작가의 능력이며 독자의 관심사가 된다. 사실 범할 수 없는 규칙은 그 자체로 긴장을 낳는다. 그 가운데 하나라도 깨어지면 파국이 올 수도 있기 때문에, 독자들은 주인공의 위기 이상으로 자기들을 지킬 힘이 없는 왕과 부모 그리고 아내들의 위기에 민감하게 된다.

《조웅전》에서는 조웅이 태어나기도 전에 아버지가 목숨을 끊기 때문에,[58] 조웅의 인생은 그 복수의 과정이라고 할 수도 있다. 이미 죽은 아버지를 제외하고는 '조웅의 것'에 아무도 손을 댈 수가 없다. 《유충

---

58) 《조웅전》, 12쪽.

렬전》도 마찬가지이다. 목숨을 끊은 장모의 서사적 비중은 그리 큰 것이 아님에도 그녀가 죽었기 때문에 《유충렬전》은 '행복을 쌓아가는' 작품의 말미에서 이를 처리해야 하는 부담을 안게 된다. 이럴 경우 많은 행복 사이에 불행 하나를 짧게 끼워 넣어서 처리하는 것이 일반적인 방책이 된다.[59] 처가의 중요한 인물인 장인 강승상이 죽었다면 문제는 더 심각해졌을 것이다. 고난을 극복하고 얻은 열매를 주인공의 처가인 강씨가에 나누어줄 수 없게 될 것이고, 이래서는 아내 강낭자는 물론 충렬의 마음도 편안할 수 없을 것이다. 그러므로 장모의 죽음은 고육지책(苦肉之策)이었지만, 실수는 아니다. 작가는 죽여도 되는(혹은 가장 부담이 적은) 단 한사람을 정확하게 찾아낸 것이라고 하지 않을 수 없다. 통속성의 세계에서 이처럼 깨뜨려도 되는 한두 개의 규칙을 발견해내는 능력은 대단히 유용하다. 지나치게 풀어진 독자의 긴장을 필요한 만큼 조이는 하나의 수단이 되기 때문이다. 이런 점에서 《유충렬전》은 《조웅전》보다 한 걸음 더 나간 통속소설이다.

하지만 통속성의 더욱 근본적인 요소는 규칙의 준수에서 나오는 편안함이다. 대다수의 독자가 편안하게 받아들일 수 있는 수준을 훨씬 넘어서는 문제의식을 지닌 소설은 대중적인 인기를 기대하기 어렵다. 이 같은 이유로 자극을 위해 감행한 보편적 가치로부터 일탈은 합리화를 통해 다시 보편적 가치의 경계 안으로 편입된다. 그 대표적인 예들이 고소설에 흔히 등장하는 부모의 허락 없는 남녀의 결연이다. 어떤 논자들은 이를 내세워 고소설의 진보성을 주장하는 경우도 있는데, 당대 현실에 비추어 그런 점을 인정할 수 없는 것은 아니지만

---

59) 《유충렬전》이 이야기를 마무리하는 모습에서 이와 같은 방식의 전형을 볼 수 있다.

특수한 상황의 산물로 합리화해버리기 때문에 새로운 남녀 관계에 대한 주장으로 나아가지는 않는다. 조웅이 장소저와 하룻밤의 인연을 맺은 것을 합리화하는 과정을 살펴보자.

> 성현 문하에도 유장찬혈지행(竊墻鑽穴之行)이 있삽고, 명령과 육례는 제왕과 부귀인의 호사라. 나의 혈혈단신이 어찌 육례를 바라리오. 다만 내몸이 매파되고 상봉으로 육례삼아 백년을 기약하나이다 하고 침금에 나아 드니 문부태산지상(蚊負泰山之象)이요, 우물에 든 고기라.
>
> — 《조웅전》[60]

여기서 보듯이, 일단 조웅은 자기의 특수한 상황을 들어 이 일을 합리화하고, 여성에 대해서는 저항할 수 없는 약자라는 점을 들어 합리화하고 있다. 그러나 여성은 이 일에 대해 책임을 면할 수 없다. 소저는 문호에 욕을 끼쳤으니 살아 쓸데없다고 한탄한다. 이에 조웅은 재차 합리화를 시도한다.

> 난들 어찌 죄인이 아니리까. 불고이취처(不告而娶妻)하니 불효막대하건마는 거문고 한 곡조로 통소를 화답하니 그 아니 천연(天緣)인가. 하늘이 정하신 바라. 어찌 내 마음으로 왔으리오.
>
> — 《조웅전》[61]

하늘이 정한 것이기 때문에 괜찮다는 것은 더 이상 합리화할 논리가 없을 때 사용하는 것이다. 물론 현실에서는 이와 같은 합리화가

---

60) 《조웅전》, 59쪽.
61) 《조웅전》, 60쪽.

쉽게 용인되지 않는다.[62] 장소저가 죄를 씻기 위해서는 조웅과 육례를 치르고 정식으로 부인이 되는 길밖에 없다. 그녀가 신표를 요구하는 것은 이 때문이다. 그리고 그녀는 결국 조웅의 부인이 됨으로써 이 합리화의 논리를 완성시킨다.

이처럼 통속성은 무엇보다 진부한 것과 밀접한 연관을 지닌다. 진부하다는 것은 이미 알려질 대로 알려진 구조와 내용을 답습하면서 조금의 새로운 시각이나 비판도 가하지 않는 데서 생겨나는 예측가능성과 관련된다. 방각본 소설에서 판소리계 소설을 제외하면 두어 차례 이상 간행된 소설의 절대다수가 이른바 영웅소설류이다. 이들 작품은 거의가 다 명문가의 자손이며 영준한 남성 주인공을 등장시키는데, 심지어는 독자(獨子)라는 것까지 일치한다. 또 주인공의 짝이 되는 여성들은 하나같이 미인이며 요조숙녀라는 점도 연애담이 있는 모든 작품에서 동일하게 나타난다. 그리고 세계의 질서를 상징하는 왕권을 위협·침탈하는 원수의 존재, 신비한 능력을 지닌 조력자의 등장 등도 대개의 작품에서 공통적으로 찾아볼 수 있다. 이와 같은 요소들 속에 이야기는 전혀 예측을 벗어나지 않고 진행된다. 물론 진부함만으로 통속성이 완성되지는 않는다. 진부한 것뿐이라면 통속성은 홍

---

62) 이 같은 현실과의 괴리 때문에 천의에 기대는 방식은 결국 '불완전을 일으키는 불완전의 극복논리'에 머물 수밖에 없다는 것을 필자는 〈'이해룡전'에 나타난 인물의 형상〉(《고전문학연구》 12, 1997)에서 밝혔다. 그러나 이와 같은 남녀의 결연에 대한 이야기가 널리 퍼지면 부모의 결정에 따른 가문 대 가문의 결합이라는 보수적 결혼 규범이 타격을 입을 수도 있었을 것이다. 이런 점에서 결과론적으로 다소의 진보적 영향력을 행사했다고 생각된다. 하지만 이것이 진정으로 진보적일 수 없는 이유는 고소설이 남녀에 가하는 이중적인 태도 때문이다. 이 예문에서도 볼 수 있듯이, 조웅의 죄는 결코 정조에 대한 죄가 아니다. 부모에게 알리지 않고 취처한 죄일 뿐이다. 하지만 장소저의 죄는 분명히 정조에 대한 죄이다.

미 없는 것과 동의어가 될 수도 있다. 예측 가능한 편안함 속에 충분한 자극이 곳곳에 흩어져 있어야 비로소 통속성의 긍정적인 면인 흥미가 유발된다. 임성래는 방각본 소설의 대중성을 논하면서, 이 소설들이 틀에 박힌 복수담과 결연담을 거의 예외 없이 지니고 있다고 지적했다.[63] 복수와 연애는 본질적으로 가장 자극적인 소재이다. 틀에 박힌 이야기라고 해도 화려한 무용담(武勇談)이 가득한 소설은 신분제의 틀 속에 갇혀 있던 당시의 독자들에게 일종의 대리만족을 주었을 것이다. 고전소설의 윤리적 기반을 살핀 정병설은 사대부들에게 윤리적으로 긍정적인 평가를 받은 《사씨남정기》와 《창선감의록》 외에 《장풍운전》·《조웅전》 같은 대부분의 소설에서 등장인물들은 중용과 절제를 요구하는 당대 양반들의 의식과는 달리 상당히 격렬한 감정표현을 한다는 사실을 밝히고 있다.[64] 감정의 격렬한 표출 역시 진부한 이야기에 자극을 더해주는 요소였을 것이다.

판소리나 탈춤은 다른 사람들의 적극적인 수용 행위가 더 활기찬 수용 공간을 창출하는 쪽으로 작용하지만, 소설은 옆에서 훔쳐보는 사람의 행위가 성가실 뿐이다. 이렇게 사적으로 수용하는 가운데 소설 수용 과정 특유의 상상력으로 말미암은 경험의 증폭이 일어난다. 이 경험의 증폭은 물론 독자가 소설의 주인공과 자신을 동일시하는 환상에서 발생하는 것으로, 이러한 일대일의 정서적 결합은 몰입을 방해하는 외적 요인들이 제거된 사적 수용에서 가장 용이하다. 탈춤에서 보이는 노골적이고 공개적인 성적 묘사보다 소설에 나오는 한 줄의 은유적 표현이 더 자극적인 것은 이 때문이다. 이와 같이 사적인

---

63) 임성래, 《조선후기의 대중소설》, 태학사, 1995, 152~162쪽.
64) 정병설, 〈고전소설의 윤리적 기반에 대한 연구〉, 서울대 석사논문, 1993.

성격으로 말미암아 고소설은 보수적 지향과 자극을 통한 쾌감을 동시에 유지할 수 있었다. 일반적으로 받아들여질 수 있는 수준을 넘지 않으면서 최대한의 자극을 만들어냄으로써 고소설은 상업예술이 요구하는 통속성을 유지했다. 결국 서사 장르가 지향하는 논리성의 수요 지향적 변용으로 고소설에서 통속성이 실현되었다는 것이다.

3. 극성의 구현 양상—탈춤을 중심으로

(1) 행위 중심의 제시형식과 다원적 구조

① 제시수단의 결합방식과 장면전환방식

탈춤은 춤이 큰 비중을 차지하는 행위와 음악(노래)이 상당한 비중을 지니는 말(대사)을 통해 어떤 사건을 전달하는 장르이다. 또 탈춤에는 가면과 의상 등 극적 소도구들이 강렬한 효과를 자아내고 있다는 점도 간과할 수 없다. 하지만 이 모든 것을 대표하는 탈춤의 중요한 제시수단은 '행위'이다. 춤은 연기의 한 특징적 형태로 극중에서 의미를 지니고 재현되는 행위이며, 가면과 소도구들도 이 연기의 효과를 극대화하기 위해 존재한다. 또 문학적 연구에서 중요시되는 '말(사설)'도 소설의 그것과는 달리 '행위'의 한 부분이다. 소설의 언어는 사건을 독자에게 '설명'하고 '묘사'하지만, 탈춤의 말은 모두 '대사'로 볼 수가 있으며 그것은 등장인물들끼리(혹은 등장인물과 관객이) 주고받는 것으로, '지금 일어나는 일'로 행해지는 것이다. 따라서 음악도 이 행위(연기)의 일부이며, 적어도 행위를 효과적으로 전달하기 위한 음향효과나 배경음악쯤으로 파악할 수 있다. 결국 탈춤은 '현재적으로 재현'된다는 것인데, 이렇게 현재적으로 재현되는 장르는 '행위적'일 수밖에 없다. 행위라는 것은 반드시 행위를 하는 '인물'이 있어야만 수행될 수 있다. 따라서 고소설이 화자 중심적인 데 견주어 탈춤은 인물 중심적인 것이 그 특징이다.

탈춤의 장면전환방식은 탈춤의 행위 중심적이고 인물 중심적인 특징을 살펴보는 데 매우 유용하다. 뿐만 아니라 탈춤의 구조적 특징들을 드러내는 중요한 열쇠가 될 것이다.

봉산탈춤의 과장과 과장 사이에서 우리는 현저한 한 가지 형식을 발견하게 되는데, 그것은 바로 등장인물의 전원 퇴장과 새 인물의 등장이다. 첫번째 과장인 사상좌춤이 끝날 즈음이 되면 첫번째 먹중이 달음질하여 들어오며, 이때 사상좌는 즉각 모두 퇴장한다. 이로써 사상좌가 중심이 되는 첫번째 과장이 끝나고 팔목중이 중심이 되는 두번째 과장이 시작된다.

> 사상좌가 거의 끝날 즈음에 첫목(첫번째 먹중)이 달음질하여 등장하자 사상좌 모두 퇴장한다. 악의 반주는 타령곡으로 전환한다.
>
> — 〈봉산탈춤〉[65]

이와 같은 현상은 두번째 과장과 세번째 과장이나 다른 과장들 사이에서도 동일하게 나타나며, 양주별산대나 오광대에서도 같은 현상을 확인할 수 있다.

---

65) 〈봉산탈 각본〉, 367쪽. 이 글에서 봉산탈춤의 대본은 오청(吳晴)의 〈가면극 봉산탈 각본〉(1936년 채록 ; 박진태, 《탈놀이의 기원과 구조》, 새문사, 1990)의 〈자료 2〉로 하되, 송석하와 이두현 채록본(《한국가면극선》, 교문사, 1997)을 대조하여 보편성을 확인했다. 자료명은 이제부터 그냥 〈봉산탈 각본〉이라고 하겠다.

양반들 : (소리) (중중머리) 얼씨구나 절씨구 어얼씨구나 절씨구 얼
씨구 절씨구 지화자 좋네. 얼씨구 절씨구 얼씨구나 좋네. (굿거리 장단
에 맞추어 한바탕 덧배기춤을 추고 퇴장한다.)
　제3과장 영노탈
　영노 : (잦은 굿거리 장단에 맞추어 삐- 삐- 하는 소리를 내며 등장
하고 이어 비비양반 등장한다.)

– 〈통영오광대〉[66]

　사실 막을 올리고 내리는 서구 고전극의 장면전환방식은 순수하게
인위적인 것이다. 이것은 철저하게 극작가의 의지에 따라 이루어진
다. 관중이 사건 진행에 필요한 정보를 얻었다고 판단할 때 극작가는
그 인물들이 하던 일을 다 마치지 않았다고 해도 막을 내릴 수 있다.
관중은 그 나머지를 상상으로 메꾸어도 되고, 아니면 무시해도 된다.
서구 고전극은 작가가 철저히 통제한다는 점에서 본질적으로 쓰기(개
인의 창작 과정)에 근거를 둔 엘리트 연극이다. 인물 뒤에 그들을 조종
하는 작가라는 존재가 숨어 있는 것이다. 하지만 이 점에서 탈춤은
등장인물 뒤에 그들을 조종하는 어떤 그림자도 느껴지지 않는다. 그
들은 그들의 성격에 따라 행동하며, 그들이 행위를 계속하는 동안 인
위적인 장면전환은 없다. 그들이 전원 퇴장을 해야 비로소 한 막이
끝나게 되는 것이다.
　인물들의 전원 퇴장이 서구 고전극의 '막과 막의 전환'에 해당한다
면, '장'의 구분에 해당하는 것이 새로운 갈등을 유발하는 인물의 등
장이다. 알다시피 탈춤에서 가장 사건이 많고 복잡하면서도 비교적
이해가 쉬운 과장이 바로 노장춤과장이다. 이 과장은 다른 과장에 견

---

66) 이두현 교주, 〈통영오광대〉, 같은 책, 302쪽.

주어 상당히 길고 다양한 사건들이 전개되지만, 노장이 무대를 지키기 때문에 한 개의 과장으로 남아 있는 것이다. 하지만 이 과장은 확연히 확인할 수 있는 다음과 같은 몇 개의 장면으로 나뉜다.

1. 팔먹중의 노장 정체 알아맞히기와 노장 희롱하기
2. 노장과 소무의 춤(노장이 소무를 유혹하는 대목)
3. 신장수와 원숭이의 수작
4. 취발이와 노장의 대결
5. 소무의 출산과 취발이 부자의 놀이

실제로 이것들을 '경'이라는 단위로 나누려는 시도를 한 이본들이 많은데, 대체로 1과 2를 묶어 제1경으로 하고 3과 4+5를 각각 한 경씩으로 해서 3경으로 나누고 있다.[67] 그것은 아마도 2가 전혀 대사 없이 노장과 소무의 대무(對舞)로만 이루어진 단순한 장면이기 때문에 1과 합쳐버린 듯하다. 또 어떻게 보면 소무는 갈등의 원인이 되기는 하지만, 그 자신이 갈등의 주체는 아닌 소극적인 인물이기 때문에 노장의 파계라는 사건이 더 중요하다고 여겨지는지도 모른다. 하지만 1과 2 사이에는 소무의 등장이라는 단순한 등장인물의 구성 변화뿐만 아니라, 이로 말미암은 죽은 노장의 재생이라는 파격적인 사건 진행의 변화가 있다. 실제로 고성오광대의 경우에는 노승과 소무 두 명의 대무만으로 한 과장이 독립되어 있다. 비록 대사는 없으나 이 장면이 중요한 의미를 지니고 있음을 보여준다고 하겠다. 3은 신장수라는 갈등을 유발하는 새로운 인물의 등장으로 1경과 확연한 차이를 보이게

---

67) 이두현 본(같은 책)이 이와 같은 체제로 되어 있다. 한편 1936년의 〈봉산탈각본〉에는 경의 구분이 없다.

된다. 1경이 노장의 타락을 형상화했다면, 2경은 타락한 노장의 세속적 욕망에 대한 도전이다. 4와 5는 취발이라는 새로운 인물의 등장으로 이 인물로 말미암은 새로운 갈등이 전개된다. 2경이 노장이 이길 수 있는 도전이었다면, 3경은 그가 패배할 수밖에 없는 강력한 도전자의 출현으로 성립된다. 하지만 3경의 두 장면(4와 5) 사이에도 노장의 패배와 퇴장이라는 커다란 변화가 일어난다. 노장은 갈등을 적극적으로 만들어내는 인물이라기보다 계속해서 도전을 받는 인물이지만, 이 과장의 모든 갈등은 그 안에 내재되어 있다. 그의 퇴장으로 사실상 이 과장의 갈등은 모두 해소(혹은 퇴장)되는 것이다. 그러므로 4까지가 노장춤의 본편이라면, 5는 그 의미가 중요함에도 구조적인 면에서는 후기(에필로그)에 해당하는 것이다. 어쨌든 경의 구분은 노장을 중심으로 하여 그와 갈등을 유발하는 신장수·취발이의 등장에 맞추어 이루어지고 있다.

1에서는 노장이 죽어버리는 엄청난 사건이 있지만, 사건은 어떤 본질적인 변화도 일어나지 않고 팔먹중의 노장 희롱이라는 일관된 맥락으로 진행되다가 팔먹중의 퇴장으로 마무리된다. 하지만 팔먹중이 퇴장하고 소무가 등장하자 사건은 새로운 국면으로 전환된다. 사실 1에서 넷째 먹중이 '스님이 다시 살아나신다'는 언급을 하지만, 죽었던 노장이 몸을 일으키기 시작하는 것은 소무의 등장과 때를 같이한다.[68] 이를 볼 때 노장의 회생은 팔먹중의 염불보다 소무의 등장과 관련시키는 것이 더 적절함을 알 수 있다. 즉, 팔먹중이라는 인물들은 노장을 죽이는 존재이고, 소무는 노장을 살리는 존재라는 것이다. 이렇게 보아야 소무의 등장이 사건 진행에 가져다준 의미가 분명해진다. 2에

---

68) 〈봉산탈 각본〉, 377~378쪽.

164

서 3으로 전환은 신장수의 등장으로 일어난다. 그의 등장과 함께 무대는 시장으로 변해버린다. 그러나 이때도 노장과 소무는 그들의 공간을 가지고 있다. 신장수가 '원숭아, 너는 영리하고 날랜 놈이니까, 내가 저- 뒷절 중놈한테 신을 팔고 신 값을 못 받은 것이 있으니 네가 가서 받어 오너라' 하고 말하는 데서 원숭이가 나오는 순간 노장과 소무의 공간이 신장수의 공간과 분리되어버린 것을 알 수 있다.[69] 그런데 원숭이가 노장에게 맞는 순간 이 공간은 신장수가 그 광경을 보고 원숭이를 바로 빼앗아 올 수 있을 만큼 다시 붙어버린다. 취발이가 등장하자 공간은 또다시 일변하여 금강산으로 바뀐다. 이런 예고 없는 변화를 설명하기 위해 양주산대놀이의 한 이본에서는 말뚝이(신장수)가 노장과 동거하는 별당의 소무들을 홀리려 한다고 설명하기도 한다.[70] 어떻든 이런 설명이 필요할 만큼 탈춤의 공간 변화는 제멋대로인 것처럼 보인다. 이것은 탈춤이 사건 진행의 배경이 되는 시공간에는 관심이 없으며, 오직 인물들의 행위 자체에만 관심을 집중시키고 있다는 사실을 보여준다. 4에서 5로 전환은 아이의 탄생으로 이루어진다.[71] 이처럼 탈춤은 인물들이 저마다 자기의 역할을 가지고 무대에 등장하며, 이로 말미암아 일어난 사건들은 그들의 퇴장과 함께 사라져간다. 한 과장의 끝은 마치 인물들이 남은 사건들을 쓸어 담아서 퇴장하는 것처럼 보일 정도이다. 탈춤의 장면전환방식은 이처럼 철저

---

69) 〈봉산탈 각본〉, 379~381쪽.

70) 〈양주산대〉(1957년본). 조동일, 《탈춤의 역사와 원리》, 홍성사, 1979(기린원, 1988), 373쪽. 양주별산대에서는 신장수 역을 말뚝이탈이 대신한다.

71) 연희자가 취발이의 강렬한 인물적 특성과 그 아이의 출산이라는 상징적 사건을 중시하게 될 때(다시 말해서, 취발이와 그 아이라는 두 인물의 중요성을 관련지어 인식하게 될 때), 4와 5는 의미적으로 독립된 과장으로 연희될 가능성이 있다.

하게 인물에 의존하고 있다.

② 인물 중심의 사건 전개와 극적 구조

탈춤이 다양한 제시수단들을 행위를 중심으로 결합하고, 이 행위는 인물에 의존하며, 이 인물들은 통합된 하나가 아니라 각각의 개성적 존재들로 등장하기 때문에, 어떤 성격의 인물들이 등장하느냐에 따라 진행되는 사건의 성격이 규정된다. 따라서 탈춤에서는 인물들의 성격과 관계를 살펴보는 것이 중요한 과제가 된다. 탈춤에 등장하는 인물들은 한마디로 과장되어 있으며, 특정 계층의 사람들이 지니는 성격을 극대화해 유형화시킨 것이다.

한편 행위를 중심으로 한다는 극 장르의 보편적 특질은 현재 벌어지고 있는 사건과 관련 없는 주변 상황들을 배제시켜버린다. 즉, 왜 그 인물이 그와 같은 행위를 하는지에 대해서 이해에 필요한 최소한의 정보조차도 설명해줄 장치가 순수한 극 장르에는 마련되어 있지 않은 것이다. 따라서 극 장르는 사건들이 각각 그 자체로 파편화(破片化)한 채 고립되어 있다. 관중은 이 파편화한 사건들 속에서 스스로 상호 관련된 정보를 찾아내고 해석해야 하는 것이다. 그런데 탈춤에서는 등장인물들이 각각 어느 계층의 처지와 성격을 대변하며 그것이 매우 극단적이기 때문에 의사소통의 논리성은 매우 제한된다. 상대 인물의 행위를 이해하려는 노력은 거의 보이지 않는다. 어떻게 보면 이유 없는 갈등과 화해가 계속 연출되어 관중은 물론 등장인물들 사이에서도 심각한 의사소통 부재 상태가 지속된다. 가장 갖추어진 구조를 지녔다고 할 수 있는 봉산탈춤에서조차도 양반과장의 양반과 말뚝이, 노장과장의 노장과 취발이, 미얄과장의 미얄과 영감 등 적대적인 인물들은 서로 이해하려는 노력을 거의 보여주지 않는다. 이와 같은 이유로 탈춤은 등장인물들마다 각자 자기의 말만 하는 상호 고립된 다원적 화법을 지니고 있다. 이러한 상황을 극대화하는 것이 적지 않은 비중을 차지하는 이른바 무언탈들의 등장이다. 노장과장에서 노장은 두말할 것 없이 가장 비중이 큰 인물이다. 그가 이 과장의 상호 관련이 희박해 보이는 서너 가지 해프닝을 연관시켜주는 유일한 인물이기 때문이다. 그런데 그는 대사가 한 마디도 없다. 팔먹중이 그를 두고 온갖 모욕을 가하는 데도 그의 의중은 전혀 드러나지 않는다. 한두 번 고개를 끄덕거림으로써 사건이 겨우 진행되어가는 정도이다. 하나의 사건 안에서도 서로 논리적인 연관성을 찾아내기가 매우 어려워지는 것이다. 하지만 서로를 이해하지 못하는 가운데서도 이들이 의사소통 자체를 포기한 것은 아니다. 오히려 끊임없이 의사소통을 시도한다. 그것이 정체 알아맞히기와 경쟁으로 나타난다.

노승 : (부채로 취발의 얼굴을 탁 친다. 악과 무는 그친다.)
취발 : 아이쿠, 아- 이것이 뭣이란 말인고. 아- 대체 매란 것은 맞아 본 적이 없는데 뭐가 빽하고 때리니 아 원 이것 뭐야? 오- 알겠다.…… 이곳에 금수오작이 아마도 나를 희롱하는가보다. 내가 다시 들어가서 자세히 알고 나와야겠다.
(중략)
취발 : …… 옥과 돌이 다 탔거늘 옥이란 말도 당치 않다. 그러면 귀신이냐. 귀신이어든 귀신의 내력을 들어봐라. 백주청명 밝은 날에 귀신이란 말도 당치 않다. 그러면 네가 대망이냐.
노승 : (고개를 좌우로 흔들어 부정하며 앞으로 두어걸음 나온다.)
취발 : 아- 이것 야단났구나. 오 이제야 알겠다. 자세히 보니까 네 몸에다 칠포장삼을 떨쳐 입었으며 백팔염주를 목에 걸고 사선선을 손에

들고 송낙을 눌러 썼을 때에는 중놈일시 분명하구나.

- 〈봉산탈춤〉[72]

이처럼 취발이는 다짜고짜 자신을 때리는 노승의 정체를 한사코 알려고 하고, 노장 역시 무언탈임에도 고개를 흔들어 취발이의 물음에 반응하고 있다. 탈춤에서 이와 같은 정체 알아맞히기는 부수적인 부분이 아니라 핵심에 해당한다. 봉산탈춤에서만 팔먹중 → 노장, 취발이 → 노장, 신장수 → 원숭이, 먹중 → 사자, 악공 → 미얄 → (영감) 등 대여섯 군데 이상 이 형식이 나타나고 있으며, 이것들은 대부분 그 과장의 거의 절반 이상을 차지하고 있다. 이와 같은 양상은 오광대나 산대놀이에서도 마찬가지이다. 상대의 정체를 탐구하는 것은 소통의 본질적인 한 측면이다. 이 과정을 거쳐야 비로소 상대와 어떤 합리적인 관계를 구축할 수 있다. 이렇게 보면 탈춤은 인물들이 소통을 시도하는 것 자체가 중심 내용이라고 할 만하다.

서로 정체를 아는 경우에는 언뜻 보아 이유 없는 경쟁을 일삼는다. 취발이와 노장, 양반과 말뚝이, 미얄과 영감이 중심이 되는 봉산탈춤의 경우는 그래도 어느 정도 해석이 가능한 편이지만, 이때도 어떤 사회적인 사전 지식 내지는 선입견이 필요하다. 양주별산대의 옴과 상좌, 옴과 먹중 등의 경쟁은 더욱 난해하다. 그런데 이 이유 없는 다툼들이 극을 진행시켜나간다. 도무지 어떤 논리적 연관을 지닌 것 같지 않은 이 이유 없는 다툼의 이유를 파악하기 위해서는 탈춤의 복잡하면서도 느슨한 구조에 열린 시각으로 접근하는 인내가 필요하다.

탈춤은 서로 관련된 하나 혹은 서너 가지의 사건들이 한 과장을 이

---

72) 〈봉산탈 각본〉, 382~383쪽.

루고 이 과장들이 전체를 이루는, 이른바 과장구조로 되어 있다. 그러므로 탈춤은 각각의 과장이 각각의 형식과 구조를 지니고 있으며, 이 과장들이 서로 관련되어 전체의 형식과 구조를 드러낸다고 할 수 있을 것이다. 따라서 전체의 구조를 알기 위해서는 먼저 각각의 과장을 살펴보는 것에서 출발할 필요가 있다. 봉산탈춤은 다음과 같은 일곱 개의 과장으로 이루어져 있다.

> 제1과장 사상좌춤
> 제2과장 팔먹중춤(1936년의 〈봉산탈 각본〉에는 '팔묵승무'라고 되어 있음)
> 제3과장 사당춤(사당무)
> 제4과장 노장춤(노승무)
> 제5과장 사자춤(사자무)
> 제6과장 양반춤(양반무)
> 제7과장 미얄춤(미얄무)[73]

사상좌춤에서 우리는 어떤 갈등이나 이야기도 찾아낼 수 없다. 그저 화려하고 제의적인 의미를 가진 춤동작들을 발견할 수 있을 뿐이다. 하지만 다른 과장에 견주어 대무(對舞)하고 갈라서는 춤동작들이 매우 정연한 것이나, 업혀서 등장하여 일단 질서 있게 좌정(坐定)했다가 열을 지어 춤을 시작하는 것들로 볼 때, 이 춤을 흠향(歆饗)하는 신들은 단순히 샤머니즘적인 신격들이 아니고 어떤 이념에 따라 고도로 추상화된 중세의 상징적 신격일 것으로 추정된다. 이렇게 볼 때 이 신들은 동서남북이나 봄·여름·가을·겨울 등을 의미하는 사방신

---

73) 각 과장의 명칭은 현장에서 널리 쓰이는 것을 우선으로 했다.

(四方神)인 듯하다. 이런 생각은 가산오광대가 오방신장무로 시작하는 것과 관련지어 생각할 때 더욱 분명해진다. 오방신장무는 중세 동아시아 보편 이념의 핵심적 사유 체계를 이루는 오행사상(五行思想)의 의식무(儀式舞)이다.[74] 봉산탈춤의 사상좌춤도 같은 맥락에서 이해할 수 있다. 사방신에 축사(祝祀)함으로써 탈을 놀 터(탈놀이를 하는 장소)를 다지는 의식인 것이다.

팔먹중춤은 팔먹중이 한 사람씩 등장해 노래와 춤을 선보이고 '수인사(修人事)' 한마디를 한다는 것이다. 이 대목은 매우 단순하다. 먼저 한 사람이 나오면 그는 다른 한 사람을 퇴장시킨다. 그러므로 두 사람(적어도 두 개의 무엇) 이상이 부딪혀야 발생할 수 있는 갈등은 찾아볼 수 없다. 뒷사람이 앞 사람의 가면을 탁 쳐서 퇴장시키기는 하지만 그것은 싸움이 아니다. 이들이 앞 사람을 퇴장시키면서 번갈아 나오는 것을 보면, 이 장은 매우 간단한 약속에 따라 진행되고 있음을 알 수 있다. 이들은 본격적인 극의 진행 전에 극의 성격을 알려주고 인사를 하는 것이다. "봉제사 연후에 접빈객하고, 수인사 연후에 대천명이라 하였으니, 수인사 한마디 들어가오"에서 봉제사는 '사상좌춤'을 의미한다. 이제 '봉제사(奉祭祀)'가 끝났으니 '접빈객(接賓客)'을 하는 것이다. 따라서 '수인사'는 '사람의 일을 다스림[修人事]'이 아니고 '관중에 대한 인사'를 뜻한다. 말장난을 보태어 인사를 하는데, 그 대상은 극중 인물이 아니라 관중들이다.

사당춤은 거사들과 사당이 한편이 되어 홀아비 거사를 잡는다며

---

74) 가산오광대의 오방신장무는 중앙을 나타내는 황제장군의 지휘 아래 청제장군(동)·백제장군(서)·흑제장군(북)·적제장군(남)이 각각 자기 방위에 정렬하여 춤을 추는 것이다. 고려 말 이색이 읊은 시 〈구나행(驅儺行)〉에 이미 오방귀무(五方鬼舞)가 보인다.

장내를 쫓아다니는 내용으로 되어 있다. 이 과장은 외면상 홀아비 거사와 다른 이들의 갈등이 드러나고 있지만, 관중들은 왜 이런 일이 생기는지 알 수가 없다. 어쩌면 홀아비 거사가 사당에게 흑심을 품고 집적거린 것 때문이 아닐까 짐작해볼 수 있지만, 그것은 중요한 것이 아니다. 그저 쫓고 쫓기는 행위 자체가 주는 즐거움이 가득할 뿐이다.

노장춤은 팔먹중-노장, 신장수-노장, 취발이-노장의 갈등으로 이루어져 있다. 팔먹중의 희롱거리가 된 노장이 소무와 짝이 되지만, 그것은 신장수나 심지어 원숭이 때문에도 쉽사리 파괴되는 어설픈 결합이다. 그가 취발이에게 패배하는 것은 당연하다고 하겠다. 그런데 취발이와 소무의 결합은 이와 달리 아이를 낳게 한다. 아이와 취발이 사이에는 더 이상의 갈등이 없다. 아이와 취발이의 관계는 미래의 희망을 암시하는 느낌을 준다. 이 아이는 여러 면에서 보통의 아이가 아니다. 노장춤은 다른 과장보다 비교적 뚜렷한 이야기를 가지고 있다. 하지만 서구극과 거리는 여전히 멀다. 왜 팔먹중이 노장을 그토록 희롱하는지, 또 소무와 노장의 대무와 팔먹중의 노장 희롱은 어떤 논리적인 관계를 지니는지 명확하지 않다. 특히 신장수나 원숭이가 등장하는 이유는 알다가도 모를 일이라는 느낌마저 준다. 이와 같은 상황 설명의 부재는 탈춤의 철저한 인물 중심적 제시형식에서 비롯되는 것이다. 시공간의 구성 방식 또한 서구극과는 달리 철저하게 인물 중심적이다. 서구 고전극은 우선 무대 위에 공간을 만든다. 예를 들어 왕궁의 정원이 인물들의 활동 공간이라면 왕궁의 정원을 최대한 실제 공간처럼 꾸민다. 인물들이 이 공간에 서 있는 이상 그들은 그 공간(왕궁)이 지시하는 세계 속에 갇힌다. 그 공간과 그 공간 속에 존재하는 시간이 그들을 지배하는 것이다. 그래서 서구 고전극에서는 방금 관계를 가진 여인이 시간의 경과를 암시하는 암전(暗電)이나 막을 내렸다 올리는 일 없이 바로 그 자리에서 아이를 낳는 것과 같은 해프닝이 일어날 수 없다. 하지만 탈춤에서는 일어난다. 소무는 취발이와 관계를 갖자마자(어떻게 보면 관계가 끝나기도 전에) 출산을 한다. 이것은 그들이 시공간에 매여 있는 것이 아니라 시공간이 그들에게 매여 있다는 것을 말해준다. 더 정확히 말해서, 인물은 시공간 속을 헤매는 것이 아니라 시공간을 지배하며 가지고 다닌다. 미얄과장에서 미얄과 영감은 잠깐의 사이도 두지 않고 같은 무대를 헤매며 서로를 찾는다. 서로 뻔히 보이는 거리이지만, 아직까지 이들이 지니고 있는 공간이 만나지 않았기 때문에(다시 말해서, 이 두 인물이 만나지 못했기 때문에) 이들은 서로 볼 수 없는 먼 거리에 있는 것이다.

사자춤은 먹중들과 사자 사이의 갈등을 보여준다. 사자는 먹중들을 징치하러 나왔다. 하지만 결국 사자와 먹중은 화해를 하게 된다. 이것을 박진태는 '싸움굿-화해굿'의 구조와 관련된 것으로 보았다.[75]

양반춤은 말뚝이와 양반의 대립과 갈등을 보여준다. 여러 차례 대립과 화해를 거쳐 취발이까지 끌어들인 다음 타협을 통해 갈등이 정리된다. 물론 이 갈등이 언제나 말뚝이의 주도로 촉발되고 해결된다는 것은 널리 알려진 바와 같다.

미얄춤은 미얄과 영감, 그리고 덜머리집의 삼각구도로 사건이 진행된다. 이에 대해서는 여신(미얄)과 남신(영감)의 대립,[76] 여름(생성력[生成力]이 있는 덜머리집)과 겨울(늙고 피폐한 미얄)의 대립[77] 등 다양한 해석이 있어왔다. 특히 후자의 설명은 이 과장의 근원적 의미를

---

75) 박진태, 《탈놀이의 기원과 구조》, 새문사, 1990.
76) 같은 책 참조.
77) 조동일, 〈미얄과장의 웃음과 눈물〉, 앞의 책, 211~214쪽.

이해하는 데는 도움을 주지만, 사건이 미얄의 주도 아래 미얄의 정당성을 드러내는 것처럼 보인다는 사실을 설명하지 못한다. 탈춤의 근원적 의미를 변형시켜온 현실적 의미를 마저 추적해낼 수 있어야 할 것이다.

장면전환방식 및 각 과장의 형식과 내용을 살펴보면서 우리는 몇 가지 사실을 알게 되었다. 무엇보다 탈춤은 인물 중심적인 제시형식을 가지고 있고, 각각의 등장인물들이 각자의 시공간을 지배하며, 이에 따라 다원적인 진행구조를 가지고 있다는 것, 그러므로 각 과장 사이의 논리적인 관련성을 쉽게 알아낼 수 없다는 것, 그럼에도 노장춤과장이 양적으로 가장 클 뿐만 아니라 봉산탈춤의 중심적인 역할을 하는 것으로 보인다는 것이다. 이런 점들을 염두에 둔다면, 사상좌춤은 사방신에 제사를 드리고 탈을 놀 터를 다지는 것이고, 팔먹중춤은 관중들에 대한 인사를 하는 것으로 '봉제사 연후에 접빈객'의 순서를 따르고 있다는 사실을 알 수 있다. 이런 식으로 탈춤의 진행 과정을 단순하게 파악하면, 사당춤은 본격적인 극의 시작 전에 이루어지는 막간극의 성격을 지닌다는 것을 알 수 있다. 사실 오청본 봉산탈각본에서도 노장춤과장을 본편으로 인식하고, 이를 토대로 제1과장 사상좌춤부터 제5과장 사자춤까지 일관되게 설명하려는 노력이 보인다.[78] 하지만 그 설명들은 각 과장의 실상하고는 전혀 합치되지 않고 있으며, 이 각본도 제6과장 양반춤에 이르면 "전 5개의 과장과는 전혀 별개의 것인 듯하다"고 봉산탈춤이 하나의 논리로 설명되지 않음을 실토하고 있다. 그러므로 사상좌춤과 팔먹중춤 그리고 사당춤도 '제사-소개와 인사-막간놀이' 정도로 파악하는 것이 무리가 없다. 상

---

78) 〈봉산탈 각본〉 참조(특히 각 과장의 서두와 장면 사이의 해설 부분).

호간에 하나의 논리적 구성을 가진 것이 아니라는 것이다. 노장춤이야말로 봉산탈춤의 중심이다. 이 장은 '노장의 허위 폭로-정체가 드러난 노장의 죽음-소무의 등장과 노장의 회생 및 양자의 결합-이 결합도 역시 허위임을 신장수와 원숭이가 폭로-취발이와 노장의 대결-노장의 패배-취발이와 소무의 결합과 아이의 탄생'이라는 비교적 논리적인 구조를 지닌다.

양반춤과장은 별개의 이야기를 가지고 있지만, 그 구조는 매우 단순한 극적 구조에 머무르고 있다. 말뚝이의 '양반 무시(갈등 촉발)-양반의 분노-말뚝이의 둘러대기-다함께 춤추기'가 몇 차례 반복되다가 글짓기와 파자놀이를 해서 양반의 무식과 말뚝이의 재치를 드러낸다. 하지만 그렇다고 말뚝이에게 숨겨둔 지식이 있는 것은 아니다. 양반을 계속 하락시켜서 말뚝이보다 오히려 못한 존재로까지 끌어내린다. 이렇게 상층에 있는 인물을 끌어내리는 것은 노장춤에서도 마찬가지로 발견된다. 따라서 봉산탈춤의 본편이라고 할 수 있는 노장춤과 양반춤은 모두 상층에 있는 인물을 하락시키는 것을 특징으로 한다고 말할 수 있다. 이런 사실에 대해서는 전경욱이 탈춤과 판소리를 비교·연구하는 과정에서 예시한 바 있다.[79] 하지만 그것으로 끝나는 것은 아니다. 상층인물의 하락으로 상하의 위치가 동등해져서 끝내 화해에 이른다. 조동일은 이것을 화해가 싸움이고 싸움이 화해인 변증법적 구조로 파악하면서 이를 '생극론(生剋論)'으로 설명하려고 했다.[80] 그

---

79) 전경욱, 〈탈춤과 판소리의 연행문학적 성격 비교〉, 정신문화연구원 석사논문, 1983.

80) 조동일, 《카타르시스·라사·신명풀이》(지식산업사, 1997) 참조. 변증법적 사유가 '모순'에 초점을 맞추고 있다면, '생극론'은 '상생상극(相生相剋)'의 조화에 상대적으로 큰 비중을 둔다는 차이점이 있는 것 같다. 이렇게 상극을 통한 상생을 중시하는 전통은 동양권에서 오래전부터 있어왔다. 하지만 변증법도 정

174

런데 노장춤의 경우는 이런 화해가 드러나지 않는다. 양반과 말뚝이는 화해하지만, 노장과 먹중 그리고 노장과 취발이는 화해의 기미가 보이지 않는다. 그렇다면 노장은 패하고 먹중과 취발이는 승리한 것으로 끝났는가? 노장춤과장만으로는 틀림없이 그렇다.

하지만 탈춤이 인물 중심적인 극 장르라는 점을 염두에 두고 관찰하면 사자춤과 양반춤이 노장춤과 관련된다는 것을 알 수 있다. 사자춤에서는 그러한 사실을 비교적 명확히 알 수 있다. 먹중들은 사자가 노장을 희롱한 죄를 물어 자신들을 잡아먹으러 왔다고 생각하고 회개한다. 이런 설명은 다소 견강부회(牽强附會)의 혐의가 있지만, 조선 후기에 이르면서 탈춤을 논리적으로 이해하려고 노력한 흔적을 보여주는 것일 수도 있다. 이런 설명이 충분해 보이지는 않지만, 사자가 먹중들과는 달리 기린이나 문수보살과 관련될 만큼 신성성(神聖性)을 지녔다는 사실을 빼면, 사자춤과장은 노장춤과장의 먹중-노장의 관계를 사자-먹중의 관계로 뒤집은 것이라는 데 누구나 쉽게 동의할 수 있다. 취발이는 아이를 낳음으로써 자신의 죄를 상당히 상쇄한다. 아이는 총명하고 적극적인 새로운 인물인데, 취발이는 아이의 아버지이기 때문이다. 이 두 사람 사이에는 갈등이 있을 수 없다. 취발이가 아이의 역까지 겸하여 하는 것이 이런 사실을 증명해준다. 하지만 그도 지나치게 강성해져 있다. 이런 이유로 그가 느닷없이 양반춤에 소극적인 인물로 등장한다. 그는 '심(힘)이 무량(無量)이요 날램이 비호 같은' 인물이지만 쉽게 잡혀 온다. 노장춤에서 승자와 패자가 지나치

반(正反)의 대립을 통한 '합(合)'의 생성과 이 과정의 반복을 중시하고 있음을 인정할 수 있다. 그래서 생극론이 동양 전래의 상생상극의 이치나 변증법과 다른 체계를 갖춘 새로운 철학인 것처럼 논의되는 것은 쉽게 이해되지 않는다. 아무튼 동서양을 막론하고 이런 사유가 존재한다는 것은 중요한 의미가 있다.

게 분명해지자 별 관계 없는 양반춤에서 그를 불러내어 하락시키는 것이다.[81] 한쪽이 지나치게 강해져 힘의 균형이 깨어지는 것을 싫어하는 탈춤의 속성이 드러난다. 사자춤에서 먹중들이 책임을 취발이에게 떠넘기는 것도 같은 이유에서 설명될 수 있다.[82] 먹중들은 사자와 화해를 통해 간접적으로 노장과 화해함으로써 평등한 존재가 되고, 남은 책임은 이제 취발이에게 넘겨지는 것이다. 취발이는 총명하고 순수한 아이를 통해 정당성을 회복하고 있지만, 그 때문에 너무 강해지기도 했다. 그도 말뚝이의 중재를 통해 화해에 이른다.

여기서 중요한 것은 누구와 화해를 하느냐 하는 서사적인 관련성보다 취발이라는 인물이 적정선까지 하락한다는 점이다. 이것은 양주별산대와 비교해볼 때 더욱 명확해진다. 양주별산대에서는 취발이 대신에 쇠뚝이라는 새 인물이 샌님과장(봉산탈춤의 양반과장에 해당)에 나온다.[83] 사실 양주별산대에서 노장과 취발이는 서로 공평해진다. 노장이 원래 상층의 인물이니까 공격을 받고 하락하는 것은 물론 그이다. 그가 최대한 끌어내려짐으로써 먹중이나 취발이 같은 방탕한 자들과 동등한 위치가 되는 것이다. 하지만 봉산탈춤에서는 취발이에게 비참하게 패하고 홀로 몰려나지만, 양주별산대에서 노장은 어쨌든 소무 하나를 데리고 물러난다. 취발이와 소무를 하나씩 나눈 것이다. 이로써 취발이는 지나치게 강성해지지 않고 노장은 지나치게 비참해지지 않는다.

---

81) 〈봉산탈 각본〉, 394~395쪽.

82) 〈봉산탈 각본〉, 389쪽.

83) 〈양주별산대〉, 샌님과장. 양주별산대의 주 대본은 조동일, 《탈춤의 역사와 원리》(홍성사, 1979[기린원, 1988])에 수록된 1930년본으로 하고, 같은 책의 1957년본과 이두현 본(앞의 책)을 참조했다.

미얄과장은 탈춤의 마무리에 해당한다. 여기에서도 등장인물은 서로 싸워서 서로를 끌어내린 결과 미얄이 죽어버린다. 이것은 겨우 균형을 찾은 탈춤의 세계에 심각한 불균형을 초래한다. 노장춤이 성속(聖俗)의 대립을 그리고 양반춤이 반상(班常)의 대립을 그림에도 대립을 넘어서 화해(혹은 균형)로 나아가는 데 반해, 미얄과장은 남녀의 대립을 그렸지만 화해 없는 파국으로 끝난다. 이 과장이 탈춤의 대미를 장식한다는 것은 참으로 냉정한 현실인식이라고 할 수 있다. 여기에 남강노인이 서둘러 등장하여 사태를 수습한다.

이처럼 탈춤은 서사적으로는 각 과장이 무관한 구조를 지니고 있지만, 전체 구조는 제의(굿)의 구조와 관련된다. '제사(터닦기)-소개와 전흥(前興, 막간놀이)-노장춤·양반춤을 통한 대립적 상하관계의 인물들이 평등해지는 과정-미얄춤을 통한 현실의 재인식-남강노인과 무당이 주재하는 해원굿'이 탈춤의 전체 구조를 형성한다. 그리고 각 과장들마다 극적 사건이 있는 곳이라면 모두 다툼이 있는데, 거의 언제나 사회적 약자가 강한 쪽을 도발하여 서로 다툰 뒤에 어울려 춤을 추는 장면들이 중첩되면서 내적 구조를 이룬다고 할 수 있다. 이렇게 보면 탈춤의 세계 안에서 영원한 강자는 없는 셈이다. 탈춤은 각각의 등장인물들이 수행하는 행위들로 이루어지는데, 그들 가운데는 노장이나 취발이처럼 좀더 비중 있는 인물이 있기는 하지만, 그들 가운데 어느 한 인물이나 혹은 어떤 목소리(연출자나 작가 같은)도 탈춤 전체는 물론 한 과장을 통합적으로 이끌어갈 만한 힘이나 명분을 지니지 못하고 있다. 다시 말해서, 탈춤은 여러 등장인물들의 개별적 목소리를 상호 탐색·경쟁 등을 통해 아슬아슬하게 엮어나가는 다원적 화법을 기반으로 하고 있다는 것이다.

(2) 향유 공간의 공동체적 성격과 대동성

① 탈춤 연행에 관련된 여러 계층의 성격과 역할

탈춤의 담당층 문제에 대해서도 몇 가지 다른 관점의 논의들이 제기되어 있다. 여기서는 기존 연구와 관련 자료들을 전부 다시 나열하는 수고를 덜기 위해 대표적 성과들을 간단히 살펴보기로 하겠다. 그 가운데 가장 많은 호응을 받고 있는 것은 탈춤의 민중 문화적 성격을 강조하는 견해 그리고 현전(現傳) 기록과 증언들을 토대로 가장 정밀한 성과를 보여주고 있는 중인 계층 주도론이다. 사실 탈춤의 연행에 중인 계층이 깊숙이 관련되었다는 사실을 부정할 만한 근거나 논리는 없다. 이훈상은 고성오광대에 대한 문헌기록을 비롯해 무시할 수 없는 자료들을 소개하고, 탈춤이 향리집단의 주도 아래 중앙정부와 군현민 양자의 이해를 조정하는 역할을 했으며, 이것은 민중과 유대를 강조해 자기들의 불안정한 입지를 공고히 하려는 향리집단의 이해와도 맞아떨어졌다는 사실을 지적했다. 이러한 시각은 탈춤의 한 측면을 적절하게 설명해준다. 그러나 그는 여기에서 더 나아가 '탈춤이 현재와 같은 양식으로 각 읍에서 발전·성립한 일련의 변화가 조선 후기 이후 일어났으며' 이것은 이 시기 향리 문화의 발전이라는 범주 안에서 이해되어야 한다고 주장하고, 탈춤을 그들이 주도한 '의례화한 반란'이라고 규정하는 성급함을 보이고 있다.[84] 그가 지칭하는 '현재와 같은 양식'이 어느 정도까지의 변화를 허용하는지는 알 수 없으나, 그의 논의 과정에는 탈춤의 현전 양식이 '조선 후기 이후' 성립되

---

84) 이훈상, 〈조선후기의 향리집단과 탈춤의 연행〉, 《역사 속의 민중과 민속》, 이론과실천, 1990.

었다는 데 대한 근거가 전혀 제시되지 않고 있다. 만일 그것이 조선 후기 향리집단의 관점과 처지만으로 유추한 것이라면, 그의 논의는 오히려 조선 후기 이전에 탈춤의 현전 양식이 성립되었을 가능성을 강하게 보여준다. 그가 향리집단이 조선 후기 이전부터 읍의 제의를 주재했고 탈춤이 이 제의를 배경으로 발전했다고 지적하고 있기 때문이다. 기록이 나타난 지점부터만 사실이 있다는 생각은 민속 연구에서는 매우 위험한 발상이다. 조선 후기 향리집단의 문화가 두드러지게 발달하고 또 그들의 관점이 강화되면서도 처지가 불안정해진다는 것은 인정할 수 있지만, 마을 백성들의 지지에 대한 필요성은 그들이 원래부터 가지고 있던 것이다. 그것은 그들의 사회적 위치에서 이미 요구되는 것이기 때문이다. 그는 아마도 이 시기 탈춤에 영향을 미쳤을 것으로 짐작되는 전문적인 유랑예인집단의 존재를 염두에 둔 것 같다. 그러나 16세기 이제신(李濟臣)의 《청강쇄어(淸江瑣語)》에서 이미 중광대〔僧廣大〕·할미광대〔姑廣大〕·초란이광대〔招亂廣大〕·박광대〔匏廣大〕 등의 세부적인 배역 명칭을 볼 수 있으니, 이보다 전에 탈춤의 대체적인 형식이 갖추어졌다고 할 수 있겠다.[85]

이훈상의 논의에서 특히 재검토되어야 할 것이 '의례화한 반란'의 성격이다. 이런 규정은 일면 타당성이 있다. 탈춤의 내용은 분명히 조선조의 신분체제에 대한 반란의 성격을 지니고 있지만, 그 때문에 봉건체제가 실제적인 타격을 받은 것 같지는 않다. 그래서 김욱동은 이 주장을 지지하는 관점에서 탈춤이 민중들의 불만에 대한 '안전장치'로 기능했다고 지적했다.[86] 이들은 모두 사회적 대립을 기정사실화하

---

85) 이제신(李濟臣), 《청강쇄어(淸江瑣語)》(조동일, 《한국문학통사》 2, 480쪽에서 재인용).

고 이를 토대로 논의를 전개했는데, 다만 김욱동은 탈춤의 놀이성에
도 주목한 것이다. 이훈상이 무조건적 민중사관에 기초한 기존 논의
를 비판하면서도 기존 논의의 중심적 사유 체계인 계급대립의 시각
을 그대로 유지했다면, 김욱동은 역시 대립을 전제함에도 그 대립의
계기적 해소라는 측면을 동시에 보려고 했다는 점에서 일보 진전했
다고 할 수 있다. 하지만 탈춤의 경우는 항상 놀이성과 제의성이라는
양면에서 접근해야 한다는 점에서 여전히 편향된 시각을 벗어나지
못하고 있다. 김욱동은 '제의적 반란'이라는 표현도 사용하고 있다.
하지만 그에게 '제의'란 한국 향촌사회의 특수성이 거세된 '카니발'의
다른 표현에 불과하기 때문에 '유쾌한 상대성'으로 대변되는 놀이화
한 반란일 뿐이다. 박진태는 탈춤의 제의성에 깊은 관심을 보였지만,
탈춤의 담당층을 밝히고 나아가 주제와 맺는 관련까지 해명하는 수
준에는 이르지 못했다. 이는 그가 '이서층 탈놀이'라는 식으로 탈춤의
작가층을 확정짓고 그 제의성을 주로 탈춤의 진행 절차와 관련시키
려고 했기 때문이다.[87]

　이두현은 탈춤의 기원을 산대희에서 찾으면서, 탈춤의 주요한 담당
층을 편놈이라고 불리던 천민 광대로 보았다.[88] 이러한 시각은 더 철
저하게 민중사관에 기초한 조동일의 비판을 받았는데, 조동일은 탈춤
의 기원을 풍농굿에서 찾고, 따라서 그 주요 담당층 역시 기층 민중이
라고 보았다. 그의 주장은 구체적 근거의 부족함에도 많은 연구자들
에게 영향을 미쳤다.[89] 그것은 무엇보다 탈춤의 내용이 의례화한 것이

---

86) 김욱동, 《탈춤의 미학》, 현암사, 1994.
87) 박진태, 〈이서층 탈놀이의 제의적 요소〉, 앞의 책.
88) 이두현, 《한국의 가면극》, 일지사, 1979, 91~97쪽.
89) 조동일, 《탈춤의 역사와 원리》, 홍성사, 1979(기린원, 1988).

든 안전장치에 불과하든, 상층 인물들을 무차별 하락시키는 것으로 보이기 때문이다. 또한 민중 중심적인 시각에서 접근할 때 비로소 탈춤의 진정한 힘을 찾아볼 수 있다는 점도 크게 작용했다. '의례화한 반란'으로 탈춤을 바라볼 때, 그것은 아주 소극적인 역사적 의미밖에 가지지 못하는 것이다. 지배 계층은 싫어하면서도 용인하거나 정치적 목적에서만 장려하고, 민중은 순간의 쾌락에 빠져 이용당하고, 중인층은 자기들의 입지 강화를 위해 진정으로 동감하지 않으면서도(물론 부분적으로 이해가 일치하겠지만) 기층의 비위를 맞추는 것이 되기 때문이다. 이보다는 카니발의 놀이화한 반란이 더 의미가 있다. 중요한 것은 이 놀이가 어떤 연유로 용인되는지, '놀이'와 '반란'이 어떻게 만나는지를 밝혀내는 데 있을 것이다. 그리고 이 지점에 탈춤의 뿌리 깊은 제의성이 얽혀 있다.

조만호는 이두현의 산대희 기원설을 직접적으로 수용하면서도, 조선 후기 탈춤의 주요 연행자로 이서층과 천역(賤役)을 동시에 인정하고 이를 탈춤의 연행 원리와 세계관에 연결시켰다. 그래서 탈춤의 연행 원리와 이에 작용한 연행층의 세계관을 산대나례(山臺儺禮)의 기능인 '벽사진경(辟邪進慶)'의 연장선상에서 파악하고자 했다. 그는 탈춤이 약자 편에서 보면 '의례화한 반란'이요 강자 편에서 보면 '의례화된 반란'이 된다고 했는데, 이는 탈춤의 제의성과 놀이성을 동시에 파악하려고 한 의미 있는 시도이다.[90] 특히 그는 양반마당의 내적 구조를 '긴장-이완-신명'으로 보았는데, 이것은 '대립-일시적 화해-대타협'으로 보는 이 글의 시각과 상통하는 점이 있다. 하지만, 반복된 '긴장-이완'이 어떻게 대타협을 통한 '신명'으로 넘어가는가 하는 문

---

90) 조만호, 《전통희곡의 제식적 미학》, 태학사, 1995.

제에 대해서는 충분히 설명하지 못했다. 불림과 예축을 넘어서서 대동세계(大同世界)로 몰입하는 대동극적 성격이야말로 탈춤의 본질이므로, 필자는 이 점을 집중적으로 조명하고자 한다.

탈춤의 연행에 직간접적으로 관련한 사람들을 살펴보면 우선 무엇보다도 향촌에 기반을 두면서 중앙정부에서 파견된 고을 수령들을 보좌한 이속의 부류가 두드러지게 나타난다. 먼저 오횡묵(吳宖默)의 《고성총쇄록(固城叢鎖錄)》에 "풍운당을 돌아다보니 아전의 무리들이 나악을 갖추고 유희를 하고 있다(回見風雲堂 諸吏輩 具儺樂遊戲)"고 한 것은 고성오광대를 보고 기록한 것이 틀림없다.[91] 이런 사실은 이두현이 구전(口傳)을 근거로 통영오광대의 경우 수군에 배치된 악공들을 동원해 집사와 이방 등의 감독 아래 연습했다고 한 것과도 상통한다.[92] 다만 이 경우에는 향리들이 직접 탈을 쓰고 연기를 했는지 감독만 했는지는 분명하지 않다. 또 오청(吳晴)의 봉산탈 각본에는 "봉산탈춤은 원래 봉산 이속들이 자자손손 세습적으로 출연하여 오던 것"이라고 되어 있다.[93] 양주별산대놀이는 원래 한양 사직골 딱딱이패를 초청해 놀았다고 하지만, 이들이 약속을 어기는 일이 많아 아전(衙前)들이 중심이 되어 직접 놀게 되었다고 하며, 동래들놀음은 향리들의 모임인 기영회(耆英會)에서 주관했다고 한다.[94]

하지만 이와는 조금 다른 경우도 있다. 통영의 경우에는 군졸들이 연희에 참여한 것으로 보이는데, 수영들놀음도 초기의 연희자들은 군

---

91) 오횡묵(吳宖默), 《고성총쇄록(固城叢鎖錄)》 고종 30년 12월 30일, 《한국지방
　　사자료총서》 18, 여강출판사, 1987. 3.
92) 이두현, 《한국가면극선》, 교문사, 1997, 290쪽.
93) 〈봉산탈 각본〉, 364쪽.
94) 이두현, 앞의 책, 3쪽과 396쪽.

줄이었다고 전한다.[95] 군졸들이 몇몇 탈춤의 연행에 참여했다는 것은 주로 탈춤 전파 방식의 한 모델로 의미를 지닐 수 있다. 군졸들이 자기들의 고향에만 배치되는 것은 아니기 때문이다. 특히 수영들놀음의 초기 연행자들이 군졸이었다는 것은 군졸들이 수영들놀음의 전래와 관련되었을 가능성을 시사한다. 그러나 더 적극적으로 탈춤의 전파를 담당했던 세력은 전문적인 탈놀이패(광대패)였을 것으로 보인다. 수영들놀음의 전래에 대해서도 초계 밤마리의 대광대패가 수영에 와서 노는 것을 보고 군졸들이 이를 배워 시작했다는 이야기가 있는 등, 오광대와 들놀음 계열은 거의 대광대패·솟대쟁이패·사당패 등으로 불리면서 그 지역을 떠돌던 직업적인 전문예인들의 활동과 관련된다고 생각된다. 이 점은 산대놀이 계열도 마찬가지이다. 양주별산대놀이는 사직골 딱딱이패를 초청해 놀던 것인데, 이들이 약속을 어기는 일이 잦아서 아전들이 중심이 되어 지역행사로 정착시켰다고 한다.

산대놀이 계열의 초기 연행자인 녹번 아현 등지의 본산대 탈꾼들은 산대나례에서 잡희가 폐지되자 직업적 예인으로 나선 일군의 광대들과 무관하지 않은 것으로 보인다. 정현석(鄭顯奭)의 《교방제보(敎坊諸譜)》에 보이는 '승무(僧舞)'라는 춤이 상좌가 노승을 파계시키고 노승이 소기(小妓)를 애무하며 노승과 풍류랑이 소기를 사이에 두고 실랑이를 벌이는 등, 노장춤과 무관하지 않은 것으로 보이기 때문이다.[96] 《교방제보》가 정현석이 '승무'를 '권징지의(勸懲之義, 권선징악의 뜻)'에 맞추어 해석한 기록임을 감안하더라도, 우리는 이에 대해 우연의 일치 이상의 유사성을 인정할 수 있다. 유득공(柳得恭)의 《경

---

95) 같은 책, 365쪽.

96) 정현석, 《교방제보(敎坊諸譜)》, 서울대도서관본, 1872.

도잡지(京都雜志)》에는 나례도감(儺禮都監)과 관련을 더 직접적으로 알려주는 기록이 보인다.

> 연극은 산희(山戲)·야희(野戲) 양부(兩部)가 있으며 나례도감에 속한다. 산희는 다락을 엮고 장막을 드리우고서 사자·호랑이·만석(曼碩)을 만들어서 춤을 추는 것이다. 야희는 당녀(唐女)·소매(小梅)로 분장하고서 춤을 춘다.[97]

이처럼 산대놀이 계열의 탈춤은 산대잡희와 관련을 부정하기 어려우며, 따라서 그 초기 연행자들은 전문적인 예인들이었다는 사실도 부정하기 어렵다. 그리고 이 산대놀이가 해서탈춤에 끼친 영향도 부정하기 어렵다. 이 두 유형의 탈춤은 모두 팔먹중·노승·취발이가 중심이 되는 노장춤과장이 중심적 역할을 하기 때문이다. 반면 오광대와 들놀음은 가산오광대를 제외하고는 모두 노승이 중심이 되는 노장과장이 없고, 산대놀이 계열에는 없는 영노 혹은 비비(고성오광대) 과장이 있다는 특징을 지니고 있다. 따라서 탈춤은 산대놀이(해서탈춤 포함) 계열과 오광대(들놀음 포함) 계열로 크게 나눌 수 있고, 양쪽이 뒤섞인 가산오광대 같은 것들이 예외적으로 존재한다. 하지만 가산오광대가 다른 탈춤보다 더 고형(古型)일 가능성도 있다. 하회별신굿은 등장인물과 과장의 본원적 성격에서는 위 두 계열의 혼합처럼 보이지만, 대사나 춤의 성격이 상당히 단순할 뿐만 아니라 그 내용에서 양쪽 어느 계열과도 구체적인 유사성을 발견하기 어렵고 동제(洞祭)로서 성격도 가장 뚜렷하다. 이것은 하회탈이 탈 가운데 가장 고형에

---

97) 유득공(柳得恭), 이석호 옮김, 《경도잡지(京都雜志)》, 대양서적, 1972, 166쪽.

속한다는 사실과 함께 하회별신굿이 산대잡희나 오광대에 앞서는 탈춤의 초기 형태를 유추하는 데 중요한 단서가 될 것임을 짐작케 한다.

탈춤이 여러 지역으로 전파되는 데 전문예인들의 구실이 컸다는 것을 인정하는 것이 그들을 현전 탈춤의 담당층으로 인정하는 것은 아니다. 현전 탈춤의 대부분은 지역공동체의 행사로 굳어졌다. 은율탈춤의 경우는 토박이들로서 농업을 주로 하지만 탈춤을 잘 노는 반농반예인(半農半藝人)들이 주동이 되었다고 한다.[98] 그리고 봉산탈춤의 경우는 상민(常民)이 참여하려면 대가를 치러야 했다고 하는데, 어쨌든 평민이 참여할 수 있었다는 것이다. 그 밖에도 대부분의 경우 아전들만으로 연희가 이루어졌던 것은 아니고 관아의 노비나 재주 있는 평민들이 함께 참여했던 것 같다. 이렇게 보면 탈춤은 지역마다 차이가 있지만, 향리를 중심으로 그 지역의 평민들이나 군졸들이 참여하여 행해졌던 것이라고 할 수 있다. 그러나 더 중요한 것은 대개의 경우 토박이가 중심이 되었다는 점이다. 은율의 경우는 전언(傳言)이 그런 상황을 직접 말해주고 있고,[99] 고성·통영·봉산·양주·동래의 향리들도 결국 모두 토박이들이라고 볼 수 있다. 향리들은 토박이들의 우두머리 격에 해당하기 때문이다.

재미있는 것은 다른 마을의 탈놀이패를 불러 하다가도 결국은 마을 놀이로 굳혀지는 것이 일반적인 추세라는 점이다. 오광대는 모두 외부에서 유입된 것으로 전해지고 있으나, 현재는 모두 특정 지역의 것으로 굳어져 있다. 심지어는 전문예인들이 연행을 맡았던 시기에도 상당수의 탈춤은 지역의 행사였다. 일정 시기에 탈꾼들을 초청하여

---

98) 이두현, 앞의 책, 260쪽.
99) 이두현, 《한국의 가면극》, 193쪽.

지역민의 행사로 연행했던 것이다. 그랬기에 약속을 잘 지키지 않고 따로 사례를 해야 하는 떠돌이 예인들을 배제하고 마을의 토박이들이 직접 탈춤을 연행하는 경향이 광범위하게 나타났던 것이다. 이것은 탈춤이 본질적으로 공동체의 제전으로 적절한 형식을 갖추고 있었기 때문에 가능했을 것이다.

상인들의 구실에 대해서는 실제 이상으로 과대평가되는 경향이 있었던 것 같다. 이두현은 초계현에 난장이 서면 거상들이 대광대패에게 비용을 대주며 며칠씩 오광대놀이를 시켰다고 언급했고, 조동일이 이를 토대로 상인층의 적극적인 페이트런 구실을 주장하면서 신장수와 같은 상인의 등장을 예시하기도 했다. 그러나 이런 주장은 탈춤의 근대적 가치와 상인 자본의 성장이라는 공식에 집착한 혐의가 짙다. 사실 특정 지역에 얽매이지 않는 전문예인들과 상인들의 결합은 자연스럽고 충분한 신빙성이 있지만, 현전하는 탈춤들이 보여주듯이 떠돌이 전문예인들의 탈춤은 충분한 수익이 장기적으로 보장되는 유통공간의 확보에는 실패한 것으로 보인다. 결국 지역공동체의 행사로서 탈춤은 향리들과 지역 유지들의 후원으로 존속되었지만, 전문예인들의 탈춤은 점차 쇠퇴해갔던 것이다. 탈춤이 지닌 공동체적 제의성이 그 상업화, 즉 흥행물로 변신하는 데 장애물이 되었던 것이다. 하지만 일정 시기에 전문예인들의 탈춤을 지원하여 탈춤을 더욱 화려하게 만들고, 춤과 노래의 기교를 더 세련되게 하며, 드라마적 특징을 가미하도록 만드는 데 이들의 공헌이 있었을 가능성을 부정할 이유는 없다. 산대놀이 계열과 오광대 계열이 서로 영향을 주고받았겠지만, 대체로 산대놀이 계열의 화려함과 세련됨 등은 산대나례의 공식적 연행 과정을 거치면서 강화되었을 가능성이 크고, 오광대 계열의 세련화는 떠돌이 전문예인들로 말미암아 이루어졌을 가능성이 크다. 그 과정에 상인들의 지원이 있었을 것이다.

상인들과는 반대로 양반 계층의 참여에 대해서는 필요 이상으로 무시된 경향이 있다. 탈춤이 지역공동체의 행사로 정착하면서 향리들과 평민 그리고 천민들이 연행자로 떠오르자 양반층의 묵인 내지 간접적인 지원 없이는 연행이 어려워지게 되었을 것이다. 탈춤에는 상당한 인원과 비용이 소요된다. 또 탈춤이 연행되는 공간에는 언제나 많은 관중들이 모여들었다고 한다. 현실적으로 양반층의 후원금이나 인력 동원에 대한 동의 없이는 탈춤이 성공적인 지역공동체의 행사로 자리 잡을 수 없었을 것이다. 더 나아가 지역의 양반들은 탈춤을 집안까지 불러들여 연행하게 하고 후한 행하 지불을 꺼리지 않았던 것으로 전해지고 있다. 이는 양반들이 그 주체가 되지는 않았다 하더라도 탈춤을 적극적으로 향유했음을 보여준다.

불확실한 구전자료(口傳資料)들을 배제하고 기록과 현전 탈춤의 성격만 가지고 말한다 해도, 19세기 말 이전에 탈춤들 대부분은 이미 지역적인 행사로 굳어져 있었고, 이 가운데 적어도 몇몇은 향리집단이 주도적으로 준비하고 연희자로도 적극 나섰던 것이 분명하다. 한편으로는 지역의 토박이 집단이 주도하거나 이들이 동참하는 탈춤들도 있었으며, 상인과 양반들도 간접적으로 연행의 준비 과정에 동참했던 것이다.

② 향유 공간의 성격과 인물 – 관객의 교류 양상

이제 지금까지의 검토를 토대로 수용층을 포함해서 연행 현장에 참여한 모든 사람들이 이루어내는 향유 공간의 특성을 살펴보기로 한다. 앞에서 탈춤들이 결국 지역공동체의 행사로 정착하게 되었다는 사실을 지적했다. 이것은 반대로 탈춤들이 원래 공동체의 행사로서 적합한 특성들을 지니고 있었다는 개연성을 보여주기도 한다.

전경욱은 최근 하회별신굿탈놀이·강릉관노가면극 등의 토착적 마을굿 계통 탈놀이와 산대놀이를 비롯하여 해서탈춤·오광대·야류 등의 산대도감계통극은 그 기원이 다르다는 견해를 밝힌 바 있다.[100] 필자도 앞에서 산대놀이와 오광대 계열 탈춤의 전파에 모두 전문예인들의 기여가 있었을 것이라는 점을 지적했다. 다만, 산대놀이 계열과 오광대 계열은 전문예인들의 성격과 구체적인 내용에 차이가 있다는 점을 설명했다. 즉, 산대놀이 계열은 산대잡희의 연희자들과 직접적인 관련을 엿볼 수 있지만 오광대 계열은 직접적인 관련을 찾아보기 어려우며, 내용에서도 산대놀이 계열은 노장과장이 매우 중심적인 위치를 차지하고 있지만 오광대 계열은 이 과장이 없고 대신 산대놀이 계열에는 없는 문둥이과장과 영노(혹은 비비)과장이 나타난다. 두 계열의 탈춤(예를 들어 봉산탈춤과 고성오광대)을 하나씩이라도 접해본 사람이라면 이 과장들의 유무(有無)가 얼마나 중요한 차이인지 잘 알 것이다.

사실 여기서 필자가 더 중시하는 것은 차이점이 아니라 유사성이다. 왜냐하면 이 글은 탈춤이라는 장르를 다른 장르와 비교·고찰하는 장르론적 시각에서 접근하기 때문이다. 이런 시각에서 볼 때, 하회별신굿탈놀이는 상당한 차이를 지니고 있기는 하나 산대놀이 계열이나 오광대 계열 탈춤과 근본적으로 다르지 않다. 특히 하회별신굿탈놀이가 가장 고형(古形)을 유지하고 있다는 앞선 학자들의 지적과 다른

---

100) 전경욱, 〈탈놀이의 역사적 연구〉, 《한국구비문학사연구》, 한국구비문학회, 1998.

두 계열의 탈춤이 대부분 전문예인을 매개로 한 전파와 토착화 과정을 거친 것으로서 지역적 윤색이 가해졌다는 점을 감안할 때 이런 생각은 더욱 굳어진다. 사실 산대놀이-해서탈춤-오광대-들놀음을 한 계열로 보고 이들에 공통되는 내용을 추출할 때, 그 지역적 차이와 연행의 조건에 따른 변동까지 무시하고 기계적으로 대한다면 남는 것은 별로 없다. 단지 산대놀이와 해서탈춤, 오광대와 들놀음이 상대적으로 비슷하다는 것을 확인할 수 있을 뿐이다. 하지만 지역적 특수성과 연행할 때마다 달라질 수 있는 변동을 인정하면서 그것이 축적되어 생길 수 있는 차이를 고려하는 자세로 접근하면 하회별신굿탈놀이가 산대놀이나 봉산탈춤과 무관할 수 없다는 것을 알 수 있다. 하회별신굿탈놀이의 무동마당은 봉산탈춤의 상좌춤에 대응하고 주지마당은 사자춤에, 할미마당은 미얄춤에, 파계승 마당은 노장춤에(특히 노장과 소무의 대무), 양반·선비마당은 양반춤에 대응한다는 사실을 쉽게 인정할 수 있기 때문이다.[101] 그러므로 초기의 탈춤이 더 정교한 형태로 발달해가며 전문적 탈꾼과 만나는 기회를 가지는 경우와 그렇지 못한 경우의 차이 정도라면 몰라도, 이들의 기원이 그 뿌리부터 다르다고 볼 수는 없다. 이렇게 탈춤이 장르적으로 한 뿌리이며 근본적으로 유사성을 지닌다는 사실을 인정하면, 이제 탈춤의 가장 토착적인 모습을 보여주는 하회별신굿탈놀이를 통해 탈춤의 담당층 문제에 진일보한 시각의 실마리를 찾아낼 수 있다.

탈춤이 향촌사회의 제의와 관련된다는 것은 이미 이훈상 등이 수차례 지적한 바 있다.[102] 그 가운데서도 하회별신굿탈놀이는 특히 제

---

101) 하회별신굿탈놀이에서는 과장에 해당하는 것을 그냥 '마당'이라고 한다.
102) 이훈상, 앞의 책 참조.

의성이 강하게 남아 있다. 더 정확하게 말하면 제의의 일부로 거행된다. 하회 마을의 수호신인 '무진생 서낭님'에 대한 동제를 보완하는 별신굿의 일부로 거행되는 것이다. 일부라고는 하지만 별신굿의 대부분이 탈놀이를 준비하고 탈놀이를 하는 것으로 채워진다.

조동일의 풍농굿 기원설이 가지는 장점은 그것이 어떤 다른 기원설과도 결합할 수 있다는 사실이다. 산대희 기원설을 인정하더라도 그 전 형태로 풍농굿에서 기원한 탈놀이가 있으므로 이를 국가에서 산대나례로 수용했을 수도 있고, 무속제의 기원설을 인정하더라도 풍농굿이 무속제의와 결합할 가능성은 얼마든지 있다. 실제로 탈춤의 상당수는 지역공동체의 제의와 관련되어 있다. 양주별산대는 가뭄에 기우제와 함께 연행되기도 했고, 수영들놀음은 산신제와 우물고사 그리고 최영장군묘제 등의 지역 제의와 함께 연행되었다. 그런데 주목할 만한 것은 더 제의적 성격이 강하고 고형으로 보이는 수영들놀음이 산신제와 함께 거행된다는 점이다. 기우제는 분명히 풍농굿과 관련성을 말해주고 있다. 그러나 이름이 '들'놀음(혹은 야희〔野遊〕)임에도 들 혹은 전답(田畓)에 대한 제의는 없고 산신제로 놀이를 시작한다는 것은 수영들놀음의 원형이 '산'과 관련된 어떤 기원을 품고 시작되었다는 것을 말해준다.

하회별신굿은 산신제와 풍농굿의 결합을 보여준다. 별신굿의 주제자(主祭者)는 '산주(山主)'라고 불리며, 서낭당도 산에 있다. 서낭님은 과부로 삼신의 며느리신이라고도 하는데, 삼신의 신체(神體)는 느티나무 고목이라고 하고 별신굿 과정에는 농악대가 함께 한다. 서낭의 정체에 대해서는 다른 이설(異說)도 있지만 왜 서낭당이 산에 있으며 주제자를 산주라 하는지를 설명해줄 만한 것은 없다. 다만 하회 마을에는 국신당(國神堂)과 삼신당이 있어서 하회탈 제작자로 알려진 허

190

도령(혹은 안도령)과 여서낭의 시어머니신이라는 삼신을 모시고 있지만, 별신굿의 산주는 국시당이나 삼신당에는 가지 않았다고 한다.[103] 서낭이 가장 중요한 신인 것을 알 수 있다. 산주가 신의(神意)를 묻고 이에 따라 거행되며, 배역을 결정하면 그것을 신의로 알고 거역하지 못했다는 것에서 하회별신굿탈놀이의 제의적 특성을 알 수 있다. 심지어 ‘별신굿을 보지 못하면 죽어서 좋은 데를 가지 못한다’고 할 정도이다.[104]

하회 마을은 풍산(豐山) 유씨(柳氏)의 집성촌(集姓村)이다. 그런데 유씨들은 별신굿에 직접 관여하지 않고 동민들만 참여했다. 하지만 양반댁이 별신굿(탈놀이)을 집으로 초청하기도 하고 비용을 지원하기도 했다.[105] 별신굿은 많은 비용이 들기 때문에 양반들의 지원 없이는 지속되기 어려웠을 것이다. 결국 하회별신굿탈놀이는 동민대표들이 주동이 되어 준비하고 거행하는 토박이들의 마을 행사였으며, 여기에는 마을의 모든 사람들이 참여했다. 별신굿이 양반 댁에 초청되면 양반·선비 마당을 놀 때 선비광대가 대청에 올라가 유씨 양반과 맞대면하여 수작을 걸고 풍자적인 사설로 양반을 골려주기도 했다.[106] 어떻게 보면 양반들은 놀림과 수모를 받으면서도 탈놀이를 집안까지 불러들이고 행하를 지불해 별신굿을 지원한 셈이다. 하지만 초청되어 탈놀이 여섯마당을 다 놀 수 있는 집은 서애댁(西厓宅)·겸암댁(謙庵宅)·북촌댁(北村宅)·남촌댁(南村宅)뿐이었다고 하니, 이들 집은 자타가 공인하는 대가로서 자부심을 느끼기도 했던 것이다. 또 대갓집에

---

103) 보통 ‘국시당’으로 발음하는데, ‘국신당(國神堂)’을 일컫는 것이다.
104) 이두현, 〈하회별신굿〉, 《한국가면극선》, 431쪽.
105) 같은 책, 427~431쪽.
106) 같은 책, 429쪽.

초청되어 가서 놀 때, 주지 마당에서 주지가 알곡 가마니나 솥뚜껑이나 옷 등을 물어 당기면 서낭님이 요구하는 것이라고 믿고 곧 내어주었다고도 한다. 이 별신굿의 제의적 위력은 아주 깊은 신뢰를 받고 있었던 것이 틀림없다. 정신이상자가 생겨 별신굿을 했더니 나았다거나, 비용 등의 문제로 별신굿을 거행하지 않았더니 산주나 동민 가운데 급환으로 고생하는 사람이 생겼다는 이야기들은 그것을 재삼 증명한다.

별신굿의 제의적 위력에 대한 이런 신뢰는 무엇을 의미하는 것일까? 그것은 이 제의가 마을 공동체를 하나로 묶는 아주 중요한 기능을 행사했다는 것을 의미한다. 마을 공동의 신앙으로 자리 잡고 있었던 것이다. 하회별신굿은 산간 지방을 중심으로 전승되던 제의가 산신제를 겸한 마을굿으로 자리 잡은 모습을 보여준다. 철저하게 지역(마을) 공동체의 제의이자 놀이로 연행되어 조선시대 탈춤의 본질적 특성을 갖추고 있다. 별신굿이 진행되는 동안 마을은 잔치 분위기 속에서도 분란 없이 정돈된 모습을 보여준다. 별신굿으로 마을이 정화되어 미친 사람이 낫고 재액(災厄)이 제거되기도 했다고 한다.[107]

마을 사람 모두가 동참해 하나 되는 대동굿으로서 성격은 하회별신굿 담당층의 성격과 의미를 잘 보여준다. 별신굿의 담당층은 마을 사람들 가운데 기층에 해당하는 다수의 평서민이 주도적으로 참여하지만, 이들 가운데 깨끗하고 흠 없는 인물들로 마을대표를 구성하고 대표들이 별신굿을 준비한다. 상층에 해당하는 양반들의 별신굿에 대한 간섭은 배제되지만, 그들이 자기들의 집으로 별신굿을 초청하는 것은 환영받는다. 양반들 역시 별신굿을 초대해 그 제의적 권능을 인

---

107) 같은 책, 428쪽.

정함으로써 마을 공동체의 지지자임을 보여주려고 한다. 별신굿이 마을 전체의 제의이기 때문에 별신굿의 담당층에서 층(層)의 의미는 사라지게 된다. 서낭님의 권위 앞에서 양반들의 권위라는 것은 존재할 의미가 없어지는 것이다. 신들의 권위는 탈 위에 드러난다.

이러한 마을 공동체의 제의에서 신성성이 약화될 때, 그것은 놀이 혹은 연극으로서 성격이 강화되는 것으로 나타난다. 산대놀이 계열과 오광대 계열의 탈춤들도 물론 신성을 완전히 상실한 것은 아니다. 우선 탈의 기괴한 형상이 어떤 초자연적 위력을 주장한다. 사람들이 탈을 쓰면 조상의 혼이 달아난다고 믿어서 기피했다는 증언들도 있다. 탈춤의 언뜻 이해하기 어려운 내용들도 제의적 해석이 가해질 소지를 지니고 있다. 수영들놀음이 그 한 양상을 보여준다. 수영들놀음 역시 마을 공동체의 대동제로 기능하고 있다. 음력 정월 대보름이면 제당(祭堂)과 원수정(遠水井) 및 최영장군묘에 차례로 제를 지낸 다음 마을 사람 모두가 참여하는 길놀이로 들놀음의 막을 연다. 하지만 수영들놀음은 하회탈춤과는 달리 대동의 영역을 외지인으로까지 확장하는 양상도 보이고 있다. 농악대가 놀이판을 마련하면 외지인이라도 누구든지 함께 어울려 군무를 즐길 수 있었던 것이다.[108] 이러한 양상은 중요한 의미를 지닌다. 한정된 지역공동체의 굿에서 연행 공간에 참여한 사람이라면 누구나 포용하는 열린 대동놀이로의 전환은 극적 성격의 강화로 이어진다. 봉산 탈춤에서도 상좌춤이나 사자춤, 미얄춤과장 말미의 굿행위들이 여전히 제의적 성격을 보이고 있다. 하지만 놀이성을 중시하는 전문예인들의 개입과 초현실적 존재들에 대한 믿음이 점차로 약화되는 시대적 추세, 그리고 무엇보다 지배층과 기

---

108) 같은 책, 367~369쪽.

층 사이에서 자신들의 입지를 생각하는 현실적 성향이 강한 중인층
의 주도적 참여로 탈춤은 제의에서 놀이로 성격을 변화시켜간다.

> 이목(둘째 먹중) : …… 나도 본시 오입장이로 산간에 묻혔더니 풍류
> 소리 반겨 듣고 염불에 뜻이 없어 이런 풍류정 찾아왔든. (창이 끝나자
> 육각은 타령곡을 반주하고, 둘째 목은 이에 맞추어 한참 춤을 추다가
> 다시) 쉬-. (악과 무는 그친다) 봉제사 연후에 접빈객하고, 수인사 연
> 후에 대천명이라 하였으니 수인사 한마디 들어가오. (타령곡의 반주에
> 맞추어 춤을 추면서…… 창) 심불로 심불로 백수한산에 심불로……
> (둘째 목이 한참 쾌활하게 춤을 출 때에 셋째목이 등장한다).
>
> 삼목 : (달음질하여 달려와서 둘째목의 면을 탁 쳐서 퇴장시키고 춤
> 을 추다가 좌우를 돌아보면서) 쉬-.…… 중앙을 살펴보니 여러 동무들
> 이 풍류를 잡히고 흐낙이 노니 나도 한번 놀고 가려든. (타령곡에 맞추
> 어 한참 춤을 추다가 다시) 쉬-. (악과 무는 그친다) 봉제사 연후에 접
> 빈객하고, 수인사 연후에 대천명이라 하였으니 수인사 한마디 들어가
> 오. (타령곡의 반주에 맞추어 춤을 추면서…… 창) 이 두견 저 두견 만
> 첩청산에…… (셋째 목이 한참 쾌활하게 춤을 출 때에 넷째 목이 등장
> 한다).[109]

이렇게 팔먹중이 차례대로 나와 같은 과정을 반복한다. 여기에서
팔먹중이 설명하는 연행 공간의 성격은 어떤 것인가? 그것은 한마디
로 '누구나 참여할 수 있는 놀이공간'이다. 봉산탈춤이 놀이를 지향한
다는 사실과 지나가던 누구라도 이 놀이에 끼어들 수 있다는 사실이
반복적으로 선전되는 것이다. 여기에는 다툼과 화해라는 구조도 없

---

109) 〈봉산탈 각본〉, 368~369쪽 참조.

다. 봉산탈춤이 대동놀이로 연행된다는 것을 알고 한바탕 놀 준비를 하기만 하면 된다. 이것은 물론 극적 성격의 강화로 나타난다. 신이 그 제의적 위력을 보장해주는 권위 있는 관객의 지위를 점차 상실해 가면서 인간이 더 중요한 관객으로 자리 잡는 것이다. 이렇게 해서 탈춤은 대동굿에서 대동놀이(혹은 대동극)로 발전되었다. 이와 함께 향유 공간의 성격도 함께 변화하게 된다. 신은 그 신을 믿는 지역민들에게만 의미를 지니나, 인간 삶의 문제는 그 지역공동체를 벗어나더라도 의미를 획득할 수 있는 것이다. 이 때문에 전문예인들로 말미암아 탈춤이 흥행물화하는 경향이 나타나기도 했고, 다시금 지역공동체의 행사로 자리 잡은 뒤에도 인근 주민들이나 외지의 여행객들이 탈춤을 보려고 몰려들게 되었던 것이다. 이때 지역공동체를 넘어서서 탈춤의 연행 공간에 운집한 모든 사람들이 하나의 공동체를 이루게 되고, 이들은 마을 공동체에서 마을 사람들이 경험하는 것처럼 크게 하나되는 대동적 경험을 하게 된다.

이러한 향유 공간의 대동성은 탈춤의 작품 내적 질서의 구현 원리와 완벽하게 일치한다. 대동(大同)이란 '크게 하나 되는 것'이다. 그러므로 탈춤의 세계에는 강한 자도 약한 자도 남아 있어서는 안 된다. 모두가 평등하여 구별 없이 어우러지는 공간이 대동의 공간, 탈춤의 공간이 된다는 것이다. 이런 상태를 구현하기 위해 탈춤의 인물들은 다음과 같은 몇 가지 원칙에 따라 행동하며, 이것은 곧 대동성을 획득하는 원리가 된다.

첫째, 탈춤의 인물들은 아무 이유 없이도 서로 시비를 거는 특징이 있다. 둘째, 일반적으로 먼저 시비를 거는 쪽은 현실 세계에서 억압받는 약자이다. 셋째, 탈춤에서 대부분의 사건은 서로 다투던 인물들이 함께 어우러지는 춤(과 노래)으로 끝난다.[110]

이를 간단히 요약하면, 탈춤은 약한 쪽이 강한 쪽을 도발하여 서로 다툰 뒤에 어울려 춤을 추는 장면들이 중첩되면서 내적 구조를 이룬다고 할 수 있다. 이처럼 탈춤은 아래(사회적 약자)에서 위(사회적 강자)로 침투해 상층의 허세와 이념을 무력화시키고 불만스런 차별의 세계를 바람직한 대동의 세계로 바꾸려는 것을 중심 내용으로 한다. 이 사실은 대동을 이루는 주체가 약자 편에 있다는 것을 확인시켜준다. 그리고 이유 없는 다툼은 사실 서로를 알아서 평등한 새로운 관계로 나아가려는 목적성을 지니고 있다. 즉, 소통의 가능성을 타진하고 확장하기 위한 다툼이라는 것이다.

이렇게 탈춤은 극 장르가 지닌 본래의 특성인 소통에 대한 높은 관심과 추구를 본질로 하고 있는데, 이는 탈춤이 기본적으로 제의성을 내재한 상태에서 놀이성의 강화를 추구해온 장르이기 때문에 가능했던 것이다. 제의가 본질적으로 신에게 바쳐지는 행위이기에 신성하고, 신성한 만큼 폐쇄적이라면, 놀이는 인간들이 관심을 갖는 모든 것을 수용할 만큼 개방적이다. 극은 물론 행위를 중심으로 하기에 그 행위와 직접적 관련이 없는 주변 상황에 대해 무관심하며, 이런 특징이 극의 한 장면 한 장면을 단절시켜 (서사 장르에 견주어) 고립적으로 만들기는 하지만, 이것은 행위 이외의 설명이 배제되어 장면들이 그 자체로 존재하면서 사건을 진행시킨다는 것이지 극이 현실과 상상의 영역에서 소재를 취하는 데 폐쇄적이라는 것은 아니다. 하지만 제의는 아무 소재나 선택해 마음대로 작품화할 수 없다. 제의는 신과 대화하는 신성한 것이기 때문이다. 탈춤이 상당한 기간 동안 지역별로 혹은 집단별로 분리되어 공연이 이루어지면서도 그 과장들의 소재가 몇

---

110) 이와 같은 원칙은 앞에서 탈춤의 사건 전개 양상을 고찰하면서 확인한 바 있다.

가지로 한정되어 여전히 유사성을 지니는 것은 이와 같은 탈춤의 제의적 폐쇄성 때문이다.

서구 고전극에서 폐쇄성은 주로 '완결성'이라는 뜻으로 사용된다. 이른바 프라이타그 피라미드형(앞이 완만하고 뒤가 급한 유선구조)의 구조는 고전극의 오래된 전통이다. 이 구조가 흔들림 없이 나아가기 위해서는 극 외부의 간섭이 있어서는 안 된다. 극작가는 주변 상황에 대한 설명의 부재로 발생할 수 있는 장면들 사이의 단절을 사건과 사건 사이의 긴밀한 연결과 치밀한 복선을 통해 상쇄시키면서, 재능 있는 독자라면 간파할 만한 사건 진행의 열쇠들을 등장인물의 행위(행동과 대사)가 벌어지는 무대 속에 숨겨놓는다. 이것들은 한치의 흔들림도 없이 파국까지 진행된다. 따라서 좋은 극이라면 한 장면도 더하거나 뺄 수 없는 한편의 완전한 텍스트로 존재한다. 그렇기에 관객은 그저 소설의 독자처럼 숨죽이고 이 텍스트를 읽어나갈 수 있을 뿐, 결코 극중에 개입해서는 안 된다. 서구 고전극은 더 이상 극 외부의 세계에 존재하는 관객과 극 내부의 세계 사이에 대화를 허용하지 않는다. 브레히트 이후의 서사극 운동이나 현대 연극계의 열린 행위예술에 대한 관심은 서구 고전극에서 배제된 극의 현장성을 회복하여 극과 현실 세계의 대화 가능성을 열어보려는 노력이다. 하지만 탈춤의 폐쇄성은 전혀 이런 의미가 아니다. 바로 이 구조적인 면에서 탈춤은 충분한 유동성과 대화의 가능성을 열어두고 있는 열린 연극이다.

탈춤의 과장구조가 지닌 개방성은 어떤 새로운 과장을 첨가하는 것이 너무나 간단한 옴니버스식의 구성 원리에서 이미 드러난다. 이러한 구성 원리는 탈춤이 처음부터 지금의 모습을 지닌 것이 아니라 하나의 장면에 다른 하나의 장면이 보태어져 일정한 양과 무게를 가지게 되면 하나의 과장으로 독립하고, 또 새로 첨가할 만한 소재가

나타나면 장면화(場面化)하여 내용상 가깝다고 느껴지는 각 과장에
포함시켰다가, 따로 떼어낼 만큼 확장되면 개별적인 과장으로 만드는
과정을 되풀이해왔다는 것을 반증해준다. 이러한 확장과 분화의 원리
에 따른 과장 구분의 유동성(流動性)은 양주별산대 연희본의 비교에
서도 관성적(慣性的)으로 남아 있음이 확인된다.[111] 또한 배우들은 악
사와 관중들을 상대로 대화를 시도한다. 《햄릿》에서 햄릿이나 오필
리아가 실수로 넘어진다면 그 연극은 큰 낭패를 본다. 재치 있는 배우
가 어떻게 위기를 모면하려고 해도 이미 웃어버린 관객들을 다시 텍
스트로 복귀시키려면 탁월한 재능과 엄청난 노력이 요구된다. 희극은
상대적으로 열린 연극이다. 하지만 그런 행위를 하기에 어울리지 않
는 인물이 반복해서 여러 차례 넘어진다면 이것은 저질 코미디가 되
기 십상이다. 하지만 탈춤에서는 어떤 인물이 열 번쯤 넘어진다고 해
도 아무런 문제가 없다. 관객들은 이때 극중으로 들어와 넘어진 인물
과 원래 대사에 없는 대화를 주고받을 수도 있고, 배우 역시 대사에
없는 말을 할 수 있다. 그럼에도 탈춤의 연극성은 상처받지 않는다.
배우가 가면을 쓴 이상 그는, 극중의 인물과 대화를 하든 잠시 극중의
세계를 벗어나 관중과 대화를 나누든 간에 가면이 나타내는 바로 그
인물이다. 취발이 가면을 쓴 배우는 가면을 벗을 때까지 취발이로 남
는다. 이 때문에 관중과 이야기를 나눌 때도 그는 여전히 극중 세계에
한 발을 들여놓고 있을 수 있다. 먹중들은 관객들에게 인사를 하고,
말뚝이는 양반을 골려주기 위해 관객을 자신의 편으로 끌어들이며,
신장수는 관객들에게 군밤이나 신 같은 것들을 판다. 인물의 대사에

---

111) 이두현의 채록본과 김성대 기록 심우성 정리본, 그리고 조동일 소장의 필사본
   의 대비(조동일, 앞의 책, 부록편 285쪽)를 참조하라. 이러한 현상은 오광대나
   해서 지역의 탈춤에서도 광범위하게 나타난다.

서 관객과 소통을 시도하는 현저한 예들을 몇 가지만 소개하면 다음과 같다.

신장수 : 여보오, 구경하는 이들! 내 노리개 장난감 어디로 가는 것 못 봤소?[112]

취발 : 아-, 동네 양반들 말씀 들어보오. 연만 칠십에 생남했소.[113]

말둑이 : 쉬- (악과 무는 그친다) 여보오, 구경하는 양반들! 말씀 들으시오. 잘다란 골부랑 담뱃대로 잡수지 말고 저 연죽전으로 가서 돈이 없으면 내게 기별해서라도 양칠 간죽 자문죽을 한발나웃식 될 것을 사다가 육모깍지 희자죽을 오동수복영변죽을 사다 이리저리 맞춰가지고 저- 재령 나우리가에 낚시 걸듯 죽죽 걸어놓고 잡수시오.[114]

완보 : 여보, 여러분. 갓에서 구경하신 손님들 다 구경하오. 그래 이놈이 금밖에 나갔소? 어떤 놈이 금밖에 나갔소?[115]

취발이 : 아이구 저놈 보게, 날 잡아먹을려나.…… (관중을 향하여) 여보 여러분 구경허신 손님네! 여기서 몸조심허는 이는 피허우. 여기서 깨딱허믄 살인나오.[116]

---

112) 〈봉산탈 각본〉, 381쪽.
113) 〈봉산탈 각본〉, 385쪽.
114) 〈봉산탈 각본〉, 391쪽.
115) 이두현 교주, 〈양주 별산대놀이〉, 앞의 책, 47쪽. 인용한 부분에서 물음표는 완보가 물어보는 말이기에 필자가 붙인 것이다.
116) 같은 책, 59쪽.

채록본은 관객의 반응을 같이 담고 있지 않다. 그러나 탈춤의 인물들은 관객의 응대를 막지 않으며 오히려 부추기는 태도를 취한다. 마치 관중이 존재하지 않는 것처럼 진행되는 서구극과 달리 탈춤은 틈날 때마다 '구경하는 손님들'을 끌어들인다. 완보는 자신의 승리를 구경하는 손님들에게 증명을 받으려 하고, 관객들의 호응이 있어야만 목중이 낭패를 본 상황이 온전히 실연(實演)된다. 탈춤의 연행 공간은 단순한 수용 공간이 아니다. 관객들은 상황을 구경만 하는 것이 아니라 연행에 능동적으로 개입하면서 적극적으로 향유한다. 공연되고 있는 사건이 '있었던 일'이 아니라 '관객을 포함한 우리'의 '지금 여기'서 실시간으로 일어나고 있는 일이기 때문에 탈춤에서 관객석과 무대의 경계는 수시로 무너진다. 아니, 어쩌면 관중이 사는 현실 세계와 구분되는 별개의 극중 세계라는 것 자체가 존재하지 않는지도 모른다.

(…… 신장수가 원숭이를 업고 등장한다.)
　신장수 : 야-, 장 잘 섰다. 장 재미가 좋다기에 불원천리하고 왔더니 과연 거짓말이 아니로구나. 인물병풍을 돌리쳤으니 이것 태평시장이 아닌가.[117]

(…… 타령곡의 반주에 맞추어 춤을 추며 달음질하여 등장한다)
　취발 : …… 쉬- (악의 반주와 무는 그친다) (창) 산불고이수려하고 수불심이징청이라, 지불광이평탄하고 인불다이무성이라. 월학은 쌍반하고 송죽은 교취로다. 기산영수별건곤에 소부 허유가 놀고, 채석강 명월야에 이적선이 놀고, 적벽강 추야월에 소동파 놀았으니, 나도 본시

---

117) 〈봉산탈 각본〉, 노승무(老僧舞), 379쪽.

강산 오입장이로 금강산 좋단 말을 풍편에 넌짓 듣고 녹음간 수풀 속에 친구 벗을 찾았더니 친구 벗은 하나도 없고, 승려인가 하거든 중이 되어 절간에서 불도는 힘 안쓰고 이쁜 아씨를 데려다 놓고 놀고나면 꿍덕꿍.[118]

신장수가 들어서는 순간 주위는 시장이 되고 관객은 구경꾼이 되며, 취발이가 들어서는 순간 주위는 '산불고이수려(山不高而秀麗)' 운운(云云)한 '금강산'이 된다. 이것은 하나의 마법이다. 탈춤의 무대는 현실 속의 공간과 상상 속의 공간을 자유로이 왕래하며 주변 환경을 관객까지 포함해서 무대로 끌어들여 융합해버린다. 이것은 탈춤의 사건이 지금 현재 일어나고 있다는 생각을 강화한다. 바로 지금 일어나는 것이기 때문에 현재 시간을 사는 관객이 무대에 개입할 수가 있다. 서구극에서는 일어나는 사건을 숨죽이고 엿보기만 하는 관중이 탈춤에서는 자신을 드러내고 있으며, 무대는 관중과 유리된 다른 시간이 아니라 '관중이 느끼는 지금 여기(현장)'이다(반면에 서구 고전극에서는 '사건이 일어나는 지금 여기[관객과 유리된 무대]'가 강조된다). 이 때문에 탈춤은 '사건을 현재적으로 재현'하는 데서 더 나아가 '재현하는 사건을 현재화'해버리는 모습을 보여준다고 할 수 있겠다. 탈춤의 무대는 외부의 현실 세계(작품 외적 세계)와 격리되어 그 자체로 완결성을 지니는 독립된 세계가 아니라, 무대 밖의 세계와 계속 교감하는 열린 공간이다.

---

118) 〈봉산탈 각본〉, 노승무(老僧舞), 381쪽.

4. 서정성의 구현 양상―시조와 자유시 실험을 중심으로

(1) 가창·음영의 제시형식과 독백

① 제시수단의 결합방식과 음악성

시조는 여러 가지 방식으로 향유될 수 있다. 붓을 들어 떠오르는 시상을 종이에 쓰면서 음미하는 것이 가능했을 것이다. 또 나직이 읊조리며 그 소리와 의미가 주는 느낌을 즐길 수도 있다. 그러나 기본은 노래에 얹어 부르는 것이다. 다른 향유방식들도 이 기본적인 방식의 영향에서 완전히 자유롭지는 않았다고 생각된다. 붓을 들어 쓸 때도 가창될 때의 음률을 떠올렸을 것이고, 굳이 노래하지 않고 나직이 외거나 읽을 때도 그 음률이 연상되었을 것이다. 그러므로 시조를 이루는 제시수단은 기본적으로 언어와 음률(리듬)이었다고 할 것이다. 서정문학의 다양성은 이 음률의 무한한 가능성에서 비롯된다. 시조는 4음보 3장의 간결하고 완결도 높은 언어구조물을 유장(悠長)하고 태평(泰平)한 음률에 실어 제시한다. 이 음률은 물론 음악이다.

우리 시대 서정 장르의 대표격인 자유시는 내재율에 기반하고 있어 음악과 관련이 다소 의심받을 수도 있으나, 실은 그렇지가 않다. 거의 대부분의 독자들이 시를 읽을 때는 소설을 읽을 때와는 다른 마음의 준비를 한다. 리듬에 실어 읽을 준비를 하는 것이다. 여러 차례 시도를 하고서도 그 시에서 리듬감을 찾아내지 못할 때, 독자들은 당황하게 된다. 산문시조차도 대개는 일정한 리듬감을 지닌다. 아니, 어떤 경우에는 시의 수용자들이 의식적으로 그 리듬감을 찾아낸다. 이 때문에 어떤 시인은 율독을 거부하는 자기의 의도를 관철하기 위해 띄어쓰기나 문장부호를 사용하지 않고, 시어를 사각의 틀 안에 고정해 대상화하도록 하는 경우도 있다. 이는 율독에 대한 철저한 거부이며, 시의 음악성에 대한 저항이다. 이 같은 실험이 그 자체로 시의 음악성에 대한 철저한 인식에 기반하고 있다는 문제와는 별개로 새로운 음악성의 창조라는 것은 또 하나의 아이러니이다. 교향곡 속에 삽입된 순간의 정적처럼, 시를 율독하려는 독자의 의지가 이 같은 산문시와 충돌하여 좌절되는 순간, 이 시는 일상의 산문들이 지니는 만큼의, 혹은 언어에 내재되어 있는 일반적인 수준의 율동감마저도 억제된 적막한 느낌을 주게 된다. 박남철의 〈무서운 계시 3〉 같은 경우는 이 같은 효과마저도 거부한다. 글자를 거꾸로 늘어놓은 탓에, 뒤에서부터 읽지 않으면 뜻을 알 수 없도록 되어 있다.

> …… 라자실오차장고시계도제이고셨계도에전여이신하능전곧님나
> 하주다하룩거다하룩거다하룩거를기르이고않지쉬낮밤이들그라더하
> 득가이눈에위주과안그고있가개날섯여각각이물생네은같리수독는가
> 아날은물생째네그고같람사이굴얼은물생째세그고같지아송은물생째
> 둘그고같자사은물생째첫그라더하득가이눈에뒤앞데는있이물생네에
> 위주좌보와데운가좌보고있가다바리유은같과정수에앞좌보라이영곱
> 일의님나하는이니으있이것켠불등곱일에앞좌보고나이성뇌과성음와
> 개번터부로좌보[119]

이 시는 그 형식 자체가 하나의 수수께끼이며 의미이고 주제이다. 단어 하나하나가 표명하는 의미는 전혀 새로울 것이 없고, 오히려 잘

---

119) 박남철, 《지상의 인간》, 문학과지성사, 1984, 52~53쪽. 이 글에서 인용하는 시들은 대부분 한국시사에서 중요한 위치를 차지하고 있는, 널리 알려진 작품들이다. 지면의 낭비를 막고 논의의 편의를 도모하기 위해, 논의 과정에서 자연스럽게 작자와 시제가 노출된 경우는 인용문의 출처만 간략히 제시하기로 한다.

알려져 있는 내용이다. 중요한 것은 형식이며, 그 형식 속에 숨겨져 있는 의미이다. 이 형식에 주목하도록 만들기 위해 시인은 율독이 불가능한 방식을 찾아낸 것이다. 서정시에서 음률의 힘은 시적 화자와 자기를 동일시하게 만드는 내면화의 원천이다. 이 시에서 시인은 이 같은 서정시의 기본 특질을 파괴하려고 시도한다. 그러기 위해서 일상언어 자체가 지닌 자연스런 리듬감마저도 거세한다. 언어는 그 생동성을 잃고, 고유한 리듬과 의미마저도 거세되었다. 이제는 시어마저도 중요하지 않다. 과연 이 시가 아직도 시인가 하는 의문은 그래서 당연하고도 정당하다. 새로운 표현 방식, 새로운 의미를 찾아 헤매는 실험적 시인들이 마지막에 도달하게 되는 것은 결국 시의 본질이며, 그것은 음악성이라는 문제였다. 그리고 이 음악성이라는 문제는 시가 언어로 이루어진다는 사실과 관련된다. 음률을 배제한 시가 가능한가 하는 물음은 시가 지닌 서정성의 본질에 대한 질문이다.

이 같은 의문은 자유시의 등장, 엄밀히 말해서 특정한 음악적 조건이 전제되지 않는 시 창작이 가능해진 상황과 관련되어 있다. 시와 음악이 완전히 결합되어 있는 경우(구체적으로 조선시대 시조) 시인들은 더 편안하게 시를 향유할 수 있었다. 시어의 선택과 배열을 통해 리듬을 만들어내지 않아도 되었기 때문에, 음률에 실어 가창할 수 있는 범위 안에서 최소한의 규칙만을 지키면 편안하고 자유롭게 시상을 이어갈 수 있었다.

至德(지덕) 要道(요도)롤 先王(선왕)이 듯쩌시니
民用(민용) 和睦(화목)하야 上下(상하)이 無怨(무원)ᄒ니이다
진실로 술오려니 孝悌(효제)뿐니이다.[120]

— 주세붕(周世鵬)

閑山(한산)셤 달 붉은 밤의 戍樓(수루)에 혼주 안주
큰 칼 녑회 추고 깁픈 시름 흐는 젹의
어디서 一聲胡笳(일성호가)는 남의 이를 긋나니.[121]

- 이순신(李舜臣)

　　두 작품이 모두 일상적인 말을 하듯 통사적 규칙을 따르고 있다. 이에 견주어 자유시라는 것은 시어의 선택과 배열을 통해 한 작품 한 작품 독특한 리듬을 만들어내야 한다. 시인이 스스로 한 작품 한 작품 거기에 맞는 규칙을 만들어나가야 한다는 것이다. 시조 같은 정형의 음률이 있는 경우, 시인의 창조성은 시의에 더 집중될 수 있다. 반면 자유시의 경우에는 여기에 시어와 시의에 어울리는 리듬의 창조라는 새로운 과업이 부가된다. 음악으로부터 시의 해방이 결국 시인으로 하여금 음악성에 구속되도록 했다는 말이다. 시인이 시의 음악성에 집착할수록 시어와 그 배열에 고심할 수밖에 없고, 결국 언어의 한계를 절감하게 된다. 해체시나 산문시는 시인 스스로 그러한 구속으로부터 벗어나 자신이 하고 싶은 말(의미)에 집중하겠다는 의지의 표현이라고 할 수 있다. 산문시가 음악적 구속으로부터 벗어나려는 비교적 단순한 시도라면, 해체시나 형태시라고 불리는 실험적인 시들은 더 나아가 언어의 영역 바깥으로까지 시를 확장하려는 시도였다고 할 것이다.

---

120) 김대행 역주, 《한국고전문학전집(시조)》 1, 고려대 민족문화연구소, 1993, 94쪽, 110번 시. 이제부터 이 책은 '전집 1'이라고 약칭하고, 출처 표시는 '전집 1, 94쪽, 110'과 같이 한다. 이 글에서 인용하는 시조의 대부분은 이 책의 원문 표기를 따랐다. 단, 원본 텍스트와 크게 차이를 보이는 경우에만 원본에 따라 수정하고, 한자로 표기된 경우는 괄호 안에 음을 표기하되 현재의 표기법을 따랐다.
121) 전집 1, 230쪽, 352.

그리고 그 시도들은 일정 부분 의미 있는 성공을 거두었다. 유행이나 상업적인 성공이 아니라, 그 작품들이 의심받으면서도 잠정적으로는 '시'로 받아들여졌다는 것이다. 앞에서 보았던 박남철의 시는 그 음악성과 언어성은 의심받을 만하지만, '서정적'으로 수용될 여지가 있다. 그리고 그 서정적으로 수용될 수 있는 가능성 때문에 시로 받아들여지는 것이다. 우리 시대 독자들에게 시와 서정, 적어도 시적인 것과 서정적인 것이 거의 등가로 취급되고 있기 때문이다. 박남철은 이 시의 2장에서 글자들의 아래위를 뒤집어놓기도 했는데, 이는 시의 언어성이나 음악성과는 무관하게 어떤 시각적 효과를 노린 것이 분명하다. 조금 더 부드러운 방식으로 시각적 효과를 끌어들여 서정성을 높인 장순하의 시조, 〈시각서정Ⅱ-고무신〉을 보자.[122]

눈보라 비껴 나는
── 全 ── 群 ── 街 ── 道 ──

퍼뜩 차창으로
스쳐 가는 인정아!

외딴집 섬돌에 놓인

하나
둘
세 켤레

---

122) 장순하, 《백색부》, 일지사, 1968, 85쪽.

이 작품은 음악으로부터 독립해 출판물로 변모한 현대시조의 자기 갱신 노력을 선명하게 보여준다. 우선 회화적 효과를 배제하고 보아도 '전/군/가/도'(모든 음절이 장음으로 읽힌다)로 끝나는 초장, '퍼뜩'이라는 의태어, '인정아!'로 끝나는 중장, '하나 둘 세 켤레'로 마무리되는 종장 등은 충분히 개성적인 리듬을 만들어내고 있어서, 일반적으로 통사적 규칙에 따르는 고시조와는 시어 선택의 양상이 다르다. 더욱이 이 시조에서는 전군가도(全群街道)의 글자 사이에 삽입된 '——' 표시와 함께, 섬돌을 시각적으로 연상시키는 네모와 아빠·아이·엄마의 신을 연상시키는 글자의 크기 차이에 주목할 수밖에 없다. 다분히 회화적인 이들 기호는 이것을 언어로 대체한 어떠한 표현보다도 더 서정적인 감흥을 자아낸다. 음악뿐만 아니라 시각적 효과도 서정성을 환기시키는 구실을 할 수 있는 것이다. 시의 음악성에 저항한 시인들이 시각적 효과에 주목하게 된 이유가 여기에 있다. 현대시와 달리 시조가 특정한 음률과 결합되어 있었다는 것은 시조의 독특한 특징을 이해하는 데 아주 중요하며, 서정성을 이해하는 데도 유효한 단서가 된다.

② 표명의 독백화와 형상화된 독백으로서 서정

시가 음악과 결별한 것이 시인에게는 시의 음악성에 더욱 구속되는 계기가 되었다는 것은 아이러니가 아닐 수 없다. 그리고 이를 통해 언어 자체에 주목하게 된 결과 언어의 한계를 절감했다는 것도 그렇다. 또 한 가지 재미있는 것은 시의(詩意), 즉 효과적인 메시지의 전달에 집중하려는 실험적 노력들이 오히려 시의 해석을 어렵게 했다는 점이다. 김춘수가 주장한 무의미시와는 의도와 개념이 다르지만, 해체시들은 결과적으로 의미가 모호하고 난해하게 되는 경우가 많았다.[123] 이런 결과들은 모두 서정성의 본질이 '개별적인 수용을 통한 내면화'에 있다는 사실에서 비롯된다.

시조는 그 음악성 자체가 철두철미하게 내면화를 조장하는 데 있다. 음악이라고 해서 모두가 서정적인 것은 아니다. 물론 고도의 수련을 통해 난해하고 특수한 음악도 서정적 수용이 가능해질 수 있지만, 일반적으로 부드럽고 여유 있는 선율이 강하고 박진감 있는 울림보다 서정적이다. 순간 순간 힘이 실리는 타악기의 연주보다 앞의 음이 사라지기 전에 뒤의 음이 이어지는 현악기의 연주가 내면으로 몰입하는 데 더 많은 도움을 준다. 이런 점에서 부드럽고 길게 이어지는 변화가 별로 없는 태평한 창법은 시조를 내면화하려는 향유자에게는 최적의 것이 아닐 수 없다. 송강(松江) 정철(鄭澈)의 〈훈민가(訓民歌)〉 가운데 잘 알려진 두 수를 보자.

> 어버이 사라신 제 셤길 일란 다 ᄒ여라
> 디나간 후면 애ᄃ라 엇디하리
> 평싱애 고텨 못할 이리 잇뿐인가 ᄒ노라.[124]

> 아바님 날 나ᄒ시고 어마님 날 기르시니
> 두 분곳 아니시면 이 몸이 사라실가
> 한놀 ᄀᆞ톤 ᄀ 업산 은덕을 어디 다혀 갑스오리.[125]

---

123) 김춘수는 무의미시야말로 진정한 시라고 생각하여, 무의미시를 쓸 것을 주창했다(《의미와 무의미》, 문학과지성사, 1976 참조).
124) 전집 1, 184쪽, 265.
125) 전집 1, 183쪽, 262.

지극히 평범하다. 우리 시가사상 최고의 시인이라고 할 정철이 작품들을 이처럼 평범하게 지은 데는 이유가 있을 것이다. 그 첫째는 물론 백성들에게 널리 전파하고 깨우침을 주기 위한 것이다. 평범한 진리는 평범한 방식으로 풀어놓는 것이 가장 설득력 있을 것이다. 게다가 이 시조들이 유장한 음률에 실려 음미된다면, 듣기 쉽고 이해하기 쉬우며 따라 배우기 쉽다는 측면에서도 평범함은 하나의 미덕이될 수 있다. 주어진 음률과 긴장을 일으키지 않고 편안하게 수용될 것이기 때문이다. 이 때문에 첫 작품 초장의 '~다 하여라'와 같은 비서정적 표현도 용인될 수 있다. 백성들의 교과서로 사용될 때뿐만 아니라, 한 편의 시조로 감상될 때도 길고 태평한 음률 속에 묻혀 쉬이 내면화될 수 있을 터이다. 명백하게 표명된 의미(교훈)가 음률 속에서 수용자 자신의 깨달음으로 받아들여지게 된다는 것이다. 하지만 이 시조가 이 같은 표명을 종장에서 했다면 그것은 서투른 시작(詩作)이 되었을 것이다. 이 시는 일단 하나의 가르침을 분명히 한 다음 곧 누구나 공감할 수 있는 감성적 질문을 던지고, 이를 강조하여 마무리하고 있다. 그러나 어찌되었든 첫번째 편보다는 두번째 편이 더 무리 없이 내면화될 것이다. 이 시의 수용자는 누구든지 자신을 화자 '나'에 대입할 수 있기 때문이다. 이 시의 저항 없는 내면화는 각인효과를 떨어뜨릴 수도 있지만, 반복 수용을 통해 문제를 해결할 수 있을 것이다. 두 시의 효과가 미학적으로 각각 다를 수 있지만, 분명한 것은 위 두 작품의 경우 그 노골적인 교훈적 목적을 성취하기 위해 이미 주어져 있는 음률의 효과를 충분히 염두에 두고 언어들을 구성했다는 점이다.

이처럼 시가의 서정성을 보장해주던 음악을 포기해버린 새로운 시는 그 대안을 찾아야만 했다. 그것이 시어의 배열을 통한 리듬 모색, 즉 율격에 대한 인식이다. '신체시'는 생명을 획득한 역사적 장르 앞에 주어진 이름이 아니라, 대안 모색의 실험 앞에 바쳐진 헌사일 뿐이다.

> 밤이나 낮이나 됴리돌돌
> 한시도 한각도 쉬디안코
> 한업난 바다에 가기까디
> 곤한둘 몰으고 흘너가네.[126]

– 최남선, 〈막은 물〉 앞부분

> 처―ㄹ썩, 처―ㄹ썩, 척, 쏴―아.
> 따린다 부슨다 문허바린다.
> 泰山(태산) 같은 높은 뫼 집채 같은 바윗돌이나
> 요것이 무어야, 요게 무어야.
> 나의 큰 힘 아나냐 모르나냐 호통까지 하면서
> 따린다 부슨다 문허바린다.
> 처―ㄹ썩, 처―ㄹ썩, 척, 튜르릉, 콱.[127]

– 최남선, 〈해에게서 소년에게〉(1)

최남선은 앞의 시 〈막은 물〉에서 3음보격에 3·3·4의 음수율을 첨

---

126) 이 시는 《대한학회월보》에 '대몽최(大夢崔)'라는 이름으로 발표한 것이다. 여기서는 정한모·김용직 편, 《한국현대시 요람》(박영사, 1974, 20쪽)의 표기를 따랐다. 필자가 인용한 근현대시 작품 가운데 상당수는 이 책의 것을 이용했다. 이제부터 이 책은 '요람'이라 약칭하고, 인용 출처의 표시는 '요람, 20쪽'과 같이 한다.

127) 이 시는 1908년 11월 《소년》 창간호에 발표되었다. 이후 최남선은 거의 매호마다 신체시나 창가를 발표했다(요람, 17쪽).

가한 율격을 실험했다. 이 시의 음악이 아니라 시어의 배열을 통해 리듬감을 창출하겠다는 의도 자체는 나쁘지 않았다. 하지만 음악과 결별하고서도 음악에 사로잡혀 있던 시대의 시가에서 별로 빠져나오지 못했다는 것을 쉽게 알 수 있다. 게다가 이 시는 끝까지 꼭 같은 규칙을 반복한다. 이 같은 기계적인 규칙은 관성화해 어떤 미적인 긴장을 만들어내는 데 한계가 있다. 이 시의 경우, 전문을 보면 각운 등을 활용해 더욱 생동감 있는 리듬을 만들어보려 한 것 같지만, 가사나 창가에서 그리 많이 나아가지는 못했다. 〈해에게서 소년에게〉는 이 같은 문제를 인식한 상태에서 변화를 통해 더 나은 형식을 구상한 것이다. 기본은 역시 3음보격이다. 그리고 여기에 3·3·5의 음수율을 병행하여 골격을 삼았다. 처음과 끝을 의성어로 갖추어 시어가 지닌 음악성을 활용했다. 물론 이것도 3음보격 3·3·5의 기본을 거의 따르고 있다. 하지만 이 형식의 새로움은 여기에 있는 것이 아니라, 3행·5행의 작은 파격에 있다. 이 두 행은 기본적인 형식에서 벗어나 시 전체에 긴장과 활력을 준다. 이 파격으로 말미암아 이 시가 지닌 율격은 기계적인 반복을 극복하고 생명력을 지니게 된 것이다. 이 작은 파격은 시가 악보로부터 해방되었다는 신호로 해석될 수도 있다. 하지만 이 시는 전체 6연이 모두 이 1연과 거의 완전히 같은 형식을 보여준다. 이런 점에서 이 시를 자유시 실험으로 볼 때는 여전히 초보적인 단계라고 하겠다.

이 두 시는 음악의 도움 없이 서정성을 구현하기 위해 율격에 대한 모색뿐만 아니라 화자의 목소리 설정에도 주의했다. 〈막은 물〉은 일관되게 사색적인 관찰자의 목소리를 내세워, 어떤 장애도 극복하고 끊임없이 흘러 바다로 가는 물의 힘을 반복적인 리듬 속에 내면화하고 있다. 시인이 자신의 깨달음을 스스로에게 이야기하는 듯한 독백조로 이루어져 있기 때문에, 독자 역시 쉬이 그 깨달음에 동참할 수 있다. 〈해에게서 소년에게〉에서도 1연에서는 관조자의 관점을 기본으로 하고 있다. 하지만 4행 '요것이 무어야'에서 5행 '모르나냐'까지는 바다의 목소리를 인용했다. 그래서 이 1연은 내면화를 위하여 시동을 거는 준비에 그 역할이 있다. 2연부터는 완전히 바다의 목소리로 전환하고, 작중화자인 바다는 스스로를 '나'라고 지칭하고 있다. 독자는 이 '나'가 되거나 혹은 이 '나'의 목소리에 동화되면서 이 시를 향유하게 된다.

시가는 가창되는 것이 기본이지만, 보관·증여를 위해 종이에 쓰이기도 했다. 하지만 쓰고 읽는 것은 보조적인 향유 수단에 불과했다. 이런 점에서 시가 인쇄되어 책으로 제시되고 독서를 통해 향유되는 양상이 일반화했다는 것은 서정 장르의 역사에서 획기적이고 중요한 일대 사건이다. 최남선의 실험을 가능하게 한 배경에는 이런 제시형식의 변화가 자리 잡고 있었던 것이다. 그리고 최남선의 실험은 그 시작을 알리는 작은 소란에 불과했다.

주요한의 〈불놀이〉는 자유시 실험을 완전히 본 궤도에 올려놓은 것이다.

아아 날이 저문다, 西便(서편) 하늘에 외로운 江(강)물 우에, 스러져 가는 분홍빛 놀 … (중략) … 아아 해가 저물면 해가 저물면, 날마다 살구나무 그늘에 혼자 우는 밤이 또 오건마는, 오늘은 四月(사월)이라 파일날 큰 길을 물밀어가는 사람소리 … (중략) … 듣기만 하여도 흥성스러운 것을, 왜 나만 혼자 가슴에 눈물을 참을 수 없는고?…… (후략).[128]

---

128) 이 시는 1919년 2월 《창조》 창간호에 발표되었다(요람, 44쪽).

이 작품에서 우리는 어떤 정형의 율격을 만들어보고자 하는 작가의 의도를 읽기가 어렵다. 대신 작가가 언어 그 자체의 리듬을 충분히 살리는 것으로 (고정되어 있지는 않지만) 어떤 리듬감을 창출하고 있음을 알 수 있다. 이는 내재율 실험의 완성으로 이 작품을 평가할 수 있는 이유이다. 또 이 시는 시 전체가 작중화자의 독백으로 읽힌다. 하지만 이 독백은 '어즈버 태평연월이 꿈이런가 하노라' 식의 정돈된 관조가 더 이상 아니다. 이 독백 속에는 알 수 없는 열정·흥분·욕망 따위의 파토스가 가득하다. 파토스가 서정시 안으로 깊이 침투한 데는 당대의 시대적 상황이 큰 영향을 끼쳤을 테지만, 이것을 가능하게 한 것은 서정시가 정형의 음률로부터 독립해 형식의 자유를 얻었다는 데 있다. 파토스를 서정적으로 표현한다는 것은 그리 간단한 일은 아니다. 파토스는 표명되었을 때 즉각 행동 반응을 유발하는 경향이 있기 때문이다. 따라서 파토스는 내면화하기보다는 분출되는 것이라고 하겠다. 하지만 분출되기까지 개인의 내부에 복잡하고 다층적으로 내면화해야만 비로소 파토스가 되는 것인지도 모른다. 이러다 보니 파토스는 그 소유자조차도 이해할 수 없는 어떤 것인지도 모른다. 하지만 서정적으로 표현하는 것이 어렵기 때문에 표현하지 않을 이유는 없다. 진정한 서정시인은 독자로부터 자유롭다. 시를 짓는 과정에서 그는 작품을 먼저 스스로 내면화하고 향유한다. 이 때문에 시는 근본적으로 표명된 독백 혹은 형상화한 독백이다.

十三人의兒孩가道路로疾走하오.
(길은막달은골목이適當하오.)

第一의兒孩가무섭다고그리오.

第二의兒孩도무섭다고그리오.
… (중략) …
第十二의兒孩도무섭다고그리오.
第十三의兒孩도무섭다고그리오.
十三人의兒孩는무서운兒孩와무서워하는兒孩와그렇게뿐이모였오.
(다른事情은없는것이차라리나았오).

그中에一人의兒孩가무서운兒孩라도 좋소.
그中에二人의兒孩가무서운兒孩라도 좋소.
그中에二人의兒孩가무서워하는兒孩라도 좋소.
그中에一人의兒孩가무서워하는兒孩라도 좋소.

(길은뚫린골목이라도適當하오.)
十三人의兒孩가도로로疾走하지아니하여도 좋소.[129]

　　　　　　　　　　　　　　　　　　　- 이상(李箱), 〈鳥瞰圖(오감도)〉 가운데 〈시제1호〉

　이 시의 정확한 의미를 분석해내겠다는 것 자체가 시에 대한 무지일지도 모른다. 시인은 독자를 염두에 두지 않았고, 독자도 시인의 의도를 염두에 둘 필요가 없었는지 모른다. 이 시는 이상의 머릿속에 떠오른 어떤 이미지를 형상화한 것이다. 그 이미지는 어느 순간에 사라지고, 남은 것은 이해할 수 없는 어떤 감흥이다. 시인은 그것을 시적 감흥이라고 느끼고 형상화한다. 분명한 것은 이 시가 매우 정교하게 구성되어 있다는 점이다. 표현할 수 없는 것을 표현하려고 대단히

---

129) 이상의 시 같은 경우는 그 표기법에도 의도가 숨어 있을 가능성이 있다. 따라서 띄어쓰기는 물론 한자가 노출된 경우에도 음을 달지 않고 가급적 원문 그대로 제시하도록 하겠다(요람, 424~425쪽).

큰 공을 들였지만, 여기에 당시 신문 독자들의 수준 같은 것은 고려되지 않았다. 예를 들어 〈시제4호〉 같은 것은 "患者의容態에觀한問題"라는 첫 행과 "診斷", "以上 責任醫師 李箱" 이라는 것 외에는 숫자와 점밖에 없고, 심지어 이 숫자들은 좌우가 뒤집혀 있다.[130] 여기에는 더 이상 율격도, 심지어 언어도 존재하지 않는다. '이것도 시인가?' 하는 당대인들의 항의에 대해 이상은 수준 문제라고 항변했다. 하지만 당대의 거센 항의는 '이것은 이상의 머릿속에만 들어 있어야 하는 것 아닌가?' 하는 것이었다고 해야 할 것이다. 무슨 재주로 이 시에서 시인의 의도를 제대로 포착해낼 수 있겠는가? 이것은 철저하게 시인의 독백일 뿐이다. 그런데 이상은 〈오감도〉를 위해 "이천 점의 시 속에서 삼십 점을 고르는 데 땀을 흘렸다"고 한다.[131] 독자들이 잘 이해할 만한 작품을 고르려고 한 것이 아니라는 것은 분명하다. 그는 잘 '만들어진' 작품을 고르려고 한 것이다. 그가 실망한 것은 독자들이 자신의 작품들을 진지하고 탐구적인 자세로 대해주지 않은 것, "호령하여도 에코가 없는 무인지경"이다.[132] 이 작품은 시인의 머릿속에 있는 생각, 자신만의 생각일지도 모른다. 하지만 이것들은 철저하게 '형상화한' 독백이다. 시란 원래 독백이며, 문제는 그 형상화를 통해 독

---

130) 요람, 425~426쪽.

131) 〈오감도〉는 조선·중앙일보에 1934년 7월 23일부터 게재되기 시작한 일종의 연재시다. '시제○호'란 표제도 이런 형편과 관련될 것이다(요람, 424~427쪽 참조). 그러나 이 시들이 실험성 외에 어떤 연관성을 지니고 있는지는 이상 자신만이 알 것이다.

132) 이상은 독자들의 거센 비난으로 〈오감도〉의 연재를 중단하면서 이 같은 항변을 게재했다(요람, 428쪽). 하지만 이 시들이 연재되던 당시 중앙일보의 학예부장이었던 상허(尙虛)는 항상 사직서를 가지고 다녔다고 한다. 그 역시 이 시의 실험성이 지닌 위험요소에 대해 잘 알고 있었던 것이다.

자들로부터 어떤 감흥을 끌어내는 것이라고 본다면, 이상의 항변은 '이유 있다'고 할 것이다. 작가는 작가대로 독자는 독자대로 의미를 부여하고 향유하면 그만이라는 것이다. '시'라는 것이 본래 그런 것이니 독자들은 시인의 정확한 의도 따위에 신경 쓰지 말고, 시인이 작품 안에 만들어둔 여러 미적 장치들에 대해 주목하고 문제 삼으라는 것이다. 이상에 와서 시는 더 이상 리듬감을 지닌 언어로 이루어진 문학예술 같은 것이 아니라, 말 그대로 '서정'에 값하는 것이 되었다.[133] 하지만 문제는 서정도 순수한 혼잣말이 아닌 한 공유하고 소통될 수 있어야 한다는 것이다.

(2) 향유 공간의 개별화 양상과 심미성

① 창작-수용에 관련된 여러 계층의 성격과 역할

시조 작품이 발견되기 시작하는 시기는 고려 후기이다. 이후 실명을 알 수 있는 작가들의 신분으로 보아 시조가 주로 상층 지식인들의 문화였다는 것에는 별로 의심의 여지가 없다.

먼저 최초의 시조 담당층은 고려 후기의 신진사인 혹은 여말선초의 신흥사대부들과 이들과 문화를 공유했던 무인·귀족 등이었다고 생각된다. 이 시기의 시조는 다정(多情)·번뇌 등 일상적인 감흥이나 무인의 기개 등을 드러내는 작품이 많았다. 이들은 시조를 그들의 일상사 속으로 끌어들이면서 간결하고 함축적인 서정 양식으로 완성해 나갔다.

---

133) 〈시제4호〉는 분명 '서정적'이다. 그런데 과연 '시'이기는 한 것인가? 이는 '시'의 개념이 어디에서 설정되느냐에 따라 전혀 다른 답이 나올 것이다. 분명한 경계를 찾아 헤매는 사람들에게 문학예술의 세계는 가혹하다.

조선의 건국과 함께 이들은 조선의 정통성을 부정하고 고려의 유신으로 남으려는 자들과 새로운 체제의 확립에 동참하는 세력으로 나뉘게 된다. 시조의 담당층이 경세제민(經世濟民)의 이념으로 유학(儒學)을 채택한 이들이었기 때문에, 비록 후자의 승리가 확정적인 상황이었지만 명분은 전자 쪽이 지니고 있었다. 전자나 후자 모두 유자(儒者)인 한 충신불사이군(忠臣不事二君)의 명분을 전면 부정할 수는 없었던 것이다. 따라서 이 시기의 시조는 전자류(前者類)의 감성을 자극하는 내용이 많다. 그러나 후자의 승리가 확정되고 이들이 유자로서 책임감으로부터 어느 정도 벗어나자 시조는 비로소 완성기에 접어들게 된다.

시조의 담당층 문제에서 가장 중요한 점은 창작자와 수용자가 같은 이념을 공유하고 있었다는 것이다. 그 이념은 물론 유학인데, 이것은 이상(理想)뿐만 아니라 사소한 일상생활의 양상까지 문화 전반에 걸쳐 광대한 공유 지점을 구축해주는 것이었다.

출(出)하면 치군택민(致君澤民) 처(處)하면 조월경운(釣月耕雲)
명철(名哲) 군자(君子)는 이룰사 즐기느니
흐믈며 부귀위기(富貴危機)라 빈천거(貧賤居)를 호오리라.[134]
　　　　　　　　– 권호문(權好文), 〈한거십팔곡(閒居十八曲)〉 가운데

이 시에는 당대 사대부들의 문화와 정서가 그대로 드러나 있다. 벼슬에 나아가면 임금을 섬기고 백성에게 은택을 베풀며, 물러나게 되면 자연을 벗삼아 사니, 어느쪽이라도 즐겁다는 것이다. 게다가 부귀

---

134) 전집 1, 166쪽, 235.

는 위험한 것이라 가난하고 소박하게 살겠다는 것이다. 충군(忠君)·자연(自然)·안빈낙도(安貧樂道)라는 당대 사대부들의 코드를 배제하고는 이들의 서정을 이해할 수 없는 것이다. 그리고 이 같은 넓은 공감대가 이들의 시대를 서정의 시대로 만들었다.

기녀와 전문가객들은 중인이거나 천한 신분이었지만, 모두 주 담당층이었던 사대부들과 관련을 맺고 문화를 공유하며 살았다. 하지만 이들의 역할은 상당히 달랐다고 생각된다. 전문가객들의 경우는 무엇보다 시조, 특히 시조의 가창에서는 누구보다 전문적인 지식과 기능을 가지고 있었다. 그런데 이 시조라는 것은 오랫동안 사대부들이 서로 자신들의 생각과 감흥을 서정적으로 표현하고 공유하는 동안에 발전해온 것이다. 따라서 시조를 이해한다는 것은 바로 그런 사대부들의 생각과 감흥을 이해하고 공유한다는 것이기도 했다. 시조를 익히면 익힐수록 가객들은 점점 더 사대부들을 닮아갔으며, 그래야만 시조라는 장르에 저항감을 갖지 않고 몰입할 수 있었을 것이다.

이에 견주어 기녀들은 사대부들을 집단으로가 아니라 개인으로 더 많이 이해하고 접했다. 이들의 시조가 시어와 음률의 조화라든가, 시조다운 내용(시의)이라는 부분에서 전문가객들과 비교해 어떠했는지 평가하기는 어렵지만, 오늘날의 시각에서 볼 때는 획기적인 작품들이 적지 않게 발견된다.

> 동지(冬至)쫄 기나긴 밤을 한 허리를 버혀 내여
> 춘풍(春風) 니블 아레 서리서리 너헛다가
> 어론님 오신 날 밤이여든 구뷔구뷔 펴리라.[135]

---

135) 전집 1, 113쪽, 142.

어뎌니 일이여 그릴 줄을 모로던가
이시라 ᄒ더면 가랴마는 제 구틴야.
보니고 그리는 정(情)은 나도 몰나 ᄒ노라.[136]

이 두 시는 유명한 황진이(黃眞伊)의 작품이다. 먼저 두 작품이 모두 사대부들의 이념적 영역을 벗어나 있다는 점이 눈에 띈다. 남녀 사이의 애정이라는 주제만을 두고 하는 이야기가 아니다. 사대부들의 작품에도 간혹 같은 주제를 다룬 작품이 있지만, 그 표현 방식이 많이 다르다. 사대부들은 은근하고 절제된 표현을 선호하며 철학적 사유가 깔려 있는 경우가 많지만, 이 작품들은 모두 완전한 구상(具象)이다. 알뜰한 정을 매우 구체적이고 피부에 닿는 표현으로 형상화하고 있다. 뒤의 작품은 '제 구태여'를 중장 끝에 놓음으로써 일종의 파격을 생산한다. 이 같은 시도는 노래로 불릴 때도 음률과 일정한 긴장을 만들겠지만, 율독을 할 때는 시 전체에 매우 생동감 넘치는 긴장을 부여한다. 개인적인 주제를 매우 개성 있는 표현으로 그려냈다는 점, 그 때문에 오늘날의 독자들까지 공감할 수 있는 보편성을 획득했다는 점 등에서 특기할 만한 작품이라 하겠다.

18세기를 전후한 시기에는 전문가객이나 기녀가 아닌 일반 서민이나 중인층에서 시조를 창작·향유하는 경향이 일어났으며, 이 경우에는 사설시조의 비중이 커졌다. 이 같은 경향은 시가사상 중요한 의미를 지닌다고 생각된다. 시조라는 정형의 시는 이래저래 도전에 직면하게 되었다. 이렇게 지어진 시조들이 모두 가창되었거나 가창을 전제로 하고 지어졌다고 보기는 어렵다. 지금 남아 있는 작품들은 전문

---

136) 전집 1, 115쪽, 147.

가객 등의 노력에 따라 정악(正樂)으로 편입되었다고 볼 수 있겠지만, 그렇지 못한 작품들도 많이 있었을 것이다. 사실 음악적 조건을 무시할 경우 시조는 약간의 훈련이나 문예적 재능이 있으면 쉽게 지을 수 있을 만큼 우리 언어에 잘 맞는 형식을 지니고 있다. 이 시기에 와서 악곡을 무시하고 시조와 사설시조들이 지어지기 시작했다면 그것은 매우 중요한 의미를 지닌다고 할 수 있을 것이다. 남아 있는 작품을 가지고 보더라도 이 시기 작품들은 상당수가 유학적 이념에서 벗어나 개인적인 감정과 욕망을 이야기하기 시작했다.

근대시의 과업은 중세적 조건의 파괴 위에 새로운 서정 장르를 건설하는 것이었다. 그것은 바로 언어를 음악으로부터 독립시키는 것 그리고 시인들이 중세의 유학 이념으로부터 탈피하는 것이었다. 앞의 과업이 어떤 식으로 전개되었는가 하는 것은 간략하나마 앞에서 살펴보았다. 시의 주제가 언제나 이념적 보편성의 잣대에 맞추어질 필요가 없다는 인식은 이미 조선 후기 시가에서 강렬하게 피어났다. 하지만 그 자리에 무엇을 넣어야 하는지가 문제였다. 대안은 결코 무에서 유를 창조하는 방식으로 마련되는 것이 아니다. 외국의 시에서 배우려고 한 사람이나 우리의 자산에서 무엇인가를 발견하려고 한 사람이나 모두 도달한 곳이 바로 인간의 보편적인 감정, 즉 사랑·외로움·추억·공포 같은 것들이었다. 이것들은 모두 지극히 개인적인 것이면서, 인간이라면 누구나 가지고 있는 것들이기도 하다.

② 향유자의 개별화와 심미적 수용

서정은 근본적으로 자기 자신에게 제시하는 것, 즉 내면화의 장르이다. 서정적 창작행위는 일차적으로 자기 내부에 떠오른 이미지를 자기 자신에게 다시 제시하는 것이다. 이러한 되새김을 통해 불분명하고 혼란스러운, 또는 자기 자신 안에 있었지만 스스로도 인식할 수 없었던 무언가를 분명하게 혹은 깊이 있게 인식하는 것이 가능해진다. 하지만 이것으로 끝나는 순수한 내면화는 표명되지 않았기 때문에 예술작품으로 존재할 수 없다. 그리고 이 표명은 반드시 나름의 구조화를 수행하게 되는데, 그 구조화가 미적으로 이루어질 때 이를 형상화라고 한다. 이 형상화가 수반되어야 그 표명이 예술적인 것이 된다. 그리고 이 형상화된 작품이 여러 수용자들에게 동일한 방식, 즉 내면화하는 방식으로 수용될 때, 그 작품은 비로소 서정적인 것이 된다. 문제는 작가에게 내면화하는 주제와 형식이라고 해서, 수용자에게도 쉽게 내면화한다고 할 수는 없다는 것이다. 내면화라는 것은 완전히 개인적이고 개별적인 과정이기 때문이다. 우리는 앞에서 이상이 이 문제 때문에 〈오감도〉의 연재를 중단했다는 사실을 확인했다. 물론 형상화의 방식과 정도는 서정작품의 수용에 매우 커다란 영향을 미친다. 그 내용(의미)은 잘 이해할 수 없다고 하더라도 아름답게 혹은 매우 정교하게(이 정교함에 대한 인식은 미에 대한 인식이다) 구성되어 있다는 것을 인식할 수 있다면, 어느 정도 내면화가 가능하기 때문이다. 하지만 충분한 내면화를 위해서는 역시 보편성을 획득할 필요가 있다. 이 형상화와 보편성 획득은 서정 장르의 유통을 위한 기본 조건이 된다. 그리고 이것이 결국 수용자에게는 미적인 표현과 공감할 수 있는 내용 사이의 조화와 긴장에 대한 인식, 즉 심미적 수용의 문제가 된다.

우리는 사대부들이 유학이라는 이념을 공유하고 신분적으로도 비슷한 환경에 있었기 때문에 이 같은 보편성의 획득이 상대적으로 쉬웠다는 점을 확인했다. 그렇다면 이러한 이념적 보편성이 유통되는 조건으로서 심미성 실현의 양상을 살펴보자.

　　강호(江湖)에 ᄀᆞ을이 드니 고기마다 술져 잇다
　　소정(小艇)에 그물 시러 흘니 씌어 더져 두고
　　이 몸이 소일(消日)히옴도 역군은(亦君恩)이샷다.[137]
　　　　　　　　　－ 맹사성(孟思誠), 〈강호사시가(江湖四時歌)〉 가운데 한 수

　　이런둘 엇다ᄒᆞ며 뎌런둘 엇다ᄒᆞ료
　　초야(初也) 우생(愚生)이 이러타 엇다ᄒᆞ료
　　ᄒᆞ믈며 천석고황(泉石膏肓)을 고텨 므슴ᄒᆞ료[138]
　　　　　　　　　－ 이황(李滉), 〈도산육곡지일(陶山六曲之一)〉

　현대를 살아가는 우리로서는 강호에서 소일하는 감회와 임금의 은혜를 아무런 장치 없이 바로 관련시켜버리는 앞의 작품이나, 천석고황(泉石膏肓)을 합리화해주는 자연에 대한 예찬 한마디 없는 아래 작품은 이해하기가 어렵다. 이 작품들은 모든 땅과 사람의 주인이 임금이라는 인식과 인간은 자연 속에서 자연의 법리대로 살아가야 한다는 유가적 자연관 없이는 이해될 수 없다. 하지만 그것을 공유하는 순간 이 작품들은 아무런 문제없이 받아들여질 것이다. 더 나아가 이 작품들이 지닌 소박함, 그 자체에서 미적 감동을 느끼게 된다. 관능적이고 화려한 수사에 익숙한 현대인들과는 달리, 당대 사대부들은 이 작품들이 아무런 수식도 꾸밈도 없이 시조의 형식에 부합하고 있다는 사실 그 자체에 심취했다.

---

137) 전집 1, 44쪽, 29.
138) 전집 1, 100쪽, 121.

어리고 셩근 梅花(매화) 너를 밋지 안얏더니,
눈 期約(기약) 能(능)히 직켜 두세 송이 푸엿고나.
燭(촉) 잡고 갓가이 사랑할 졔 暗香浮動(암향부동)하더라.[139]

- 안민영(安玟英)

안민영은 전문가객으로 서얼 출신이다. 이 시는 사군자(四君子) 가운데 하나인 매화를 노래했다는 점에서 사대부들의 이념에 부합한다. 하지만 앞의 두 시와 같이 소박하고 직설적인 표현을 사용하지는 않았다. 위 시는 매화라는 구체적인 대상을 노래했으며, '두세 송이', '암향'과 같은 시어는 관능적 구상성을 지닌다. 이 시를 향유할 때는 두 개의 이미지가 뇌리를 지배하게 된다. 매화라는 구상과 어려움을 이겨내고 꽃피는 충절이 그것이다. 가능하다면 눈앞에 매화를 직접 보면서 이 노래를 부른다. 구체적 대상이 지닌 아름다움을 이념과 같이 깊이 음미함으로써 일상에서 이념을 내면화하는 양식으로 시조가 기능했던 것이다. 서정 장르로서 시조의 수용, 즉 내면화에는 그것이 소박미를 지향하든 관능미를 지향하든 심미성이 중요한 관건이 된다는 것이다. 훨씬 개인적인 감흥을 다룬 작품도 하나 보도록 하자.

재 너머 성권농(成勸農) 집의 술 닉닷 말 어제 듯고
누은 쇼 발로 박차 언치 노하 지즐트고
아희야 네 권농(勸農) 겨시냐 정좌수(鄭座首) 왓다 흐여라.[140]

- 정철

---

139) 안민영, 김신중 역주, 《금옥총부》, 박이정, 2003, 71쪽, 15번 시(《금옥총부》는 고종 18년(1881)경에 편찬된 안민영의 개인가집이다).
140) 전집 1, 218쪽, 335.

정철이 위대한 시인이라는 것은 시조를 이념의 표백으로서만이 아니라 개인의 흥취와 감성을 나타내는 데 자유자재로 활용했다는 데 있다. 이 시에는 '성권농'과 '정좌수'라는 실명(實名)이 나온다. 실명의 사용은 화자의 정체를 드러내고 한정해 불특정 다수의 수용자들이 작품에 동화되고 내면화하는 데 장애가 될 수 있다. 물론 강렬한 이념이 지배하는 작품에서는 문제될 것이 없다. 이념의 힘이 그 이념을 신봉하는 수용자들에게 감동을 주어 그 작품을 내면화해줄 것이다. 하지만 이 작품의 경우는 그렇지 않다. 그렇다면 실패한 서정인가? 사실 이러한 질문은 그 자체로 우문(愚問)이다. 장르적 비순수성은 실패의 증거가 아니라 새로운 창조, 역동적 창의력의 증거인 경우가 더 많기 때문이다. 이 시는 중세의 장르 환경 속에 존재했던 서정시라는 시조의 특수성을 감안하고 볼 때 상당히 실험적이다. 매우 역동적인 서사가 있다. 정인보(鄭寅普)나 최진원(崔珍源)의 말처럼 이 시에는 절단되어 생략된 시간이 있다. 그리하여 여기에 어떤 '심리의 생동'이 자리 잡게 된다.[141] 이 노래는 좀 흥이 올랐을 때 어울림직하다. 여기에는 직접적인 이념의 표백이 없어 더욱 가볍고 호쾌하다. 이 시는 특히 여러 사람이 유흥의 장에서 공유할 경우, 역동적 서사와 호쾌한 흥취로 말미암아 쉽게 내면화할 수 있다. 이때 이 시의 서사성은 서사성 그 자체로 수용되는 것이 아니라, 함께 수용하는 사람들의 공감을 넘어서 공명을 불러일으킬 수 있다.[142] 다분히 극적인 상황이 펼쳐지는 것이다. 그러나 시조라는 간결한 형식과 태평한 음률은 공명을 극적 소통으로 이끌기보다는 서로에 대한 친밀감을 확인하는 가

---

141) 최진원, 《한국고전시가의 형상성》, 성균관대 대동문화연구원, 1988, 132쪽.
142) 우리 주변에서 흔히 볼 수 있는, 노래와 춤이 어우러진 놀이판을 상상하면 된다.

운데 시인 못지않은 각자 내면의 호방한 기질을 끌어내는 쪽으로 정리하게 된다. 이 작품이 수용자들의 공감을 쉬이 얻어낼 수 있는 데는 그 표현의 소박함도 한몫을 한다. 호방함이 흥취를 끌어낸다면, 소박함은 거부감을 제거하고 동질감을 부여한다. 이 시는 매우 유쾌한 내용을 담고 있지만, 지나치거나 흥청거리는 분위기는 없다. 중장에 등장하는 '소'는 특히 친밀하고 소박하면서도 거침없는 호방함을 보여주는 소재이다. 즐기되 절제하며 질박함을 추구하는 사대부들의 미적 취향에 완전히 부합하고 있다. 때문에 이 작품은 흥겨운 분위기에서도 충분히 심미적으로 수용될 수 있는 것이다. 실험적이면서도 담당층의 미적 취향에 부합하는 이런 작품의 출현은 기녀나 무인들의 작품들과 더불어 시조의 융성을 보여준다. 특히 정철의 경우는 기녀나 무인들과 달리 시조 담당층의 중심 세력인 사대부 문인이었다는 점에서 더 의의가 있다. 시조가 장르적 정체성을 굳건히 한 상태에서 역동성을 발휘하여 영역을 확대하는 동시에 명작들을 생산하고 있었던 것이다.

현대시에 와서 서정시는 각계각층의 독자들을 얻는 대신 공통의 이념과 공통의 미적 취향을 잃었다. 따라서 현대시는 개성을 표현할 넓은 공간을 얻는 대신 더 폭넓은 독자들이 공감할 수 있는 어떤 보편성을 획득해야 했다. 개성적인 것이면서 보편성을 지니는 소재라는 것은 결국 모든 인간에 내재하는 본능과 욕망, 그것들의 좌절 같은 것이 될 수밖에 없다. 다시 말해서, 남녀 사이의 연애 감정, 더 나아가 관능, 조금 더 넓혀 아름다운 것에 대한 추구, 그리고 외로움 등이다. 문제는 그 표현 방식이다.

소월(素月)은 우리의 민요나 시가 전통 속에서 어떤 미학적 자양분을 섭취하고자 노력했고, 그 때문에 널리 사랑받았다. 〈진달래 꽃〉 같은 것은 그 이별이라는 소재와 여성적 정서가 속요 〈가시리〉나 〈정읍사〉 등과 닮았고, 어찌 보면 민요 〈아리랑〉의 유명한 몇 편들과도 비슷하다. 그의 시는 인간적이고 알뜰한 관능적 표현을 기본으로 하고 반어로 포인트를 준 작품들이 많다. 시 한 편 한 편의 형식을 찾기 위해 그가 부단히 노력했다는 것은 잘 알려져 있다. 예를 들어 1920년 7월 《학생계》 창간호에서는 〈먼 후일〉의 마지막 연이 "오늘도 어제도 못닛는 당신 먼後日 그째엔/니젓노라"로 되어 있지만, 1922년 8월호 《개벽》에는 이 부분이 "오늘도 어제도 못잊는 당신을/먼훗날 그 때에는 〈잊었노라〉"로 되어 있다. 이것으로도 만족하지 못했는지, 시집 《진달래 꽃》에 실을 때는 다음과 같이 다듬었다.

> 먼 훗날 당신이 찾으시면
> 그 때에 내 말이 〈잊었노라.〉
>
> 당신이 속으로 나무리면
> 〈무척 그리다가 잊었노라.〉
>
> 그래도 당신이 나무리면
> 믿기지 않아서 〈잊었노라.〉
>
> 오늘도 어제도 아니 잊고
> 먼 훗날 그 때에 〈잊었노라.〉[143]
>
> — 김소월, 〈먼 후일〉

---

143) 요람, 109쪽.

이 같은 부단한 노력은 형상화의 중요성에 대한 소월의 강한 자각을 보여주는 것이다. 언어에서 느껴지는 미세한 율동감에 주의하고 '못 잊고'와 '아니 잊고', '그 때에'와 '그 때에는'의 작은 의미 차이도 섬세하게 고려했다. 때문에 이 시는 어느 부분에서도 어색함 없이 읽어 내려갈 수 있는 아름다운 운율을 가지고 있다. 첫 연은 한 순간에 주위를 환기하며 독자를 끌어들인다. 일견 단호한 이별의 선언처럼 들리면서도 '먼 훗날', '그 때에'가 궁금증을 불러일으킨다. 그러다가 2연으로 가면 단박에 동화되어 수긍하게 된다. 그만큼 '무척 그리다가 잊었'다는 표현이 일상적이고 친숙하며 자연스러운 결말을 담고 있기 때문이다. 3연은 2연의 정서를 증폭하면서도 한편으로는 다시금 회의를 불러일으킨다. '당신'에 대한 원망으로 망각의 의지를 표명하는 것일 수도 있는 애매한 표현이다. 그러나 이 속에 담긴 미세한 원망을 넘어 마지막 연은 반전을 준비한다. 잔잔하면서도 끊기지 않는 감동이 물밀듯 밀려온다. 아무리 행복한 순간에도 그것의 영원성을 확신할 수 없는 것이 인간이라는 존재이다. 그렇기 때문에 사람들은 누구나 영원한 사랑을 나누고 싶어 한다. 독자는 때때로 '당신을 잊지 못하는' 작중화자가 되어 이 시를 내면화하기도 하고, 혹은 더 나아가 '당신을 잊지 못하는' 작중화자의 속삭임을 듣는 숨겨진 화자가 되어 그녀에 대한 연민과 사랑을 느끼기도 할 것이다. 또 많은 경우에는 그 두 처지 사이를 왔다갔다하며 이 작품을 되뇌이게 될 것이다. 어떤 경우가 되었든 상관없는 것이다. 이 시를 수용하는 처지에서는 이 시가 주는 아름다운 공감에 집중하면 될 뿐, 실제 시인 소월의 존재는 중요하지 않다. 시의 주인은 지금 이 순간 그 시를 향유하는 자이지 시인이 아니다.

　문화적 전통은 하루 아침에 구축되지도 하루 아침에 사라지지도

않는다. 소월의 경우에는 민요와 같은, 조선 사대부들의 전통보다는
민중적인, 그래서 보다 더 근원적이고 일상적인 것에 주목했다. 하지
만 자연에 동화한다는 유가적 자연관도 여전히 보편적 설득력을 가
지고 있다.

> 강나루 건너서
> 밀밭 길을
>
> 구름에 달 가듯이
> 가는 나그네
>
> 길은 외줄기
> 남도(南道) 삼백리(三百里)
>
> 술 익는 마을마다
> 타는 저녁놀
>
> 구름에 달 가듯이
> 가는 나그네.[144]
>
> — 박목월(朴木月), 〈나그네〉

박목월이 자연과 동화를 중요한 주제로 해서 많은 시를 썼다는 것
은 잘 알려져 있다. 그런데 그의 작품들은 그 자연에 적극 동참해 하
나 되는 것이 아니라, 관조를 바탕으로 한 관념적·심미적 조화를 드

---

144) 이 시는 1946년 4월 《상아탑》 5호에 발표되었다(요람, 689~690쪽).

러낸다. 위 시에서 나그네는 시인이거나 서정화자가 아니다. 강나루, 밀밭 길, 구름, 술 익는 마을 같은 자연의 일부이다. 물론 이 시를 읽는 독자는 그 나그네가 되어 스스로 자연의 일부가 될 수 있다. 아니면 서정화자가 되어 시가 그려내는 세계를 음미할 수 있다. 어느쪽이든 이 시의 가라앉은 관조적 분위기는 심미적 수용을 촉진한다. 이 시를 감상하는 사람은 이 시가 그려내는 세계의 막연한 외로움과, 그래서 더욱 다가오는 아름다움, 그 혼연일체의 충일감을 향유한다. 다시 말해서, 이 시는 형상화한 작품 내적 세계를 심미적으로 수용하는 데서 감동이 생겨난다는 것이다. 이것은 조선시대 사대부들의 미적 전통과는 다르다. 다음 시조를 보자.

> 남산(南山) 뫼 어드메만 고학사(古學士) 초당(草堂) 지어
> 곳 두고 둘 두고 바회 두고 믈 둔눈이
> 술조차 둔눈 양호야 날을 오라 호거니.[145]

- 정철

이 시도 물론 자연과 일체감을 보여준다. 하지만 시인은 자연을 그 자체로 관조하는 것이 아니라 '즐긴다.' 이 시에서 우리는 '강나루 건너서 밀밭 길'이나 '길은 외줄기/남도 삼백리' 같은 서정적 서경(敍景)을 만날 수 없다. 또 이 시에는 '구름에 달 가듯이/가는 나그네' 같은 서경이면서 동시에 동일시의 대상이 될 수 있는 서경화된 화자 같은 그런 존재도 없다. 이 시의 화자는 너무나 분명하다. 정철 자신이다. 물론 이 시가 공유될 때는 누구나 정철이 될 수 있겠지만 말이다. 문

---

145) 전집 1, 196쪽, 289.

제는 이 시에서 심미적 수용의 대상이 되는 것이 무엇인가 하는 것이다. 그것은 이 시가 구상화하고 있는 '초당'이나 자연이 아니라 이 시 안에서 자연스레 드러나고 있는 시인의 마음, 그것이다. 시인의 부러움과 기대감, 그러나 무엇보다 '날을 오라 하거니'에서 드러나는 흐뭇한 만족감이 감상의 포인트가 된다. 이 흐뭇한 만족감 속에서 발생하는 흐뭇한 부러움의 원인과 기대의 대상이 바로 꽃과 달, 바위와 물, 게다가 술인 것이다. 사대부들의 경우 다른 역사적 배경에 촉발되지 않고서는, 자연 그 자체에서 관조적인 외로움 같은 것을 찾아내는 경우는 드물다. 여기에는 자연 그 자체를 최고의 예술작품으로 여기며 매우 긍정적으로 바라보는 사대부들의 자연관·예술관이 개입하고 있다. 이 때문에 이들은 〈나그네〉에 보이는 인위적 서경을 만들어내지 않았던 것이다.

그 일관성과 지배력은 중세보다 현저히 줄었지만, 우리 시대에도 이념은 있다. 아니 어떤 면에서는 중세가 끝나자 진정으로 이념이 중요한 시대가 시작되었다. 양반 지식인들에게는 이념이 중요했지만, 조선시대 민중들에게 이념은 그다지 중요한 문제가 아니었다. 근대가 시작되자 누구에게나 옳은 절대 보편적인 이념이 사라지고 하나의 이념이 다른 이념에 대립하는 시대가 되어, 이념을 지키기 위한 것이 아니라 이념의 실현을 위해 투쟁하는 상황이 벌어졌다. 시인도 스스로 옳다고 생각하는 이념을 위해 시를 쓰기도 한다. 이럴 경우 시인의 시는 중세와는 달리 그 이념을 충분히 배우고 익히지 못한 독자까지도 대상으로 하게 된다. 이런 경우 독자는 그 시를 내면화하는 데 어려움을 겪게 된다. 그러나 시는 우리 시대 문학에서는 서정의 다른 이름이다. 그래서 시라는 이름으로 제시되면 독자들은 그것을 서정적으로 수용하려고 노력한다.

만인의 머리 위에서 빛나는 별과도 같은 것
만인의 입으로 들어오는 공기와도 같은 것
누구의 것도 아니면서
만인의 만인의 만인의 가슴 위에 내리는
눈과도 햇살과도 같은 것

토지여
나는 심는다 그대 살찐 가슴 위에 언덕 위에
골짜기의 평화 능선 위에 나는 심는다
평등의 나무를.[146]

- 김남주, 〈나의 칼, 나의 피〉 가운데 앞부분

김남주의 시를 비판할 때 흔히 나오는 소리가 '시는 구호나 혁명선언문이 아니'라는 말이다. 위의 시는 제목도 그렇지만 그 내용도 '평등실현선언문' 같다. 그럼에도 80년대에는 좋아하는 사람들이 많았다. 이 시에 대해 처음부터 거부감을 가지는 경우가 아니라면 이런 시들에 대해서도 심미적 수용을 시도하는 경향이 일반 독자들에게 있기 때문이다. 그리고 이것은 시의 무서운 힘이다. 이와 같은 장르적 관습에 더해 심미적 수용을 촉진하는 리듬과 적절한 형식 그리고 어떤 보편성을 갖춘다면 시는 심지어 선입견과 저항감을 넘어 수용자에게 어떤 새로운 사상을 수용하게끔 하는 힘을 갖는다.

신새벽 뒷골목에
네 이름을 쓴다 민주주의여

---

146) 김남주, 《나의 칼, 나의 피》, 인동, 1987, 19~20쪽.

내 머리는 너를 잊은 지 오래
내 발길은 너를 잊은 지 너무도 너무도 오래
오직 한가닥 있어
타는 가슴 속 목마름의 기억이
네 이름을 남 몰래 쓴다 민주주의여

아직 동 트지 않은 뒷골목의 어딘가
발자욱소리 호르락소리 문 두드리는 소리
외마디 길고 긴 누군가의 비명소리
신음소리 통곡소리 탄식소리 그 속에 내 가슴팍 속에
깊이깊이 새겨지는 네 이름 위에
네 이름의 외로운 눈부심 위에
살아오는 삶의 아픔
살아오는 저 푸르른 자유의 추억
되살아오는 끌려가던 벗들의 피묻은 얼굴
떨리는 손 떨리는 가슴
떨리는 치떨리는 노여움으로 나무판자에
백묵으로 서툰 솜씨로
쓴다.

숨죽여 흐느끼며
네 이름을 남 몰래 쓴다.
타는 목마름으로
타는 목마름으로
민주주의여 만세.[147]

– 김지하, 〈타는 목마름으로〉

---

147) 김지하, 《타는 목마름으로》, 창작과비평사, 1982, 8~9쪽.

이 시는 구체적인 어떤 사건도 적시하고 있지 않지만, 7~80년대 대학생들 사이에서 향유될 때는 지금 막 벌어지고 있는 어떤 시위, 정부의 어떤 억압적 정책에도 잘 들어맞는 노래였다. 다시 말해서, 막연했기 때문에 어떤 상황에서도 호소력을 발휘했다는 것이다. 게다가 이 시는 여러 차례 망각이라는 상실감, '숨죽여 흐느끼'는 억압된 슬픔, '타는 목마름'이라는 갈망 등의 인간의 본성에 내재된 구체적이고 손에 만져지는 보편적 감성과 '민주주의'라는 막연하지만 보편화된 이념을 결합하고 있다. 또 이 시는 일찍부터 노래로 불리며 널리 전파되었다. 음악의 힘이 더해져 이 시는 심지어 당시 학생운동에 비판적인 시각을 가진 사람들에게도 널리 사랑받았다. 그러는 사이에 이 시는 자기의 역할을 충분히 달성했다고 할 것이다. 이 시에 그려진 억압받는 모습은 다소 막연하지만, 억압받는 것이 당시 민주화운동세력이라는 것만은 확실하기 때문에, 이들을 억압하는 자들은 민주주의를 억압하는 자가 되고, 운동세력은 민주주의를 위해 희생을 무릅쓰는 고귀한 영웅·열사가 되었던 것이다. 이 노래를 부르는 동안만은 모두가 민주주의를 위한 전사가 되는 감동을 맛볼 수 있었다. 예(禮)와 음악을 동격에 두며 중시했던 중세 지배층의 의도를 알 것이다. 그들은 시가의 공유를 통해 이념을 공유했던 것이다.

5. 요약과 정리

지금까지 우리는 서사성과 극성 그리고 서정성이 고소설·탈춤·시조·자유시 등에서 어떻게 구현되고 있는지를 구체적인 예를 들어 살펴보았다.

　정리해보면, 고소설에 나타난 서사성은 우선 화자 중심의 일방적 전달을 공고히 하는 방식으로 구현되었다. 고소설은 장면전환방식에서부터 화자의 일방적인 편집 의도를 실현하고 있었으며, 더 나아가 이야기 전체를 하나의 일관된 논리로 조직하는 양상을 보였다. 특히 고소설의 화자는 독서물이라는 제시형식의 물리적 특성상 독자로부터 모습을 감춤으로써 어떤 간섭도 배제할 수 있었다. 이러한 물리적 한계는 독자에게 개입의 의지를 거의 완전히 포기시켰고, 이러한 조건은 당대 작가들의 미약한 대사회의식 및 소설 시장의 한계 상황과 맞물려 통속성으로 이어졌다. 이 같은 특징은 설화나 근대소설과 비교해서도 고소설이 매우 안정되고 완전한 서사적 환경에 있었음을 보여준다. 설화는 청자와 직접 대면했다는 구연 상황 때문에 화자의 의도와는 상관없이 청자의 소통 요구에 맞닥뜨릴 수 있는 불안정한 조건을 감수해야 했다. 또한 근대소설은 여러 장르와 벌인 경쟁 등으로 보다 더 생동감 넘치는 표현을 찾아나가야 했으며, 점차 영화 등 영상문화의 영향까지 받게 되어 순수한 서사성만을 고집할 수는 없게 되었다.

　탈춤의 극성은 인물들의 행위에 의존하면서 현재감을 강화하는 방식으로 구현되었다. 탈춤은 장면전환방식에서부터 인물들의 등퇴장에 의존하면서 이들 각자의 목소리들이 저마다 권리를 주장하는 다원적 구조를 보였다. 특히 탈춤은 인물들이 여러 형태로 의사소통을 시도하는 행위 그 자체를 중심 내용으로 하면서 이를 통해 강자를 하락시켜 모두가 동등한 상태를 지향해갔는데, 이것은 관객까지도 소통의 대상으로 끌어들이면서 탈춤의 연행 공간을 대동의 공간으로 만들었다. 이 같은 탈춤의 특징은 서구 연극과는 다른 순수하고 원초적인 극의 속성이다. 고전적인 서구 연극은 작가가 사적인 공간에서 미리 써둔 대본을 그대로 실연한다는, 다분히 서사적인 생산방식의 영향에서 자유로울 수 없었다. 서구 장르론에서 서사와 극의 거리를 서정과 극, 서정과 서사의 거리보다 질적으로 차이가 날 만큼 가깝다고 본 것도 바로 이 때문이다. 하지만 우리는 탈춤과 고소설을 비교함으로써 서사와 극 사이에 존재하는 본질적인 차이를 분명히 인식하게 되었다.

시조에서 서정성은 음률과 독백화한 언어를 바탕으로 내면화를 촉진하는 방식으로 구현되었다. 특히 담당층이 지닌 이념적·미학적 공감을 바탕으로 소박하고 자연스러운 표현을 추구했으며, 유장하고 태평한 음률에 실음으로써 심미적 수용을 통한 내면화에 성공할 수 있었다. 시조까지 서정 장르는 음악과 불가분의 관계를 가졌다. 시조는 음악과 이에 따른 정형화된 형식 그리고 넓은 공감대를 형성하고 있는 제한된 담당층이라는 조건 속에서 안정된 서정성을 구현했다. 하지만 중세의 질서가 무너지고 새로운 질서가 구축되면서 시는 제한된 담당층과 정형화된 음률을 거부하고 인쇄되어 읽힌다는 다분히 서사적인 새 환경을 선택하게 되었다. 이 때문에 현대시 실험은 내면화를 촉진하는 다양한 형식의 개발에 나섰으며, 미적 형상화와 심미적 수용의 중요성이 증대하게 되었다.

결론적으로 우리는 형상화한 독백의 심미적 수용에 따른 내면화라는 특징이 모든 서정 장르의 기반을 이루는 특성이며, 중세 시가 장르인 시조에서는 안정되게 구현되었으나 자유시에 와서는 일정한 형식 없이 시인 개개인의 모색에 맡겨지게 되었음을 알았다. 또 화자의 일방적 지배에 따른 이야기 논리의 구축이라는 특징이 모든 서사 장르의 기반을 이루는 특성이며, 이것이 고소설에서 가장 완전한 모습으로 구현되었음을 알았다. 아울러 각각의 인물 및 관객 사이의 다원적 소통에 따른 현재감의 체험이라는 특징이 모든 극 장르의 기반을 이루는 특성이며, 탈춤에서 가장 잘 보존되어 있다는 사실도 확인할 수 있었다. 지금까지의 논의를 통해 밝혀진 서정성과 서사성과 극성에 대한 이해를 바탕으로 다음 장에서는 각 장르들의 결합과 수용 그리고 경쟁 속에서 일어나는 양상을 창조성을 중심으로 살펴보기로 하겠다.

제3장 장르와 창조

1. 장르의 존재방식과 이해

(1) 실체적 이해와 구상적 이해

앞 장의 논의를 통해 '원장르'의 정체는 물론 원장르와 역사적 장르들이 맺고 있는 관계도 비교적 분명히 드러났다고 생각한다. 그리고 필자가 기존 논의를 정리·비판할 때 외에는 될 수 있는 대로 '이론적 장르'나 '장르류' 또는 '갈래'라는 용어를 피하는 이유도 충분히 전달되었으리라 믿는다. 한두 사람의 이론가들이 책상에 앉아 장르를 만들어낼 수 있다는 신념에 필자는 반대한다. 사실 장르는 수많은 작품을 통해 자기를 드러내었다. 완전하고 균형 잡힌 인위적 체계의 구축에 대한 야망을 버린다면 우리는 역사적 장르들을 이루는 근원으로 돌아갈 수 있을 것이다.

필자도 더 합리적인 장르체계를 새로 개발한 것은 아니다. 그렇게 주장한다 하더라도 그것은 사실이 될 수 없다. 새로운 원장르 세 개를 발견한 것도 아니다.[1] 프라이가 네 가지라고 생각한 기본적인 제시방식이 실은 세 가지라는 것을 알게 되었을 뿐이다. 그리고 그 기본적이고 보편적인 제시방식 세 가지란, 자기 스스로에게 제시하고 스스로 수용하는 '내면화', 자기의 정보력 우위를 바탕으로 상대에게 일방적으로 제시하는 '일방적 전달', 제시하기도 하고 받아들이기도 하는 '소통'이라고 할 수 있다. 이것들은 문학예술의 영역에서는 각각 '노래'·'이야기'·'놀이'라는 형식에 상응한다. 그리고 이 형식들이 지닌 속성에 '서정'·'서사'·'극'이라는 원장르의 이름을 붙여서 연구해온 것이다. 그러므로 장르론은 자꾸만 새로운 이론을 만들어내는 것보다는 '내면화-노래-서정'·'전달-이야기-서사'·'소통-놀이-극'의 관련과 형식·속성·결합 등을 연구하고 해명하고 기술하는 데 집중해야 할 것이다. 이것이 '장르론은 규범적이어서는 안 되고 기술적(記述的)이어야 한다'는 말의 진의일 것이다.

예컨대 우리는 신동엽의 〈금강〉이 지닌 장르적 성격을 해명할 때, 이 작품이 어떤 이야기를 전달하려고 하는 강력한 의지를 지니고 있으며, 동시에 그 이야기를 시적(詩的)인 형식을 빌어 하고 있다는 것을 인정해야 한다. 그 결과 독자들은 어떤 이야기를 들으면서, 이 이야기가 주는 어떤 정서를 개별적으로 내면화하는 경향을 띠게 된다. 작가의 창작 의도 자체가 서사적이면서 서정적이었고, 실제로 서사적 형식들과 서정적 형식들이 모두 나타났다. 이 작품은 분명히 서정이면서 서사이기도 하다. 그 가운데 어느쪽이 더 중요한가는 중요하지

---

1) 필자가 '원장르'라는 용어를 선호하는 이유는 다른 명칭들이 그 '분류학적' 속내를 드러내고 있다는 것 외에도, 장르의 문제는 본질적으로 실재하는 세 가지 근원적인 제시의 형식들로부터 비롯된다는 판단 때문이다. 이에 대해서는 이 책의 제1장을 참조하기 바란다.

않을 것이다. 정말 중요한 것은 서사적이면서 동시에 서정적인 이 작품의 독특한 미적 특질이며, 어떻게 해서 이것이 가능했는가 하는 문제일 것이다. 이렇게 이 작품을 이해해야 이 작품과 비슷하면서도 다른 작품들, 예컨대 〈새재〉 같은 작품을 이해하는 또 하나의 징검다리가 놓일 수 있다. 이렇게 돌을 놓다보면 우리는 문학과 예술에 대해 점점 더 많이 이해할 수 있게 되는 것이다.

장르에 관한 이해는 기술적이어야 한다. 이제 원장르를 규정하는 기본 자질들에 대해서도 분명하게 알게 되었고, 더 나아가 그 기본 자질들과 물질적 수단―전달매체들과 관계에 대해서도 이해하게 되었으므로 진정으로 기술적인 장르 이해가 가능하게 되었다. 고소설·탈춤·시조 등에 대한 고찰에서 반복하여 본 것처럼, 우리는 어떤 역사적 장르를 구성하고 있는 구체적이고 실질적인 제시수단과 그 결합방식에 대한 고찰에서 출발해 예술적 형식은 물론 주제적이고 미학적인 특징까지 살펴볼 수 있었다. 이렇게 하는 것이 장르에 대한 실체적 이해이다. 어떤 역사적 장르가 전반적으로 서사적이라면 우리는 서사성을 구현하고 있는 제시수단과 그 결합방식에서 출발해 그것을 지지·확장하고 있는 미학적 형식과 창작―소비의 유통구조에 이르기까지 살펴볼 수 있다. 또 이중적이거나 복합적인 장르라면, 그 안에서 서사성을 구현하는 요소들과 극성을 구현하는 요소들, 경우에 따라서는 서정성을 구현하는 요소들까지 찾아낼 수 있다. 다시 말해서, 장르론을 분류를 위한 체계로 생각하는 것이 아니라, 구체적인 작품과 역사적 장르를 실질적으로 이해하는 과학적 접근의 기반으로 이해해야 한다는 것이다.

하지만 문학사를 서술한다거나 또는 어느 시대 전체를 대상으로 전반적인 이해를 도모하는 경우, 또는 교육현장에서 많은 학생과 교사가 이해를 공유할 목적으로 어떤 구상적 모형이 필요한 경우라면, 필자로서는 세 개의 항성이 존재하는 우주를 상상하는 것으로 충분하다고 생각한다.

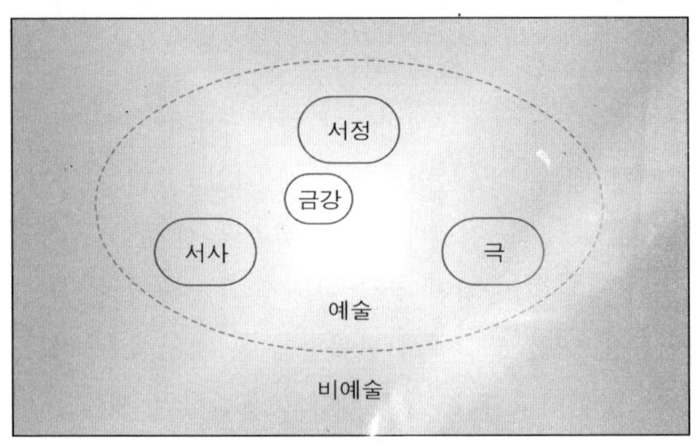

〈그림 1〉 장르의 공간적 이해

이처럼 공간적 이해를 통해 장르들의 존재 양상을 구성해보는 것은 물론 일정 정도 분류에 도움을 준다. 하지만 위의 〈그림 1〉에서 경계선이 없다는 것만은 분명히 해둔다. 서정이든 서사든 항성 안에서 태어나는 장르는 좀처럼 없다. 제시자 자신만을 위한 순수한 내면화나 내면화의 가능성이 완전히 차단된 순전한 정보전달은, 설사 있다고 하더라도 예술작품으로 인정되기는 어렵다. 이 항성들의 표면에서부터 중앙과 전체 우주에 이르기까지 어디에서든 작품은 만들어질 수 있다. 예술과 비예술의 경계는 점선으로 표시했는데, 이는 예술성에 대한 판단이 미적 판단으로서 언제나 일정한 주관성을 띠기 때문에 확정할 수 없다는 뜻이다. 이 우주에서 작품 혹은 역사적 장르라는 새들은 여러 위치에서 태어난다. 이에 따라 세 항성으로부터 받는 인력과 빛의 양이 다르고, 이 때문에 다양한 골격과 형식을 지니며, 제각기 다른 진화의 길을 걸어갈 것이다. 예를 들면, 서사시 〈금강〉은 '극'이라는 항성에서는 비교적 멀리 떨어져 있으면서 '서정'과 '서사'의 중간쯤을 맴돌고 있을 것이다. 어느 정도는 '서정'에 가까울지도 모르지만, 중요한 것은 그래서 '서정'이라는 것이 아니라, 왜 더 가까우며 그래서 어떤 골격·형태·성격을 지니게 되었는가 하는 것들이다.

(2) 변두리와 중간

공간적으로 상상할 때, '변두리'로 치환되는 것은 실제에서는 충분한 형상화가 이루어지지 않은 전(前)예술적 양식들이다. 그리고 이 '변두리'에서 문제가 되는 것이 바로 교술·전술 등으로 불리는 제4장르이다. 이 제4장르 설정에 따르는 문제점에 대해서는 이 책의 제1장에서 충분히 다루었지만, '지금까지 제4장르로 분류되어온 역사적 장르들을 어떻게 이해할 것인가?' 하는 문제에 대해서는 충분히 논의하지 못했다. 이미 논란이 되어온 가사나 경기체가·몽유록·수필 등이 그것이다.

이것들을 설명하기 위해서 조동일은 교술을, 성무경은 전술을 설정한 바 있다. 하지만 이 두 가지 개념들은 의미뿐만 아니라 적용에서도 서로 완전히 일치하지는 않는 것처럼 보인다. 교술은 '작품 외적 세계의 개입이 있는 자아의 세계화'이다. 그래서 가사나 경기체가·몽유록 등이 모두 교술에 귀속된다. 하지만 전술은 '노래하기라는 환기방식이 서술의 입체화를 방해하여 서술의 평면적 확장'을 이룬 것으로 '서술 언어의 통사적 의미를 구조적으로 연계하는 특성이 나타'나며, 그 연계에서 누적되는 정서인 '전술성'을 보이게 된다. 이 때문에 가사나 수필은 전술의 자격을 획득하지만, 몽유록 같은 것은 서사에 귀속될 수밖에 없고, 경기체가는 아마도 '노래하기라는 환기방식에 이끌린 서술의 억제'를 보이기에 서정에 귀속시킬 도리밖에는 없을 것 같다. 몽유록이나 가전체, 가사와 경기체가를 동일한 개념으로 묶을 수 있다는 생각은 위험해 보인다. 이들을 한자리에서 비교하게 된다면 그것들은 유사성보다 더 큰 차이점을 노출시키고 말 것이다. 가사나 수필을 같이 묶는 것도 비슷한 위험을 내포하고 있다. 극단적으로 실용적인 가사가 있는가 하면, 매우 서정적인 가사도 있기 때문이다. 수필은 더 큰 문제를 안고 있다. 거의 학술적인 연구보고서에 가까운 것부터 짧은 소설처럼 느껴지는 것들이 모두 수필의 범주 안에 들어 있기 때문이다. 성무경은 '기초 서사'와 '양식 서사'를 구분함으로써 이러한 양식적 다양성의 문제를 해결하고, 수필을 '전술' 양식에 귀속시키려고 한다. 기초 서사는 '서술' 본래의 속성인 '평면성'을 벗어나지 않는 것이고, 양식 서사는 '인과율' 개입에 따른 '동기화'를 그 특징으로 하는 것이다.[2] 이와 같은 시도는 서사의 두 층위를 설명하는 데는 매우 의미 있는 것이다. 하지만 그 두 층위의 구분은 결코 쉽지 않다. 그는 피천득의 수필 〈은전 한 닢〉을 예로 들어, 여기서 서사는 '양식 서사의 가면을 쓰고 거짓 진술을 수행하는 기초 서사'라고 말한다. 전장(錢莊)을 두 번이나 들어갔다 나오는 거지의 행동은 자기 돈의 진위를 확인하기 위한 것이므로 '동기'로 이해될 수도 있겠지만, 그것은 '그는 눈을 떴다'라는 진술을 '그는 눈을 감았었기 때문에 떴다'라는 의미를 끄집어내어 '인과'로 이해하는 것과 같은 오류라는 것이다. 하

---

2) 성무경, 〈가사의 존재양식 연구〉, 성균관대 박사논문, 1997, 91~101쪽.

지만 이 수필에 대해서도 그가 김승옥의 소설《서울, 1964년 겨울》을 이해할 때 취한 태도를 공정하게 적용해줄 필요가 있다. 작품 전체의 맥락을 문제 삼아야 한다는 것이다. 그렇게 보면 〈은전 한 닢〉에서 문제가 되는 것은 전장에 두 번이나 들어갔다가 나오는 거지의 행위와 그 거지가 마지막에 밝히는 "단지 이 돈 한 개가 갖고 싶었습니다"라는 소망의 관계가 될 것이다.[3] 즉, 거지가 전장을 두 번이나 들락거린 앞의 사건은 뒤에 중얼거린 한마디 말로 반추되어 '동기화'되는 것이라고 할 수 있을 것이다. 사실 '인과율'에 따른 '동기화'라는 문제는 서사적 줄거리의 예술적 형상화라는 문제와 관련되어 있다. 전술이 '동기화 없는' '서술의 평면적 확장'을 양식화의 원리로 삼는다면, 그것은 다른 양식들에 견주어 비예술적인 양식이 될 수밖에 없다. 조동일의 '교술' 장르는 '비전환표현(非轉換表現)'이라는 개념을 거쳐 구성되었으며, 비전환표현이 비예술적인 성격을 나타내는 개념일 수밖에 없다는 점은 성무경이 지적한 바 있다.[4] 그렇다면 다음과 같은 표를 통해 이 비예술적 양식들의 존재 공간을 확인해볼 수 있다.

장르란 것이 무엇보다 문학적인(더 정확히는 미학적인) 문제라고 할 때, 비예술적인 형태들이 독자적인 장르가 될 수 없다는 것은 상식이 된다. 서정의 경우는 감정이라는 것이 미적인 것의 한 원천이라고 해도 일단 구조화해야 예술적인 것으로 자격을 인정받을 수 있으며, 다음으로는 작자 외에도 수용자가 나름대로 동시에 내면화할 수 있는

---

3) 여기서 거지의 행동은 돈의 진위 확인보다 소망이 성취된 기쁨과 그 현실성에 대한 불안감 등이 복합적으로 작용한 것임을 알 수 있다. 거지의 마지막 말을 듣는 순간 독자들은 '아, 그럴 수밖에 없겠구나' 하고 그의 앞선 행동과 동기들을 이해하게 된다.

4) 성무경, 앞의 글, 9쪽.

	원시적 고형	전(前)양식적인 일상적 형태	예술성 획득의 최소조건
서정	주술적 노래 (呪歌)	개인적 감정[喜怒哀樂] 표출 영탄, 홍얼거림	보편성의 획득+구조화
서사	주술적 전언 (傳言)	일방적 의사 전달 강의, 설교, 편지, 보고	(구체화된) 사건+ 허구(상상구조화)
극	주술적 재현 (舞踊)	소통 행위 대결, 대화, 스포츠	공유+허구

<표 1> 비예술적 양식의 존재 공간

보편적 자질을 조금이라도 가져야만 예술 장르로 인정될 수 있다. 행위나 대화는 그 자체로 하나의 사건이다. 하지만 여기에 미적 상상력이 보태어져 구조화해야 비로소 의미 있는 예술적 형식이 될 수 있고, 이것이 극 장르로 자격을 부여받기 위해서는 이를 공유할 수 있는 관중의 존재가 필수적인 것이 된다. 서사의 경우는 우선 건조한 개념적 진술을 넘어서서 구체적 사건을 갖출 때 서사적 양태로서 자격을 갖추게 된다. 예컨대 '고양이는 포유동물이다'와 같은 진술은 전후 문맥 속에서 구체적 사건과 결합되지 않는다면 아직 서사로 인정될 수 없다. 우선 직접적인 개념 전달을 넘어서서 구체적인 사건을 구비해야 하고, 다음으로는 이것들을 구조적으로 형상화해야 비로소 예술적인 장르성을 획득하게 된다. 이렇게 보면, 사건과 허구성을 구비하지 못한 채 알려주거나 전달하는 진술들은 그 자체로는 미적이지 않으므로 순수 교술은 예술적 장르로 성립될 수 없다. 따라서 교술적이면서 예술적인 장르란 서정적이거나 서사적이거나 극적인 특징들을 지닐 때만 역사적 장르로서 성립된다. 예컨대 수필은 쓰기를 통해 일단 내용을 독자들에게 알려주고자 하는 본질적 속성을 지닌다고 판단되므

로 서사의 주변장르로 인정될 수 있다. 하지만 이 경우 역시 서정 쪽으로 더 가까이 위치하는 작품들도 있을 것이고, 극 쪽에 더 근접한 작품들도 있을 것이다. 한편 교술적 속성을 강하게 지닌 작품은 서사보다 더 외곽에 위치하게 될 것이고, 사건이나 허구성을 갖추게 되면 점차 서사의 본 영역으로 접근하게 될 것이다.

이처럼 일단 교술은 서사의 비예술적 지향을 의미하는 개념으로 이해할 수 있다. 서정이나 극보다는 서사(이야기)가 더 언어적 발화에 많이 의존해왔다. 서사는 전달에 그 본질을 두고 있으며, 이것은 곧 언어의 기본적인 속성이다. 그리고 장르 연구가 언어 텍스트와 문학 연구자들을 중심으로 이루어졌기 때문에 서사의 비예술적인 양상들(교술적 작품들)이 특히 문제가 되어온 것이다. 교술은 독자적인 예술적 장르 개념으로는 성립될 수 없지만, 가공되지 않은 사실 혹은 현실적 의도의 전달을 지향하는 정신으로 예술성과 실용성의 경계에서 장르들의 변모 양상이나 주변성을 이해하는 데 의미 있는 기여를 할 수 있을 것이다.

앞에서 살펴본 것처럼, 수필을 '붓 가는 대로', 즉 하고 싶은 이야기를 무엇이든 형식에 구애받지 않고 써 내려간 것이라고 정의한다면, 수필은 대개 서사의 변두리 장르라고 볼 수 있다. 그러나 수필 작가는 수필이라는 형식에 주어진 넓은 자유를 이용해 서정이나 극에도 근접할 수 있다. 형상화에 관심이 많은 작가일수록 예술의 영역으로 들어와 여러 가지 실험을 할 수 있다. 하지만 수필이 언제나 '글로 써야 하고, 또 일반적으로 산문 형식을 유지'해야 한다면, 극적인 작품을 만드는 데는 한계가 생긴다. 여기에 우리나라처럼 문장을 중시하고 신변잡기를 위주로 하는 경수필이 주조를 이루게 되면, 수필은 마치 산문시처럼 풍부한 서정성을 지향하게 된다. 이렇게 되면 더 이상 변두리 장르가 아니며, 중간장르 혹은 복합장르라고 해야 할 것이다. 사실 문예화한 경수필(한국에서는 이것이 좁은 의미에서 진짜 수필이다)은 변두리 장르가 아니라 서정과 서사 사이에 자리 잡은 중간장르에 가깝다.

몽유록은 말할 것도 없이 서사이다. 그러나 구성과 사건을 중시하는 본격적인 서사에는 다소 못 미치는 작품들도 있을 수 있다. 중세는 교술적인 시대이며, 이는 중세 서사의 전통 안에서 시험된 양식이기 때문이다. 그러나 순전한 교술서사는 아니며, 본격적인 허구서사를 지향하는 모습을 발견할 수 있다.

경기체가 역시 서정임에 틀림없다. 심미적 수용에 따른 내면화라는 서정 장르의 특성은 향유층이 공유하는 미의식과 긴밀하게 관련된다. 현재의 미의식으로 판단해서는 안 되는 것이다. 새로운 이념과 지식으로 무장하고 현실에 도전해나가던 신진사인 등 담당층에 대한 기본적인 이해를 기반으로 판단할 때, 꾸밈없으면서도 장중한 경기체가의 형식은 그들의 미적 감수성에 일치한다고 볼 수 있다. 이와 관련해서는 개별 작품에 대한 고찰이 더 필요할 것이다.

이 부문에서 최고의 이슈는 역시 '가사' 문제일 것이다. 그런데 이 가사에 대해서는 발상의 전환이 필요한 것 같다. '가사'라고 일컬어지는 작품들 가운데 무척 서정적인 전기의 몇 작품들과 그야말로 교술적인 후기의 가사들은 정말 닮은 데가 없다. 원래 가사는 단형시가인 시조나 한시 등과 공존한 서정 장르였다고 생각된다. 이때 가사는 일반적으로 마지막을 '3·5·4·3'이라는 시조의 종장과 동일한 형식으로 마무리하는 경향을 띠었으며, 후기 가사와는 달리 음절 수에 별로 구애받지 않았다. 이러한 형식은 일정한 변화와 파격을 수용하면서 시상을 마무리하는 등, 심미적 수용에 따른 내면화를 지향한 것으로 보인다. 다만, 가사는 장형으로 길이에 제한이 없어 긴 호흡의 시상과 정보를 수용할 수 있었다. 이것은 시조보다 상대적으로 서사적인 경향이라고 하겠다. 이 때문에 가사는 정보의 전달이나 저장에 활용될 수 있었다. 하지만 이것은 어디까지나 보완적인 기능이라고 해야 할 것이다. 담당층인 사대부들은 한문 형식들을 통해 그 같은 일을 했기 때문이다. 그러니까 국문으로 그 같은 일을 할 필요가 있을 때만 사용했을 것이다. 문제는 가사라는 장르의 모호성이다. 서정적 욕구는 한시가 아니라도 더 효과적인 시조가 있었다. 다소 아쉬울 때는 같은 주제로 여러 수의 시조를 짓기도 했다. 이념을 공유한 사대부들에게 서정시가는 여흥의 자리에서 가창되는 경우가 많았을 것이다. 이런 경우는 한시보다 국문시가가 더 적격이었을 것이다. 하지만 가사는 길어서 공유되기가 쉽지 않았을 것이다. 원래의 담당층인 사대부들이 점차 서정적 감흥을 위해서가 아니라 '필요한' 경우에 실용적으로 가사를 이용하게 되고, 이런 관행을 바탕으로 교술적 서사 장르로 변질되어갔을 가능성이 높다고 하겠다.

여기서 가장 중요한 문제는 수많은 가사들이 양반 사대부가 아닌 서민 대중들의 교화를 위해서 기존의 음악적 전통을 고려하지 않은 채 마구잡이로 지어졌다는 것이다. 음악과 결별한 가사의 대부분은 철저한 4음보격의 준수 위에 한 음보 안에 장음·정음 없이 반드시 4자 4음을 실현하는, 음수율까지 고정된 형식을 철저히 지켰다. 이것은 대단한 구속처럼 보이지만, 작가의 처지에서는 오히려 규칙의 단순화라는 결과를 가져왔다. 단순하고 거의 유일한 규칙을 기계적으로 준수함으로써 가사를 짓는 사람은 오직 정보와 메시지 전달에만 주력할 수 있게 된 것이다. 이 같은 사실은 시조의 종장과 같은 종결규칙이 사라져버린 데서도 확인된다. 긴장과 변화 없는 기계적 규칙성은 미적인 것이 아니며, 더 이상 서정적인 것도 아니다.

가사라는 기존의 관습적 장르를 활용한 것은 분명하지만, 그 담당층과 창작-향유의 측면에서 볼 때, 이 시기의 가사는 실은 이전의 가사와는 전혀 다른 역사적 장르였다고 해야 할 것이다. 전통적인 가사에 대한 이해가 있는 소수의 작가를 제외하고는 가사라는 이름으로 교리문답을 쓰거나 집안 내력을 늘어놓는 사람들이 많았고, 따라서 미적 향유보다는 집단교양·정보전달, 심지어 정보의 저장과 보존이 목적이 되기까지 했다. 이처럼 충분히 수련되지 않은 사람들이 적극적으로 창작과 향유에 참여하면서 가사는 예술적 구성이 결여된 채 정보와 주장을 전달하는 수단으로 변질되어갔다.

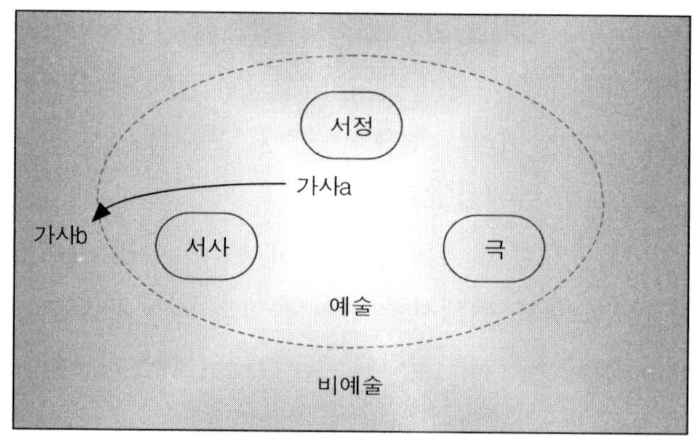

〈그림 2〉 가사의 이동

이렇게 본다면 '가사'라는 '새'는 상당히 큰 이동폭을 보여주는 것 같다. 원래는 '서정' 가까이에서 서식하다가, 조선 후기로 오면서 점점 서사의 외곽 쪽으로 이동했으며, 그 과정에서 분포지역이 넓어졌다. 이 같은 현상은 조선 후기 문학 판도에 큰 영향을 미쳤기 때문에 왜 이렇게 되었는지에 대해서는 좀더 섬세한 연구가 필요할 것이다.

한 가지 주의할 점은 어떤 새들이 세 항성의 안쪽이 아니라 바깥쪽에서 태어나거나 산다고 해서 열등하다고 속단해서는 안 된다는 것이다. 예컨대, 서사적 구성이 매우 느슨하면서 교술적 경향을 띠는 소설들이 최근에 많이 나오고 있는데, 여기에는 이유가 있을 것이다. 영화나 TV 드라마 혹은 추리소설·판타지·무협지 등과 경쟁을 해야 하는 것도 하나의 이유가 될 수 있겠고, 정보량의 증가와 정보의 가치 증대 그리고 개개인 사이의 경쟁 심화 등 사회적 요인들도 이유일 수 있다. 어떤 이유로 말미암아 기존의 장르가 스스로를 변화시켜나가거나 새로운 장르가 출현하는 것은 당연하므로, 이를 섣불리 퇴보로 보아서는 안 된다. 향이 진한 차가 항상 좋은 것은 아니듯, 언제나 완결된 구조와 섬세한 은유로 가득 찬 작품만이 인정받는 것은 아니라는 것이다. 때로는 완만하고 평이한 구성, 심지어는 무형식의 형식을 가지고 기존 예술의 외곽에서 새로운 시도를 전개하는 위대한 작가와 작품들이 있어왔다.

공간적 이해에서 '중간'으로 치부할 수 있는 장르들은 실은 두 가지 이상의 원제시형식과 관련된 두 개 이상의 제시수단, 혹은 그 결합으로서 구체적인 제시형식을 지니고 있는 것이다. 물론 그것들은 서로 강등을 빚을 수도 있고, 잘 결합해 시너지 효과를 가져올 수도 있다. 필요나 의도에 따라 변두리 장르를 지향하는 실험작도 있을 수 있겠으나, 예술적 창조의 상당수가 이 중간지대에서 이루어진다. 서정적이면서도 서사적인, 서사적이면서도 극적인, 극적이면서도 서정적인 작품과 장르들의 실험이 앞으로도 끊임없이 이루어질 것이다. 나아가 새로운 매체가 등장함에 따라 그에 맞는 장르들을 만들어내는 과정에서도 중간장르들이 등장할 것이다. 라디오 드라마나 영화, 영상소설, 인터넷 소설, 만화를 가미한 그림소설 등이 그것이다.

　이처럼 중간장르는 그 의미가 크고 영역이 넓으며 복합적인 성격을 지닌다. 때문에 이 책에서 모두 다루기는 어렵다. 그렇다면 제2장에서처럼 하나를 중심으로 잡아 섬세하고 자세하게 다루면서 다른 장르들과 비교해볼 필요가 있을 것이다. 여기서 적절한 것이 '판소리'이다. 판소리는 이야기에 음악과 연기를 결합해 현장에서 사람들에게 직접 들려준다는 창조적인 형식을 지니고 있다.

　'판소리'를 공간적으로 이해하면, 이 아름다운 새는 서사와 극의 중간쯤에 서식하고 있지만 서정에도 비교적 가까이 있어서, 이 우주의 가운데 정도 자리를 차지하고 있는 셈이 될 것이다.

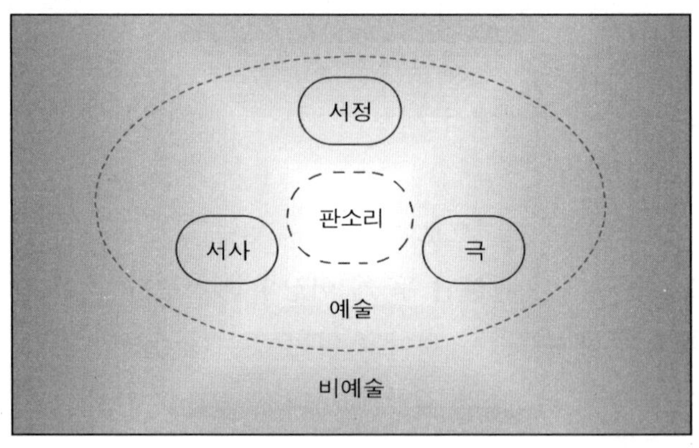

〈그림 3〉 판소리의 공간적 이해

　여기서 판소리가 가창된다는 강력한 '서정적' 제시수단을 지녔음에도 어째서 서정보다는 서사와 극에 더 많이 접근해 있는가 하는 의문이 제기될 수 있다. 여기서 분명히 할 것이 몇 가지 있다. 먼저 모든 음악이 다 서정적이지는 않다는 점이다. 대체로 타악기 연주는 현악기나 관악기 연주보다 내면화에 도움이 덜 된다. 또 수용자들이 익숙한 한도 안에서는 느리고 변화가 적은 선율이 빠르고 변화무쌍한 선율보다 내면화에 도움을 준다(이것은 일반론이다. 타악기도 연주 방법에 따라 효과가 달라지며, 변화가 적다면 아주 빠른 선율이 내면화를 촉진할 수도 있다). 그렇다면 판소리에 사용되는 음악이 충분히 서정적이지 않다는 것을 알 수 있다. 물론 부분적으로는 매우 서정적인 대목이 많다. 특히 애호가들이 광대를 사적으로 불러 방에서 감상하는 경우, 그 음악성에 초점이 맞춰지면서 매우 서정적인 향유가 이루어질 수 있다. 하지만 판소리의 기본은 여러 사람이 모여 추임새를 해가면서 듣는 것이다. 이런 극적인 특징과 서사적인 구조 때문에 전체 줄거리에서 벗어나 개별적인 내면화를 시도하기란 쉽지 않다. 판소리의 경우 음악의 비중이 매우 크기는 하지만, 본질적으로 연극이나 영화에서 사용되는 효과음악의 성격을 띠고 있으며, 특수한 공간에서 부분창을 할 때만 노래에 따른 서정성이 극대화한다고 하겠다. 전체적으로 볼 때는 '현장에서 청중과 소통하는 가운데' '잘 짜여진 이야기를 들려준다'는 극적·서사적 형식이 우선된다.

　판소리는 장르론에서 논쟁의 중심에 서 있었던 장르이다. 여러 가지 심각하고 복잡한 논점들도 많다. 이어지는 글에서는 그런 문제들을 하나하나 넘어 판소리가 지닌 복잡다단한 장르적 속성을 하나씩 자세하게 살펴보기로 하겠다.

2. 중간장르 실현의 양상과 의미─판소리의 경우

(1) 판소리의 장르 규정 재고

① 문제 제기

'판소리란 과연 무엇인가?' 하는 질문은 여러 방면에 걸쳐 있는 복잡하고도 근원적인 질문이다. 하지만 이 질문이 국문학 연구사에서 지니는 의미는 무엇보다 장르론적 차원에 집중되어 있다. 그리고 그 중심에 조동일의 논문 〈판소리의 장르 규정〉이 있다.[5]

판소리를 '극적 요소'가 많은 '시가문학'이라고 한 이병기는 서구적 문학 지식과 국문학적 지식 사이에서 애매한 판단을 내리고 있다.[6] 여기서 나아가 김동욱은 판소리를 사적으로 연구하면서 세계문학을 의식하여, '중세 이전에 세계적으로 유행하고' 현재도 일부 남아 있는 '서사시의 일 유형'이라는 결론에 도달했다.[7] 그는 또 판소리의 이중적이고 중간적인 특성에도 주의하여 '중세적인 소설양식과 연극의 중간형태인 별다른 장르'라고도 했다.[8] 하지만 이런 견해들은 아직 투철한 장르론적 바탕 위에 이루어졌다고 볼 수는 없고, '판소리란 과연 무엇인가?'에 대한 비교적 소박한 규명이자 규정이었다고 할 수 있다. 더 나아가 〈판소리의 장르 규정〉이 논의의 출발점으로 삼고 있는, 1966년에 개최된 〈판소리의 장르 문제〉라는 심포지엄도 엄밀히 말하

---

5) 조동일, 〈판소리의 장르 규정〉, 《한국문학의 갈래 이론》, 집문당, 1992, 27~50쪽(계명대학교 국어국문학회의 1969년간 《어문논집 1》에서 재수록).

6) 이병기, 《국문학개론》, 일지사, 1961, 5쪽과 149쪽.

7) 김동욱, 《한국가요의 연구》, 을유문화사, 1961, 282쪽.

8) 김동욱, 《국문학개론》, 민중서관, 1967, 112쪽.

면 '장르 문제'보다는 문학적으로 볼 때 판소리가 정말 무엇인지에 대한 난상토론이었다.[9] 다시 말해서, '장르'에 대한 기본적인 지식 정립 없이 판소리라는 전통 장르를 현대의 연구자들이 이해하고 있는 다른 장르 개념에 비추어 설명하려고 한, 그야말로 소박한 시도였던 것이다. 그래서 판소리가 '소설'이라거나 '희곡'이라는 주장이 나왔고, 판소리를 있는 그대로 두고 인정해야 한다는 주장도 제기되었다. 이 심포지엄은 판소리에 대한 당시 우리 학계의 이해 수준을 보여주는 것이었다기보다 '장르론'에 대한 이해 수준을 보여준 것이라고 하겠다. 이 점을 정확히 간파한 조동일은 장르론적 접근을 위한 기본 전제들을 분명히 하는 것으로부터 판소리의 장르 규정에 나섰고, 이를 계기로 국문학 장르론의 기선을 잡게 된다. 이후 한국에서 장르 논의는 사실상 조동일로 말미암아 전체적인 방향이 설정되기에 이른다. 그리고 이 과정에서 조동일의 견해에 찬성할 수 없었던 연구자들조차도 조동일의 견해를 정면에서 반박하는 일은 매우 드물었던 것이 이 같은 흐름을 고착화했다.[10]

필자가 특히 조동일의 〈판소리의 장르 규정〉을 다시 문제 삼는 것은 이 같은 연구사적 배경 때문이다. 물론 〈판소리의 장르 규정〉 이후 이에 반박하는 연구들이 없었던 것은 아니다. 그런데 그 반박하는 언어가 조동일과 달라서 서로 다른 노래를 부르고 있는 것처럼 화음을 이루지 못했으며, 때로는 서로 무시하고 딴 길을 가는 것처럼 보이기조차 했다. 이처럼 판소리는 우리나라 장르 연구에서 가장 첨예하게 대립된 논의들이 해결 없이 뒤엉켜 있는 분야이다. 조동일이 판소

---

9) 《동아문화》 6, 서울대 동아문화연구소, 1966, 206~214쪽 참조.
10) 이 같은 장르론의 전개 방향에 대해서는 이 책의 제1장을 참조할 것.

리를 '서사 장르류'로 규정했지만, 여전히 '극' 장르라고 보는 견해가 사그라들지 않았다. 심지어는 '서정' 장르로 볼 수 있는 가능성도 있다는 견해가 제기되기까지 했다.[11] 하지만 적극적으로 서정이라는 주장은 나오지 않고 있는 실정이므로, 결국 판소리는 서사가 아니면 극이라는 시각이 두 개의 커다란 흐름를 이루고 있는 것이다. 그런데 바로 이곳, 서사장르설과 극장르설 사이에 조동일의 장르 규정과 관습적이고 상식적인 장르 판단 사이의 괴리가 존재하고 있으며, 조동일의 장르 이론이 지닌 궁극적인 문제가 도사리고 있는 것이다. 다시 말해서, 필자는 조동일 이후 한국 장르론의 주류가 관습적이고 상식적인 장르 판단을 벗어났고, 이 때문에 장르론이 문학현실 및 문학의 일반 향유층인 대중들과 유리되는 결과가 빚어졌으며, 장르론을 한낱 공리공론으로 여기는 풍토마저 낳았다고 생각한다.[12]

이 글은 '서사장르설' 및 이에 저항하는 '극장르설'을 비교·비판할 것이다. 특히 조동일의 〈판소리의 장르 규정〉을 조동일의 언어로 정면에서 비판할 것이다. 또 문학의 일반 향유자들인 대중이 지닌 장르에 대한 인식 혹은 '기대지평'과 이의 바탕을 이루는 요소인 제시형식을 토대로 판소리의 중간장르적 속성을 밝힐 것이다. 이 같은 작업의 궁극적 목표는 판소리가 중간장르임을 증명하는 것 자체가 아니라, 도식화·관념화한 기존의 장르 인식을 반성하고, 그 물적 기반인 현실과 향유 대중에 대한 관심을 환기하는 데 있다.

---

11) 엄기주, 〈판소리의 서술원리와 장르 성향〉, 《수선논집》 14, 성균관대 대학원, 1990.

12) 이와 같은 인식과 조동일의 장르론에 대한 비판은 이 책의 제1장 2절 가운데 특히 '(3) 영역확장과 분류체계 완성 욕망—교술의 탄생'에서 상론한 바 있다.

② 서사장르설과 극장르설의 비판적 검토

이미 언급했듯이, 서사장르설은 조동일로 대표된다. 그의 〈판소리의 장르 규정〉은 '판소리라는 장르는 어떻게 규정될 수 있는가?' 하는 논제에만 충실한 비교적 순수한 장르 규정 연구이다.[13] 여기에서 내려진 결론은 그 자신이 거의 수정을 가하지 않고 있을 뿐만 아니라, 연구자들에게 지금까지 가장 널리 수용되고 있다. 그러므로 그의 논의는 더 철저하게 검토될 필요가 있다.

조동일은 나중에 《한국문학통사》 1권에서 판소리가 '사실들의 총체'를 나타내기 때문에 서사 장르류에 속하며, 가창된다는 점에서는 서사시이고 구전된다는 점에서는 구비서사시라고 설명했다. 하지만 이는 앞의 '규정'을 수정하거나 번복한 것이 아니라 추인한 것일 뿐이다.[14] 〈판소리의 장르 규정〉에서 조동일은 판소리가 서사 장르류에 속하며, 장르종으로는 우리 민족의 독특하고 고유한 장르라고 보았다. 가창되고 구전되기 때문에 구비서사시라는 규정은 '서사 장르류'와 '우리 민족의 독특하고 고유한 장르종' 사이를 메꾸는 원론적인 설명일 뿐이다.

그런데 이러한 결론에 이르기 위해서 그는 먼저 '극 장르'라는 용어 대신 '희곡 장르'라는 용어를 쓰자고 제안한다. 그 이유를 그는 '문학 작품은 희곡이고 상연하면 극이 된다는 구분에 철저할 필요가 있기 때문'이라고 밝혔다. 이러한 생각의 연속선상에서 그는 '장르란 문학의 문제'라고 못박는다. 이것은 '① 장르는 오로지 문학의 문제이다. ② 문학은 언어 텍스트로만 구성된다. ③ 장르 논의는 언어 텍스트에

---

13) 조동일, 앞의 글, 27~50쪽.
14) 조동일, 《한국문학통사》 1, 지식산업사, 1989.

256

대한 분석을 통해서만 결론을 얻을 수 있다'는 서로 관련된 세 전제를 확정한 것이다. 여기에는 텍스트를 산출하고 존재하게 하는 컨텍스트와의 관련이 배제되어 있다. 이것은 결국 음악이나 미술·연극 등 관련 영역 연구자들이 장르론이라는 영역에 진입하는 것을 금지하는 문학연구자의 장르론 독점 선언이다. 이제 그는 홀가분하게 판소리의 장르 규정을 위해 판소리 사설의 분석에 전력을 기울일 수 있게 된다.

> 판소리는 민속 전승의 하나이며, 음악이면서 문학이지만, 장르를 규정하기 위해서는 민속적인 측면이나 음악적 측면에서 단서를 얻을 수는 없고, 판소리 사설을 대상으로 하여 문학적으로 분석해야만 결론을 얻을 수 있다.[15]

그런데 위와 같은 연구 태도는 서로 관련된 두 가지 문제점을 안고 있다. 첫번째는 과연 '장르'라는 것이 순수하게 문학만의 문제인가 하는 것을 깊이 따져보지 않은 것이다. 순수하게 서정인 장르종(역사적 장르)을 발견하기 어렵듯이, 사실은 순수하게 문학적인 장르도 찾기 어렵다. '문학'이라는 것을 '말로 된 것'이라는 식으로 좁혀 보고, '순수한 문학적 연구'를 위해서 비문학적 측면(음악적·민속적인 면을 포함하는 제시형식)[16]에서 단서를 얻는 것을 포기해버리는 태도는 편협하다고 할 것이다.

그는 논의의 출발점에서 텍스트를 선정하면서 가장 먼저 완판 〈열녀춘향수절가〉를 검토한다. 그러나 일단 출판된 이상 소설적 개편이

---

15) 조동일, 앞의 글, 30쪽.
16) '제시형식'의 개념에 대해서는 이 책 제1장의 '3. 제시형식과 원장르─세 가지 욕망, 세 개의 형식'을 참조할 것.

없었으리라는 보장이 없다고 하여 이를 선택하지 않는다. 이런 자세는 옳다. 독서물로 바뀐다는 것은 바로 제시형식이 바뀐다는 것을 의미한다. 신재효본도 창을 하기 어렵게 짜여 있다는 이유로 유보한다.[17] 그러나 극과 희곡을 철저히 분리하는 그의 관점에서는 신재효본은 유보될 까닭이 없다. 신재효본은 비록 그다지 공연되지는 않았지만, 독서를 염두에 두고 만들어진 것이 아니라 가창(공연)을 염두에 두고 정리된 것이다. 여기서 그는 '공연' 혹은 '연행' 상황을 염두에 두고, 연행된 것이라야 판소리라는 장르의 실상을 제대로 보여줄 수 있다고 판단하는 것이다. 그런데 이렇게 '비문학적인' 제시형식까지 고려하느라 어렵게 텍스트를 선정하고서도, 분석에 들어가서는 굳이 '문학적인' 부분인 사설에만 초점을 맞추려고 한다. 판소리 '창본'은 청관중 앞에서 가창된다는 제시형식을 전제로 한다. 그러므로 마땅히 이 제시형식에서도 '단서'를 찾아내려는 자세가 요청된다고 하겠다.

두번째로 그는 우리 문학에 현대적인 의미에서의 '희곡'이 없다는 사실을 간과하고 있다. 희곡은 연극을 공연하려는 주체들에게 제공되는 대본이다. 그러나 조동일은 공연된 것을 기록한 채록본만을 염두에 두고 있다. 그가 가면극·인형극·무극 같은 우리의 극에서 논의를 시작하려고 한 것은 평가할 만한 태도이지만, 그 결과 그의 희곡에 대한 개념이 불완전해졌다는 것은 큰 문제이다. 그에게 희곡이란 극을 받아 쓴 것이다. 이것은 채록본의 개념에 가깝다. 극에서 말로 이루어진 것은 대화뿐이다. 따라서 그에게 희곡이란 대화로만 되어 있어야 한다. 엄밀하게 희곡은 연극을 위한 대본이지, 연극 대사의 기록이 아니다. 우리 극의 대표적인 장르인 가면극도 그 '문학적 자료'는

---

17) 조동일, 앞의 글, 31쪽.

채록본으로만 남아 있을 뿐이다. 이 기록들이 다른 공연을 위해 공헌한다고 보아 넓은 의미에서 희곡이라고 할 수는 있을 것이다. 하지만 이 경우에도 이 자료들이 공연을 위한 모든 요소를 갖추고 있지는 않음을 인정해야 한다. 일반적으로 희곡은 해설과 지문 그리고 대사로 이루어져 있다. 그러나 가면극의 채록본이나 판소리 사설의 경우에는 이러한 요소가 흔히 빠져 있거나, 있더라도 엄격히 구분되어 있지는 않다. 이러한 자료는 가면극이나 판소리의 문학적인 전모를 보여주지 못할 뿐만 아니라 희곡적인 전모(판소리의 경우 만약 연극이라면)도 보여주지 못한다. 그가 주 텍스트로 택한 김연수 창본도 여러 차례 공연한 경험을 바탕으로 '기록'한 채록본의 성격이 강하다. 결국 가면극의 채록본이나 판소리 사설을 연구할 때는 실제의 공연을 염두에 두고 나머지를 재구성해야 그 작품의 온전한 성격이 드러날 것이다.

앞에서 살펴본 것처럼, 극은 문학이 아니고 희곡만이 문학이라는 생각은 엄밀하다기보다는 편협한 것이고, 결국 '희곡'의 개념을 협소화하는 결과를 빚었다. 그러므로 이 글에서는, 판소리는 서사가 아니면 희곡이라는 주장을 유보하고, 희곡은 극을 공연하기 위한 대본이며 극이라는 형식을 통해 제시될 때 비로소 온전한 하나의 문학작품이 된다는 시각을 견지하고자 한다.

이제 판소리가 서사 장르일 수밖에 없다는 그의 주장을 하나씩 살펴보자.

우선 판소리의 '바탕글'에 대해 그는 다음과 같이 논단한다.

> 가면극이든 인형극이든 무극(巫劇)이든, 어떠한 희곡에서도 이러한 바탕글은 찾아볼 수 없다. a와 같은 것은 오로지 동작으로만 보여주면 되니 묘사나 설명이 불필요하고 또 불가능하다.[18]

　여기서 a는 〈춘향가〉에 나오는 "편지 내어 향단 주며"라는 '바탕글'이다. 그런데 이렇게 동작을 지시하는 지문은 희곡에 흔히 나온다. 희곡에서 흔히 사용되는 괄호와 같은 지문 표지가 없다는 이유만으로 이런 표현이 희곡에 나올 수 없다고 단언할 수는 없는 일이다. 대사가 배우에게 해야 할 말을 지시한다면, 지문은 해야 할 행동을 지시한다. 둘 다 희곡의 요소이다. a와 같은 것은 동작으로만 보여주면 되기에 불필요하고 불가능하다고 할 때, 그는 희곡이 아니라 극을 염두에 두고 있는 것이다. 이처럼 그는 '희곡'과 '극'이라는 두 개념을 납득할 만한 원칙 없이 임의로 넘나들고 있다.

　물론 a와 같은 표현이 희곡에 나타난다는 것이 곧 판소리가 극 장르일 수 있는 조건은 아니다. 희곡의 지문은 배우에게 동작을 지시하는 기능만을 지니고 있지만, 판소리에서는 같은 표현이 광대의 입을 통해 직접 진술되기 때문이다. 광대는 실제로 편지를 건네주는 듯한 동작을 하기도 한다. 발림이라는 것이 그것이다.[19] 그러나 극에서처럼 동작을 하는 것으로 끝나지 않는다. 동작은 생략될 수도 있지만 진술은 생략되지 않는다. 판소리가 연극이라면 최소한의 무대 그리고 최소한의 배우와 최소한의 동작(연기)만으로 이루어지는 특수한 형식이라고 할 수 있다. 이와 같은 성격 때문에 판소리는 관객 혹은 청중들에게 더 친절히 사건 진행을 설명해줄 필요가 생긴다.[20] a는 광대에게

---

18) 같은 글, 33쪽.

19) '발림'과 '너름새'에 대해서는 간혹 '발림'이 더 리듬감 있고 간단한 동작을, '너름새'가 더 시각적인 연출을 강조하는 경향이 있다고도 하지만, 대개 비슷한 뜻으로 사용되고 있다. 필자도 그 정도의 의미로 이 말들을 사용하지만, 여기서는 조동일의 용례를 따라 '발림'으로 하고, 나중에 〈광대가〉를 논의할 때는 신재효를 따라 '너름새'로 지칭하기로 한다.

20) 이하 '관객' 혹은 '청중'이라는 용어가 판소리에 사용될 경우에는 나머지 한 면

는 발림을 할 경우 이렇게 하라는 지시가 될 수 있고, 관객에게는 사건 진행에 대한 설명이 될 수 있다.

이런 시각에서 본다면 판소리의 바탕글은 서사적이고 극적인 양면성을 지닐 수 있다. 조동일이 제시한 다른 바탕글의 예는 다음과 같다.

b. 붉은 치마 바람결에 나부끼니 구만리 백운간에 번개불이 흐르는 듯—

c. 먼 산을 바라보니 공연한 한숨이요 도적허다가 잡혔는지 가슴이 두근두근—

d. 변학도 씨라는 양반인듸 탐 많어고 호색하고 싸납고 독헌지라—

e. 그때에 운봉과 곡성은 본관이 들을가 허여 가만가만히 읊었건마는 우리 성악가들이 읊을 적에는 좌상이 들으시게 허자니 글을 좀 크게 읊던 것이었다.[21]

b는 장면을 묘사하는 말이다. 비유적인 표현이라는 점을 빼면 희곡에도 무대의 장면을 묘사하는 부분이 있다. 비유적 표현이 판소리에 많이 나타나는 이유는 시각적 효과가 부족한 것을 관객들의 상상력으로 보충하려는 필요에서라고 생각된다. 그러나 희곡은 무대 등 공연 조건의 제한을 받기 때문에 장면 묘사는 더욱 제한된다. c는 심리적인 묘사이다. 희곡에서도 연기에 도움을 주기 위해 간혹 심리가 묘사되기는 하지만, 판소리처럼 자유롭진 못하다. d는 인물의 성격 묘사이면서 평가가 포함되어 있다. 배우의 인물에 대한 이해를 돕기 위해 희곡도 성격을 묘사할 수 있으며, 여기에는 평가가 내포될 수 있

을 무시해서가 아니고 논의의 편의를 위해서일 뿐이다.

21) 조동일, 앞의 글, 32쪽.

다. e는 작중 상황의 설명이다. 일반적인 작중 상황의 설명은 희곡에서는 '해설'을 통해 나타날 수 있다. 그러나 이와 같이 직접적으로 관객을 의식하는 해설은 거의 없다. 이것이 과연 판소리가 서사라는 증거가 될 수 있을까? 오히려 판소리는 관객을 반드시 필요로 하는 장르라는 증거는 아닐까? 이 문제는 쉽게 단언할 성질의 것이 아니다.

앞에서 살펴본 것처럼, 판소리의 '바탕글'이 희곡에서는 불가능한 내용들로만 이루진 것은 아니다. 다만, 무대에서 사실적으로 공연하기에 힘든 내용들이 있을 뿐이다. 그런데 판소리가 최소한의 요소들만으로 공연되고 음악에 따른 상상적 효과를 중시하는 특수한 '극'이라고 한다면, 그 가능성은 '바탕글'만으로는 부정되지 않는다.

다음으로 지적된 것은 등장인물의 수이다. 그는 〈춘향가〉의 등장인물을 24항목, 수백 명으로 제시하고 다음과 같이 언급한다.

> 이를 가면극의 경우와 비교해보자. 가면극에서는 한 과장에 등장하는 인물의 수가 이에 비해서 아주 적으며, 요긴한 구실을 하지 않는 인물은 등장하지 않는다는 두드러진 차이점이 있다.[22)]

조동일은 특히 가면극과 비교를 통해 판소리의 등장인물은 '희곡'이라고 하기에는 너무 많다는 점을 부각시킨다. 특히 기생점고 때의 기생들이나 어사 수행원들 그리고 수백 명의 과부들과 같은 인물은 요긴하지 않고 '작품의 배경을 다채롭게 보여주기나 하'는 인물들인데, 가면극에서는 이런 인물을 찾아볼 수 없다는 것이다.[23)] 그런데 이

---

22) 같은 글, 35쪽.
23) 여기서 그는 통영오광대에 등장하는 홍백(紅白)탈·흑탈·삐뚜르미탈·손님탈·조리중 등의 인물이 모두 갈등의 배경을 말해주는 인물이 아니라 말뚝이와 대

것이 과연 '극'의 본질적 특징일까? 이것이 만일 보편적 장르인 원장르로서 극이 갖추어야 할 본질적 속성이라면, 부수적인 인물들이 대거 등장하는 작품은 '극'으로 볼 수 없을 것이다. 오페라는 악극이며, 오페라가 연극이라는 데는 별다른 이견이 없다. 대형 오페라의 경우 단지 배경 역할을 하는 인물들이 수십 명 때로는 백 명 가까이 등장하는 일이 있다.[24] 극에서 등장인물의 수가 제한되는 것은 극이 공연되는 시대, 극을 공연하는 주체들의 사회적·경제적 능력이 제한되는 것과 관련된다. 대자본 덕에 대형 무대가 꾸며질 때는 많은 단역을 동원해 무대를 사실적으로 꾸밀 수 있다. 이처럼 등장인물의 수나 배경 역할밖에 하지 않는 인물들의 등장 유무는 극과 서사의 본질적인 차이일 수 없다.[25]

다음으로는 장소에 대해 살펴보자. 조동일은 〈춘향가〉에는 장소의 수가 40곳 이상인데 가면극에서는 다만 몇 곳으로 제한되어 있다고 하여, 이것을 판소리가 서사인 또 다른 이유로 들었다. 이것은 극이 지닌 무대의 제약 아래 더욱 경제적으로 사건을 보여주려는 극적 특징의 하나이다. 그러나 이 또한 무대의 제약이 물리적으로 개선되는 만큼 약화되는 것으로, 극의 본질적 특성은 아니다.[26] 여기에서 영화

립되는 양반의 추악함을 말해주는 원양반의 분신들이라고 주장한다. 이러한 주장은 타당하다고 할 수 있다. 그러나 단지 그것뿐이라면 원양반 하나로도 충분하다. 이들 개개인은 저마다 한두 측면의 모습을 보여주고, 그것이 합쳐져 말뚝이와 대립되는 세계의 또 다른 측면이 더욱 다채롭게 제시되는 것이다.

24) 가령, 베르디(Verdi)의 오페라 《나부코(*Nabucco*)》 가운데 〈노예들의 합창〉은 적어도 수십 명의 배우들이 부른다. 이런 예를 찾기란 그리 어렵지 않다.

25) 여기서 극은 아리스토텔레스의 《시학》에서 말하는 비극이나 탈춤처럼 어느 시기 어느 지역에 존재했거나 존재하는 역사적 장르(장르종)가 아니라, 서사와 마찬가지로 상위개념인 원장르(장르류)이다.

26) 인물과 장소의 제약은 무대에서 공연된다는 제시형식에서 발생하는 서구 고

를 생각해볼 필요가 있다. 영화는 여러 가지 기술적 발전 덕에 등장인물이나 장소의 제약을 뛰어넘었다. 영화에서는 장소의 수가 거의 제약받지 않을 뿐만 아니라 장소의 교체 방식도 거의 제약받지 않는다. 이런 점에서 영화는 연극이 지닌 현장감과 입체성을 상실한 대신 장소와 시간의 제약 등을 뛰어넘었다고 할 수 있다.

사설에 대한 분석의 마지막에 과거시제로 되어 있다는 점을 들었는데, 바로 이 점이야말로 판소리가 지닌 서사적 성격을 가장 잘 보여준다. 극은 언제나 현재형으로 진행된다. 이것은 희곡에서도 마찬가지이다. 과거시제를 사용할 수 없다기보다 그럴 필요가 없다. 해설이든 지문이든 모두 '앞으로 나아가기만 하는 현재'이다. 과거시제가 서사를 이끌고 있다는 점, 이것만으로 판소리가 온전히 서사 장르라고 할 수 있는가는 별개의 문제이지만, 판소리가 서사가 아니라고 하는 쪽에서는 이 점을 반드시 해명해야 한다. 이미 일어난 사건을 누군가'에게 서술해준다는 이 제시-수용의 방식이야말로 서사의 핵심이기 때문이다.

조동일은 '희곡'과 '극'을 나누자고 했지만, 판소리가 희곡일 수 없는 점을 자세히 다루고도 무언가 미진함을 느낀 것 같다. 그는 다시 "판소리 사설은 서사이나 그 창은 연극이라 하지 않을 수 없는 무슨 결정적 이유라도 있는가" 살펴보자고 한다. 그가 지금까지 살펴본 것이 '판소리'가 아니라 '판소리 사설'일 뿐임을 알고 있는 것이다. 사실 희곡과 극을 별개로 보는 것은 잘못이다. 어떤 문학작품이 희곡이라면 그것을 공연한 것은 극일 수밖에 없고, 어떤 공연이 극이라면 그

전 연극의 본질적 특성 가운데 하나이다. 그러나 이러한 제약은 기술적으로 극복되고 있다. 따라서 이런 제약은 더 이상 원장르로서 '극'의 본질적인 특성은 될 수 없다.

264

대본은 희곡일 수밖에 없다. 따라서 타당한 의미에서의 '희곡'을 염두에 두고 그의 논의가 전개되었다면, 판소리 사설이 희곡이 아닌 이상 판소리 창을 따로 논할 필요는 없었을 것이다. 그러나 그는 판소리가 공연[27]된다는 기본적인 사실을 무시한 채 오로지 문자로 이루어진 '문학'인 판소리 사설만을 염두에 두고 논의를 전개했기 때문에, 공연되는 '판소리 창'에 대하여 재론할 필요가 생긴 것이다.

그는 가면극의 악사는 상대역일 수 있으나 판소리의 고수는 그렇지 않다고 말한다. 가면극의 악사는 작품에 개입하지만 판소리의 고수는 단지 흥을 돋우는 반주자일 뿐이라는 것이다. 그런데 설명과 논증이 아주 소략해서 악사와 고수의 차이점을 자세히 알 수 없다. 다음으로는 무극 〈장님타령〉의 사설과 비교한다. 그러나 이것은 앞에서 지적한 것과 같이 〈장님타령〉의 완전한 '희곡'일 수 없다. 발림에 대해서도 선소리 〈산타령〉의 구연에서 흔히 볼 수 있는 극적인 동작은 서정시를 노래하는 한 방식일 뿐이며 판소리도 마찬가지라고 말한다.

…… 마찬가지로 판소리 창의 동작이 극적이라 해서 곧 판소리 창이 연극이라 하는 것은 논리의 비약일 것이다. 판소리라는 서사에 속한 율문을 구연하는 한 특유의 방식에 불과하다고 보는 것이 타당하다.[28]

27) 사진실은 '공연'을 '공중(公衆)을 향하여 연행하는 것', '관객을 전제로 하는 연행'이라고 설명한다. 또 공연은 주로 전문적인 예능인의 몫이었고, 공연 공간에서는 배우와 관객을 구분하기 위한 별도의 공간(무대)이 있다고 한다. 판소리는 이런 조건을 모두 갖추었다. 그러므로 판소리는 연행될 뿐만 아니라 공연되는 예술이다(〈조선시대 서울지역 연극의 공연상황 연구〉, 서울대 박사논문, 1997, 28~35쪽).
28) 조동일, 앞의 글, 43쪽.

　위와 같은 진술에서 앞 문장은 주어진 단서에 대한 지나친 무시이고, 뒷 문장은 지나친 단정이다. 선소리에서 이루어지는 '동작'은 그 속성상 관객에게 주어지는 것이라기보다 구연자 자신의 감정을 표출하는 것이라고 할 수 있지만, 판소리의 '발림'은 분명히 관객을 의식하고 있으며, 관객에게 보여주려는 것이다. 그러므로 앞 문장은 선소리가 관객을 반드시 필요로 하지 않는 반면 판소리는 관객을 반드시 필요로 한다는 본질적 특성을 무시해버린 것이다. 뒷 문장은 '판소리'를 '서사에 속한 율문'으로 단정함으로써 '판소리 = 판소리 사설'이라는 잘못된 공식을 정당화하고 있다. 판소리는 관객 앞에서 구연될 때 비로소 판소리이지, 글로 정착된 율문은 판소리 공연을 기록한 것이거나 공연을 위해 준비한 '사설'일 뿐이다. 따라서 '판소리 창 = 판소리'가 오히려 사실에 더 가까운 공식이라고 할 것이다.

　끝으로 부분창이 가능한 점, 다시 말해서 '부분의 독자성'이 판소리가 극일 수 없는 이유로 제시되었다. 이것은 서구 고전극과 판소리의 차이점이 될 수 있겠지만, 가면극과 비교하는 과정에서 오류가 발생하고 있다. 가면극은 여러 과장으로 이루어진 특수한 구조로 되어 있다. 각 과장은 가면극 담당자들의 세계에 대한 몇 가지 관련된 인식을 보여주지만, 그 내용에서는 강한 독립성을 보여준다. 또 어느 한 과장의 한 대목을 잘라낼 수 없다는 조동일의 주장도 실제 공연 현장에서 종종 무시된다. 팔먹중과장에서 몇 사람의 대사가 생략된다든가 축소되는 일이 생긴다. 더욱 중요한 것은 먹중이 다른 과장에서 불쑥 나타나는 경우이다. 이로 볼 때 가면극은 서로 연결되는 의식이 적어도 몇 개의 과장 사이에 존재함에도, 한편으로는 거의 완전히 '독자성'을 가지고 있는 것이다.[29] 판소리가 그 이상은 아닐 것이다. 부분창으로 나뉠 때, 비록 몇 가지 '당착'이 생기기도 하나 그것이 전체 줄거리의 연속성을 완전히 끊어놓을 정도는 아니다.[30] 가면극과 판소리는 우리 문학사에서 기층 민중을 토대로 형성된 장르이다. 이들이 다른 어떤 장르들과도 다른 제 나름의 독특한 개방적 원리를 갖게 된 것은 따로 연구되어야 할 부분이다. 결국 서구 고전극에서 나타나는 연극의 '통일성'은 우리 극에서는 그대로 받아들이기 어려운 부분인 것이다. 따라서 판소리가 지닌 '부분의 독자성'이 그대로 판소리가 극일 수 없는 이유가 되지는 않는다고 생각된다.

이제 극 장르설에 대해 검토해보자. 사실 판소리가 극이라는 주장이 끊임없이 제기되었지만, 그 목소리는 서사 장르설보다 훨씬 낮았다. 과감하게 판소리의 장르를 재규정하기보다는 판소리를 극가 또는 창극이라고 한 전대(前代)의 이론을 그대로 밀고 나갔다.[31] 그러나 판소리를 극 이론에서 접근하는 논의들이 끊임없이 나옴으로써 서사 장르설이 쉽게 수긍할 만한 것이 아님을 증명했다. 이런 가운데 전신

---

29) 예컨대 봉산탈춤의 팔먹중–노장–취발이과장은 그 등장인물이나 내용에서 분명한 연관성을 지니고 있다. 그러나 한편으로 팔먹중과장과 노장과장이 서사에서 매우 독립적이라는 것도 인정된다. 또 취발이가 양반과장에 등장할 때, 관객들이 이 취발이와 앞 과장의 취발이를 전혀 다른 인물로 생각하지는 않는다. 그러나 이들 과장의 서사 내용은 완전히 별개의 것이다.

30) 판소리의 '부분의 독자성'이라는 개념에 대해서는 조동일이 전개한 일련의 작업들을 참조할 수 있다(〈흥부전의 양면성〉, 《계명논총》 5, 1969 ; 〈심청전에 나타난 비장과 골계〉, 《계명논총》 7, 1971 등). 그러나 이러한 '부분의 독자성'이 있음에도 필자는 판소리 작품들이 나름대로 일관된 서사를 지니고 있다는 사실을 〈심청전의 주제 연구〉(성균관대 석사논문, 1994, 42~103쪽)와 〈변강쇠가의 해결될 수 없는 갈등과 그로테스크〉(《성균어문연구》, 1996) 등에서 밝혔다.

31) 이병기(앞의 책, 5쪽) 등이 '극가'라는 명칭을 사용했으며, 정노식(《조선창극사》) 등이 '창극'이라는 용어로 판소리를 일컬은 경우도 역시 판소리를 '극'으로 인식한 결과라고 하겠다.

재와 성현경의 논의가 주목된다. 특히 전신재는 판소리를 과감하게 극으로 규정하고 있다.

> 판소리는 장면 중심으로 구성되어 있다는 점, 현장 연출에 의해서 그 생명이 살아난다는 점, 연희자의 행동에 의해서 진행된다는 점, 관객의 적극적 개입이 있다는 점, 제의의 흔적과 놀이의 성격을 가지고 있다는 점 등에서 소설 쪽보다는 탈춤 쪽에 가깝다. 다만 아시아 연극의 주요 매체인 음악과 무용 중에서 탈춤은 무용 위주로 발달했고 판소리는 음악 위주로 발달했을 뿐이다.…… 일반적으로 아시아 연극은 음악과 무용과 연극이 미분화 상태에 있다는 점, 이야기의 전달에 목적을 두지 않고 정서적 심화에 목적을 두는 점, 플롯의 짜임새에 무관심한 점, 극본에의 의존도가 낮은 점, 인물 성격이 유형적인 점, 해설을 빈번히 사용하는 점, 무대장치가 거의 없는 점, 대화에 의한 극적 갈등이 희박한 점, 그럴싸한 흉내가 아님을 강조하는 반착각성(反錯覺性)이 주조를 이루고 있는 점 등의 특징을 가지고 있는데, 이들은 서구의 전통적인 연극과 크게 다른 점들이다.…… 판소리 연구의 바람직한 방향으로 한결같이 제시되는 것은 '판의 예술로서의 판소리를 이해'하여야 한다는 것이다. 이상의 논거로써 필자는 판소리 사설을 서사적 희곡으로 규정한다. 그것은 희곡장르류에 속하는 독특한 장르종이다.[32]

위의 논의는 두 가지 시사점을 던져준다. 첫째는 판소리라는 장르를 규정하는 데서 '현장 연출'이라는 제시형식에 주목한 점이고, 두번째는 동양연극의 특성을 거론하여 극 장르에 대한 인식의 폭을 넓히

---

32) 전신재, 〈판소리의 연극성에 관한 연구〉, 성균관대 박사논문, 1988, 22~26쪽. 아시아 연극의 특징에 관한 부분은 전신재가 여석기의 〈동서연극의 비교 연구〉 (고려대 출판부, 1987)에서 인용한 것임.

려고 했다는 점이다. 그러나 판소리에 나타나는 '과거시제'에 대한 언급이 없는 등, 위 논의는 본격적인 장르론에는 미치지 못하고 있다. 판소리가 과연 연극이라면 서술되어서는 안 되며 재현되어야 한다. '중개성'은 서사가 지닌 제시형식의 주요한 특징이다. 그런데 판소리의 화자는 문득문득 자신이 이야기를 중개하고 있다는 인식을 드러낸다. 그 표지가 '과거시제'이다.

이에 대해 성현경은 판소리에서 과거시제가 드러나는 아니리 대목은 창우가 해설자 노릇을 하고 있는 것이라고 주장한다. 또 서사문학에는 보고적 서술과 장면적 서술이 있는데, 장면적 서술에서는 서사적 과거형이 그 과거적 의미를 상실하고 부정시제의 구실을 하게 된다는 슈탄젤의 지적을 인용하면서, 더구나 판소리에서는 이 두 가지가 뒤엉켜 구분이 어렵다고 했다. 따라서 '하였것다'와 같은 과거시제도 단순히 과거로 처리할 수 없다는 것이다.[33] 그런데 그의 이러한 주장은 슈탄젤의 논의가 '서사문학'의 장면적 서술에 대한 것이지, 극문학에서 과거시제가 사용될 수 있다는 것을 말해주는 것은 아니라는 점을 간과하고 있다. 따라서 판소리의 과거시제가 단순한 과거가 아니라 현재적인 의미를 가진다고 해도, 슈탄젤의 이론을 따라 판소리의 극적 성격을 유추할 수는 없다. 슈탄젤의 이론으로 판소리를 보는 것은 결과적으로 판소리를 서사문학으로 다루는 것이 된다. 하지만 성현경은 판소리가 '과거의 사실보다는 현재의 사실 표출에 역점이 주어져 있다'는 것을 기정사실로 보고 논의를 전개한다. 그것을 확신할 수만 있다면, 판소리의 장르에 대한 논쟁은 필요 없을 것이다. 이

---

33) 성현경, 〈판소리의 갈래 연구〉, 《동아연구》 20, 서강대 동아연구소, 1990, 22~
   23쪽. '장면적 서술과 보고적 서술'에 대한 부분은 F. K. Stanzel의 《소설의 기본
   유형》(안삼환 옮김, 탐구당, 1982)에서 인용하고 있다.

논의를 뒤집으면 문제가 금방 드러난다. '하였것다'와 같은 과거시제가 존재하는데도 판소리를 과거의 사실 전달보다 현재의 사실 표출에 '더' 역점이 주어진 장르라고 할 수 있는가? 이처럼 판소리의 극 장르설들이 지닌 공통된 약점은 이론적 접근의 부족에 있다.

성현경은 극 장르설을 주장하면서도 판소리가 서사적 특성을 강하게 지니고 있음을 인정했다. 이것은 그가 김흥규의 부조적 장르설을 지지하는 자세에서도 나타난다.[34] 김흥규는 "판소리는 서사의 회화적 평면성, 단일시점을 바탕으로 삼고 연극의 조각적 입체성, 다면시점을 부분적 원리로 포용한 양식"이라고 못박고 있다.[35] 판소리의 바탕을 '서사'로 보고 있지만, 부분적 원리인 '극성'을 바탕 못지 않게 강조했다. 이러한 김흥규의 지적은 '서사 대 극'이라는 기존 논쟁의 틀에서 벗어나 판소리의 이중적인 혹은 중간적인 특성에 주목할 수 있는 계기를 마련했다. 이후 판소리의 서사성에만 안주할 수 없었던 논자들은 장르론적 논쟁보다는 제시-수용이 이루어지는 현장인 소통 공간의 특성에 주목했다. 이른바 '연행문학'으로서 판소리에 대한 연구가 그것이다.[36] 판소리의 '극성'은 결코 종속적 변수가 아니라 판소리를 이해하기 위해 필수불가결한 부분이었기 때문에, 이에 대한 연구는 결코 배제될 수 없었다. 판소리가 공연된다는 것만으로 온전히 극이라고 할 수 있는가 하는 문제는 더 따져보아야 하겠지만, 판소리가 극이 아니라고 하는 쪽에서는 바로 이 문제, 그러니까 판소리가 공연

---

34) 같은 글, 35쪽.

35) 김흥규, 〈판소리의 장르적 성격과 부조〉, 《동양학》 20, 단국대 동양학연구소, 1990, 171쪽.

36) 전경욱, 〈탈춤과 판소리의 연행문학적 성격 비교〉, 한국정신문화연구원 석사 논문, 1984.

됨에도 극이 아니라고 하는 이유를 밝히지 않으면 안 될 것이다.

③ 판소리의 중간 장르적 특징

이렇게 기존 논의들을 살펴본 결과, 판소리를 단순히 서사로 보는 것도, 극으로 보는 것도 문제가 있음을 알았다. 서사로 보는 경우에는 공연된다는 제시형식이 문제가 되고, 극으로 보는 경우에는 과거시제가 특히 문제가 되었다. 그런데 이것들은 별개인 듯하지만 사실은 같은 문제이다. 극이 현재시제로만 서술되는 것은 바로 현재적으로 재현(공연)된다는 제시형식 때문이다. 한편 서사에서 과거시제가 나타나는 것은 이미 일어난 사실을 서술중개자가 누군가에게 이야기해준다는(말로든 글로든) 제시형식 때문이다.

서사와 극은 모두 구체적 사건을 그 내용으로 하는 것이 일반적이며, 이런 점에서 적어도 이 두 장르는 내용상 서정과는 차별되는 일정한 공통점을 지닌다고 할 수 있다. 그러므로 이 두 장르 사이의 차이는 제시형식에 있다. 극은 지금 여기에서 공연되기 때문에 배우의 육체에서 빚어지는 '연기'가 매우 중요해진다. '대화(대사)'가 이 연기의 중요한 부분임은 말할 것도 없다. 여기에 현재감을 더 강화시켜주는 무대배경·효과음향·음악·의상·소도구 그리고 장면과 장면 사이를 구분하고 연결시켜주는 기법 등이 구체적인 제시수단으로 동원된다. 서사는 과거의 사건을 알고 있는 화자가 이를 모르는(때로는 모른다고 가정된) 청자 혹은 독자에게 알려주는 것이기 때문에, 화자에 따른 정보의 가공·조직화가 필연적이다. 이 때문에 등장인물들의 대화보다도 화자의 서술(내레이션)이 중요한 제시수단이 된다. 또 모르고 있는 청자의 방해를 최소화하고 효과적인 전달을 도모하기 위해 화자가 소통의 공간을 일방적으로 장악하려는 경향이 농후해진다.

판소리는 이 같은 두 종류의 제시수단을 모두 지니고 있으며, 사실 상 이 두 가지는 그 양이나 질에서 경중을 가리기가 어려울 정도이다. 판소리 광대의 몸짓연기가 다소 부족해 보일지 모르지만, 그가 대사를 창(唱)하는 순간, 그것이 혼신을 다한 연기라는 것을 부정하기는 어렵다. 또 무대의 미비를 지적할 수 있지만, 판소리가 어떤 연극 장르들보다 탁월한 효과음악을 지니고 있다는 것 또한 사실이다. 한편 판소리에서는 내레이션이 이야기 전체를 조직하고 진행하는 데 중심적인 역할을 하고 있다. 문제는 이 두 지향이 상호 대립될 수 있는 다소 이질적인 것이라는 데 있다. 극은 현재, 이곳에서 소통감을 추구하고, 서사는 효과적인 전달을 위한 잘 조직된 정보를 지향한다. 극이 개방성을 추구한다면, 서사는 폐쇄성을 지향한다는 것이다. 이처럼 판소리의 제시형식에서 문제가 되는 것은 연행(공연)된다는 사실과 과거시제의 존재라는, 언뜻 받아들이기 어려운 특성이었다. 판소리의 제시형식이 서사와 극의 양면을 지니고 있다는 것을 인정하는 것은 쉽다.

그러나 양면이 있다고 해서 중간 장르설이 충분한 타당성을 얻게 되는 것은 아니다. 왜냐하면 두 측면 가운데 어느 것이 판소리의 장르적 본질이냐 하는 문제가 남아 있기 때문이다. 두 측면이 모두 판소리의 본질적 부분일 때만 중간 장르설이 타당할 것이다. 만약 어느 한 측면만이 본질적인 것이라면 판소리는 보다 더 본질적 특성에 따라 분류되고 이해되어야 할 것이다. 이 문제를 해결하기 위해서 서사와 극에 대한 몇 가지 이론적 측면을 검토해볼 필요가 있다.

랑핌은 서정적·극적·서사적 성격을 구분하는 데 유용한 세 가지 발화 양식을 제시한 바 있다. 그것은 개별발화·교환발화·매개발화이다.[37] 이 가운데 '매개발화'는 더 말할 것 없이 바로 서사의 중개성을 지적한 것이다. 교환발화는 물론 극에 해당된다. 그런데 교환발화라는 말로 서사와는 다른 극의 성격이 충분히 드러나는 것일까? 이 발화의 세 유형을 세 개의 장르로 받아들일 경우, 장르 문제를 언어 텍스트의 한계 안으로 제한하는 문제점이 나타나게 된다. 이것은 문학 연구자들이 흔히 지니게 되는 일종의 편향이다.[38] 여기서 우리는 가능하지만 다소 극단적인 예를 가정해볼 필요가 있다. 완전히 대화로만 이루어진 소설이 그것이다. 물론 현재시제로만 되어 있다. 소설에서도 대화의 직접적인 제시에는 당연히 현재시제가 사용되기 때문이다. 이 소설은 극일까? 아니 아직 공연되지 않았으니까 희곡이라고 해도 좋다. 그러나 이 소설로는 연극 공연이 어렵다. 연극에는 대화 외에 무대와 연기 같은 다른 요소들이 필요하다. 그리고 희곡은 이런 것들을 최소한은 충족시켜주어야 한다. 그런데 희곡에서 이런 것들을 알려주는 지문이 과거로 서술될 필요는 없다. 모든 행위와 배경(무대)은 현재적으로 재현되어 관객에게 제시된다. 그러면 이것은 어쩔 수 없이 소설인가? 독서물이라는 제시형식 자체가 독자에게 중개성에 대한 인식을 갖게 만든다. 그리고 '서사적 과거'도 결국 이 제시형식으로 말미암아 생기는 것이다. 교환발화(즉 대화)는 극에서 두드러진다. 그리고 주요한 표현 양식이다. 하지만 이것만으로는 서사와 다른 극의 모든 특징이 설명되지는 않는다. 극적 언어에서는 행위(현장에서 행해지는 연기와 이에 따른 소통감)가 중요한 부분을 차지하고 있다.

---

37) 람핑, 장영태 옮김, 《서정시 : 이론과 역사》, 한길사, 1982.

38) 이 같은 편향은 여기서 중점적으로 다룬 조동일 외에도 여러 문학연구자들에게서 발견할 수 있다. 이에 대한 비판은 이 책의 제1장을 참조할 것.

이제 반대의 경우를 가정해보자. 연극에 해설자 혹은 '목소리'가 등장해서 과거시제로 서술적 논평을 하는 경우이다. 물론 서구의 고전적인 연극에서는 이런 일이 일어나지 않는다. 하지만 보편적 장르인 원장르로서 극을 이야기할 때는 현대극을 배제할 이유가 없다. 현대극에서 이런 일은 가끔 일어난다. 한 여인이 등장해서 자기가 겪은 일을 과거시제로 진술하는 모노드라마의 경우 그녀의 과거사가 중개된다. 그러나 이때 관객의 시선은 그녀가 들려주는 과거의 일이 아니라 그 이야기를 하는 그녀의 현재에 가 있다. 하지만 해설자가 등장해서 장과 장 사이의 불이 꺼진 어둠 속에서 '그는 비를 맞으며 하염없이 걸었다'라는 진술을 하거나 혹은 지금까지 벌어진 일이나 생략된 내용을 요약해준다면 어떨까? 이때 관객이 잠깐 동안 중개성을 인식한다고 해도 그것이 이 연극을 서사 장르로 만들지는 못할 것이다. 그렇다면 아예 이런 해설로만 이루어진 연극은 어떨까? 해설자가 아무런 연기 없이 제삼자의 이야기를 들려주는 연극이 가능할까? 가능하다고 해도 그것이 연극인 이상 관객은 해설자의 상태를 관찰하게 될 것이다. 연기를 하지 않는 것이 연기가 되고 해설자가 배우가 되는 것이다. 그래서 해설자가 이야기를 하고 있다는 것 자체가 현재적으로 재현되는 상황이 될 것이다. 관객은 이야기 자체가 아니라 해설자의 연기를 보는 것이다.

이와 같은 극단적인 예들은 장르 인식의 심층에는 제시자(작가 혹은 배우)와 수용자(독자 혹은 관객)의 기대지평이 강하게 작용한다는 것을 보여준다. 이 기대지평은 그 제시형식으로 말미암아 형성된 것이면서 나중에는 제시자와 수용자에게 하나의 잠재적 규범으로 작용하여 어떤 장르를 고정시키는 구실을 하기도 한다. 판소리에는 어떤 기대지평이 존재했을까 궁금해지는 것은 이 때문이다. 만일 판소리의 청중들이 판소리는 어떤 이야기를 광대가 전해주는 것이라고 여기고 광대 역시 자신을 이야기꾼이라고 느낀다면, 판소리는 서사가 될 것이다. 반대로 청중들이 판소리를 보면서 그 사건이 여기서 (다시) 일어나는 것처럼 느끼고 광대도 자신이 그것을 재현한다고 느낀다면, 판소리는 극이 되는 것이다. 전자의 경우 판소리는 음악과 너름새를 동원하여 실감나게 이야기되는 특수한 서사 장르가 될 것이고, 후자의 경우에는 해설자가 등장하는 일인다역(一人多役)의 특수한 극 장르가 될 것이다.

이 문제에 대해 신재효의 〈광대가〉는 시사하는 바가 많다. 그는 광대가 아니었지만 당대의 판소리 광대들에게 상당한 영향을 미쳤고, 매우 수준 높은 청중의 한 사람이었음에 틀림없기 때문이다. 그는 특히 인물치레·사설치레·득음·너름새를 광대가 갖출 자질로 거론했는데, 이 가운데 너름새는 적극적으로 평가할 때 연기에 해당하고, 사설은 말이므로 대화와 서술이 포함된 것이다.

> 너름새라 하는 것이 귀성 끼고 맵시 있고 경각에 천태만상 위선위귀 천변만화 좌상에 풍류호걸 구경하는 노소남녀 웃게 하고 울게 하니 어찌 아니 어려우며⋯⋯.
> 사설이라 하는 것은 정금미옥 좋은 말로 분명하고 완연하게 색색이 금상첨화 칠보단장 미부인이 병풍 뒤에 나서는 듯 삼오야 밝은 달이 구름 밖에 나오는 듯 샛눈 뜨고 웃게 하기 대단히 어렵구나.[39]

너름새는 서사물을 구술하는 데 따르는 부수적인 요소로 다룰 수

---

39) 신재효, 강한영 교주, 《판소리 여섯바탕집》, 앞선책, 1993('광대가' 참조).

없는, 판소리의 중요한 부분이라는 것이 분명하다. 특히 신재효는 광대의 너름새가 '경각(頃刻)에 천태만상(千態萬象) 위선위귀(爲仙爲鬼) 천변만화(千變萬化)' 하는 것이어야 함을 역설하고 있다. 이것은 광대에게 어설픈 흉내가 아니라 완전한 연기를 요구하는 수준이라는 점을 의심할 여지가 없다. 한 사람이 여러 등장인물의 역할을 왔다갔다 하며 연기해야 하는 것이 판소리이다. 그는 사설에서도 '미부인이 나서는 듯, 달이 나오는 듯' 분명하고 완연하게 할 것을 요구하고 있는데, 이것은 판소리가 현재적으로 재현되고 있다는 환상을 강화시켜줄 것이다. 음악적 효과도 이런 현재감을 강화해준다.

그러나 판소리는 완전한 연극도 아니다. 무엇보다도 과거시제는 앞에서도 지적했듯이 중개성에 대한 인식의 표지이다. 그리고 광대가 혼자 여러 인물의 역할을 한다는 것도 판소리가 완전한 연극일 수 없다는 것을 보여준다. 연극에서 한 인물이 여러 인물의 역을 해낼 수는 있지만, 그는 동시에 한 무대에 설 수 없다. 정상적인 연극의 규칙을 지키는 경우 일인극의 등장인물은 한 사람으로 제한된다. 이것은 연극의 기술이 아무리 발달해도 극복할 수 없는 본질적인 한계이다. 그런데 판소리 광대는 관중이 지켜보는 가운데(연극이라면 한 장면에서) 배역을 바꾼다. 이것은 필연적으로 현재감을 파괴하면서 중개성을 인식시킨다. 관객들은 이것을 용인하지 않고는 판소리를 볼 수 없다.

판소리를 구연하는 광대나 수용하는 청중은 판소리가 최대한 현재적으로 구연될 것을 기대한다. 한편으로 이들은 판소리가 지닌 중개성(이것은 과거의 일을 전해 듣는다는 인식을 낳는다)을 용인할 마음의 자세가 되어 있다. 결국 판소리에 대한 기대지평은 서사적이고 극적인 양면에 걸쳐 형성되어 있는 것이다.

이제 판소리의 서사적이고 극적인 성격을 사설을 통해 검토해보자.

(말노) 충충 드러가 광한누 기복ᄒ고 직스의 연명초로 남에 우의 놉피 안져 빅셩쇼시의 엄ᄒ게 보의느라고 눈을 부리부리ᄒ게 쓰고 쥭을 잔쓱 찌고 호호직스의 연명ᄒ고 동원의 좌정ᄒ여 도임상 바든 후의 삼 항슈 입예 밧고 항슈군관 문안 밧고 육방ᄒ인 예슈 후의 호장 부르라 예 육방ᄒ인 졈고난 삼일디 졈고할 쎠신이 우션 기셩졈고 몬져 ᄒ라 호 장이 안칙을 들고 기셩졈고를 ᄒ난듸(진양죠) 우후동산 명월이 명월이 가 드러온다 홍상ᄌ락을 거듬거듬 셰류흉당의 **짝** 붓치고 아장아장 이 긋거려 가만가만 드러오던이 예 등디 나오.[40)]

판소리를 극으로 보고자 한다면 판소리 사설은 희곡이 되어야 할 것이다. 그리고 희곡은 지문을 포함한다. 위 예문의 뒷부분을 희곡으로 바꾸면 다음과 같이 될 것이다.

호장 : (안책을 들고 기생 점고를 하는데) 우후동산 명월이.
명월 : (들어온다. 홍상자락을 거듬거듬 세뇨흉당의 딱 붙이고 아장 아장 이긋거려 가만가만 들어오더니) 예. 등대 나오.

적어도 이 대목은 희곡으로 바꾸는 데 아무런 문제가 없다. 이렇게 바꾸고 여기에 광대가 호장과 명월의 흉내를 내는 너름새를 한다면 바로 연극이 될 것이다. 실제로 광대들은 그런 너름새를 한다. 그런데 문제는 괄호 안의 내용을 너름새로 나타내는 데 만족하지 않고 입밖에 소리내어 말한다는 것이다. 여기에 판소리의 장르적 특징이 있다. 판소리는 한편으로는 공연(현재적 재현)되면서 동시에 다른 한편으로 있었던 일을 이야기하는 것이다. 이 두 가지가 서로를 보완해야 판소

---

40) 명창 장자백 창본 《춘향가》, 박이정, 1996(이하 '장자백 춘향가'라고 약칭함).

리는 완전한 전달력을 가지게 된다(제시형식은 내용 전달과 매우 밀접히 관련된다). 신재효가 원칙적 요구를 하기는 하지만, 판소리의 극적 요소(특히 너름새를 포함하는 연기적 요소)는 완전하기 어렵다. 혼자 남녀노소의 역할을 다 맡아 해야 하고, 음악적으로 훌륭한 소리를 하는 데도 상당한 주의를 기울여야 한다. 그러다 보면 연기는 단순화되고 소홀해지기 쉽다. 서사적 요소도 완전하지 않다. 위의 예문은 원문을 보아도 그 자체로 완전한 서사적 서술이 되지 못한다. 문장체 소설이라면 대화문 앞에 '왈(曰)' 또는 '가로되' 같은 표지를 두거나 문장을 끊어 독립시키겠지만, 판소리는 그런 장치가 없어 평탄하게 읽으면 전달에 어려움이 생긴다. 위 예문은 광대가 대화 부분을 대화처럼 구연해주어야만 깔끔하게 전달될 수 있다. 여기에 '진양조'가 쓰인 것도 그런 이유에서이다. 사또 앞에서 점고하는 자리의 호명과 응대는 길고 중후하면서도 다소는 간드러진 호장과 기생의 음성을 그려주어야 하기 때문이다. 한 측면만을 보면 모두 어정쩡해 보이지만, 이 두 요소가 동시에 실현될 경우 그 상승효과로 말미암아 판소리의 전달체계는 매우 효과적인 것으로 되는 것이다. 이제 앞부분을 보자.

충충 들어가 광한루 개복하고 객사의 연명차로 남여 위의 높이 앉아 백성소시에 엄하게 보이느라고 눈을 부리부리하게 뜨고 담뱃대를 잔뜩 끼고, 호호객사에 연명하고 동헌에 좌정하여 도임상 받은 후에 삼행수 입례 받고 행수군관 문안 받고 육방하인 예수 후에.

여기에는 과거시제가 보이지 않는다. 과거시제가 나타날 법한 부분을 계속 '～하고'나 '～후에'라는 식으로 연결해간다. 이것은 고소설에서도 흔히 볼 수 있지만 특히 판소리에 광범위하게 나타나서, 현재적 느낌이라고 할 만한 박진감을 강화시킨다. 하지만 그렇더라도 이 부분은 무대에서 공연하기에는 어려운 부분이다. 이처럼 요약적인 서술은 이 부분이 공연을 전제로 하고 쓰여진 것이 아님을 보여준다. 이것은 서사 장르의 특성이라고 할 수 있을 것이다. 연극에서도(특히 현대 서사극에서) 내레이터를 동원해 일부 내용을 요약·서술하고 지나가는 것이 불가능한 것은 아니다. 그러나 그것은 연극의 본질은 아니다. 오히려 연극이 영역을 확장하여 부분적으로 서사화하고 있다는 증거일 수 있을 것이다.

더욱 주목할 점은 서사 장르라면 당연히 과거시제가 사용될 종결어미에도 매우 자주 현재시제가 사용된다는 점이다.

> 츈향 어모는 건넌 방의로 건너가고 츈향이난 도련님과 영이별 ᄒ랴
> 할 졔 (중머리) 일졀통곡 이원셩의 단장곡을 셕쩌 니여 운다.[41]

이와 같은 표현이 '울었다'와 얼마나 다른 것인가 하는 문제는 재삼 설명할 필요도 없다. 이 대목은 인물이 아닌 화자의 목소리임에도 현재적으로 진술되고 있는 것이다. 더욱이 연행 현장에서는 이런 대목을 소리하는 광대가 마치 우는 듯이 구연하는 것을 볼 수 있다.

대화 중심의 가장 극적인 부분에서 동작을 나타내는 희곡의 지문에 해당하는 부분을 광대가 발림과 동시에 소리로 설명한다는 것, 그리고 요약적 서술 중심의 가장 서사적인 부분에서도 과거시제보다는 현재시제가 많이 사용되며 광대는 여전히 현재감을 불러일으키는 구연방식을 고수하고 있다는 것, 이 두 가지 사실은 판소리에서 서사적

---

41) 장자백 춘향가, 106쪽.

경향이 우세한 부분과 극적 경향이 우세한 부분들이 따로따로 존재하기보다는 상호 조응하면서 닮아가고 있다는 느낌을 준다. 대체로 아니리에서는 서사적 경향이, 창에서는 극적 경향이 좀더 강하다고 할 수 있지만, 이 역시 상호 조응하면서 무리 없이 융합되는 것이 판소리의 특징이다. 서사적이고 극적인 양면성이 있지만, 판소리는 이를 융합해 전혀 새로운 형식을 만들낸다는 것을 알 수 있다. 이제 이와 같은 판소리의 중간장르적 특성이 어떤 식으로 구현되는지를 살펴보기로 한다.

(2) 서술-행위의 이원적 제시형식과 변증법적 구조

① 제시수단의 결합방식과 장면전환방식

㉠ 제시수단에 나타난 두 가지 지향의 변증법적 결합방식

소리·장단·너름새……. 판소리의 제시수단을 나열해보면 무엇보다 판소리가 연행예술이라는 사실을 확인할 수 있다. 가장 중요한 것은 소리이다. 판소리 광대의 목소리는 단순한 이야기꾼의 그것과는 판연히 다르다는 것은 새삼 강조할 필요가 없다. 그래서 그냥 '말'을 판소리의 중요한 제시수단으로 나열해버리고 만다면 결코 판소리를 이해할 수 없다. 심지어 판소리의 많은 수용자들이 이야기가 아니라 '소리'를 듣는 데 더 중점을 두고 있다는 사실을 이해하기는 더욱 어렵다. 소리의 내용을 사설이라고 하는데, 이것은 물론 이야기이다. 그런데 민속음악에서 '소리'라고 할 때, 음악적 부분과 의미적 부분 가운데 무게가 쏠리는 쪽은 바로 음악적 부분임을 부정하기 어렵다. 창으로서 소리가 판소리의 가장 중요한 제시수단이라는 것이다. 많은 명창들이 좋은 소리를 얻기 위해서 피나는 수련을 감내했다. 이것은 많은 관중들을 상대로 하는 전문적인 예인으로서 판소리 광대의 숙명과도 같은 것이었다. 대중예술의 수용자는 대중이지만, 그 예술이 대중예술로 살아남도록 생산자는 전문가가 될 수밖에 없는 것이다. 특히 흥행예술의 경우 그 전문성은 더욱 중요한 문제가 된다. 판소리의 소리가 창을 중심으로 하는 이상 그 음악성을 보장하기 위해 장단이 필요하게 된다. 고수의 수련 또한 광대의 그것 못지 않았다. 너름새라는 것은 무엇인가? 그것 역시 광대의 몸을 통해 드러나서 관중의 시각을 채워주는 것이다. 이를 익히는 것 역시 광대의 중요한 부분이다. 결국 판소리의 가장 중요한 제시수단은 '사람의 목소리와 동작'이라는 사실을 확인할 수 있다. 이것은 그저 재주 있는 이야기꾼의 그것과는 분명히 다른 것이다. 이야기꾼의 연기는 의도하지 않은 즉흥적인 것이지만, 판소리의 그것은 피나는 수련 속에 획득된 철저히 의도적인 것이다. 이야기꾼이 보다 더 전문화되면서 그 연기가 대본과 청중의 반응을 철저하게 연구하여 적극적인 것이 될 때, 이야기는 극적 성격을 획득하게 된다. 우리는 앞에서 서사와 극이 어떤 본질적인 공통점을 지닌 장르라는 것을 확인한 바 있다. 판소리는 아직 배역이 완전히 분담되지는 않았지만, 광대는 각각 다른 인물에 대해서는 그 인물의 정감을 표현하기 위해 알맞은 색깔의 소리를 선택하고 가장 적절한 장단을 결합하며, 그 인물이 되어 너름새를 한다. 판소리의 무대는 음악적인 배경 위에 가장 절제된 연기를 통하여 사건을 현재화하는 극적 공간이다. 그런데 판소리는 또한 극적인 많은 부분(서사적 줄거리가 아니라 극적인 연기들)을 상상력을 통해 메워야 하는 장르이기도 하다. 연기는 너무 절제되어 있고, 늙은 광대는 아무리 노력해도 젊은 춘향이가 될 수 없다. 판소리가 이런 문제점들을 극복하기 위해 음악을 이용한 것은 탁월한 선택이었다. 하지만 광대들에게는 엄청난 시련이기도 했다.

송홍록이 힘든 수련을 마치고 명창이 되었을 때, 그의 목소리는 판소리의 약점을 메우기에 충분했다. 그가 진주의 촉석루에서 옥중비가(獄中悲歌)를 부를 때, 수천의 청중은 그 슬픈 소리에 모두 눈물을 흘리고, 귀곡성을 발하는 대목이 되자 갑자기 바람이 일고 수십 개의 촛불이 일시에 꺼지면서 하늘로부터 귀신의 울음소리가 들려와 청중의 등골을 오싹하게 했다는 전설은 매우 유명하다.[42] 이것이 사실이 아니라도 그가 귀곡성을 발하는 순간 연행 공간 전체가 극중의 세계 속으로 빨려 들어간 것처럼 느껴졌을 것임을 인정할 수 있다. 이 강렬한 현재감은 우리가 소설을 들을 때 느끼게 되는 몰입과는 분명히 그 질이 다른 것이다. 이것은 광대의 강렬한 흡인력으로 말미암아 연행 공간의 청중들이 집단적으로 느끼게 되는 것으로, 어떤 논리적인 이해에 따라 이루어진 것이 아니다. 서사적인 리얼리티와 어떻게 다른지 명확히 알 수 있다. 그렇다고 해서 극의 그것과 상당한 차이를 지니고 있음을 부정할 수도 없다. 판소리는 이 현장감을 분쇄하는 형식을 또한 가지고 있는데, 그것은 바로 과거시제의 서술 방식이다.

판소리는 다양한 제시수단을 지니고 있지만, 그것의 성격은 크게 두 가지로 나누어볼 수 있다. 하나는 서술에 사용된 언어이고 다른 하나는 행위이다. 이것은 판소리의 연행 공간에서 서로 변증법적 관계를 맺으며 결합되어 있다. 행위는 광대의 극적 의도가 분명한 소리까지를 포함하는 것이다. 광대는 이 소리를 통해 인물이 느끼는 정조

---

42) 정노식의 《조선창극사》(조선일보사출판부, 1940) 24쪽과 박황의 《판소리 이백년사》(사사연, 1987) 66쪽 참조.

를 그대로 표현할 뿐만 아니라 그 인물의 성격과 질감까지 표현한다. 이것은 〈춘향가〉에서 두 연인의 사랑가를 들어보면 바로 알 수 있다. 또 〈변강쇠가〉의 기물타령과 사랑가를 비교해보아도 곧 알 수 있다. 남자와 여자의 노래는 그 정조가 다를 뿐만 아니라 규모와 질탕함의 도가 달라서, 여자의 소리는 질감이 잘고 부드러우며 현실적인 꿈의 은유요, 남자의 소리는 질탕하고 호방하여 질감이 거칠며 허황된 놀음이다.[43] 강쇠와 이도령의 사랑가를 비교해보아도, 강쇠는 허풍스럽고 이도령은 철이 없다는 성격과 연령의 차이까지도 감지해낼 수 있다. 아무래도 창으로 된 부분은 어떤 장면을 확장하면서 장면성을 극대화하는 경향이 있다. 장자백 〈춘향가〉의 사랑놀이는 길고 이도령의 주도가 두드러지는데, 이야기의 진행을 지체시키면서 두 인물의 행위를 장면화해서 보여주는 경향이 있다. 하지만 이 지체는 두 연인의 사랑놀이를 관중들이 충분히 즐길 수 있는 시간적 여유를 주며 이를 통해 두 연인의 사랑이 지닌 열정을 더 잘 확인하게 해준다.[44] 반면 말로 된 아니리 부분은 주로 이야기의 빠른(때로는 요약적인) 진행에 관심을 기울인다. 이렇게 해서 중요한 부분은 확장되어 사설치레[45]의 독특한 형식을 통해 주제와 미적 정조를 부각시키고, 아니리는 지나친 장면화로 파편화될 위험성을 방지하여 확장된 장면이 전체 줄

---

43) 김창현, 〈판소리 사설치레에 나타난 용장의 구조와 의미〉, 《도남학보》 16, 1997, 243~244쪽.

44) 같은 글에서 이것을 판소리의 사설치레가 지닌 용장(冗長)의 한 미적 효과로 설명한 바 있다.

45) 박영주는 '사설치레'를 '엮음에 의한 구상적(具象的) 현시(顯示)'라고 규정한 바 있다(〈판소리 '사설치레' 연구〉, 성균관대 박사논문, 1991 및 〈판소리 사설의 미적 표현효과와 정서적 특질〉, 《28차 판소리학회 발표문》, 판소리학회, 1998년 5월 9~10일 참조).

거리 속에 통합되도록 걸음쇠의 역할을 한다. 이런 장면의 확장과 이를 하나로 통합하려는 두 가지 지향이 판소리라는 장르를 긴장 속에 유지시키는 힘이다.

ⓛ 장면전환방식

판소리의 장면전환방식은 매우 독특하다. 때로는 장면전환 표지가 이중으로 사용되는 비효율적인 방식처럼 보이기도 하지만, 이것 역시 장면화와 전체성이라는 두 가지 지향의 변증법적 관련 속에서 형성된 것이다. 다음은 심봉사가 심청을 마중 나갔다가 물에 빠진 대목에 이어, 지금 심봉사 쪽으로 올라오는 중의 모양을 노래하는 대목이다.

(아니리) 진소위 활인지불은 곳곳 유지라 마참 잇째 몽은사 화주승이 절을 중창하라하고 권선문 드러미고 시주집 내려왔다 청산은 암암하고 새 달은 도다올 제 석경 빗긴 길노 중이 올나가는대,
〈중 올나간다〉(엇머리)
중 올나간다 중 하나 올나간다 저 중의 그동 보아라 저 중의 치례 보아라 빗조흔 새양갓에 총감투 숙여 쓰고 목의는 백팔염주 단주팔에 글고 백저포 큰 장삼 다홍듸 둘너 찍고 구리 백통반 은장도 고름에 늦게 차고 용두 삭인 육간장 귀 우에 놉히 집고 흔들흔들 흔을거리고 올나갈 제 염불하며 올나간다…….

― 〈심청가〉[46]

아니리에서 우리는 고소설에서 보았던, 시간의 중첩을 위한 역전

---

46) 이선유본 〈심청가〉 '중타령', 《오가전집》, 73~74쪽. 앞으로 이 책은 그냥 '이선유본'이라고 하겠다.

현상을 볼 수 있다. 이것은 이 두 사건이 만나게 된 우연에 필연성을 주기 위한 논리적 서술이다. 그런데 이미 '…… 중이 올나가는대'라고 아니리에서 서술된 내용이 '중 올나간다. 중 하나 올나간다' 하고 창(치레) 부분에서 반복되는 것을 볼 수 있다. 이것은 역전된 시간이 현재로 복귀하는 그 시점에서 창이 다시 시작한다는 것을 보여준다. 즉, 아니리가 서술의 역할을 끝내는 순간 판소리는 다시 현재의 그 장면으로 복귀하는 것이다. 이것은 '시주집 내려왓'던 과거를 아니리에서 끊고 극적 현재로 복귀했다는 의미이다. 그래서 시제도 현재형으로 나타난다. 특히, 이 중타령이 현재적으로 재현된다는 것을 명확히 보여주는 표지가 '저 중의 거동 보아라, 저 중의 치레 보아라'와 같은 언명이다. 지금 여기에 중이 올라가고 있지 않다면, 그것을 보라고 말할 수는 없는 것이다. 이와 같은 장면전환방식은 판소리에 광범위하게 나타나는 특징이다.

> 삼일세경 급피 ᄒ고 도임츠로 너려올졔 (ᄌ진머리) 우의도 장할씨고…… 구중 진 정마의 권마상이 섭도한다 신연ᄒ인 호ᄉ 보쇼 이방 슈비 감상 공방 한산모슈 청징염의 거넌단 죠흔 말게 가진 부담을 지여타고 통인 한 쌍 치레 보쇼.
>
> — 〈춘향가〉[47]

치레(창)가 시작되는 순간 장면은 시각적으로 현재화한다. 소설에서는 인물의 말을 직접 인용할 때만 현재시제가 사용되고, 장면을 묘사할 때는 '……하더라'와 같이 과거시제가 사용된다. 근대소설은

---

47) 장자백 춘향가, 118쪽.

("……" 등 시각적 표지의 도움도 포함되는) 언어의 시각화(독서물화)로 말미암은 서술과 대화 사이의 변별력 강화에 따라 대화가 독립적인 현재형으로 실현될 수 있지만, 이것은 근대소설의 극적인 지향과도 무관하지 않다. 고소설에서는 '왈(曰)'·'가로되'·'하시되' 같은 표지의 활용을 통하지 않고 대화를 독립적인 현재형으로 제시하는 경우는 거의 없다. 민담과 같은 보다 더 전통적인 구술서사 장르의 경우에는 더욱 적극적으로 대화를 서술 속에 통합시킨다. '~가 ……라고 했거든, ……하니까 ~가 어땠겠어'와 같이 화자는 끊임없이 대화의 원래 임자가 누구인지 확인해주며 그 선후 및 인과관계를 밝혀주는 과정에서 대화들을 서술 속에 거의 완전히 통합시키게 되는 것이다. 판소리의 창 부분에서 과거시제를 전혀 찾아볼 수 없는 것은 아니지만 현재시제가 중심이 되며, 또 지금 창하고 있는 장면을 현재 일어나는 것처럼 재현하려는 의도가 '보소'·'보아라' 같은 언술을 통해 사설에서도 직접적으로 나타난다는 사실을 확인할 수 있다.

지금까지의 논의를 통해 판소리의 진술 방식은 아니리를 통한 서술로 흔히 사건 진행의 서사적 일관성을 확보하고, 창을 통해서는 주로 장면을 현재화해 보여준다는 것을 알았다. 하지만 이것은 판소리의 장면전환방식이 서사적이고 극적인 두 가지 방식을 필요에 따라 적절히 사용한다는 것을 증명하기 위한 것이지, 아니리와 창의 기능이 언제나 반드시 그래야 한다는 것은 아니다. 도식화의 가능성을 경계해야 한다는 것이다. 대체로 그렇다는 것을 하나의 불변의 법칙으로 만들면 판소리의 가능성을 제약하게 될지도 모른다. 왜 이런 현상이 나타나는가 하는 것을 열린 시야로 탐색해볼 필요가 여기에 있다.

(말노) …… "그러면 안칙의 이름 박쪼 급피 부르라" 방울이 "쩔렁",

“사령”, “예의”, “춘향 불너 듸리라” (즁즁머리) 굴노亽령이 나온다 亽
령굴노가 나간다······ (말로) 잇딕의 츈향이난 亽령이 오난지 굴노가
오는지 아무련 쥴 모르고 혼즈말노 즈탄한다. (중머리) 갈까부다 갈까
부다 임을 짜라 갈까부다 쳘니라도 짜라 가고 말니라도 짜라 갈까부다.

– 〈춘향가〉[48]

　자진하여 잠이 드니 (셰맛치) 호졉은 장쥬되고 장쥬난 호졉되야 실
갓치 나문 혼빅 바람인지 구름인지 한 곳셜 당도한이 쳔공지활ㅎ고 산
명슈례한듸 은은한 죽임 쇽의 일칭화각이 밤비여 잠겻쎠라.

– 〈춘향가〉[49]

앞 인용문의 첫번째 아니리는 어떤 창으로 된 부분보다도 더 현재
적인 재현이다. 서술이 최대한 자제되어 있으므로 시제를 알 수 있는
종결어미 따위는 없지만, 이 대화들이 지금 일어나는 것처럼 재현되
고 있다는 것은 틀림없는 사실이다. 그리고 이어지는 중중머리의 창
부분도 판소리의 창에서 흔히 보이는 현재적 장면화의 기법을 보여
준다. 지금 사령들이 나간다는 느낌을 극대화하는 표현임을 누구나
인정할 수 있다. 그리고 춘향 쪽으로 장면이 이동하는데, 여기 아니리
로 된 부분도 ‘자탄한다’와 같은 현재형을 고수하고 있다. 하지만 여
기서 시간의 중첩을 나타내는 ‘잇딕’라는 시간부사가 동시에 나타난
다는 것을 알 수 있다. 이와 같은 시간부사는 순수한 극 장르라면 사
용될 수 없는 것이다. 시간이 다소 역전되었지만, 시제는 춘향이에게
맞추어져 있다는 사실을 알 수 있다. 즉, 여기서 시간을 지배하는 것

---

48) 장자백 춘향가, 132~134쪽.
49) 장자백 춘향가, 162쪽.

은 서술자가 아니라 등장인물이라는 것이다. 그런데 이 앞의 인용은 한 장면 한 장면이 일어나는 사건의 구체적 재현이라는 것을 알 수 있다. 이렇게 사건들이 구체적으로 재현될 때 판소리는 최대한 현재적으로 재현하려는 강력한 지향을 갖고 있다.

뒤의 인용문은 춘향의 꿈을 표현한 대목이다. 이 대목은 '……했더라'와 같은 과거시제를 사용하고 있으며, 더구나 중개성을 더욱 강화해주는 '……더라'와 결합되어 나타난다. 꿈은 현실이 아니다. 연극에서 꿈을 표현하는 것은 상당히 까다로운 작업에 속한다. 해설 없이 이 장면이 꿈이라는 것을 분명히 알려주고, 또 꿈의 비현실성을 표현하기 위해 여러 가지 기법들이 사용된다. 조명이나 환상적인 효과음, 다양한 연출기법들이 동원된다. 하지만 대체로 공통적인 것은 극이 지닌 현재감을 최소한으로 약화시키는 방식으로 이루어진다는 것이다. 이것은 영화에서도 마찬가지이다. 그런데 판소리는 이 점에 대해서 별로 걱정할 필요가 없다. 중개성을 표면화할 수 있는 자유로운 방식이 있기 때문이다. 이 부분은 창으로 불렸을 것이 분명하지만, 강한 중개성을 느낄 수 있다. 판소리의 현재감이 파괴되고 먼 과거의 일처럼 느껴지게 함으로써 이 장면이 지닌 비현실성과 그것을 토대로 성립되는 상징성을 표현한다. 판소리는 자기가 필요할 때 자기가 지닌 자유를 이용한다. 그런데 가급적 현재감을 강화하려는 극적 지향이 서사적 지향을 압도한다. 하지만 간략한 연기(演技)에 견주어 압도적인 사설(언어적 부분)의 비중과 이로 말미암은 서술적 진술에 대한 불가피한 의존성이 이 지향을 배반한다. 이 강력한 의지(극적 지향)를 읽은 연구자들은 판소리가 극이라고 판단하는 것을 주저하지 않았으며, 행위(너름새)보다 언술(사설)이 차지하는 큰 비중을 중시한 연구자들은 판소리가 서사라는 주장을 굽히지 않았다.[50] 이것은 제시형식의 두 가지 측면, 그러니까 ① 연기자인 광대와 청중들의 직접적인 육체적 교류가 수용과 동시에 일어나는 공연물이라는 측면과 이로 말미암은 판소리의 현재감을 중시할 것인가, 아니면 ② 판소리의 사설 중심적인 특징에서 비롯되는 과거시제의 출현 같은 중개성의 존재를 중시할 것인가 하는 문제일 뿐이다.

사실 근대 이후 소설은 과거시제의 서술방식을 고수하면서도 장면 중심적인 극적 표현 방식을 적극 수용했으며, 이른바 자유간접화법 등 여러 가지 수단을 사용해 인물 중심적인 화법을 개척해왔다. 그리고 연극도 해설자(Narrator)의 도입이나 장면전환장치의 개발, 조명 등을 이용해 서사적 방식을 적극적으로 차용해왔다.[51] 서구에서는 드라마(극)를 문학의 한 전범으로 삼는 경향에 따라 소설이라고 해도 현재감을 극대화해 독자를 몰입시키려는 노력이 진행되었고, 이것은 어떻게 보면 당연한 일이라고 할 수 있다. 소설은 근본적으로 상업적인 장르이고, 이것은 독자에게 어느 정도 자극을 주고 몰입하게 할 수 있는가 하는 문제를 아주 중요한 것으로 만들었다. 반면 극 장르는 행위 중심적인 특성에서 오는 사건들 사이의 약한 결합력을 재고하

---

50) 필자의 견해를 분명히 하라고 굳이 강요한다면, 필자는 판소리의 강력한 극적 지향의 의지를 존중하고 싶다. 이것은 판소리 광대의 처지이기도 할 것인데, 이들을 '광대'라고 한 것이나 판소리를 '창극'이라고 칭한 초기 연구자들이 판소리 광대들과 직접 면담에 크게 의존했다는 사실도 그리 가볍게 여길 일은 아니다. 하지만 중요한 것은 이런 개인적인 기분이 아니라, 판소리에서 발견되는 객관적인 사실들일 것이다. 이 글이 판소리를 '중간적 장르'로 규정하게 된 이유가 여기에 있다.

51) 무대 혹은 무대의 한 부분만을 비추면서 관객이 속한 현재 세계와 극중 세계를 분리하는 조명은, 그 몰입적 효과를 감안하더라도 현재감을 파괴하면서 극중 사건이 현재 일어나는 것이 아니라 과거(혹은 가공된) 사건의 재현이라는 사실을 인식하게 한다. 이것은 극이 재현되는 사건을 전달한다는 인식의 확인으로 이어지기 쉽다.

여 점차 합리적 판단을 앞세우는 관중들을 설득하는 문제가 중요해졌다. 공동체의 일원이라야 쉽게 이해할 수 있는 대동적 양식의 원초적인 극들이 시장에서는 점차 경쟁력을 상실해갔다. 극 장르가 행위만을 고집했다면 그것은 스스로를 엄청난 제약에 묶어놓는 역할을 해서 결국 소멸했을지도 모를 일이다. 서사적 방식은 비록 언어의 제한성에 묶이지만, 그것은 반대로 언어라는 가장 자유로운 양식을 마음대로 사용할 수 있다는 의미이기도 하다. 현재감의 제한성 대신에 언어는 소재와 주제의 영역을 넓혀주고 이야기 전체를 논리적으로 구축하는 데는 가장 이상적인 제시수단이었던 것이다. 이와 같이 상업적 경쟁력의 확대라는 목표를 달성하기 위해 극과 서사가 서로 자기편에서 상대편과 제휴하면서 점점 가까워져 영화와 같은 더 효과적인 장르가 창출되었다.[52] 이렇게 보면 판소리와 같이 효과적인 장르가 일찍이 마련된 것은 문화적인 면에서 우리들의 긍지가 될 만한 일이다.

② 화자-인물 이원구도의 사건 전개 양상

장면전환방식을 살펴보면서 화자(서술자)-인물 이원 구도의 사건 전개 양상이 어느 정도 드러났다고 생각된다. 장면전환방식은 한 장르의 내적 구조를 이루는 기본적인 방식의 하나이기 때문이다. 하지만 판소리를 더 잘 이해하기 위해서는 좀더 살펴볼 필요가 있다.

---

52) 이렇게 상업적 경쟁력의 재고에 지나치게 몰두했기 때문에 형식적인 면에서 큰 성공을 거두었지만, 잃은 것도 많았다. 극 장르의 대동 지향, 서사 장르의 이념적 책임감 같은 것들도 여기에 포함될 수 있을 것이다. 이와 관련해서는 다른 자리에서 논할 기회가 있을 것이다.

㉠ 인물이 서술에 미치는 영향

판소리를 접할 때, 서술되는 부분이 창이든 아니리든(특히 창일 때 두드러지지만) 인물이 서술에 영향력을 행사하고 있다는 느낌을 받는 일이 많다. 등장인물의 성격이나 기분에 따라 객관적으로 존재하는 배경들이 그 성격을 달리하는 것이다.

하루는 일기 화창커늘 문을 열고 둘러보니 안류는 의의하여 성긴 내를 띄웠는 듯 원산은 암암하여 맑은 기운 어리인 듯 공자 왕손 벗님네들 답청등고 하는 때라.

— 신재효 남창 〈춘향가〉[53]

김병국은 이 인용문 가운데 '안류는 의의하여……맑은 기운 어리인 듯'은 작자의 언어이기는 하나 작중 인물(이 도령)의 의식 내지 감정을 대신 말해준 것이므로, 엄격히 말해서 작중 인물의 시점이라고 할 수 있으며, 이 진술 방식이야말로 서사의 근본 원리(작자 및 작중 인물의 시점이 공존하는 대리적 서술)인 듯이 보인다고 지적한 바 있다.[54] 사실 이 대목은 분명히 이도령의 감정이 서술에 침투한 것이다. 그러나 이것이 서사의 근본 원리인가 하는 문제는 다시 생각해볼 필요가 있다. 서사에 근대 이후 소설을 갖다놓고 보면 이 지적은 타당해 보인다. 그러나 고소설을 여기에 대입하면 이런 경향은 결코 일반적인 경우가 아니라는 것을 알 수 있다. 고소설에서 이와 같은 대목을 전혀 찾아볼 수 없는 것은 아니지만, 일반적으로 고소설의 작가는 작

---

53) 신재효, 강한영 교주, 《신재효 판소리사설집(전)》, 민중서관, 1971, 5쪽.
54) 김병국, 〈판소리의 문학적 진술방식〉, 《한국고전문학의 비평적 이해》, 서울대 출판부, 1995, 173~174쪽.

품을 전체적으로 지배하는 '신의 목소리'를 가지고 있으며, 이는 바로 작가의 세계관과 다르지 않다. 따라서 작가는 자기와 동일한 세계관을 지닌 인물하고만 정서적으로 투합된다(사실 이러한 경우도 극히 예외적으로만 발견된다). 위와 같이 서술에 인물의 감정과 시각이 뛰어드는 것은 서술자의 전지적 권리를 포기하더라도 인물 중심으로 이야기를 전개하여 생동감을 획득하려는 경향으로, 극적 리얼리티의 지향이다. 이러한 지향은 판소리에서 여러 가지 방식으로 전개되어 판소리의 진술 방식은 흡사 근대소설의 그것처럼 다양하게 된다. 이와 관련해서는 김병국도 문어체 소설과 비교하는 과정에서 비교적 명확히 인식하고 있다.

> 문어체 소설에서는 서술자의 목소리가 처음부터 끝까지 하도 일관되게 흐르고 있어서, 마치 한 장 한 장의 슬라이드 사진을 비치면서 설명하는 해설자의 경우에 비길 수 있다. 그 전형적인 언어구조는 "해봉은 말 없이 기뻐하더라…… 이때 평양 외성에서는", "부인이 받아가지고 평양성으로 내려가니라…… 대저 세상에 근심과 고생은" 등과 같다. 그러나 판소리 서사체의 특징은 서술자의 존재가 드러나기도 하고 약화되기도 하며 숨기도 해서 서술자의 목소리와 시점, 인물의 목소리와 시점이 다양하게 조합됨으로써 상호 침투 내지 동시에 공존한다. 애초에 판소리라는 민속예술 장르는 과거에 우리말로 연행될 수 있었던 모든 언어예술 장르들의 진술 방식을 수렴한 것이었다.…… 이의 보다 근본적인 이해를 위해서는 언어예술로서의 '판소리' 자체의 연행방식과 문어체 소설의 전달상황을 비교·검토해야 할 것임을 부언해둔다.[55]

---

55) 김병국, 〈판소리 서사체와 문어체 소설〉, 같은 책, 204쪽.

그가 연행방식과 전달상황의 검토를 통해서만 두 장르의 근본적인 이해가 가능할 것이라고 언급한 것은 제시형식이 장르의 본질적 결정요인이라는 것에 대한 자각이라고 할 수 있을 것이다. 우리는 이제 서사의 제시형식이 화자의 일방적인 전달을 특징으로 하는 반면 극은 여러 인물들이 각각 자기의 목소리를 지니는 다원적 소통을 특징으로 한다는 사실을 알고 있다. 이제 이를 토대로 화자와 인물로 나뉘어진 판소리의 이원적 화법이 어떻게 해서 서로를 배반하지 않고 변증법적으로 통일되는가에 대해 간단히 살펴보기로 한다.

판소리의 서사성을 인식하게 해주는 특징적인 표지가 과거시제라고 했지만, 이 과거시제의 사용을 가능하게 해주는 것은 다름 아닌 화자(서술자)의 개입이다. 화자는 이야기되는 내용을 이미 알고 있고, 이 때문에 과거시제가 사용되는 것이다.

> a-1. (말노) 광한루 당도ᄒᆞ여 나구등의 니려 셔셔이 완보ᄒᆞ여 광한루 올나셔셔 ᄉᆞ면 경체를 살펴본니 경기가 쳐쳐이 무궁이엿다. (진양죠) 젹셩이 아침날의 느진 안기 찍여 잇고 녹슈의 져문 보면 화류동풍 들럿난듸……

– 〈춘향가〉[56]

이처럼 판소리 사설에서 서사적 화자의 존재는 뚜렷하게 확인된다. 그럼에도 판소리를 서사 장르로 확정할 수 없는 이유 또한 한두 가지가 아니다. 가장 중요한 것은 나중에 집중적으로 검토하게 될 판소리 연행 현장의 여러 특징들이며, 그것들은 사설에도 여러 형태로 직접

---

56) 장자백 춘향가, 30쪽.

적인 흔적을 남기고 있다. 하지만 여기서는 우선 사건을 진술해가는 목소리를 중심으로 살펴보자. 당장 위 예문에 이어지는 내용에서부터 우리는 화자의 목소리보다 훨씬 강한 인물의 목소리를 듣게 된다.

> a-2. …… (진양죠) 적성의 아침날에 늦은 안개 띠어 있고 녹수의 저문 봄은 화류동풍 둘렀는데, 요헌기구하최외는 임고대에 일러 있고, 자각단루분조요는 광한루가 일음이라 광한루도 좋거니와 오작교가 더욱 좋다. 오작교가 분명하면 견우 직녀 없을소냐. 견우성은 내가 되려니와 직녀성은 누구라서 될꼬. 오늘 이곳 화림 중에 삼생인연을 만나를 보자. (말로) 좋다. 좋다. 방가위지 호남제일루라 하겠다. 이 애 방자야. 예. 이러한 승지에 술이 없어 쓰것느냐. 술 한상 바삐 올려라. 예 술상 올렸소. 곡강춘주주인인취라 너도 먹고 나도 먹고 상하동락 놀아보자…….
>
> – 〈춘향가〉[57]

여기서 우리는 생략해도 될 만한 방자의 응대소리까지 빠뜨리지 않고 전하는 판소리 특유의 극적 재현 방식을 볼 수 있다. 또한 '무궁한 경개'에 대한 감상을 화자가 아니라 이도령의 목소리로 직접 진술하게 하고 있다. 이것은 서사적 질서로 재편된 작품과 실제 창의 채록본을 비교해보면 더욱 분명해진다.

> A. 네 도격질 한다는고나 흥뷔 이른 말이 형님 이거시 우엔 말이오 ᄒ고 젼후ᄉ연을 일일이 셜파ᄒ니…….
>
> – 경판본 《흥부전》[58]

---

57) 장자백 춘향가, 31쪽.
58) 《흥부전》(경판 20장본), 《영인고소설판각본전집》 3, 나손서실, 1975, 567쪽.

B. 그러면 어째서 도적질 안 허고 이렇게 부자가 되었는고? 형님 제가 부자 된 내력을 말씀드리지요. 제가 움막을 짓고 사는듸, 난데없는 제비 한쌍이 떠들어와서 처마 끝에다 성주를 헙디다. 그래서. 수일이 되더니 흘지양지하야 새끼 일곱 마리를 깠는듸, 다 강남으로 날아가 베리고 한 마리가 날기 공부 하노라고 파닥파닥파닥 하다가 처마 끝에 뚝 떨어져서 대발에 걸려 다리가 잘칵 부러졌어요. 아 떨어졌으면 부러졌을 테지. 그래 다리를 이어주었더니 올 봄에 나오면서 박씨 하나를 물어 왔어요. 아니 그래, 제비 다리를 부질면 박씨를 물어 온단 말이냐? 아니 부지른 게 아니라 제 손수 부러졌어요. 아 제 손수 부러지나 손으로 부지르나 부러지기는 마찬가지 아니냐? 그래서 어쨌느냐? 그래 박을 갖다 심었더니 박 세 통이 열렸더만요. 그래 한통을 탔더니 쌀과 돈이 나오고요. 그래서?……

– 박봉술 창본 〈흥보가〉[59]

A는 어느 정도 소설적 개편을 거쳤다고 평가되는 경판본《홍보전》이고, B는 박봉술 창본의 같은 대목이다. B는 A의 '전후 사연'에 해당하는 것을 계속해서 '일일이' 늘어놓고 있다. A에서 보이는 이미 이야기된 앞의 사연들을 '전후 사연'으로 요약할 수 있는 권리는 분명히 서사 화자에게 보장되어 있는 그것이다. 앞에서 확인했듯이, 판소리에도 서사 화자가 개입할 여지가 있고 또 실제로 개입하고 있다. 그런데 B에서 우리는 판소리가 이미 지나간 이야기를 다시 되풀이하는 비효율을 감수하고 놀보와 흥보 두 사람의 대화로만 사건을 진행시키고 있는 것을 보게 된다. 특히 주목되는 것은 이 대목에서 그다지 중요한 정보를 가지고 있지 않은 놀보의 목소리에 주어진 권리이다.

---

59) 박봉술 창본 〈홍보가〉,《판소리 다섯마당》, 한국브리태니커, 1982.

이야기되는 사건에 대한 정보는 흥보가 가지고 있지만, 놀보는 아무
것도 모르면서도 제 나름의 성격을 드러내며 흥보의 이야기에 개입
하고 있다. 이미 알고 있는 사건이지만 청자는 또 다른 흥미를 가지고
놀보가 자기의 성급함과 욕심을 드러내면서 흥보에게 일어난 사건을
제 나름대로 이해하는 모습을 지켜보게 된다. 이것은 물론 판소리의
화자가 자기의 권리를 유보하고 인물의 권리를 존중하기 때문에 가
능해지는 것이다.

사실 근대소설의 화자라고 해도 위 예문에 보이는 것처럼 적대적
인 두 명 이상의 인물에게 자리를 내어주고 아무런 간섭 없이 사라진
다는 것은 쉬운 일이 아니다. 다시 말해서, 근대소설에서도 화자의 원
래 목소리인 작가의 그림자가 완전히 사라지는 경우는 드물다. 따라
서 근대소설에서 위와 같이 서사적으로 비효율적인 대목을 발견하기
란 어려운 일이다. 작가가 인물의 대화들을 편집해버리기 때문이다.
이런 점에서 판소리의 화자는 일반적인 서사 장르의 화자와는 상당
히 다른 특성을 지닌다고 할 수 있다. 공평하다 못해서 자기 목소리가
없는 것처럼 느껴지기조차 한다. 이렇게 되는 것은 판소리가 인물의
이념뿐만 아니라 그 감정까지, 그리고 주인공뿐만 아니라 주변인물까
지도 관심을 가지고 공평하게 대하는 장르이기 때문이다.

(중머리) 빅빅홍홍난만중의 엇쩌한 일미인 나오난듸 희도 갓고 별도
갓짜 져와 갓튼 게집종과 함기 츄천을 ᄒ랴ᄒ고…… 낙포션여 구름 타
고 옥경의로 상ᄒ는 듯 무산션여 학을 타고 요지연의 ᄂ리난 듯 그 얼
골 그 틱도난 셰상 인물리 안이로다 (말노) 도련님이 그 거동을 보시던
이 마음이 월격ᄒ여…….

– 〈춘향가〉[60]

아니리가 나오기 전의 중머리는 화자가 춘향의 자태를 표현한 것이다. 그러나 이 이야기의 내용을 다 알고 중개하는 화자의 놀라움이라기에 이 대목은 지나치다. 이 대목은 이도령의 경탄과 충격을 대신전해주고 있는 것임에 틀림없다. '인물이 절색이요, 시서를 통달하매아니 칭찬할 이 없는지라'[61]와 같은 고소설식의 표현과 비교해볼 때이는 더욱 명확해진다. 하지만 이것들이 이른바 '대용서술'이나 '자유간접화법'과 동일한 것인지는 좀더 검토되어야 할 문제이다. 객관적사실의 서술마저도 매우 풍부한 감정적 표현을 사용하는 것이 판소리의 일반적인 양상이기 때문이다. 다음의 예를 보자.

(즈진머리) 방즈 분부 듯고 츈향 부르로 건너간다 밉슈 잇난 져 방즈티도 죠흔 져 방즈 셔황모 요지연의 편지 젼튼 쳥죠처로 한츌쳔비 헐쩍거리고 덜넝거려 건너갈 제 저 방즈 치례보쇼…… 빈들거려 건너가며웃쑥 셔셔 호겁시럭게 부루난듸…….

- 〈춘향가〉[62]

방자의 신분은 물론이고 그의 작중 역할도 주변적인 인물이라고할 수 있다. 또 지금 그의 태도 역시 그다지 맵시 있고 좋은 것이라고하기는 어렵다. 그래서 지금 방자를 '맵시 있고 태도 좋'다고 생각하는 사람이 누구인지 알 수 없다. 화자의 진술에 인물의 시점이 침투하거나 그 반대 방향이라고도 할 수 없는, 언뜻 이해하기 힘든 진술인것이다. 어떻게 보면 거의 반사적으로(따라서 무조건적으로) 이루어진

---

60) 장자백 춘향가, 34쪽.
61) 《조웅전》, 권상(24-뒤), 《영인고소설판각본전집》 3, 나손서실, 1975, 158쪽.
62) 장자백 춘향가, 40쪽.

진술처럼 보인다. 중요한 것은 광대(화자)가 방자에게도 이도령과 똑같은 정도로 긍정적인 시각으로 접근하고 있다는 사실이다. 그래서 방자가 행위의 주체로 나타나면 작가는 즉시 방자의 위치가 된다. 이것은 심지어 적대적인 인물에 대해서도 마찬가지이다. 〈춘향가〉의 많은 이본들이 변학도가 신관으로 부임하는 대목을 화려하게 묘사하고 그의 풍채를 찬미하는 듯한 내용을 담고 있다.

이렇게 화자가 자기의 지배적인 권리를 수시로 유보하고 인물에게 자리를 비켜주거나 적극적으로 인물들과 동화되는 방식을 통해 판소리의 두 목소리(화자와 인물)는 서로 충돌 없이 이야기를 이끌어가게 된다. 따라서 전반부에서 군자였던 심봉사가 후반부에서 골계스러운 인물로 변모한다고 해서 광대에게 책임을 물을 수 없다. 심봉사는 원래 "행실이 청렴하고 지조가 경개하니 사람이 다 군자라 칭하"던 인물이다.[63] 이와 같은 진술은 고소설의 서술 방식과 똑같은 형식으로 서두에서 아니리로 진술된다. 이것은 겉으로 보기에 심봉사를 완전히 규정한 것 같으나, 판소리에서는 그렇지 않다. 이 진술이 이루어지던 작품 내적 상황에서 이것은 정당한 것이었다. 하지만 인간은 상황에 따라 변화하는 존재이다. 상황이 바뀜에 따라 광대는 이 진술을 번복할 필요 없이 심봉사라는 인물을 따라가기만 한다. 그러므로 심봉사의 변모에 대해 책임을 물으려면 심봉사라는 인물에게 묻던가 아니면 그를 변화하게 한 상황에 물어야 할 것이다.[64] 인물에 대한 가치판

---

63) 이선유본 〈심청가〉, 61쪽.

64) 필자는 〈심청전의 주제 연구〉를 통해 심봉사의 변모를 이와 같은 관점에서 해석한 바 있으며, 정출헌(〈심청전의 민중정서와 그 형상화 방식〉, 《고소설연구》 1, 국어국문학회 편, 태학사, 1997)도 민중정서의 형상화 방식을 살피면서 같은 견해를 밝힌 바 있다.

단은 외견상 고소설과 동일해 보이는 이념적 판단과 상황에 따라 변화할 수 있다는 현실적 인간 이해를 기반으로 한 묘사의 두 가지가 서로 대립적으로 작용하여 후자를 중심으로 통합된다. 이와 같이 인물의 말할 권리를 존중하는 태도는 인물에 대한 이해 방식, 더 나아가 판소리의 인간관과 관련되고 있다.

　ⓒ 서사적 구조와 극적 구조

　판소리를 하나의 이야기로 이해할 때, 그 전체적인 구조는 같은 시기 고소설의 그것과 아주 비슷해 보인다. 춘향과 심청이 비범하게 태어나서 고난을 겪으며 누군가의 도움을 받기도 하고 끝내 행복한 결말에 이른다는 내용은 다를 바가 없어 보인다. 하지만 춘향과 심청이 과연 전형적인 영웅일 수 있는가 하는 문제나 이 작품들이 과연 '영웅의 일생'이 지니는 내적 연관성들을 충분히 갖추고 있는가 하는 문제들은 재론을 필요로 한다. 필자는 심청의 일생은 '영웅의 일생'이 지니는 내적 연관성들이 파괴되어 있어서, 고대 서사시나 영웅소설 등과는 달리 엄밀한 의미에서 이 유형구조를 벗어나 있다고 지적한 바 있다.[65] '영웅의 일생'은 한 영웅의 영웅다운 혈통·신분·임무가 밀접히 관련되어 있으며, 이것들(특히 임무)은 또한 그의 고난과 극복의 과정을 결정하는 매우 치밀한 내적 연관성 속에 형성된 것이다. 그런데 심청에게는 태몽을 통해 천상계의 신분이 주어지지만, 이 신분은 그녀의 임무와 직접적인 관련이 없을 뿐만 아니라 혈통과도 직접적인 관련이 없고, 그녀의 임무는 그녀가 처한 현실적인 여건에서 결정

---

65) 김창현, 〈이해룡전에 나타난 인물의 형상〉, 《고전문학연구》 12, 한국고전문학회, 1997, 165~175쪽.

된다. 그리고 조력자인 동민이나 장승상 부인은 그녀의 임무나 신분과 관계없이 현실적으로 존재할 수 있는 인물들로서 모든 면에서 심청보다 못하지 않으며, 용왕의 경우는 현실적으로 존재할 수 없는 인물이지만 심청보다 확연히 우위에 있다. 결국 심청의 조력자들은 '영웅의 일생' 유형구조가 요구하는 내적 연관성과 무관하다고 판단된다. 춘향의 경우도 동일한 논리로 접근하면 비슷한 결론을 얻을 수 있다. 판소리에서 발견되는 서사적 유형구조는 외견상 고소설과 비슷하게 보일지라도 그 성격이 크게 변질되어 있는 것을 알 수 있다. 그러나 그것이 '영웅의 일생'이든 아니면 그냥 '사람의 일생'이든, 판소리 〈심청가〉가 한 사람의 일생을 전체적인 연관 속에서 서술했다는 사실도 인정할 수 있다. 이것은 바로 〈심청가〉의 전체 구조가 비록 변질되고 약화되어 있지만, 서사적인 논리성 속에 형성되어 있다는 사실을 인정하는 것이다. 순환구조나 선악의 이분법에 따른 권선징악의 구도, 이와 연관된 행복한 결말 따위들도 마찬가지로 판소리의 서사구조를 지배하는 원리들로 인정할 수 있다.

하지만 판소리는 이 전체 서사구조에 완전히 얽매여 있지는 않다. 때때로 선인과 악인의 구분이 모호해지기도 하고 선인처럼 보이는 사람이 악인처럼 변모되기도 하는데, 이것은 중요한 차이이다. 왜냐하면 이 차이는 판소리에서 선악을 판별하는 기준이 방각본 영웅소설처럼 일관된 이념의 지배를 받지 않는다는 것을 의미하기 때문이다. 다시 말해서, 고소설의 일반적 원칙이라고 할 수 있는 일관성의 현저한 약화를 발견할 수 있다는 것이다. 이것은 고소설을 지배하는 일관된 서술자의 목소리가 판소리에서는 화자와 인물의 목소리로 나뉜다는 뜻이며, 판소리 담당층이 아직 일관된 이념을 확립하지 못하고 있다는 뜻이기도 하다. 하지만 이것이 담당층의 분열이나 이질적인 계급의 동일한 영향력을 뜻한다고 보는 것은 섣부른 판단이다. 조선 후기 민중들이 여전히 중세의 일반적 이데올로기인 유교 이념의 영향력 아래에 있었으며, 동시에 그에 대한 저항적 이데올로기는 아직 명확한 체계가 형성되지 못하고 있었다는 사실을 부정할 수 없기 때문이다. 양반 유학자들로 말미암아 생산된 유교 이념과 대립적인 민중적 사유들은 아직 체계가 갖추어지지 않은 채 민중들의 생활현실 속에 내재하고 있었다. 사실 그것은 예전부터 있어왔던 것이지만, 이 시기에 더 구체적이고 큰 목소리로 성장하고 있었던 것이다.

판소리가 흔히 부분으로 연창되었다는 것은 이제 새삼 강조할 필요가 없을 만큼 널리 알려져 있다. 그리고 이 부분창의 관행으로 말미암아 판소리의 부분과 부분 사이에 마찰이 일어나서 주제가 이원화되는 한 원인이 되었다는 생각이 널리 받아들여지고 있다. 하지만 이에 대한 반론도 만만치 않으며, 그 역시 충분한 근거들을 가지고 있다. 김대행은 부분창의 원리만으로 판소리의 부분들이 빚는 비연관성을 설명할 수는 없다고 지적했다.

판소리가 어차피 무엇인가에 관해 이야기하는 구조를 갖고 있고, 작가인 광대가 그 이야기의 구조에 무심하지 않다는 것과, 한 광대가 판소리 한마당을 도막소리로 수업하는 것이 아니고 처음에서 끝까지의 전체를 학습한다는 사실을 감안하면, 광대가 이야기의 구조에 무심하다는 것은 재고할 필요가 있다. 더구나 예전에는 광대를 불러다가 며칠씩 계속해서 소리를 들었다든가 잔치를 벌이면 여러 날에 걸쳐 진행되었기에 완창을 하지 못하는 광대는 그런 자리에 나설 수가 없었다는 증언 등을 생각하면 부분창의 원리로 이를 설명하는 것은 회의적인 것이 된다.[66]

판소리 광대는 평생을 바쳐 판소리 한 바탕을 익히고 다듬는 진정한 전문예인이다. 그는 물론 자기가 하는 판소리 작품의 전체 내용을 완전히 숙지하고 있다. 새로운 내용을 첨가하거나 빼는 것도 이들로 말미암아 이루어진다. 이들은 판소리를 잘 알 뿐만 아니라 소중히 여기는 사람들이다. 따라서 어떠한 첨삭이나 변개도 심사숙고 끝에 이루어진다. 심사숙고의 과정에는 해당 작품의 줄거리나 의미가 충분히 고려될 것이다. 더욱이 청중들의 대부분도 이야기를 처음부터 끝까지 다 알고 있었다. 19세기 이후 판소리 작품들의 대부분이 가장 인기 있는 방각본 소설로 유통되었으며, 소설적 개작이 현저한 작품들도 있었지만, 판소리에 바탕을 둔 소설들의 우세한 흐름은 판소리 사설의 줄거리에 충실할 뿐 아니라 심지어 표현상의 특성까지도 그대로 수용한 이른바 '판소리계 소설'이었다는 점을 상기할 필요가 있다.[67] 이런 상황에서 판소리가 부분창으로 불린다고 해서 각각의 대목들이 이야기 전체의 의도를 이탈해 개별적인 의미를 지니기는 어렵다.

그런데 판소리 사설 가운데는 여러 작품에 거의 비슷한 모습으로 나타나는 대목들이 있다. 한 작품의 내용이 다른 작품에 비슷하게 나타날 수 있다는 것은 그 대목이 어느 한 작품에 완전히 예속된 것이 아니라는 증거일 수 있다. 마찬가지로 어느 한 바탕도 완전히 고정된 것이 아니라는 의미도 된다. 그러므로 이런 대목들의 존재방식을 간단히 살펴볼 필요가 있다. 신재효본 〈변강쇠가〉와 〈박타령〉의 경우

---

66) 김대행, 〈판짜기 원리에 관한 한 가정〉, 《판소리 연구》 1, 판소리학회, 1989, 32쪽.

67) 판소리 자체로 한 바탕 전체가 존재할 뿐만 아니라, 대부분의 판소리 작품은 소설 형태로 간행되어 가장 널리 읽혔다. 필자는 이미 소설과 판소리가 주고받는 영향 관계에 대해 견해를 밝힌 바 있다(김창현, 〈심청전의 주제 연구〉 참조).

초라니의 액막이 사설이나 사당들의 자기 소개 대목 같은 것은 아주 흡사한 내용이다. 하지만 이것들은 두 가지 특수성이 고려되어야 한다. 하나는 신재효라는 동일인이 기록(혹은 개작 내지 재창작)했다는 것이고, 다른 하나는 초라니나 사당 등의 특수한 직업인들에 따른 것이라는 점이다. 초라니의 액막이 사설은 당시에 당연한 절차였을 것이므로, 동일 내용의 중복 출현이 지니는 의미가 약화되고 같은 부류 인물의 출현이 지니는 의미 문제로 축소된다는 것이다.

사실 판소리의 등장인물들은 유형화되어 있는 경우가 많다. 놀보와 뺑덕어미가 현대적인 시각에서 아무리 긍정적인 측면을 지닌다고 해도 악인일 수밖에 없는 이유는 그들이 당시 민중들이 생각하는 악인의 전형적인 유형으로 형상화되어 있기 때문이다.[68] 따라서 그들이 하는 행위가 악한 것이 아니라 그들이 하기 때문에 악한 행위가 된다. 많은 인물들이 이렇게 자기 행위의 의미를 지니고 다닌다. 이것은 탈춤의 인물들이 자기의 의미뿐만 아니라 시공간까지 지니고 다니는 데 견주면 약하지만, 다분히 인물 중심적인 판소리의 특성을 보여준다. 초라니도 마찬가지이다. 그는 원래 액을 막는 인물이기 때문에 당연히 액막이 타령을 하도록 되어 있는 것이다. 서사적인 통합의 문제는 그 기조 위에 이루어진다. 〈변강쇠가〉에서 초라니는 액을 막으려고 하지만 충분히 정당하지 못하고, 오히려 그 액(죽은 강쇠)의 비극성이 더 강하므로 매우 방어적이고 겁을 집어먹게 된다. 박타령에서는 액(놀보의 죄악)이 액임이 분명하므로 강한 공격성을 드러낸다. 작품에 따라 초라니는 각기 다른 역할을 맡아 작품 전체에 공헌하고 있는 것이다. 판소리의 부분창은 별개의 작품들이 비슷한 사건과 인물

---

68) 김창현, 같은 글, 89~92쪽.

을 공유하게 하는 한 요인일 수 있다. 하지만 부분은 언제나 전체와 맺는 관련 속에서 재창조되고 있음도 확인할 수 있다.

이제 신재효본 〈박타령(홍보가)〉과 장자백본 〈춘향가〉 그리고 이선유본 〈심청가〉의 서두를 살펴보기로 하자.

A. 아동방이 군즈지국이요 예의지방이라 습실지읍의도 츙신이 잇고 칠셰지아도 효졔를 일사무니 무슨 불양혼 스룸이 잇거난야마는 요슌임군의 스흉이 잇고 공즈임 당연의 도쳑이 잇스니 아미도 일죵여긔는 엇졀슈가 잇난야 츙쳥 졀나 경상 숨도 월품에 사는 박가 두 스람이 잇스니.

— 〈박타령〉[69]

B. 슉죵디왕 직위흐사 셩즈승숀이 게게승승흐여 금고옥쵹은 요슌의 시졀리요 어양문무난 우탕의 버금이라 좌우보필은 쥬셕지신이요 용양호의난 간셩지장이로다 죠졍의 흐른 덕은 향곡의 페이엿고 산흐의 나문 기운 죤비가 업것쑤나 잇 째의 셔울 삼쳔동 이싱원니라 흐난 양반니 게시되…….

— 〈춘향가〉[70]

C. 송나라 시졀에 황주 도화동 소경 하나 잇스되 셩은 심이오 일홈은 학규라 누셰잠영지족으로 문명이 자자터니 가운이 불행하야…….

— 〈심청가〉[71]

---

69) 신재효, 강한영 교주, 앞의 책, 324쪽.
70) 장자백 춘향가, 20쪽.
71) 이선유본 〈심청가〉, 61쪽.

모두 작품의 내용과 직접 관련 없는 시공간의 설명으로 시작하고 있다. 이것은 하나의 이야기를 이보다 더 큰 이야기의 일부로 여기는 역사적 사유의 반영인데, 이것은 소설 장르가 지닌 서사적 사유의 특징이기도 하다. 대개의 방각본 고소설에서 요순의 시절을 상기시키는 이와 같은 서두는 마땅히 있어야 할 원래의 세계상을 설정하는 이념적 요청의 결과이기도 하다. 판소리가 이와 같은 서두를 받아들이고 있는 것에는, 어떤 이유로 설명되든 당대의 일반적 이데올로기의 영향을 완전히 배제할 수는 없을 것이다. 이와 같은 서두는, 그것이 판소리 광대나 수용층의 절실한 욕구에 의한 것이든 아니든, 이와 같은 이념을 간직한 화자의 개입에 따른 것이라고 말할 수 있다. 하지만 신재효본(A)이 당장 이와 같은 이념적 세계상을 파괴하는 놀보의 심술로 시작하는 곤란한 상황에서도 매우 정연한 논리를 발휘하는 데 견주어, 장자백(B)은 이부사의 선정(善政)에 연결된다는 이점 속에 자연스럽게 나타난 관성적 표현처럼 보이고, 이선유본(C)은 최대한 간략하게 요약해버리는 경향을 보인다. 다른 두 사람은 신재효보다 이념의 필요성을 그만큼 적게 실감하고 있다는 추론이 가능하겠다.

이런 이념화된 세계상의 설정은 다시 이야기의 구조에 강력한 구심으로 작용하게 된다. 즉, 선악의 이분법에 따라 이 세계상을 파괴한 인물은 반드시 큰 벌을 받고, 이 세계상을 회복하려는 인물은 그 회복이 당연한 것인 만큼 온갖 고난 속에서도 결국은 큰 성공을 하게 되는 것이다. 그리고 그 성공을 보장하는 힘은 이념의 수호자인 천의(天意)에 있는데, 이 하늘이 당대의 여러 보완적 관계의 사유들과 결합하여 형상화된 것이 천상계로 나타나게 된다. 이렇게 해서 천상계와 지상계(현실계)의 이원 구도가 형성되고, 이 두 세계는 순환구조 속에서 튼튼히 결합하게 된다. 하지만 판소리에서는 이 구도가 수용되지 않거나 그 의미가 현저히 약화되어 나타난다.

> 갑자 사월 초파일에 한 꿈을 어드니 스긔 반공하고 오채가 영롱한대 일개 선녀 학을 타고 구름 속에 내려오니 몸의는 채의요 머리에 화관이라 월패를 느짓 차고 옥패 소래 쟁쟁한대 게화를 손에 쥐고 부인게 읍하고 겻헤 와 앗넌 그동 두렷한 달정신이 품안에 쩌러진 듯 남해광음이 해중으로 소사는 듯 심신이 황홀하여 진정키 어럽더니 선녀 하는 말이 서왕모의 쌀일러니 반도 진상가는 길에 옥진비자를 만나 수어 수작하압다가 시가 조금 어기기로 상제게 득죄하야 인간에 내치시매 갈 바를 모르더니 태상노군 후토부인 제불 보살 석가님이 이 댁으로 지시하압기 이 댁으로 왓사오니 어엽비 여기소서.
>
> — 〈심청가〉[72]

심청은 이처럼 천상계에서 적강(謫降)한 인물이지만, 판소리에서 그 의미는 그다지 중요하지 않다(현실계의 심청에게 일어나는 일들은 그녀가 '서왕모의 딸'이었다는 사실과 거의 아무런 연관을 지니지 않는다). 이것은 이선유본이나 판소리 사설의 영향을 직접적으로 받은 완판본과 소설화된 경판본을 비교해보면 금방 알 수 있다. 경판본에서 심청은 용궁을 거치며 지상에서 일어난 일에 대한 자세한 해명과 일어날 일들에 대한 상세한 지침을 얻게 된다. 이는 천상계의 질서가 지상계를 지배하는 초월적인 힘으로 존재한다는 사실을 말해준다. 하지만 판소리에서는 이런 일들이 중요하지 않으며, 더 나아가 용궁과 같은 초월계의 일조차도 현실의 논리와 감정으로 해석된다. 이선유본이나 완판본에서 어머니와 상봉한 심청은 현실 세계에 남은 심봉사 이야기를

---

72) 이선유본 〈심청가〉, 63쪽.

나누는 것이다.[73] 이것은 판소리가 중시하는 것이 현실이지 이념이 아니라는 것을 보여준다. 앞에서 보았듯이 신재효는 이념을 중시한 편이지만, 그의 〈박타령〉에서는 천상계와 관련된 홍보의 잉태 같은 화소는 보이지 않는다. 이것은 〈박타령〉이 이념의 논리로 이끌어 가기에는 너무 비이념적인 구조를 가지고 있기 때문이다. 장자백본 〈춘향가〉도 신재효본이나 방각본들에서 흔히 보이는 춘향의 적강에 대한 내용들이 배제되어 있다. 신재효본이 실제 연창된 경우가 거의 없다는 것을 생각해보면, 판소리의 연행 공간에서 이 적강화소들이 별로 인기가 없었으리라는 추측도 가능하다. 이 역시 〈춘향가〉의 구조가 이념의 시각에서 논리화하기에는 많은 무리가 따랐기 때문일 것이다. 이처럼 판소리에는 일관된 논리화라는 전형적인 서사적 구조만으로는 해명되지 않는 또 다른 측면이 강하게 자리 잡고 있었다. 이 때문에 판소리는 '불합리성'을 지닌다거나 주제적인 '이원성'을 보인다는 주장들이 전개되기도 했다.[74] 이제 서사적 구조와 긴장 관계 속에 뿌리박고 있는 또 다른 구조가 무엇이었는지 살펴보기로 하자.

고소설의 경우 이야기의 논리는 화자의 일방적 지배에 따라 구축되기 때문에, 서사구조의 논리적 특질을 이해하는 것이 곧 주제에 대한 이해가 된다. 그러나 판소리의 주제는 선악의 이분법 같은 서사구조의 논리성을 이해하는 것만으로는 충분하게 감지되지 않는다. 판소리의 주제를 완성해주는 것은 바로 인물들 사이의 구체적인 소통 양

---

73) 이선유본 〈심청가〉, 86쪽과 김창현, 〈심청전의 주제 연구〉, 앞의 책, 55~56쪽 및 65~66쪽 참조.

74) 최진원의 〈판소리문학고 : 춘향전의 합리성과 불합리성〉(《대동문화연구》 2, 성균관대 대동문화연구원, 1966) 이후 많은 연구자들이 판소리의 일견 불합리해 보이는 독특한 성격의 원인과 양상에 주목해왔다.

상이다. 판소리에서는 각 인물의 목소리가 거의 동등한 정도로 존중되기 때문이다. 서사적 구조만으로 〈춘향가〉를 이해할 때, 그 주제는 한번 맺은 인연을 온갖 고난 속에서도 지켜내는 춘향의 절개(열[烈])이다. 하지만 이 열은 결코 보수적인 유교이념과 동일할 수 없다. 보수적인 양반들은 물론이고 현대사회를 살아가는 보수적인 기성세대의 시각으로 보아도 〈춘향가〉의 사랑놀이 대목은 파격적이다. 사랑가에서 이도령이 보여주는 춘향에 대한 애정은 다소 위험스럽게 여겨지는 설익은 열정이기는 하지만, 누구든지 그 진심을 읽어낼 수 있다. 그런데 죽어서도 다시 만나자는 이도령의 절절한 사랑가에 대한 춘향의 반응이 이렇다.

> (말로) 에, 아스시오. 아니 될라요.
> 왜 마다느냐
> 나는 죽어도 늘 밑으로만 생기니 재미없어 못하겠소.
>
> — 〈춘향가〉[75]

보수적 유교이념에서 볼 때, 참으로 당돌한 말이 아닐 수 없다. 여필종부(女必從夫) 같은 여성의 덕목은 보수적 유교이념의 핵심 이론인 음양의 원리와 관련된 것으로, 여성의 이 같은 반응은 그에 대한 명백한 도전이 아닐 수 없다. 그런데 이도령은 이에 다음과 같이 대답한다.

> 그러면 내가 삼신은 아니지마는 위로 생기게 점지하여 주마
> (중중머리) 너 죽어 위로 가 생길 것 있다. 너는 죽어서 맷돌 윗짝

---

75) 장자백 춘향가, 83쪽.

되고 나는 죽어서 맷돌 밑짝 되어 사람의 손이 얼른하면 천원지방의 두
짝으로 홰홰 둘러 보거들면 나인줄 알려므나.

- 〈춘향가〉[76]

당대의 일반적 사유를 넘어서는 관용적 태도라고 아니할 수 없다.
이것은 한편 춘향에게 깊이 빠진 어린 청년의 열정이라고 여길 수도
있다. 하지만 방자와 이도령, 이부사(이도령의 부친)와 목낭청의 관계
에서 볼 수 있듯이, 판소리에 등장하는 선량한 양반의 특징은 바로
이 관용성에 있다. 특히 이도령의 경우는 이 점이 더 돋보인다. 비록
풍류 마당이라고는 하지만 시종(侍從)하는 통인들과 함께 술을 나누
고 "상하 없이 노는 놀음에 무슨 청탁이 있으랴" 하며 나이 순서대로
술잔을 돌린다. 그래서 그는 방자보다 더 나중에 겨우 술맛을 보게
된다.[77] 하지만 이런 관용도 춘향에게는 아직 부족하다.

(말로) 아스시오
왜 또 마다느냐
위로 생겨도 그것은 주인 삼아 따라다니오.

- 〈춘향가〉[78]

이 정도가 되면 춘향의 사랑은 보수적 유교이념에서는 멀리 벗어
난 것이라고 하지 않을 수 없다. 이 부분은 〈춘향가〉의 주제인 사랑
의 성격을 명백히 보여주는데, 그것은 여성도 남성과 똑같이 주체가

---

76) 장자백 춘향가, 83쪽.
77) 장자백 춘향가, 33쪽.
78) 장자백 춘향가, 85쪽.

되는 동등한 사랑이다. 이도령은 춘향과 관계를 대등하게 설정하고 있기 때문에 그녀의 사랑을 얻는 데 성공한다. 반면 변사또는 춘향과 자신을 나누어 춘향을 기생으로만 보았기 때문에 그녀와 성공적인 의사소통을 할 수 없었고, 두 사람은 억압하고 억압받는 관계로 치닫게 된다. 이렇게 인물들의 구체적인 의사소통 양상이 커다란 의미를 지니는 것은 비단 《춘향전》에 한정된 것만은 아니다.

> (중머리) …… 보고 듣는 사람들이 마음이 감동하야 그릇밥 김치 장을 앗기지 않고 덜어주며 실컷 먹고 가라하니 심청이 여쭈오되 추운 방 병든 부친 응당 기다릴 것이오니 내 혼자 먹사오리까 이제 바삐 돌아가서 부친 함께 먹겠네다. 이러처럼 얻은 밥 두세 집 족한지라. 사립 밖에 들어오며 아버지 춥지 않소. 아버지 배 고프지. 나 오기를 기다렷소. 자연히 더디었소. 심봉사 딸 보내고 마음놓지 못 하더니 딸의 소리 반겨 듣고 아가 네 오너냐 어서 오너라 어서 오너라 부쌍한 내 자식아 너로 하여 밥을 빌어 이 밥을 먹고 살잔 말가. 이 어인 모진 목숨 죽도 않고 살아나서 애를 이리 태우느냐 붙들고 슬피 울 때 아버지 걱정 말고 진지나 잡수시오.
>
> – 〈심청가〉[79]

이 대목은 판소리의 표현 특징을 잘 보여준다. 심청이 사립을 들어서면서 한꺼번에 내쏟는 말들이 그대로 살아 그녀의 정을 드러내준다. "아버지 춥지 않소. 아버지 배고프지. 나 오기를 기다렷소. 자연히 더디었소" 같은 단문이 나열되면서 그녀가 이런 걱정들을 오는 동안 내내 했다는 사실을 그대로 알려준다. 중간에 '배고프지'와 같이 존대

---

79) 이선유본 〈심청가〉, 70쪽.

를 생략해버리는 방식도 그 정의 현실감을 더해준다. 심봉사도 마찬가지이다. "아가 네 오너냐, 어서 오너라, 어서 오너라"와 같이 같은 말을 반복하는 이유를 금방 알 수 있다. 그의 기다림은 그만큼 간절했고, 그의 걱정이 그만큼 컸다는 것이 여기서 드러나는 것이다. 이와 같은 부녀의 정이 〈심청가〉의 주제를 형성하는 기반이 됨은 두말할 나위가 없다. 이처럼 판소리의 진정한 주제는 서사구조의 논리성과 인물과 인물의 구체적인 소통 양상을 동시에 살필 때만 찾아낼 수 있다.

인물과 인물의 소통이 중시된다는 것 외에 판소리의 극적 구조를 보여주는 것으로 판소리 각 작품들에 폭넓게 수용된 제의적 절차들을 언급할 필요가 있다. 〈심청가〉와 〈변강쇠가〉의 장례 장면은 두드러진 예에 불과하고, 무굿의 전형적인 한 형식인 노정기(路程記)의 변용이라든가 나열과 반복을 거듭하는 사설치레 역시 굿사설의 형식을 그대로 닮아 있다. 또 〈심청가〉와 심청굿은 어느쪽이 모태가 되었든 간에 판소리가 쉽게 굿의 형태로 변형되거나 굿이 판소리로 변형될 수 있음을 보여주는 사례이다. 판소리 사설에서도 판소리가 여러 제의에 관심을 가지고 있다는 사실을 확인할 수 있다.

> 품 파러 모은 재물 온갖 공을 다 드린다 명산대찰 영신당과 고묘 충사 석왕사며 석불 미력 산신제 시왕 불공 백일 산제 칠성 불공 제석 불공 산중 마지 가사 시주 인등 시주를 다 지내고 집의 드러있는 날 조왕 성주 지신제을 지극 정성 공 드리니……
>
> — 〈심청가〉[80]

---

80) 이선유본 〈심청가〉, 63쪽.

이처럼 불교와 민간에 전해오던 여러 신격과 제의들이 동시에 수용되는 것은 우리나라 민속굿의 한 특징이다. 판소리는 민속예술에 자기 기반을 가지고 있으며, 그것은 아마도 무가나 굿에 이어져 있을 것이다. 판소리의 무가 기원설이 많은 도전을 받으면서도 쉽게 흔들릴 수 없는 기반을 가진 것은 판소리에 드러나는 제의적 특징의 흔적 때문이다. 판소리는 단지 서사적인 설명만으로 만족되지 않는 특징들을 가지고 있다. '예축성'이라고 지적되어온 것이 그 하나이다.[81] 판소리의 사설치레에는 액을 쫓고 경사스런 일을 경축하는 비의(秘意)가 숨어 있다. 판소리와 관련되는 제의들의 존재와 판소리에 나타나는 민속 신앙적 요소들, 무가 기원설로부터 제기되는 화랭이 집단과 판소리 광대의 관계, 사설치레에서 엿보이는 예축성, 대동적인 놀이를 지향하는 결구 방식 등 판소리에 제의성 내지 제의적 흔적들이 내재되어 있다는 증거는 너무나 많다. 이는 판소리 광대가 전문예인으로 자리 잡고 판소리가 홍행물로 자리 잡으면서 제의성보다는 놀이성으로 나타나게 되었다. 그리고 이 제의성과 놀이성은 우리나라의 대표적 극 장르라는 탈춤에서 중요한 특징이 되었다. 계열마다 차이가 있지만 탈춤은 전반적으로 판소리보다 제의적 성격이 더 강하게 남아 있고, 판소리는 상대적으로 놀이성이 더 강화되어 있다. 앞에서 살펴본 것처럼, 판소리는 서사적 성격과 극적 성격을 모두 가지고 있는데, 그 가운데 극적 성격은 판소리가 원래 지니고 있던 제의성이 놀이화하면서 형성된 것이다. 그리고 모든 양식을 능히 융합해내는 놀이성이 판소리라는 복합적인 장르를 가능하게 하는 데 큰 역할을 했을 것이다.

---

81) 박영주, 〈판소리 '사설치레' 연구〉, 성균관대 박사논문, 1991.

(3) 연행 공간의 잔치적 성격과 대동성 속의 통속성

① 청중의 구성과 역할논의 검토

㉠ 기존 논의의 검토

양반과 광대의 결합으로 판소리가 발전했다는 김동욱의 견해[82]가 제기된 뒤, 판소리의 담당층 문제는 영향력의 중심이 어느 계층에서 어느 계층으로 움직여 갔는가 하는 이른바 '영향력 중심의 이동' 문제를 중심으로 상당히 논쟁적 성격을 띠면서 발전해왔다. 이 논의들은 판소리가 존재한 전체 시기를 다루기보다는 양반·중인층의 참여가 증가하던 19세기 전후에 초점을 맞춘 것들이 많다. 이 시기는 판소리의 전성기로 지목되고 있고, 또 판소리의 연행 상황에 대한 최소한의 구체적인 정보들마저 대부분 이 시기에 집중되어 있다는 점에서 연구의 중심이 될 수밖에 없다. 또 거의 모든 논자들이 18세기 이전의 판소리는 주로 민중들을 청중으로 하여 성장했을 것이라는 데 동의하고 있다. 따라서 이와 같은 시각을 전제로 하고 19세기를 전후하여 양반층의 참여가 얼마나 증가했는가, 또 그와 같은 증가가 판소리에 대한 영향력의 판도를 어떻게 변화시켰는가 하는 것이 논쟁의 초점이 되고 있다.

《춘향전》의 텍스트를 면밀히 검토한 박희병은 판소리가 18세기 이래 꾸준히 민중층의 세계관에 조응해왔음을 주장했고, 이러한 견해는 대체로 많은 연구자들의 공감을 얻었다.[83] 하지만 조동일을 중심으로

---

82) 김동욱, 〈판소리사 연구의 제문제〉, 《인문과학》 2, 연세대 인문과학연구소, 1968.
83) 박희병, 〈춘향전의 역사적 성격 분석〉, 《전환기의 동아시아 문학》, 창작과비평사, 1985.

하는 견해, 즉 판소리는 양반 좌상객과 일반 청중인 민중층의 의식이 상호 모순된 대립물의 통일적 총체를 구현하고 있다는 견해도 상당한 반향을 일으켰다.[84] 어떻게 보면 서로 모순되는 듯한 두 주장이 동시에 설득력을 지니게 된 것은 판소리의 특수성으로 말미암은 것이었다. 판소리 텍스트의 내용은 이본 사이에 차이가 있음에도 대체로 민중들의 삶의 모습과 세계관을 담지하고 있으며, 특히 이본들 가운데서도 가장 널리 수용된 것으로 판단되는 것들이 민중적 성격을 더 선명하게 드러내는 경우가 많다. 한편 판소리 연행에 대한 현존 기록은 19세기에 와서 양반층의 수용이 크게 증가하고 있음을 보여준다. 민중층을 중심에 놓고 생각하는 경우 텍스트가 가장 중요한 근거가 되었는데, 이런 시각의 약점은 민중들이 판소리 수용에 적극적으로 개입한 기록을 찾기가 어렵다는 것이다. 반면 양자 대립적 관점의 통일적 총체라는 주장은 작품의 주제를 이원적으로 파악할 수밖에 없었는데, 이는 여러 가지 그럴 듯한 설명이 있음에도 판소리 작품의 문학성을 기이하고 불균형한, 이해할 수 없는 것으로 만들어버린다는 비판을 피할 수 없었다. 그럼에도 대부분의 연구자들에게 판소리는 양반과 민중의 합작으로 파악되면서도 양반층보다는 민중층의 영향력이 더 중요하고 의미 있는 것으로 받아들여졌다.

여기에 김흥규가 본격적으로 판소리의 영향력 중심의 이동 문제를 제기하고 나섰다. 판소리사에서, 19세기에 이르면 판소리에 미치는

---

84) 조동일은 〈흥부전의 양면성〉(《계명논총》 5, 1969)으로부터, 〈갈등에서 본 춘향전의 주제〉(《계명논총》 6, 1970), 〈심청전에 나타난 비장과 골계〉(《계명논총》 7, 1971)로 이어지는 일련의 연구에서, 김흥규는 〈판소리의 이원성과 사회사적 배경〉(《창작과비평》 31, 1974)에서 판소리에 이원성 혹은 서로 상반된 두 가지 주제적 지향이 드러난다고 주장했다.

영향력의 중심이 민중층에서 양반층으로 이동하게 된다는 것이다.[85] 이러한 주장은 상대적으로 적지 않은 기록을 증거로 제시할 수 있다. 사실 그의 논의는 활용할 수 있는 기록을 충분히 제시했다는 점에서 무시할 수 없는 근거를 가지고 있었다. 하지만 판소리 텍스트가 지닌 선명한 민중성 때문에 선뜻 수용하기 어려운 측면도 있었다. 또 그의 논의는 19세기 전기 이후에 판소리가 다수의 양반·중인·부호 청중들을 획득하고 그 기반을 확대해갔으며, 이 과정에서 신재효와 같은 인물이 준비되고 등장할 수 있는 토대가 마련되었음을 시사하는 등, 판소리의 역사적 연구에 중요한 전기가 될 만한 많은 논의들을 내포하고 있다. 특히 그의 논의는 결국 19세기 판소리사의 추이를 '양반/평민'의 도식화된 이분법으로만 파악하려는 경향에 대한 비판으로 귀결되는데, 이 글도 양반과 평민의 관계를 단순한 대립구도로만 파악하는 데 대해서는 비판적 견해를 가지고 있다. 그러나 양반층 참여의 수적 증가나 청중층의 비율 변화가 실제로 '영향력 중심의 이동'으로까지 이어졌는가 하는 문제는 재고될 필요가 있다. 이 문제는 판소리의 연행 환경이 질적으로 달라졌는가 아닌가 하는 문제와 닿아 있기 때문에 장르론적 의미를 지니는 것이다.

여기에 김종철이 몇몇 새로운 자료를 제시하며 판소리는 상중하층 모두가 향유했을 뿐만 아니라, 모든 계층이 공유하는 새로운 감정문화를 형성했다는 의견을 제시하기에 이르렀다. 특히 그의 논의는 중인층의 향유 사실을 중시하여 이를 20세기 초 시민층의 대두로까지 연결하는 데 특징이 있다.[86] 이런 시각은 판소리가 전국민적인 문학예

---

85) 김흥규, 〈19세기 전기 판소리의 연행환경과 사회적 기반〉, 《어문논집》 30, 고려대 국어국문학연구회, 1991.

술이었다는 종래의 견해와 맥을 같이 하고 있으며, 특히 자본주의 발전과 시민층의 역할을 부각시켰다는 명분을 무기로 하고 있다. 그러나 이렇게 해서 문제가 해결된 것 같지는 않다. 시민계급의 본격적인 대두와 함께 판소리가 급격히 몰락해갔다는 사실이 일제의 압박이나 새로운 시대의 요구를 수용하지 못한 판소리의 한계 정도로 설명되는 것 같지는 않기 때문이다. 특히 그의 논의는 중인층과 시민계급의 연관성이 논증된 뒤라야 타당성을 얻을 수 있는데, 사실이 그러했는지는 의문스럽지 않을 수 없다. 우리나라 시민계급이 상민이나 중인 혹은 양반 가운데 어느 계층을 중심으로 이루어졌는가 하는 것은 쉬운 문제가 아니다. 하지만 상인이나 수공업자들이 중요한 역할을 담당했을 것이 분명하고 시대의 흐름에 부응한 양반도 없지 않았을 것이므로, 시민계급의 대다수가 전대의 중인이라는 증거는 어디에도 없는 것이다.

어쨌든 기존의 논의들을 정리하면, 크게 세 가지 흐름이 있음을 알 수 있다. 민중층이 시종일관 판소리의 수용 중심이었다는 견해, 적어도 19세기에 와서는 영향력의 중심이 경제적 보상을 책임지는 양반층으로 옮겨갔다는 견해, 전 계층의 참여 속에서 중인층(이후 시민층으로 전화)의 역할이 점차 중요한 의미를 가지기 시작했다는 견해가 그것이다. 그러므로 판소리 수용층에 대한 필자의 검토도 양반층·중인층·민중층을 중심으로 전개해가는 것이 좋으리라 여겨진다. 판소리 연행 현장이라는 공동 향유의 장에서는 부녀자층은 일반 서민이 위주가 되었을 것이고, 같은 계층의 남성들과 뚜렷한 차이를 형성하지는 않았을 것으로 여겨지기 때문이다.[87]

---

86) 김종철, 《판소리사 연구》, 역사비평사, 1996.

ⓒ 판소리 수용에서 청중의 구성과 역할

김흥규는 판소리 연행과 관련된 33조목의 자료를 제시하고 이를 분류하여, 양반·관료층 앞에서 연행한 경우가 25조목 30여 회인 데 반해, 중인·서리층을 상대로 한 경우가 4회, 신분 미상의 부호 집에 가서 창한 경우가 3회, 왕 앞에서 한 경우가 4명이라고 밝혔으며, 특정한 좌상이나 후원자가 불분명한 소리판에서 불특정 다수의 청중을 대상으로 연창한 사례는 2개 조목에 불과하다고 지적했다. 그로서는 자료의 계층적 편향을 인정하고 또 이른바 또랑 광대의 경우 평민들을 대상으로 한 소리판에 크게 의존했으리라는 것을 인정한다 해도, 양반·부호층 좌상객 청중의 비중이 크게 늘어난 것은 부정할 수 없다는 것이다.[88] 그런데 문제는 양반층의 청중 수가 늘어난 만큼(혹은 그 이상으로) 평민층의 청중도 증가했다면, 일단 수적 우위의 문제는 본질적인 수용층 변화로 보기 어렵다는 것이다. 여기에 그의 자료를 판독하는 객관적 자세에 문제를 제기할 수 있는 근거가 있다. 다음은 그가 제시했던 자료의 한 예이다.

5. 백성환(白星煥)(1893~1970) 명창의 고조(高祖)는 전주 감영의 이방(吏房)이었을 때, 전북 김제군 백산면 야산에 대를 마련하여 차일을 치고 권삼득이 소리를 하는데, 날마다 모여드는 사람이 인산인해를

---

87) 부녀자들의 경우, 신분보다는 경제적 여유가 중요한 지표가 된다. 그것은 이들이 활동할 수 있는 사회적 공간이 매우 협소했기 때문이다. 대체로 안정된 경제적 여건 속에서 부녀자들은 소일거리로서 문학을 소비하는 계층이 된다. 이들은 전반적으로 보수적 이념에 대한 향수를 지니지만, 한편으로는 이를 벗어나려는 잠재적 욕구를 지닌다. 하지만 일반 서민들의 경우 남녀의 차이는 밖으로 도드라지게 나타나지는 않는다.
88) 김흥규, 앞의 글, 14~15쪽.

이루고 있다는 소문을 듣고 백이방은 동료와 사령 몇 사람을 데리고 가
본 즉, 과연 수천 군중이 모여 있으며 권삼득이 소리를 하는데, 과연 희
대의 명창이었다.

백이방은 전라감사의 분부라 하고 권삼득을 가마에 태워 감영으로
돌아왔다. 감사는 크게 기뻐하여 권삼득을 맞아들였고, 권삼득은 선화
당(宣化堂)에서 첫소리 한바탕에 청중을 감동시켜 명창으로서의 그 이
름을 떨쳤다. 그 후 권삼득은 전주에 근거하고 전라감사의 비호를 받았
고, 가끔 전라도 각 고을 수령의 부름을 받아 동헌에서 소리를 하였으
며, 인근의 농촌 사람이 많이 모이는 장날이면 전주 다가정(多佳亭)에
서 수천 군중을 모아놓고 소리를 하였으므로 그의 명성과 인기는 충천
하였다고 한다.[89]

김흥규는 이 자료를 양반 청중의 소리판과 평민 청중의 소리판에
합산했다. 그런데 이 자료에 나타난 양반 청중과 평민 청중이 동일한
의미와 횟수를 의미하지 않는다는 것은 너무나 명확하다. 숫자로 따
진다는 것은 아마 무의미할 것이다. 평민 청중의 수는 매번 '수천'으
로 기록되고 있기 때문이다. 이제 한 조목의 무게를 가늠해보자. 배산
면 야산에서 벌인 공연은 '날마다'라는 부사로 보아 결코 1~2회가 아
니었음을 알 수 있다. 이 공연은 소문이 나서 백이방이 갈 때까지 계
속되었다. 진주 다가정에서 벌인 공연도 장날마다 한 것이 거의 분명
하다. 이에 반해 각 고을 수령의 부름을 받은 것은 '가끔'이었다는 점
에 주목해야 할 것이다. 더구나 일반 민중을 상대로 한 다가정 공연이
그의 '명성과 인기를 충천'하게 했다고 한 내용으로 볼 때, 판소리 광

---

89) 박황, 《판소리 이백년사》, 사사연, 1987, 54~55쪽. 이하 인용문 머리의 번호는
   김흥규가 자신의 논문(같은 글)에서 붙인 것으로, 이 자료들은 9~14쪽에 걸쳐
   소개되어 있다.

대는 명창의 반열에 오르더라도 그 명성을 유지하기 위하여 평시에 일반 청중을 대상으로 한 공연을 소홀히 할 수 없었음을 보여준다고 하겠다.

  13. (송흥록) 송씨가 처음 공부를 마치고 세간에 나와서 명성이 원근에 퍼지자 대구감영에 불려가서 소리를 하는데…….[90]

이와 같이 자료 곳곳에 '세간에 나와서 명성이 원근에 퍼지자', '그의 명성은 금방 세간에 자자하였다'와 같은 서술이 있는데, 이것은 광대가 명성을 먹고사는 일종의 대중 연예인이었음을 말해주는 것이다. 그렇다면 선화당이나 동헌에 불려가지 않을 때, 보통 광대들은 어떻게 생활했을까?

  26. (모흥갑) 모씨가 만년에 전주군 귀동에 살 적에 어느 날 매물(買物)의 필요가 있어 전주부 시장에 들어가서 용건을 마치고 돌아가는 길에 다가정(多佳亭)에 수천의 군중이 환도(環堵)함을 보고 웬일인가 헤치고 들어가 본즉 당시 명창으로 성명이 쟁쟁한 주덕기(朱德基)가 소리를 하는데…….[91]

위의 권삼득이나 주덕기가 보여주는 판소리 공연 방식은 매우 일반적이었던 것이 분명하다. 사실 양반 청중 앞에서 공연한 자료의 대부분이 감사나 수령이었다는 사실은 남아 있는 자료들의 성격을 분명히 해준다. 기록될 가치가 있는 특별한 것만 기록된다는 것이다. 하

---

90) 정노식, 《조선창극사》, 21쪽.
91) 같은 책, 35쪽.

지만 판소리 수용층의 성격을 규정할 때는 오히려 일반적이어서, 따로 기록할 필요가 없는 경우가 더욱 소중하다는 것은 두말할 나위도 없을 것이다. 그런데 재미있는 것은 공연의 장소이다. 대개 선화당이나 동헌·감영 등인데, 이곳들은 지방 관료들이 업무를 보는 곳이다. 특히 많이 공연을 한 선화당 같은 곳은 넓은 마당을 갖추고 있다. 청중만 많지 않다면, 판소리는 그렇게 넓은 공간을 필요로 하지 않는다. 감사가 몇몇 양반 좌상들만을 배석시켜 판소리를 음미하려면 실내에서 듣거나 더 경치 좋고 아늑한 곳으로 갈 수도 있었을 것이다. 선화당에서 공연을 했다는 것은 비교적 공식적인 행사였음을 의미하는 것이 아닐까? 앞에 인용한 자료 5에서도 선화당 공연이 나오는데, 여기에 '첫소리 한바탕에 청중을 감동시켜서'라는 표현이 보인다. 이로 볼 때, 선화당 공연은 많은 사람들을 모아놓고 백성을 위무하는 차원에서 행해졌던 공식적인 잔치행사였다고 생각된다.

판소리 청중 구성 문제를 살펴보면, 19세기 이후 중인층의 참여가 증가하기 시작했다는 것은 분명하다. 이들은 특히 안정된 경제적 기반 속에 풍류에 대한 관심으로 소비적인 문화에 탐닉하는 경향이 있었다. 하지만 이들이 수적으로 민중층의 청중과 비교될 만큼 큰 비중을 차지하지는 않았던 것 같다. 이들의 참여가 주목받는 이유는 수적 의미가 아니라 그 역할 때문이며, 이에 대해서는 앞에서 잠시 언급했었다. 하지만 중인층을 20세기의 시민계급과 직접 연관지을 수는 없다고 하더라도, 그들의 문화 수용 양태나 판소리사에 미친 영향력은 시민층의 영향력과 비견될 만한 것이 있지 않을까? 이와 관련해서는 좀더 살펴볼 필요가 있을 것이다.

김종철은 이 문제에 대해 몇 가지 자료를 제시하고 있다. 그런데 그 자료 가운데 상당수가 다소 애매하다는 것을 지적하고 넘어갈 필

요가 있다. 이것은 그의 논의를 전면 부정하려는 의도가 아니라 실제
이상으로 중인층의 역할이 과대평가되는 것을 막기 위해서다.

> …… 남쪽 지방의 아전과 군교들은 사치와 방종이 습속이 되어, 봄이
> 나 여름 화창한 때가 되면 배우의 익살(우리말에 德談이라 한다/원주)
> 과 굴뢰붕간(窟儡棚竿)의 놀이(우리말에 초란이 또는 山臺라고도 한
> 다/원주)로 밤과 낮을 이어서 즐기고 있다.[92]

> …… 문졸(門卒)은 혹은 일수(日守) 혹은 사령(使令) 혹은 나장(羅
> 將)이라고 불려진다. 이들은 본래 모두 근본이 없는 떠돌이들인데, 혹
> 은 배우(倡優)로써 투입하였고 혹은 굴뢰(窟儡)로써 변신한 것으로 가
> 장 천하고 교화하기 어려운 자들이다.[93]

첫번째 자료의 문제는 '배우골회지연(俳優滑詼之演)—덕담(德談)'
이 〈관우희〉의 '방방영패헌덕담(放榜迎牌獻德談)'의 '덕담'과 같은 것
이라고 확신할 수 없다는 데 있다. 탈춤이나 소학지희의 '재담'일지도
모른다. 뒤이어 '산대'가 나오기 때문에 같은 계열의 놀이일지도 모른
다는 것이다.[94] 두번째 것에서는 근본이 없는 떠돌이로 문졸이 된 사

---

92) 정약용, 다산연구회 역주, 《목민심서》 2, 창작과비평사, 1979, 108~109쪽. "南
　　方吏校 奢濫成風 每春夏駘宕卽 俳優滑詼之演(方言云 德談) 窟儡棚竿之戲(方
　　言 焦蘭伊 亦名山臺) 窮晝達夜 以爲般樂."

93) 같은 책, 101쪽. "門卒 或稱日守 或稱使令 或稱羅將 此輩本皆浮浪無根之物 或
　　以倡優投入 或以窟儡飜變 皆最賤難化之民也."

94) 실제로 이 '덕담(德談)'이라는 용어는 논란의 대상이 되고 있다. 이보형은 이
　　것이 창우집단의 고사소리라고 하고(〈창우집단의 광대소리 연구〉, 《한국전통
　　음악연구》, 고려대 민족문화연구소, 1990, 86~87쪽), 사진실은 이 말이 재담
　　(才談)을 가리킨다고 주장한다(〈조선후기 재담의 공연 양상과 희곡적 특성〉,
　　《敬山사재동박사화갑기념논총 한국서사문학사의 연구》, 중앙문화사, 1996,

람들을 창우 집단에서 뽑아 넣었다는 것이 곧바로 중서층과 판소리 광대의 밀접한 관련을 의미하는 것인지 확신하기 어렵다. 그렇다고 해도 그의 논의 전체가 부정되는 것은 아니다. 아전들이 자신의 상관인 지방 수령에게 이름난 판소리 광대를 소개하거나(전주 이방인 백성환 고조 같은 경우), 개인적 친분을 맺고 지속적으로 사귀거나(안민영〔安玟英〕 같은 경우), 신재효처럼 판소리 광대들을 적극적으로 키우거나 사설을 정리한 일이 분명히 존재하기 때문이다. 하지만 신재효와 같은 경우는 매우 특별한 애호가라고 할 수 있고, 필자가 더 관심을 갖는 것은 중인층이나 부호층의 판소리 수용 양태이다. 이와 관련해 중요한 시사점을 주는 내용이 왈짜타령의 사설 정착본으로 알려진 《게우사》에 나온다.

> 좌반의 안진 왈즈 승좌의 당하 천총 니금위중 쇼년츌신 션젼관 비별낭의 도총 경역 안즈 익고 그 지촛 바라본니 각영문 교젼관의 셰도ᄒᆞ는 즁방니며 각ᄉᆞ셔리 북경 역관…… 노릭명충 황ᄉᆞ진니 가ᄉᆞ 면충 빅운학니 니야기 일슈 허지슌니 거문고의 어진충니 일금 일슈 즈게랑니 퉁쇼 일슈 셔게슈며 장고 일슈 김충옥니 졋ᄃᆡ 일슈 박보안니…… 션쇼리의 숑흥녹니 모흥갑니가 다 가 익고ᄂᆞ.[95]

> 명창 광ᄃᆡ 각기 소즁 ᄂᆞᄂᆞᆫ 북 드려 노코 일등 고슈 숨ᄉᆞ인을 팔 가라쳐 ᄂᆞ갈 졔, 우츈ᄃᆡ 화초ᄐᆞ령 셔덕염의 풍월셩과…… 김셩옥의 진양조며 고슈관의 안일니며 조관국의 흐거셩과 됴포옥의 고등셰목 권숨득의 즁모리며…… 명충소리 모도 듯고 십여일 강순의셔 슬미즁니 ᄂᆞ게 놀

1733~1735쪽).

95) 김종철 교주, 《게우사》, 《한국학보》 65, 1991, 215쪽.

고 각기 쳐흐흐올 젹의 좌우편 도감포슈 각 천양식 쳐흐흐고 스당그스
모도 불너 미일명 각 빅낭식 치힝츠려 다 보닉고 명충 광딕 모도 불너
욕본 말 치흐흐고 미 일명 칠빅양식 치힝츠려 드 보닉고.[96]

중인층이나 일반 부호들이 광대를 불러 놀 때는 굳이 민중을 많이
불러모을 필요가 없었을 것이다. 물론 청중들이 많을수록 더 신이 나
고 판소리의 진수를 맛볼 수가 있다. 하지만 위와 같은 소비적인 향락
이 목적일 경우, 그 놀음은 사적(私的)인 성격을 띨 수가 있다. 《게우
사》에서 무숙은 천문학적인 돈을 쓰는데, 이것은 다소 과장이라고 해
도 이와 같은 놀음에 드는 비용은 적지 않아서 일반적인 경우라고 하
기 어렵다. 대다수의 광대가 이와 같은 놀음에 불려 나가서 생계를
유지했다고는 하기 어려울 것이다. 사실 이처럼 향락적인 과소비는
당대 사회의 큰 해악으로 지탄받았다. 무숙이가 이 때문에 큰 창피를
당할 뿐만 아니라, 판소리는 곳곳에서 근검절약의 미덕을 내세우고
낭비 행위에 대해 비판하고 있는 것이다. 판소리에 등장하는 당대 악
인의 전형인 뺑덕어미는 무엇보다 그 낭비벽에서 악인일 수밖에 없
다.[97] 판소리의 주 고객이 위와 같은 향락적 소비문화를 지향하는 인
물들이었다면 판소리 광대가 감히 그들을 웃음거리로 만들고 우리
광대들에게 돈을 낭비하지 말라고 할 수 있었을까? 그랬다면 그것은
자신들의 존립 근거를 스스로 공격하는 모양이 되었을 것이다. 일부
부호 '왈짜'들의 사적인 판소리 향유가 판소리 수용의 일반적인 양태
였다고 생각할 수 없는 이유가 여기에 있다. 이들 부호 왈짜들은 판소

---

96) 《게우사》, 같은 책, 231쪽.
97) 김창현, 〈심청전의 주제 연구〉, 89~92쪽.

리의 내용(주제를 포함하는)보다는 그것이 주는 순간적인 쾌감에 더
관심이 있었다고 생각된다. 그들은 특히 이름난 명창을 불러 그들의
특기를 직접 보면서 그 뛰어난 음악적 재능이나 화려한 창법에 탐닉
하곤 한 것 같다. 이에 대해서는 김종철이 안민영의 예를 들어 '질탕
하게 논다'는 말로 지적하고 있다.[98] 그들이 기생과 가객 등 당대의 전
문적인 예인들을 한자리에 모아 놀면서 판소리의 사회적 의미나 주
제에 대해 토론했으리라는 기대는 애초에 하지 않는 것이 옳을 것이
다. 누군가 사회적인 의미에 대해 말한다고 하더라도 그것을 수용할
분위기는 조성되지 않았을 것이다. 하지만 이들은 당대의 명창들을
불러 판소리를 들으며 즐겼다는 무용담을 자랑삼아 떠들면서 각 명
창들의 장단점을 논평하는 일이 있었을 것으로 짐작된다. 그 장단점
에는 누가 어느 대목에 능하다든가, 누구의 창법은 누구와 견주어 어
떠하다든가 하는 내용들이 포함되어 있었을 것이다. 그리고 이와 같
은 태도는 광대들로 하여금 분발하여 창을 가다듬게 하는 데 일정한
영향력을 행사했을 것으로 보인다.

전주 통인청 대사습의 준비 과정에서 아전이나 통인들의 역할은
매우 컸으며, 제도화한 경창대회로서 대사습은 판소리의 발전과 보급
에 큰 역할을 했는데, 이 경창대회는 양반부터 일반 민중까지 모두
입장해 함께 향유하는 수용 공간이었으므로, 여기서도 수적으로는 민
중층이 절대 다수를 차지했음은 물론이다.[99]

결국 판소리 광대들은 명성을 얻기 전에는 주로 사람이 많이 모일
수 있는 장소를 찾아 불특정 다수의 민중들을 대상으로 공연을 했다.

---

98) 김종철, 앞의 책, 119쪽.
99) 박황, 앞의 책, 114쪽.

그리고 바로 이 기간에 소리의 틀이 잡히고 완성되는 것이다. 판소리 사설이나 판소리의 영향력 아래 생산된 판소리계 소설의 내용과 주제에 대한 연구의 대다수가 민중성에 귀결되는 현실에는 이와 같은 상황이 자리하고 있다. 고종 연간에 명창 200명이 배출되었다고 하니, 이들이 명성을 얻기까지 민중들을 대상으로 한 공연은 수를 헤아릴 수 없었을 것이다. 더구나 명창 대열에 끼지 못한 또랑 광대들의 소규모 공연까지 합하면 19세기는 판소리를 우리나라 어디에서나 들을 수 있는 형편이었다고 보아도 될 것이다. 그러다가 명성을 얻으면 가끔 감사와 같은 관료들의 부름을 받아 선화당 같은 곳에서 공연을 한다. 이때 좌상객 외에 일반 청중들도 같이 참여했을 가능성이 매우 높다. 하지만 더욱 분명한 것은 명성을 얻은 뒤라도 이를 유지하기 위해 일반 청중을 대상으로 한 공연을 계속했다는 것이다. 평민부호층이나 중인층이 좌상객이 될 경우에도 민중들이 일반 청중으로 참여했다는 것 역시 같은 의미에서 주목할 필요가 있을 것이다. 김흥규는 그가 제시한 자료 3의 '곽가문외인여시(郭家門外人如市)'를 평민부호의 집으로 간주했는데,[100] 이 자료는 평민이든 중인이든 양반이든 한 집안에서 판소리를 연행한 경우를 보여준다고 하겠다. 이 자료에서 중요한 것은 '문 밖에 사람들이 모여들어 시장과 같았다(門外人如市)'는 부분이다. 개인의 집에서 연행할 때도 특별히 조용하게 판소리를 음미할 목적이 아니라면 사람들이 모여들어 구경할 수 있게 했다는 것이다.

---

100) 김흥규, 앞의 글, 〈자료 3〉.

② 수용 양상과 독연자(獨演者)로서 광대

㉠ 수용 양상과 광대의 역할

판소리의 장르적 성격을 밝히는 데는 판소리 연행 공간에서 서민 혹은 민중층이 일반적으로 수적 우위를 점하고 있었다는 사실보다도 그것을 가능하게 한 제시―수용 방식의 특질이 더 중요하게 된다. 앞에서 우리는 부호들이 광대를 사서 사적인 놀이를 벌이는 경우를 제외하고는 판소리의 연행 공간이 매우 개방적이라는 사실을 알았다. 사실 판소리라는 공연물은 엄숙하고 조용한 음미의 대상이라기보다는 떠들썩하게 공유하는 데 알맞은 형식을 갖추고 있다. 그래서 판소리의 연행 공간은 개방적일 뿐만 아니라 즐거운 놀이와 잔치의 공간이기도 하다. 이 점에서는 양반 좌상들도 마찬가지였다고 생각된다. 무의식중에 이념적 욕구가 표출될 수도 있었겠지만, 그들이 판소리에 요구하는 것은 즐거움의 체험이었다. 이념적 욕구에는 경전(經典)이라든가 한시 등 더 적절한 해소 수단이 있었다. 양반들에게 판소리는 경사스러운 일이 있을 때 그 일을 축하하고 선전하는 수단이기도 했다. 먼저 송만재(宋晩載)의 〈관우희(觀優戱)〉가 그 첫 증거가 된다. 등과(登科)하면 창우(唱優)를 불러대는 것이 국속(國俗)인데, 송만재는 가빈(家貧)하므로 아들 급제에 이를 시(詩)로 대신한 것이 〈관우희〉라고 하기 때문이다.[101] 이밖에도 《조선창극사》에는 송흥록 등 명창이 양반 부호의 잔치에 많은 돈을 받고 불려 다녔다는 내용이 자주 나온다. 그렇다면 광대를 청한 좌상객은 잔치를 베푼 주인이 되고, 그와 자리를 같이한 다른 양반들은 빈객(賓客)이 되며, 소리판을 둘러싼 민중들 역시 이 잔치의 흥을 돋우는 손님들이 되는 것이다. 사실

---

101) 이혜구, 〈송만재의 관우희〉, 《30주년 기념 논문집》, 중앙대, 1955.

판소리에는 양반 사대부로서는 지나다가 듣는 것만으로도 귀를 더럽혔다고 할 만한 비속(卑俗)한 내용이 많다. 가령, 〈춘향가〉 가운데 '사랑가'의 노골적인 성애(性愛) 묘사라든가, 〈변강쇠가〉의 '기물타령'처럼 성기(性器)에 대한 직접적인 묘사들을 금방 떠올릴 수 있다. 하지만 판소리가 경사스러운 자리를 축하하면서 불려졌기 때문에 판소리는 양반 좌상객의 묵인 속에서 원래의 성격을 비교적 잘 보존할 수 있었던 것이다.

그러나 양반이나 평민 부호가 거금의 행하를 주고 광대를 부를 때, 그들은 돈을 낸 만큼 중요한 권리를 행사했을 것이다. 그것은 듣고 싶은 한 바탕이나 대목을 선택할 권리이다. 더 나아가 그들은 자기가 듣고 싶은 소리에 능한 명창을 부르곤 했을 것이다. 〈춘향가〉를 좋아하는 사람은 장자백을, 〈토별가〉를 듣고 싶은 사람은 이선유를 초청하는 상황이 벌어지고, 이것은 판소리에 중대한 영향을 미쳤을 것이다. 광대들은 이왕이면 값나가는 노래를 배우려고 노력했을 것이며, 이는 판소리의 어떤 바탕은 점점 풍부하게 하고 어떤 바탕은 점차 소멸시키는 원인이 되었을 것이다. 따라서 (레퍼토리의 측면에서) 판소리 실전(失傳)의 한 원인은 좌상객인 양반이나 부호 그리고 한량들의 낮은 지명도에서 찾을 수 있을 것이다. 하지만 일단 명성을 얻지 못하면 높은 행하를 줄 만한 좌상의 초청을 기대할 수 없다. 명창이 되어 경제적 풍요와 사회적 인정을 받느냐, 평생 무명의 또랑 광대로 늙어 죽느냐 하는 것은 실로 여기에 달려 있다. 그러므로 대중들의 높은 호응이 있는 바탕은 설사 좌상의 선호도가 낮더라도 존립 기반을 가진다고 할 수 있다. 그러므로 판소리의 실전 원인을 연구할 때는 좌상이나 일반 대중의 어느 한 편에서만 접근할 것이 아니라, 두 가지 측면을 모두 고려하는 자세가 요청된다고 하겠다.

연행할 목록의 선정 문제가 아니더라도 양반들이 돈을 내고 판소리를 듣는 한 그들의 흥미를 유발시킬 필요도 있었다. 초기의 판소리에 그렇게 많은 고사(故事)나 명구(名句)들이 사용되지는 않았을 것이다. 이것들은 양반·중인층의 판소리 수용과 함께 점차 증가했다. 그러나 이러한 한문어구의 수용이 곧바로 주제의 성격에 영향을 미치는 것은 아니었다. 실제로 판소리 사설을 살펴보면, 삽입된 한문어구들이 줄거리나 주제에 직접적인 영향을 미치는 경우는 거의 없다. 이러한 삽입어구들은 작품 전체의 서사구조에 통합되어 본래 지향하던 의미보다도 현재 자기가 속해 있는 판소리 작품에 더 봉사하게 된다. 이렇게 된 원인은 광대나 일반 청중이 좌상의 간섭을 그다지 받지 않으면서 소리판이 진행되었기 때문이다. 반면에 민중들은 판소리에 적극적으로 참여한다. 이들은 서로 몸을 맞대고 판소리를 들으면서 사방에서 추임새를 한다. 좌상객의 처지에서도 이들이 떠들썩하게 추임새하는 것을 달갑게 받아들인다. 이들은 자기의 잔치에 온 손님으로, 이들이 즐거워야 잔치의 의의가 살아나기 때문이다.

이와 같은 좌상들의 관용적 태도가 일반화했기 때문에 광대들은 소리판의 소통을 이끌어 갈 수 있었고, 소리판은 고정된 이야기(텍스트)의 단순한 전달을 넘어서서 살아 움직이는 소통의 장으로 창조될 수 있었다.

① 이때에 맹렬이는 송씨가 왔단 말을 듣고 병사에게 말하여 "능히 나를 한번 웃게 하고 또 한번 울게 하면 상급을 후하게 하려니와, 만일 그렇지 못하면 너의 목숨을 바치라 하시고…… 소리는 밧삭 마른 〈토별가〉를 시키라"고 하였다. 병사는 그 말대로 분부하였다.…… 아모리 웃기랴고 온갖 어리광이짓을 다하여도 웃기는 고사하고 병사의 얼굴에

서는 점점 독살만 안개 피여오르 듯한다. 송씨는 느닷없이 병사의 앞으로 달려들면서 "아저씨 웨 아니 웃으시요. 날를 죽이고 싶어서" 하였더니 병사가 픽하고 웃었다.[102]

　② 다른 가객 몽중가는 옥중에서 어사 보고 산물을 한다는데 이 사설 짓는 이는 신행 길을 차렸으니 좌상 처분 어떠한지.[103]

– 신재효본 남창 〈춘향가〉

　　좌상에 모인 손님, 노인은 백년향수, 소년은 청춘불노, 수부귀다남자에 성세태평하옵소서.

– 신재효본 〈변강쇠가〉[104]

　③ 얼씨구나 좋을씨고 지와자 좋을씨고. 소매 수자 펄펄 날려 춤출 무자 좋을씨고. 여보소, 고인들 중 영산 짝두름 장황하게 잘 쳐 주소. 아낙 아씨로 들어가면 어느 겨를에 춤을 출까.

– 장자백 창본 〈춘향가〉[105]

　위 세 예문은 모두 광대 혹은 작중 인물이 관객과 직접 소통을 시도하는 예들이다. ①은 송흥록을 잡으려는 미리 예정된 각본이 있음에도 병사가 판소리를 수용하는 기본적인 태도는 관용적인 자세를 견지하고 있음을 보여준다. 판소리의 서사성만을 인정하는 시각에서 볼 때, 송흥록의 시도는 이야기의 흐름에서 일탈하는 일종의 반칙이

---

102) 정노식, 앞의 책, 22~23쪽.
103) 신재효, 강한영 교주, 앞의 책, 77쪽.
104) 같은 책, 619쪽.
105) 장자백 춘향가, 245쪽.

다. 하지만 병사는 이와 같은 행위가 판소리 광대에게 허락되어 있다고 인정하는 태도를 보여준다. 사실 이와 같은 관객과 직접적인 소통 시도는 판소리에서 그리 드문 현상이 아니다. ②는 광대가 관객의 존재를 강하게 의식하고 있음을 확연하게 보여준다. 특히 신재효라는 개인이 판소리의 연행 현장을 의식하면서 이 사설을 진행하고 있다는 사실을 알 수 있다. 이처럼 판소리는 그 사설로 지어질 때라도 '연행'이라는 상황을 고려하지 않을 수 없다. ③은 〈춘향가〉의 마무리에 해당하는데, 춘향의 대사에 해당하는 부분이다. 이 내용은 실제 연행에서만 나올 수 있는 발화이다.[106] 이 '고인들'이 장자백의 고수인지 아니면 '~들'에서 감지되듯 연행 현장에 있던 여러 명의 고인(鼓人)들인지는 알 수 없지만, 작중인물인 춘향이 작품 외부의 존재에게 말을 건네고 있다는 사실은 탈춤의 인물들을 떠올리게 한다.

우리는 이제 판소리가 광대에게 다른 어떤 장르에서도 찾아볼 수 없는 독특한 지위를 부여하고 있다는 사실을 알게 되었다. 우선 판소리 광대는 필요할 경우 서사 화자와 비슷한 이야기 진행자의 지위를 지닐 수 있다. 다음으로 그는 관객, 즉 작품 외부의 세계와 소통할 자유를 지닌다. 또 인물의 목소리가 전면에 부상할 경우 화자의 권리를 유보하고 인물로 변신할 권리도 지닌다. 특히 이 마지막 권리는 제대로 된 광대의 한 조건이기도 하다.[107] 이와 같은 판소리 광대의 다층적

---

106) 김종철(앞의 책, 230쪽)은 이와 같은 이유로 장자백본은 창자의 연습용이 아닐까 추정했다. 연습용이든 아니든 장자백본이 연행 현장의 소리를 그대로 담고 있다는 사실은 분명하다. 하지만 아쉽게도 관객의 추임새나 반응에 대한 기록은 이 창본에도 없다.

107) 우리는 앞에서 신재효가 광대들에게 실제 상황을 보는 듯한 완벽한 수준의 연기를 요구한다는 것을 확인했다. 판소리를 보는 사람들도 광대의 천변만화(千變萬化)하는 연기에 특히 감탄하곤 했다. 이유원(李裕元)의 〈영산선성오장

인 지위는 사실 서로 모순되는 점을 지니고 있다. 서사 화자로서 광대는 이야기를 자기 의지에 따라 조직하려는 경향을 지니지만, 관객을 의식하고 소통을 시도하는 자세는 이를 방해할 수 있다.

> 심청이 거동 보소. 뱃머리에 나서 보니 새파란 물결이며 울울울 바람 소리 풍랑이 대작하여 뱃전을 탕탕 치니 심청이 깜짝 놀라 뒤로 픽 주 잖으며, 애고 아버지 다시는 못 보것네. 이 물에 빠지면은 고기밥이 되 것구나. 무수히 통곡타가 다시금 일어나서 바람맞은 병신같이 이리 비 틀 저리 비틀 치마폭을 무릅쓰고 앞니를 바드득 물고, 애고 나 죽네. 소 리하고 물에 가 풍 빠졌다 하되, 그러하여서야 효녀 죽음 될 수 있나. 두 손을 합장하고 하느님전 비는 말이, 도화동 심청이가 맹인 아비 해 원키로 생목숨이 죽사오니 명천이 하감하사 캄캄한 아비눈을 불일 내 에 밝게 떠서 세상 보게 하옵소서. 빌기를 다한 후에 선인들 돌아보며, 평안히 배질하여 억십만금 퇴를 내어 고향으로 가올 적에 도화동 찾아 들어 우리 부친 눈 떴는가, 부디 찾아보고 가오.
>
> — 신재효본 〈심청가〉[108]

이 사설은 신재효라는 개인의 이야기 전개 논리를 직설적으로 보여주고 있다. 다시 말해서, 이야기를 편집하고 진행할 권리를 지닌 화자로서 광대의 목소리가 표출되어 있는 것이다. 하지만 판소리가 관객을 의식하지 않고 화자의 일방적 전달로 만족하는 장르라면, 신재효가 이와 같이 긴 변명을 늘어놓을 필요는 없었을 것이다. 더구나 다른 광대의 그럴 리 없는 잘못된 사설을 이렇게 다 보여줄 필요는

(靈山先聲五章)〉 네번째 시는 이런 사실을 잘 보여준다. "一扇打來百轉回 毬場 瀕洞影枚枚 男非男也女非女 千變嘻嘻怒且哀."
108) 신재효, 강한영 교주, 앞의 책, 197쪽.

더욱 없을 것이다. 분명히 여기에는 '좌상 처분 어떻는지'에서 보여준, 관객을 의식하는 태도가 포함되어 있다. 판소리 광대는 자기의 논리를 고수하려고 하면서도 청중의 개입을 인정하는 이중적 태도를 지니고 있다. 그리고 그러한 이중적 태도가 이와 같은 사설을 만들어낸 것이다. 같은 대목을 다른 시각으로 두 번 반복하는 이와 같은 방식은 순수한 서사 장르라면 매우 비효율적이고 혼란스러우며 지겨운 것이 되겠지만, 판소리에서는 받아들여질 수 있는 것이다. 이것은 판소리가 모르고 있기 때문에 얌전한 청중만이 아니라 알 만큼 알기 때문에 개입할 수 있는 청중까지도 그 수용의 대상으로 하기 때문이다.

한편 광대가 등장인물로 변신하여 현재적으로 재현하려는 경향 역시 화자 중심의 논리 구축이라는 서사적 지향과는 일정한 모순을 빚게 된다.

① 치마폭을 거듬거듬 걷어잡고 눈물 흔적 씻으면서, "진지를 잡수시오." 손을 끌어다가 가르치며, "이것은 김치요, 이것은 자반이요." 심봉사 만면수색, 밥 먹을 뜻 전혀 없었으니, "아버지, 웬일이요? 어디 아파 그러신가, 더디 왔다고 이렇듯이 진노하신가." "아니로다. 너 알아 쓸데없다." "어버지, 그게 무슨 말씀이오? 부자간 천륜이야 무슨 허물 있으리까. 아버지는 나만 믿고 나는 아버지만 믿어 대소사를 의론터니, 오늘날 말씀이 '너 알아 쓸데없다'고 하시오니 부모 근심은 곧 자식의 근심이라. 제 아무리 불효한들 말씀을 아니 하시니 제 마음에 섭사이다." 심봉사 그제야, "내가 무슨 일을 너를 속이랴 마는 만일 네가 알게 되면 지극한 너의 마음에 걱정만 되겠기로 말하지 못하였다. 아까 너를 기다리다가 저물도록 아니 오기에 하 갑갑하여 너를 마중나갔다가 길이 넘는 개천에 빠져서 거의 죽게 되었더니, 뜻밖의 몽운사 화주승이 나를 건져 살려놓고 하는 말이 '공양미 삼백석을 진심으로 시주하면 생전에

332

눈을 떠서 천지만물을 보리다.' 하더구나. 홧김에 적었더니 중을 보내고
생각하니, 푼전 일리 없는 중에 삼백석이 어디서 난단 말이냐? 도리어
후회로다."

— 완판 을사본 《심청전》[109]

② (아니리) 정제로 들어가 밥을 속히 지어 가지고 부친 앞에 상 올
리며, "아버지 진지 잡수시오." "아니 나 밥 안 먹을란다." "아버지 소녀
가 더디 왔다 그러시오?" "아니다. 너 알 일도 아니고, 나 혼자만 알다
가 꼭 죽어버릴란다." "아버지, 아버지는 나를 믿고, 저는 아버지 영을
받자와 대소사를 의논할 때, 아무리 불효여식이라고 '너 알어 쓸 데 없
다' 하시니 소녀가 도리혀 섧소이다." "아가, 내가 너를 속일 리가 있겠
느냐. 내 말허마. 너 오는 듸 찾어나가다가 개천물에 가 빠져 거의 죽게
되얐더니, 아, 몽은사 화주승인지 발기 목탁의 아들놈인지, 나를 건져
살려 놓고, 공양미 삼백석만 불전에 시주허고 진심으로 불공하면 대명
천지를 본다기에, 눈 뜬단 말만 반기듣고 그저 허락을 했으니, 목을 빌
어 눈 뜨려다가 도리혀 죄를 지었구나."

— 한애순 창본 〈심청가〉[110]

위 두 예문은 거의 같은 내용임을 곧 알 수 있다. 그러나 이 예문을
읽거나 들은 다음 독자나 청자가 얻는 느낌은 큰 차이가 생길 수밖에
없다. ①의 심봉사가 최소한의 품위를 지닌 인물로 느껴지는 데 견주
어 ②의 심봉사는 아무래도 경망스럽게 느껴진다. 그 차이는 어디에
서 오는가? 그것은 바로 '심봉사 만면수색, 밥 먹을 뜻 전혀 없었으니', '그
제야'와 "아니 나 밥 안 먹을란다", "…… 나 혼자만 알다가 꼭 죽어버

---

109) 최운식 교주, 《심청전》, 61쪽.
110) 《판소리 다섯마당》, 한국 브리태니커, 1982.

릴란다"의 차이에서 온다. 심봉사가 걱정 때문에 밥 먹을 기분이 나지 않는다는 사실을 화자의 목소리가 대신 전달할 때, 그것은 객관적인 사실처럼 느껴지며 딸에게 말하지 않으려는 그의 사려가 동시에 인정된다. 하지만 심봉사가 자기 입으로 앞뒤 뚝 잘라버리고 밥 안 먹겠다고 할 때 청자는 도대체 딸을 걱정시키겠다는 것인지 아니면 안심시키겠다는 것인지 알 수 없게 된다. 우리는 '그제야'에 이르러 화자 목소리가 완전히 객관적인 사실을 전해주는 것이 아니라 작가의 논리로 전해준다는 사실을 확인하게 된다. 화자의 목소리는 매우 효과적으로 딸을 걱정시키지 않으려는 심봉사의 의도를 확인시켜주며, 더구나 그것은 객관적 진술이라는 환상까지도 내포하고 있는 것이다. 하지만 인물의 목소리를 보장하려는 창본은 죽어버리겠다고 어리광을 부리는 철없는 억지로 이어지게 되고, 이제 이 심봉사의 태도는 청자의 해석에 따라 이해될 수밖에 없다. 자기의 뜻과는 달리 큰 실수를 저지른 한 맹인의 이해할 수 있는 심사로 해석될 수도 있고, 딸에게 모든 짐을 지워버리는 철없고 비겁한 아버지로 비난받을 수도 있다. 어떻든 창본은 심봉사에 대한 평가에 화자가 직접 개입하지 않음으로써 인물에 대한 청자의 자유로운 평가와 해석을 용인하는 경향을 강화하고 있다.

ⓒ 대동세계로 가는 서사적 탐색

이처럼 판소리의 연행 공간은 한편으로는 판소리 광대의 이야기 마당이고 다른 한편으로는 화자·인물·청중들이 저마다의 목소리를 가지고 참여하는 활발한 소통의 마당이다. 물론 앞에서 살펴본 것처럼 판소리는 선악의 이분법과 같은 나름의 논리를 지니고 있다. 그리고 이 논리는 선인의 성공과 악인의 실패라는 진부하면서도 통속적인 서사구조를 형성하는 기반이 되기도 한다. 하지만 판소리에서 선과 악은 화자의 논리나 이념에 따라 이미 규정된 어떤 것이 아니라 소통되고 있는 미완결의 어떤 것이다. 그래서 이 소통이 어떤 방향의 합의로 움직여 가는지 살펴보는 것이 판소리의 주제 파악에 중요한 열쇠가 된다. 그 방향은 연행 공간에 참여한 사람들의 공감에 따라 결정될 것인데, 판소리의 연행 공간은 보통 현실생활을 판단의 기초 자료로 삼고 있는 민중들이 주도하는 공간이었다.

판소리라는 소통의 마당에 올려졌던 문제들은 모두 한 사회를 유지해주는 근본적인 가치들이다. 남녀 사이의 사랑(춘향가)이나 운명적 어긋남(변강쇠가), 부모와 자식 사이의 자애와 효성(심청가), 생존을 위한 지혜와 충성심(토별가), 선악의 문제와 우애(흥보가), 충의의 개념과 지배·피지배층 사이의 갈등(적벽가) 등이 모두 그러하다. 판소리의 특징은 여기에 언제나 생활현실에 기반한 민중의 시각으로 접근하면서 보수적 이념과 투쟁을 전개했다는 데 있다.[111] 판소리는 결코 충·효·열이나 우애 같은 보편적 가치를 부정하지 않는다. 오히려 새로울 것 없는 이 보편적 가치들이야말로 판소리가 제시하는 새로운 시대를 위한 대안이다. 그것이 지배층이 요구하는 유교이념이라고 해도 옳은 것이라면 반대할 이유가 없다. 그래서 그 이름이 열(烈)이든 사랑이든 그것은 중요한 것이 아니다. 판소리가 반대하는 것은 이 보편적 가치들 위에 덧씌워진 보수적 이념일 뿐이다. 더구나 그 보수적 이념이 일상생활과 분리된 규범들로 강요될 때 판소리는 그것을 강하게 거부한다. 골계가 판소리에서 가장 중요한 미적 범주가

---

111) 물론 민중이란 소수의 특정 지배세력과 달라서 쉽게 일관된 이데올로기로 무장되지 않는다. 하지만 일관된 이데올로기로 무장되지 않는다는 것과 동질적인 생활 경험에서 나오는 현실 개선에 대한 동질적 지향이 없다는 것은 다르다.

된 것은 이 때문이다. 풍자와 해학은 밑에서부터 위로 공격해 들어가는 데 가장 효과적인 방식이다.

　그런데 판소리의 공격성은 탈춤의 그것과는 다르다. 탈춤이 강한 자를 하락시키는 데 초점을 맞춘다면, 판소리는 강한 자를 하락시킬 뿐만 아니라 약자를 상승시키는 데도 같은 노력을 기울인다. 뿐만 아니라 강자와 약자의 화해를 주선하기도 한다.[112] 상층의 인물이라고 모두 버리고 가지는 않는다. 함께 가기 위해 모두 같은 높이까지 하락시키지도 않는다. 오히려 하층의 인물을 상승시켜 나아가려고 한다. 변사또는 하락시키지만, 이도령은 선택적으로 보호할 뿐 아니라 상승시키기도 한다. 선택적인 보호란 이도령이라고 해도 그 남성 우월적인 기질과 같은 봉건적 사유에 대해서는 풍자한다는 것이다. 이도령을 상승시킴으로써 춘향을 원하는 만큼 상승시킬 수 있다. 홍보는 원래 양반이다. 그런데 홍보의 무능함은 이런 그의 신분과 관련이 있는 것 같다. 적어도 그가 유복한 환경에서 자란 것이 무능함의 원인인 것만큼은 분명하다. 그래서 전체적으로는 보호되는 인물인 홍보가 그 무능함에서는 비판을 받는다. 홍보와 놀보는 형제이다. 그러므로 놀보도 양반이다. 그런데 놀보를 하락시키기 위해 상놈을 만드는 데 주저하지 않는다. 물론 그런다고 놀보가 정말 상놈이 되는 것은 아니다. 놀보를 몰아붙여 그가 자신의 신분을 확인할 수 없을 정도로 만든다. 그는 그저 믿을 수밖에 없고, 믿지 않더라도 당할 수밖에 없다.

---

112) 이런 점에서 탈춤은 주로 '적대적인 인물의 하락'을, 판소리는 '긍정적인 인물의 상승'을 특징으로 한다는 전경욱의 주장은 지나친 도식화라고 하지 않을 수 없다. 판소리만큼 적대적인 인물의 하락에 열중하는 장르도 드물다. 〈춘향가〉의 '변학도', 〈적벽가〉의 '조조', 〈홍보가〉의 '놀보' 등은 논리성을 중시하는 소설에서는 상상하기 어려울 만큼 극단적으로 하락한다. 판소리는 긍정적인 인물의 상승과 적대적인 인물의 하락을 동시에 활용한다.

탈춤은 주로 강한 자를 하락시킴으로써 대동의 꿈을 표현하려고 한 결과(이것은 물론 민중의 지혜로움과 힘에 대한 신뢰를 바탕으로 하지만), 어떤 구체적인 대안을 제시하는 데는 실패했다. 탈춤이 구현하려는 세계의 모습을 우리는 잘 알 수 없다. 탈춤을 향유하면서 강렬한 대동성을 체험하지만, 어떻게 해서 실제로 대동세계를 구현할 것인지, 그렇게 해서 구현된 세계는 어떤 모습이 될 것인지 알 수가 없다. 현실문맥에서 탈춤이 갖는 의미는 거의가 비판으로 제한된다. 취발이의 아이나 남강노인의 노래에서 어떤 희망을 엿보기는 하지만, 구체적인 것은 없다. 탈춤은 놀이성에서 오는 극적 제시형식만을 고수했기 때문에, 강한 체험의 미학을 구현한 대신 대안 탐색에는 한계성을 지니게 된 것이다. 반면, 판소리는 극적-서사적 제시형식을 적절히 운용하고, 다양한 소재들을 활용하여 대동세계의 가능성 탐색에 나선다. 그렇다면 판소리가 추구하는 대동세계의 모습은 어떤 것일까? 이를 짐작하게 하는 대목은 많지만, 우선 〈홍보가〉를 살펴보기로 한다. 〈홍보가〉는 진정한 사랑, 진정한 효의 구현자인 춘향이나 심청과는 또 다른 의미에서 진정한 선량함의 구현자인 홍보의 이야기이다. 그러므로 홍보가 착한 사람인 이유를 알아본다면 판소리가 꿈꾸는 세계를 그려볼 수 있을 것이다.

홍보의 마음씨는 저의 형과 아주 달라, 부모에게 효도하고 어른에게 존경하며, 인리간에 화목하고, 친구에게 신의 있어, 굶어서 죽게 된 사람에게 먹던 밥을 덜어주고, 얼어서 병든 사람 입었던 옷 벗어주기, 늙은이의 짊어진 짐 자청하여 져다주고, 장마 때 큰 물가에 삯 안 받고 월천하기, 남의 집에 불이 나면 세간살이 지켜주고, 길에 보물이 빠졌으면 지켜섰다 임자주기, 청산에서 백골을 보면 깊이 파고 묻어주며, 수절

과부 보쌈하면 쫓아가서 빼어놓기, 어진 사람 모함하면 대로 나서 발명
하고, 애잔한 놈 횡액 보면 달려들어 구원하기, 길 일은 어린아이 저의
부모 찾아주고, 주막에서 병든 사람 본가에 기별하기, 계칩불살 방장부
절, 남의 일만 하느라고, 한푼 돈도 못 버니 놀보 오죽 미워하랴.[113]

여기서 선행의 대부분이 '남의 일 도와주기'라는 것을 알 수 있다.
인심도 이 정도면 지나치다 할까. 선행들을 모두 모아 가장 착한 사람
을 만들어보니, 누가 봐도 '저 정도로 착하면 돈 한푼 벌기 어렵다'
싶은 인물이 된 것이다. 판소리는 현실을 인식하는 장르이다. 그래서
흥보는 한푼도 벌어 오지 못한다는 이유로 쫓겨나게 된다. 그렇지만
착한 것은 착한 것이다. 민중들은 선행으로 곤란을 겪는 흥보의 편일
수밖에 없다. 착한 자는 무능할 수 있지만 게으르지는 않다. 〈심청가〉
의 곽씨와 뺑덕어미의 대비를 통해 드러나듯이, 근면은 착한 자의 한
덕목이다.[114] 부지런하지 않았다면 위와 같은 선행은 실천 불가능하
다. 그래서 곤란을 당한 흥보는 무능하지만 게으르지는 않다. 그는 매
품까지 팔며 가족을 부양하고자 안간힘을 다한다. 그에게 죄가 있다
면 유복하여 남만 도우며 살아서인지 현실을 모른다는 것이다. 그래
서 그는 무능하다.

이에 대해서는 판소리도 비판적 시선을 보낸다. 흥보는 열심히 일
하지만, 헤어날 능력이 없다. 그러나 그처럼 착한 흥보를 내버려둘 수
는 없다. 그래서 제비가 구원자로 나서게 된다. 그 발단은 어려움 속
에서도 잃지 않은 흥보의 선량함이 제비에게까지 미치는 데서 시작

---

113) 신재효, 강한영 교주, 《판소리 여섯바탕집》, 109쪽.
114) 김창현, 〈심청전의 주제 연구〉, 89~92쪽.

된다. 제비집 밑에 나무판을 받쳐주고, 나무 하나라도 정령이 깃들여 있음을 믿는 우리 민중들의 자연 친화적인 성향을 볼 수 있다. 결국 흥보는 남의 일을 내 일처럼 여겨서 '남의 집에 불이 나면 세간살이 지켜주고', 심지어 '먹던 밥도 덜어주며', '입었던 옷도 벗어주는' 사람이고, '늙은이의 짊어진 짐 자청하여 져다주고, 장마 때 큰 물가에 삯 안 받고 월천하'며, '청산에서 백골을 보면 깊이 파고 묻어주며, 수절 과부 보쌈하면 쫓아가서 빼어놓'을 만큼 착할 뿐만 아니라 근면한 사람이기도 하다. 이런 사람들이 사는 세상, 한 가족 같은 이웃들이 근면하게 일하며 서로 돕고 사는 세상이 판소리가 꿈꾸는 세상인 것이다. 이것은 놀보가 나쁜 이유를 들어보면 더욱 명확해진다.

사람마다 오장육부로되 놀보는 오장칠부인 것이, 심사부 하나가 왼 편 갈비 밑에 병부 주머니를 찬 듯하여 밖에서 보아도 알기 쉽게 달리어서 심사가 무론 사절하고 일망무제로 나오는데, 똑 이렇게 나오것다.
본명방에 벌목하고 잠사각에 집짓기와, 오귀방에 이사 권코 삼재 든 데 혼인하기, 동내 주산을 팔아먹고 남의 선산에 투장하기, 길 가는 과객 양반 재울 듯이 붙들었다 해가 지면 내어 쫓고, 일넘고로 외상 사경, 농사지어 추수하면 옷을 벗겨 내어 쫓기, 초상난 데 노래하고, 역신든 데 개잡기와 남의 노적에 불지르고, 가뭄농사 물꼬 베기…… 곡식 밭에 우마 몰고, 부형 연갑에 벗질하기, 귀먹은 이더러 욕하기와 소리할 때 잔말하기, 날이 새면 행악질 밤이 들면 도둑질을 평생에 일삼으니, 제 어미 붙을 놈이 삼강을 아느냐 오륜을 아느냐, 군기가 돌덩이요, 욕심이 족제비라 네모진 소로로 이마를 비비어도 진물 한점 아니나고, 대장의 불집게로 불알을 꽉잡아도 눈도 아니 깜짝한다.[115]

---

115) 신재효, 강한영 교주, 앞의 책, 107~109쪽.

사실 설명이 필요 없다. 언뜻 보아도 놀보가 정말 악인이라는 데 이견이 있을 수 없다. 하지만 놀보의 죄악들은 무언가 어떤 기준에 따라 나열된 것처럼 비슷한 냄새들이 난다. 하나같이 당대 민중들이 금기시했던 것들로 공동체사회의 기반을 파괴하는 행위들이 많다. 특히 농민들이 액이 든다 저어했던 금기들을 파괴하고(본명방에 벌목하고 잠사각에 집짓기), 함께 살아가는 이웃 해치기에 열중하는 모습들에서 그가 악인의 종합적 전형이라는 사실을 확인할 수 있다. 민중, 특히 농민들에게 지역공동체는 삶의 기반이다. 그들은 함께 일하고 함께 어려움을 견뎌낸다. 이 공동체 정신 없이는 살아가기가 너무나 어려웠던 것이 조선 후기 민중들의 실상이다. 그런데 이 놈은 동네 주산(主山)을 팔아먹고, 남의 선산에 투장을 하며, 심지어 일꾼들의 새경까지 떼어먹는다. 남의 노적에 불을 지르는가 하면, 가뭄에 논의 물꼬를 베기까지 한다. 아버지 같은 사람과 친구하려고 하고, 초상집에서 노래를 부른다. 도대체 공동체 정신이라고는 없는 놈이다. 하지만 판소리는 놀보를 하락시키는 것으로 만족하지 않는다. 오히려 흥보를 상승시키는 데 주안점을 둔다. 이것이 탈춤과 판소리의 다른 점이다.

모두 동등해질 때까지 하락만을 계속하면, 그렇게 이루어진 세계는 자칫 최하의 평준화로 귀결될 수 있다. 그래서 변학도는 버리고 이도령은 취하며, 놀보를 징계하되 형제끼리 화해하도록 한다. 하지만 대동의 중심은 항상 다수 민중에 있다. 이런 점에서 '양심적인 양반이라도 민중과 연대를 통해서만 역사발전에 기여할 수 있다'[116]는 것이 판소리가 지닌 대동의 전제인 셈이다. 이도령이 춘향에 대해 얼마나 판

---

116) 박희병(앞의 글)은 이도령(양반)이 춘향과 사랑의 결합을 통해 민중과 연대할 수 있었다고 지적했다.

대한가 하는 것은 이미 살펴본 바 있으므로, 여기서는 다른 예를 들어 보기로 하겠다.

  "곡강춘주인인취(曲江春酒人人醉)라, 너도 먹고 나도 먹고 상하동 락 놀아보자." 통인이 술을 부어 도련님전 올리거늘 도련님 하는 말씀, "너희 중에 누가 나이 그 중 많으냐?" "후배사령 꾀쇠가 나이 많소이 다." "그러면 꾀쇠 먼저 주어라." 후배사령 술 받으며, "과연 황송하오 이다." "이 자식, 황송이고 누령송이고 상하없이 노는 놀음에 무슨 청탁 (淸濁)이 있으랴." 사령 먹고 통인 먹고 도련님 잡술 차례에 방자 여쭈 오되, "연치(年齒) 찾아 먹을진대 소인은 열일곱이요, 도련님은 열여섯 살이오니 누가 먼저 먹어야 옳사오리까?" 도련님 이른 말씀, "하나만 더 왔더면 나는 술맛도 못 볼 뻔하였다. 지금은 차례가 별로 좋지 못하 니라. 너 먼저 먹어라."[117]

판소리가 민중의 처지에서 신분의 벽을 넘어서려는 경향이 있음은 분명하다. 그리고 이러한 경향은 결국 판소리가 잔치와 같이 즐거움 을 추구하는 공간에서 연행되었으며, 이로 말미암아 양반이든 중인이 든 좌상이 된 사람들이 자리를 같이한 일반 청중을 즐겁게 하려는 광 대의 수작을 흔쾌히 수용하는 관용적 태도를 보였기 때문에 가능했 을 것이다. 이 때문에 판소리는 대단히 개방적인 장르가 될 수 있었 다. 판소리는 필요에 따라 어떤 사건도 만들어낼 수 있고, 어떤 소재 라도 끌어올 수 있다. 판소리의 근원설화를 연구하면서 각 작품마다 서너 개 이상의 설화들이 언급되는 이유가 여기에 있다. 탈춤과 어느 정도 차이는 있지만, 판소리 사설의 대동적 지향도 결국은 연행 공간

---

117) 장자백 춘향가, 31쪽.

의 대동적 성격에서 비롯된다는 것이다.

판소리는 공연된다는 장르적 특질을 십분 활용해 다수 수용자들의 의견을 수렴한다. 추임새 등 관중의 반응을 적극 수용하는 과정에서 가장 인기 있는 더늠들이 살아남는 방식으로 판소리 각 작품이 이루어졌다. 신재효는 판소리의 서사적이고 극적인 성격을 잘 알고 있었던 진정한 판소리의 전문가이다.[118] 그러나 그의 판소리 사설들은 민중들 처지에서는 지나치게 현학적이다. 그의 사설이 실제로 연행된 일이 거의 없었던 이유는 이 때문이다. 〈박타령(흥보가)〉에서 흥보의 첩으로 양귀비가 나오는데, 이 양귀비와 관련된 대목은 재미있고 기발하다고 할 수 있다. 그러나 놀보가 양귀비를 보고 반하여 엉큼하게 그 손을 잡는 대목에서 신재효의 현학성은 그대로 드러난다.

놀보가 좋은 술을 십여배 먹어놓으니 취중에 광심이 나서, 참다가 못 견디어 양귀비의 고운 손목 썩 들입다 쥐면서, 술 한잔 잡수시오, 다른 계집 같거더면 뺨을 치며 욕을 하며 오죽 하겻느냐. 안색이 천연하여 좋게 대답하는 말이 왜 내가 물에 빠지오. 놀보 놈이 깜짝 놀라 손목을 썩 놓으며, 일색일 뿐 아니시라 맹자 많이 읽었구나.

— 신재효본 〈박타령〉[119]

이와 같은 고전의 인용은 한 구 한 구의 의미보다는 전체적인 이미지가 중요해지는 다른 고사의 인용과는 성격이 다르다. 왜 놀보가 '깜

---

118) 그가 판소리의 극적 성격에 대해 인식하고 있었다는 것은 판소리 작품 가운데 극적 특성을 가장 강하게 보여주는 〈변강쇠가〉를 여섯마당에 포함시킨 사실에서도 알 수 있다(김창현, 〈변강쇠가의 해결될 수 없는 갈등과 그로테스크〉, 《성균어문연구》 31, 1996, 218~223쪽 참조).
119) 신재효, 강한영 교주, 앞의 책, 141쪽.

342

짝 놀랐'는지를 모르면 이 대목은 결코 이해될 수 없다. 물에 빠지는 것과 제수의 손을 잡는 것과 무슨 관계가 있는지를 알아야 한다. 양반들이야 이것이 '권도(權道)'를 말한다는 것을 쉽게 알겠지만, 민중들이 그것을 어떻게 알 수 있겠는가?[120] 이처럼 판소리에서는 아무리 기발하고 재미있는 내용이라도 연행 공간에서 거부되면 살아남지 못했다.

결국 판소리라는 장르는 현실생활의 기초가 되는 가치들이 점차 교조화·규범화하고 있던 당대사회의 문제점을 정확히 진단하고, 이를 다시 생활현실 속으로 되돌려 보편적 가치로 정립시키려는 주제적 지향을 지닌다. 양반들만의 가치가 따로 있지 않으며, 만약 그렇다면 그것은 진정한 보편적 가치일 수 없다는 항변을 우리는 춘향의 항거에서 직접적으로 들을 수 있다.

> (중머리) 여보 나리 듣조시오, 기생에게 충효절행이 없다 하니 낱낱이 들어보오.…… 안동 기생 일지홍이 생열녀문 세웠으니 기생에게 충이 없소, 효가 없소, 열이 없소?
>
> — 〈춘향가〉[121]

이렇게 판단한 열은 여성에게만 강요되는 규범으로서 그것과는 판연히 다르다는 사실을 이미 지적했다. 춘향의 열은 사랑하는 이에 대한 의무의 자발적인 실천이며, 남성(그 남성이 지고[至高]한 양반이라

---

120) 민중들은 권도(權道)를 몰라도, 형수를 희롱해서 안 된다는 것과 물에 빠진 형수를 보면 당연히 구해야 한다는 것을 자연스럽게 받아들인다. 그들은 충효열(忠孝烈)을 알지만, 그것을 보수적 이데올로기가 아니고 보편적 가치로 받아들이기 때문에 이념적 갈등 없이 형수를 구할 수 있는 것이다. 〈심청가〉를 들으며 심청의 행위가 혹시 불효는 아닐까 하고 고민하지 않는 것처럼 말이다.

121) 장자백 춘향가, 147쪽.

해도)과 동등한 가치를 지닌 인간으로서 행해지는 것이다. 이런 춘향
의 항변에 이렇게 대답하는 사람은 판소리가 모색하는 대동세계에
동참할 수 없다.

> 네 이년 요망한 년이로고. 양반에게 충효절행이 있지, 기생관비에게
> 충효절행이 있단 말이냐. 네 년이 수절을 하면, 댁 마누라께서는 딱 기
> 절을 하겠구나.
>
> — 〈춘향가〉[122]

이렇게 상하를 막론하고 같은 가치를 추구하며 남녀를 막론하고
평등한 세상, 그것이 판소리가 지향하는 대동세상이다. 많은 판소리
작품들이 작품의 말미에 이런 세상을 희망하는 대동놀이판을 마련한
다. 〈춘향가〉의 암행어사 출도 장면은 변학도의 생신연에 이어지고,
〈심청가〉의 개안 장면은 맹인잔치에, 〈흥보가(박타령)〉는 박타는 장
면에,[123] 〈변강쇠가〉는 장례놀이와 대규모의 원혼굿에 이어져 결말로
향한다. 우화 형식인 〈토별가〉에도 토끼가 돌아가기 전에 대연(大宴)
을 베푸는 장면이 있다. 〈적벽가〉가 《삼국지연의(三國志演義)》의 재
창작으로 전체 이야기의 일부에 불과함을 생각할 때, 결말에 대동적
의미의 잔치판을 마련하는 것이 결코 우연일 수 없는 판소리의 구조
적 특징이라는 것은 분명하다. 예전에는 간혹 판소리를 전체적으로

---

122) 장자백 춘향가, 145쪽.

123) 두 번의 박타기는 모두 잔치판의 성격을 띠는데, 오히려 놀보의 박타기가 더
　　시끌벅적한 잔치판을 이루고 있다. 온갖 인간군상들이 총출동하는 것이다. 이
　　것은 나중의 놀보 박타는 대목이 더 판소리의 끝부분에 가까이 위치하기 때문
　　으로, 판소리가 마지막을 대동놀이로 장식하려는 지향을 지니고 있다는 하나
　　의 증거이다.

이해할 때, 그 현실적인 곤란을 한낱 헛된 꿈으로 해결하는 방식에 불만을 표시하거나 이를 하나의 결함으로 생각하는 경향이 엿보이곤 했는데, 이와 같은 이해 방식은 판소리를 서사적인 합리성으로만 풀이하려는 편향에서 비롯된 것임이 분명하다. 판소리의 근원설화에 대한 연구를 통해 속속 드러난 바 있거니와, 판소리를 가능하게 한 것이 바로 이와 같은 비현실적 사유들이기 때문에 이것들은 판소리의 중심적인 부분들이다.[124] 사실 〈춘향가〉의 다른 부분은 암행어사 출도 장면을 위해 존재하는 것처럼 보이고, 〈심청가〉는 맹인잔치를 위해, 〈흥보가〉는 박타는 장면을 위해 다른 많은 이야기들이 붙여진 것처럼 보일 정도라는 것이 판소리를 이해하는 솔직한 방식일 것이다. 이 장면들을 빼고나면 판소리 작품들은 아무런 생명력도 남지 않을 것이다. 그리고 이 장면들은 모두 어떤 합리적인 설명보다도 판소리의 연행 공간에 참여한 모든 사람들의 바람과 정서적 동참 속에서 이루어지는 놀이의 성격을 강하게 지니고 있다. 암행어사에 담긴 민중들의 희망은 말할 것도 없고, 맹인잔치에서도 이와 같은 성격을 읽어낼 수 있다.

내가 과연 물에 빠진 심청이요. 나를 다시 보옵소서. 심봉사 기가 막혀 아이고 이게 웬말이냐. 번쩍 하더니 눈이 똑 떠러졌구나. 심봉사가 눈을 뜨고 딸을 보니 부지생면이라. 딸이라니 딸인줄만 알았지 생면목이 되었구나. 심봉사 눈 뜨는 바람에 억만 장안 봉사 눈 떠러지는 소리

---

124) 김동욱의 〈춘향전 근원설화고〉(《최현배 선생 화갑기념 논문집》, 1954)와 〈판소리 근원설화 첨보〉(《대동문화연구》 3, 성균관대 대동문화연구원, 1966), 정하영의 〈심청전의 제재적 근원에 관한 연구〉(서울대 박사논문, 1983)를 비롯한 많은 연구들이 이와 같은 사실을 보여주고 있다.

가 새갓모 띄는 소리가 나더라. (중중모리) 심봉사 춤추며 노래한다. 얼시구나 좋을시구 죽은 딸을 다시 보니 인도환생을 하였는가. 내가 죽어 따러 간가. 얼시구나 좋을시구. 억만 장안 봉사들이 춤추며 노래하며 심황후 덕택으로 일월을 다시 보니 이러한 좋은 일이 천지간에 웨 있으리. 한참 이리 즐길 적에 봉사 한놈 눈을 못 뜨고 아이고 아이고 갑갑해라. 억만 장안 봉사들이 일시에 눈을 떠 대명천지를 보는데 나는 무슨 죄악인고. 아이고 하느님 날 살리오, 날 살리오. 갑갑하여 나 죽겠소. 나는 다른 죄가 아니라 심봉사 다리고 오던 뺑덕어미 유인한 그 죄 밖에 없습니다. 그 말한 연후에 그도 눈을 떠러졌다. 산호산호 재산호요, 만세 만세 만만세라.

– 〈심청가〉[125]

판소리 연행 현장이 지니는 민중적 대동성을 배제하고는 이 대목을 이해할 수 없다. 〈심청가〉의 서사적 구조는 심봉사의 개안으로 마무리된다. 그러나 모든 봉사들이 한꺼번에 눈을 뜨는 기적이 벌어진다. 〈심청가〉의 감동적인 마무리 장면을 이 해학적인 사설이 망쳐버렸다고 생각한다면, 그 사람은 판소리의 진정한 소망, 곧 대동세계에 대한 꿈을 모르는 사람이다. 그런 사람들도 있었다. 판소리에서 너무나 멀리 떠나버린 경판 《심청전》의 작가도 그런 사람이었다. 경판 《심청전》이 〈심청가〉의 깊은 뜻을 이해하지 못한 결과 기본적인 이야기구조와 작가의 이념 사이에 심각한 분열을 보이고 있다는 사실을 다른 글에서 지적한 바 있다.[126] 또 이야기의 맥락에서 보면 황봉사

---

125) 이선유본 〈심청가〉, 98쪽.

126) 필자는 〈심청전의 주제 연구〉에서 그동안 주제의 분열 내지는 이원성을 보인다는 완판 계열은 구현된 주제에 아무런 분열상을 찾을 수 없으며, 일원성을 보인다는 경판 계열이 오히려 주제의식의 분열을 보이고 있다는 사실을 밝힌

의 죄는 용서받기 어려운 것이다. 하지만 판소리의 연행 공간은 이제 참여한 모든 사람들이 기쁨을 함께 나누는 대동의 잔치판으로 변하고 있기 때문에 최대한의 관용성을 지니게 된다. 〈춘향가〉의 마지막에 대동세상을 거부하는 양반들이 다 쫓겨나고 잔치판이 벌어진다. 월매는 다소 뻔뻔스럽지만 이 놀이판에 수용된다. 〈흥보가〉와 〈변강쇠가〉도 큰 놀이판을 마련하여 온갖 인간군상들을 모두 모아 노는데, 〈흥보가〉에서는 끝내 놀부도 용서해준다. 그는 악인의 전형이지만 보수적 이념 따위에 오염되어 있지는 않다. 그의 회개는 그의 악이 보수적 이념보다 단순하여 오히려 해결하기 쉽다는 것을 보여준다. 이렇게 조금이라도 가능성 있는 사람들은 모두 모여들어 놀면서 판소리는 지금까지 모색해온 대동세계의 희망을 청중들과 나눈다. 이것은 판소리가 현장성을 바탕으로 하는 공연예술이 아니라면 불가능했을 것이다. 이와 같은 사실은 위 대목을 완판 《심청전》과 비교해볼 때 더욱 명확해진다. 완판에서 뺑덕어미는 죽음을 당하고, 그녀를 꾀어낸 황봉사는 귀양을 가게 된다. 완판은 전체적인 스토리나 대부분의 장면조차도 판소리 사설의 거의 직접적인 수용이라고 할 수 있지만, 결정적인 순간에는 화자의 논리가 개입하고 있는 것이다.[127]

　판소리 광대는 화자의 역할과 연기자로서 역할을 동시에 하면서, 화자로서 또 인물로서 청중과 소통하고 있다. 여기에 잔치판으로서 판소리 연행 공간의 즐거운 놀이성이 가미되어 판소리 특유의 대동성을 창조하게 되는데, 이 대동의 중심은 양반 좌상의 묵인 속에 판소리 연행 공간을 둘러싸고 있는 다수의 민중들이 된다. 이 때문에 이

바 있다.

127) 특히 이선유본 〈심청가〉는 완판과 비슷한 대목들이 많다.

대동성의 진수를 맛보는 데는 활발히 추임새를 하는 적극적인 청중
층인 민중들이 다수 참여한 소리판이 제격이 된다.

　이처럼 판소리의 통속적 성격은 선과 악을 갈라놓고 선의 승리로
이끌어가는 일관된 논리가 용인되기 때문에 실현되며, 그것은 광대에
게 이야기를 조정하는 서사적 화자의 권리가 최소한이라도 주어져
있기 때문에 가능하다. 한편 판소리의 대동적 성격은 인물들이 각자
의 목소리로 대화하고, 화자인 광대와 더불어 청중들과도 소통에 나
서는 적극적인 제시−수용의 방식으로 말미암아 구현되며, 이것은 극
성에 잇대어 있는 놀이성과 관련된다. 이 두 가지 성격이 변증법적으
로 통합되어, 판소리는 화자의 서사적 조정 아래 이야기의 진행 방향
을 잃지 않으면서도 여러 사람들의 의견을 수렴하여 일상적으로 제
기되는 중요한 문제들에 대한 해명을 시도한다. 이처럼 판소리의 주
제 형성 과정은 작은 물들이 모여 바다로 향하는 것을 연상하게 하니,
이를 '대동세계로 가는 서사적 탐색'이라고 할 수 있을 것이다.

(4) 판소리에서 제시형식과 텍스트의 관련 양상

　이제 우리는 서사와 극의 장르적 특성들이 근본적으로 그 제시형
식의 특징과 제약 속에서 형성된다는 사실을 확인했다. 서사는 화자
에 따른 일방적 전달이라는 특징을, 극은 소통을 통한 공동체험이라
는 특징을 지니고 있는데, 이와 같은 특징들은 각각 '이야기'와 '놀이'
라는 제시형식에서 추출된 것들이다. 이를 토대로 판소리를 고찰한
결과, 일방적 전달을 시도하며 이야기의 전체 논리를 유지하려는 화
자의 목소리와 화자의 지배에서 벗어나 저마다 자기의 목소리로 대
화하는 인물들의 목소리, 그리고 관객과 소통을 시도하는 목소리들을

동시에 발견함으로써 판소리 안에 융합되어 있는 두 원장르(서사와 극)의 존재를 확인할 수 있었다. 이것은 물론 판소리가 '이야기'와 '놀이'라는 두 제시형식을 결합해 생성된 장르이기 때문이다. 이처럼 판소리의 서사적이고 극적인 형식들은 단지 부분적이고 기교적인 차원이 아니라 원장르의 근원이라고 할 수 있는 원제시형식의 차원에서 구성되고 있기 때문에, '극' 장르이면서 서사적인 경향을 보이는 경우나 '서사' 장르이면서 극적인 경향을 보이는 경우와는 차별성을 보인다. 다시 말해서, '중간장르'로서 판소리라는 개념은 판소리가 서사와 극의 어디쯤 위치하는가 하는(말하자면 가운데쯤 위치한다면 중간장르가 된다는 식의) 위치 개념이나 서사적 특징과 극적 특징이 각각 어느 정도씩 나타나는가 하는(말하자면 반반씩 나타나면 중간장르라는 식의) 양적 개념이 아니라, 과연 판소리가 장르성의 근원인 원제시형식 두 가지를 모두 가지고 있는가 아닌가를 기준으로 한다는 것이다. 이렇게 해야만 서사적 극이나 극적 서사 같은 개념들과 구별되는 판소리만의 독특한 장르적 특질을 이해할 수 있다. 물론 제시형식은 역사적 장르의 차원이든 원장르의 차원이든 간에, 그 역사적 장르 혹은 그 작품에 영향을 줄 수밖에 없다. 따라서 중간장르인 판소리에는 서사적 특징과 극적 특징이 모두 나타날 수밖에 없는 것이다. 이에 대해서는 이미 충분히 살펴보았지만, 제시형식이 텍스트에 주는 영향을 더 쉽게 알 수 있는 한 사례를 살펴보기로 한다. 다음 예문은 판소리 사설과, 같은 내용의 독서물이다. 두 예문에서 발견되는 미세하면서도 본질적인 차이들에 주목해보자.

(말로) "…… 여기가 전라도 초읍이로구나. 여기서부터는 역마 걷고 너희 등을 각처로 분발할 터이니 나 시킨대로 다녀오라."

(자진머리)"서리, 너희는 발행하여 고산, 진산, 무주, 용담, 진안, 장
수, 운봉으로 잠행하여 내월 십오일에 남원 읍내로 대령하라" "예" "서
리, 너희는 발행하여 용안, 함열, 임피, 옥구, 금구, 태인, 고부, 흥덕, 정
읍, 보성, 담양, 순창, 옥과, 구례, 곡성 염탐하여 내월 십오일에 남원읍
으로 대령하라." "예."

– 장자백 창본 〈춘향가〉[128]

세살부채 손에 들고, 서리 역졸 불러 약속하고, "너희는 이제로 발행
하야 고산, 진산, 무주, 용담, 진안, 장수, 운봉으로 너머 아모달 아모날의
남원읍내로 대령하라." 중방 불러 분부하되, "너는 이제 발행하여 김제,
임피, 금구, 태인, 고부, 영광, 나주, 보성, 순천, 곡성으로 너머 아모달
아모날의 남원 읍내로 대령하라."

– 완판 33장본 〈열녀춘향수절가라〉[129]

알고 있는 것처럼, 완판 〈열녀춘향수절가〉는 판소리 사설을 거의
옮겨오다시피 해서 구성된 독서물이며, 이 텍스트는 제목에서부터 이
러한 사실을 분명히 보여준다. 또 완판을 비롯한 방각본 소설들이 유
통되던 19세기 당시에는 판소리 창과 판소리계 소설을 굳이 구별하
려는 의식도 없었다. 이 때문에 우리는 한 텍스트에서 '~가'와 '~전'
처럼 서로 성격이 전혀 다른 명칭들이 동시에 사용된 것을 발견할 수
있다.[130] 그런데 판소리와 소설의 장르적 특성을 구별하려는 의식도
거의 없는 사람들이 판소리 사설을 수용하여 판각한 완판에는 창본

---

128) 장자백 춘향가, 183~185쪽.

129) 설성경 교주, 《춘향전》, 시인사, 1986.

130) 예컨대 완판 《심청전》의 판심제(版心題)들에 '심청'·'심청가'·'심청전' 등이 혼
용된 것을 볼 수 있다.

350

의 '내월 십오일'이 '아모달 아모날'로 나타나고 있다. 문맥상 창본과 완판에서 이 부분은 모두 이어사의 말이다. 하지만 '내월 십오일'이 이 말을 듣고 있는 서리들에게 분명한 정보를 주는 데 반해, '아모달 아모날'은 그렇지 않다는 엄청난 차이가 있다. 결국 완판에서 이 대목 은 인물들끼리의 소통을 재현하는 것이 아니라, 이도령의 말을 빌려 작가가 독자에게 말하고 있다는 것을 명확히 알 수 있다. 그것도 독자 에게 분명한 정보를 주는 것이 아니라, 화자가 필요하다고 판단한 정 보만을 주는 것이다. 이야기에 참여할 필요 없이 수용만 하는 처지에 서는 이도령과 서리, 역졸들이 남원에서 어떤 날 만나기로 했다는 것 만 알면 충분한 것이다. 이런 차이는 전체 문맥에서도 나타난다. 창본 은 꼬박꼬박 "예"라고 대답하는 서리들의 목소리를 삽입하지만, 완판 은 이것들을 생략해버리고 있다. 이것 역시 화자의 편집자적 권한이 작용한 것이다.[131] 이와 같은 미시적인 차이뿐만 아니라 더 거시적인 차원에서도 차이는 분명하게 감지된다. 심청가의 경우, 이선유본(창 본) 〈심청가〉는 부녀가 상봉하고 심봉사가 눈을 뜨자 곧바로 이야기 를 끝낸다. 하지만 판소리 사설의 거의 직접적인 정착본이라고 할 수

---

131) 이와 같은 현상은 다만 장자백 창본에서만 보이는 것이 아니다. 조상현 창본
도 명확한 시간과 서리들의 대답소리를 지니고 있다. "(아니리) 그때으 어사도
는 여산이 전라도 초읍이라 서리 역졸을 각처로 분발허는듸, (잦은 잦은몰이)
'서리' '예이' '너희들은 예서 나려 우도로 염문하되, 여산 다녀 익산 보고, 함열
다녀 옥기 보고, 담양 다녀 순창 보고, 김제 차인으로 두루 덜어, 내월 십오일날
남원 광한루로 대령하라' '예이' '역졸' '예이' '너희들은 예서 나려 좌도로 염문
하되, 고산, 금산, 무주, 용담, 진안, 장수, 운봉으로 두루 다녀, 광양, 순천, 홍양,
낙안, 보성, 장흥, 강해남, 진수영으로 두루 덜어, 영암, 나주, 무안, 함평, 능남
평, 화순, 동복, 광주로 두루 다녀 국곡투식하난 놈, 부모 불효하난 놈, 형제 화
목을 못하는 놈, 술 먹고 기주 잡담, 피생으 범하는 자 낱낱이 적발하야 내월
십오일날 남원 광한루로 대령하라' '예이'"(조상현 창본 〈춘향가〉, 《판소리 다
섯마당》, 한국 브리태니커 회사, 1982).

있는 완판의 경우에도 사정은 크게 달라진다. 결말 부분에 오자 이야기를 완성하려는 작가의 의지가 작용하지 않을 수 없었는지, 뺑덕어미와 황봉사를 징치하고나서도 심청과 심봉사가 자식들을 낳고, 심봉사가 죽을 때까지 이야기를 끌고 간다. 물론 판소리의 경우, 극적 특성 못지 않게 강한 서사적 특성들을 지니고 있기 때문에 제시형식의 변화가 텍스트를 일거에 바꾸는 것은 아니다. 그러나 제시형식의 변화는 그에 따른 기본적인 변화들을 수반하게 마련이고, 이 변화들은 장르적으로 매우 근본적인 중요성을 지니는 것이다. 일단 제시형식에 몸을 맞춘 텍스트는 여러 차례, 여러 사람의 손을 거치는 동안 점차로 여기에 맞는 내용과 내적 형식들을 갖추게 될 것이다.[132]

3. 장르의 역사학과 장르의 사회학을 위하여

(1) 장르의 분화

① 원시종합예술

원시종합예술은 음악·미술·무용 등 다양한 예술의 혼융이었을 뿐만 아니라 서정·서사·극의 미분화 상태이기도 했다. 비록 뚜렷이 구분되지는 않았겠지만 원시부족들의 풍습 등을 토대로 볼 때, 그것들은 주술적 노래인 주가, 신에서 인간으로 혹은 인간에서 인간으로 전달되는 주술적 전언, 기원하는 바를 실연(實演)하는 마술적 재현으로

---

132) 이보다 일찍부터 독서물이라는 제시형식에 몸을 맞추어온 것으로 보이는 경판 심청전의 경우는 특정 작가의 이념과 논리에 따라 구축된 이야기의 논리를 선명하게 보여주고 있다(김창현, 〈심청전의 주제 연구〉 참조).

352

서 주술적 행위 등이었을 것이다. 앞에서 확인했듯이, 전(前)양식적인 일상적 형태들이 예술적 양식의 자격을 획득하기 위해서는 공통적으로 형상화의 과정을 거쳐야 한다. 예술을 가능하게 한 동인은 인간의 표현욕구이며, 예술은 아름답게 꾸미고 여기서 기쁨을 얻으려는 형상화 의지와 관련된다. 모든 형태의 예술이 이른바 '원시종합예술(Ballad Dance)'에서 출발했다는 몰턴(Moulton)의 주장은 이런 면에서 참고할 만하다.

어떤 형식에 간절한 희망을 담아서 신에게 보여준다고 할 때, 그것은 아름답게 꾸며지게 마련이다. 지금 남아 있는 원시종합예술의 잔영들에서 우리는 원시부족이 몸을 단장하고 함께 즐기는 데 얼마나 많은 노력을 기울이는가를 확인할 수 있다. 신에게 올려지는 말이기에 더욱 수식되고, 신이 보는 춤이기에 더 정성을 기울이고, 신을 즐겁게 하기 위해 먼저 서로 즐거워한다. 이런 행위들 속에 서정·서사·극적인 지향을 모두 발견할 수 있다. 원시종합예술은 전체적인 면에서 원시집단이 서로 마음을 모으고 공유하는 극적 지향을 지니고 있으며, 그들의 춤이나 동작[舞踊]이 사냥감의 뛰는 모습이나 사냥 자체를 현재적으로 재현하고 있다는 것에도 별다른 의문을 품을 수 없다. 한편으로 그들이 제의와 동시에 구연하는 노래[呪歌]들은 서정적 지향을 지니고 있다. 그들은 흔히 무아지경에서 이 노래들을 구연하며 거기에서 각자의 희망과 신의 존재를 확인한다. 또 이들은 대리인을 내세우거나 희생물을 바치는 등 여러 가지 방식으로 자기들의 희망을 신에게 전달하거나 신의 말[傳言]을 듣기도 한다. 어쨌든 이와 같은 복합적이고 쉽게 구분하기 어려운 형식들은 신과 인간, 인간과 인간이 나뉘면서 서서히 분화하기 시작한다.

인간 집단이 계층화하자 개별적으로 내면화한 신의 계시는 각 구성원들 사이에 갈등을 빚을 소지가 생기고, 이에 따라 권력층은 이를 통제할 필요가 생기게 된다. 이제 신의 계시는 특수한 인물만이 알아들을 수 있고, 그가 자신이 이미 알게 된 사실(신들의 세계와 신탁의 내용)을 다른 구성원들에게 전달하게 된다. 사람들 사이에 송신자(화자)와 수신자(청중)의 역할이 분할되고, 인간의 동등한 관계는 단절된다. 신과 인간이 분리되면서 신이 배제된 인간의 노래가 등장한다. 신의 존재를 느끼고 신과의 소통을 지향하던 노래는 자신의 존재와 감정을 느끼고 대상을 내면화하는 형식으로 점차 발전해간다. 물론 그 전체적인 원형을 물려받은 것은 극이다. 극의 중심은 무용 등을 통한 행위적 재현에 있지만, 다른 형식들도 제거할 필요는 없다. 제의를 지켜보는 신이 제거되면 원시종합예술은 바로 극으로 전환된다. 신이 빠져나가자 모든 의미전달을 등장인물이 맡게 되어 전달을 위한 서술 자체가 행위화했고, 신 혹은 제사장과 신도라는 절대적으로 불평등한 관계도 제거되어 등장인물과 관중은 상대적으로 평등한 위치에서 극중 사건을 공유하게 되었다. 노래 역시 마찬가지여서, 극중 인물들과 관중들이 현장에서 행위라는 육체적 체험과 함께 공유하게 되면 내면화의 집중력은 수시로 저하되는 대신 공동체험에서 오는 일체감이 증가하게 된다.

② 서정과 이념 그리고 미의식

이렇게 장르들은 계층의 계속적인 분화와 고착에 따라 계층별로 양상을 달리하면서 점점 분화의 속도를 더해갔다. 지배층의 경우 일찍이 문자를 수용했는데, 이것은 중요한 의미를 지닌다. 문자는 그 자체로 이데올로기적인 존재라고 할 수 있다. 구어와는 달리 문자어들은 이데올로기 장치와 긴밀한 관련을 지닌다. 종교와 그 경전이 함께 전래되고, 이때 그 경전을 기록한 문자는 그 자체로 신성시되었다. 조선시대 이데올로기의 근본취지들을 기록한 경전들이 한자로 이루어졌다는 사실과 한글(훈민정음)이 하찮은 글자로 취급되었다는 것은 설명이 필요 없을 만큼 명백한 관련이 있다. 무엇보다 문자는 분화된 계층을 교육을 통해 공고하게 유지시키는 역할을 할 수 있었다(신분의 세습). 이 때문에 지배층의 문화는 문자를 자유자재로 다룰 수 있었던 엘리트들의 주도로 형성되었다. 지배층의 문화가 문자를 중심으로 이루어졌기 때문에 작가와 독자는 완전히 분리되기에 이르렀고, 그 결과 극 장르는 힘겹게 명맥만을 유지하게 된다. 서사는 문자로 정립되기에 적합한 장르였지만, 지배층의 경우는 상대적으로 허구적 상상력의 필요성이 줄어들게 되어, 종교나 이념의 형태로 신봉되던 이데올로기의 허구적 표백을 제외하고는 역시 명맥을 유지하는 수준에 머물게 된다.

반면, 필요에 따라 비허구적인 서사물들, 그러니까 경전(經典)이나 사서(史書), 그 밖의 여러 가지 직접적인 기록들이 양산되면서 서정과 더불어 그들의 주요한 문화로 자리 잡게 된다. 세계를 지배하고 경영하는 위치에 서자 이념이 중요해지고, 그래서 서정시가 중요한 장르로 부상하게 된다. 서정시는 그 특성상 음악이나 미술, 특히 음악과 결합될 때 더욱 쉽게 내면화할 수 있고, 음악은 구어와 더 쉽게 결합하기 때문에 구어로 향유되는 장르들이 필요하게 된다. 문자와 음성이 일치하는 경우, 한편으로 문자로 기록하고 한편으로 구어로 향유하는 것이 문제가 없지만, 그렇지 못한 경우는 문자로 기록될 수 있는 장르가 더 중요하게 인식되었다. 조선에서 일찍부터 문자로 기록된 한시가 뒤늦게 표기할 문자를 갖게 된 국문시가보다 더 중요한 것으로 인식된 것이 그 예가 될 것이다. 구어로 향유되는 경우에는 그것이 기록된다고 하더라도 계층을 분리해주는 명백한 증거가 되기 어렵기 때문에, 복잡한 규칙과 독특한 연행방식이 성립되는 경우가 많았다.

장르론적 견지에서 볼 때, '서정'은 여러 가지로 특이한 점을 지닌다. 장르 연구의 역사라는(서구에서 시작된) 차원에서 보면 서정은 가장 나중에 '발견'된 장르이다. 아리스토텔레스가 서사시와 비극을 뚜렷하게 인식한 만큼 서정시의 가능성을 알아차리지는 못한 것 같기 때문이다. 하지만 장르사적으로는 가장 선명한 역사적 장르들을 거느리고 있다. 그런데 적어도 한반도에서, 중세까지 서정시의 역사는 곧 이념적 미의식의 역사이기도 했다. 향가와 시조는 그 담당층의 미의식을 이해하지 않고서는 그 아름다움을, 엄밀히 말해서 그 심미적 수용의 구조를 알 수 없다. 이렇게 서정시는 주로 상층 지식인들이 주도하면서 그들의 이념과 미의식을 반영하는 매우 독특한 형식으로 정련되었다. 이 때문에 서정시는 언어의 차이는 물론 담당층의 이념의 차이를 직접적으로 반영하고 있다. 한국과 일본 그리고 독일의 서정시는 각국의 설화가 지니고 있는 상대적인 동질성에 견주어 너무나 분명한 차이를 지닌다. 그러나 한 가지는 분명히 닮아 있다. 어느 나라든지 중세기까지 서정시는 적어도 담당층의 시각에서 보면 보편적인 이념과 미의식을 표명하고 있었으며, 바로 그 점이 서정 장르가 융성할 수 있었던 기본 조건이었다는 것이다. 중세는 흔히 문예의 암흑기로 불리지만, 이 말이 나온 서구에서조차도 서정시의 융성기였다고 할 것이다. 신을 찬양하는 시들은 당대인들에게 매우 '서정적'이었을 것이 틀림없으며, 그런 보편적 미의식 위에서 자연과 사랑을 예찬하는 시들이 나올 수 있었다.

③ 서사와 시장, 그리고 통속성

설화는 서사 장르에서 고소설보다 훨씬 이른 시기에 등장해 오랫동안 지배적인 장르로 군림해왔다. 설화의 서사성은 장면전환방식이나 화자의 일방적 전달 태도에서 쉽게 확인된다. 이미 살펴본 것처럼, 설사 청중이 개입을 시도한다고 해도 화자는 그것을 무시하거나 간단히 수긍하거나(이것은 대개 무시의 수준이다) 자기 논리를 다시 세우면서 일방적 전달자의 지위를 신속히 회복하려는 태도를 견지한다. 하지만 화자와 청자가 마주앉는다는 설화의 수용 공간은 언제나 서사적 질서를 위협할 소지를 안고 있는 것도 사실이다. 만약 실제로 이야기를 잘 아는 청자가 적극적인 간섭을 시도한다면, 서사적 질서는 파괴되고 화자는 더 이상 이야기를 진행할 흥미를 상실하게 될 것이다. 이에 견주어 독서물인 소설은 더 안정적인 토대 위에 서사 화자의 지위를 보장해줄 수 있다. 이런 점에서 고소설은 설화의 전통 위에 서사적 질서를 공고히 하고 서사성을 최대로 확장한 장르라고 할 수 있다. 서사 장르는 이야기의 진행방식에서는 화자의 권위를 보장하지만, 전달에 목적을 두고 있기 때문에 언제나 수용자의 수준과 흥미를 고려해야 한다. 설화의 화자는 청자의 열성에 크게 고무되며, 소설에서는 화자에 대한 보상이 금전적 실체를 지닌다. 이렇게 보면, 고소설의 통속적 경향 역시 서사 장르가 지닌 한 특성의 계승이라고 볼 수 있다. 근대소설의 새로운 방향 모색은 고소설의 성과 위에 이루어진 것이다. 소설은 기술됨으로 말미암아 구술전승의 한계에서 크게 벗어난다. 작가는 독자의 간섭에서 완전히 벗어나 자유로이 이야기를 구성할 수 있는 여건을 얻게 되었고, 기억을 위해 감수했던 많은 제약들을 넘어서서 심각한 문제들을 독창적 방법으로 제시할 수 있게 된 것이다. 또 독자의 위치에서도 얼마든지 다시 보고 생각할 수 있는 여유가 소설의 가능성을 확대시킨다. 하지만 그런 변화는 한꺼번에 일어나는 것이 아니라, 점진적으로 일어난다.

역사적으로 기술의 첫 단계에는 공식적인 기술이 주가 된다. 스스로 즐기는 데 종이(혹은 그 대용품)를 낭비할 만큼 종이가 흔하지 않다. 이 단계에서는 소수의 애호가를 제외하고는 서사문학을 기록하는 일이 흔하지 않다. 다음 단계는 필사본이 유통되는 단계이다. 독자를 의식하는 소설들이 등장하기 시작한다. 그리고 방각본이 유통된다. 소설이 상품으로서 가치를 지니기 시작한다. 이 시기는 소설에 양적·질적인 면에서 많은 변화가 일어난다. 아직 소설의 생산비가 높기 때문에 더욱 독자를 의식한다. 고소설은 이 시기의 작품들이다. 다음으로 드디어 값싸고 읽기도 쉬운 인쇄본이 쏟아져 나온다. 대량 생산의 시대이다. 생산비의 하락으로 독자로부터 그만큼 자유로워질 수 있다. 이와 같은 제시형식의 발전 과정에 당대의 역사적 상황과 현실인식의 문제가 결합된다. 이런 점을 의식하면서, 이제 근대소설과 비교를 통해 고소설의 특징을 살펴보도록 하자.

근대소설은 발달된 인쇄문명, 특히 금속활자를 기반으로 생성된다. 하지만 고소설은 여전히 남아 있는 필사문화와 그 한계를 일정 정도 뛰어넘은 방각본을 물질적 기반으로 삼는다. 활자본과 방각본은 둘 다 서사문학을 상품화했다는 공통점이 있다. 하지만 중요한 차이점도 있다. 생산원가를 획기적으로 낮춘 데다가 광범위한 문자해독층을 소비자로 하는 활자인쇄문화는 이제 불특정한 전체 대중을 소비자로 하는 단순한 전략만으로는 살아남기 어렵다. 치열한 경쟁 속에서 그들은 어느 정도의 이윤을 보장하는 소수 소비층을 공략하는 덜 모험적이고 다면적인 전략을 개발한다. 여기에는 근대문명의 비약적 발전에 따른 다양한 지식인층이 기반이 된다. 이렇게 해서 통속성을 뛰어 넘는 독특한 작품들이 생산·유통될 근거가 확보된다. 하지만 방각본은 그럴 수가 없다. 우선 높은 문맹률 때문에 시장이 좁고, 잠재적 소비층의 경제적 여유에 견주어 생산원가는 상당히 높은 편이다. 이와 같은 상태에서는 소비 가능한 모든 사람들을 대상으로 전략을 수립하지 않고서는 기대하는 이윤을 올리기가 쉽지 않다. 그러나 모든 잠재적 독자를 대상으로 전략을 수립한다는 것은 매우 모험적이다. 그래서 이미 어느 정도 검증을 거친 구비 서사문학의 전통을 적극 활용하지 않을 수 없고, 독자의 통속적 취미를 충족시켜주어야 했다. 이와 같은 이유로 고소설에서 희극적 구조가 우세했다는 사실은 조금도 이상하지 않다. 감정적이고 통속적인 포만감과 희극적 구조는 매우 밀접한 관련을 맺고 있기 때문이다. 같은 이유로 고소설에는 냉철한 현실인식보다는 쉽게 흥미를 끌 수 있는 비현실적인 내용들이 등장한다. 그렇다면 근대소설, 특히 비통속적 경향을 지닌 작품들이 이러한 통속적인 희극적 구조와 비사실적인 내용에서 탈출하려는 반작용을 지니는 것도 이해될 수 있을 것이다.

결국 방각본 소설의 가장 흔한 유형은 희극적 구조의 근간 아래 공상적이고 이국적인 모험의 세계에 탐닉하고, 단순화된 유형적 인물들이 등장하여 선악의 세계를 대조적으로 보여주며, 사회적으로 보편적이고 규범화된 윤리 관념에는 맞서지 않으면서도 연애와 같은 흥미성이 강한 소재에서는 이를 이탈하기를 주저하지 않는다. 그러면서도 그 일탈을 가볍게 합리화시킨다. 이 일탈의 합리화는 중요한 소설사적 의미를 지닌다. 이런 것들을 대체적인 고소설의 특징이라고 해도 좋을 것이다. 고소설을 로망스와 관련시켜 이해하려는 시도가 여러 차례 있었는데,[133] 로망스의 일반적 특징은 상당 부분 위에 열거한 고소설의 특징과 일치한다. 하지만 실제 우리가 고소설이라고 부르는 작품들 속에는 이러한 일반적 특징에서 상당히 벗어난 작품들도 포함되어 있다. 그리고 어떤 면에서는 그런 작품들의 문학적 의미가 더욱 중요한 가치를 지닐 수도 있다. 고소설을 근대소설과 단절된 전혀 별개의 장르 명칭으로 생각하기 어려운 이유가 여기에 있다. '로망스'라는 용어도 이제는 특정 시기의 제한된 작품군을 지칭하는 장르의 명칭으로 사용되기보다는 리얼리즘 등과 관련해 어떤 주관적이고 공상적인 특질을 지칭하는 용어로 사용되는 경향이 있다. 근대소설 속에서도 로망스적인 요소들이 끊임없이 나타나고 있기 때문이다.[134] 이것은 우리의 소설사에서도 마찬가지이다. 이런 점에서 필자는 서사 장르를 시종일관 유동적인 성격을 지니고 점차 자신의 영역을 확장해온 장르로 본다. 고소설은 신화·전설·민담 등 전래 서사문학의 모든 가능성을 계승했고, 근대소설은 또 고소설의 모든 가능성을 계승하면서 자기의 영역을 계속 확장하고 있는 것이다.

특히 근대소설은 인물 사이의 대화를 화자의 진술로 용해하여 제시하지 않고 그대로 제시하는 극적 기교를 별다른 부담 없이 활용하게 되었다. 이것은 이야기 진행 방식에서 화자의 일방적 전달이라는 서사적 질서를 물리적으로 보장받았기 때문에 가능했다. 소설의 작가는 아무런 간섭 없이 사건들과 대화들을 자기의 의도대로 자유로이 편집할 수 있게 되었고, 근대소설에 와서는 대화를 그대로 제시하면

---

133) 장덕순의 《국문학통론》(신구문화사, 1960), 구인환의 《소설론》(삼지원, 1996), 설중환의 〈고소설(新話)의 명칭에 대한 시론〉(《고소설연구논총(茶谷이수봉선생회갑기념논총)》, 1988) 등에서 고소설의 기원·성격 등을 'romance'나 'roman' 등과 관련해 언급했다.

134) Gillan Beer, 문우상 옮김, 《로망스》, 서울대출판부, 1980 참조.

서도 누구의 말인지 쉽게 구별할 수 있을 정도로 다양한 기호 표지들(큰따옴표나 줄바꿈)과 선명한 인쇄 상태를 보장받게 되었다. 하지만 인물 진술의 직접적 제시는 인물들의 개성을 중시하는 작가의 극적 서술 태도에서 더 큰 의미를 지닌다. 고소설에서 독자로부터 모습을 감춘 작가는 이제 근대소설에서 자유로운 변신을 시도하게 된다. 작가는 자신의 목소리를 최대한 낮추고 극화된 인물로 작품 속에 등장하기도 하고, 때로는 이 인물 저 인물 옮겨 다니며 그 속에 숨어 말하기도 한다.[135] 이렇게 해서 화자와 작가는 분리된 것처럼 보이게 되고, 화자는 이야기를 온전히 지배하는 전지적 인물이 아니라 단지 한 개의 눈을 가진 '인물'처럼 역할을 수행하게 된다. 결국 많은 근대소설은 작품을 지배하는 전지적이고 일방적인 화자의 목소리 대신 개성이 살아 있는 여러 인물들이 말하는 다원적인 경향(혹은 그 효과)을 지향하게 된다. 이처럼 서사 장르는 자기의 기반을 든든히 한 다음 극적 효과를 흡수하면서 근대소설을 산출했다. 소설은 극적 효과가 지니는 현재감과 그에 따른 박진감을 흡수하여 시장에서 더 강력한 경쟁력을 획득하는 방향으로 진화한 것이다.

④ 극과 육체 그리고 소통감

극 장르를 말할 때, 많은 연구자들의 인식을 지배해온 것은 아리스토텔레스의 《시학》과 그리스 비극 혹은 셰익스피어 연극이라는 두 전범이었다. 이는 서구에서나 한국에서나 마찬가지였다. 이 두 전범의 영향으로 극은 엄격하고 고전적인 무대의 규칙을 지켜야 하는 것

---

135) F. K. Stanzel(김정신 옮김, 《소설의 이론》, 탑출판사, 1990)은 이를 '인물적 서술상황', '화자-인물의 반성자화' 같은 용어를 사용해 설명하고 있다.

으로 인식되어왔다. 그러나 그것은 일부 지역의 일부 사람들이 지닌 관념일 뿐, '극' 장르의 본질적인 조건은 아니다. 극의 장르적 본질은 어느 시기, 어떤 특정 무대의 한계에서 찾을 것이 아니라, 공연된다는 제시형식이 지닌 본질적인 특성에서 찾아내야 할 것이다. 그러나 이런 원칙은 제시형식과 작품들에서 찾을 수 있는 내적 구조와 내용들을 분리해 사고하는 연구 경향에 따라 빈번히 무시되었다.[136]

셰익스피어의 희곡은 빈번한 장소의 교체, 긴 시간의 흐름을 표현하는 내용 등, 여러 면에서 극의 한계를 최소화하려고 시도한 작품들이 많다. 여기에 아리스토텔레스의 '행위의 일치'에 대한 이론을 발전시키는 과정에서 극작품 분석의 실제 내용 가운데 상당 부분이 다른 장르, 특히 서사문학에도 마찬가지로 적용될 수 있는 보편성을 띠게 된다. 물론 이런 경향 자체는 문제가 아니다. 이런 상황을 인정하고 서구극의 '극적인 것'이 사실은 '순수하게' 극적인 것이 아니라 상당 부분이 이야기를 기반으로 하는 서사와 극 양쪽의 공통 특성임을 인식하면, 큰 문제가 되기보다 오히려 문학 이해의 큰 자산으로 활용될 수 있다. 그러나 서사와 극의 거리를 서정과 극의 거리와 동일하게 추상하는 장르적 인식이 이를 방해했다. 여기서 이것이 문제가 되는 것은 극의 특징으로 제시되는 내용들 가운데 일부는 '순수하게' 극만의 특징이 아니라, 서사든 극이든 사건을 지닌 모든 허구문학의 전범으로 제시될 수 있다는 데 있다. 다음과 같은 주장은 소설에서도 몇

---

136) 여기에는 어떤 장르의 고유 특성을 인정하려 하지 않는(때로는 넘어서려는 노력으로 존중될 가치가 있지만) 부정적 장르 인식과 함께, '극'과 '극적인 것'의 혼동이 크게 작용했다. 만약 '극'과 '극적인 것'이 무관하다면 이 가운데 하나를 다른 말로 바꾸어 사용하는 것이 더 이상의 혼란을 막는 현명한 조처가 될 지도 모른다.

가지 고려와 함께 적용될 수 있다.

극적 액션은 '어떤 길이'를 가져야 하며, '시작과 중간과 결말'을 갖추어야 한다. 그것은 우리의 주의를 강요하는 일련의 상황들을 포괄하는 것이다. 그래서 각 상황은 그것에 선행하는 어떤 상황에서 유발되고 계속되는 변화에 대한 기대감을 일으키며, 결국 행동의 결말, 존슨의 말을 빌면 '기대의 결말'에 이르게 된다.[137]

"이런 단순한 공식화는 상황과 액션이 창조되는 매체, 즉 극적 언어를 고려하지 않는 한계 내에서 가능할 것"이라는 부언이 있지만, 그럼에도 위와 같은 주장은 특히 '극'의 요건과 특성으로 인정되어왔다. 그런데 위와 같은 관점에서 보면 탈춤은 제대로 된 '극'일 수가 없다.[138] 그러므로 서구극만이 제대로 된 극이라는 주장을 받아들이면 탈춤을 연구하기도 전에 그 가치를 부정하는 것이 된다. 위의 주장은 사실 공연된다는 극의 본질적인 형식과는 직접적인 관련이 없다. 소설은 읽기를 중단했다가 다시 시작하거나 얼마든지 다시 되돌아가 볼 수 있지만 극은 그럴 수 없어서 관객의 주의를 붙잡아놓는 장치가 필요하다고 한다면 극과 관련되는 것 같기도 하나, 사실 그다지 설득력이 없다. 소설도 독자의 주의를 붙잡아놓을 필요성이 마찬가지로 있다. 그래서 소설 역시 위와 같은 사건 구성을 연극만큼이나 널리

---

137) S. W. Dawson, 천승걸 옮김, 《극과 극적 요소》, 서울대출판부, 1981, 23쪽.
138) 송동준은 〈서사극과 한국 민속극〉(《한국의 민속예술》, 임재해 편, 문학과지성사, 1988)에서 '아리스토텔레스극'이라는 용어를 사용한 바 있다. 이것은 사실 서구의 '극' 인식을 지배해온 아리스토텔레스 이후의 서구극 거의 전체를 지칭하는 말로, 서사극이나 우리 민속극(특히 탈춤)과 대립되는 개념으로 사용되었다.

사용하고 있다. 또 되돌아갈 수 없는 것은 구술되는 모든 문학의 특징이다. 옹(Ong)은, 위와 같은 '처음-중간-끝'이 서로 긴밀하게 연관되면서 이루어지는 이른바 '프라이타그(Freytag) 피라미드'형의 클라이맥스적 선형 플롯은 아리스토텔레스가 그리스 연극에서 발견한 것임을 상기시켰다. 그리고 이 선형 플롯은 그리스 연극이 비록 구술로 행해졌을지라도 쓰여진 텍스트로 구성되었고, 서양에서 수 세기 동안 쓰기로 완전히 조종될 수 있는 유일한 언어적 장르였기 때문에 가능했다고 지적한다.[139] 선형 플롯이 '극적'인 것과 직접 관련된다기보다는 오히려 '쓰기(기술성)' 때문에 가능했다는 것을 간파한 것이다.

이처럼 서구극은 특정 작가가 개인적 쓰기로 작품을 생산하기 때문에 전체가 인위적으로 조직된 완결성을 지니며, 수용의 측면에서도 무대 위의 극중 세계는 무대 밖의 현실 세계와 단절된 폐쇄성을 지닌다는 점에서 매우 강한 서사적 변개를 거친 극 양식임을 알 수 있다. 이 때문에 서구극은 서술자의 개입이 없다는 것만 제외하면 서사 장르들과 별 다른 점이 없는 것처럼 보인다. 하지만 서구극은 여전히 인물 개개인의 대사에 따라서만 사건이 진행된다는 것, 그래서 주인공의 역할이 매우 강화되어 있음에도 인물 각자가 자기의 목소리로 이야기하며 이 목소리들 사이의 소통에 따라 사건이 진행된다는 것 등에서 본질적으로 극 장르이다. 또 관객들은 비록 극중 세계에 개입할 수 없지만, 이것은 수용 공간의 관습이지 제시형식 자체가 이를 제한하는 것은 아니다. 관객들은 여전히 무대를 향해 자신들의 의사를 개진할 수 있고, 실제로 이런 일들이 있었다. 조동일은 서구극의

---

139) Walter J. Ong, 이기우·임명진 옮김, 《구술문화와 문자문화》, 문예출판사, 1995, 212~220쪽.

한 전범인 그리스 비극(그의 용어로 카타르시스 연극)도 탈춤과 마찬가지로 관객과 연극 사이에 직접적인 통로를 가지고 있었다고 주장한다.[140] 관객들은 일반적으로 수동적 수용을 할 뿐이지만, 때로는 직접적인 반응을 보이기도 했다고 하면서 극이 마음에 들지 않으면 일어나서 고함을 쳤다는 사례를 든다. 그러면 배우들이 관중을 진정시키기 위해 그들과 이야기를 하기도 했다는 것이다. 이것은 어디까지나 일탈에 해당하는 사례이지만, 서구극도 관객과 무대가 교류할 가능성을 물리적으로 차단하고 있지는 않다는 사실을 보여준다. 이렇게 인물과 관객이 같은 공간에 존재하고 있다는 물리적인 조건은 극에서 세계(무대)가 폐쇄되어 있음에도 중요한 의미를 지닌다. 비록 관객들이 능동적으로 무대에 개입하지 못한다 하더라도 이들은 배우들의 연기가 주는 육체적인 존재감에 인도되어 작품을 수용하게 된다. 다시 말해서, 비록 수동적이기는 하지만 배우와 관객들은 서로의 존재

---

140) 물론 이 열린 통로의 의미는 탈춤의 그것과는 아주 다르다. 관객들은 무대에 개입하지 않는다는 관습을 지켜야 하기 때문이다. 특히 라사 연극에는 이 통로가 없다고 했는데, 그렇다고 해서 관객과 무대가 영화나 소설처럼 물리적으로 분리되어 있었던 것 같지는 않다. 라사 연극에서 무대가 더 신성시되고 그래서 무대에 개입하지 않는 관습이 더욱 공고했다고 하더라도 그것은 본질적인 차이일 수 없다. 또 그는 탈춤의 악사와 그리스 비극의 코러스를 동일시하여, 코러스가 관중의 자격으로 연극에 개입한다고 했다. 하지만 관중이 코러스를 통해 연극에 개입했다고 해도 그것은 간접적 개입일 뿐이다. 사실 코러스와 관중의 통로는 철저하게 막혀 있었다. 연극이 끝날 때까지 코러스는 대본에 쓰인 대로만 노래하는 극작가의 대변인에 지나지 않았다. 따라서 그도 인식하고 있듯이 '등장인물들과 관중이 직접 만나는 것을 차단하고, 불필요한 해설을 늘어놓'는 코러스는 그리스 비극의 강한 서사성과 작가 주도의 폐쇄성을 보여주는 예일 따름이다. 이처럼 서구의 카타르시스 연극과 인도의 라사 연극, 신명풀이 연극인 탈춤을 꼭 같은 정도의 차이점과 공통점을 가진 것으로 도식화하려는 그의 시도는 다소 무리가 있어 보인다(조동일, 《카타르시스·라사·신명풀이》, 131~134쪽 참조).

감을 느끼며 끊임없이 교감을 주고받는다는 것이다. 이 때문에 어떤 배우가 어떤 연기를 하느냐에 따라 같은 작품도 전혀 다른 미적 감동을 지닐 수 있게 된다.

바로 이 점, 대등한 존재인 인물들 상호간의 소통과, 이들과 관객 사이의 소통으로 말미암아 사건이 진행되고 극이 완성된다는 점에서 탈춤은 가장 충실하게 극성을 구현하고 있다고 할 수 있다. 더 나아가 탈춤은 인물들이 서로 부대끼며 탐구하는 소통의 양상 자체를 가장 중요한 내용으로 하고, 소통의 궁극적 목표인 상호간의 이해와 화해를 통한 대동성의 구현을 지향한다는 점에서 가장 철저하게 극적인 장르라고 할 수 있다. 이것은 탈춤이 공동체의 제전이라는 극 장르의 뿌리에서 나고, 그 전통을 서구극보다 충실히 계승했기 때문에 가능했다. 이런 점에서 탈춤을 극 장르의 원형적 계승이라고 할 수 있다.

근대 이후 극은 다양한 양상을 보이면서 전개되었다. 서구 고전극의 규범을 지키는 것이 주류였지만, 한편에서는 해설을 동원해 극 장르의 단점을 보완하려는 모습이 나타났다. 극 장르는 재현되는 사건들을 아무리 촘촘하게 배열한다고 해도 사건과 사건 사이에 공백이 생겨 논리적 이해에 순간적인 장애를 가져다주곤 한다. 오영진은 허생전을 희곡화하면서 이런 문제를 해결하기 위해 장문의 해설을 삽입하고 있다.[141] 이런 양상은 근대극에서 흔히 발견된다.[142] 극 장르 역시 서사적 수법들을 사용해 자기의 단점을 보완하여 시장에서 살아

---

141) 오영진, 《오영진 전집》 2(희곡), 범한서적, 1989.

142) 반대로 근대 이후 소설은 가급적 서술자의 편집자적 목소리를 자제하려는 경향이 있음을 잊지 말아야 한다. 이런 경향은 물론 현재감의 강화를 위한 것이다. 극에서도 해설이 길어지면 그 사이 현재감이 감소되고 중개성에 대한 인식이 강화되는 것을 알 수 있다.

남는 길을 모색한 것이다. 연극 역시 상품화하면서 소통 자체보다는 독자에게 흥미 있는 내용을 제공하는 데 더 많은 관심을 갖게 되었다. 하지만 근래에 한편에서는 극 장르 특유의 장점을 극대화하는 것도 시장에서 경쟁력을 지닐 수 있다는 데 주목하는 움직임이 있다. 이것은 관객과 소통은 불가능하지만 비교적 강렬한 현재감과 다양하고 흥미 있는 내용을 전달할 수 있는 새로운 장르, 영화의 출연과 관계가 있을 것이다. 극은 영화와 경쟁하기 위해 자기만이 지닌 특유한 장점, 인간의 육체가 주는 강렬한 현재감과 이를 매개로 한 소통의 극대화에 눈을 돌리고 있다. 극중에서 배우들이 무대로 내려오기도 하고, 때로는 서사적 논리를 지닌 스토리를 거의 포기하다시피 하면서 자기들이 벌이는 사건 속으로 관객을 끌어들이는 데 총력을 기울이는 공연물들도 있다.

이렇게 하여 주가(呪歌)에서 서정시로, 신화에서 전설·민담·소설로, 제의에서 놀이·극으로 장르는 분화의 양상을 보였다. 하지만 이 세 가지 장르들은 원래 하나의 뿌리에서 분화된 것인 만큼 언제나 다시 결합할 가능성을 지니고 있다고 할 수 있다. 괴테(Goethe)는 '세 자연적 형식들'을 열광적 격정, 순수 서술, 생생한 재현으로 보았는데, 발라드(*Ballade*, 담시)에 이 세 형식들이 종합된 형태가 남아 있다고 생각했다.[143] 사실 현장에서 행위를 동반하여 구연되는 민중적인 양식들

---

143) 괴테의 '세 가지 자연 형식들'에 대한 텍스트는 *Noten und Abhandlungen zu besserem Verständinis des West-Östlichen Divans*(1819)이며, 'enthusiastische aufgeregte, klar er-zählende, persönlich kandelnde'를 '열광적 격정, 순수 서술, 생생한 재현' 등으로 파악한 것은 주네트(김현 편, 《장르의 이론》, 195쪽)에 따른 것이다. 헤르나디는 '순수 서술' 대신 '명쾌한 서술(lucid narration)'로 옮겨놓는 등 세부적인 차이가 보이지만, 주네트가 맥락을 섬세하게 고찰하고 있다. 이 세 형식들은 주네트

은 극적이거나 서사적이거나 서정적인 성격들을 동시에 지니는 경우
가 많다. 예컨대 선후창(先後唱)이 구분되어 있으면서 즉흥적인 창작
이 개입되는 집단 노동요의 경우 서정적이면서도 그 연행 상황은 다
분히 극적인 분위기를 자아내며, 이야기가 포함된 길쌈노래 같은 것
은 서정적인 가락 속에서 서사적인 이야기가 읊어진다. 근대로 넘어
오면서 이러한 민중들의 문화가 활기를 띠며 다양한 형식이 개발되
고 활용할 수 있는 제시수단이 다양해지자, 장르들이 서로 활발하게
교류하는 양상이 일어났다.

(2) 장르의 경쟁과 중간장르의 생성

① 판소리·탈춤·소설의 상호 관련 양상

장르들이 경쟁하면서 한편으로 서로에게서 자양분을 흡수하는 것
은 당연한 현상으로, 장르들이 분화하면서 이미 시작되었을 것이다.
하지만 이런 현상이 전면적으로 일어난 배경에는 장르들이 시장으로
내몰린 상황이 자리 잡고 있다. 한국의 경우 그 조짐은 15~16세기를
전후해 나타나다가 17~18세기에는 본격화되어, 19세기와 20세기에
이르러서는 시장이 문학예술의 큰 흐름을 결정하기에 이르렀다. 이런
사정을 알아보기 위해 이제 잘 이해하게 된 장르들인 판소리·탈춤·
고소설부터 접근해보기로 하자.

판소리와 탈춤 그리고 소설의 관련 양상을 살펴볼 때 한 가지 인정

의 지적처럼 양태적인 정의와 주제적인(혹은 미학적인) 정의(서정을 열광적
격정으로 정의한 것)가 뒤섞여 있지만, 세 원장르들의 중요한 특징들을 비교적
잘 포착하고 있다. *Über Kunst und Altertum*(1821)에서는 발라드를 위 세 형식들이
종합된 원란(原卵, Ur-Ei)이라고 했다.

할 수밖에 없는 것은, 세 장르의 상호 관련도가 동등하지 않다는 것이다. 특히 모티프나 줄거리 혹은 표현 등 구체적인 부분에서 이 세 장르의 만남은 판소리를 중심으로 이루어지며, 그 가운데서도 판소리와 소설의 관련 양상이 가장 뚜렷하고, 탈춤과 판소리의 만남은 주로 상위의 제시형식, 즉 서사와 극의 만남 형태로 이루어진다는 것이다(물론 이것 역시 장르론적 관점에서는 중요한 사실이다). 하지만 이는 우연이 아니다. 19세기의 역사적 문맥에서 소설은 가장 새롭고도 전망 있는 장르로 부상하고 있었다. 탈춤이 전대의 제시수단과 형식에서 기본적으로 탈피하지 못하고 있었고, 판소리의 새로움 역시 전대의 제시수단과 형식들을 효과적으로 결합하는 차원에서 생성된 것이었던 데 반해, 소설은 새로이 등장한 제시수단을 발빠르게 채용하는 기민함을 보였다. 다시 말해서, 생산수단의 발전과 생산력의 증대라는 당대의 상황에 가장 적절하게 대응한 장르가 소설이었다는 것이다. 이것은 소설만이 스스로를 개별적인 상품으로 만들어내고, 이차생산자와 판매업자를 끌어들여 근대적인 유통 공간을 창출해내는 데 성공하고 있었다는 사실에서 확인되었다.

탈춤은 여러 가지 한계들을 지니고 있었는데, 우선 제의성을 완전히 벗어버리지 못했으며, 유랑예인들을 통해 시장에 진출했으나 결국 지역화함으로써 시장의 범위를 현저히 축소시키고 말았다. 판소리가 19세기를 전후로 장르 변화의 중심에 선 것은 결코 소설보다 근대적인 장르였기 때문이 아니다. 판소리는 생산과 소비를 완전히 분리하여 생산을 전문화함으로써 스스로를 보다 더 경쟁력 있는 상품으로 만드는 데 성공했지만, 상품의 개별화와 이를 효과적으로 가공하고 판매할 유통 공간을 확보하는 데는 실패하고 말았다. 사실 판소리가 한때나마 소설을 누르고 장르 변화의 중심에 설 수 있었던 것은 아직

전근대적 봉건성을 완전히 벗어버리지 못했으면서도 새로운 변화가 일고 있던 당대의 시장이 요구하는 덕목들을 두루 갖추고 있었기 때문이었다.

당시 소설은 매우 전망 있는 장르였지만, 소비 능력을 갖춘 시민 계층의 성장을 기다리면서 높은 문맹률과 힘겨운 싸움을 전개해야 했다. 이에 견주어 판소리는 구술과 가창이라는 전대의 제시형식을 효과적으로 결합해 상·하층의 모든 소비자들에게 접근할 수 있었으며, 한편으로 아직 서술·전달한다는 평면적(이것은 장르론적으로 순수하다는 의미이기도 하다) 제시형식에서 탈피하지 못한 소설에 견주어 판소리는 상대적으로 근대적인 장르적 시험에도 나서고 있었다. 그것은 극적 형식의 수용을 통한 입체성과 육체적 생동감의 확대로 나타났고, 이것은 더 역동적인 자극을 요구하는 당대 소비층의 요구와 맞아떨어졌다. 판소리가 이 극적 자질들을 탈춤과 교류를 통해서 획득해나갔을 것이라는 짐작에는 무리가 없다. 우선 당시 판소리에 적극적인 영향력을 행사할 만한 극 장르는 탈춤밖에 없었다. '소학지희'에서 보이는 단막극적 형식들이 당시에 전혀 없었다고는 할 수 없으나 미미한 정도였고, 탈춤과 판소리는 그 수용층이 겹치는 양상을 보임으로써 장르 생성의 주체인 인적 교류가 활발했다고 할 수 있다. 앞에서 아전·군교·한량 등이 판소리와 탈춤을 동시에 지원·수용했을 가능성을 보여주는 자료들이 이미 제시되었으므로, 여기서는 판소리의 구체적 작품을 살펴보기로 하겠다. 수용층의 사회적 계급이 일치한다고 해도 그것을 곧 인적 교류의 직접적인 증거로 삼을 수는 없지만, 작품 안에서 근거를 찾는다면 그것은 곧바로 상호 관련성을 입증하는 자료가 될 수 있기 때문이다.

〈흥보가(박타령)〉와 〈변강쇠가〉의 후반부는 온갖 인간군상들이 나타나는데, 사당패와 풍각쟁이패, 초라니와 각설이패에 이르기까지, 그들 대부분은 이른바 유랑예인집단이다. 여기에는 판소리 광대까지 포함되어 있다.

풍각쟁이 한패가 오는데, 그 중에 앞선 가객, 다 떨어진 통량갓에 벌 이줄 매어쓰고, 소매없는 베중치막 권생원께 얻어입고, 세목동옷 때묻 은 놈 모동지께 얻어입고, 안만 남은 누비저고리 신선달께 얻어입 고…… 예. 나는 소리 명창 가객이오. 여인이 또 물어 송선달을 아시오. 예. 그게 내 제자요. 신선달 아시오. 예. 둘째 제지지요.…… 그 뒤에 퉁 소쟁이, 빡빡 얽은 전벽소경,…… 지팡막대 잡은 아이…… 검무 출 칼 가졌으며, 가얏고 타는 사람, 빳빳 마른 중늙은이…… 북 치는 놈 맵시 보소, 엄지러기 총각놈이…… 거들거들 들어오며 장담들을 서로 한다.[144]

이 대목은 인정받지 못한(혹은 인정받기 전의) 판소리 광대들이 다른 기예를 가진 유랑예인들과 어울려 생계를 유지하는 경우도 있었다는 사실과 함께, 광대들과 널리 교유하며 영향을 미친 판소리 전문가 신재효가 여러 형태의 유랑예인들을 접해보았다는 사실을 동시에 보여준다. 이처럼 민간의 공연물에 관심이 많았던 신재효가 탈춤을 잘 알고 있었을 것은 당연하다. 탈춤이 비록 충분한 상업성을 획득하지 못했다고 하지만, 서울과 경기도 인근에서도 흔히 볼 수 있었고 몇몇 놀이패는 공연할 때마다 많은 구경꾼을 끌어 모으곤 했기 때문이다. 사실 이 유랑예인들이 나오는 대목의 성격 자체가 탈춤을 닮아 있다. 〈흥보가〉에서 이들은 '부익부'를 노리는 놀보의 허욕을 분쇄하고 그를 하락시켜 흥보와 화해하게 하는 역할을 하는데, 이것은 탈춤

---

144) 신재효, 앞의 책, 270쪽.

에서 지적한 '대동성의 원리'를 떠오르게 한다. 〈변강쇠가〉에서도 이들은 서로 최고라고 주장하면서, 위에서 보는 것처럼 전설적인 명창들을 무시해버리는 것을 주저하지 않기도 한다. 호언장담(豪言壯談)과 윗자리 다투기는 탈춤의 진행방식과 관련된다. 다만, 이들은 '강자'를 공격목표로 삼아야 한다는 원리에서 벗어나기 때문에 패배를 경험하게 된다. 강쇠는 작품 안의 강자이기는 하지만, 후반부에서는 이미 죽어버린 불쌍한 존재이기도 하다. 탈춤과 달리 판소리는 변강쇠를 제외한 대부분의 작품이 행복한 결말로 처리된다.

그런데 〈흥보가〉의 놀보 박타는 대목에서 죽음을 상징하는 상여꾼들이 나오는 것은 무엇 때문인가? 이것은 봉산탈춤이 미얄의 상여 나가는 대목으로 끝나는 것을 연상시키고, 그 상여가 문득 놀보의 집으로 뛰어든 듯한 느낌을 준다. 이것은 변강쇠의 가로진 상여가 언덕에서 멈추어 서는 대목에서 더욱 강해진다. 여기서 계대네의 큰 굿판이 벌어지는데, 이것은 산대놀이 계열의 마지막에 미얄의 영혼을 달래는 굿판이 벌어지곤 하는 것과 비슷하다. 더욱이 〈변강쇠가〉는 미얄과장과 마찬가지로 남녀의 갈등을 주제로 하고, 결국 운명적인 비극적 결말로 장식된다. 판소리 작품 가운데 〈변강쇠가〉가 가장 뚜렷한 극적 특질을 보여주고 있는 것은 우연이 아니다. 이 작품 후반부의 산 자〔生者〕 가운데 옹녀를 제외하고 가장 중요한 인물인 뎁득이는 예인이라고는 할 수 없지만, 다른 측면에서 탈춤의 영향을 발견하게 하는 인물이다.

으스러지게 부르면서 문전으로 들어오는데, 산쇠털 벙거지, 넓은 끈 졸라매고, 마가목채 등덜미에 꽂고, 때묻은 고의적삼, 육승포 온골전대 허리를 잡아매고, 발감기 곱게 하여 짚신을 들멨는데, 키는 장승 같고

낯은 징짝 같고 눈은 화둥잔만 코는 메주덩이 입은 싸전 장되 발은 동
작이 거루선만, 초라니탈 아니 써도 천생 말뚝이 뿐이어든…….[145]

이런 표현은 말뚝이탈을 자세히 보지 않고는 불가능하다. 사실 이
대목은 탈춤의 해결사 말뚝이가 판소리 〈변강쇠가〉에 우정 출연했다
고 할 만하다. 탈춤에서 조롱의 대상이 되곤 하는 중으로부터 시작해
온갖 '잡색'들이 모두 강쇠의 시신을 치우려다 죽어버린 상황에서 누
가 과연 이 난관을 해결할 수 있을까? 이에 탈춤의 강자(強者) 말뚝
이가 뎁득이라는 이름으로 등장하는 것이다. 탈춤에서 말뚝이는 채찍
을 들고 등장하며 양반들의 마종(馬從)이라고 하는데, 뎁득이 역시
'재상댁 마종으로 경상도 황산역에 좋은 말이 있다기에' 가는 길에 옹
녀에게 흑심을 품고 들른 것이다. 말뚝이는 특히 경상도 지역의 탈춤
인 '오광대 계열'에서 더 중요한 인물인데, 뎁득이가 경상도로 가는
것은 단지 좋은 말하고만 관련된 우연일까? 또 말뚝이는 흔히 양반
의 대부인 마님과 놀아나는 바람둥이이기도 한데, 뎁득이가 임무를
수행하다가 옹녀를 노리고 온 것은 전혀 무관한 것일까? 더구나 뎁
득이가 비로소 강쇠의 시신을 눕혀 염장하는 데 성공하는 것은 그가
매우 현실적으로 사유하는 요령주의자이기 때문에 가능했는데, 이것
은 탈춤에서 말뚝이의 성격과 아주 흡사하다고 하지 않을 수 없다.
무엇보다도 그의 형용은 결코 우연일 수 없을 정도로 말뚝이와 빼어
닮았다는 것을 강조하는 것으로 충분할 것이다. 이제 우리는 판소리
의 극적 자질들이 당시 판소리 담당층에 가장 가까이 있었고, 가장
활발히 연행된 극이었던 탈춤이라는 장르와 무관할 수 없다는 사실

---

145) 같은 책, 273~274쪽.

을 확인했다.

　판소리와 소설의 관계에 대해서라면 '판소리계 소설'들이 이미 웅변적으로 증거하고 있다. 그러므로 이에 대해서는 두 장르 사이의 치열한 경쟁을 살펴보는 것으로 대신하겠다. 처음에는 물론 판소리의 압도적인 우세로 시작되었다. 고소설이 필사의 한계를 극복하면서 방각본이라는 새로운 형식을 수용했을 때, 판소리는 이미 광범위한 수용층을 흡수하고 있었다. 고소설은 시장의 한계 속에서 훈련되지 않은 작가들의 미숙한 역량이라는 이중고를 겪어야 했다. 판소리계 소설의 존재는 이 두 장르의 대응을 양면적으로 보여준다. 판소리는 소설을 통해 스스로를 제어하고 잠재적 시장의 반응을 확인했으며, 드물게는 소설을 역수입해 자기 세계를 확장하기도 했다. 판소리가 소설화하는 것이 일반적인 양상이었지만, 《조선창극사》나 《판소리 이백년사》에는 염계달이 판소리 공부를 하러 가는 도중 《장끼전》 한 권을 얻어 이를 가지고 〈장끼타령〉을 이루어낸 것으로 되어 있다.[146]

　판소리 작품이 소설화하면서 청중들은 판소리 작품들에 대해 더 정확하고 전체적인 지식을 지니게 되었고, 이것은 판소리가 부분창으로 불릴 때도 전체성을 잃지 않게 하는 구심력에 보탬이 되는 쪽으로 작용했을 것이다. 또 〈춘향가〉나 〈심청가〉 등은 소설화하고나서도 다른 소설들을 밀어내고 가장 인기 있는 작품들로 인정받았는데, 특히 필사자나 판각업자(이차생산자)들의 사유에 따라 조정된 것보다 판소리 원래의 성격을 간직한 작품들이 더 인기 있었다. 이것은 판소리계 소설, 더 나아가 판소리 문학의 수용층이 민중적이고 대동적인 판소리의 원래 지향에 지지를 보내고 있었음을 증명하는 것이다. 이

---

146) 정노식의 《조선창극사》, 26쪽 및 박황의 《판소리이백년사》, 78~79쪽 참조.

것이 판소리가 소설을 통해 스스로를 제어하고 시장의 반응을 확인했다는 말의 의미이다.

하지만 장르적인 측면에서 더 적극적으로 대응한 것은 소설이었다. 소설은 불확실한 시장의 위험요소를 이미 검증된 판소리 작품들을 수입해 돌파하려고 시도했다. 극 장르는 원래 서사 장르로 재편이 용이한 소재적 친연성을 갖는 데다가 판소리는 충분한 서사적 요소마저도 가진 중간적 장르였기 때문에 이는 더욱 용이했다. 게다가 소설의 광범위한 개방성을 감안할 때 우선 판소리 광대의 공연을 들으면서 그 사설을 꼼꼼히 기록하고 관중이나 고수의 추임새와 같은 현장성을 제거하는 것만으로도 '~가'에서 '~전'으로 수용층의 인식을 바꿀 수 있었다. 여기에 지나치게 심한 방언적 요소들을 제거하고 문장을 다소 정리하면 작업은 훌륭히 완결된다. 판소리계 소설의 대부분은 여기에서 더 나아가지 않은 작품들이다. 연구자들이 보통 소설로 연구하는 〈열녀춘향수절가〉 같은 경우는 뒤의 작업을 하지 않고 오히려 음악적 표지들을 남겨두기도 했다. 이처럼 소설은 대체로 시장의 반응에 순응하면서 무리하지 않는 전진을 계속했다. 하지만 모두 그러했던 것은 아니다. 소설의 창작 과정은 기본적으로 사적이기 때문에 어떤 작가들은 고소설의 일반적 성격에 따라 판소리계 소설들을 재편하려고 시도했다.

공이 쳥파의 일변 다힝하나 녀이 남의 집의 갈이롤 싱각ᄒ미 가슴이 터지는지라 이의 눈물롤 뿌려 왈 네 말 갓흘진뎌 부쳐롤 속이지 아니졔 되니 십분 다힝ᄒ거니와 네 남의게 등가롤 밧고 몸을 팔니이미 일시도 닉집의 잇지 못ᄒ리니 닉 홀노 누롤 ᄇ라고 살ᄂ ᄒ나다 ᄒ며 애읍ᄒᄂ 지라 쳥이 아직 그 부친을 속이나 간장이 바ᄋ지는 듯하여 싱각ᄒ되 닉

>라 의식이 유족훈 곳의 간다훈되 져럿툿 슬허훈시거든 니 만일 듁을
곳을 간다훈면 필연 세상의 >라 잇지 아니훈리니 >싱냥터의 이런 불
회 어디 잇스리오 훈며 눈물롤 흘녀 하슈랄 보퇴더라.[147]

위 대목은 문장체 소설로 불리는 경판본에서 심청이 몸을 팔아 공
양미를 마련하고는 부잣집에 양녀로 가게 되었다고 속이는 부분이다.
판소리의 영향을 직접적으로 수용한 완판본에서는 장승상댁 수양딸
로 가게 되었다는 딸의 말을 듣고 심봉사가 매우 좋아하는 것으로 되
어 있다. 사실 공양미 문제가 해결된 데다가 딸의 고생이 끝난 셈이니
좋아할 만하다. 그런데 경판에서는 위에 보이듯 매우 비장한(거의 과
장에 가까운) 문체로 부녀의 슬픔을 서술한다. 이것은 두말할 것 없이
감상을 자극하려는 대중소설의 특징에 부합한다. 그러나 인물들은 지
극히 평면적이다. 이들은 살아 있는 인간의 변덕스런 감정을 거의 지
니고 있지 않다. 결코 당대의 지배적인 유가 이데올로기에서 벗어나
려고 하지 않는다. 그래서 놀랍게도(사실 놀랄 것도 없다) 심청의 희생
을 사생(死生) 양대의 불효로 만들어버린다. 이것은 자극을 추구하면
서도 진부함에 안주하는 고소설의 일반적 성격을 그대로 따르고 있
는 것이다. 이러한 고소설의 성격은 지배적 이데올로기를 재생산하면
서도 상층의 환영을 받지 못하는 중요한 요인이기도 했다. 양반 지식
인들은 고소설 대부분이 허황되며 인물들의 감정이 절제 없이 표출
되는 것을 불만스럽게 생각하곤 했다.[148] 그리고 이러한 감상성은 규
방의 여성독자나 몰락한 일부 양반을 제외한 기층의 독자들에게도

---

147) 경판26장본 《심청전》, (4-앞), 《영인고소설판각본전집》 4, 나손서실, 1975,
 494쪽.
148) 정병설, 〈고전소설의 윤리적 기반에 대한 연구〉, 서울대 석사논문, 1993.

그다지 환영받지 못했다. 경판 계열 《심청전》과 완판 계열 《심청전》의 이본을 수적으로 단순 비교해도 이러한 사실은 곧 알 수 있다. 이것은 인물들이 전혀 살아 있는 모습으로 다가오지 못해서, 그들의 슬픔을 실감하기가 매우 어렵기 때문이다.

앞에서 살펴보았듯이 판소리 작품을 고소설의 일반적 성격에 맞추어 개작하려는 이러한 시도는 거의가 충분한 성공을 거두지 못했지만, 길게 볼 때 이렇게 다양한 사적(私的)인 시도들이 소설이라는 장르의 힘이라고 할 수 있다. 이러한 사적인 시도의 가능성을 보여주는 것이 바로 《이춘풍전》이다. 이 작품은 서사적 논리성을 구조적으로 극대화하면서도 극적 생동감을 지닌 매우 흥미로운 작품이다. 대화가 많을 뿐만 아니라 판소리의 문체를 그대로 수용한 생동감 넘치는 서술을 통해 현재감을 강화하고 있다.

> 침재, 길쌈 능란하다. 오 푼 받고 새버선 짓기, 서푼 받고 새김볼 박기…… 너 돈 받고 창옷 짓기, 닷돈 받고 도포하기…… 한냥 받고 돌찌누비, 석냥 받고 긴옷누비…… 겨울이면 무명나이, 여름이면 삼베길쌈…… 이렁성 사시 장철 주야로 쉴새 없이 사오년을 모은 돈을 장변이면 월수 놓아 수천금을 모았고나. 의식이 넉넉하고 가세가 풍족하여 그릴 것이 바이 없다.[149]

다시 언급할 필요도 없이 현재시제를 앞세운 현재적 서술이라는 것을 알 수 있다. 여기에 율동감 있는 문체와 명사형으로 길게 나열되며 푼-돈-냥-계절로 이어지는 적절한 변화는 읽는 재미보다는 듣

---

149) 김기동·전규태 편, 《이춘풍전》, 《이봉빈전·김학공전·이춘풍전·김씨열행록》, 서문당, 1984, 169쪽.

는 재미를 겨냥한 듯하다. 사실 《이춘풍전》을 읽을 때는 마치 현장에서 판소리를 듣는 듯한 느낌이 들 때가 많다. 긴 세월을 요약·서술하는 데도 김씨가 부산하게 바느질을 하고, 밤새워 옷을 짓는 모습이 지금 눈앞에 지나가는 듯하다. 판소리의 역동적 공연을 본 사람이라면 이런 느낌은 더욱 커질 것이다. 이와 같은 요약·서술은 분명히 여느 고소설에서 보이는 설명 위주의 요약과는 다르다. 구체적 행동, 구체적 사물들의 역동적 나열이기 때문에 사건이 진행되는 현장에서 분리되어 중개자의 존재를 느낀다기보다는 사건들의 빠른 진행 속으로 몰입되어 중개자를 망각하게 하는 것이다. 이것은 영화에서 사건을 요약·제시할 때 사용하는, 연속적인 오버랩에 따른 장면들의 빠른 전환에 견줄 만한 것이다.

② 중간장르 생성의 역사적 의미

㉠ 상품으로서 문화와 자기완결성

판소리가 독서물로 유통되며 소설 시장에서 큰 인기를 끌게 된 것은 우리나라 소설사에서 중요한 의미를 지닌다. 바로 앞에서 살펴본 것처럼 판소리의 문체나 내용들이 다른 작품에 수용된 것은 물론이고, 특히 인물의 대화가 차지하는 비중이 크게 증가한 것이다. 인물의 대화가 직접 노출된다는 것은 작중 상황의 현재감을 강화시킬 뿐만 아니라, 인물의 독자적 개성에 주목하는 결과를 낳게 한다. 인물들이 자기의 목소리를 가지고 있다는 생각이 그들에게 그들 자신의 역할과 생명을 부여하도록 하는 것이다. 덕분에 우리는 《이춘풍전》과 《추풍감별곡》 같은 작품에서 기생 추월이나 김양주 같은 자기 개성을 지닌 살아 있는 인물들을 만날 수 있는 것이다. 하지만 근대소설에서조차 인물들과 그들의 말은 일방적 전달이라는 서사적 질서를 보장해주는 매체(독서물인 책)의 뒤에 서 있는 작가의 논리에 따라 조작되고 있다는 것을 다시 한번 지적해둔다.[150]

이제 한 가지 남은 문제는 중간장르의 형성이 판소리라는 극히 예외적인 사례에만 국한된 것인가, 아니면 문학 예술의 역사적 전개 과정에서 어떤 필연성을 지니는가 하는 것을 살펴보는 것이다. 서사와 극은 모두 구체적인 사건을 내용의 근간으로 한다는 점에서 공통점을 지니고 있으며, 따라서 일정 부분 서로 경쟁 관계를 지니기도 한다. 우리는 앞에서 서사와 극이 서로 상대방의 장점들을 흡수하면서 전개되는 양상을 살펴보았는데, 서사는 극적 형식들을 흡수해 박진감을 증가시키고, 극은 서사적 형식들을 채용해 전체를 논리적으로 구성하려고 했음을 알 수 있었다. 이와 같은 움직임의 이면에는 문화예술의 상품화라는 전면적인 변화가 자리 잡고 있다. 바로 이 점이 장르사에서 중세와 근대를 구분하는 한 지표가 된다.

중세 이후 근대로 이행하는 과정은 신분제 이데올로기의 붕괴와 이를 대체하는 자본주의의 완성으로 요약된다. 중세의 중심 장르였던 서정 시가들과 교술문들은 상품이라기보다는 자기 수양이나 교화의 수단이었다. 반면에 근대 이후에는 모든 장르들이 상품화하는 경향을 보인다. 상품화한 문화의 일반적 특징은 소비자의 기호에 따라 자신을 구성한 뒤 이를 폐쇄시키는 '자기완결성'이다. 생산 과정에서는 소

---

150) 이 점에 대해서는 소설의 다성성(多聲性)과 대화적 특징을 강조한 바흐찐도 분명히 지적하고 있다. "소설에서는 말하는 사람과 그의 담론이 언어에 의한 예술적 묘사의 대상이다. 소설에서 어떤 화자의 담론은 단순히 전달되거나 재생되는 것이 아니다. 정확히 말해서, 그것은 예술적으로 묘사되는 것이며, 극과는 대조적으로 다른 (곧 작가의) 담론에 의하여 묘사되는 것이다"(바흐찐, 〈소설 속의 담론〉, 《장편소설과 민중언어》, 창작과비평사, 1988, 150쪽).

비자의 기호와 품질을 의식하지만, 일단 생산된 다음에는 어떤 경우에도 스스로를 바꿀 수 없다. 소비자는 상품이라는 매개를 통해 간접적으로만 작가와 통할 수 있다. 솔직히 말해서, 사실상 작가와 수용자의 대화는 불가능하게 되는 것이다. 이것은 문화상품의 자기복제성과 관련된다. 일단 작가(생산자)와 작품(상품)을 분리하지 않고서는 작품을 무한대로 복제하는 것이 매우 어렵게 되는 것이다. 이런 점에서 화자의 일방적 전달이라는 서사 장르의 특징은 근대 자본주의의 요구에 매우 부합하는 것이었다. 판소리는 상당히 강한 상업성을 지니고 있으며, 따라서 생산자인 광대는 경제적 보상이라는 문제에 큰 관심을 가지고 있었다. 하지만 보상의 전달 방식은 상품의 판매(공연)와 동시에 현장에서 이루어지는 간단한 형식을 지닌다. 그래서 관중의 호응이라는 심리적 보상과 경제적 보상이 분리되지 않고 동시에 광대에게 영향을 미치게 되며, 더 나아가 현장의 호응도가 경제적 보상의 양에 일정한 영향을 미치게 된다. 이에 견주어 소설 작가에 대한 보상 전달 메커니즘은 대단히 복잡하다. 우리 문학사에서 일차생산자(작가) → 이차생산자(가공업자) → 판매업자(상인) → 소비자(수용자)라는 문화상품 전달의 구조는 방각본 고소설에 이르러 비로소 완성을 보게 된다. 그리고 이 반대의 과정이 바로 보상 전달의 구조가 된다. 소설 형성기에 다수 상층 지식인들이 공격을 가했음에도 소설이 꾸준히 성장해 근대 자본주의사회의 중심적인 장르로 부상하게 된 가장 근본적인 이유는 그 전달구조의 이와 같은 특징에 있다.

　문학예술의 상품화라는 거대한 흐름은 결코 선택의 문제가 아니라 곧 생존의 문제였다. 이 때문에 중세에서 근대에 이르는 이행기에 장르들은 커다란 동요를 겪게 된다. 서사 장르에서 일어난 근본적인 변화는 허구적 서사 양식이 비예술적 교술문들을 주변으로 밀어내면서 중심에 서게 된 것이다. 교화보다 판매가 우위의 가치를 지니게 되면서 서사 장르의 허구성이 지니는 미학적 가치들이 긍정되었다. 이것은 화자의 성격에도 중요한 변화를 일으킨다. 구술서사 장르나 교술적 서사 양식에서 화자(서술자)는 실제 화자(작가)와 거의 완전히 일치하는 경험적 자아이다. 하지만 근대소설은 많은 경우, 표면적으로는 작가와 분리되어 작품 안에서만 존재하는 허구적 화자를 전면(前面)에 내세운다.[151] 이런 허구적 화자의 등장은 작가에게 더 많은 자유를 주어서 소설이 소비시장의 기호에 따라 손쉽게 변신할 수 있는 여지를 확장시켰다. 소설이 장르 변화의 중심에 서면서 서정 장르에도 커다란 변화가 일어났다. 근대 이전의 서정 장르는 일반적으로 노래와 직접적인 관련을 지니고 있었다. 다시 말해서, 서정 장르는 노랫말과 노래가 하나로 어우러진 '시가(詩歌)' 형태로 존재했으며, 굳이 가창되지 않더라도 일정한 율격에 의지하는 음악성을 바탕으로 하고 있었다. 하지만 근대에 이르러 서정 장르 역시 무한대의 자기복제를 통한 상품화의 길을 걸었으며, 그러기 위해서 시(詩)는 가(歌)와 분리된 채 독서물로 전환되었다. 그리고 정형율을 버리고 더 자유로운 내

---

151) 박희병은 이와 같은 화자의 성격 차이가 서사와 별개로 교술을 설정하는 근거가 된다고 본다(《조선후기 전의 소설적 성향 연구》, 성균관대 대동문화연구원, 1993, 39쪽 참조). 하지만 '허구적 화자'가 서사 장르의 존립 근거가 아니기 때문에 이와 같은 시각에 찬성할 수 없다. 설화는 이야기되는 내용이 허구임에도 화자는 언제나 눈앞에 있는 그 사람이다. 고소설도 대부분의 경우, 완전한 허구적 화자의 목소리를 지니지 못하고 있다. 가장 중요한 점은 작가가 허구적 화자의 목소리 뒤로 숨어버릴 경우라도 결코 작가는 완전히 퇴장한 것이 아니라는 점이다. 그는 또 전(傳)에 '의론적 서술(議論的敍述)'이 결합되어 있다는 사실도 전이 서사 장르일 수 없는 이유로 보는데, 소설에서도 의론적 경향의 서술들이 발견된다는 것을 지적하지 않을 수 없다. 하지만 이와 같은 이론(異論)이 있음에도 그가 밝힌 전의 '소설'적 경향에 대한 지적과 평가들이 소중한 가치를 지닌다는 점은 부정되지 않는다.

재율로 기울어졌다. 이렇게 되어 현대의 자유시들은 일견 '노래'와 인연을 끊은 것처럼 보이기도 한다. 하지만 그렇지 않다. 시는 아직도 읽는 가운데 형성되는 자연스러운 율격의 음악성에 크게 힘입고 있으며, 이러한 율격과 시어 사이의 긴장감이 전달이나 소통보다는 내면화에 기여하고 있는 것이다. 극 장르들도 나름대로 경쟁력 있는 상품으로 살아남기 위한 다양한 변신을 시도했다.[152] 하지만 극은 스스로 관객과 소통을 포기하지 않는 이상, 자기복제에 일정한 한계를 지닐 수밖에 없다.

거의 모든 문학예술들이 상품화의 길을 걸었지만, 소설을 제외하고는 모두 일정한 한계를 지닐 수밖에 없었다. 서정 장르는 노래라는 제시수단의 직접적이고 강렬한 효과를 포기할 수밖에 없었고, 극은 완결된 스토리를 지니고서도 직접 찾아오는 제한된 관중에 만족해야 했다. 하지만 음반·필름·방송 등 전혀 새로운 제시수단의 개발은 장르사에 혁명적인 변화를 가능하게 했다. 서정 장르는 노래라는 형식을 그대로 가지고서도 무한 복제가 가능하게 되었고, 서사와 극의 형식이 본질적으로 결합할 수 있는 토대가 마련되었다.

© 현대의 중간장르

오늘날 우리가 판소리보다 더 쉽게 접할 수 있는 중간장르로 라디오 드라마와 TV 드라마 및 영화를 포함하는 영상물을 들 수 있다. 라디오 드라마는 극 장르의 변형이라는 인식에서 출발했다. 하지만 처음부터 연극과는 전혀 다른 특징을 지니고 있었는데, 가장 중요한 것은 행위를 직접 보여줄 수 없는 일방적 전달매체라는 데 있었다. 라디

---

152) 이에 대해서는 앞에서 언급한 바 있다.

오는 배우와 청중의 직접적 소통을 차단하는 매체적 특징을 지니고 있는 데다가, 인물들의 행위를 소리로만 전달해야 한다는 근본적인 한계를 지니고 있었다. 모든 인물들의 행위가 소리로만 전달되기 때문에 목소리만 지닌 내레이터가 자연스럽게 끼어들 수 있었고, 또 그 역할의 필요성이 강하게 요청되었다. 이렇게 라디오 드라마는 지나간 사건을 요약·해설하고 사건과 사건 사이에 설명을 부연하는 서사적 화자의 존재가 거의 필수적일 뿐만 아니라, 본질적으로 가능한 제시 형식상의 특질 때문에 중간장르적 특성을 지닌다.

이와 같은 특징은 영화에서도 발견된다. 영화의 장면들은 대부분 공연에 준하는 실연(實演)을 통해 제작된다. 그래서 영화는 여전히 '현재적으로 재현'된다는 느낌을 준다. 그러나 그것은 연극처럼 완벽한 것일 수 없다. 우선 제공되는 화면은 입체적이지 않고 평면적이다. 관객과 무대 사이에 어떠한 교감도 형성되지 않는다. 마치 소설처럼 일단 주어진 텍스트를 관객들은 쫓아갈 수밖에 없다. 그것은 영화가 현재적으로 재현되는 것처럼 느껴지지만 사실은 '이미 재현되어버린' 것이기 때문이다. 또 영화에서는 간단한 요약적 서술 정도가 아니라 소설 속의 어떤 문장이든지 모두 내레이션으로 자연스럽게 처리할 수 있다. 내레이션과 편집된 영상[153]이 동시에 제공될 수도 있다.

2. 종로거리(낮)
본웅 : (N) 금홍이라는 여인을 말하기 전에 우리들의 이야기부터 시

---

153) 이 영상들은 매우 요약적일 수 있다. 예를 들어 〈변강쇠가〉를 영화화한 어느
　　작품은 옹녀 때문에 남자들이 죽어나가는 대목을 상여가 나가는 장면을 잇대
　　어 보여줌으로써 매우 요약적으로 처리한다. 이것은 판소리 〈변강쇠가〉의 '상
　　부타령'을 영상화한 것이 분명하다.

작하지 않으면 안 된다.

　3. 전시회장 입구(낮)

　("구본웅 귀국 개인전"이라는 현수막이 걸려있고 입구에 화환들이 서 있다. 전시장으로 들어가는 일본인 학생들이 보인다. 성황을 이룬 전시장의 분위기.)

　본웅 : (N) 동경 유학을 마치고 경성으로 돌아온 나는 막바로 귀국전시회를 열었다. 야수파라는 새로운 예술에 접근한 나의 그림은 장안에 화제가 되었다.

　(구본웅의 작품들. 벗은 여자 그림. 말 그림. 말 그림 클로즈업. 정지용, 박태원과 이야기를 나누고 있는 구본웅…….)

— 영화 〈금홍아, 금홍아〉[154]

　여기에서 본웅이라는 인물은 서사적인 화자-인물의 목소리와 본질적으로 같은 진술을 하고 있다. 이와 같은 내레이션은 지금 화면에 재현되고 있는 사건이 이미 경험된 것임을 분명하게 각인시켜준다. 영화의 화면도 단지 평면이라는 점에서만 연극과 다른 것은 아니다. 더욱 본질적인 차이가 있는데, 그것은 영화가 보여주는 화면이 보이지 않는 누군가로 말미암아 선택되고 편집된 영상이라는 것이다. 관객들은 그 누군가의 눈(카메라)이 보여주는 것만을 볼 수 있다. 이 보이지 않는 눈이 지니는 권리는 서사화자의 그것에 비견할 만하다. 이것은 영화가 들려주는 소리도 마찬가지이다. 어떤 때 우리는 인물들이 속삭이는 소리까지도 들을 수 있지만, 또 어떤 때는 그보다 훨씬 큰 소리를 들을 수 없을 수도 있다. 영화는 극의 독특한 장점, 인물과 관객의 육체적이고 직접적인 교감을 포기한 대신, 공연된다는 제시형

---

154) 영화 〈금홍아, 금홍아〉(시나리오 유지형, 감독 김유진).

식에서 오는 대부분의 제약을 극복하고 있다. 엄밀히 말해서 영화는 상연되는 것이지, 공연되는 것이 아니다. 이제 기술의 발달 덕에 거의 모든 소설이 영화로 만들어질 수 있는 수준이 되었으며, '영상소설'이나 'TV소설' 같은 신조어도 생겨났다. 하지만 이와 같은 중간장르들의 생성 이면에는 여전히 생산자(작가나 배우)와 수용자(청중 혹은 관객)의 직접적 교류를 차단함으로써 얻어지는 무한 복제를 통한 상품화의 가능성 증대라는 자본주의적 논리가 숨어 있다.

판소리는 영화만큼 완성된 시각적 현재감을 주지는 못한다. 그러나 음악을 통해 실제 이상의 청각적 현재감을 준다. 영화가 극 장르보다 더 많은 상상력을 수용해낼 수 있는 것은 필름이라는 물적 토대가 있었기 때문이다. 판소리는 필름 대신에 음악을 사용해 서사의 한계를 넘어서서 극과 만날 수 있었던 것이다. 광대의 서사적 진술은 순간적으로 중개성을 인식하게 하겠지만, 음악은 곧 공연되고 있는 사건을 현재화하는 힘이 있다. 암행어사 출도 대목에서 최소한의 연기(발림)임에도 급박하게 몰아가는 듯한 고수의 장단과 광대의 끊임없이 이어 붙이는 웅장한 창법이 가져다주는 현재감을 생각해보라. 무엇보다 판소리에서는 여전히 무대와 관객 사이에 생생한 교감과 소통이 이루어지고 있다. 이 교감과 소통의 가치는 그것의 단절이 일반적인 오늘날 우리들에게 더욱 소중한 것인지도 모른다.

(3) 인간과 장르

① 문화상품의 생산·유통·소비구조

문학 행위(장르의 산출·선택·보존·변형·폐기를 포함하는)에서도 그 주체는 인간이다. 새로운 형식을 창조하는 경우만이 아니라 기존의 장르적 전통을 따르는 경우에도 작가(생산자)는 선택과 해석을 통해 재창조의 과업을 수행하고 있으며, 독자(수용층)는 특정 장르의 작품을 선택하고 향유하는 과정을 통해 재창조의 역할을 담당한다. 장르론의 관점에서 작가와 독자는 각각 특정한 역할을 수행하는 담당자들이다. 작가에게 기존의 장르는 창작행위의 지침이자 수단이 되는 것이고, 독자에게는 작품에 대한 평가와 해석의 지침이자 수단이 된다. 이때 독자들의 선택과 평가 그리고 해석은 개별 독자 자신에게 그 작품의 재창조 행위일 뿐만 아니라 작가에게 유언무언(有言無言)의 압력으로 작용해 되돌아가게 된다. 특히 대중적이고 상업적인 장르의 경우 수용층의 반응은 더 큰 영향력을 행사하게 된다. 따라서 이 영향력의 작용 메커니즘을 구명하는 것은 단순히 작가와 수용자들의 유형을 나열하는 것보다 중요하다.

문학작품의 창출이나 수용이 그 자체로 경제행위인 것은 아니다. 할머니가 손자에게 들려주기 위해 기억을 더듬어가며 일부는 지어내기도 하는 이야기들은 엄밀한 의미에서 경제적 행위의 범주를 벗어난다. 하지만 자본주의의 발달과 함께 문학작품은 재차 가공되어 일정한 유통의 단계를 거쳐 소비자에게 전달되는 문화상품이 되어갔으며, 오늘날에는 이러한 상품으로서 문학이 압도적인 비중을 차지하게 되었다. 상업적인 장르의 경우 생산자층인 작가층과 소비자층인 수용층 사이의 작용 공간, 즉 유통과 소비의 공간을 보다 더 총체적으로 규명하는 것은 매우 중요한 일이 된다. 대중문학을 연구하는 시각으로 볼 때, 작품의 생산·유통·소비의 분리 정도는(자본주의가 봉건주의보다 근대적이라고 할 때) 그 장르의 근대성을 가늠할 수 있는 잣대가 될 수 있다. 생산과 소비의 분리는 그 장르가 이미 상품화하기 시작했음을 말해주며, 유통의 분리는 대량생산·대량소비의 단계로 접어들

386

기 시작했음을 알려주는 징표이기 때문이다. 유통의 분리와 함께 문학을 상품으로 가공하는 이차생산이 문학을 창조하는 일차생산과 분리되는 양상이 일어난다. 따라서 현대사회에서 문학의 생산부터 소비에 이르는 여러 단계는 기본적으로 다음의 단계를 거치게 된다.

일차생산자(작가) → 이차생산자(가공업자)
→ 판매업자(상인) → 소비자(수용자)

'창작 → 가공 → 보급(판매) → 소비'에 이르는 여러 과정에 각각 그 것을 담당하는 사람들이 있는데, 이들은 기계적으로 주어진 역할을 하는 것이 아니라 각자의 세계관과 이해관계를 가진 살아 있는 사람들이다. 그러므로 장르 연구에서 그 담당자인 인간에 대한 연구는 필수적인 부분이라고 하겠다. 사실 장르의 객관적 실체인 제시형식은 각각 개별적인 미학과 이데올로기를 지니는데, 그것은 그 장르를 산출하고 향유한 담당층과 무관할 수 없는 것이다.

② 민중과 지식인

앞에서 장르의 분화에 대해 서술했지만, 사실 장르가 선명하게 분화하는 경우에는 주로 상층 지식인들의 개입이 있었다. 서정시의 경우를 볼 때, 민중들이 향유한 민요는 일정하고 선명한 형식을 가지기보다는 목적에 따라 다양한 형식을 산출했다. 그러다보니 매우 서사적인 것도 있고, 다분히 극적인 것들도 있었다. 길쌈노래나 선후창이 있는 유희적인 노동요 등을 생각해보라. 그들은 문자나 그림 같은 상징적 수단보다는 육체적 제시수단에 더 의존했다. 당연히 작품의 전파 경로는 언제나 극적인 상황을 완전히 벗어날 수 없었다. 서정적인 노래라고 해도 집단적인 생활 속에서 습득되었다. 하지만 서정성이 강하면 강할수록 개인적으로 향유되는 일이 많았을 것이다. 서사 장르 역시 현장에서 입을 통해 전달되었기 때문에 청중이 강력한 개입 의사를 보이면 극적인 상황이 연출될 가능성이 있었다. 또 이들은 끈질기게 여러 신들과의 관계를 유지하면서 노동 공동체를 중심으로 생활했기 때문에, 제의적 성격을 완전히 벗어나지 못한 극적 장르들이 계속해서 연행되었다. 극적 소통은 민중들이 지닌 놀이·축제 문화의 근본이었다.

심지어 극도 상층 지식인들이 개입할 경우 소통보다는 자기완결성을 더 중시했다. 그들이 자신들의 '고귀한' 취미와 미의식을 공유하는 수단으로 극을 활용하면서 극은 시처럼 서정적으로 수용되고(심미적 수용), 상품화하여 폐쇄되었다. 극이 텍스트화한 것이다. 극작가가 희곡을 쓰고 배우들은 그 대본에 따라 연기했기 때문에 관중들은 더 이상 극의 진행에 개입하기 어려웠다. 하지만 이렇게 다분히 서사화한 (그리고 서정성도 상당히 가미된) 극인 서구의 '드라마'조차도 상층의 지속적인 장르는 아니었다. 셰익스피어 시대의 영국 연극이나 프랑스 고전극도 그 전성기는 한 세기에 훨씬 못 미쳤고, 그리스 비극의 흥망 역시 비슷한 기간에 이르렀을 뿐이다. 서구의 한 연구자도 "드라마를 서구의 한 중요한 문학 형태로 본다면, 서구의 국가나 사회의 역사를 통해 위대한 드라마가 가능했던 시기가 그처럼 짧고 또 드물었다는 사실에 우리는 곧 놀라게 된다"고 고백한다.[155]

---

155) S. W. Dawson, 앞의 책, 97쪽. Dawson은 이렇게 고백하면서 심지어 "극소수의

결국 서구의 전통적인 극이란 주로 아리스토텔레스의 이론과 그리스 비극 그리고 셰익스피어 연극으로 이어지는 전통 속에서 형성된 개인 창작의 엘리트 연극이다. 여기에서는 관객의 주의를 사로잡을 수 있는 치밀한 구성을 중시해서, 사건과 사건이 서로 암시와 인과관계 속에서 통합되어 있어야 한다고 생각했다. 이것은 결국 몰입과 긴장을 강조하는 연극론이라고 하겠다. 반면에 몰입과 긴장을 깨뜨려서 관객이 무대 위의 사건을 거리를 두고 관찰하게 하려는 것이 브레히트의 서사극이다. 연극은 줄곧 관객의 주의를 사로잡아야 한다는 기존 사고에 대한 반론이었던 셈이다. 멀리 돌아 한 천재적 지식인으로 하여금 '왜 모처럼 관객과 직접 마주한 무대가 항상 혼자 독주해야 하는가?'라는 반성을 낳게 했던 것이다. 이것은 서사나 서정에 대한 '극'의 자기정체성 발견이었다고 할 것이다. 그래서 무대가 이미 길들여진 관객들에게 다시 말걸기에 나섰다는 것은 서양 연극사에서는 매우 중차대한 사건이라고 아니할 수 없을 것이다.

상층 지식인들과 민중들의 문화적 취향과 미의식은 분명히 달랐다. 지식인들이 보다 더 정련되고 순수한, 논리적으로 일관된 것들을 추구했다면, 민중들은 생활 속에 존재하는 것이라면 무엇이든 표현할 수 있다고 믿는 경향이 있다. 하지만 상층 지식인들의 이념을 중시하는 기풍이 언제나 민중들의 자유를 억압한 것은 아니다. 중세기 그들의 이념은 원래 민중들을 골고루 잘살게 하고 사회가 힘으로 지배되는 것을 막기 위해 생겨난 것이다. 문제는 이들이 장르와 함께 신분을 나누고 생각을 나누었다는 데 있다. 그들이 향유한 장르들이 그들 내

몇몇 경우를 제외하고는 대부분의 시대에 걸쳐 드라마는 '중요한 당대의 문학에 비교해볼 때 하찮고 부실하고 지겨운 것이었다'고 말하기까지 한다.

부에서만 향유될 수 있다는 것이 무엇을 의미하는지 몰랐던 것이다. 그것은 신분의 표식이 되고 민중들을 소외시켰을 뿐만 아니라 그들 자신마저 고립시켰다.

③ 작가와 실험

앞에서 자본주의 질서가 고착되면서 모든 장르들이 상품화하는 것을 보았다. 그러면서 모든 장르들이 더 많은 자극을 통해 소비자의 요구에 부응해야만 살아남게 되었다. 모든 장르들이 통속화하고 있는 것이다. 이제 거의 모든 사람들이 글을 읽게 되면서 한편으로는 세상이 다양화한 것처럼 보이지만, 다른 한편으로는 서로 공유하는 보편의 영역도 옛날보다 훨씬 커지게 되었다. 통속적인 문화상품의 잠재적인 독자층이 크게 확대되었다는 의미이다. 성이 개방되고, 교과서적인 보편윤리가 보급되는 한편, TV나 책, 영화 등이 소비자들을 일정한 방향으로 길들이고 있다. 문화상품은 점점 세련되어가는 것처럼 보이지만, 다른 한편으로는 점점 더 통속화되고 있다. 사소한 새로운 자극들이 첨가될 뿐, 새로운 창조는 보이지 않는다. 이런 걱정에 빠져 희망이 보이지 않는다면, 그 사람은 문화적 교양이 풍부하지만 수동적인 소비자이다. 분명히 이 같은 문제가 있으며, 그것도 심각하다.

하지만 스스로가 원하는 문화상품을 적극적으로 찾는 사람이라면 작은 희망을 발견할 수 있을 것이다. 그것은 특정한 취향을 지닌 일군의 소비자들, 이른바 동호인들 그리고 책임의식과 실험정신을 갖춘 전문작가의 등장이다. 시장이 문화를 지배하는 상황에서 전자는 후자의 존립을 위한 필수적인 전제조건이 된다. 사실 문화상품시장에서 동호회 운동은 시장의 일방적 지배에 대한 저항이라는 의미를 지닌다. 시장이 제공하는 것이 아니라 자신에게 즐거움을 주는 것을 찾아 적극적인 선택을 한다는 행위 안에는 필연적으로 시장의 원리를 넘어서는 부분들이 존재한다. 먼저 이들은 스스로 작은 시장을 형성한다. 많은 사람들이 가치가 없거나 적다고 생각하는 것에 그들은 기꺼이 많은 대가(代價)를 지불한다. 그들이 스스로 가격을 결정하는 것이다. 다음으로 이들은 자신들의 소비행태를 합리화하고 효용을 증진시키기 위해 같은 취향을 가진 사람을 찾아 결합한다. 이로써 거대시장에 맞서 자신들의 시장, 자신들의 세계를 건설하는 것이다. 그들은 스스로 비평가가 되고 나아가 작가가 되어, 새로운 논리와 이론을 개발하고 새로운 가능성을 찾아 나선다.

동호회는 옛날부터 있어왔다. 하지만 동호회 운동이 시장에 대한 의미 있는 저항이 되는 데는 쌍방향 매체인 인터넷의 등장과 일반화가 결정적인 역할을 했다. 그리 많은 시간을 할애하지 않아도 자기와 비슷한 생각, 같은 취향을 가진 사람들을 자기가 설정한 가상공간에 불러모을 수 있고, 직접 만나지 않아도 수시로 대화할 수 있게 되었다. 문화적 취미에 투여할 수 있는 여가시간이 늘어났다는 것도 동호회 운동의 중요한 바탕이 되었다. 시장의 지배 아래에서 문학과 예술이 창의적인 발전을 지속하려면 동호회 운동이 활성화해야 하고, 그러기 위해서는 쌍방향 매체의 지속적 발전과 일반화 위에 일정한 여가시간의 확보 역시 일반화해야 한다. 시간에 쫓기는 사람은 결국 시장의 지배에 굴복하거나, 그보다 심각한 경우는 아예 시장에서 소외된다. 문화의 역동성을 유지하는 문제가 인간의 삶의 조건과 이처럼 직접적으로 연관되어 있다는 것을 분명히 하는 것에서부터 희망을 찾아나가야 한다.

한편 양방향 매체는 장르에도 큰 변화를 일으키고 있다. 이야기가

문자와 만난 이후 서사 장르의 진화 방향은 대체로 이야기의 생산자
인 작가와 수용자인 독자의 분리의 역사였다. 이 같은 상황은 필름과
스크린이 도입되어 영화라는 중간장르가 형성된 뒤에도 마찬가지였
다. 사건이 현장에서 일어나는 듯한 극적 환상은 말 그대로 환상에
불과하며, 작가 혹은 감독과 관람객 사이에는 어떤 의미 있는 소통도
불가능하다. 실제 이야기를 만들고 가공한 작가나 감독이나 스태프보
다 오직 눈에 보이는 배우들에 소비자들이 열광하는 이유는 간단하
다. 그것이 환상이라고 해도 소통의 환상은 작가와 관람객 사이가 아
니라 배우와 관람객 사이에서 형성되기 때문이다. 소비자들은 배우의
육체 위에 현현하는 실체감에 현혹되는 것이다. 그러나 그것은 철저
하게 간접적이며 일방적이다. 스크린 속의 배우는 영혼 없는 그림자
이며 직접적 소통의 대상이 될 수 없다. 그러므로 어떤 면에서 그것은
공허하기까지 하다. 이를 메우기 위해 소비자들은 배우와 만난다거나
하는 직접적인 소통을 갈망하게 된다. 하지만 인터넷에 와서 이 같은
분리의 역사는 극복의 조짐을 보이고 있다. 작가가 글을 올리면 독자
들은 리플을 달고, 작가의 대답을 요구할 수 있다. 작가 역시 독자에
게 직접적으로 자신의 의도를 설명하고 토론하고 논쟁할 수 있다. 소
설 속의 구성된 문체가 아니라 작가의 육성이 담긴 구어로 이야기를
나눌 수 있는 것이다. 더 나아가 작가가 미리 줄거리를 구성하지 않고
인물과 배경을 설정한 뒤에 독자들의 여론을 수렴하여 줄거리를 만
들어가는 방식이나 여러 작가들이 릴레이 형식으로 쓰는 소설들도
등장하고 있다. 이 같은 방식의 등장은 장르상에 일대 변혁이라고 할
것이다.

  하지만 인터넷의 영향이 모두 긍정적인 것은 아니다. 이미 시장에
길들여진 독자들의 여론 평균이란 진부한 통속성에 떨어질 위험이

크다. 거기다가 아주 적은 비용으로 작품을 여러 사람이 돌려볼 수 있게 되어 자각의식이 결여된 작가가 등장할 가능성도 있다. 이런 작가는 소비자의 여론에 함몰되기 쉽다. 자신의 생각과 소비자의 생각이 다른 것이 없다고 생각할 수도 있다. 다른 부분이 아니라 비슷한 욕망에 대해서만 이야기하기 때문이다. 이렇게 해서 만들어지는 것은 소통이 아니라 소통하고 있다는 허상이며, 진정한 공유가 아니라 공유하고 있다는 환상이다. 진정한 소통은 모두 비슷한 생각과 바람을 확인하는 것이 아니라, 서로 다른 생각과 감각을 내놓고 문제를 확인하고 풀어가며 그런 과정을 거쳐서만 형성되는 진정한 공유의식을 만들어나가는 것이다. 이런 소통이 가능하기 위해서 작가는 독자와 소통에 대한 외형적인 적극성 외에, 자기의 의견과 자기의 신념을 지녀야 한다. 그렇지 못한 작가는 자기 색깔 없는 작품만을 만들어내다가 단명하기 쉽다.

작가의 책임감은 작품의 개성을 만들어내는 일차적인 요소이다. 작가는 독자에 함몰되지 말고 적극적인 실험을 통해 새로운 소재와 형식을 창출해야 한다. 새로운 장르를 창조함으로써 작가는 시장의 지배를 넘어 새로운 수요를 창출할 수 있다. 장르를 구성하는 세부적인 요소들과 그 결합방식들에 대해 알게 될수록 그것들을 재구성해 새로운 장르를 창출하는 역량도 더 증대될 것이다.

참고문헌

강등학, 《한국민요의 현장과 장르론적 관심》, 집문당, 1996.

구인환, 《소설론》, 삼지원, 1996.

권순긍, 〈1910년대 활자본 고소설 연구〉, 성균관대 박사논문, 1990.

김기동, 《이조시대 소설론》, 선명문화사, 1975.

______, 《국문학 개론》, 진명문화사, 1955.

김남주, 《나의 칼, 나의 피》, 인동, 1987.

김대숙, 〈愚父賢女 說話와 심청전〉, 《판소리연구》 4, 판소리학회, 1993.

김대행, 〈판짜기 원리에 관한 한 가정〉, 《판소리 연구》 1, 1989.

김대행 역주, 《한국고전문학전집 시조》 1, 고려대 민족문화연구소, 1993.

김동욱, 〈방각본에 대하여〉, 《동방학지》 11, 연세대 동방학연구소, 1970.

______, 〈춘향전 근원설화고〉, 《최현배 선생 화갑기념 논문집》, 1954.

______, 〈판소리 근원설화 첨보〉, 《대동문화연구》 3, 성균관대 대동문화연구원, 1966.

______, 〈판소리사 연구의 제문제〉, 《인문과학》 2, 연세대 인문과학연구소, 1968.

______, 〈한국가요의 연구〉, 을유문화사, 1961.

김문기, 〈한국문학의 갈래〉, 《한국문학연구입문》, 지식산업사, 1982.

김병국, 《한국고전문학의 비평적 이해》, 서울대출판부, 1995.

김복희, 〈심청전의 신화비평적 연구(2)〉, 《이화어문논집》 3, 이화여대 한국어문연구소, 1981.

김선풍외, 《민속문학이란 무엇인가》, 집문당, 1993.

김시업, 〈무신집권기의 문학적 전환〉, 《한국문학연구입문》, 지식산업사, 1982.

김영진, 〈왜곡된 孝와 남녀차별(윤리학자가 본 심청전)〉, 《문학사상》 128, 1983년 6월.

김우종, 〈단군신화의 시적 의미 − 심청전 비평의 결언〉, 《현대문학》 38·39, 현대문학사, 1958년 2월·3월.

김우탁 《한국전통연극과 그 고유무대》, 성균관대 출판부, 1978.

김욱동, 《탈춤의 미학》, 현암사, 1994.

김종철, 《판소리사 연구》, 역사비평사, 1996.

김준영, 《국문학 개론》, 형설출판사, 1966.

김준오, 《문학사와 장르》, 문학과지성사, 2000.

김준오, 《한국현대장르비평론》, 문학과지성사, 1990.

김지하, 《타는 목마름으로》, 창작과비평사, 1982.

김창현, 〈미적범주에 대하여〉, 《도남학보》 17, 1998.

_____, 〈서사·극의 장르적 성격과 결합 양상 연구〉, 성균관대 박사논문, 1999.

_____, 《한국문학에 나타난 가족과 공동체》, 제이앤씨, 2004.

_____, 《한일소설형성사 — 자본이 이상을 몰아내다》, 책세상, 2002.

_____, 〈추풍감별곡에 나타난 여성상과 이중적 모순〉, 《성균어문연구》 32, 성균관대
       국어국문학회, 1997.

김춘수, 《의미와 무의미》, 문학과지성사, 1976.

김태곤, 《황천무가연구》, 창우사, 1966.

김태준, 《조선소설사》, 학예사, 1939.

김태환, 《조선시대 시가예술의 소박미 연구》, 신아출판사, 2003.

김학성, 《국문학의 탐구》, 성균관대 출판부, 1987.

_____, 〈사설시조의 담당층 연구〉, 《성균어문연구》 29, 성균관대 국어국문학과,
       1993.

_____, 〈시조의 시학적 기반에 관한 연구〉, 《고전문학연구》 6, 1991.

_____, 〈한국고전시가의 미의식 체계론〉, 《한국고전시가의 연구》, 원광대 출판국,
       1980.

김현양, 〈19세기 판소리사의 성격〉, 《민족문학사연구》 3, 민족문학사연구소, 1993.

김현 편, 《장르의 이론》, 문학과지성사, 1987.

김흥규 편, 《전통사회의 민중예술》, 민음사, 1980.

김흥규, 〈19세기 전기 판소리의 연행환경과 사회적 기반〉, 《어문논집》 30, 고려대
       국어국문학연구회, 1991.

_____, 〈장르론의 전망과 경기체가〉, 《백영 정병욱 선생 환갑기념논총》, 신구문
       화사, 1982.

_____, 〈판소리 및 판소리계 소설의 세계상〉, 《민족문화연구》 17, 고대 민족문화연
       구소, 1983.

_____, 〈판소리문학의 인물형〉, 《예술과 비평》 4, 서울신문사, 1984, 겨울.

_____, 〈판소리에 있어서의 비장〉, 《구비문학》 3, 한국정신문화연구원, 1980.

______, 〈판소리의 사회적 성격과 그 변모〉, 《문학과 사회》, 민음사, 1979.

______, 〈판소리의 이원성과 사회사적 배경〉, 《창작과비평》 31, 1974.

______, 〈판소리의 장르적 성격과 부조〉, 《동양학》 20, 단국대 동양학연구소, 1990.

______, 《한국문학의 이해》, 민음사, 1986.

大谷森繁, 《조선후기 소설 독자 연구》, 고려대 민족문화연구소, 1985.

민찬, 《조선후기 우화소설 연구》, 태학사, 1994.

박남철, 《지상의 인간》, 문학과지성사, 1984.

박성봉, 《대중예술의 미학》, 동연, 1995.

박영주, 〈판소리 '사설치레' 연구〉, 성균관대 박사논문, 1991.

박진태, 〈심청가와 봉사놀이의 비교연구〉, 《판소리연구》 4, 1994.

______, 《탈놀이의 기원과 구조》, 새문사, 1990.

박황, 《판소리 이백년사》, 사사연, 1987.

박희병, 〈춘향전의 역사적 성격 분석〉, 《전환기의 동아시아 문학》, 창작과비평사, 1985.

______, 《조선후기 전의 소설적 성향 연구》, 성균관대 대동문화연구원, 1993.

사재동, 〈심청전 연구 서설〉, 《한국고전소설》, 계명대 출판부, 1974.

사진실, 〈조선시대 서울지역 연극의 공연상황 연구〉, 서울대 박사논문, 1997.

______, 〈조선후기 재담의 공연 양상과 희곡적 특성〉, 《한국서사문학사의 연구(敬山사재동박사화갑기념논총)》, 중앙문화사, 1996.

서대석, 〈고전소설의 '행복한 결말'과 한국인의 의식〉, 《관악어문연구 3》, 서울대, 1978.

서대석, 《군담소설의 구조와 배경》, 이화여대출판부, 1985.

서대석, 〈판소리 形成의 揷疑〉, 《우리문화》 3, 1969.

서인석, 〈가사와 소설의 갈래 교섭에 대한 연구〉, 서울대 박사논문, 1995.

서종문, 〈판소리의 개방성〉, 《경남대논문집》 7, 경남대, 1980.

서종문, 《판소리사설연구》, 형설출판사, 1984.

설성경, 〈판소리극의 얼개 연구〉, 《매지논총》 7, 1990.

설중환, 〈고소설(新話)의 명칭에 대한 시론〉, 《고소설연구논총(茶谷이수봉선생회갑기념논총)》, 1988.

성기옥, 〈국문학 이해의 방향과 과제〉, 《한국문학개론》, 1992.

성무경, 〈가사의 존재양식 연구〉, 성균관대 박사논문, 1997.

성현경, 〈판소리의 갈래 연구〉, 《동아연구》 20, 서강대 동아연구소, 1990.

소재영, 〈고소설의 작가문제〉, 《이수봉 회갑기념논총》, 1988.

송동준, 〈서사극과 한국 민속극〉, 《한국의 민속예술》, 임재해 편, 문학과지성사, 1988.
신재홍, 《한국몽유소설연구》, 계명문화사, 1994.
안민영 지음, 김신중 역주, 《금옥총부》, 박이정, 2003.
엄기주, 〈판소리의 서술원리와 장르 성향〉, 《수선논집》 14, 성균관대 대학원, 1990.
여석기, 〈동서연극의 비교 연구〉, 고려대 출판부, 1987.
유영대, 《심청전 연구》, 문학아카데미, 1989.
유준경, 〈방각본 영웅소설의 문화적 기반과 그 미학적 특성〉, 서울대 석사논문, 1997.
유탁일, 《완판 방각 소설의 문헌학적 연구》, 학문사, 1981.
윤성근, 〈유학자의 소설 배격〉, 《어문학》 25, 한국어문학회, 1971.
이두현, 《한국의 가면극》, 일지사, 1979.
이문규, 〈국문소설에 대한 유학자의 비평의식〉, 《한국학보》 31, 일지사, 1983.
이병기, 《국문학 개론》, 일지사, 1961(신구문화사, 1965).
이보형, 〈창우집단의 광대소리 연구〉, 《한국전통음악연구》, 고려대 민족문화연구소, 1990.
이상택, 〈고전소설의 사회와 인간〉, 《한국사상대계 1》, 성균관대 대동문화연구원, 1973.
______, 〈당위와 현상의 거리〉, 《창작과비평》 45, 창작과비평사, 1977.
이현국, 〈이해룡전에 나타난 빈곤의 문제〉, 《문학과 언어》 9, 1988.
이혜구, 〈송만재의 관우희〉, 《30주년 기념 논문집》, 중앙대, 1955.
이훈상, 〈조선후기의 향리집단과 탈춤의 연행〉, 《역사 속의 민중과 민속》, 이론과실천, 1990.
임성래, 《조선후기의 대중소설》, 태학사, 1995.
임형택, 《한국문학사의 시각》, 창작과비평사, 1984.
장덕순 외, 《구비문학개설》, 一潮閣, 1971.
장덕순, 《국문학통론》, 신구문화사, 1960.
장순하, 《백색부》, 일지사, 1968.
전경욱, 〈탈놀이의 역사적 연구〉, 《한국구비문학사연구》, 한국구비문학회, 1998.
전경욱, 〈탈춤과 판소리의 연행문학적 성격 비교〉, 정신문화연구원 석사논문, 1983.
전경욱, 〈춘향전 작품군 가요의 형성과 기능〉, 고려대 박사논문, 1988.
전신재, 〈양주별산대놀이의 생명원리〉, 성균관대 석사논문, 1980.
전신재, 〈판소리의 연극성에 관한 연구〉, 성균관대 박사논문, 1988.
정노식, 《조선창극사》, 조선일보사 출판부, 1940.
정병설, 〈고전소설의 윤리적 기반에 대한 연구〉, 서울대 석사논문, 1993.

정출헌, 〈심청전의 민중정서와 그 형상화 방식〉, 《고소설연구》 1, 국어국문학회 편,
        태학사, 1997.
정하영, 〈심청전에 나타난 악인상〉, 《국어국문학》 97, 1987.
정하영, 〈심청전의 제재적 근원에 관한 연구〉, 서울대 박사논문, 1983.
정한모·김용직 편, 《한국현대시 요람》, 박영사, 1974.
조동일, 〈흥부전의 양면성〉, 《계명논총》 5, 1969.
______, 〈갈등에서 본 춘향전의 주제〉, 《계명논총》 6, 1970.
______, 〈심청전에 나타난 비장과 골계〉, 《계명논총》 7, 1971.
______, 《신소설의 문학사적 성격》, 서울대 출판부, 1973.
______, 《한국소설의 이론》, 지식산업사, 1977.
______, 《탈춤의 역사와 원리》, 홍성사, 1978(기린원, 1988).
______, 《한국문학통사》 1~5, 지식산업사, 1983.
______, 《제3세계문학연구입문》, 지식산업사, 1991.
______, 《문학사와 철학사의 관련 양상》, 한샘출판, 1992.
______, 《한국문학의 갈래 이론》, 문학과지성사, 1992.
______, 《카타르시스·라사·신명풀이》, 지식산업사, 1997.
______, 《공동문어문학과 민족어 문학》, 지식산업사, 1999.
______, 《문명권의 동질성과 이질성》, 지식산업사, 1999.
______, 《세계문학사의 전개》, 지식산업사, 2002.
조만호, 《전통희곡의 제식적 미학》, 태학사, 1995.
조윤제, 〈가사문학론〉, 《조선시가의 연구》, 을유문화사, 1948.
______, 〈국문학의 유형과 체계〉, 《국문학개설》, 동국문화사, 1955.
주종연, 〈가사의 장르고〉, 《논문집》 3, 서울대 교양학부, 1971.
______, 〈가사의 장르고 Ⅱ〉, 《국어국문학》 62~63, 국어국문학회, 1973.
______, 〈가사의 장르고 Ⅲ〉, 《논문집》 12, 국민대, 1978.
최운식, 《심청전 연구》, 집문당, 1982.
______, 《한국 고소설 연구》, 계명문화사, 1995.
최진원, 〈판소리문학고 : 춘향전의 합리성과 불합리성〉, 《대동문화연구》 2, 성균관
        대 대동문화연구원, 1966.
______, 《국문학과 자연》, 성균관대 출판부, 1977.
______, 《한국고전시가의 형상성》, 성균관대 대동문화연구원, 1988.
______, 《고시조 감상》, 월인, 2002.
한국고소설연구회 편, 《고소설의 저작과 전수》, 아세아 문화사, 1994.
홍성욱, 《잡종 새로운 문화읽기》, 창작과비평사, 1998.

Bakhtin, M. M., 이득재 옮김, 《문예학의 형식적 방법》, 문예출판사, 1992.

______, 전승희 외 옮김, 《장편소설과 민중언어》, 창작과비평사, 1988.

Beer, G., 문우상 옮김, 《로망스》, 서울대출판부 1980.

Bhabha, H. K., 나병철 옮김, 《문화의 위치 — 탈식민주의 문화이론》, 소명출판, 2002.

Dawson, S. W., 천승걸 옮김, 《극과 극적 요소》, 서울대출판부, 1981.

Frye, N., 임철규 옮김, 《비평의 해부》, 한길사, 1982.

Genette, G., 권택영 옮김, 《서사담론》, 교보문고, 1992.

Goethe, J. W., *Über Kunst und Altertum*, 1821.

______, *Noten und Abhandlungen zu besserem Verständinis des West-Östlichen Divans*, 1819.

Hernadi, P., *Beyond Genre : New Directions in Literay Classification*, Cornell Univ. Press, 1977 (김준오 옮김, 《장르론》, 문장, 1983).

Lamping, D., 장영태 옮김, 《서정시 : 이론과 역사》, 한길사, 1982.

Lukacs, G., 반성완 옮김, 《소설의 이론》, 심설당, 1985.

Ong, Walter J., 이기우·임명진 옮김, 《구술문화와 문자문화》, 문예출판사, 1995.

Rimmon-Kenan, S., *Narrative Fiction : Contemporary Poetics : New Accent*, New York : Methuen, 1983(최상규 옮김, 《소설의 시학》, 문학과지성사, 1985).

Said, E. W., 박홍규 옮김, 《오리엔탈리즘》, 교보문고, 1991.

Sartre, J.-P., 김붕구 옮김, 《문학이란 무엇인가》, 문예출판사, 1972.

Spivak, G. Ch., 태혜숙 옮김, 《다른 세상에서》, 여이연, 2003.

Stanzel, F. K., 김정신 옮김, 《소설의 이론》, 탑출판사, 1990.

______, 안삼환 옮김, 《소설의 기본유형》, 탐구당, 1982.

Steiger, E., 오현일·이유영 옮김, 《시학의 근본개념》, 삼중당, 1978.

Terry E., 윤희기 옮김, 《비평과 이데올로기》, 열린책들, 1987.

Thom, P., *For an Audience : A Philosophy of the Performing Arts*, Philadelphia : Temple, 1992.

Todorov, T., 곽광수 옮김, 《구조시학》, 문학과지성사, 1977.

찾아보기

404

(ㅈ)

자기복제성 379
자본주의 315, 378, 379, 384, 385, 389
자아와 세계의 관련 양상 18, 24, 50
자아와 세계의 대결 50, 51, 55, 108
자아의 세계화 52, 54, 241
자연(自然) 217
자유간접화법 288, 296
작중화자 211, 212, 226
작품 내적 자아 50, 51, 53
작품 외적 세계 51~53, 55, 241
작품 외적 자아 22, 50~53, 55, 83,
        108
《장끼전》 373
〈장님타령〉 264
장르 무용론 15
장르 변화 368, 380
장르 인식 21, 37, 43, 51, 86, 254, 273
장면전환방식 114, 116, 160, 161, 164,
        172, 233, 283, 284, 285, 289, 356
장면화(場面化) 197, 282, 283, 286
장순하 205
장자백 282, 303, 304, 306, 326, 329
《장풍운전》 158
《장화홍련전》 122
적강화소 306
〈적벽가〉 343
전(前)예술적 양식 241
전경욱 173, 187
전기수(傳奇叟) 142, 144, 145, 149
전문가객 217, 218, 222
전문예인 182, 184, 185, 187, 188, 192,
        194, 301, 311
전설 50, 281, 359, 366
전술 30, 32, 70, 71, 78, 79, 81, 82,
        241~243
전신재 57, 266, 267
전주 통인청 대사습 323

정병설 158
정인보(鄭寅普) 223
정철(鄭澈) 207, 208, 223, 224, 228
제4장르 30~32, 38, 44, 45, 83, 241
제시-수용 60, 62, 68, 90, 263, 269,
        325, 347
제시방식 33, 38, 94, 96, 148, 149, 238
제시수단 89, 92, 99, 101, 102, 104,
        109, 110, 126, 138, 159, 165,
        201, 239, 249, 250, 270, 271,
        279~281, 289, 367, 368, 381,
        387
제시의 기본형식 41, 94
제시자 97, 109, 240, 273
제시형식 22, 23, 40, 42, 43, 58, 60,
        68, 69, 72~74, 82~87, 89~94,
        96~100, 102, 104, 105,
        108~111, 129, 136, 137, 159,
        170, 172, 201, 211, 233, 249,
        254, 257, 267, 268, 270, 271,
        273, 287, 292, 336, 347, 348,
        351, 357, 361, 368, 369, 382,
        383, 386
제의성 179, 180, 185, 188, 195, 311,
        368
조만호 180
《조선창극사》 325, 373
《조웅전》 119, 120, 125, 126, 130,
        131~134, 153~155
좌상객 313, 316, 324~327
주덕기 318
주변장르 29, 245
주세붕(周世鵬) 203
주요한 211
주제적 양식 30, 38, 39, 61, 62, 67, 78
중간·혼합적 갈래 70, 71
중간장르 29, 57, 67, 246, 249, 250,
        254, 279, 348, 367, 378, 381,
        382, 384, 391